U0938679

谨以此书献给

香港大学中文学院李家树教授

䔿緣論集

谢耀基　陈炽洪　主编

暨南大學出版社
JINAN UNIVERSITY PRESS
中国·广州

图书在版编目（CIP）数据

藟缘论集/谢耀基，陈炽洪主编. —广州：暨南大学出版社，2011.2
ISBN 978-7-81135-668-7

Ⅰ.①藟… Ⅱ.①谢…②陈… Ⅲ.①语言学—文集②文学—文集
Ⅳ.①H0-53②I-53

中国版本图书馆CIP数据核字(2010)第202689号

出版发行：暨南大学出版社

地　址：中国广州暨南大学
电　话：总编室（8620）85221601
　　　　营销部（8620）85225284　85228291　85228292（邮购）
传　真：（8620）85221583（办公室）　85223774（营销部）
邮　编：510630
网　址：http：//www.jnupress.com　http：//press.jnu.edu.cn

排　版：广州市天河星辰文化发展部照排中心
印　刷：佛山市浩文彩色印刷有限公司

开　本：787mm×1092mm　1/16
印　张：22.5
字　数：481千
版　次：2011年2月第1版
印　次：2011年2月第1次

定　价：58.00元

序　言

“南有樛木，葛藟累之……”还记得念大学时，对《诗经·樛木》赞美后妃逮下之德的说法，作过议论。料不到三十年后，今天编辑这部文集，竟蓦然忆起了这首诗，另有一番情味。“乐只君子，福履成之。”这诗蕴涵的，是树与藟的缘分，是送给君子的祝福。

人生匆匆，聚散无常，但信是有缘。论集中二十多位作者，散居在中国香港、台湾，新加坡等地，在学术界、教育界各有发展。他们有的彼此认识，有的未尝谋面。现在聚文结集，共同的因缘，就是从前在学习阶段，都曾得到同一位老师指导，认识了这样一位循循善诱、诲人不倦的学者——李家树教授。

李教授任职于香港大学中文学院。三十多年来，潜心研究，博通古今，尤长于诗经学与现代汉语学，著述等身，卓有成就。他投身教学工作，同样严谨认真，孜孜不倦，培育英才，扶掖后进，皆见心力。数十年来，受教、受益之士，难计其数，真可谓桃李满门，“葛藟萦之”。

李教授勤奋经年，行将荣誉退休。荣誉退休，是他人生前期卓越工作的一个总结，也是后期崭新生活的一个开始。苏轼《喜雨亭记》说：“古者有喜则以名物，示不忘也。”教授荣休之喜，与周公得禾、叔孙胜狄之喜，虽大小不齐，但同样值得纪念。《藟缘论集》的编辑和命名，就是为了记下这份喜悦、这份情缘，以示不忘。

教授尊名家树，与树亦有一段缘分。他埋首工作的办公室，窗前庭中有一棵白兰树，亭亭如盖，每至夏天，花开满枝，白绿相间，煞是好看，轻风徐来，芳香四溢，幽远益清。岁月无痕，树与人原来不觉已相伴了数十寒暑。李教授来年荣休，正值学院迁移至新建的百周年校园。除旧布新，难免倍有所感。不过，缘自心生，纵然人去楼空，清影弄舞，但花树犹茂，馨香叶绿，只要心之所知，不必攀条折荣，也可缘遗所思。

是书得以顺利出版，实有赖论文作者的热心支持，以及林宇珊、钟明慧、李战、侯丽庆、王勇诸君的鼎力襄助。集中二十三篇文章，是二十三份祝福，祝愿李教授在人生的新阶段，得享福履，得享快乐。

谢耀基　陈炽洪　谨识

2011 年 1 月于香港大学

目　录

张天翼的儿童文学观*

叶淑兰

张天翼专门讨论儿童文学问题的文章不多，他有关儿童文学的意见，散见于一些书信、作品的序跋，以及他从事儿童文学活动（1949 年以后）的发言中。本文即根据这些资料归纳、分析他的儿童文学理论观点，并说明他的儿童文学观与创作实践之间的关系。

一、1949 年以前的儿童文学观

1949 年以前，张天翼虽然写过令人瞩目的儿童文学作品，但他不像茅盾、郑振铎那样同时以理论的形式提出自己对儿童文学的见解。我们只能够从他当时几篇谈自己创作的文章，以及他晚年总结创作经验的文章中，察知他的某些观点。

（一）对 30 年代童话的批评

在《〈秃秃大王〉序》和《〈奇怪的地方〉序》这两篇序文里，张天翼采用与小读者对话的形式，告诉小读者当时流行的童话都是“哄人”的。

张天翼不满当时的童话领域被国王、公主、神仙、魔鬼、宝物一类的故事所垄断，也不满这些故事陈陈相因：公主一定是好人，而且很美丽；王子也是好人，而且很聪明；魔鬼最后一定被神仙制服；哥哥欺负弟弟，弟弟一定会得到神仙的帮助成为富翁；神仙还会帮助贫苦的孩子娶公主为妻，并且做了国王。

张天翼认为这些童话“说来说去总是这样”①，而且更严重的是灌输给儿童迷信、好逸恶劳、金钱万能等不正确的思想观念。孩子们的思想受到腐蚀，于是不想念书，也不想做事，甚至连自己和国家受人欺侮时也不思反抗，以为神仙会现身相助。

张天翼用一句话来否定这类童话——“这全是瞎想出来骗人的”。至于人们为什么要瞎想出这些故事来，张天翼则从三方面来说明：第一，古人没有常识，

---

* 本文原载《张天翼儿童文学研究》（香港大学 1992 年硕士论文），部分内容、文字曾作改动。

① 《〈秃秃大王〉序》，沈承宽：《张天翼文学评论集》，北京：人民文学出版社，1984 年版，页 320。

用菩萨、妖魔的故事来解释自然现象，这些过时的故事“应该请古人去听”；第二，一些“不长进”的人迷信神仙，因此瞎编这类故事；第三，一些“欺侮人的人”和“想拍欺侮人的人马屁”者，为了“叫我们上当，叫我们懒惰，就好来调摆我们”，所以编故事来骗人。[①]

张天翼所说的第三类编造故事者指的是什么人呢？如果我们回顾一下当时儿童文学界的情况，就很清楚了。1935 年 3 月，中国政府规定该年从 8 月 1 日开始的一年为“儿童年”，于是全国各地都纷纷推行读书运动等有关活动。在左翼作家和评论家看来，政府只不过是做做样子，哄哄人罢了。他们认为那些由政府授意出版的书刊都是庸俗的、陈腐的，“或多或少的含了毒质”[②] 的。张天翼在这“儿童年”里为自己的童话写序文，他对那些出版所谓“不良”读物的“欺侮人的人”和“想拍欺侮人的人马屁的人”，自然要批评一番了。

20 世纪 30 年代，中国儿童文学处于起步阶段，在童话方面，主要是模仿、改写外国作品和中国古代作品，个人创作的童话比较少见。这样一来，就逐渐出现了故事公式化、内容陈旧的问题。张天翼虽说是本着左翼文艺观来批评当时的童话，但其所论也未尝不是事实。

另外，张天翼的批评也未免矫枉过正。他反对写神仙和宝物助人解难致富的故事，认为这些故事不真实，思想也不正确。可是，如果完全否定神仙和宝物作为正面形象存在的意义，那么，童话创作在人物形象和宝物形象的塑造上就会受到束缚。童话中的超人形象［如意大利科洛狄（1826—1890）的《木偶奇遇记》（*The Adventures of Pinocchio*）中的仙女］与宝物形象［如 16 世纪阿拉伯民间故事集《天方夜谭》（*One Thousand and One Nights*）中的神灯］，往往是正义的代表或希望的象征。这些幻想形象在童话创作中作用很大，而且能够带给儿童愉悦感，陶冶他们的性格与情操。张天翼反对写神仙和宝物的意见是颇为偏激的，而且，这对他的童话创作也带来一定的负面影响。

（二）论儿童文学的作用

“五四”时期，中国现代儿童文学是在西方儿童文学的影响下发展起来的，有关的研究多从美国教育家杜威（John Dewey，1859—1952）的“儿童本位论”出发，强调“儿童生活上有文学的需要”，儿童文学必须以儿童为中心，为儿童

---

① 《〈秃秃大王〉序》，《张天翼文学评论集》，页 322。

② 1935—1936 年的“儿童年”期间，茅盾、孔罗荪等人曾撰文批评当时的儿童读物。孔罗荪（1912—1996）认为那些儿童书“或多或少的含了毒质”。参《关于儿童读物》，王泉根评选《中国现代儿童文学文论选》，南宁：广西人民出版社，1989 年版，页 296。

的需要和兴趣服务。[①]

20年代中期以后，儿童文学受当时风起云涌的左翼文艺思潮的影响，转而强调政治教育作用。

张天翼在30年代并未正式提出以儿童文学“教育”儿童的主张，但是，从他的文章仍然可以窥见他这个意思。

他严厉批评当时流行的童话，是因为那些故事都是“空想”出来“哄人”的，与现实生活完全脱节。他批评道：

> 这些东西在当时那个社会里对小读者能起什么作用，是很清楚的。有的人就是上了当，被欺侮一辈子，神仙、菩萨也没有来过。[②]

张天翼进一步表示要把儿童文学由“空想”拉回到“现实”中来。他说：

> 听不懂的——有什么好玩呢？
>
> 我现在说的这个故事，就是想要说真的事情。你跟我——都是真的人类。我们过的日子也是真的……只要不是一个洋娃娃，是一个真的人，在真的世界上过活，就要知道一些真的道理。看好书是学真道理。听好故事也是学真道理。[③]

张天翼既然认为“看好书”和“听好故事”都是“学真道理”，也就是说，他认为儿童文学（“好书”、“好故事”）具有灌输儿童“好”思想的作用。因此，他在《〈奇怪的地方〉序》中问小读者：“这个故事好不好呢？能不能够使你得到一点儿益处呢？”[④]

在40年代写的《一个故事的故事》中，张天翼则明确地指出儿童文学有“教训”少年成为“中国新少年”的作用。他说：

> 故事总是说明一点道理，含一个教训的。有的是说假道理，有的是

① “儿童本位论”是西方的教育理论，杜威是提倡这个理论的代表人物。他主张教育者“必须站在儿童的立场上，并且以儿童为自己的出发点”进行教育。1919年杜威访问中国后，他的观点对当时的教育界和儿童文学领域产生了很大的影响。参蒋风主编：《中国现代儿童文学史》，石家庄：河北少年儿童出版社，1991年版，页8—11。当时，周作人、郑振铎等人提出的儿童文学主张，便受“儿童本位论”影响。例如周作人说：“总之儿童的文学只是儿童本位的，此外更没有什么标准。”（参周作人：《儿童的书》，《儿童文学小论》，长沙：岳麓书社，1989年版，页57。）又说：“……儿童生活上有文学的需要……所以小学校里的文学的教材与教授，第一须注意于‘儿童的’这一点……”（参《儿童的文学》，《儿童文学小论》，页38）

② 《为孩子们写作是幸福的》，《张天翼文学评论集》，页358。

③ 《〈奇怪的地方〉序》，《张天翼文学评论集》，页331。

④ 《〈奇怪的地方〉序》，《张天翼文学评论集》，页332。

说真道理。有的想要教训我们去做小老头儿，有的可教训我们做一个中国新少年……①

张天翼很明显是把儿童文学当作灌输思想的工具的。这个观点源于左翼文艺理论，和20年代初一般的儿童文学观可谓背道而驰。在这种儿童文学观支配下，张天翼创作时，总是亟亟于把他眼中的“真的世界”展示出来，希望少年儿童从中认识“真道理”，成为“新”的一代。他的作品即体现出他的这个儿童文学观。

二、1949年以后的儿童文学观

1949年以后，张天翼讨论儿童文学的文章，以呼吁人们关心重视儿童文学的创作、评论与阐明新时代儿童文学的性质、作用为主，同时也涉及具体的理论问题（如创作方法）。在作家、作品的评论方面，张天翼曾对50年代的儿童文学作品做过概括式的批评。至于个别的作品，他曾经评论过孙幼军（1933—　）、金江等作家的童话。② 以张天翼当时在儿童文学界的地位来说，他应该给不少作家（尤其是青年作家）和作品提过意见，但因为未见诸文字，我们也就无从考察了。

本节主要根据张天翼1949年以后的20篇文论和书信，分五个方面探究张天翼这一时期的儿童文学观。

（一）对50年代儿童文学的批评

50年代初，中国全面地学习和借鉴苏联的儿童文学经验，因此，翻译出版了大量的苏联儿童文学作品，中国作家的创作则相对地十分少见。对中国儿童文学创作的发展来说，这个局面自然必须扭转过来。

张天翼注意到这种情况并提出了批评。他在《我要为孩子们讲一句话》中指出当时的儿童读物以翻译作品为主的现象。他并不否定好的翻译作品，但他更希望看到中国作家的创作，因为：

……这所写的生活是他们所熟悉的生活，语言是他们所熟悉的语言，所以特别感到亲切，爱读；还因为现在我们的孩子们都有一种中国

---

① 沈承宽编：《张天翼文集》（第9卷），上海：上海文艺出版社，1985—1991，页101。

② 孙幼军是童话作家。他的《小布头奇遇记》于1961年出版，颇受小读者欢迎，并获得第二次全国少年儿童文艺创作评奖一等奖（1980）。参陈子君主编：《中国当代儿童文学史》，济南：明天出版社，1991年版，页275。根据《中国少年报》一位编辑1962年的日记记录，张天翼曾表示《小布头奇遇记》“是一本不错的作品，但并不是没有缺点”。参沈腴正、聪聪：《张天翼和中国少年报》，沈承宽等编：《张天翼论》，长沙：湖南文艺出版社，1987年版，页17。金江的童话集《鼻子》出版单行本时曾引起争论，浙江人民出版社为此征求张天翼的意见，张天翼于是提出了他对这本童话集的看法。参《复浙江人民出版社编辑部的一封信》，《张天翼文集》第9卷，页417—418。

人民的自尊感和自豪感……[①]

此外，张天翼对当时儿童读物的“质”也表示了不满。他认为儿童读物中的文学创作，好的作品“为数不多”，“大部分作品对孩子们不够有吸引力”。他借用一位儿童文学作家的话批评道：

> 我们目前一般的作品总不免公式化、概念化，千篇一律，孩子们不爱看。[②]

不过，张天翼对这类作品的批评是温和的，因为它们“无害”。这些作品尽管“思想水平和艺术水平还不够高”，“小孩子看了没味道”，但“那些作者究竟是认认真真在写，想通过作品来教育儿童的”，“他们的主观愿望是好的”。张天翼还鼓励这些作者“慢慢提高”水平，说他们“不是没有希望的”。[③]

反之，对于另一类“有毒素”的“坏书”，张天翼则给予了严厉的批评。所谓“毒素”是指“迷信、封建、黄色”等。他批评一些书商重印1949年以前的“坏书”，甚至“拉拢一些不负责任的作者，印书赚钱”。[④]

他也指出“坏书”之所以流行，是因为儿童读物奇缺的缘故：

> 孩子们也像大人一样需要文娱活动，需要课外读物……给他们的作品少得不成话。连“小人书”都很少是专为小孩子的。于是孩子们只能够到手什么就看什么，不管是不是超过自己的阅读能力，也不管内容好坏……孩子们在这方面闹饥荒，饥不择食地连有毒的东西也拿来吃，而且已经有我们的孩子中了毒了。[⑤]

因此，他希望作家们写评论文章：

> 我们作家也责无旁贷，要用作品去争取这些青少年们，要向群众揭发那些有害的读物并推荐好的读物。[⑥]

50年代中、后期，张天翼继续关注儿童文学创作与儿童文学理论批评不足的问题，认为中国儿童文学还“只不过是儿童时代”，“儿童文学作品（连我的

---

① 《张天翼文学评论集》，页223。本文原刊于《北京日报》，1953年11月3日。

② 《张天翼文学评论集》，页224。

③ 参《张天翼文学评论集》，页224；《谈谈儿童文学问题——在中国作家协会创作工作座谈会上的发言》，《张天翼文集》第9卷，页423。

④ 参《张天翼文学评论集》，页224。

⑤ 参《张天翼文学评论集》，页225、227。

⑥ 《“作家们不要再沉默了”》，《张天翼文学评论集》，页228。

在内）都还幼稚，都有缺点”。①

此外，他对当时一些儿童文学作家以为写儿童文学“不要深入生活”的看法，提出了不客气的批评：

> 这些人的作品孩子不看，大人更不看，人们批评他们不了解孩子的生活，不懂得孩子的心理，乱写一通，毫无趣味。②

张天翼上述种种评论，虽不免受政治因素的影响，但基本上还是实事求是的批评，颇能切中时弊。可是，在1960年发表的《我们对当前少年儿童文学的一些意见》（与严文井联合发表，以下简称《意见》）中，他回顾50年代儿童文学的发展概况时，却明显地顺应文艺潮流，作出过激的、非学术性的评论。

对于那些所谓“有害的作品”，他从前仅批评它们含有“毒素”，这时则直斥它们为“毒草”。他说：

> 但几年来，也出现过一些有害的作品。有的美化地主阶级，宣传个人奋斗；有的攻击新社会，丑化农村干部；有的嘲笑飞跃和理想，以小市民的人生观，向孩子们进行安分守己的说教。有些所谓整理的民间童话，翻来覆去地描写神仙赠宝，要啥有啥，向少年儿童灌输发财致富、喜逸恶穷的思想情感。有些所谓儿童创作的诗歌，满纸风花雪月，虚无缥缈，引孩子们脱离现实，幻想去当神仙。这类作品，数量虽然不多，但说明，资产阶级思想的影响和侵蚀，仍是当前最值得警惕的危险。除了创作方面有毒草外……③

反之，对于大多数与社会政治生活紧密联系的作品，张天翼则给予好评，认为“许多作品的政治性、思想性和艺术性比起解放以前有质的飞跃”。

所谓“质的飞跃”，是指作品主题的“政治性和思想性加强了”，题材和样式也“较前丰富多样了”。张天翼在这方面做了具体的说明，他说：

> 从前很少或简直不让钻进儿童文学的门的一些主题和生活的方面，现在也写给孩子看了。我们这一时代的新人新事，从孩子们自己的生活、少先队生活，一直到社会主义革命和建设中的新人物、新品质、新的人与人的关系，在作品里有所反映了。最近两年，还开始出现反映我

---

① 《复浙江人民出版社编辑部的一封信》，《张天翼文集》第9卷，页417。

② 《谈谈儿童文学问题——在中国作家协会创作工作座谈会上的发言》，《张天翼文集》第9卷，页425。

③ 《中国青年报》，1960年8月5日。这是张天翼和严文井在第三次文代会上的发言，《中国青年报》的编者摘要并加小标题。

> 们总路线、大跃进、人民公社的某些侧面的作品。此外，还把眼界扩到全世界，把咱们孩子所关心的国际上的一些问题，做了诗和散文的主题。写革命斗争的英雄故事，以前很少的，现在逐渐多起来了……孩子们很喜欢阅读革命斗争回忆录……[①]

以上是张天翼对作品的主题和题材所作的具体介绍。如果结合他的其他言论来看，他对上述主题与题材的肯定其实有点儿言不由衷。例如，1959 年，他曾经批评某些儿童文学作家“没有生活还是在写作品”，批评他们抹杀“表现现代儿童新品质的作品”;[②] 1961 年，他曾经针对当时儿童文学作品公式化与概念化的问题发言;[③] 1981 年，他为儿童文学作家刘厚明的作品写序时，称赞他“没有为配合政治任务去追求所谓的‘重大题材’，也没有因为有人说儿童文学应以塑造‘工农兵成人形象为主’而放弃反映孩子们的现实生活”[④]。

在评论张天翼对 50 年代儿童文学作品的看法之前，我们先来了解一下这一时期儿童文学创作的情况。今天，中国儿童文学界一致认为 50 年代是“五四”以来“中国儿童文学发展中最有成绩的一个时期”，尤其是 50 年代中期（1955—1957），更被誉为中国儿童文学的第一个黄金时代。[⑤]

但是，由于当时几乎所有的儿童文学作家都把儿童文学视为对儿童进行思想教育的工具，一般作品的说教味道其实颇浓，艺术性则相对显得淡薄。尤其是 1957 年反右派运动开始以后，儿童文学界展开了一系列的批判运动，[⑥] 儿童文学的发展因此受到挫折。在创作方面，作家们更加贴紧政治，往往按某项具体的政治政策写作，以致作品的主题和题材日趋狭窄，表现形式也逐渐模式化，缺乏艺

---

① 《中国青年报》，1960 年 8 月 5 日。

② 《谈谈儿童文学问题——在中国作家协会创作工作座谈会上的发言》，《张天翼文集》第 9 卷，页 425—426。

③ 张天翼 1961 年 8 月 10 日在北京市儿童文学座谈会上发言，针对当时作品公式化与概念化问题提出意见。有关发言的记录发表于《人民文学》1979 年第 7 期，篇名为《从人物出发及其他》。

④ 参《〈刘厚明小说剧本选〉序》，《张天翼文集》第 9 卷，页 465。

⑤ 参蒋风:《中国当代儿童文学史》，石家庄：河北少年儿童出版社，1991 年版，页 11、20；陈子君主编:《中国当代儿童文学史》，页 3。

⑥ 1957 年到 1958 年间，中国儿童文学界展开了对童话《慧眼》和儿童连环画《老鼠的一家》的批判。它们被指为“反社会主义”的作品。1958 年，儿童文学界对童话创作提出了“古人动物满天飞，可怜寂寞工农兵”的批评。于是，一批描写古人、动物的童话作品及其作者都遭到了批判。同年，《小朋友》和《少年文艺》两个刊物被认为“脱离政治，脱离实际，脱离群众”；它们的办刊方针则被指为提倡“亲切论”和“趣味论”。1960 年初，文艺界开始了对“人性论”等所谓“修正主义”的批判。1960 年 5 月和 6 月，宋爽与何思分别撰文批判陈伯吹，指他鼓吹“儿童本位论”、“儿童文学特殊论”，实际上是“人性论”在儿童文学领域的反映。之后，张天翼、严文井和其他作家也参与有关的批判。陈伯吹的理论最后被判定为资产阶级“童心论”。参蒋风主编:《中国当代儿童文学史》，页 163—170、183—185；陈子君主编:《中国当代儿童文学史》，页 12、172—173。

术感染力。茅盾曾经批评1960年的儿童文学创作“政治挂了帅，艺术脱了班，故事公式化，人物概念化，文字干巴巴”①，这也正好可以作为50年代后期多数作品的一种概括。

那么，为什么在《意见》一文中，张天翼对这方面的偏差却不作任何批评呢？其原因并不难理解。“1960年是少年儿童文学理论斗争最热烈的一年”②，儿童文学界在这一年批判了所谓“儿童文学特殊论”、“童心论”等。在这种形势下，张天翼发表意见时便有所保留了。

虽然如此，张天翼在《意见》一文中究竟还是作了某种暗示的，他说：

> 我们应该有所提倡，但这决不意味着此外的就要受到排斥。我们提倡以共产主义精神思想教育孩子们，革命的现实主义和革命的浪漫主义相结合的作品。但也要从实际基础出发。③

这里，张天翼提出了不要排斥其他主题和题材的主张，更婉转地指出了当时作品脱离实际生活的问题。

（二）对儿童文学特殊性的看法

1960年年初，中国文艺界开始批判“人性论”。在儿童文学领域，宋爽（1927—?）于这一年5月发表了《“儿童本位论”的实质》一文，批评儿童文学作家与理论家陈伯吹过分强调儿童文学的“特殊性”，指出陈伯吹鼓吹的是“儿童本位论”（或“儿童立场论”），说“儿童本位论”“实际上就是资产阶级人性论在儿童文学领域的一种反映”。④ 6月，何思的文章《什么样的翅膀，往哪儿飞？——破陈伯吹童话之“谜”》则批评陈伯吹的童话理论是“幻想论”。⑤ 8月，张天翼和严文井在第三次文代会上联合发言（即《意见》一文），谈的主要是“儿童文学特殊性”的问题。

在发言中，张天翼先判定“儿童立场论”者所说的“儿童文学特殊性”是一种资产阶级文艺观。他批评“儿童立场论”者过于“夸大”儿童文学的“特殊性”，认为“儿童立场论”者强调“儿童本质”、“儿童情趣”，想做到“艺术

---

① 《一九六零年少年儿童文学漫谈》，见孔海珠编：《茅盾和儿童文学》，上海：少年儿童出版社，1990年版，页490。本文原刊于《上海文学》，1961年8月号。

② 《一九六零年少年儿童文学漫谈》，《茅盾和儿童文学》，页468。

③ 《中国青年报》，1960年8月5日。

④ 蒋风主编：《中国儿童文学大系・理论（一）》，太原：希望出版社，1988年版，页732—740。本文原刊于《文艺报》，1960年第10期。

⑤ 参蒋风：《中国当代儿童文学史》，石家庄：河北少年儿童出版社，1991年版，页11、20；陈子君主编：《中国当代儿童文学史》，页3。

第一”的结果，是想使儿童文学变得与成人文学截然不同，使儿童文学不能为政治服务。他们的创作理论也有问题——“强调空想和鸡毛蒜皮”，主张“只能写孩子的身边琐事”，“不能写重大题材和激烈的斗争”。此外，张天翼也批评“儿童立场论”者夸大童话中的“幻想”作用，是要引孩子去“梦游”，去“雾里看花”，换言之，是“反对少年儿童文学为无产阶级的政治服务，反对对少年儿童进行生产和阶级斗争的教育”。最后，张天翼指出“‘儿童立场论’实质上就是‘人性论’的变种”，而“儿童立场论”者所谓“儿童本质”、“儿童情趣”，则是“他们把‘人性论’运用到儿童文学领域内来变的戏法”。①

张天翼在《意见》一文中并未点出陈伯吹的姓名，而且他的意见与宋爽、何思如出一辙。因此《意见》一文，与其说是对陈伯吹“儿童立场论”或“儿童文学特殊论”的批判，毋宁说是张天翼对有关问题的公开表态。

其实，张天翼在《意见》中所要特别强调的，是他所说的“儿童文学特殊性”，与“儿童立场论”者是有分歧的。分歧在于：他认为“不同年龄的孩子有不同的年龄特征”，而且，时代、社会和家庭对他们也会有所影响；“儿童立场论”者则认为“不论在什么时代什么社会，不论什么年龄的孩子，本质上都一模一样”。

张天翼进一步说明自己因为着眼于“不同”，所以主张按照不同年龄孩子的具体情况（知识、兴趣、接受能力、接受方式）来“确定儿童教育和儿童读物的方针和办法”。至于“儿童立场论”者，因为他们强调“同”，所以主张要配合儿童相同的年龄特征（“智力低下”）与共同兴趣（“喜欢胡思乱想和鸡毛蒜皮”）写作，致使孩子们脱离了政治和社会生活。②

如果细读陈伯吹的儿童文学理论著作，我们就会发现，他虽然比当时的许多理论研究者更强调“童心”、“儿童情趣”，更重视儿童文学的艺术性，但是他的基本理论观点，其实与批判他的人并没有什么很大的“分歧”。例如，他认为儿童文学“从属于政治而为政治服务”，儿童文学也可以写“重大”的主题和题材；他也曾经对不同年龄阶段的儿童文学作品特点作过具体的探讨。③

张天翼对陈伯吹“儿童文学特殊性”的批评，的确有牵强附会之处，但他对儿童文学特殊性的阐释，则说明他重视儿童文学读者对象的特点。在《意见》一文中，他反对人们“缩小”儿童文学特殊性的“意义”。他说：

---

① 《中国青年报》，1960 年 8 月 5 日。

② 参《中国青年报》，1960 年 8 月 5 日。

③ 参《谈有关儿童文学的几个问题》，北京师范大学中文系儿童文学教研组编：《儿童文学教学研究资料》，第 1 辑，页 103—115。

> 如果对这个特殊性认识不足，以为给孩子们写作品和给成人们写作品可以毫无区别，从作家来说，就不容易把作品写得适合孩子的需要。[①]

儿童文学的特殊性指儿童的年龄特征，这并非张天翼的创见，[②] 但他十分重视儿童年龄特征，而且在实际创作中对此深有体会，因此，能够在原则上给予人们比较具体的指导。例如，他说：

> 据调查，五年级以上的孩子们是喜欢看反映革命斗争的长篇小说的，因此，除了可以考虑从现在流行的优秀长篇小说中选择一批（其中有的可以成为节本）推荐给高年级的孩子们看以外，同时还要请作家们主动为少年儿童写作这类题材。这样做会更适合于小读者一些。[③]

又如，他在《从人物出发及其它》中指出，要孩子们爱看、写他们自己生活的作品，“就要求我们写得真实、生动、深刻，具有典型性，符合孩子的生活、语言等特点”[④]。他甚至指出：“一本好的儿童读物……在封面设计、装帧、插图等方面，也要适合儿童的特点和趣味，为他们所喜爱。”[⑤]

（三）论儿童文学的创作原则

张天翼一向视儿童文学为教育工具。在三四十年代，他注重的是政治意识的灌输，到了50年代，他则转而重视儿童品质（符合社会道德规范的品质）的培养。

1959年，张天翼在他的儿童文学作品集《给孩子们》的序里，提出了儿童文学创作的两个原则（或“标准”）——“受益”和“爱看”。

所谓“受益”，纯粹是从教育作用方面着眼的，因为他认为儿童文学作品对于小读者的思想和行为起着很大的影响：

> ……少年儿童文学作品比起其他的作品来影响更大，读者特别多……而且小孩子和成人不一样，他们看书都非常认真，一本书不论好坏，孩子看了以后，很快地就可以从他们的思想感情、行为习惯等方面

---

① 《中国青年报》，1960年8月5日。

② 50年代，中国儿童文学界大量翻译苏联的儿童文学理论著作。当时，中国儿童文学的基本理论，几乎全盘移植自苏联。苏联的儿童文学理论主要强调：①儿童文学的共产主义教育方向性；②儿童年龄特征对儿童文学的制约作用；③儿童文学的教育作用须通过艺术途径来实现。参蒋风主编：《中国当代儿童文学史》，页160—162。

③ 《中国青年报》，1960年8月5日。

④ 参《张天翼文学评论集》，页263。

⑤ 《不能辜负孩子们的期望》，《张天翼文学评论集》，页287。本文是张天翼1978年10月17日在全国少年儿童读物出版工作座谈会上的发言，原刊于《文艺报》，1978年第6期。

看出影响来，不是好影响，就是坏影响……[①]

他还进一步指出，如果孩子们受了坏影响，“就会教养成不是我们社会所需要的孩子”[②]。

对于“受益”和“爱看”的内容以及两者之间的关系，张天翼作了很清楚的说明：

(1) 要让孩子们看了能够得到一些益处，例如使孩子们能在思想方面和情操方面受到好的影响和教育，在他们的行为和习惯方面或是性格品质的发展和形成方面受到好的影响和教育，等等。这是为孩子们写东西的目的。为了要达到这个目的，那么还要——

(2) 要让孩子们爱看，看得进，能够领会。[③]

张天翼很明显是把“爱看”作为达到“受益”的手段的。至于怎么能够令孩子们“爱看”，张天翼也作了比较具体的说明：

关键是要写出使孩子们受益和爱看的好作品。——使孩子们能通过这些作品……受到良好的教育和影响……而这些作品又是具有艺术感染力和吸引力的，真实地反映了孩子们的生活，说出了他们的心里话，使孩子们喜欢看，看得进。[④]

从这里，我们看到张天翼对儿童文学的艺术性以及对儿童读者的重视。在其另一篇文章《谈谈儿童文学问题》里，他也强调儿童文学的“特殊性”只是在于读者对象的不同，儿童文学“无论如何总是文学”，“如果说儿童文学有它的规律的话，也是我们一般的文学创作规律”[⑤]。

这些意见，其实已经触及儿童文学既属于文学范畴又与成人文学有所区别的本质特征。可惜张天翼因为以“文艺为政治服务”为立论依据，所以特别突出儿童文学的教育作用（“受益”），反而把文学艺术上的追求（“爱看”）置于第二位。他自己的文学造诣精深，还能够在“受益”的大前提下达到“爱看”的标准，一般作者（尤其是初学者）的作品，则往往因为艺术性不足而充满说教意味。

张天翼从创作实践中，也深深地体会到要令小读者“爱看”之难。他说：

---

① 《复浙江人民出版社编辑部的一封信》，《张天翼文集》第9卷，页420。

② 《复浙江人民出版社编辑部的一封信》，《张天翼文集》第9卷，页421。

③ 《〈给孩子们〉序》，《张天翼文学评论集》，页350—351。本文原刊于《给孩子们》。

④ 《最可感小读者的酬报》，《张天翼文学评论集》，页294。

⑤ 参《复浙江人民出版社编辑部的一封信》，《张天翼文集》第9卷，页422。

……儿童文学往往不被社会重视，而写作儿童文学作品却比写给成人看的作品更费心血——或者说，写出真正为孩子们喜爱的作品比写给成人看的作品更难。①

给孩子们写东西，在我是一件很吃力很艰苦的工作，比写给成人看的东西要多花几倍到十几倍的时间和精力，而且总是写了又重新写过，改了又改。古人说“语不惊人死不休”。我不是追求什么“惊人之语”，但是坚持孩子们不满意就不算数。因此，常常是一句话要写十几个样子，才最后定下来。在写作过程中往往饮食、睡眠都不正常，写完一篇作品，好像病了一场。②

“受益”和“爱看”不但是张天翼的创作原则，也是他品评作品的标准。他在正式提出这两个原则之前，已经以此指导出版工作者。他说：

出版的尺度目前不得不放宽些。宽到什么地步呢？什么标准呢？我以为只要①给孩子们读了没有害处，却有点儿好处（无论哪方面的好处）；②孩子们读得懂，而且爱读，——有这两个条件，就可以出版了。③

在1949年以前，张天翼论一般文学的创作，也同样提出注重教育作用与艺术性的主张。他在《关于文艺的民族形式》一文中说：

我认为这些作品不但要写得入情入理、生动、亲切，而且还必须通过这个故事——给他们（指“一般老百姓”）一些更重要更深刻的东西：而这就是这篇作品里面所含的“不错的教训”。只有这样，才能真正教育他们，真正使他们进一步得到有益于他的的滋补品。而同时——这也是深刻的有价值的艺术作品。④

到了70、80年代，张天翼仍在多篇文章中重申“受益”和“爱看”的观点，并特别强调“儿童文学是重要的教育工具”。⑤ 由此可见，在张天翼的文学理论中，“受益”和“爱看”的创作原则是始终一贯的。

---

① 《〈刘厚明小说剧本选〉序》，《张天翼文集》第9卷，页454。

② 《为孩子们写作是幸福的》，《张天翼文学评论集》，页363。

③ 《复浙江人民出版社编辑部的一封信》，《张天翼文集》第9卷，页417。

④ 《张天翼文学评论集》，页103—104。本文原刊于《现代文艺》，1940年第2卷第1—2期。

⑤ 例如，他在1980年发表的《为孩子们写作是幸福的》、《最可感小读者的酬报》、《一切为了使孩子们受益和爱看》等文章中，都提到“受益”和“爱看”的创作标准。他在《再为孩子们讲一句话》（1978）、《代表孩子们的感谢》（1979）、《把孩子们从“饥荒”中救出来》（1979）等文章中，都强调“儿童文学是重要的教育工具”。

（四）论内容与形式的关系

从张天翼"爱看"为"受益"服务的观点，我们就可以推知他对内容与形式关系的看法是：内容决定形式。他说：

>……能用小说、戏剧形式来写，就用小说、戏剧形式，如只用童话才能讲清楚的，就用童话……用寓言形式，也是为了通过比喻使含义更为鲜明突出，容易把问题讲清楚……总之要看是什么思想内容、什么题材，写给哪种读者看，这才决定怎么样写，用怎样一种表现形式。不是从定义出发，不是从形式出发，是从事实出发，从教育效果出发，是内容决定形式。①

因为形式是由内容决定的，所以运用形式时不必拘泥于形式（这里指体裁）。有人因为他的童话与一般童话写法不同，请他说明童话的定义，他却这样回答：

>搞清楚了什么叫童话，不一定能写出童话，写出童话的人，不一定能讲清楚童话是怎么一回事。②
>
>我可从来没有去想过这（指他的童话）配不配叫做童话或其他的什么什么。假如您认为它不符合您的童话的定义，那您就别叫它童话就是。您爱叫它什么就叫它什么，我都没有意见。③

张天翼的回答很容易使人误会他重内容而轻形式。事实上，张天翼只是主张内容重于形式罢了。这在他30年代一篇讨论内容与形式关系的文章中可以看出来。他在文中对形式完美但内容空洞的作品表示不满；反之，对形式不成熟但内容丰富的作品则表示可以接受。他认为在新文学发展时期，形式虽然一时赶不上新的内容，但"它还是向新形式渐渐走去的，一直要走到'跟新内容一致'"④。

在该文中，张天翼也认为"形式是由内容决定的"。这说明张天翼的儿童文学观与他的成人文学观之间有着内在的联系。

（五）论儿童文学的创作方法

1961年6月，茅盾（当时是文化部长）撰文批评1960年的儿童文学作品存

---

① 《从人物出发及其它》，《张天翼文学评论集》，页263—264。

② 《从人物出发及其它》，《张天翼文学评论集》，页263。

③ 《〈给孩子们〉序》，《张天翼文学评论集》，页352。

④ 《什么叫做文学作品的内容与形式？是形式决定内容呢，还是内容决定形式?》，《张天翼文学评论集》，页16—23。本文原刊于《文学百题》（上海：上海生活书店，1935年版）。

在着“故事公式化”、“人物概念化”等问题。同年8月，张天翼发表了《从人物出发及其它》（以下简称《人物》）的谈话。针对“公式化”和“概念化”问题提出解决的方法。

张天翼认为“故事公式化”和“人物概念化”是创作不得法的结果。他主张创作时要“从人物出发”，而要做到“从人物出发”，则要“深入（儿童）生活”。对于后者，张天翼在另一篇文章《为孩子们写作是幸福的》（以下简称《幸福》）中有更详细的论述。

1．从人物出发

所谓“从人物出发”，是指创作时先考虑的应该是人物，这包括“人物的思想、感情、性格、心理活动，做某一件事的动机等等”。①

张天翼认为写作时“重点在写人物”，其他如故事、事件、情节、主题思想等，都是“跟人物走的”。只要从人物出发，“故事和事件就出来了”，“主题思想也自然而然在其中了”。他说：

> 只要人物想定，随着人物的活动，写着写着细节自己就会出来的……人物的发展怎样，是肯定的，还是否定的，如果写作前想定了，人物的种种表现、思想和问题自然就出来了。人物的世界观、思想、感情问题是从生活来的，不管作家自觉不自觉，它自然而然就出来了，主题思想也自然而然在其中了……情节要想写得离奇曲折并不难，编个故事还是容易的。但重要的是写人，人物写得活，自然吸引人，如果人物写得不真实、不典型，读者就只好要求故事的离奇曲折了。②

此外，由于每个人物都不会是完全一样的，因此，从人物出发，写出来的故事和所表达的主题思想也就不会流于公式化和概念化了。反之，如果从故事、事件出发，就“容易落套，要不就很干巴”；如果“在写作中注意主题思想、注意表现问题”，“又容易从思想、问题出发去找事件，找人物。这样一写又容易概念化”。③

张天翼在文学创作上是十分重视人物刻画的。但是，“从人物出发”并不是他所主张的唯一的创作方法。他的文论中有好几篇谈人物描写的文章，其中的一些观点，与上述的“从人物出发”也很相近。不过，他只是强调“熟悉、了解人物”是创作“基本功中的基本功”，至于“写作的时候从哪一点出发”，他则

---

① 《从人物出发及其它》，《张天翼文学评论集》，页260。

② 《从人物出发及其它》，《张天翼文学评论集》，页261、263。

③ 《从人物出发及其它》，《张天翼文学评论集》，页260。

认为“都可以”。[①]

由此可见，“从人物出发”只是张天翼为纠正当时创作上的偏差而提出来的一个方法，针对性是比较强的。当然，这也是张天翼自己数十年来从事文学创作的深刻体会。

2. 深入儿童生活

怎样才能做到“从人物出发”呢？张天翼认为必须深入儿童生活，熟悉儿童。他说：

> 不要以为大人才需要生活。搞儿童文学就可以不必了。其实同样需要深入到孩子们的生活中去。[②]

深入儿童生活也是使作品达到“受益”和“爱看”这两个标准的主要途径。在《幸福》一文中，张天翼进一步提出“和孩子们交朋友”的主张：

> ……要熟悉、了解孩子，首先要热爱孩子，与孩子们交朋友，与孩子们建立深厚的、真挚的感情。[③]

张天翼以自己的创作经验为例说：

> 解放前，我就常和一些孩子们在一起……我想，如果不是我曾经和孩子们混得很熟，就写不出那些给他们看的童话和小说。解放后更是这样：我所有的创作题材的获得，都是从孩子们中来的……我观察、了解到他们（以及他们的同学和朋友）的思想、感情、心理活动、生活趣味、习惯爱好，以及语言动作等等——那些充分显示了儿童本色的东西。[④]

观察、了解儿童并不简单。张天翼认为，“作家要观察到他们自己还没有感觉到，还不了解的东西”，“观察人物，对外表行动固然要注意，但更主要的是了解人物的内心”。[⑤]

---

① 参《关键要熟悉了解人物》，《张天翼文学评论集》，页 272。这是张天翼 1963 年在湖南省文联召开的座谈会上的发言。本文原刊于《湘江文艺》，1979 年第 10 期。除了本文，张天翼讨论人物描写的文章还有《谈人物描写》（1941）、《关于人物性格与典型问题》（1979）等。参《评论集》，页 109—192、265—271。

② 《从人物出发及其它》，《张天翼文学评论集》，页 261。

③ 《为孩子们写作是幸福的》，《张天翼文学评论集》，页 361。

④ 《为孩子们写作是幸福的》，《张天翼文学评论集》，页 362。

⑤ 《从人物出发及其他》，《张天翼文学评论集》，页 262。

张天翼指出，有些作家在儿童中间生活了很久还写不出东西，除了技巧问题之外，也与作家的“思想水平、生活积累的深度如何”有很大的关系。至于一些写儿童生活的作品，儿童却不爱看，张天翼的批评更是一针见血，“作品所写的还没有孩子们自己了解的多，或者写得假”。[①] 当时的许多作品，正是存在着张天翼所说的这些缺点的。

于是，张天翼特别提醒作家以“平等的态度”，“真心实意”地对待孩子，以求真正了解孩子。他说：

> 作家在接触、了解孩子的时候，不应当是创作者和材料的关系或者工作者与工作对象的关系，而应当一方面像教师，一方面像母亲，还要是朋友，以平等的态度对待孩子，真心实意地关心孩子……以平等的态度对待孩子，孩子的本色就会很自然地在你面前表露出来。[②]

“深入儿童生活”除了使作家能够“从人物出发”以及作品能够让孩子“受益”、“爱看”的先决条件之外，还有一个作用，就是可以检验作品是否达到“受益”和“爱看”的标准。他说：

> 一篇作品写成，怎样判断它达到那“两个标准”没有呢？怎样知道孩子们满意不满意呢？那还是要到孩子们中去，念给孩子们听，让孩子们来检验。[③]

在《一点希望》中，他也告诉青年儿童文学作家要深入生活、了解儿童，并让他们来检验作品：

> 也只有熟悉、了解孩子们——你的读者、服务对象，把你写的东西拿给他们看，直接听取他们的反映，你才能真正了解孩子们的需要……作品在孩子们中起的实际作用，他们的好恶、取舍，也是检验儿童文学作品好、坏的标准。[④]

张天翼从多方面说明深入儿童生活的重要性，给儿童文学作家提示了一条克服作品公式化和概念化的根本途径。他自己的创作题材与作品中的人物，基本上来自儿童生活。

---

① 《从人物出发及其它》，《张天翼文学评论集》，页263。

② 《从人物出发及其它》，《张天翼文学评论集》，页262。

③ 《为孩子们写作是幸福的》，《张天翼文学评论集》，页363。

④ 《张天翼文集》第9卷，页445。

三、张天翼儿童文学观纵论

张天翼以儿童文学作家而兼及理论探索，他的儿童文学观，是以自己丰富的创作经验为基础，同时又受当时儿童文学理论体系与时代背景所影响的。

罗炯光《张天翼文学批评的流变与特色》一文，特别推许张天翼40年代初的文学批评研究，称张天翼是“继鲁迅茅盾等人之后，从事批评的作家中卓有建树的一位”[①]。文中对张天翼的儿童文学批评只有一句评语：“解放后的一些文章还对儿童文学提出了许多有益的意见。”[②]

张天翼对儿童文学提出了哪些有益的意见？他的意见是否有不足之处？这是我们要考虑的问题。

30年代，张天翼曾经批评过当时的童话“哄人”，认为儿童文学应该反映现实的世界。他这些观点，无疑是受到当时左翼儿童文学理论的影响。

1949年以后（主要是五六十年代），张天翼对儿童文学的本质、作用、创作方法等问题有所阐释，对五六十年代的儿童文学创作也有所评论，于是形成了他自己的一套儿童文学观。

蒋风主编的《中国当代儿童文学史》认为中国当代儿童文学的理论体系，“一开始也几乎是从苏联的理论模子里浇铸出来的”，并且“受到它所依附的特定社会历史条件的制约，受到它所处的那个时代整体学术文化思潮的影响”。[③]因此，即使是五六十年代研究儿童文学理论最有成绩的陈伯吹和贺宜，[④]他们的理论（尤其是儿童文学基本理论）也不能超越那个时代的理论取向。

张天翼的儿童文学理论也如此。他最为人所知的两个创作标准“受益”和“爱看”，在用语上或许是从鲁迅所说的“有益”和“有味”取得灵感，[⑤]其内容是受苏联儿童文学理论的影响，而“受益”和“爱看”之间目的与手段关系的说法，则是把“政治第一，艺术第二”的说法运用到儿童文学理论方面来了。

张天翼是讲求文学的政治功利性的，因此，他才从教育作用着眼，强调要使儿童“受益”的创作原则。不过，他对儿童文学如何为政治服务有着自己的看法：

---

① 沈承宽等：《张天翼论》，页265。

② 沈承宽等：《张天翼论》，页265。

③ 蒋风主编：《中国当代儿童文学史》，页157、161。

④ 蒋风《中国当代儿童文学史》说：“在50年代儿童文学理论建设的参与者中……就理论研究在总体上所涉及的深广度及其影响而言，他们当中最突出的无疑是两位并非专事研究的理论工作者——陈伯吹和贺宜。”（页171）陈伯吹50年代出版的理论著作有《作家与儿童文学》、《儿童文学简论》、《在学习苏联儿童文学的道路上》等；贺宜五六十年代的著作有《散论儿童文学》、《童话的特征、要素及其它》、《小百花园丁杂说》等。

⑤ 鲁迅在《〈表〉译者的话》（1935）中批评30年代的儿童书“拼命的向后转”，对儿童来说，既谈不上“有益”，更谈不上“有味”（指趣味）。参《中国现代儿童文学文论选》，页149。

……只要真正做到对孩子有教益，为孩子们喜闻乐见，使他们通过阅读作品能够克服自己身上的某些缺点，有所前进，这就是为政治服务——作者为培养一代新人，为祖国的未来和希望，贡献了自己的力量。①

把“教育”理解为改正缺点，无疑有很大的局限性。他这个观点对他的儿童文学创作也有所牵制。从另一个角度来看，他这个观点尚能符合实际，并未趋附潮流，提倡写所谓的“重大主题”。

如果说张天翼的“受益”与“爱看”原则是当时被广泛接受的儿童文学观点的概括与演绎的话，那么，他所提出的具体的创作方法——“从人物出发”与“深入儿童生活”则是他个人的见解。

在《人物》一文中，张天翼提出一般创作上的问题（公式化、概念化），并深入浅出地说明解决的方法，把自己的创作实践经验娓娓道来，与大家分享。

公式化与概念化问题之所以产生，主要是因为人们一味追求所谓的“重大题材”，汲汲于“小英雄形象”、“工农兵成人形象”的塑造。这样的儿童文学作品，文学性自然十分薄弱。张天翼提出“从人物出发”与“深入儿童生活”的主张，可谓对症下药，同时，也反映了他对儿童文学偏离文学轨道的担心。他曾经对学生邓友梅说：

我是讲文学的功利主义的。不为了革命功利、阶级功利，写作有什么意思呢？可文学总还要是文学。如果没有了文学，文学的功利、目的又从何处谈起！……我还是赞成鲁迅先生的见解，一切的文艺都是宣传，但并非一切的宣传都是文艺！②

张天翼毕竟是有文学艺术修养的作家。他的儿童文学观，虽然不能跳出那个时代儿童文学理论的局限，但仍然提出了某些建设性的意见。至于他一度受“左”倾思潮冲击，对所谓“儿童立场论”者以及当时的作品作出非学术性的批评，则未尝不是他儿童文学事业上的一点儿遗憾！

---

① 《〈刘厚明小说剧本选〉序》，《张天翼文集》第9卷，页465。

② 邓友梅：《谢谢，天翼老师》，《人民文学》，1985年第6期，页121。

《和合本》在中文圣经多元系统中的位置

——前景与挑战*

庄柔玉

一、前　言

本文是一篇后续的撰述，试图在先前两项研究的基础上，进一步探索《和合本》在中文圣经多元系统中的位置，特别就《和合本》的经典地位及发展前景作前瞻性的探讨。

在《基督教圣经中文译本权威现象研究》一书中，[①] 笔者旨在论证《和合本》权威现象的真确性，一方面从华人信徒的圣经翻译观、语言观、传意观等对中文圣经的期望规范，探讨《和合本》权威现象的内在因素；另一方面则从期望规范背后的历史场景，从中文圣经多元系统内的关系组合，剖析《和合本》权威现象的外在因素。研究显示，在各项内在和外在因素的交相运作下，《和合本》自 1919 年出版以来，一直是基督教流传最广、发行最多的圣经中文译本，在中文圣经的多元系统中长期占据着中心位置，堪称圣经汉译的经典作品。

在《经典化与稳定性——管窥中文圣经多元系统的演进》一文中，[②] 笔者指出，中文圣经虽然是一个较幼嫩的多元系统，本身的库存不足，加上在中国文化这个大多元系统中僻处一陲，资源短绌，但由于受到次文化的刺激及“相邻系统”（adjacent system）的冲刷，所以尚可凭借“非经典化形式库”（non-canonized repertoire）的引进而作出自我调节性的制衡；而系统内“经典化的形式库”（canonized repertoire）亦在“一级模式”（primary model）或产品持续不断出现的挑战下得以有条不紊地演进。因此，纵使新的译经工作不断展开，新的圣经版本陆续出现，冲击着《和合本》一经独大的局面，中文圣经系统仍可界定

---

* 本文的初稿为“经典翻译与宗教传播——和合本圣经九十年”国际研讨会的宣读论文。会议由台湾中原大学宗教研究所主办，日期为 2009 年 12 月 7—8 日。修订稿刊《中国神学研究院期刊》，2010 年 7 月第 49 期，页 27—43。部分内容、文字曾作改动。

① 庄柔玉：《基督教圣经中文译本权威现象研究》，香港：国际圣经协会，2000 年版。

② 庄柔玉：《经典化与稳定性——管窥中文圣经多元系统的演进》，《中外文学》（翻译研究专辑），第 30 卷第 7 期，页 57—76。

为一个稳定而又尚未僵化的多元结构。

本文拟在上述两项研究的基础上，剖视在中文圣经这个稳定而又尚未僵化的多元结构中，《和合本》享有的经典性的意涵，主要就埃文·佐哈尔提倡的“动态经典性”（dynamic canonicity）与“静态经典性”（static canonicity）两个相对的概念，把《和合本》在中文圣经形式库中作为“经典文本”（canonical text）与“经典模式”（canonical model）的功能区分开来，[①] 从《和合本》的“能产原则”（productive principle）的维持状况，探视它在21世纪的前景与挑战。

二、视角与切入点

《和合本》的前景，可说是关注中文圣经的人士甚感兴趣的课题。在研究圣经翻译的过程中，笔者经常被问及以下问题：①《和合本》会/能否成为另一本《英皇詹姆士译本》（*King James Version*），享有近三百年的经典地位？②随着各种大规模推广活动的开展，《圣经新译本》会/能否取代《和合本》崇高的文本地位？③《和合本》的权威现象是不是华人基督徒群体故步自封的表征？

这些问题来自圣经翻译工作者、学者、神学生、牧者、信徒，以及对中文圣经译本感兴趣的教外人士。他们反复提问的，其实就是《和合本》经典化现象之可持续性。提问者虽然知道这些问题并没有，也不可能有确定的答案——因为它们指向的，是尚在成形、不能断定的未来——但仍热衷于提出这些问题，反映了他们对于圣经翻译尚未可知的现象，除了抱有一种拭目以待的态度外，还潜藏一份积极的好奇心与探究精神。本着同样的求问精神，笔者尝试采取一个相对抽离的立场，对这个尚未可知的现象大胆地作出抽象的推论与探索性的前瞻。

承接先前的两项研究，本文借助以色列文学及文化理论家埃文·佐哈尔（Itamar Even-Zohar）多元系统论（Polysystem Theory）的理论框架，假定中文圣经是一个由不同成分组成的、开放的结构（即埃文·佐哈尔所谓的“多元系统”），而中文圣经的演变则是一个可供研究的社会符号现象。[②] 这个现象一方面由中文圣经以内各个部分交叠并互相依存的子系统之变动所导致，另一方面则由中文圣经以外各个并存系统（co-system）与它交相运作所带来。[③] 这个假定意味着中文圣经的演变不是单一的、静态的、孤立的现象，而是与其他社会文化系统，甚至是世界的整体文化有或多或少的联系。也就是说，一个多元系统的状况

① “经典文本”至少有两重意思，第一种意谓一个文化里的建制阶层视为合乎正统文学规范的作品；第二种意谓占据整个多元系统的中心、享有最崇高地位的作品。本文的讨论专指后者。

② 有关多元系统论的阐述，见庄柔玉：《视野与局限——多元系统研究的理论与实践》，载《多元的解构——从结构到后结构的翻译研究》，台北：台湾学生书局，2008年版，页3—20。

③ 所谓“中文圣经以外各个并存系统”，意指中文圣经作为一个多元系统在其所属的整体结构内的其他并存系统。

是"与整体文化多元系统相互关联的"，而任何一个多元系统中的变化因素都"必须与整体的文化（'社会'）的变化因素一并考虑"[①]。换个角度说，多元系统论假定历史上发生的事件揭示了某些符号关系的"规范"（norm）或"或然性规律"（probabilistic law），而这些规范或规律有助于我们描述、分析、诠释，甚至推测一些相关或相类似事情的发展趋势。在这个假设下，本文集中阐述埃文·佐哈尔对"经典化"规律的假说，借以重思《和合本》经典化现象可持续性牵涉的核心问题：《和合本》"经典性"的意涵，作为探视《和合本》在21世纪的前景与挑战的切入点。

三、动态经典性

"经典性"（canonicity）这个术语，根据埃文·佐哈尔的说法，可清楚地界分为两种不同的用法：一种针对文本（text）层面，另一种针对模式（model）层面。换言之，把一个文本引进文学经典库是一回事，通过它的模式把它引进某个"形式库"（repertoire）则是另一回事。[②] 第一种情况可称为"静态经典性"，即一个文本被接受为制成品并且被加插进文学（文化）希望保存的认可文本群中。第二种情况可称为"动态经典性"，即一个文学模式得以进入系统的形式库（支配文本制作的一切规律和元素的集成体），从而被确立为该系统的一个"能产"的原则。[③] 对于任何多元系统的进程来说，第二种经典化才是最关键的。[④]

从文本的层面来说，《和合本》可视为一个被接受并加插进中文圣经形式库的"制成品"（product）。这个制成品自从引进中文圣经的多元系统后，在华人基督徒中广受爱戴，推崇为白话圣经的典范，说其享有属于文本层面的静态经典性，相信不会惹来什么争议。

从模式的层面来说，《和合本》的文学模式是否得以进入中文圣经系统的形式库，从而被确立为该系统的一个能产的原则，享有动态经典性，正是多元系统经典化进程的关键。这是因为经典化的模式才是经典库的真正制造者，代表了经

---

① 参张南峰：《中西译学批评》，北京：清华大学出版社，2004年版，页138。

② 形式库"意谓支配文本制作的一切规律和元素（可能是单个的元素或者整体的模式）的集成体。这些规律和元素，有些自世界上最早的文学出现以来似乎一直带有普遍性，但是有许多显然会随着时代和文化的不同而改变"。参 Itamar Even-Zohar，"Polysystem Theory"，in *Polysystem Studies*，*Poetics Today* 11：1（Spring 1990），pp. 17－18. 中译见埃文·佐哈尔著，张南峰译：《多元系统论》，《中外文学》，2001年第30卷第3期，页24。

③ "能产性"（productiveness）是针对文学模式是否得到遵从而言的。所谓"能产"的模式，意指文学模式能提供一套潜在的指示，在文学形式库中成为作品遵从或仿效的依归，因而具备一定的影响力。至于"能产"的原则，埃文·佐哈尔并没有清楚的界说，按《多元系统论》的上下文推断，大概就是"潜在的指示"的另一说法。

④ Even-Zohar，"Polysystem Theory"，p. 19. 中译见埃文·佐哈尔著，张南峰译：《多元系统论》，页25。

典化角力/进程中胜利者赖以成功的规律元素（形式库），而所谓经典文本，亦只是那些得以确立的规律元素最明显（conspicuous）的产品。也就是说，中文圣经多元系统的活动与演化，并不是建基于某一个经典文本（如《和合本》），而是紧系于《和合本》这个最明显产品所确立的文学模式及能产原则（经典模式），只有后者，才能处于能产形式库的中心，支配着中文圣经多元系统的演化。

从另一角度说，静态经典性与动态经典性的区别，在于经典文本背后的能产模式（可供遵从的一套潜在的指示）是否能同时得到承认和接受。埃文·佐哈尔曾指出一些情况：一个作家的文学作品得到承认，但作品的创作模式却被摒弃。这意味着作家的文学能产性已告终结，也标志着他们缺乏影响力和效率。对作家来说，这是莫大的遗憾，因为他们不被承认为当代文学的楷模。①

埃文·佐哈尔引述托尔斯泰（L. N. Tolstoj）和奥格斯塔·斯特林堡（August Strindberg）的例子，指出一些伟大作家的个人作品在历史经典库中已享有稳固的地位，但由于察觉自己的文学形式遭到摒弃，曾几度引进完全不同的文学模式，务求留驻在能产的经典化形式库的中心。② 相反，其他作家，也许绝大部分，都会一辈子紧守一套模式。他们也许能按照同样的（旧）模式制造出技巧较前纯熟的文本，但是有可能失去他们的当代地位。（不过，他们不一定会同时失去读者，只是大家一起从文学系统的中心走到边缘而已。）③ 这种情况清楚地证明，作家不是透过作品本身，而是通过文学模式及其能产原则，在文学系统中得到地位的。也就是说，文学作品的成功，只能为作家取得静态经典性；文学模式的成功，方能使作家享有具有支配形式库作用的动态经典性。

由是观之，要探视《和合本》这个经典文本在21世纪的前景与挑战，不能不讨论《和合本》所确立的文学模式及能产原则，是否仍值得遵从或推崇，因而继续留守在能产的经典化形式库的中心。

四、能产模式

《和合本》自出版迄今，足足有90年的历史，期间经历了两次修订工作，导致《新标点和合本》（1988）及《新约全书——和合本修订版》（2006）的诞生。修订的工作，可理解为《和合本》拥护者为了守住《和合本》作为一个经典化形式库在中文圣经多元系统中的领导地位/中心位置，引入一些跟本身不同的文学模式，以维持多元系统的控制权。套用埃文·佐哈尔的观点，假如修订的程序不成功，即《和合本》修订后的能产模式得不到承认和接受，《和合本》的拥护者及其形式库就会被挤到一旁，而另一群体就会把另一个形式库经典化，从

① Even-Zohar, “Polysystem Theory”, p. 19. 中译见埃文·佐哈尔著，张南峰译：《多元系统论》，页26。
② Even-Zohar, “Polysystem Theory”, p. 20. 中译见埃文·佐哈尔著，张南峰译：《多元系统论》，页26。
③ Even-Zohar, “Polysystem Theory”, p. 20. 中译见埃文·佐哈尔著，张南峰译：《多元系统论》，页26。

而走进中心。继续紧守已被取代的经典化形式库的人，很少能取得多元系统中心的控制权，他们通常会处于经典化的边缘。[①]

就目前的情况而论，《和合本》作为一个经典化的形式库，仍然位居整个中文圣经多元系统的中心。值得注意的是，这个形式库不是《和合本》1919 年首次面世时的形式库，而是通过引入其他的模式演化而成。如果说，在《和合本》经典化形式库而言，1988 年的《新标点和合本》属于微调，[②] 那么，2006 年的《新约全书——和合本修订版》显然是重大的变革；而变革中最为瞩目的，莫过于所依据的源文（source text）之改动：由 1885 年出版之《英国修订译本》所参考的新旧约源文版本（"the text that underlies the revised English versions of the Old and New Testaments"），[③] 改为深受当代圣经学者推崇的希伯来文及希腊文版本——旧约是依据联合圣经公会于 1997 年出版的斯图加特版希伯来文圣经（*Biblia Hebraica Stuttgartensia*）；新约是依据圣经公会于 1993 年出版的希腊文新约圣经第四修订版（*The Greek New Testament*, 4th Revised Edition）。[④]

伴随源文版本的改动，明确列出三项修订原则：

（1）尽量少改，不是单单为了修改而修改。

（2）尽量保持《和合本》原来的风格。

（3）符合今天中文的用法和表达习惯。[⑤]

修订原则最微妙的地方，是第一项与第二项修订原则所隐含的精神意蕴。既然新依据的源文版本跟 1919 年出版的《和合本》所依据的极为迥异，而新依据者又为当代极富权威的圣经版本，在《和合本》修订者所强调的忠于原/源文的

---

① 参 Even-Zohar, "Polysystem Theory", p. 17. 中译见埃文·佐哈尔著，张南峰译：《多元系统论》，页 23。

② 《新标点和合本》的修订幅度相当微小，主要是标点符号、人名地名等体例问题："本书是'新标点和合本圣经'，仍是一九一九年出版的'和合本圣经'，内容没有修改。"见《出版说明》，《新标点和合本》，修订版（香港：联合圣经公会，1988）。

③ 参 1890 年欧美传教士译经大会的决议：*Records of the General Conference of the Protestant Missionaries of China*, Shanghai, May 7 – 20, 1890 (Shanghai: American Presbyterian Mission Press, 1890), XL。至于具体来说指哪些源文，章程没有列明。

④ 见《〈和合本修订版〉修订原则与例子》，香港：香港圣经公会，年份不详，页 4。

⑤ 见《〈和合本修订版〉修订原则与例子》，页 4。此外，香港圣经公会的网页也提及《和合本修订版》的修订原则，文字略有出入，但内容大致相同：

a. 并非为修订而修订，故尽量以少修为原则。

b. 保持《和合本》原有之风格。

c. 所作的修订乃根据原文，也参考其他语文译本及考古学者对圣经抄本的考证、校勘等资料。

d. 有关中文之表达，除忠于原文外，也尊重中文语法之通顺，并以最自然的中文来表达。

见《修订原则》，香港圣经公会网页，http://www.hkbs.org.hk/Common/Reader/Channel/ShowPage.jsp?Cid=426&Pid=49&Version=0&Charset=big5_hkscs&page=01，2010 年 1 月 10 日。

原则下，[①] 我们可以推论，由此产生的制成品应该与《和合本》的原貌十分不同。那么，“尽量少改”与“尽量保持《和合本》原来的风格”两项原则，岂不是在指示着一种几近不可能的策略？又或者说，这两项原则倡议的，是两种源文底稿：一种是《和合本》；另一种是新依据的源文版本。至于两者的主次问题、协调冲突的方式，则不见提及。

《新约全书——和合本修订版》修订方案看似有点儿自相矛盾，其实反映了一种“动态经典性”的持守观：一方面，《和合本》的修订者借保留《和合本》“原来的风格”，守住《和合本》进入经典形式库的模式，要不然，《和合本》就会失却本身作为能产模式的独特性，与一般未能进入经典化形式库的新译本无异。另一方面，又要借引进不同的文学模式（尤其是当代极富权威的希伯来文及希腊文版本），使《和合本》的文学能产性得以更新，从而稳守在能产的经典化形式库的中心。

具体来说，随着对原文圣经观念的更新，中文圣经的新译本都是依据更为可靠的源文版本；[②] 而作为一个经典化的模式，《和合本》最不能起指导作用的能产原则，相信就是《和合本》不是建基于最富权威的源文版本的生产模式。因此，《和合本》就像前文提及的伟大作家一样，面临文学作品得到承认但文学模式却被摒弃的危机。一旦文学模式遭受摒弃，《和合本》顶多只能保住在静态经典库中的地位，从此不再是当代中文圣经的楷模，再也不能在多元系统的中心位置上扮演领导的角色。《新约全书——和合本修订版》的修订原则，正好反映了《和合本》如何在“守旧”与“革新”的张力之间，确立其“品牌”的动态经典性。

五、模式的角力

《和合本》在中文圣经多元系统中享有动态经典性，意味着它所代表的翻译模式得以进入中文圣经多元系统的形式库，从而被确立为该系统的一个能产模

① 在翻译理论上，原文（original text）与源文（source text）指涉着不同的概念。原文强调了文本的先在和超然地位；源文则针对文本出现的先后次序而言。一般中文圣经的撰述并无加以严格区分，每每以原文一字涵盖两重意义。单就圣经翻译而言，原文只是一个抽象的概念，具体的文本其实是依附原文这个概念而衍生的圣经版本（即从各式各样抄本证据编汇出来的“原文圣经版本”）。也就是说，圣经译者依据的其实只是从考证而来的源文。两者微妙的关系，见庄柔玉：《观念与现象——从晚近译本探视圣经汉译的原文概念》，载李金强、吴梓明、邢福增：《自西徂东——基督教来华二百华年论集》，香港：基督教文艺出版社，2009 年版，页 547—560。

② 例如，前身是当代圣经出版社的汉语圣经协会正在进行一个全新的译经计划：《新汉语译本》，其旧约译自德国圣经公会出版的《希伯来文圣经》（*Biblia Hebraica Stuttgartensia*，1983）；新约译自德国圣经公会/联合圣经公会出版的《希腊文新约》（*The Greek New Testament*，1993 年第四版），务求“传译原文的信息内容，尽量避免信息走失或走样”。参《原文版本》及《翻译原则》，汉语圣经协会网页，http：//chinesebible. org. hk/new_ b_ 1. asp#new_ b001，2010 年 1 月 10 日。

式，指导着文本制作的规律和元素。《和合本》引进中文圣经形式库的能产原则，包括发扬团体合作的精神、推崇译者的宗教权威、使用当代浅白而优雅的语言、作为全国各地的共同译本等。[①]

在中文圣经多元系统的演化过程中，出现了一些《和合本》所无的一级模式，与处于形式库中心的《和合本》经典化模式产生角力。这包括《吕振中译本》(1970) 遵从的直译方式、《现代中文译本》(1979) 强调的“动态对等”(dynamic equivalence)、《当代圣经》(1979) 采用的普及化、浅易化“意译法”(paraphrase)、李常受《圣经恢复本》(新约：1987；旧约：2003) 呈现的个人神学观点、张久宣《圣经后典》(1987) 引入的次经元素，以及冯象《摩西五经》(2006)、《智慧书》(2008) 和《新约》(2010) 突显的非基督徒译者身份。这些创新的一级模式，虽然在不同程度上构成了《和合本》能产模式的威胁，却不能进占中文圣经能产形式库的中心，取代《和合本》经典化的地位而成为新确立的经典模式。

一般以为，对《和合本》构成最大威胁的，是 1992 年出版的《圣经新译本》。容保罗以下一番话，代表了一种意图取代《和合本》经典地位的声音：

> 我认为《新译本》取代《和合本》是一种趋势……
>
> ……《和合本》的翻译者以欧、美的宣教士为主，助手为中国人，其中也包括一些非信徒在内。当时负责圣经翻译的宣教士不是很精通中文，而中国人懂英文的也很少，再加上中国信徒信仰有限，所以，他们不能很好地沟通。当时，和合译本采用的底本主要限于其他英文译本，也以希腊文新约作参考，而且那个时候科技仍很落后，限于手工技术，排版校对易出错误。
>
> 归结来看，和合本有 4 000 多处不足，所以，我们要正确地认识它，要明白《和合本》不是圣经而是圣经译本。
>
> 《新译本》针对《和合本》的不足作了很多的修改。《新译本》是以原文（希伯来文、亚兰文、希腊文）圣经为依据，利用高科技，通过众多华人圣经学者及牧者的长达 29 年的不懈努力译制而成的。[②]

容保罗指出《圣经新译本》至少有三点是与《和合本》迥异的：①依据“原文”（希伯来文、亚兰文、希腊文）圣经作底本；②利用高科技；③由众多“华人”圣经学者及牧者负责。也就是说，《圣经新译本》的能产原则与《和合

① 庄柔玉：《经典化与稳定性——管窥中文圣经多元系统的演进》，页 61。

② 全威：《环球圣经公会容保罗牧师畅谈〈圣经新译本〉及其推广普及》，《基督日报》(2005 年 4 月 28 日)，http://gospelherald.com/news/min-6532-0/，2010 年 1 月 10 日。

本》有很大的分歧。有趣的是，这种严重的分歧未能反映在文本层面上，《圣经新译本》作为最终制成品的文字内容，不见得与《和合本》有显著的区别。

此外，随着《新约全书——和合本修的订版》的出现，《和合本》的能产模式得到革新，《圣经新译本》支持者所强调的模式层面上的分歧也随之消解。《和合本修订版》的译经原则显示，《和合本》能产模式中最不被接受的规律元素——依据的源文版本问题——也得到彻底的更新，意味着《圣经新译本》失去了赖以挑战《和合本》的重要模式或能产原则。[①]《和合本》的情况，就像前文提及的两位作家托尔斯泰和奥格斯塔·斯特林堡一样，虽然作品在历史经典库中已享有稳固的地位，但由于察觉自己的文学形式遭到摒弃，因此借引进完全不同的文学模式，务求留驻在能产的经典化形式库的中心。

更甚者，容保罗提及的三项针对《和合本》的能产原则，严格来说并不是首创的。首先，1970 年出版的《吕振中译本》就是依据“原文”（希伯来文、亚兰文、希腊文）版本。其次，容保罗虽然没有明确说明何谓“利用高科技”，相信早于《圣经新译本》面世的《现代中文译本》（1979）与《当代圣经》（1979），在可能的范围内，也必据此进行译经工作。至于由华人基督徒群体负责译经工作，更不用多说，肯定不是《圣经新译本》独创的译经模式。

《圣经新译本》若要取代《和合本》的经典地位，按照埃文·佐哈尔的说法，必须在文本及模式上进入中文圣经形式库的中心地带。在文本的层面，《圣经新译本》若不能呈现一级的（创新的）文学模式，就会被视为二级产品或模仿制成品，并不具备从系统边缘走进中心的条件。在模式的层面，《圣经新译本》必须引进有别于《和合本》的能产形式库，才能通过不同能产模式的角力取得形式库的控制权。

六、前景与挑战

本文借用埃文·佐哈尔提出的动态经典性与静态经典性概念，旨在探讨在中文圣经多元系统的演进过程中，享有经典地位的《和合本》所面对的前景与挑战。本文的研究显示，《和合本》之所以仍然位居汉译圣经系统的中心位置，不一定是由于华人基督徒群体紧守固有的模式，不想或不敢求变所致。反之，我们可以从两方面解读这个现象。首先，《和合本》的拥护者（尤指《新约全书——和合本修订版》的制作人）努力求变，竭力引进完全不同的模式来维持其动态的经典性。其次，《和合本》的挑战者（包括各种非经典化译本的制作人和支持

---

① 《和合本》另一项惹来争议的规律元素，就是译者的身份问题。《和合本》的主要译者是欧美宣教士的事实，既是一个受推崇的能产原则——基于宣教士享有的宗教权威，也是一个受排拒的能产原则——基于宣教士本身的中文造诣。《和合本修订版》的译者不再是西方宣教士，意味着《和合本》能产模式的另一个深层矛盾得以化解。

者）未能借着各种不同的一级模式走进系统的中心，取得能产形式库的控制权。

《和合本》的前景，首先视乎《旧约全书——和合本修订版》诞生后，整部《和合本修订版》能否凭借更新了的文学能产性，确立一套被视为值得遵从的能产模式，继续成为中文圣经的楷模，维持它在中文圣经多元系统的动态经典性。与此同时，也视乎其他译本是否能呈现比《和合本》更为华人基督徒群体所接受的能产模式。

最后，必须一提的是，究竟什么才是更受推崇的能产模式，并不是中文圣经多元系统的形式库本身可以决定的。正如埃文·佐哈尔所说，形式库本身并没有任何机制，能够决定其中的哪个部分可以得到经典化，就如语言中的“标准”、“高雅”、“俚俗”、“粗鄙”之间的区别，是由语言系统而不是由语言形式库决定的。所谓语言系统，就是社会中一切涉及言语的生产和消费的因素的集成体。[①]

也就是说，中文圣经多元系统的形式库本身并无机制，能够决定什么才是比《和合本》更受推崇的能产模式；中文圣经新经典的出现，完全取决于中文圣经多元系统内外各种存在的关系及其演变。[②] 中文圣经多元系统内的变数，包括次文化圣经产品的涌现、圣经数码化、小众化或多元化的进程、圣经研究与各种相关探索的发展等；而中文圣经多元系统外的变数，包括不同的相邻系统带给它的影响，例如，中国文学系统的语言变革、中国政治系统的权力变化、中国哲学系统的思想蜕变，以及其他语言的圣经系统的重大变动等。

本文推测，踏入 21 世纪，假如中文圣经多元系统内外各种存在关系并无产生突变（mutation），导致中文圣经多元系统的形式库出现相应的急剧变化，《和合本》能产模式的领导地位则不会受到重大的挑战：《和合本》仍然位居中文圣经多元系统的中心位置，持续成为享有动态经典性的基督教圣经中文译本。这个推测隐含两重意思：一方面，《和合本修订版》若被视作《和合本》作品体系的延伸，则《和合本》作为一个品牌的经典性将得以持续。另一方面，《和合本修订版》若被视作有别于《和合本》的圣经译本，《和合本修订版》将如其他新译本一样，成为与《和合本》角力的另一中文圣经。角力的情况，则有待《旧约全书——和合本修订版》正式推出，才能作进一步的探讨。

---

① Even-Zohar, “Polysystem Theory”, p. 18. 中译见埃文·佐哈尔著，张南峰译：《多元系统论》，页 24。

② 相关的分析研究，见庄柔玉：《基督教圣经中文译本权威现象研究》。

《红楼梦》众文体的作用*

孙爱玲

一、众文体融入小说的看法

巴赫丁（Bakhtin，Mikhail Mikhalovich，1895—1975）在《小说中的话语》（Discourse in the Novel）指出：小说作为一个整体是一个具有多种形式的文体风格、多种形态的语言和声音的现象。作为研究者，就得正视这不同类文体（heterogeneous）风格的联合，在众文体不同语言的标准下，受其文体风格支配去进行探究。以下是他举出构成小说整体的联合文体风格的基本类型。

（1）作者直接的文学叙述（种种形式的）；

（2）不同形式风格的日常口头叙述；

（3）不同形式风格的半文学（书写的）的日常叙述（如书信、日记）；

（4）不同形式的文学，但属于艺术以外的作者言论，如道德、哲学或科学的陈述，辩论的描述，备忘录等；

（5）人物个别风格的话语。

这些不同类文体（heterogeneous）风格联合融入小说，构成一个艺术系统，然后服从一个更高的风格，联合形成一个整体，而这个联合（unity）和个别服从整体的联合因素（unities）是不能分剖的。① 如果将以上论点运用在小说叙述里，那么作为种种形式直接的文学叙述和日常口头叙述，如书信、日记，以及道德、哲学或科学的陈述、辩论等不同类的文体，在作者有意的安排下融入小说中，形成一个艺术系统的结构，服从小说这个更高的统一文体。

华莱士·马丁（Martin，Wallace）在《当代叙事学》（*Recent Theories of Narrative*）指出巴赫丁得出"叙事作品通常是文学类型的混合"的结论，弗莱（Frye，Northrop，1912—1991）、斯科尔斯（Scholes Robert Edward，1929— ）、

---

* 本文原载于《红楼梦学刊》，2010 年第 3 期，页 29—50，部分内容、文字曾作改动。

① Bakhtin，Mikhail Mikhalovich， "Discourse in the Novel"，In *the Dialogic Imagination*，Austin：The University of Texas Press，1981，pp. 261 -262.

凯洛格（Kellogg，Robert）和里德（Walter Logan）都有如此看法。此外，德国浪漫主义作家施莱格尔（Schelgel，Friedrich，1772—1829）、弗里德里希（Hebert，Friedrich，1926—　）也强调小说的杂交性质。斯科尔斯、凯洛格、戴维斯（Davis，Lennard J，1893—　）、斯克洛夫斯基（Shklovsky，Viktor Borisovich，1893—　）和巴赫丁都让人注意到非小说作品可以被吸收到小说叙事之中。[①] 因此，众文体融入小说在西方已经成为小说研究的专门课题。

中国古典小说向来都有多种文体介入其中，而有关小说文体的发展有两种说法：一种是小说文体本身的发展，一种是小说承受其他文体的滋养而逐渐形成。

前者的说法是：小说从神话开始不断演变，唐代的变文和传奇影响到宋话本、散文和韵文夹杂；到了明代，《三国演义》由宋代的讲史演进而来，《水浒传》由民间说书演变成中国小说史第一部白话长篇，它们都有变文、话本体裁的某些痕迹，如每回以诗词开始，中间插进不少诗、词、曲、赋等韵文，后来的《西游记》、《金瓶梅》也都有这种现象。[②]

后者的看法是根据董乃斌在《中国古典小说的文体独立》的说法："小说文体从深置于人类本性中的叙事动机开始孕育，经过子、史、诗、赋等多种文体的滋养哺育，终于成熟到脱胎而出，获得自身的独立。"[③]

这里的"成熟到脱胎而出"意味着小说文体是经、子、史、诗、赋等的承传和创新。他所持的论点是指出文学与"事"的关系。他说："不但小说与'事'的关系形形色色，其他文学体裁与'事'的关系更是丰富多彩；不但小说与'事'的关系曾经历过漫长的演变，其他文体与'事'的关系也远非一成不变。而这一切正反映了人与'事'的关系，特别是人对事的认识、把握、记忆、表现（反映）诸种能力的发展变化。"他又指出文学有含事、咏事、述事与演事

---

① Wallace Martin，*Recent Theories of Narrative*，Ithaca：Cornell University Press，1986；华莱士·马丁著，伍晓明译：《当代叙事学》，北京：北京大学出版社，1990年版，页54。

② 孟瑶：《中国小说史·上册》，台北：传记文学出版社，1986年版，页1—11。绪论指出："许多人认为，过去的所谓小说，只是目录学上的名词，而与文学上的体式无关。目录学家为了方便书籍的分类，于是把那些浅薄琐细，荒诞不经的书，都称为小说，它不过是内容锁细、篇幅短小的文章，和今天的所谓小说，完全没有关系。"

（明）胡应麟在《少室山房笔丛》中因小说过分杂乱，把它分成六类：a. 志怪，b. 传奇，c. 杂录，d. 丛谈，e. 辩说，f. 箴规。胡应麟的分法其实已看到小说的类别丰富，形式多样化，实为可取。反观清纪昀等修《四库全书》，将小说分为三派：a. 叙述杂事，b. 记录异闻，c. 缀缉琐语，把以上丛谈、辩订、箴规归入杂事，把文言长篇小说传奇摒除在小说之外，宋元的平话演义完全不提，关键就出在《四库全书》的分法。虽然不幸，但不能造成文体的消失，反而更自由地蓬勃发展。

孟瑶在《中国小说史》所持的方向，是采取小说文体本身的发展这个角度，这也是一般传统文学史的角度。小说源于神话与传说，到汉魏是搜神、志怪，魏晋南北朝是志怪、志人小说，隋唐五代乃传奇、杂剧、变文，宋元是杂剧和白说小说话本，明乃短篇（文言、白话）、长篇，清乃文言、白话长篇、弹词与鼓词，晚清是谴责与狭邪小说。

③ 董乃斌：《中国古典小说的文体独立》，北京：中国社会科学出版社，1994年版，页278。

的作用。他说考察已知的全部古代文学样式，大致可以把文学与事的关系概括为含事、咏事、述事与演事四种，也可以说它们是四个层次、四个阶段。①

这两种说法似乎是两回事，其实是从不同的角度去看。一种是从小说文体本身的发展，小说本身就有韵文的成分。一种是从叙事的角度去看小说的形式，因为小说以外的文体（主要是韵文）多多少少都会叙事，而小说基本上是叙事，所用的方法是找出共同的元素‘事’来说明为什么其他文体能融入小说中，使得一种文体如何与其他文体产生关系。

在叙事作品小说中容纳其他的文体，是小说本身不足以表达作者的意思，不足以发展故事，还是小说涵盖量大，可容纳不同的文体，让许多文体在小说中百花齐放？

二、《红楼梦》众文体的种类

《红楼梦》具有多少种文体的风格？② 综合前八十回，除小说的叙述、对话、议论、说明之外，所具的众文体与其回目如下（数字表示第几回）：③

（1）歌词/歌注：1。

（2）神话：1。

（3）口碑：4。

（4）赋：5、22。

（5）吉谶语：8。

（6）诊方/药方：10。

（7）骈文：11、17—18。

（8）履历：13。

（9）题额与对联：17—18。

---

① 董乃斌：《中国古典小说的文体独立》，页12—13。

② 曹雪芹、高鹗：《红楼梦》，北京：人民文学出版社，1982年版。以下凡《红楼梦》引文或内容分析都直接注明页数。此处用文体风格乃是引用巴赫丁在《小说中的话语》的“style”一词，可译为文体或风格。

Bakhtin, Mikhail Mikhalovich, “Discourse in the Novel”, In *The Dialogic Imagination*, pp. 261 – 262.

以下所讨论的文体风格是根据曹雪芹、高鹗著的《红楼梦》（北京：人民文学出版社，1982年版）的前八十回而整理，文体名称完全遵照作者在小说中的说明，其内容缘故也尽量采用作者的叙述。

③ 蔡义江：《红楼梦诗词曲赋评注》，北京：北京出版社，1979年版，页1，代序《论红楼梦中的诗词曲赋》说到中国小说“文备众体”的现象：从唐传奇开始，“文备众体”虽然成为中国小说体裁的一个特点，但多数都是“在故事情节需要渲染铺张，或表示感慨咏叹之处，加几首诗词或一段赞赋骈文以增加效果”。他指出《红楼梦》所具的文体风格，除小说本身兼收了“众文体”之所长，其他众文体有“诗、词、曲、歌、谣、谚、赞、诔、偈语、辞赋、联额、书启、灯谜，酒令的骈文、拟古文……”这里他所谓的“小说本身兼收了‘众体’之所长”的“众体”是指小说本身的叙述、对话、描写、议论、说明等。

（10）古文（续《南华经》）：21。
（11）偈：1、22。
（12）灯谜：22、50。
（13）笺、帖：37/37。
（14）故事：39。
（15）对联/尾联：1、40、66/5、6、7、8、13、21。
（16）笑话：54。
（17）说书：54。
（18）酒令：28、40、63。
（19）曲词：5、22、63。
（20）签注：63。
（21）词/小令：3/70
（22）诔：78
（23）长篇歌行/拟乐府/古风：27、78/45/70
（24）五言排律：50、76
（25）五律：1、17—18、52、78。
（26）七绝：1、17—18、21、25、51、64、78。
（27）七律：8、17—18、37、38、48、49、50、79。

从这里可以看出，曹雪芹用文体的众多种类，配合小说的情节发展，下文将继续探讨他的手法。

三、《红楼梦》展示众文体的多种变化

《红楼梦》的作者注重文体的多种变化，在读者面前列出众文体。

微观八十回，不同的文体共有二十七种，作者在引用某文体时往往说明那是什么文体。如第一回“后面又有一首偈云”，或“并提一律云”，或“两边又有一副对联道是”，或“因而口占五言一律云”，或“口号一绝云”，或“口念着几句言词……这歌儿便名好了歌”。（页4—18）

这与其他明清小说的不同之处，是向读者说清楚作者用的是什么文体，然后让文体显示出来，其他明清小说就没有这般清楚，尤其是在诗方面，不会像《红楼梦》般注明律诗、绝句或其他文体。

《三国演义》用诗时便十分笼统、概括，多数说“后人有诗赞之曰”、“后人有诗曰”、“有诗叹之曰”、“有诗叹曰”。[①]《水浒传》用韵文代替或补充叙述，说“但见……”、“正是……”，用诗体时注明“有诗为证”、“有八句诗道”等，

① 罗贯中：《三国演义》，北京：人民文学出版社，1973年版，页363—364，73—78。

用词时较为仔细，注明词牌，如“曾有一首《临江仙》赞宋江好处”、“词寄《浣溪沙》，单题别意。”①

《金瓶梅》在用诗时也只是注明“有诗为证”，但用曲词，多注明曲词名称，如十二回《落梅风》、《朝天子》；又如五十二回的曲词，是不断转曲词，有：唱《黄莺儿》，又接着唱《集贤宾》，又唱《双声叠韵》，又唱《簇御林》，又唱《琥珀猫儿坠》，再加上一个尾声，曲词名称都写得清清楚楚。②《金瓶梅》原为平话，故多曲词，相信作者要保留曲名，所以注明清楚。

如今看《红楼梦》的例子：

第一回	数目	文体风格	内容/首句	叙述者③
	1	神话故事	女娲氏炼石补天	曹雪芹
	2	偈	无才可去补苍天	石头
	3	五绝	满纸荒唐言	曹雪芹
	4	神话故事	绛珠草与神瑛侍者	僧
	5	对联	假作真时真亦假	曹雪芹
	6	言词	惯养娇生笑你痴	僧
	7	五律	未卜三生愿	贾雨村
	8	对联	玉在椟中求善价	贾雨村
	9	七绝	时逢三五便团圆	贾雨村
	10	言词（歌词）	《好了歌》世人都晓神仙好	跛足道人
	11	歌词解注	《好了歌》解注：陋室空堂	甄士隐

从上表看出，在《红楼梦》的第一回，有十一处是不同的文体风格，两处是神话故事④，由作者曹雪芹和僧分别说出。《好了歌》与解注分别由跛足道人和甄士隐一歌一解；偈和对联由石头、作者、贾雨村念出；余下的诗与言词分别

① 罗贯中著，罗尔纲考订：《水浒传原本》，贵阳：贵州人民出版社，1989年版。用“但见……”、“正是……”，页192；用诗体时注明“有诗为证”、“有八句诗道”等，页228—231、180—181；用词时较为仔细，注明词牌，如“曾有一首临江仙赞宋江好处”、“词寄浣溪沙，单题别意”，页204、385。

② 笑笑生：《新刻锈像批评金瓶梅（北京大学图书馆藏善本丛书）》，北京：北京大学出版社，1988年版，十二回页2—3、五十二回页10—13。

③ 此处用叙述者，因叙述者涵盖意义大，甚至曹雪芹本身也是叙述者。

④ 把神话从小说一般的叙述里抽出，因为它在小说叙事里不同于一般的叙述，例如第一回第一个神话“女娲氏炼石补天”非常夸张，第二个神话“绛珠草与神瑛侍者”非常浪漫，它们甚至可以独立成一故事。

为五绝、五律、七绝，形式不同。因此，《红楼梦》的作者曹雪芹不但注意到文体不同，也照顾到叙述者的不同，以及同一文体中形式的变化，力求文体多样化，同一文体中形式转变，叙述者转变等。

如果小说是叙述故事，这里的“神话”是故事中的故事，在第一回里看到神话女娲氏炼石补天乃是说石头的来历，他被剩下、不用、被弃、被锻炼、有灵气、会自怨自叹、悲号惭愧，表露了石头的意识形态，是一块不如意的石头。第二个神话是说绛珠仙子和神瑛侍者的故事，他们彼此间施惠还泪的关系。石头、神瑛侍者、宝玉和绛珠草、绛珠仙子、黛玉，乃三位一体。神瑛侍者灌溉绛珠草施甘露之惠，黛玉一生还泪偿灌溉之情，造成木石前盟。此处用神话补充叙事，交代人物的前身，并形成浪漫的色彩，这是神话在《红楼梦》叙事里的作用。

更重要的是，作者在叙述神话后，用神话去紧接故事。因此，在叙述时所说的神话内容要能衔接小说，要有抛砖的作用。如第一回第一个神话“女娲氏炼石补天”：

> 谁知，此石自经被锻炼之后，灵气已通，因见众石俱得补天，独自己无才不堪入选，遂自怨自叹，日夜悲号惭愧。
>
> 一日，正当嗟悼之际，而见一僧一道远远而来……坐于石边高谈快论。（页 2）

作者在“一日，正当嗟悼之际”里，是紧接神话，十分自然地引出了僧道，他们两人说到人世间的荣华富贵，石头听了心动，也要到人世享受，口吐人言求僧道带他入世，遂演成一段《石头记》。石头有人的灵性、人的思想意识，在神话里就开始酝酿，利用神话这一文体说石头成人体入世，容易叫读者接受。

再看“偈”这个文体，偈是梵文的“颂”体，[①] 在二十二回也出现三处，一处是宝玉因黛玉和湘云恼他，不领他的情，又想起戏文里“赤条条来去无牵挂”（页 307），不禁大哭，写了一偈“你证我证，心证意证”（页 307）来印证己心；两处是宝钗用偈来说明自己对禅“知且能”，而宝玉“不知不能”如何能参禅。偈这个文体的应用主要在描述内心反应、内心深处的表态。

从以上内容可以看出神话、偈这两种文体在小说里的叙事作用。

作者更尽量显示某文体在当时的写法及内容，如履历、骈文、诊方/药方、吉谶语，不只是提那文体的名称，同时也尽量显示该文体不同的形式。试看三十七回的笺和帖，开头要先写明发信人，那花笺是探春写给宝玉的，是兄妹之间的亲密书信；那帖是贾芸写给宝玉的，比较客气。两种文体在格式上也略有不同，

---

① 曹雪芹、高鹗：《红楼梦》，页 4，注：“偈”，梵文音译“偈陀”或“伽陀”之略，意译为颂，一般为四句之韵文。

探春无须问候宝玉，结尾不用祝福署名；贾芸那帖却要问候，结束加上叩安和署名。笺后又有帖，探春写笺的目的为结诗社，贾芸写帖的目的为送白海棠。从帖中也让读者知道贾芸的情况：他认得许多花匠名园，也知道如何买些名种入大观园，可知其工作胜任愉快，在叙事中交代贾芸状况（页498—500）的同时，那帖也是发展小说情节的桥梁，李纨因见了海棠，而提议咏白海棠，最后结成海棠诗社。(页503)

作者在呈现文体之余，也尽量利用它作为叙述的作用。

四、用众文体斟酌人物、判断人物

第五回用的文体有对联、歌、赋、画中言词、画中歌词、画中断语、画中判词、画后题字、曲词。主要是画中的诗和曲词，作者借小说中的人物作诗填词，所下的工夫是借诗和曲词预言曹雪芹心目中所要大书特书的女子，说出她们的命运、过去和将来。先说画中诗，在又副册里选了晴雯和袭人，副册里只选了香菱，正册里选了十二钗。宝钗、黛玉同一诗，画的是两株枯木悬一围玉带，一堆雪和一枚金钗，诗句“玉带林中挂，金簪雪里埋”，（页78）两人在画中合一，诗也合一，其他人都一画一诗。

第五回	数目	文体	内容/曲名/首句	叙述者
	1	对联	世事洞明皆学问	曹雪芹
	2	对联	嫩寒锁梦因春冷	秦观
	3	歌	春梦随云散	曹雪芹
	4	赋	方离柳坞	曹雪芹
	5	对联	假作真时真亦假	曹雪芹
	6	对联	厚地高天堪叹古今情不尽	曹雪芹
	7	对联	春恨秋悲皆自惹	曹雪芹
	8	画后提字（长短句）	霁月难逢（写晴雯）	曹雪芹
	9	画中言词（五绝）	枉自温柔和顺（写袭人）	曹雪芹
	10	画后提字（七绝）	根并荷花一茎香（书香菱）	曹雪芹
	11	画中言词（五绝）	可叹停机德（道钗黛）	曹雪芹
	12	画中歌词（七绝）	二十年来辨是非（歌元春）	曹雪芹
	13	画中言词（七绝）	才自精明志自高（写探春）	曹雪芹
	14	画中言词（长短句）	富贵又何为（说史湘云）	曹雪芹

（续上表）

第五回	数目	文体	内容/曲名/首句	叙述者
	15	画中断语（五绝）	欲洁何曾洁（断妙玉）	曹雪芹
	16	画中言词（五绝）	子系中山狼（书迎春）	曹雪芹
	17	画中判词（七绝）	堪破三春景不长（判惜春）	曹雪芹
	18	画中判词（七绝）	凡鸟偏从末世来（判凤姐）	曹雪芹
	19	画中判词（五绝）	势败休云贵（判巧姐）	曹雪芹
	20	画中判词（七绝）	桃李春风结子完（判李纨）	曹雪芹
	21	画中判词（七绝）	情天情海幻情身（判秦氏）	曹雪芹
	22	对联	幽微灵秀地	曹雪芹
	23	曲词	《红楼梦引子》	曹雪芹
	24	曲词	《终身误》（咏叹宝钗、黛玉、宝玉）	曹雪芹
	25	曲词	《枉凝眉》（咏叹黛玉、宝玉）	曹雪芹
	26	曲词	《恨无常》（咏叹元春）	曹雪芹
	27	曲词	《分骨肉》（咏叹探春）	曹雪芹
	28	曲词	《乐中悲》（咏叹湘云）	曹雪芹
	29	曲词	《世难容》（咏叹妙玉）	曹雪芹
	30	曲词	《喜冤家》（咏叹迎春）	曹雪芹
	31	曲词	《虚花悟》（咏叹惜春）	曹雪芹
	32	曲词	《聪明累》（咏叹王熙凤）	曹雪芹
	33	曲词	《留余庆》（咏叹巧姐）	曹雪芹
	34	曲词	《晚韶华》（咏叹李纨）	曹雪芹
	35	曲词	《好事终》（咏叹秦可卿）	曹雪芹
	36	曲词	《收尾·飞鸟各投林》	曹雪芹
	37	对联	一场幽梦同谁近	曹雪芹

要注意的是，多年来所说的画中判词其实并非全部是判词。蔡义江在《红楼梦诗词曲赋评注》中，把十四道画中诗归入“金陵十二钗图册判词”，[①] 贺新辉

① 董乃斌：《中国古典小说的文体独立》，页38—55。

的《红楼梦诗词鉴赏辞典》也用“金陵十二钗图册判词”,[①] 二者都是概括性的称谓，把画后诗都称为“判词”。其实，曹雪芹只判惜春、凤姐、巧姐、李纨、秦氏五人，这几首属画中判词；加上妙玉写的是画中断语，其他乃说明是画后提字，或画中言词，或画中歌词，而不写是判词。

其中判词和画中提字、言词、歌词是有所不同的。用判词乃作者在前面第五回就判定惜春、凤姐、巧姐、李纨、秦可卿五人的结局：（页 80—81）

> (1) 判惜春：“独卧青灯古佛旁。”指其将来皈依佛门。
>
> (2) 判凤姐：“一从二令三人木。”指贾琏待凤姐的三个阶段，“一从”开始是听从，“二令”是第二阶段指令她，“三人木”是第三阶段休她。[②] 第一阶段贾琏听从凤姐，在二十三回给贾芸谋事可看出，原本贾琏想给贾芸管小和尚，凤姐却将事情给了贾芹管，派贾芸管种树的事，贾琏就依了，这是“一从”阶段，当时两人的感情还是很好，贾琏虽与多浑虫媳妇鬼混，回到凤姐身边，新婚不如远别，依然无限恩爱。“一从”入“二令”的转折点是四十四回凤姐生日，贾母等替他庆祝，贾琏带鲍二媳妇入屋，被凤姐回房逮住，凤姐、平儿一起闹，贾琏“倚酒三分醉”拔剑要杀凤姐，后得贾母调解，才向凤姐、平儿赔不是。回到房里凤姐还唠叨，贾琏说：“今儿当人还是我跪了一跪，又赔不是，你也争了光了。这会子还叨叨……太要足了强也不是好事。”（页 613）可见，贾琏的耐性已达极限。“二令”、“三休”在同个阶段，关键在六十四回，贾琏要娶尤二姐做二房，贾蓉向尤二姐老娘提亲，作者借贾蓉之口说：“凤姐身子有病，已是不能好的了，暂且买了房子在外面住着，过了一年半载，只等凤姐一死，便接了二姨进去做正室。”（页 923）到六十五回贾琏娶得尤二姐，作者令贾琏在意识和行为上休了凤姐。作者叙述：“那贾琏越看越爱，越瞧越喜，不知怎生奉承这二姐，乃命鲍二等人不许提三说二的，直以奶奶称之，自己也称奶奶，竟将凤姐一笔勾倒。”贾琏在言语和行为上命令众人称尤二姐为奶奶，无形中是把凤姐给暗地里休了。他叫鲍二等下人称奶奶倒不妨，如六十九回赵姨娘的丫头也称赵姨娘奶奶，倒是贾琏自己也称起奶奶，就在意识和言语上否定了凤姐。到尤二姐死时，他在贾府搂着尸喊：“奶奶，你死得不明，都是我坑了你。”（页 985）可见，他在心里已把凤姐给休了。

---

① 贺新辉：《红楼梦诗词鉴赏辞典》，北京：紫禁城出版社，1990 年版，页 47—82。

② 陈庆浩：《红楼梦脂砚斋评语辑校》，香港：巴黎第七大学东亚教研处出版中心、香港中文大学新亚书院红楼梦研究小组，1972 年版，页 83。第五回“一从二令三人木”，甲戌本夹批“拆字法”，有正本作“拆字法”，这里针对“休”字用拆字法为“人木”，并用《红楼梦》内证理解“一从二令三人木”。

因此，作者在八十回内已叙述了贾链如何对凤姐“一从二令三人木”。

(3) 判巧姐：“偶因济刘氏，巧得遇恩人。”其情节大桥段已定；情节处理先交代：凤姐救济刘姥姥，姥姥反过来报恩救巧姐。

(4) 判李纨：“桃李春风结子完……如冰水好空相妒，枉与他人作笑谈。”李纨最后是给人作笑谈。在八十回内未叙述。

(5) 判秦可卿：“情天情海幻情身；情既相逢必主淫。”第五回警幻议论“如世之好淫者，此皆皮肤淫滥之蠢物”。他提出意淫，心会而不可口传，可神通而不可语达，要宝玉得此二字在闺阁中可为良友，随后警幻将她妹子可卿配给宝玉，让宝玉与她意淫。十三回宝玉一听可卿已死，“心中似戳了一刀的不忍，哇的一声直奔出一口血来”。其实，这里判可卿并不是指责她淫，重要是判词后两句：漫言不肖皆荣出，造衅开端实在宁。(页81)

与其说判秦可卿，不如说判荣宁二府：不肖子出在荣府，衅端发生在宁府。

第五回后凡画中没有注明是判词的诗，作者判定人物的生死结局，构思未必是肯定的，那首诗的作用未必要判断人物。例如，说元春的画中词乃歌颂元春，多年来都注重在“虎兕相逢大梦归”一句，推敲元春贾府其结局隐义，忽略歌颂元春的句子：“二十年来辨是非，榴花开处照宫闱，三春争及初春景”，元春二十年来辨是非，可从十七、十八回归省，临回宫时对贾母等人说的话看出：“不须挂念，好生自养。如今天恩浩荡，一月许进内省视一次，见面是尽有的，何必伤惨。”说如果再归省，万不可如此奢华靡费，其光华照宫闱，实在是她三姐妹所不及。(页258) 作者在八十回内没有说她死去，在后四十回里，八十三回传元妃染病，九十五回才薨逝。

又如探春四句也不判她，写她“才自精明志自高，生于末世运偏消”，虽然“千里东风一梦遥”，(页258) 但也未必是绝路。

写迎春：“子系山中狼，得志便猖狂”，山中狼的姓已定，行为猖狂；末句“一载赴黄粱”，黄粱不是指死，黄粱梦是一场空，[①] 指迎春做孙夫人的日子到头来是一场梦。八十回迎春向王夫人说出孙绍祖的德行，并指出孙绍祖对迎春不好

① (宋) 李昉等：《太平广记》，记“是时主人蒸黄粱为馔”、“主人蒸黄粱尚未熟”。《类书荟编之八》(台北：艺文印书馆，1970年版)，卷82，页4—6，异人二，《吕翁》。
曹雪芹、高鹗著《红楼梦》，页79注“子系山中狼”、“赴黄粱”，这里喻死亡。唐人沈既济《枕中记》说：寒儒卢生枕在道士吕翁给他的神奇枕上睡去，梦中享尽荣华富贵，梦醒，还不到蒸熟一顿黄粱米饭的时间，后以之喻人生如梦。这里两处需斟酌：其一赴黄粱是指黄粱梦的短暂，不是指赴黄泉；其二沈既济《枕中记》作：“时主人方蒸黍”、“主人蒸黍未熟”是用“黍”字(见王梦鸥校译：《唐人小说校释》，台北：中正书局，1983年版，页23—25)，“黄粱”乃出于《太平广记》。

的原因，因为贾赦使了他五千两银子，关键是孙绍祖向贾赦索要银子两三次，贾赦以为把迎春嫁给他就了事，然而在孙绍祖的眼中是贾赦把迎春折卖给他。因为孙绍祖与贾赦同辈，把迎春折卖给他乃低了一辈。如果王夫人会意，贾府又有钱，把这五千两银子由迎春带回给孙绍祖，情形可能有转机。作者写迎春时并未用判词，这“一载赴黄粱”指其当了一年孙夫人，其实是一场空。

画中言词、判词后是曲词，曲目和曲词都由作者自己拟定和咏叹，并未借人物之口。蔡义江对曲名和曲词的意念有好几处说得好，例如说，《终身误》“这首曲子从贾宝玉婚后仍不忘死去的林黛玉，写薛宝钗的终身寂寞。曲名《终身误》，就包含这个意思”。又如说《恨无常》：“曲名恨无常，暗示元春早死。无常是佛家语言，原指人世一切即生即灭，变化无常。后俗传为勾命鬼。元春当了贵妃，但荣华短暂，忽然夭亡，这里‘无常’兼有两层意思。”①

凡曲名与人物的际遇、命运有直接关系。《分骨肉》指探春，《乐中悲》指湘云，《世难容》指妙玉，《喜冤家》指迎春，《虚花悟》指惜春，《聪明累》指凤姐，《留余庆》指巧姐，《晚韶华》指李纨。迎春《喜冤家》曲名颇有斟酌，曲词“叹芳魂艳魄，一载荡悠悠”（页87），说迎春嫁到孙家一年魂魄荡悠悠，像无主孤魂般，飘零无依，然而曲名《喜冤家》有喜气，不像其他人曲名和际遇相辅。例如《枉凝眉》指黛玉，曲名拟得好，“凝眉”乃皱眉，悲愁样子。第三回宝玉第一次见黛玉时，见她有“两弯似蹙非蹙笼烟眉”，“蹙”乃皱眉头，又问她有没有字，黛玉说没有，他就送“颦颦”二字给她，（页51）“颦”也是皱眉的意思，这名字是枉取了，因为过后也没人叫黛玉这名字，而对黛玉本身纵然凝眉，愁眉不展也枉然，故曲名《枉凝眉》乃名副其实。

五、用众文体交代时序

诗词、曲赋有时间的代表作用。

二十三回	文体	题目	首句	叙述者
	七律	春夜即事	霞绡云幄任铺陈	宝玉
	七律	夏夜即事	倦绣佳人幽梦长	宝玉
	七律	秋夜即事	绛芸轩里绝喧哗	宝玉
	七律	冬夜即事	梅魂竹梦已三更	宝玉

诗的内容涵盖时间的过去，诗的作用各回里皆不同，例如以上即事诗四首，包括春夜即事、夏夜即事、秋夜即事、冬夜即事，四首诗写完表示一年过去，代

① 蔡义江：《红楼梦诗词曲赋评注》，页61—69。

表了一年的时序，作者不需要再说这一年的事。因为小说指“他曾有几首即事诗，虽不算好，却倒是真情真景”（页 322）。再看宝玉和众姐妹是二月二十二日入住大观园，每日和众姐妹丫头“或读书，或写字，或弹琴下棋，作画吟诗，以至描鸾刺凤，斗草簪花，低吟悄唱，拆字猜枚，无所不至，倒也十分快乐”（页 322），在这种情况下，过了一年，作四时即事。然后宝玉开始发闷，茗烟到书坊内买了武则天等外传和传奇角本给宝玉看，于是三月中浣宝玉拿一本《会真记》到沁芳闸桥边看，又给黛玉看，并用其中妙词戏弄黛玉。（页 324—326）从二月二十二日入园（页 321）到此三月中浣，应是第二年的三月，中间作者用四时即事诗表示过了一年。

蔡义江在《红楼梦诗词曲赋评注》：“四时即事是宝玉进了大观园后，写自己一年四季与姐妹丫头相亲相近的生活情景的诗。”[①] 说的即是。在《红楼梦诗词鉴赏辞典》等其他计算人物在红楼梦的日子里，往往就忽略了这一年。[②]

众文体或其题材往往也代表时令，二十二回元妃送出一灯谜给大家猜，又令众人各作一灯谜送进宫给她猜，此时乃元宵时分，（页 310—315）另一次写众姐妹作灯谜在五十回。（页 702—704）

三十七回在观园里第一次立诗社，咏白海棠是秋天，六首诗中有五首点出秋色、秋情、秋景：（页 504—506）

薛宝钗：胭脂洗出秋阶影。
贾宝玉：秋容浅淡映重门。
林黛玉：秋闺怨女拭啼痕。
史湘云：秋阴捧出何方雪。
　　　　人为悲秋易断魂。

四十五回第三年秋天，[③] 黛玉作拟乐府《代别离·秋窗风雨夕》。题材是说秋，乐府诗里遣词用字，以“秋”最多，一百四十字里，用了十五个秋字，计有秋花、秋草、秋灯、秋夜、秋窗（用三次）、秋不尽、秋风（用两次）、秋梦、秋情、秋屏、秋院、秋雨。（页 626—627）

五十回岫烟、李纹、宝琴咏红梅花，时已冬季。（页 695—697）

六十三回宝玉生日，夜里宝玉约几个姐妹到他屋里喝酒，芳官唱“赏花时”，众人执签助兴，麝月执到一枝荼蘼花，签上的诗句是“开到荼蘼花事了”，

---

① 蔡义江：《红楼梦诗词曲赋评注》，页 154。

② 贺新辉：《红楼梦诗词鉴赏辞典》，页 478。《红楼梦诗词鉴赏辞典》后附录有《红楼梦》诗事年表，在二十三回就把 2 月 22 到 3 月中浣视为同一年。

③ 第一个秋天是入大观园时作即事诗的那个秋夜，第二个秋天是三十七回第一次立诗社咏白海棠，时值秋天，第三个秋天就是四十五回黛玉作拟乐府《代别离·秋窗风雨夕》。

花开完了，签注乃“在席各饮三杯送春”；袭人的签是“桃红又是一年春”，都应了晚春时节。（页 890—893）

可见，众文体的题材、内容、用词遣字与时序有很密切的关系。

六、一种文体中处理手法不同

看作者如何呈现酒令这一文体。

虽是同一文体但求多样化，《红楼梦》八十回中记三次行酒令。第一次在二十八回，乃是介绍宝玉、冯紫英、薛蟠、蒋玉菡哥儿们在对酒令的玩法：程序是饮门杯、斟酒面、见酒底。先说出酒令命名与缘故，饮完眼前的一杯酒，叫“饮门杯”；再斟满一杯酒见到酒面，唱一个曲子，唱完喝尽第二杯“见酒底”，再拣桌上一样食物，说一句古诗、旧对或成语完令。（页 394—398）

第二次在四十回，介绍贾母与孙儿、媳妇们众多人行酒令，鸳鸯当令官。玩法只饮一杯酒，用骨牌作道具行令。骨牌一副有三张，先说头一张，次说第二张，再说第三张，然后说合成一副的句子，无论诗词、歌赋、成语、俗话，都要与骨牌中的句子押韵，说完饮一杯酒完令。（页 557—561）

第三次在六十二回，宝玉、宝琴、岫烟、平儿四人同过生日，介绍生日寿席上如何行酒令，有令骰、令盆为道具。探春当令官，轮流掷骰，对了点的二人射覆二字，限酒面、酒底：“酒面要一句古文、一句旧诗、一句骨牌名、一句曲牌名，还要一句时宪书上的话，共总凑成一句话。酒底要关人事的果菜名。”说完酒面饮一杯，然后说酒底完令。（页 871—873）

作者虽写酒令，但酒令各有不同，作者刻意要求不同，不同身份的人物有不同的玩法，看能力而定。蔡义江说：“如制灯谜，玩骨牌，行酒令，斗智竞巧，花样翻新，也都是清代极流行的社会风俗。”[①] 他认为众文体是当时文化精神生活的反映。

三次酒令都不是直接影响情节和故事发展的，反而是用来反映人物、烘托人物，如二十八回冯紫英行的曲词：

> 你是个可人，你是个多情，你是个刁钻古怪鬼灵精，你是个神仙也不灵……（页 395）

二十六回说冯紫英是神武将军之子，爱打架打猎，（页 369）曲词反映他不学无术。云儿是妓女，唱的曲词更是暧昧粗俗：

> 荳蔻开花三月三，一个虫儿往里钻，钻了半日不得进去，爬上花儿

① 蔡义江：《红楼梦诗词曲赋评注》，页 7。

上打秋千。（页 396）

薛蟠唱："一个蚊子哼哼哼"，"两个苍蝇嗡嗡嗡"，（页 397）更是如唱童谣，幼稚可笑。

四十回行骨牌令时，作者的手法是：各人行令的词句与内容配合人物的身份性格。这里分三类：第一类是贾母、薛姨妈等的行令词句可入大雅之堂，如贾母行令说"头上有青天"，薛姨妈说"世人不及神仙乐"；第二类是湘云、宝钗、黛玉小姐们行的酒令，文辞细腻典雅，如湘云的"双悬日月照乾坤"，用日月乾坤涵盖宇宙、天地、时间、空间，表现其开朗性格。又如宝钗"双双燕子语梁间"、"水荇牵风翠带长"，用词细腻婉约，反映了其性格的谨慎。第三类是刘姥姥行的酒令，有"大火烧了毛毛虫，一个萝卜一头蒜"，可见庄稼人粗俗自然的形象和性格。（页 558—561）

在酒令中若说反映小说情节、人物际遇，还是有不同的，明显的是林黛玉行的酒令，四十回有：

良辰美景奈何天，纱窗也没有红娘报。（页 560）

黛玉处身贾府大观园内，可谓良辰美景与宝玉一处，掌握了天时地利，加上又有红娘紫鹃相助，推波助澜，把宝玉逼痴了，可是天公不作美成好事，红娘也报不了喜，又奈何。

六十二回酒令也反映出黛玉、湘云的身世，黛玉酒令有：

落霞与孤鹜齐飞，风急江天过雁哀，却是一只折足雁，叫得人九回肠，这是鸿雁来宾。（页 873）

在贾府黛玉的身份是鸿雁来宾，"孤鹜"——无父母，"过雁哀"——不能久留，"一只折足雁"——受伤的雁儿，黛玉临终哀号——"叫得人九回肠"。

湘云行的酒令反映出她的性格，用词遣字极其阔达：

奔腾砰湃，江间波浪兼天涌，须要铁锁缆孤舟，既遇着一江风，不宜出行。（页 874）

《红楼梦》记湘云每一次到贾府，总是起涟漪，如三十一回众人说她如何淘气扮男儿，说得一片热闹，又宝玉为她留下金麒麟惹黛玉妒忌。（页 435—436）三十七回知道立了诗社，一口气作两首七绝，又要作东，与宝钗设螃蟹宴拟菊花题。（页 511—515）六十二回更是大醉睡卧石凳上，芍药花飞一身，梦中睡语说酒令，成为笑谈，酒令有"直饮梅梢月上，醉扶归……"。（页 876—877）豪情似男儿，如此不羁性格，需要用“铁锁”用“缆”才能把她锁住，这“铁锁”指史家家道衰微，湘云无父母，寄居叔叔篱下，需用“铁锁缆孤舟”，可见湘云之被束缚。

这里，用曲词反映人物性格、烘托人物，属于众文体的叙述作用。

七、用众文体达到叙事作用

从以上所论众文体的特色和作用来看，作者不放弃利用众文体达到叙事的目的。以下举例分析剧目和灯谜的作用：

二十二回	文体	戏目/灯谜/内容首句	叙事者
1	昆山腔	西游记	宝钗点
2	弋阳腔	刘二当衣	凤姐点
3	北曲	鲁智深醉闹五台山（山门） 点绛唇、寄生草（曲牌名）/漫问英雄泪	宝钗点
4	古文	南华经/巧者劳而智者忧/山木自寇	宝玉念
5	偈	你证我证心证意证	宝玉提
	偈解	无我原非你从他不解伊	宝玉解
6	语录	禅宗始主惠能如何得衣钵	宝钗引
	偈	身是菩提树	
	偈	菩提本无树	
7	灯谜七绝	大哥有角只八个/枕头	贾环
	一谜打二物	二哥有角只两只/兽头	
8	灯谜 （七言一句）	猴子身轻站树梢/荔枝	贾母
9	灯谜四言	身自端方体自坚硬/砚	贾政
10	灯谜七绝	能使妖魔胆尽摧/爆竹	元春
11	灯谜七绝	天运人功理不穷/算盘	迎春
12	灯谜七绝	阶下儿童仰面时/风筝	探春
13	灯谜七绝	前身色相总无成/海灯	惜春
14	灯谜七绝	朝罢谁携两袖烟/更香	宝钗

曹雪芹用剧目来表达一种场面气氛、人物的心境，用曲词作为情节的伏笔。宝钗在生日时念《寄生草》曲词给宝玉听：“赤条条来去无牵挂。那里讨烟蓑雨笠卷单行？一任俺芒鞋破钵随缘化!”（页303—304）此乃伏笔，宝钗点化宝玉，使他明白佛缘，让他看见当和尚的形象。宝玉听了，喜得拍膝画圈，称赏不已，又赞宝钗无书不知。黛玉看在眼里道：“安静看戏吧，还没唱《山门》，你倒《妆疯》了。”（页304）这里黛玉见宝钗和宝玉如此快乐，用剧目来骂宝玉，《山门》是唱鲁智深不守佛门清规，破戒醉酒，大闹寺院山门，此也指宝玉不安分。

就算是谜语，前三个由贾环、贾母、贾政所作，形式也不同。最难作的是贾环的灯谜，要把谜面大哥二哥的关系连贯，暗示不足，造成谜底难猜。贾政出的谜是砚，如其人。其他各人之谜或七绝或七律，条件足而易猜。四姐妹所作的灯谜形式用七绝，其作用乃通过四人所作的灯谜谜底达到以物喻人的作用。（页311—315）作者通过贾政看灯谜、猜灯谜表达其也有伤情感慨的真性情。事有凑巧，四姐妹在元宵佳节所作灯谜都是不祥之物，贾政内心沉思道：

> 娘娘所作爆竹，此乃一响而散之物。迎春所作算盘，是打动乱如麻。探春所作风筝，乃飘飘浮荡之物。惜春所作海灯，一发清净孤独。今乃上元佳节，如何皆作此不祥之物为戏耶？（页314）

贾政看后，心里越想越闷，再看宝钗作七律证谜，谜底是“更香”，他想：

> 此物倒是有限，只是小小之人作此词句，更觉不祥，皆非永远福寿之辈。（页315）

贾政因此夜里翻来覆去难以成眠，悲伤感怀。从这里看到贾政也不一定一派学究，也有伤怀感慨的真性情。谜有神秘的意味，有猜的过程，对元迎探惜的身世除了第五回用过画、画中诗、曲词表达，如今又用谜寄寓，表现手法之多样，加上通过贾政“原应叹息”（元迎探惜），用一个冷性格的重要人物去感慨伤怀，使四姐妹甚至宝钗的命数更为不祥，造成艺术气氛的空旋回荡，手法之高明可见一斑。此外，物的寄寓也有特色，词汇的隐喻常有多义，例如爆竹报喜、算盘清账，应为吉祥之物，然而作者喻为爆竹一响而散，算盘打动乱如麻，说法也未尝不可，且觉得有新意。谜语、谜底之文体风格对小说之作用又自成一格。

周中明说曹雪芹时代，“小说文学描写的手段已发展得更丰富更成熟，小说主要不是供听闻而是供阅览了，散韵夹杂的语文体裁已经落后，诗词赋赞成了多

余的、僵化的俗套，既浪费作者的纸墨，又浪费读者的工夫，所以曹雪芹坚决舍弃了它”①。这里说曹雪芹舍弃了散韵夹杂的体裁和诗词赋赞，其实不尽然，有关散韵夹杂的体裁，在十一回里凤姐去探秦氏的病，经过宁国府花园，作者用一段骈文写宁府园中的景致，作为小说的叙述文字：

> 黄花满地，白柳横枝。小桥通若耶之溪，曲径接天台之路。石中清流激湍，篱落飘香；树头红叶翩翩，疏林如画。……（页160）

又十七、十八回文中描写大园落成后园林的景致，也用了散韵夹杂俱绮丽文采的句子：

> 其槅各式各样，或天圆地方，或葵花蕉叶，或连环半壁。真是花团锦簇剔透玲珑。忽尔五色纱糊竟系小窗；忽尔彩绫轻覆竟如幽户。（页239）

此作者是看在什么情况下用散韵夹杂的文字。又描写人物，也用了许多散韵夹杂的句子。第三回黛玉看宝玉，宝玉看黛玉，今引后者：

> 两弯似蹙非蹙笼烟眉，一双似喜非喜含情目。态生两靥之愁，娇袭一身之病。泪光点点，娇喘微微。闲静时如姣花照水，行动处似弱柳扶风。心较比干多一窍，病如西子胜三分。（页51）

句子不但求对仗，也求排比。所以，曹雪芹不是不用散韵夹杂的语文体裁和诗词赋赞，而是将它们用另一种手法来呈现，使它们不但在小说内寓意深刻，也

① 周中明在《谈红梦楼的语言美》［收入刘梦溪编：《红学三十年论文选编·中卷》，天津：百花文艺出版社，1984年版，页586—602］一文指出：自《水浒传》、《儒林外史》，在语言文字体裁上话本小说之迹未泯。《红楼梦》却开了新生面。首先，它不再采取散韵夹杂的形式。每回开始都用诗词的传统格式废除了。文中每于重要人物出场，人物肖像与心理刻画、景物风光佳胜处、战争打斗与紧张热闹场面等必插入诗、词、曲、赋与骈文的传统格式，也基本废弃了——只第五回、第十一回各用过一次。为此，作者还在第十七、十八回中作了说明：“本欲作一篇《灯月赋》、《省亲赋》，以志今日之事，但又恐入了别书的俗套。按此时之景，即作一赋一赞也不能形容得尽其妙；即不作赋赞，其豪华富丽，观者诸公亦可想而知矣。所以倒是省了这工夫纸墨，且说正经为是。”这理由是很正常的。那种“有诗为证”或以骈四俪六的赋赞代替直接叙述描写的格式，在讲唱文学和说话艺术中，适应了听众的需要，因而流传发展得更丰富更成熟，小说主要不是供听闻而是供阅览了，散韵夹杂的语文体裁已经落后，诗词赋赞成了多余的、僵化的俗套，即浪费作者的纸墨，又浪费读者的工夫，所以曹雪芹坚决舍弃了它。在中国小说史上，曹雪芹是从实践走向理论彻底破除散韵夹杂传统的第一人。

作为小说情节的预言，时空的反映，人物身份、性格的烘托，同时也供读者阅览。[①] 尽管《红楼梦》有这么多文体，但是形成的不同风格能插入和融合在小说中又是很特别的。

巴赫丁指出，这小说的风格融合成一个体裁，包含着许多的附属体，而又能融合更高的整体，形成小说自己包含众文体的风格（甚至能包含不同的语言），它的语言形成独特风格的小说语言。[②]《红楼梦》就具备了这种风格，这也是东西方小说或多或少都有的现象。

参考文献

一、英文专著

Bakhtin, Mikhail Mikhalovich, *The Dialogic Imagination*, Austin: The University of Texas Press, 1981.

Martin, Wallace, *Recent Theories of Narrative*, Ithaca: Cornell University Press, 1986.

二、中文专著

蔡义江：《红楼梦诗词曲赋评注》，北京：北京出版社，1979 年版。

曹雪芹、高鹗：《红楼梦》，北京：人民文学出版社，1982 年版。

陈庆浩：《红楼梦脂砚斋评语辑校》，香港：巴黎第七大学东亚教研处出版中心、香港中文大学新亚书院红楼梦研究小组，1972 年版。

董乃斌：《中国古典小说的文体独立》，北京：中国社会科学出版社，1994 年版。

贺新辉：《红楼梦诗词鉴赏辞典》，北京：紫禁城出版社，1992 年版。

胡菊人：《红楼·水浒与小说艺术》，台北：远景出版事业有限公司，1981 年版。

华莱士·马丁著，伍晓明译：《当代叙事集》，北京：北京大学出版社，1990 年版。

罗贯中著，罗尔纲考订：《水浒传原本》，贵阳：贵州人民出版社，1989 年版。

罗贯中：《三国演义》，北京：人民文学出版社，1973 年版。

孟瑶：《中国小说史》，台北：传记文学出版社，1986 年版。

笑笑生：《新刻锈像批评金瓶梅（北京大学图书馆藏善本丛书本）》，北京：北京大学出版

---

① 蔡义江：《红楼梦诗词曲赋评注》，页 1—18。
蔡义江说到《红楼梦》众文体在小说中的作用，其说法几近完整，今摘录其说法如下：第一，借题发挥，伤时骂世。第二，小说的有机组成部分：绝大多数的诗词曲赋是融合在小说的故事情节中，如果略去不看，就不能把前后文意弄明白。第三，时代文化精神的反映：如制灯谜、玩骨牌、行酒令等都是清代极流行的社会风俗。第四，按头制帽，诗即其人：海棠诗社群芳诗风不同，黛玉风流别致，宝钗含蓄浑厚，湘云清新洒脱，各有个性。第五，谶语式的表现方法：作者喜欢通过诗词典赋预先隐写小说人物的未来命运。

② Bakhtin, Mikhail Mikhalovich, "Discourse in the Novel", In *The Dialogic Imagination*, Austin: The University of Texas Press, 1981, p. 262.

社，1988 年版。

王梦鸥校译：《唐人小说校释》，台北：中正书局，1983 年版。

王叔岷：《类书荟编》，台北：艺文印书馆，1970 年版。

王圻：《稗史汇编》，北京：北京出版社，1993 年版。

张岱：《陶庵梦忆》，上海：上海古籍出版社，1982 年版。

三、中文论文

傅憎享：《金瓶梅话本内证》，《金瓶梅研究》，1993 年第 4 辑。

徐扶明：《金瓶梅原为词话考》，《金瓶梅研究》，1991 年第 2 辑。

周中明：《谈红梦楼的语言美》，收入刘梦溪：《红学三十年论文选编·中卷》，天津：百花文艺出版社，1984 年版。

一个女子的革命体验

——严歌苓《一个女人的史诗》解读*

李仕芬

一、"革命是残酷的"——田苏菲眼中的革命

严歌苓的近作《一个女人的史诗》以"田苏菲要去革命了"（页1）一句展开全书，[①] 接着交代田苏菲参加革命的理由及经过。从十六岁到五十岁，田苏菲这个主角的生活都与革命纠缠不清。她终生为之奋斗的爱情，亦在革命的风风雨雨下茁壮成熟。田苏菲一生与革命结下不解之缘，然而，她投身革命，却是出于偶然。十六岁时，田苏菲在学校给人骗去毛衣，为了逃避母亲的责难，便顺应邻居少女伍善贞的建议，革命去了。革命的意图，既不宏大，亦非高尚；而伍善贞找上田苏菲，也只因原来的伙伴未能成行，要临时找人顶替。可见，作者一开始即没把田苏菲的革命行动定调在什么高层次的动机上。"一个阶级推翻一个阶级的暴烈的行动"的革命定义，[②] 并没有被认真考量。南帆在其论著中跳出政治空间，从社会生活范畴去解释革命的论调，或者更适合用来说明田苏菲的处境：

> 革命意味的是投身另一种全新的生活。无论每一个人的具体遭遇是什么，只要他企图冲出陈旧的生活牢笼，革命就是不可避免的选择。[③]

田苏菲正是从生活出发，在不带高超的政治理想下，踏上革命之途。而行动的偶然性，更一再背离了该有的深邃意义。从另一角度来看，正因为摆脱了政治的公共视野，她更能从自身的情感出发，去诠释革命的"私人"意蕴。

为了对付敌人，革命的阶级性、残酷性是金科玉律的政治教条。[④] 严歌苓在

---

* 本文原载于《文学论衡》，2008年总第13期，页78—88，部分内容、文字曾作改动。

① 严歌苓：《一个女人的史诗》，长沙：湖南文艺出版社，2006年版，页1—258。

② 中共中央文献编辑委员会：《毛泽东选集》（第1卷），北京：人民出版社，1991年版，页17。

③ 南帆：《后革命的转移》，北京：北京大学出版社，2005年版，页44。

④ a. 中共中央文献编辑委员会：《毛泽东选集》（第1卷），页197。b. 中共中央文献编辑委员会：《毛泽东选集》（第4卷），页1209。

《一个女人的史诗》中也不断带出革命的“残酷”。像“革命是残酷的”这样的句子，反复在故事中出现，成了田苏菲观察外在世界的体验。然而，田苏菲是从她的情感角度去解读革命行为，因而所谓的“残酷”也产生了延伸的意义。田苏菲投身革命后，很快见证了以下事例：革命队伍之间因为自身利益而放弃伙伴。田苏菲目睹事情的经过，本欲拯救受伤战友，却反被其他同伴威吓。经过这次事件，田苏菲有所顿悟：

> 小菲马上懂了。革命是这样残酷，这样你是我非，你死我活。小菲觉得自己一夜间长大了。再不会没心没肺，供人取乐，成日傻笑了。（页15）

田苏菲明白革命行动的背后，隐藏了人为了自保而置他人于不顾的私心。“革命”一词成了冠冕堂皇的遁词，为种种自私的行为找到理据。王坤在其论文中曾指出，政治运动推行时期，一些人表面以“崇高”为名义，实则暗藏私欲。① 田苏菲虽然是“无辜负疚”，② 但仍然足够让她好好反省自己与伙伴的关系，并了解到人的私欲如何凌驾于政治理想之上。“革命”成了便捷的政治借口。

革命残酷的表述，屡次在《一个女人的史诗》中出现。而这种表述每次出现，都与原本的意涵有所出入。其中的距离差异，正好冲击了原有的意义。以下一段，即通过田苏菲被母亲及部队旅长都汉催婚一事，重新演绎了残酷革命的意义：

> 都旅长打一辈子光棍倒挺懂嫁娶方面的进攻战略。他和母亲一成盟军，小菲再犟也不行。何况小菲从来不敢和母亲犟。都旅长用宠爱的眼光看着小菲。小菲泪水更汹涌。革命是残酷的。（页27）

宏大的革命事业被矮化成个人私事的诠释。一个小女子无法做主的终身大事，升格变成表现革命内容的依据。

在田苏菲心目中，革命往往变成了她的私人感情事件的解说和凭借。当得悉钟情的欧阳萸心中另有所爱时，田苏菲有这样的反应：

> “你（笔者按：指欧阳萸）爱她吗？”小菲问。她以为自己会痛不欲生，心如刀绞，看来她革命几年，人给锻炼出来了。（页58）

革命历练，赫然化为抵御爱情的良药，具有稳定情绪的作用。田苏菲婚后，

---

① 王坤：《崇高的蜕变——新时期文学中的“文革”》，载刘青峰：《文化大革命：史实与研究》，香港：香港中文大学出版社，1996年版，页418。

② 刘小枫：《这一代人的怕和爱》，香港：牛津大学出版社，2007年版，页25—26。

发现丈夫欧阳萸感情出轨，回首前尘，亦以“革命是残酷的”来说明那种纠缠不清的男女关系：

> 真残酷。革命是残酷的。革命把这个宝哥哥卷到了小菲的命运里，把她和他阴差阳错地结合起来。让他和他命中该有的那个恋人擦肩而过。而小菲以为是犟得过都师长的，现在看来都师长很英明，他知道只有他能给小菲这样自命不凡的女人幸福。（页92）

田苏菲的回顾反省，颠覆了革命原有的政治含义。阶级斗争的暴烈行动，被轻描淡写地转换为男女间的爱情纠葛。严肃的政治话语，成了小女子爱情命运的解读。

婚后十多年，田苏菲一家经历了多次政治运动，仍然不忘以“革命是残酷的”来总结夫妻二人多年的感情关系：

> 也许他怕这就是永别。他也会怕。他也会对她恋恋不舍。要遭受这么多不公道和屈辱，灵魂与皮肉的痛苦，才能让他和她看到这一点。看到这一点，她觉得可以为之一死了。革命是残酷的。她又想到这句不伦不类的话来。不是又一场革命，不是它的残酷性，他们怎么会到达这个爱情至高点、感情凝聚点？残酷就残酷在这里；绝对的无望 = 绝对的浪漫。（页181—182）

田苏菲以个人爱情体验诠释革命内容。革命的残酷性，反过来催生了爱情。恶劣的政治环境，让田苏菲发挥了她保护爱人的女性特质。欧阳萸在受到政治打压时，对田苏菲产生了强烈的依恋。两人的爱情达到前所未有的浪漫。南帆在剖析个人情感与革命的关系时，曾这样指出：

> 无论多么个人化的行为都必须向集体敞开，必须用革命占领任何个人的空间。革命的集体之中丝毫没有个人主义的地位。……可是，恋爱令人尴尬地出现了。这是一种不折不扣的个人情感。[①]

革命讲求集体性，与强调个人主义的爱欲观念背道而驰。田苏菲与欧阳萸却反而在革命洪流中找到爱情安身立命的空间。两人固有的性格矛盾、生活小节的嫌隙，在残酷革命的大前提下得以缓冲、化解。屡受政治打击的欧阳萸终于感受到妻子家常照顾的可贵。田苏菲在困难的政治环境下，亦更能发挥她的实用生活

① 南帆：《后革命的转移》，页46—47。

哲学。夫妻关系越来越亲密。再看以下一段叙述：

> 盐碱田里一大片头发花白、脊背弯曲的身影。欧阳萸是最年轻的一个。每次他老远就叫她“小菲！”她看见他，迎着跑上去。烧锅炉烧得发胖了，她圆咚咚红扑扑地扑到他面前。总是这次夜班车，他到了这一天这个时辰就变得眼巴巴的……每次她离开少年劳教农场，他都送她到场门口。他是出不去的。但一直看她走上坡，再走下坡。（页 183）

严酷的下乡劳改，在作者刻意营造的抒情气氛下，成了田苏菲夫妻爱情展现的场景。超越了亲人被迫分离的痛苦层面后，一月难得一见的机会，成了爱情孕育萌发的温床。二人聚首，细说家事，点点滴滴，充满温馨和喜悦。“残酷的革命”在诗意的爱情叙述下，又一次被解构了。

田苏菲最后一次提及“革命是残酷的”这句话，是因为欧阳萸经过多年生活磨炼后，性格改变：

> 他曾经是那么一个爱布置环境的人，现在只要有吃不冷就心满意足。革命是残酷的，小菲想起几十年前的这句话来。恐怕小菲对他和孙百合的担忧都多余：他没剩多少浪漫。（页 227）

标示革命性质的政治话语，被田苏菲移用到个人情感行为的解读。一向显得潇洒的欧阳萸，在多年政治教育下，浪漫不再。残酷的革命，见证的是欧阳萸精致生活品位的消退。悄然而至的，是粗糙的日常作息的痕迹。

刘再复在《告别革命》中，对于所谓的革命文学，有这样的批评：

> 什么都按照政治教义叙述，连最具有个体个性的情爱题材也写得很贫乏，不仅没有心理、生理深度，也没有哲学思索，全部染上党派色彩和意识形态色彩。要么把情爱作为揭露阶级压迫的工具，要么把不圆满的情爱作为革命的根据，要么把情爱作为献身于国家和社会的手段，把情爱的私人性格消解在国家社会革命的公共性格之中。①

爱情在革命的大前提下，注定无立足之地。爱情是手段，革命才是目的所在。主从关系，清楚明白。《一个女人的史诗》却一反以上的叙述模式。田苏菲在革命洪流中，不但没有放弃个人的情感追求，而且更以革命为媒介，培育自己的爱情。本来充满政治意味的话语，一再沦为小女子爱情命运的解读。遥遥几十年，革命的大历史不经意间被置换成走过中年的女性的自我情感叙述。

---

① 李泽厚、刘再复：《告别革命》，香港：天地图书有限公司，2004 年版，页 210。

二、革命对人的摧残

暴力冲突是革命的特征。[①] 以革命为题材的文学作品，自然亦不乏相关的描写。《一个女人的史诗》对于革命的叙述，在表现其暴力冲突之余，更大力反映的是受打压一方的遭遇。田苏菲通过亲身经历去观察及感受人从肉体到精神上承受的折磨。

在土改工作队下乡之前，田苏菲便听到母亲缕述外祖父及大舅被迫害致死的经过：

> 外公和大舅舅给吊在农会的房梁上，吊了一天一夜。游乡之前，外公叫大舅舅下手，就用送水的碗，往地上一掼，拿碗茬子对他下手。大舅舅下不了手，把他自己和父亲都留给别人去下手了。外公是个太好面子的人，挨枪毙之前他还跟熟人点头。（页 45）

一席闲话家常，是在看来相当平和的气氛下带出。田苏菲婆孙三人当时正平静地在昏黄的灯光下做着针线工作。没有激昂情绪，亲人受迫走上绝路的惨痛屈辱，却在闲聊细诉中完成了被叙述的命运。在革命这具火车头面前，[②] 个人死生大事，显得如此微不足道！

田苏菲下乡后，更再一次体验到人在政治运动中是如何被迫走上死路的。在众人七嘴八舌商量如何把老地主处死的暴烈行动中，田苏菲早已根据群众的“期望”，拼凑出以下的热闹场面：

> 她想吊在电线杆上的老爷子下面黑乎乎围着上百人，黑乎乎两三百只黑眼睛向上瞪着。他就是一口大铜钟，一百多人打下来也该打裂了。外公还是命好，没高高挂起让人当钟打。（页 49）

字里行间，田苏菲流露的是对老地主的不忍之情。聆听老地主妻子诉苦而忍不住落泪的片段，更再一次说明田苏菲情感的取向：

> 小菲摇摇头。她想坏事了，眼泪出来了。什么立场，什么觉悟？还是演革命戏的台柱子呢！一看小菲流泪，老太太红红的眼里充满希望之光。（页 49）

革命的精神，并没有完全启发田苏菲。她用自然的人性关怀去感受别人经受

---

① 朱学勤：《革命》，《南方周末》，1999 年 12 月 29 日，版 38。

② 朱学勤：《革命》，版 38。

的痛苦与无助。爱憎分明的阶级立场在人道主义的精神下备受挑战。徐友渔在其著作中对阶级鲜明的革命立场有以下分析：

> 人性论被当成典型的资产阶级和修正主义思想，母爱、温情、怜悯等被视为革命斗志的腐蚀剂。人与人的关系要么是阶级兄弟、革命战友，要么是阶级敌人。人道主义原则被抛到九霄云外……①

田苏菲的阶级悟性却没有被启迪，反而在有意识的情况下，背叛了自己应有的阶级感情。阶级立场动摇之余，更加敌我不分，把同情都投向对立阶级身上。

杨厚均在其论著中，曾指出革命历史小说中，“诉苦”是经常出现的情节。“诉苦”之所以被采用，是因为“在建构革命历史‘阶级斗争’内在逻辑结构上的便利”②。革命战士与群众通过诉说共同苦难，可以确认自己的阶级敌人，唤起大众的情感，能够产生阶级凝聚的力量，被视为成功的革命技术。③《一个女人的史诗》却把诉苦的含义颠倒过来。主客易位之下，诉苦的主角变成老地主的妻子：

> 老太太坚信换了谁家天下也有地方递状子，自古都有地方喊冤告状，就是让她一身老皮肉去滚钉板，上指夹子，也要找个投诉的地方。（页49）

角色功能的互换，使原本欲借诉诸大众情感以唤起同仇敌忾的策略受到挑战。“阶级敌人”不但得到表白机会，而且更从情感上打动了对立的阶级。

其实，除了老地主的妻子，其他角色如胡明山（三子）、伍善贞的母亲等，都有不同的诉苦机会。胡明山在自杀前一刻，不忘申诉身受的冤屈：

> 他也不难为情了，拍着胸口肚子对下面观众说他怎样出生入死为部队筹粮，怎样把雪里红腌在山洞里，让部队一冬天有菜吃，怎样组织民兵、妇联把饭挑到前沿，又怎样偷地主家牲口的血……给首长们做血豆腐。现在老革命胡明山给打成了贪污犯……（页71）

在政治运动中被点名批判者，往住无从置辩，俯首认罪、任由处置是唯一的出路。胡明山却选择以死亡来为自己表白。借着酒气，胡明山不再畏缩，把握着

---

① 徐友渔：《形形色色的造反——红卫兵精神素质的形成及演变》，香港：中文大学出版社，1999年版，页34。

② 杨厚均：《革命历史图景与民族国家想象：新中国革命历史长篇小说再解读》，武汉：湖北教育出版社，2005年版，页44。

③ 南帆：《后革命的转移》，页13。

生命的最后机会，为蒙受的冤枉叫屈，为自己的不平讨个公道。伍善贞母亲的诉苦，则是以一种泼辣而赖皮的方式展现。女儿大义灭亲，带头抄家，伍妈妈嘴里不饶人，以挖苦的语调还击：

> 日本鬼子狠？还没把藏的那点首饰挖走，她给你挖走了！……挖走她大她妈没得吃，那不关她事！物价一天一个样，没钱付给伙计，那不关她事！她只管吃里扒外、吃家饭屙野屎！……小伍搜个一场空，带着侦察员们撤了。伍老板娘也是好强女人，到巷子里高声唤几个躲出去的孩子："小二子小三子小四子！滚回来吃晚饭！没得肉吃了，萝卜干下稀饭他政府总还允许我们吃饱吧？"（页 85）

为了表达对党的忠诚，完成伟大的革命事业，党员与亲人划清界线，甚至举报至亲，是政治运动中常见的现象。伍善贞抄自己家的行为，正是"无私"精神的又一次演绎。面对女儿的行径，伍妈妈冷静地以夸张而自怜造作的举动对付。喧闹扰攘，借题发挥，铺陈的仍是一种乖谬的伦理。而田苏菲的母亲对伍妈妈的同情，亦一再说明后者的诉苦行为得到一定的认同。

除了诉苦外，戏剧亦是革命家常用以启导民众感情的工具。[①] 田苏菲所属的民工团下乡以后，即以戏剧演出来教育民众，让大家认清阶级斗争的必然性。表面上，群众好像受到启发。事实上，民众却在一次演出中乘机发难，假戏当真，发泄情绪：

> 一堆石头朝那几个演匪兵的民兵们砸过来，同时就有震天的口号："打死蒋匪兵！为刘胡兰报仇！"几个民兵给砸得头破血流。有人喊："快拉幕！""拉不上了！幕绳给人砍断了！"口号还在咆哮："砸死他们！别让蒋匪兵跑了！……"石头不断从观众席各个方向飞出来。民兵们把蒋匪兵的戏装脱掉，瘸着拐着躲石头，一边叫喊："别打了！不是蒋匪兵！是宝子！……是二子他爸！……"一个石头当胸砸在叫宝子的民兵身上。（页 51）

一如诉苦的情节，革命戏被反过来应用在"反革命"上。戏剧性的夸张表现，从台上延伸到台下，现实与戏剧，界线含混，真假莫辨，辗转指向的，仍是革命不得人心的一面。痛定思痛，回首历史，邵燕祥在其著述中对土改政策有以下反思：

---

① 南帆：《后革命的转移》，页 13。

> 我却没有从另一方面想想，土改中具体政策的制订或执行，是否发生什么偏颇，在消灭封建剥削性质的土地制度时，对一般地主和恶霸地主有没有加以区别，对地主分子和地主阶级一般家庭成员有没有切实给予生活出路，不使他们铤而走险，从而最大限度地减少革命的阻力，减少革命运动的后遗症。①

《一个女人的史诗》努力揭发的正是革命背后隐藏的种种问题、偏差。人的身心无法承受时，自行结束生命成为便捷的出路。除了上述的老地主及胡明山外，还有欧阳蔚如这个角色，均是以自我了断来见证革命对人的摧残。作者在叙述这些自杀个案时，往往喜欢用平静的语气。如胡明山从高楼上一跃而下的片段，经田苏菲的感官过滤后，成了以下一组无声无息的慢镜头动作：

> 三子下来了。从红五星上坠落时，小菲居然没有捂眼睛。她眼睁睁看见三子败色的军装在空中成个奇形怪状的气球。她也没听见小伍和几百个人的惨叫或者欢叫。三子落地也是无声的，至少对于小菲是无声的。他脸朝下，趴在崭新的花岗岩石台阶上。小菲不要看到血，因此她以后的记忆中，胡明山留在世上的最后一个形象不是她概念中的尸首。(页 71—72)

人在政治运动中受尽凌辱的情节，在伤痕文学中比比皆是。流血暴力，更往往是不可阙如的描写。《一个女人的史诗》却没有这种扑面而来的血腥暴烈，至少在田苏菲心目中确是如此。或者，更具体的说法是，田苏菲的主观愿望使本应血溅大地的激烈场面变得异常平静。胡明山以结束生命来为自己取得发言权，田苏菲亦以自己的方式为其死亡取得不落俗套的演绎。这种充满个性化的表达方式，叩问的也许正是个体在政治重压下屡被戕害、抹杀的事实。胡明山死后，作者更再一次从田苏菲的角度表达物是人非的感慨：

> 一个念头闪出来：人们照样要买韭黄、包春卷，可是三子没了。人们照样为一毛钱的韭黄和菜农调侃、杀价。三子永远也没了。(页 72)

红太阳照样升起来，在革命的大浪潮下，人命无足轻重，个人注定被牺牲。重复的句子、抒情的笔调，书写的却是死亡的事实。尘世依旧，个别的生命显得如此短暂、无力。

---

① 邵燕祥：《别了，毛泽东：回忆与思考 1945—1958》，香港：牛津大学出版社，2007 年版，页 47。

三、革命与人伦关系

（一）人伦关系的解体

革命强调阶级性，以阶级来界定人与人的关系。在这样的大前提下，原有的人伦架构受到严重冲击。王坤对“文革”时期的那种“绝爱弃恨”、扭曲的亲情关系，有以下剖析：

> “文革”中盛行一时的“划清界线”之举，则是集自残与残人于一体的典型行为。当事人多为“可以教育好的子女”，其“大义灭亲”的举动中，既包含为崇高所激励的因素，也包含摆脱恐惧，寻求社会庇护的因素。……尤其是不敢爱，在“文革”中是极常见、极普遍的现象。……在这悲剧的背后，是无数破碎的家庭和破碎的心灵！至于不敢恨，则是人的心灵在无法承受的重压之下失去了正常功能而至麻木的结果。①

人伦关系的矛盾在《一个女人的史诗》中亦得到清晰的展现。一直以革命姿态出现、立场鲜明的伍善贞，在田苏菲细心的观察下，暴露更多的是无法释怀的心理压抑；与父母划清界线的决绝背后，是缠绕不去的内心郁结：

> 伍老板毕竟宠爱小伍一场，和他断绝父女关系，她心里能不血淋淋吗？……她明白小伍东拉西扯还是因为心里难过。一个女儿和亲爹永世翻脸，谁不难过？（页82—83）

伍善贞自己不承认隐藏的矛盾痛苦，但田苏菲却从自然的亲情关系来解读其内心世界。伍善贞带头抄自己的家，与母亲展开戏剧性对峙。一番斗智下来，“冷静周密”的伍善贞，还是赢不了吵嚷中脱难的母亲。家里藏宝的地方，伍善贞百般推敲，仍然找不着头绪：

> 她拳头杵在下巴下想了一会儿，指着水缸：搬开。下面挖了有三尺深，除了土还是土。多年后，小伍跟母亲和解之后，母亲说她笨蛋，水缸里养的是大蚌壳，只要细看就看出那都是死东西，壳里藏着用油纸包的金砖。（页85）

以时间对照说明事物的变化是《一个女人的史诗》的重要叙述手法。全书时间跨度大，几十年的历史，非常有利于这样的叙述。一时无法作出主观判别的

① 王坤：《崇高的蜕变——新时期文学中的“文革”》，页417—418。

事实，在历史的见证下，会自然得到厘清。对于伍善贞划清界线、抄家等行为，叙述者便是用时间的对照来说明人心的变化。悠悠多年，昔日陌路的亲人再次言归于好，界线还是划清不了。“大义灭亲”的异常伦理，赫然沦为封尘历史，意义成疑。

（二）人伦关系的坚持

至于田苏菲自己，在革命的火红岁月里，更作出了一种对伦理坚持的示范。接二连三的政治运动，并没有使她放弃亲情。欧阳萸挨斗，田苏菲没有听从劝喻，划清界线自保，而是灵活借势，以舞台的一号英雄姿态为丈夫在现实中遮风挡雨。

在丈夫被批斗的日子里，田苏菲努力钻研烹调功夫，为丈夫预备菜肴。食物短缺，无碍田苏菲一展持家本领。一份份精致的饭食，别出心裁，成了欧阳萸难堪时刻的精神慰藉：

> 切肉丝往往最出数，切得越细就越显多。她的刀功在几个月里把母亲都震住了。火候也重要，细切的肉丝火候不好就炒塌了架子，口感也坏了。所以她的小炒技术也飞快改善，一个黄豆芽炒肉丝，拿出手黄是黄白是白粉红是粉红，把菜和饭装进盒子，一眼看去，它是这个混乱肮脏的省城最诱人的一份午餐。（页168）

中国人一向重视口腹之欲，[①] 然而，在革命沸沸扬扬的时代，这种形而下的活动自然不受重视。田苏菲却一反其道而行，在捉襟见肘的情况下，发挥生活智慧，努力张罗食物。一道道精心烹调的菜肴，象征性地抗衡着高扬的革命气氛。李泽厚与刘再复在《告别革命》中，曾指出中国五六十年代的思想特征是政治挂帅，过分迷信意识形态，不断进行无休止的阶级斗争和政治运动，经济发展受到忽略，抓不住生产。李泽厚与刘再复于是从理性角度出发，提出“吃饭”哲学，指出务必要注重吃饭生存的基本问题。[②] 田苏菲的行为，似乎暗合这种“吃饭”哲学。她千方百计、用尽手段，也要为正受批斗的欧阳萸送上亲手炮制的菜肴。一面挨整、一面吃饭的场景，看似不伦不类，却正好冲击了政治运动该有的精神意义。严肃的政治运动，无端造就的竟是一个小女子对爱郎的柔情蜜意。危难中为丈夫送上饭食，成了田苏菲爱情的经典演绎：

---

① 李波：《食以民为天，以“食”为鉴》，载《口腔里的中国人》，上海：东方出版中心，2007年版，页1—6。

② a. 李泽厚、刘再复：《告别革命》，页13—23。b. 李泽厚：《历史本体论》，香港：商务印书馆有限公司，2002年版，页21—29。

“你猜我今天给你做了什么？”小菲坐在欧阳萸旁边，两人都坐在秃秃的水泥地上。他看她一眼。她心里一热，偷情似的。“喏，你最爱吃的茭白炒肉丝。”（页168）

温声软语，深情尽在其中。而田苏菲的舞台功架应用到现实生活中，更成功地为丈夫争取到一次又一次的果腹机会：

如果不准欧阳萸吃饭，小菲便哀求，说老欧有胃出血，一出血就昏死，斗个昏死的黑帮有什么斗头？也触及不了灵魂。她声情并茂，话剧演员的“戏来疯”帮了大忙，群众最后总给她说服。（页168）

“群众”一直是文革时期政治家的重要资本。利用群众力量推行政策、打击对手，是惯用的政治策略。[①] 田苏菲顺水推舟，反过来利用群众来达到保护丈夫的目的。戏剧演员的魅力，使她能成功煽动群众。以下一段，田苏菲更歪打正着，乘势反攻，为文化大革命重新释义：

小菲气贯长虹叫道：“触及灵魂！不要触及皮肉！”……她一脱身便演说起来，叫群众同志们不要上少数坏人的当，改变“文化大革命”的性质。文化、文化，毛主席提出“文化大革命”，难道不是让我们用文化来革命吗？……打人的人……是反对共产党反对解放军！（页172）

田苏菲追源究始，用自己的方式，从另一角度为“文革”释义。“文革”中群众早已习以为常，不以为忤的武斗形式，就在一个小女子不经意的戏剧化行动中受到诘难。

田苏菲对丈夫的不离不弃，可视为一种对伦理的坚持。当革命正一步步地摧毁固有的人伦关系时，田苏菲却以坚执的姿态继续维持与家人的亲密关系。即使对待丈夫的父亲，田苏菲同样尽心尽力。老爷子因为家中变故，从上海移居过来，与儿子及媳妇同住。田苏菲对老爷子的日常起居无不悉心照顾：

小菲总是维持老爷子的习惯，出去买油条和豆浆回来。油条只买两根，回来用剪刀剪成一小段一小段，再倒一小碟辣酱油，三人蘸着吃。其实小菲只吃一口，不露痕迹地省给父子俩吃。（页169）

侍奉之余，田苏菲更细心地发现老爷与丈夫之间淡泊中益显亲密的相处模式。儿子受到连串政治批斗，父亲表面若无其事，但却于闲谈中传达出他的关爱：

---

① 徐友渔：《形形色色的造反——红卫兵精神素质的形成及演变》，页18—19。

> “外面站几个钟头，不可以动，会冷的。……”“我再加一件绒线衣。”“穿我的。我的厚。又是黑的，涂了墨还是黑的。”有时小菲看他的鬼怪式头发实在惨不忍睹，便用剪子给他修，想把参差不齐深浅不一的头发修得稍为正常些。老爷子说：“不要修。修好他们还是要剃。否则他们看看你没什么可以糟蹋的，就算了。大家省省力气。”早饭的气氛渐渐好起来，儿子和父亲有时会用英文对对话，说了笑话，两人也都笑得出声。(页169)

父亲曾因政治原因，与儿子关系疏离，现在却也因为革命，改善了与儿子的关系。父亲用他的人生智慧，与儿子一起面对逆境。一家人互相扶持，为无常的政治环境寻找出路。

至于田苏菲的母亲，则以巧妇的生活智慧，辛勤持家。为了令家人能安适地生活，从来不向人低头的她，也不惜放下尊严，向邻人借贷。她更在有限的资源下，绞尽脑汁，变尽法宝，为一家人调制可口的食物。劳心劳力，鞠躬尽瘁，作者对老太太的死亡有这样的安排：

> 老太太经不住女婿的体谅，白了小菲一眼，把一根香肠切成碎丁，打了两只蛋，蛋里调了些稀面粉，又撒一把碧绿的香葱，眨眼工夫一个香肠烘蛋在锅里绽放出艳艳的花来。老太太手握锅把，慢慢旋转。穷日子使她练得一身绝技，油放得少，但必须是少得恰到好处，所以蛋抛向空中时不会溅油珠子。她抛起蛋饼，但没有接住，好漂亮的一个菜落在地上。小菲刚叫“哎呀”，一看母亲，更是大叫起来。老太太已倒在了地下。(页202)

细致的描写，铺陈了食物制作的精致可观，突出了老太太在物资紧缺的日子中练就的高超烹调技术。多年以来，老太太以她的巧手善心，轻描淡写地协助女儿一家度过一次又一次的难关。细水长流，至死仍泰然站在自己的岗位上，老太太为一种实在的伦理关系作出了亲身的示范。不管外面世界如何地动山摇，田苏菲与亲人互相扶持的生活，成了抗衡革命的自然选择。

朱学勤在《革命》一文中，曾提及革命中的“热月”，并以“文革”为例，指出这种现象如何影响革命的社会基础：

> 只要回想一下在本世纪70年代“继续革命”的中国，城市里的居民是如何折向私人生活，男人在秘密讨论半导体收音机的“电路”，交头接耳；女人在悄悄交换编织毛衣的“线路”，乐不可支；你死我活的“路线”斗争居然被置换为另一种“线路”分歧，你就会知道我们也经

历过“热月”，而正是这样的“热月”悄悄融化了“文革”的社会基础。①

田苏菲一家，在轰轰烈烈的革命年代里，以自然的亲情维系彼此的关系，尽量如常地生活，在事事以集体为依归的政策下，发掘私人的感情、生活空间。种种努力，未尝不可看作革命时期“热月”现象的表现。最后动摇的，自然也是革命的社会基础。

四、结语——一个女子的革命体验

严歌苓以“一个女人的史诗”来命名她的作品，几个字开宗明义，说明了她的创作意欲。在一次访谈中，严歌苓曾这样表示：

对于女人来说最要紧的一点，特别是我们上一辈子的女人，她把她的感情看得非常重，她的感情似乎就是她整个的一生就是这么一场，感情能够构成她的一生。也能够说她的情感史也就是她的历史，她的情感史又是和一个国家的一段历史，几十年的历史交融在一起的……②

感情为主，历史为次。女主角感情的叙述，是作品的主要基调。洋洋二十多万字，铺陈的是田苏菲的感情历史。换个角度来看，也可说是从女性的情感出发，侧写历史。在多年前的一篇得奖感言中，严歌苓表达过以下意见：

一个奇特的现象是，同一些历史事件、人物，经不同人以客观的、主观的、带偏见的、带情绪的陈述，显得像完全不同的故事。③

在《一个女人的史诗》中，严歌苓也透过女主角的观察与叙述，去发掘“不同”的历史故事。从“革命是残酷的”一句肇始，多年一路走来，田苏菲用自己的爱情经历来铺陈革命的种种细节。为革命释义之余，更进而把革命沦为爱情的诠释对象。首先冲击的自然是“革命是残酷的”一句的意涵，继而质疑的是革命对伦常的破坏。田苏菲情归欧阳萸，多年以来，不离不弃，为革命中善变的感情关系作出了对立的演示。其反被动为主动，利用恶劣政治环境成就一己爱情的表现，成功颠覆了革命的原有意义。

在这里希望补充说明的是田苏菲对于欧阳萸与其他女人的关系的关注。而这

---

① 朱学勤：《革命》，版38。

② 搜狐主持人、严歌苓：《严歌苓作客搜狐聊天实录》，http：//book. sohu. com/20060703/n244067887. shtml，2006年7月3日。

③ 严歌苓：《扶桑》，台北：联经出版事业公司，1996年版，页5。

种关注最后揭示的，仍是感情与革命含混不清的纠葛：

> 孙百合看一眼小菲，什么表情也没有。她此刻被忽略了，梦游似的站在那里。这时小菲看见她转过脸，眼睛搜寻着刚才挨了揍的那个人。她看到了欧阳萸。这是一个什么样的交叉点？欧阳萸鬼使神差地也转过脸，看见了她。两人的目光都没有在彼此眼睛里逗留，但这就够了，那人正在灯火阑珊处。小菲都为他们感动。（页 172—173）

欧阳萸与孙百合在政治运动中同样成为阶下囚。在田苏菲的目光审视下，原本残酷的批斗场面，反为曾经相惜的恋人缔造了重逢机会。恶劣的外在环境，无碍两人的精神交流。瞬间的相遇，足够让他们“从此魂系梦牵”。（页 173）经田苏菲的情感过滤后，恋人间那种灯火阑珊的美感经验得以延续。革命的原有意义，无法不再次受到冲击：

> 它终于发生了。从小菲第一次见到孙百合到现在，二十多年过去了。得要二十多年、十多次运动、人生的大颠覆才能让他们相遇。小菲不禁为此震动。（页 234）

疑幻疑真，种种政治动荡最后还是归结为爱情的铺垫。张爱玲“倾城之恋”式的观照，[①] 又一次在文本中呈现，延续的或许正是女作家以女性情感改写历史的梦想或企图。

最后，用以下讨论来结束本文。前面曾提及田苏菲与伍善贞的交往。相交多年，伍善贞在田苏菲面前，一直以革命的榜样自居。田苏菲却不时扮演旁观者的角色。经过多年的感情经历，回溯往昔，田苏菲有这样的发现：

> 小菲咬着香脆的包子，大口喝着啤酒，不知怎么对老刘和小伍一笑。她想到了一个绝不该在此时此地想到的情节：那个小镇书院之夜，他俩肉贴肉地躺着，火从两只交握的手点着，一下子就燎原了。（页 84）

革命的神圣，再一次在一个小女子心目中荡然无存。在个人的情欲面前，革命被投闲置散，成了陪衬的产物。这就是一个女子的革命体验。革命与情感，孰重孰轻？

---

① 张爱玲：《倾城之恋》，载《倾城之恋》，台北：皇冠出版社，1985 年版，页 203—251。

卢逸岩与香港书法教育

李晋铿

一、引　言

卢逸岩（1928—2007），字墨皋，号厉堂。广东中山市员峰乡人，生于1928年8月8日，卒于2007年4月24日，终年八十岁。卢逸岩的名字，在香港七百万人中为人熟悉的可能不多，但是他在中国书法界中却享有崇高的地位。

写作本文的目的不仅是对卢逸岩的一生作一个有系统的记述，还希望对他的书法教育和理论作一个系统的分析，并对这位终身献身书法教育，在香港默默耕耘、诲人不倦的书法教育工作者，给予中肯的评价。

二、自学与师承

（一）在乡间的小学教育

卢逸岩出生于1928年。不久，外力的阻挠和日军的挑衅相继在中国发生；接踵而来的是“九·一八”事变和对日本的八年抗战，直到1945年8月才结束。卢逸岩在成长的岁月里，受着战乱的影响，所以到了十五岁，他才在中山读至小学五年级；[①] 之后由于生活艰辛，终告失学。

（二）在香港的工余苦学与师承

1946年战事刚结束，十九岁的卢逸岩只身来港投靠姑母。其时姑丈在洋行做办公室总文书的工作，而他则被安排在姑丈的洋行做信差。做了三个月，刚巧有办公室助理的空缺，西人老板就对卢逸岩说：“我安排你去学英文三个月，如果你能考试及格，我就升你为办公室助理。”卢逸岩于是日夜苦读，终于升为办公室助理。一年半后，又升级为办公室文书。[②]

---

① 黄则淳：《值得尊敬的书法家——卢逸岩》，见春秋学会：《戊子年春秋学会书法展特刊》，香港：春秋学会，2008年版，页70。

② 陈东兴：《聚散纸墨间》，《香港经济日报》，2005年3月15日。

年轻的卢逸岩对中国文化有着深厚的感情。他说："我小学五年级肄业，连写一封家书都不行，如果我不学习，就永远不懂中国文化，于是开始自修中国文学。"① 卢逸岩闲时最喜欢到湾仔修顿球场逛逛，并在附近售卖书籍的地摊购买一毛钱一套的旧诗集诵读。②

1950 年朝鲜战争爆发，卢逸岩也因禁运而失业。有一天，他陪朋友到学海书楼报名跟吴天任学诗，③ 当时吴天任老师得悉卢逸岩失业，就叫他协助抄稿，免他学费，准予在他创办的中华艺苑研习诗词。④ 1951 年，卢逸岩又认识卢鼎公，追随他学习书法和篆刻。卢逸岩忆述谓："鼎公当年已很有名气，但他好肯帮人，教我书法理论。⑤ 我们每朝九点都会到酒楼饮茶，他给我讲授诗及书法。感情如同父子。"⑥ 吴天任在 1975 年写给卢逸岩的《孙过庭书谱通解序》中说："中山卢君逸岩，曩尝从余学诗于中华艺苑，苦志研寻，锲而不舍，比岁转益多师，旁及书画诸艺，皆卓然有成。"⑦

三、卢逸岩的书法教育理论

在香港芸芸的书法家中，能够综合前人的经验，有系统地分析书法的原理，中肯地批评前人所未及，起着承先启后作用的，卢逸岩可以说是其中的一位佼佼者。现将卢逸岩在书法教育中的理论缕述如下：

（一）阐析写字与书法的分别

卢逸岩认为，写字与书法一般人以为是同一事物，其实两者迥然不同。书法乃具法度之书。写字无论写到如何工整，如何漂亮，只不过是工匠一名，与艺术无关。幼儿园学生都能写出字体，但求不错，可算是字，此绝非书法。⑧ 写字用以记事而已，与书法没有关系。点无变化，一如棋子；画无变化，犹如布算；字无变化，则为印刷。卢逸岩指出世人每以公正齐整来评论书法，这是对中国书法

---

① 陈东兴：《聚散纸墨间》，《香港经济日报》，2005 年 3 月 15 日。

② 陈东兴：《聚散纸墨间》，《香港经济日报》，2005 年 3 月 15 日。

③ 吴天任（1916—1992），又名郁熙，号荔庄，广东南海人，自幼聪颖好学，十九岁便以诗鸣于世。1949 年移居香港。在港开设中华艺苑，讲授文史、诗词，从学者众。其后在伊利沙伯和金文泰中学讲授文史。历任香港葛量洪师范学院、中文夜学院、学海书楼、香港树仁学院高级讲师。四十年来精研国学文史，讲学之余，潜心著述，尤勤治年谱传记。著有《黄公度传稿》、《民国梁任公先生启超年谱》、《楚辞文学的特质》、《荔庄诗稿初续集》等书。

④ 陈东兴：《聚散纸墨间》，《香港经济日报》，2005 年 3 月 15 日。

⑤ 卢鼎公（1903—1979），名燮坤，号郾庐，斋室名燕归词馆、霜红词馆。广东东莞人。诗书画均称能手，复精篆刻。著作有《学书偶得》、《兰亭序与书法艺术》、《再谈兰亭序与书法艺术》等。

⑥ 陈东兴：《聚散纸墨间》，《香港经济日报》，2005 年 3 月 15 日。

⑦ 吴天任：《孙过庭书谱通解序》，见卢逸岩著：《唐孙过庭书谱通解》，香港：春秋学会，2010 年版，页 12。

⑧ 卢逸岩：《中国书法浅说》，香港：春秋学会，未出版著作，页 2。

根本无认识。[①] 中国书法之所以成为艺术，就是因为它合乎天地万物，运化一体。故一点一画，莫不变化自然。大自然的一切生物，都富有生机变化，使人有艺术感受。试观一草一木、一花一叶，莫不含有疏密浓淡、大小变化、向背聚散，浑然一幅天然画，此为大自然艺术。[②] 总而言之，艺无均体。若四面平均，上下相若，是为写字。书法，艺也；写字，技也；技艺不相侔，雅俗不相涉者也。[③]

（二）提出书法用笔和结构的理论

卢逸岩阐释书法的美恶好丑，不在乎形体，而在乎用笔。故学书初阶，用笔为最。字之点画，犹人之五官，稍有偏差，便成缺憾。初学者应于点画用功，次求形貌。[④] 字的结体因时代与人之情性而变化，但用笔仍如出一辙。书法的用笔，必须具有抑扬顿挫、燥湿浓淡、大小轻重、向背聚散、变化意态、行列篇章。书而无法，何称书法？这好比家有家规、国有国宪。家规乃祖先美德沿革而成；国宪乃先贤制定，历代增删补遗而成。同样，书法也是历代书法家的心得积聚，互相影响而成。[⑤] 兹将卢逸岩提出书法用笔和结构的理论分述如下：

1. 笔画的基本要求

笔画的最基本要求，就是我们写每一点或一画时都要达到其标准。否则，焚膏继晷，无济于事。兹胪列卢逸岩撰写的书法笔画标准，以供参考。

（1）点者，八法曰侧，虽形状不一，基本用笔，不失为三角菱形，故柳公权的点、褚遂良的点都由三角变化而成。设使点圆如豆，了无棱角，则精神尽失，此未知用笔也。故一点之微，仍需三笔组成，然非用三笔以书，乃顿挫中寓三笔意也。

（2）短撇，八法曰啄，须回锋直出，成三角菱形，始臻标准，如行字重字等起笔是也。

（3）长撇，八法曰掠，须回锋首尾粗幼一体，到锋中出，字中有弯状者，此两笔连生，故一笔寓方圆之势。

（4）横画，八法曰勒，须回锋横出，回锋而收，行书多用之，或侧锋横出而收以回锋，楷书多用之，至起伏之势，中必寓然。

（5）直竖，八法曰努，有悬针垂露之分，首尾粗幼一式，到锋直出者曰悬针，回锋曰垂露。

---

① 卢逸岩：《中国书法入门与认识》，香港：春秋学会，未出版著作，页1。

② 卢逸岩：《中国书法浅说》，香港：春秋学会，未出版著作，页3。

③ 卢逸岩：《书法结构详析》，香港：春秋学会，未出版著作，页2。

④ 卢逸岩：《中国书法入门与认识》，香港：春秋学会，未出版著作，页1。

⑤ 卢逸岩：《中国书法浅说》，香港：春秋学会，未出版著作，页3。

（6）直捺，八法曰磔，须三笔斜出，故有一波三折之势，内寓方圆浑成之法，横捺同一义理，三笔平出，颜、柳横捺则更四笔组合。

（7）斜钩，八法曰趯，此钩绝无弯笔，乃二直笔一挑组合而成。其形虽弯而笔却直也。

（8）斜挑，八法曰策，回锋斜上去，其势不失为三角菱形，池字之氵旁，地字之土旁，托字之扌旁是也。

2. 书法的用笔和结构

书法的创作，有两大要求：一是笔有法度，二是书有篇章。书法结体，犹如人之衣冠，衣衫不整，难登大雅之堂。考之结体，源自蔡邕（132—192）。结体不易洞悉，实由于古人不轻易示人所致。卢逸岩从三十岁开始，留心古人书法用笔，寒暑不间，剖释孙过庭《书谱》，掇各家所长，经过四十多年的努力，才发现其中奥秘。任笔为体，聚墨成形的书道真蹊，实在得来不易。[①] 所以古人不轻言、不明言、不尽言、不欲言，是有他的道理的。其实，要领悟书法的用笔和结构，一定要殚精竭虑，细心观摩，然后才可获得端倪。

整体而言，中国书法字体的结构，大致与西方绘画理论中的黄金分割律相近。艺本自然，无分畛域。兹将卢逸岩有关书法的用笔和结构分述如下：

• 顿挫

卢逸岩谓："顿挫者，按毫注纸曰顿，转折疾留曰挫。"[②] 他的意思就是说，停笔重按称顿，把笔尖从停顿的地方像闪电般很急地抽离原处，好像挫断绳子一样叫做挫。书法之形成，始于一点，众点罗列，便形成一画一画的起伏，这样便产生顿挫。在大自然中，如阴阳寒暑，乍暖还寒，迅雷飙风，强弱不一，这种四时的变化，造成大地万物山石嶙峋、颓峰险阻，古干虬枝、折挫棱杈；在人而言，则壮年英拔、老岁风尘。顿挫在大自然中有若万物定律中之蕴涵变化，不失其道；似竞赛者之急跑止步，足虽立而前仆；御车者蓦然煞掣，轮剧止而犹进。书法若缺少了顿挫，整篇则显得平板呆滞，笔画刚柔不分，线条圆而无骨，脆而不韧。[③]

• 聚散

卢逸岩谓："若夫书之散聚，古无明法。历代孤绍，只仗师承。此过庭所慨，设有所会，缄秘已深，遂令学者茫然，莫知领要者已。"[④] 纵观万物，散聚的现象遍布大自然。诸如天空中的星辰，星罗棋布，散聚各得其所；山岳群峰罗列，

---

① 卢逸岩：《书法结构详析》，香港：春秋学会，未出版著作，页1。

② 卢逸岩：《用笔十法——顿挫篇》，见卢逸岩：《厉堂书画上篇——书法论列用笔十法》，香港：春秋学会，未出版著作，页1。

③ 卢逸岩：《用笔十法——顿挫篇》，见卢逸岩：《厉堂书画上篇——书法论列用笔十法》，页1。

④ 卢逸岩：《用笔十法——聚散篇》，见卢逸岩：《厉堂书画上篇——书法论列用笔十法》，页2。

起伏有序；江河流水萦回，曲折不一；树木枝叶华茂，疏密殊形。书法之聚散，亦变化多端。有只字之聚散，分行之聚散，终篇之聚散。聚则密，散则疏；聚为主干，散为分条；聚重散轻，聚繁散简。这与自然生态息息相关。书法之道，可以说是上契乎天地万物生机，下参乎人文才智思巧。这是古圣先贤呕心沥血、去芜存菁、涵泳规矩的成果，所以历久不渝，其理在此。如何去掌握聚散？卢逸岩说："夫初泳者借木筏临流，得窥水性；善狩者猎兔鱼为乐，不在筌蹄。"[①] 他举游泳和狩猎作说明：一个初学未懂游泳的人，可以在河里借着木筏的帮助，得知水性；当你善于狩猎时，你就会享受猎兔捕鱼的乐趣，而不会太着重捕捉的工具了。当我们进入书法的门槛，便要时加研讨，互相熏陶，以达致融会贯通，去其法而得其法，守其法而忘其法。这样，我们便可以上接羲、献，下启来者。[②]

• 向背

向背是书法造型的一种技法。它要求同一方向之笔画避免平行和雷同。南宋姜夔（1163—1203）《续书谱》说："向背者，如人之顾盼、指画、相揖、相背。发于左者应于右，起于上者伏下。大要点画之间，施设各有情理。求之古人，右军盖为独步。"[③] 卢逸岩认为，书法结体，莫重乎向背。字无向背，则必敧斜；势无向背，则体必倾覆。所以向背得宜，方窥法则。一篇字，如果缺少了向背，只可以说是工匠的字，并不是书法。天地间，阴阳生而向背存。水北山南之谓阳，水南山北之谓阴。在大地中，阳葵向日而生，菱花面月而长；胡马依北风，越鸟巢南枝；人背道而枉法，心向道而安贫。这是天地阴阳顺逆的法规。若果违背了这法规，在大地方面，则晨昏颠倒，草木枯萎；在人方面，则善恶不辨，是非难悉。书法若向背得宜，终篇或上或下，或左或右，都可做到带燥方润，将浓遂枯，结构不一，而变化无穷。[④]

• 轻重

轻重之于书，犹秋月之于列星，主干之于分条。当秋月横空，众星照夜，明暗殊分，宾主列序显然而见。树干擎天，枝条伞举，花叶错综，生机蓬勃，轻重立见。在一篇书法中，审察其轻重，应考究字之散聚，体章之疏密，错落是否得宜，终篇是否上下呼应。所以说，轻重之于书，不在乎浓淡，而在乎意。墨浓的字并非一定是重，墨淡的字并非一定是轻。一字之间，只要强弱得所，分行之内，大小自然便可。这好比层峦耸翠，孤峰兀立，彼此呼应，便掩映成趣。天地万物，变幻不经，轻重有因时推移，因地变易，因人褒贬。在太平盛世，珠玉是宝；荒年饥馑时，千金不能易一粮。这就是价值因时而异。唐朝杨贵妃，深得唐

① 卢逸岩：《用笔十法——聚散篇》，见卢逸岩：《厉堂书画上篇——书法论列用笔十法》，页2。

② 卢逸岩：《用笔十法——聚散篇》，见卢逸岩：《厉堂书画上篇——书法论列用笔十法》，页2。

③ 姜夔著：《续书谱》，见《历代书法论文选》，上海：上海书画出版社，1979年版，页391。

④ 卢逸岩：《用笔十法——向背篇》，见卢逸岩：《厉堂书画上篇——书法论列用笔十法》，页3。

明皇的宠幸，后宫佳丽三千人，三千宠爱在一身。但当安禄山之乱，唐明皇逃离长安，到了马嵬驿，六军不肯前进，要求杀杨贵妃，唐明皇无可奈何，使高力士牵贵妃到佛堂，用白练缢死。① 这又是一例证。书法亦是如此，碑帖之轻重悬殊，实由使用之物质而区分。碑刻于石，帖为古代名人书翰墨迹，轻重自见。总之，书法的轻重，取诸意理，不尚体积；求诸钩秤，不法天平；察诸天机运化，不师人巧雷同；毫厘之微，加之则重，减之则轻。吾人可仰观天象，俯察人事，细心钻研，穷其变化，发其情性，体会用笔之机，便可在纸上写出合宜的书法了。②

• 方圆

方圆指字的用笔和形体上相反相成的两个方面。卢逸岩谓："方圆者，规矩也。孟子曰：'不以规矩，不能成方圆。'是方借矩生，圆由规出。"③ 他认为工匠借着规矩，得以制作器具；同样，书法借着方圆变化，成为艺术。工艺的技巧，塑其形方则方，其体圆则圆，一般工匠都可以做得到；相反，书法艺术里的方圆，要穷年摸索，非智者不能做。孙过庭（648—703）《书谱》说："泯规矩于方圆，遁钩绳之曲直。"④ 他要求以方圆平直混合并用，一画之中必方中带圆，圆中有方；一笔之内，曲中藏直，直中有曲。这好似西樵方竹，望之则方，其体却圆；也好比宇宙地球，体积固圆，尺土则方。这就是圆中寓方，方中将圆。人的品性也是一样，有外刚内柔，或外柔内刚。以上例子都是对方圆的体会，宇宙就是这样化成万物的。书法的方圆，其理亦在于此。南宋姜夔《续书谱》称："方圆者，真草之体用。真贵方，草贵圆。方者参之以圆，圆者参之以方，斯为妙矣。"⑤ 方中有圆，圆中有方，既矛盾，又统一，这样才能获得良好的艺术效果。

• 燥湿

墨浓则笔滞，燥则笔枯。卢逸岩在《燥湿篇》谓："燥者易枯，湿者近润。天地燥湿，夏霖冬旱；草木燥湿，春荣秋落；书道燥湿，笔通意塞。是故燥湿悬殊，必溺偏孤。"⑥ 书法中的燥湿是相辅相成的。这好比五行里的相生相克，互相发挥；这也好比月亮有阴晴圆缺，月亮不缺，不显得月圆。于人也是一样，不穷不见其志。在书法方面，不枯不呈其润。《书谱》谓："带燥方润，将浓遂枯。"⑦ 燥湿无度，反成其害。如果应润而枯或宜枯反润，终为匠书；过润则变

① 白居易：《长恨歌》，见喻守真：《唐诗三百首详析》，香港：中华书局，1957年版，页90。
② 卢逸岩：《用笔十法——轻重篇》，见卢逸岩：《厉堂书画上篇——书法论列用笔十法》，页4—5。
③ 卢逸岩：《用笔十法——方圆篇》，见卢逸岩：《厉堂书画上篇——书法论列用笔十法》，页5。
④ 孙过庭：《书谱》，见《历代书法论文选》，上海：上海书画出版社，1979年版，页130。
⑤ 姜夔著：《续书谱》，见《历代书法论文选》，上海：上海书画出版社，1979年版，页391。
⑥ 卢逸岩：《用笔十法——燥湿篇》，见卢逸岩：《厉堂书画上篇——书法论列用笔十法》，页6。
⑦ 孙过庭著：《书谱》，见《历代书法论文选》，页130。

为墨猪，过枯则变成朽木。书法的燥湿，燥然后润，此润之至浓点；润中微燥，始为至润。润燥得时，方臻上品。一般来说，凡作楷书，墨要干，然不可太燥；行草则燥润相杂，以润取妍，以燥取险。[①]

四、卢逸岩对香港书法教育的贡献

（一）教授书法的缘起

卢逸岩于1958年开始教授书法，当时他在一间医务所做管理工作。

燃起他执教的热诚是由一件事开始的。1958年卢逸岩跟咏春掌门人叶问的大弟子学拳。有一次，师兄弟们请他评论某书法家的书法。他便从书法理论的观点加以分析和批评。他的言论却惹来师兄弟们对他的质疑。他们都不相信鼎鼎大名的书法家会有书法上的缺点。师兄弟们半信半疑的态度激起了他的火气，卢逸岩便向他们说："好！我教你们书法。待你们自己学会后再去评他。"就这样，卢逸岩便开始教授书法。[②]

（二）个别及小组教授书法

在2005年3月卢逸岩老师接受《香港经济日报》的专题访问中，有以下的一段描述："每逢周四，七十八岁的卢逸岩都会搭直通车巴士从中山赶返香港上门教书，然后再赶回香港的家开班授徒至晚上十一点才休息。老而弥坚的他踏尽油门，浑身冲劲直飞到满额'火车轨'，驰骋万里。"[③] 他的学生由七岁到七十岁都有。几位十几岁的小伙子一直跟随他到中年，曾建霖就跟了他32年；[④] 当中也有好几位从大学一直追随他学书法到耳顺之年，中大的李淑文由1967年开始，[⑤] 港大的黄国器从1971年随卢老师学习书法至2007年。[⑥] 每周上中华艺院学习书法的同学，许多都怀着感激之情，因为几十年来，老师都没有向他们收取分文学费。他这种为弘扬中国文化无私奉献的精神，令人佩服不已。[⑦]

卢逸岩老师教授小组书法的地点是中华艺院，地址在九龙尖沙咀弥敦道立信

---

① 姜夔著：《续书谱》，见《历代书法论文选》，页389。

② 陈东兴：《聚散纸墨间》，《香港经济日报》，2005年3月15日。

③ 陈东兴：《聚散纸墨间》，《香港经济日报》，2005年3月15日。

④ 陈东兴：《聚散纸墨间》，《香港经济日报》，2005年3月15日。

⑤ 李淑文，香港中文大学文学士及硕士。1972—1991年在圣公会林护纪念中学任教。在校内举办书法组，弘扬书艺；杰出书法的学生有黎明钊，现任职于中文大学历史系，副教授。李淑文，除参加由卢逸岩老师主办的书法展外，2009年11月更与陈国权牧师在沙田大会堂联合举办"翰墨灵心书画展"。

⑥ 黄国器，香港大学文学士。曾参加1969年香港大学中文学会主办的由卢逸岩老师主讲的书法讲座。1971年港大毕业后从事教育工作。课余之暇，随卢逸岩老师学书法，从1971年至2007年共三十多年。

⑦ 黄则淳：《值得尊敬的书法家——卢逸岩先生》，见春秋学会编：《戊子年春秋学会书法展特刊》，页69。

大厦。[①] 至于个别书法指导方面，根据本文作者所知，从60年代中到1979年，卢老师多在九龙尖沙咀弥敦道金满楼；1980年后更在深水埗元洲街开设分教处。1979年卢鼎公去世后，中华艺院亦停止开办。1990年卢逸岩老师筹组春秋学会，[②] 综合各期学生，继续弘扬中国文化。[③] 随着80年代国内的开放，中国内地与香港的交通往来日益方便，卢逸岩老师于90年代初返回中山石岐定居，并于当地开班教授书法，参加者众。每逢星期四，卢老师便乘车回港教授书法，至星期天始返回中山。[④]

除了在中华艺院开班授课外，卢逸岩老师也有应个别人士邀请或慕名向他求教的名人，上门教授书法。除了律师、医生，更有我们熟悉的粤剧名伶白雪仙、芳艳芬、李曾超群及迪生集团潘迪生的姐姐潘金贤等。[⑤]

自1958年至2007年，曾接受卢逸岩老师教授过书法的学生约4 600人。[⑥] 现散居于世界各地弘扬中国书法。

（三）在中学及大专推广书法教育

卢逸岩老师在香港的中学推行书法教育不遗余力。在1966年左右，卢逸岩老师曾到过香港岛的皇仁书院教授书法。[⑦] 其后，皇仁书院部分学生获卢老师邀请到尖沙咀弥敦道金满楼接受指导，黄国彬、[⑧] 罗镇是当中的两位。[⑨] 1968年，卢老师也到过荃湾官立中学教授诗词和书法。1973年，卢老师应邀请到九龙新蒲岗伍华书院中学部作书法演讲及展览。其后，新界葵涌圣公会林护纪念中学、九龙丽泽中学、真光中学、圣若瑟英文中学都曾邀请卢逸岩老师作书法讲座。[⑩]

至于专上院校方面，卢逸岩老师曾于1969年及1970年暑假在香港大学中文

---

① 资料由黄则淳、李淑文、黄国器提供。

② 春秋学会由卢逸岩于1992年创办，目标旨在弘扬传统书法，进而推及诗、画、篆刻。

③ 黄则淳：《值得尊敬的书法家——卢逸岩先生》，见春秋学会编：《戊子年春秋学会书法展特刊》，页70。

④ 陈东兴：《聚散纸墨间》，《香港经济日报》，2005年3月15日。

⑤ 陈东兴：《聚散纸墨间》，《香港经济日报》，2005年3月15日。

⑥ 陈东兴：《聚散纸墨间》，《香港经济日报》，2005年3月15日。

⑦ 黄则淳编撰：《中山卢逸岩厉堂笔墨印记》，见春秋学会编：《戊子年春秋学会书法展特刊》，页49。

⑧ 黄国彬，香港著名诗人及学者，因其诗作《听陈蕾士的琴筝》而广为香港人认识。香港大学文学士及硕士；加拿大多伦多大学博士。曾先后任教于香港中文大学、香港大学、加拿大约克大学、香港岭南大学。2006年起任香港中文大学翻译系讲座教授。此外，他曾在意大利佛罗伦萨大学进修意大利文及研究但丁。著作有《攀月桂的孩子》、《华山夏水》、《吐露港日月》、《翡冷翠的冬天》、《翻译途径》、《语言与翻译》等。

⑨ 罗镇，工商管理硕士。少年从卢逸岩学书法。香港皇仁书院毕业后，游学中国台湾、美国。阔别三十年后，回港拜会卢逸岩老师，并赠厚礼予以医病。卢老师感激之余，并赋诗一首以志其事。其词曰："首蓿葳蕤趁晚风，芳林照眼总成空；卅年阔别应天定，一夕重逢仿梦中。肝胆几回盟逝水，文章何意表幽衷；韶华顾我垂垂老，及见人间臭味同。"罗镇现为旅行社执行长。

⑩ 黄则淳：《中山卢逸岩厉堂笔墨印记》，见春秋学会：《戊子年春秋学会书法展特刊》，页49。

学会讲习书法。[①] 关于这一点，卢逸岩老师在 1974 年《两曾二卢书画展特刊》的作者简介中也有过这样的描述："曾于香港大学中文学会讲习中国书法两年。"[②] 而当年出席的港大文学院学生有黄国彬、凌荣添[③]和黄国器等。[④] 此外，卢逸岩老师亦曾在香港中文大学崇基学院、柏立基师范学院作书法讲学。[⑤]

国内方面，卢逸岩老师曾于 1996 年及 1997 年，先后两次应西安交通大学之邀请前往讲学书法及展览。[⑥] 为他安排这两次讲座及展览的人是当时在西安交通大学读书的一位学生刘辉，笔名慕云五。他曾获陕西全省大学生书法大赛一等奖。在卢逸岩老师作书法讲座期间，他充当翻译，把广东白话翻译成普通话。[⑦]

（四）在社区推广书法教育

卢逸岩老师在 1978 年至 1982 年间，曾在香港教育署主办的成人教育康乐中心负责教授书法。黄则淳就是其中的一位学生。[⑧] 在《值得尊敬的书法家——卢逸岩先生》一文中说到，他在上书法的第一课时对卢逸岩老师有以下印象：

> 授课开始，他自我介绍后，即畅谈书法艺术。从赵孟頫"结字因时而异，用笔千古不易"到孙乾礼"执、使、转、用"之说，无不引经据典，论理精约。笔者当时对书法毫无认识，只闻这位导师旁征博引，深入浅出地取诸生活例子，以开我等之童蒙。[⑨]

在成人教育康乐中心的一次课堂上，卢老师叫黄则淳于周末到中华艺院上课，不收学费。中华艺院由吴天任（1916—1992）于 1950 年创立，以传授及发扬诗、书、画、印等传统中华文化艺术为己任。早期在中华艺院先后任教过的老师有卢鼎公、邝谔、袁鸿枢等名宿。[⑩] 其后，卢逸岩老师出任院长。黄则淳对卢逸岩老师无私无欲、只为扶掖后辈的情怀敬佩不已。[⑪]

---

① 黄则淳：《中山卢逸岩厉堂笔墨印记》，见春秋学会：《戊子年春秋学会书法展特刊》，页 49。

② 卢逸岩：《作者简介》，见《两曾二卢书画展特刊》，香港：中华艺院，1974 年版。

③ 凌荣添，香港大学 1970 年毕业。曾任职香港教育署辅导视学处及新加坡国立大学。著有《从日知录看顾炎武之史学观点》。

④ 资料由香港大学黄国器同学提供。

⑤ 黄则淳：《中山卢逸岩厉堂笔墨印记》，见春秋学会：《戊子年春秋学会书法展特刊》，页 49。

⑥ 黄则淳：《中山卢逸岩厉堂笔墨印记》，见春秋学会：《戊子年春秋学会书法展特刊》，页 49。

⑦ 慕云五：《悼恩师卢逸岩先生》，见春秋学会：《戊子年春秋学会书法展特刊》，页 71。

⑧ 黄则淳为卢逸岩老师众多弟子之一，现为春秋学会委员会主席。从 1978 年起，随卢逸岩老师学习书法，直至 2007 年老师去世。黄则淳除参加由卢逸岩老师主办的书法展外，2006 年应澳洲布里斯本大学邀请与阮中鎏医生前往作书法示范与讲学。现于社会工作机构任职。

⑨ 黄则淳：《值得尊敬的书法家——卢逸岩先生》，见春秋学会：《戊子年春秋学会书法展特刊》，页 69。

⑩ 资料由黄则淳提供。

⑪ 黄则淳：《值得尊敬的书法家——卢逸岩先生》，见春秋学会：《戊子年春秋学会书法展特刊》，页 69。

此外，卢逸岩老师亦在社区中心担任书法评判。1979 年获邀为九龙总商会书法比赛评判；1984 年担任长洲香港明爱青少年中心书法比赛评判。[①]

闻道有先后，学习书法不分世俗人和出家人。卢逸岩老师的学生中也包括僧尼和一般市民。1980 年，卢逸岩老师在钻石山志莲静苑讲授书法，为期两年。此时跟随他学习书法的弟子中有郭思贤、[②] 郭晓峰两位。[③] 郭晓峰除学习书法外，更随卢老师学诗。他们两人一直追随卢逸岩老师学书法到 2007 年。其后，卢逸岩老师又在香港道教信善弘道研经院作书法讲授。[④]

（五）举办书法展览，推广书法教育

举办书法展览除了让广大市民有美育的熏陶外，更可以达到提高人和教育人的目的，特别是提高人对于美的欣赏力与创造力，发展艺术创作的兴趣和才能。卢逸岩老师的书法作品，除了在香港展出外，还在中国台湾、中国大陆、日本、美国夏威夷等地展出。[⑤] 此外，卢逸岩老师更与学生一起定时举行师生书法展。举办书法展览的好处有：第一，让同学们有一个学习目标；第二，借此鼓励学生勤奋练习书法；第三，让学生有一个观摩与鉴赏的机会；第四，达到陶冶性情的目的。兹将卢逸岩老师历年来参加或举办过的书法展览列述如下：

1964 年　获香港新亚书院艺术系邀请在新亚书院礼堂举办书法展览。

1965 年　港日书法联展（日本五岛美岛馆及全日本巡回展，卢逸岩老师作品为香港三位入选者之一）。

1966 年　中国书法会年展（香港大会堂高座八楼）。

1974 年　两曾二卢书画展（香港大会堂高座八楼）。

1976 年　美国夏威夷大学东方艺术及书法展（夏威夷大学）。

1978 年　中华艺术学院师生展（香港大会堂高座八楼）。

1980 年　中华艺术学院师生展（台湾台北市立博物馆）。

1983 年　香港艺术馆主办“1983 年当代香港艺术双年展”。

1985 年　香港艺术馆主办“1985 年当代香港艺术双年展”。

1985 年　中华艺术学院师生展（台湾省台北市春海堂画廊）。

1988 年　中华艺术学院师生展（香港大会堂低座展览馆）。

1988 年　春秋书画会书法展（广东省中山市博物馆）。

---

① 黄则淳：《中山卢逸岩厉堂笔墨印记》，见春秋学会：《戊子年春秋学会书法展特刊》，页 47。

② 郭思贤为春秋学会委员会副主席，1980 年起随卢逸岩老师学习书法，至 2007 年卢老师离世。现任职于建筑公司。

③ 郭晓峰，香港科技大学博士。春秋学会委员会义务司库。1981 年起，随卢逸岩老师学习书法及诗词，直至 2007 年老师离世。现任职于香港科技大学。

④ 黄则淳：《值得尊敬的书法家——卢逸岩先生》，见春秋学会：《戊子年春秋学会书法展特刊》，页 49。

⑤ 黄则淳：《中山卢逸岩厉堂笔墨印记》，见春秋学会：《戊子年春秋学会书法展特刊》，页 47。

1989 年　卢逸岩师生书法展（香港沙田大会堂）。

1990 年　卢逸岩师生书法展（香港沙田大会堂）。

1997 年　香港春秋学会书法展（西安交通大学——宪梓堂）。

2004 年　香港上海中山人——卢逸岩、郑伯萍书画联展暨春秋学会会员作品展（中山市美术馆）。

2006 年　香港春秋学会杂花诗书法展（香港大会堂高座展览馆）。

2006 年　香港书法家协会香港交流展（香港中央图书馆）。[①]

五、香港大学文学院与卢逸岩的学术情谊

（一）李家树教授与卢逸岩老师的学术情谊

2008 年 4 月 28 日至 30 日，春秋学会假香港大会堂高座举行“春秋学会书法展暨卢逸岩老师书法作品专辑展览”。笔者有幸参与展出，并将邀请函寄予香港大学业师李家树教授。数天后，李教授在电话中告诉笔者，卢逸岩老师也曾教过他书法和诗词。这一话语，真使笔者喜出望外。

事缘在 1968 年左右，卢逸岩老师获邀来荃湾海坝街荃湾官立中学教授书法和诗词，这是学校举行的课外活动之一。当时，在念中学的李家树也随卢逸岩老师学习。后来他为了应付公开考试而没有继续学习。从这一意义上来说，李家树教授与笔者的辈分不仅是师徒，也是师兄弟了。[②]

（二）香港大学中文学会与卢逸岩老师的书法讲学

由黄则淳编撰的《中山卢逸岩厉堂笔墨印记》得知，[③] 卢逸岩老师在 1969 年及 1970 年曾在香港大学中文学会作书法讲座。笔者求证 1971 年毕业于香港大学的黄国器师兄，他说 1969 年暑假卢逸岩老师在香港大学中文学会举办书法讲座，当时他也出席了。除了他之外，文学院的凌荣添、黄国彬也参加了。黄国器更将当年卢逸岩老师上课时派发的书法教材给予笔者及黄则淳观看。1969 年及 1970 年，卢逸岩老师影印给予港大同学的教材是 A3 纸一般大小，由于已过了四十年，部分教材影印墨水已经退色，纸张亦已变黄，但字体仍清晰可见。卢逸岩老师派发的书法教材包括由他自己临摹的欧阳询（557—641）的《九成宫醴泉铭》、《梦奠帖》、《卜商帖》；褚遂良（596—658）的《雁塔圣教序》；李邕（675—747）的《四言古诗》、《云麾将军李思训碑》；唐怀仁（647—672，僧人）的《集王书圣教序》；柳公权（778—865）的《玄秘塔碑》等。这足以证明卢逸

① 黄则淳：《中山卢逸岩厉堂笔墨印记》，见春秋学会：《戊子年春秋学会书法展特刊》，页 47。

② 李晋铿，1968 年香港中文大学毕业。1970 年至 1973 年随中山卢逸岩学书法。1988 年至 1992 年在香港大学中文系攻读哲学硕士课程，李家树教授为其论文导师。

③ 黄则淳：《中山卢逸岩厉堂笔墨印记》，见春秋学会：《戊子年春秋学会书法展特刊》，页 49。

岩老师在1974年《两曾二卢书画展特刊》的作者简介中的描述“曾于香港大学中文学会讲习中国书法二年”一语，所言不虚。[①]

六、卢逸岩的书法著作

（一）唐孙过庭书谱通解

《唐孙过庭书谱通解》是卢逸岩厉堂于1975年写成的书法著作。书成后曾请了南海吴天任先生为它作序，武城曾初白先生为它写跋。[②] 在序文的末段，吴天任先生说明写于中华民国六十四年二月；[③] 在跋尾，曾初白先生亦记述于乙卯新春。[④]

本书是卢逸岩于教授书法之余，深入研究中国书法的成果。卢逸岩在注释《书谱》期间，遇有难明奥义之处，便与曾初白讨论，有时甚至通宵达旦。如仍有迟疑未决的地方，他便去请教卢鼎公夑坤老师。[⑤] 这种寻疑探究的精神，实在值得后学效法。

《唐孙过庭书谱通解》手稿写成后，卢逸岩曾将稿件交给附近的一间影印公司影印，以作备份。数日后他取回稿件，岂料该影印公司关闭结业，重门深锁。卢逸岩不得要领，一场心血变为白费，而《唐孙过庭书谱通解》的手稿，亦无法追回。所以，卢逸岩一直没有把他的著作付梓。

成稿前，他曾将《唐孙过庭书谱通解》的部分手稿影印给几位学习书法的学生，帮助他们读懂孙过庭（648—703）的《书谱》。数年后，有同学将《唐孙过庭书谱通解》的部分手稿影印本送回给他。卢逸岩喜出望外，遂嘱咐同学将《唐孙过庭书谱通解》部分手稿，用中文输入计算机储存。而他亦将缺失的部分补写。这样，《唐孙过庭书谱通解》的著作才能有幸被保留下来。

2008年春秋学会书法展后，同门诸子谈及卢逸岩老师生前派发之讲义，良可作为参考。其中更有门人建议整理《唐孙过庭书谱通解》手稿，刊印成书，以启后学及弘扬中国书法艺术。

《唐孙过庭书谱通解》全书分为书谱原文、注释、通解、语译、参考书目、附录六部分。兹分述如次：

---

① 卢逸岩：《作者简介》，见卢逸岩：《两曾二卢书画展特刊》。

② 曾初白（1924—1996），原名晓，一名昭新。山东武城人。希颖子。幼承庭训。留学日本，归来营商之余，仍以书画诗词为务，书法尤为精进。曾氏擅写二王、虞、褚，并攻北海、襄阳。作品曾于香港大会堂及日本等地多次展出，日本书法界极推崇之，并将其作品印成单行本广为流传。又慕卢鼎公书，诣斋求教，其好学如此。晚年移居加拿大，遂终老彼邦。

③ 吴天任：《孙过庭书谱通解序》，见卢逸岩：《唐孙过庭书谱通解》，页12。

④ 曾初白：《跋孙过庭书谱通解》，见卢逸岩：《唐孙过庭书谱通解》，页61。

⑤ 曾初白：《跋孙过庭书谱通解》，见卢逸岩：《唐孙过庭书谱通解》，页61。

1. 书谱原文

将孙过庭《书谱》全文分为20段。每段加以标点，在需要注释的句子旁加上注释及符号。

2. 注释

由于《书谱》文句言简意赅，学者不易领会，卢逸岩则旁征博引予以解释。由于成稿于1975年，距今出版已35年，春秋学会门生深恐读者仍有未明之处，特从《唐孙过庭书谱通解》中摘取“通解”或“语译”的句子在注释内予以补充。务使读者在阅读之后一目了然。

3. 通解

将《书谱》微言大义加以阐释，使人人能通晓。

4. 语译

唐孙过庭《书谱》以骈体文写成，在阐明事理方面不及散文清晰流畅。卢逸岩则用浅易的白话文语译，务使读者视而可识，察而见意。

5. 参考书目

举凡卢逸岩在《唐孙过庭书谱通解》里征引过的书目，包括经、史、子、集、文字、音韵、辞书、佛教经典、书法论著、诗文论集等书籍，均在参考书目内列出，供有志于研究书法艺术或教育的人士参考。

6. 附录

该书将孙过庭的生平附于正文后。另卢逸岩行书《孙过庭书谱》墨迹，乃卢逸岩老师于2005年为阮中鎏医生授课时所写，[①] 每周一篇，共数周始写成。卢逸岩晚年深受眼疾困扰，此墨迹并非其五合之作，乃信手拈来，对于了解卢逸岩的书法造诣，管中窥豹，可见一斑。

（二）论书诗

卢逸岩论述书法的诗句，主要在《论书绝句三十首》及《续论书绝句三十首》。

在《论书绝句三十首》的第一首，卢逸岩表白了自己作此诗的心迹，“遗山留得评论诗，谁复谈书艺苑中”[②]，作论书绝句的目的在于对古今书法作一评论。

在第六首，卢逸岩批评时人写颜真卿的字，“媚俗颜筋肉有余……放眼人间

---

① 阮中鎏医生为香港沙田仁安医院管理局主席；香港中文大学家庭医学荣誉临床教授。随卢逸岩老师学习书法多年并参与春秋学会师生书法展。2006年应澳洲布里斯本大学邀请与黄则淳前往作书法示范与讲学。

② 卢逸岩：《论书绝句三十首》，见春秋学会：《戊子年春秋学会书法展特刊》，页62。

尽墨猪”[①]，媚俗之书，终非上品。字体肥肿，只见其肉，缺乏筋骨，成为墨猪。

卢逸岩在《论书绝句三十首》中，将书法中的迟滞、能速、飞白、婉通、流畅、轻重、遒丽、散聚等技巧，用诗加以阐明。[②]

在《续论书绝句三十首》其四，卢逸岩认为书法是变化无穷的。假如“字如积木画离披”[③]，这好比奴婢学做夫人，其困难可知。他提出写书法要掌握基本法则。在第五首，他要我们在书法中注意布白。此外，卢逸岩又建议我们学习书法要从墨迹本着手，因为它纤毫不失；碑林托出来的拓本，与墨迹比较，相去甚远。“好向碑林分菽麦，漫将鱼目作珠玑。”[④]

纸笔墨砚，四宝之中，以笔最为重要。古人用笔，以紫毫为主，次及狼毛、豹毛。至清代乾隆，书学东坡，无法达到东坡之韵味，改用羊毫软毛书写，形成有圆无方，状如一捆麻绳。卢逸岩在《论书绝句三十首》其六谓：“秋蛇春蚓绾成书，有肉无筋只墨猪；岐路羊毫浑未悟，直将燕石诩琼岠琚。”[⑤]

卢逸岩在《续论书绝句三十首》中，也提出了书法的技巧。在第十七首，他说明书法整篇的结构与分布的重要性。“含章分布两相要，不紊应知字有条。”[⑥] 书法结体，犹人之衣冠，衣冠不整，难登大雅之堂。要知笔有法度，书有篇章。若然不知法度，便言创作，则自招其丑。在第十九首，卢逸岩揭示了书法转用和方圆的技巧。“转用由来察一毫，方圆须向痒中搔。”[⑦]“转”是指笔画转换方向时的一种用笔法，主要是钩镮盘纡之运笔，大抵包括顿挫，圆中有方，方中有圆；“用”包括点画聚散、呼应、向背等以树立一字之组织。“方圆”是指平直混合并用，一画之中必方中带圆，圆中有方。似西樵方竹，望之则方，其体却圆。于人的品性而言，外刚内柔，或外柔内刚，这都是方圆的表现。

（三）中国书法入门与认识

卢逸岩认为中国书法之所以成为艺术，在于合乎天地万物，浑化一体。书之美恶，不在乎形体，而在乎用笔。故初学书法，用笔最为重要。卢逸岩认为用笔之道，亘古如一，诚如唐孙过庭所说的“执、使、转、用”四法。[⑧] 卢逸岩胪列出“点、短撇、长撇、横画、直竖、直捺、斜钩、斜挑”的书写方法。[⑨]

---

① 卢逸岩：《论书绝句三十首》，见春秋学会：《戊子年春秋学会书法展特刊》，页62。

② 卢逸岩：《论书绝句三十首》，见春秋学会：《戊子年春秋学会书法展特刊》，页63。

③ 卢逸岩：《续论书绝句三十首》，见春秋学会：《戊子年春秋学会书法展特刊》，页65。

④ 卢逸岩：《续论书绝句三十首》，见春秋学会：《戊子年春秋学会书法展特刊》，页65。

⑤ 卢逸岩：《续论书绝句三十首》，见春秋学会：《戊子年春秋学会书法展特刊》，页65。

⑥ 卢逸岩：《续论书绝句三十首》，见春秋学会：《戊子年春秋学会书法展特刊》，页66。

⑦ 卢逸岩：《续论书绝句三十首》，见春秋学会：《戊子年春秋学会书法展特刊》，页66。

⑧ 卢逸岩：《中国书法入门与认识》，香港：春秋学会，未出版著作，页1。

⑨ 卢逸岩：《中国书法入门与认识》，香港：春秋学会，未出版著作，页1。

（四）中国书法浅说

卢逸岩在这里将“学书提要、书法用笔、碑帖得失、文房四宝、书法题款与盖印、师承源流简述”等课题，[①] 用深入浅出的方法一一加以说明。读者阅后，可以对中国书法的基本要求有一个基本的认识。

（五）书法结构详析

书法字体的结构和布局，源自东汉的蔡邕。这方法向来都是直系相传。由东汉时期到唐朝的柳公权，根据卢逸岩的见解，真正懂得书法结体方法而成为名家的，只有十九人。千余年来，足以传世的高手，亦不足百人。结体之难识，考其原因，实由于古人不轻易示人所致。[②]

卢逸岩由三十岁起，留心书法家的用笔，寒暑不间，剖释孙过庭《书谱》，辛勤了四十年，掇各家之所长，发书道之真蹊。[③]

（六）厉堂书画上篇——书法论列用笔十法

这是卢逸岩未出版的另一著作。到目前为止，笔者在各师兄弟妹中只找到《用笔十法》的六篇，分别为“顿挫篇、聚散篇、向背篇、轻重篇、方圆篇、燥湿篇”。[④] 各篇所论，大抵是指书法的用笔和点画聚散、呼应、向背等以树立一字之组织。书之聚散，变化万端：有只字之聚散，分行之聚散，终篇之聚散。关于书之聚散，古无明法，历代孤绍，只仗师承，此过庭所慨。这亦是卢逸岩所用功处，冀懂得个中道理之后，公诸世人。

七、结　语

卢逸岩可以说是艺术的八爪鱼。诗词、书法、篆刻、陶瓷、摄影等无一不能，而且造诣湛深。[⑤] 他早年从吴天任习诗词，追随卢鼎公学书法和篆刻，[⑥] 在中华艺院学烧陶瓷，三余之暇与朋友一起拿着哈素相机往郊外摄影。卢逸岩在20世纪60年代已经是冬泳团成员，经常与朋友侯申桓到荔枝角东方泳棚游泳。[⑦] 今天在香港浅水湾香港拯溺总会“如意吉祥”的陶瓷，就是他当年的作品。[⑧]

---

① 卢逸岩：《中国书法浅说》，香港：春秋学会，未出版著作，页1—9。

② 卢逸岩：《书法结构详析》，页1。

③ 卢逸岩：《书法结构详析》，页1。

④ 卢逸岩：《厉堂书画上篇——书法论列用笔十法》，页1—6。

⑤ 陈东兴：《聚散纸墨间》，《香港经济日报》，2005年3月15日。

⑥ 卢逸岩：《作者简介》，见《两曾二卢书画展特刊》，香港：中华艺院，1974年版。

⑦ 资料由本文作者于2010年1月18日晚上电话访问卢逸岩的朋友侯申桓所得。

⑧ 陈东兴：《聚散纸墨间》，《香港经济日报》，2005年3月15日。

1970 年日本大阪博览会香港馆展出的香港大会堂照片，也是卢逸岩的杰作。[①]

卢逸岩是道教徒，但是不少佛门重地如屯门妙法寺、大屿山宝林寺均有他书写的碑匾；1991 年至 1992 年香港大屿山宝莲禅寺天坛大佛功德芳名碑记也是卢逸岩的手笔。国内方面，如山东蒙暗县、江西云居山、广东韶关、中山等地亦不乏卢逸岩所写的牌匾和碑铭。[②] 学校方面，位于香港新界沙田香港中文大学校友会联会张煊昌小学的碑记，也是卢逸岩的墨宝。[③]

至于卢逸岩对香港书法教育的贡献，他从 1951 年起跟卢鼎公学习书法，1958 年开始授徒，五十年来献身于香港的书法教育。根据香港商报于 2006 年对卢逸岩的专访登载，他曾到过华仁、皇仁等十八所中学，以及中大、港大等专上院校讲课授艺。[④] 四十多年来经过他教导的学生有 4 600 名，[⑤] 这是他最大的骄傲。但是，他一生最遗憾的就是众里寻他千百度，也找不到一个接班人。他慨叹说："唐朝几百年都是出得十几个书法家，何况现在无人会全力去做书法了。"[⑥]

卢逸岩多年来与猫狗为伴。对于婚姻方面，卢逸岩认为他的命运属于"井栏叉"格，八字中是上格。不利于婚姻，有利于文学。[⑦] 他早年入艺坛时，曾许下宏愿，不争仅五十年的虚名，要争取五百年后的名字。[⑧] 他在 2006 年香港商报的专访中透露，他打算在 2006 年 7 月春秋学会杂花书法展后，将他的八百多首诗和一百幅书法结集成书，争取于年底或第二年初出版。[⑨] 可惜他晚年多病，事与愿违，终究未能成事。卢逸岩先生于 2007 年 4 月 24 日在港与世长辞。"非诗之能穷人，殆人穷而后工也"，[⑩] 书法也是如此，人要经过顺逆的磨炼，才能写出好的作品。谨录卢逸岩老师句语与诸子共勉。

参考文献

白居易：《长恨歌》，见喻守真：《唐诗三百首详析》，香港：中华书局，1957 年版。

吴天任：《孙过庭书谱通解序》，见卢逸岩：《唐孙过庭书谱通解》，香港：春秋学会，2010 年版。

春秋学会：《戊子年春秋学会书法展特刊》，香港：春秋学会，2008 年版。

---

① 陈东兴：《聚散纸墨间》，《香港经济日报》，2005 年 3 月 15 日。
② 香港商报编：《卢逸岩师徒联展杂花书法特稿》，《香港商报》，2006 年 6 月 26 日。
③ 《中山卢逸岩生平行谊》，见卢逸岩：《唐孙过庭书谱通解》，香港：春秋学会，2010 年版，页 10。
④ 香港商报编：《卢逸岩师徒联展杂花书法特稿》，《香港商报》，2006 年 6 月 26 日。
⑤ 陈东兴：《聚散纸墨间》，《香港经济日报》，2005 年 3 月 15 日。
⑥ 陈东兴：《聚散纸墨间》，《香港经济日报》，2005 年 3 月 15 日。
⑦ 陈东兴：《聚散纸墨间》，《香港经济日报》，2005 年 3 月 15 日。
⑧ 香港商报编：《卢逸岩师徒联展杂花书法特稿》，《香港商报》，2006 年 6 月 26 日。
⑨ 香港商报编：《卢逸岩师徒联展杂花书法特稿》，《香港商报》，2006 年 6 月 26 日。
⑩ 陈东兴：《聚散纸墨间》，《香港经济日报》，2005 年 3 月 15 日。

姜夔：《续书谱》，见《历代书法论文选》，上海：上海书画出版社，1979 年版。

香港商报：《卢逸岩师徒联展杂花书法特稿》，《香港商报》，2006 年 6 月 26 日。

孙过庭：《书谱》，见《历代书法论文选》，上海：上海书画出版社，1979 年版。

陈东兴：《聚散纸墨间》，《香港经济日报》，2005 年 3 月 15 日。

黄则淳：《值得尊敬的书法家——卢逸岩先生》，见春秋学会：《戊子年春秋学会书法展特刊》，香港：春秋学会，2008 年版。

黄则淳：《中山卢逸岩厉堂笔墨印记》，见春秋学会：《戊子年春秋学会书法展特刊》，香港：春秋学会，2008 年版。

曾初白：《跋孙过庭书谱通解》，见卢逸岩：《唐孙过庭书谱通解》，香港：春秋学会，2010 年版。

慕云五：《悼恩师卢逸岩先生》，见春秋学会：《戊子年春秋学会书法展特刊》，香港：春秋学会，2008 年版。

卢逸岩：《唐孙过庭书谱通解》，香港：春秋学会，2010 年版。

卢逸岩：《两曾二卢书画展特刊》，香港：中华艺院，1974 年版。

卢逸岩：《中国书法浅说》，香港：春秋学会，未出版著作。

卢逸岩：《中国书法入门与认识》，香港：春秋学会，未出版著作。

卢逸岩：《书法结构详析》，香港：春秋学会，未出版著作。

卢逸岩：《厉堂书画上篇——书法论列用笔十法》，香港：春秋学会，未出版著作。

卢逸岩：《论书绝句三十首》，见春秋学会：《戊子年春秋学会书法展特刊》，香港：春秋学会，2008 年版。

卢逸岩：《续论书绝句三十首》，见春秋学会：《戊子年春秋学会书法展特刊》，香港：春秋学会，2008 年版。

吴衡照《莲子居词话》与清中叶以后的词学发展[*]

李蕴娜

吴衡照（1771—1829），字夏治，号子律，嘉庆十六年（1811）进士，官金华府教授，著有《海昌诗淑》、《辛卯生诗》和《莲子居词话》。《莲子居词话》共四卷二百一十则，内容广泛，论及填词的押韵、作法、风格、本事，兼论前人词律、词话、词选，又考订前人词论、词选缺漏错谬之处。跨越时间亦较长，上起李白（701—762）、温庭筠（812？—870？）、韦庄（836？—910），下至与吴衡照同时代的顾贞观（1637—1714）、凌廷堪（1755—1809）、郭麟（1767—1831）。其取材丰富，涉猎面广，故王熙元《历代词话叙录》说：

> 是编于前贤及时人论次略备，其中有考辨词韵分并之处；有校订词律伪误之处；有泛论作词法则之处；有品评词家优劣之处；有折中前人论词异同之处；有搜罗各家散章佚句之处；或详征博引，或慎考明辨。……综观全书，持论精审，道古宏富，可谓词苑有功之书也。[①]

能把如此广大的内容载于一书之中且能做到“持论精审”，作者的词学造诣绝非泛泛。研究《莲子居词话》，除了能反映吴衡照在词学方面的宏观知识外，也加深了我们对清中叶以后词学各方面的特色和转变的了解。

一、《莲子居词话》与清中叶词学的特色

《莲子居词话》成于嘉庆二十三年（1818），正是清代词学发展困于瓶颈之际。方智范、邓乔彬等著的《中国词学批评史》，把清代词论的发展分为四个阶段：第一阶段，顺治至康熙初。乃“词学批评复兴的前奏”[②]，阳羡派词人对元、

---

* 本文原载于香港大学哲学博士论文《吴衡照〈莲子居词话〉研究》，今乃据原文有所增删。

① 王熙元：《历代词话叙录》，台北：中华书局，1973 年版，页 52。

② 方智范、邓乔彬、周圣伟、高建中：《中国词学批评史》，北京：中国社会科学出版社，1994 年版，页 183。

明以来日渐萎缩的词学批评进行反思和重构，力廓纠缠表层、不探本源的因循旧说，同时词坛仍充斥着展衍单薄、欲解反缚之论；第二阶段，康熙中至乾隆末。“词学批评，带有文化整肃时代的明显印记”,[①] 崇尔雅、斥淫哇成为论词的主要倾向。但处于主流地位的浙西词派，理论却较为薄弱。这时，词论缺乏开张的胆气，词话著作“亦多抄撮博采、荟萃成书”[②]；第三阶段，嘉庆初至道光中。浙西词派仍为主流，唯其日见衰颓，明智之士起而对该派理论进行反思，力图开放门户、调整理论，却已难收振衰起弊之效。与此同时，以复古为特征的常州词派乘时而起，其中坚人物勇于立论，“比兴寄托”、“言内意外”等主张渐渐构成自具面目的词学理论批评观。不过，由于“传统的诗教观念和审美习惯仍然是词的创作与批评观的重要制约因素”[③]，故该时期“彻底变革的内外条件尚不具备”[④]；第四阶段，道光末至清末民初。词学研究进入总结阶段。“词论家们以传统的价值观为标准，来衡量唐宋以来整个词史的丰富积累，确认其社会认识价值和艺术审美价值，总结词的创作和鉴赏规律。”[⑤] 另外，考据、辑佚、校勘等一向被视为小道的词学领域，得以存亡续绝。这一时期的词学成就远远超越任何时期，达至极盛的阶段。

吴衡照词学观成熟于清代词论发展的第三阶段。经历两次词学反思期，词论家欲于传统观念中破蔽而出，却未成气候。此时的词话虽没有陈陈相因、游散无根之弊，却又未能独当一面，领导研究思潮。此外，词人在苦无出路之际，不再存有宗派之见，在思想领域上，出现了高度包容性和宏通性。这个阶段可谓踏入清代词学发展的尴尬期，却又渐露词论研究突破性发展的曙光。《莲子居词话》正能反映上述的时代特色。

（一）勇于破旧，未能立新

乾嘉之际，词坛仍为浙西词派清雅词风所笼罩。但随着吏治败坏，土地兼并严重，各地灾荒连年，王伦（约1734—1774）、林爽文（1756—1788）、白莲教、天理教等先后起义，边关回族再度反清，海外的英国商队在沿海地区发起挑衅，内忧外患情况越趋严重，清廷国势由极盛而转向中衰。时局变化带来文化思想冲击，词坛上，康乾盛世鼓吹的雅正之音受到重大挑战，不少词人开始“迈出从随声附和到冷静思考的关键一步”[⑥]，词学思想开始产生变革。陈水云指出当时的变革特征为：

---

① 方智范、邓乔彬、周圣伟、高建中：《中国词学批评史》，页221。
② 方智范、邓乔彬、周圣伟、高建中：《中国词学批评史》，页221。
③ 方智范、邓乔彬、周圣伟、高建中：《中国词学批评史》，页280。
④ 方智范、邓乔彬、周圣伟、高建中：《中国词学批评史》，页280。
⑤ 方智范、邓乔彬、周圣伟、高建中：《中国词学批评史》，页325。
⑥ 陈水云：《嘉庆年间词学思想的新变》，《武汉大学学报》，1999年第2期（1999年3月），页106。

对嘉庆词坛弊端的批评及浙派自身创作局限性的反思。[1]

正视弊端，勇于反思，是清代中叶词论的一大特色。他们多能针对时人学姜、张而不得要领，尚雅正而内涵失真等浙派末流的问题而提出意见，表现积极者，不乏浙派词人。如吴锡麒（1746—1818）一反朱彝尊（1629—1709）“欢愉之辞工者十九，而言愁苦者十一”、“词则宜于宴嬉逸乐，以歌咏太平”之说，[2]而提出词乃“穷而后工”[3]；郭麐（1767—1831）直斥“浙之为词者，有薄而无浮，有浅而无亵，有意不逮而无涂泽嚚嚚之习”的弊病等[4]，这些都显示出当时词论家的反拨精神。

然而，在反拨之后，如何建立一个新系统，令词学思想得以提升，则少为词论家所留意。如上所述，郭麐指出浙派末流之弊后，虽有“必得其胸中所欲言之意，与其不能尽言之意，而后缠绵委折，如往而复”[5]，即倚声须重真情实意等说法。然怎样立意才算具胸中之意？此“意”深度如何？如何从用字、造句、章法等表现胸中之意才达至“缠绵委折”的效果？这些则未有详细而有系统的阐述。至于吴锡麒的“穷而后工”，虽也指出要使词回归抒写性情的轨道上，但他没有把这观点深化，只强调写法与生活的关系，[6]而所谓的“穷”，也偏指与

---

① 陈水云：《嘉庆年间词学思想的新变》，《武汉大学学报》，1999年第2期（1999年3月），页106。

② 朱彝尊：《紫云词序》，《曝书亭集》［康熙甲午（五十三年，1714）秀水朱氏家刊本］，卷40，页3。

③ 吴锡麒《张渌卿露华词序》谓：“昔欧阳公（欧阳修，1007—1072）序圣俞（梅尧臣，1002—1060）诗，谓穷而后工，而吾谓惟词尤甚。”［《有正味斋骈体文》，嘉庆戊辰（十三年，1808）五凤楼刻本，卷8，页10］

④ 郭麐：《梦绿庵词序》，《灵芬馆杂著》［1989年台北新民丰《丛书集成续编》影印张氏光绪癸未（九年，1883）《花雨楼丛钞》本］，卷2，页24。

⑤ 郭麐：《灵芬馆词话》，载唐圭璋（1901—1986）：《词话丛编》，北京：中华书局，1996年版，第2册，卷2，页1524。

⑥ 吴锡麒《仿乐府补题唱和词序》谓：“昔词人遭逢末造，抚铜驼而泣下，惊白雁之飞来。沧海波荒，冬青树冷。残山剩水，摹图画而难工；断井颓垣，觅钗钿而不见。溺人必笑，秋士能悲。离黍之思既深，梦粱之感斯托。东风二月，招来杜宇之魂；天宝何年，弹出琵琶之泪。寄旧恨于荷花桂子，写遗声于落叶哀蝉。虽愁苦之音工，实欢娱之致少。今则承平多暇，逸兴遄飞，浮大白以高吟，付小红而低唱。十里之珠帘卷起，二分之明月催来。纵禅榻鬓丝，不无惆怅；而酒旗歌扇，别有因缘。唱买陂塘随地，皆堪词隐；吹亚觱篥知音，同是国工。此其送抱推襟，唱余和汝，有不极倚声之妙，擅体物之能者哉？”（《有正味斋骈体文》，卷8，页3）吴锡麒根据不同的社会状况把词分作“愁苦之音”和“欢娱之致”两类，认为社会环境不同，词的写法也不同。大抵遭逢国难，宜以托情寄事出之；而承平多暇，则可歌咏升平，直抒生活情趣。如此看来，吴锡麒并未完全反对朱彝尊词当歌咏盛世之说，只是在此范围内加纳“愁苦之音”而已。而他所谓的“愁苦之音”亦多与亡国之思相连，而国力衰颓、民生凋敝等“苦音”，他却未加留意。

他个人心志相近的幽人独处，远避尘俗的情怀，[①] 而忽略了社会的体验性，致使满有见地的观点难成气候。

高建中的《浙派主潮外的康乾词论》曾谓乾隆末年词论特色为：

> 或斥标定有偏，或责矫枉过正，或主取径宜宽，皆为浙派词风而发，诟病亦非无端。但因欠缺较为深锐的理论思考，所以未能穿透现象评断的浅表层面。[②]

其实，矫正有余，立论不足的问题，到了嘉、道时候更加明显。吴衡照的《莲子居词话》亦反映了这类情况。整部词话都表现了不堕俗流的本色，从对前人词学观念的修正以至"气体"[③]、"神大"[④] 等别具一格的主张，可见，吴衡照有心冲破词坛的枷锁，走上认真反思的路子。不过，他脱不掉词话固有札记、抽象的表述形式，明明具有创见的理论，却只一笔带过。例如，吴衡照主张突破浙派尊南宋的圈子，正面并广泛地接纳北宋词。然而除了"苏（苏轼，1037—1101）之大，张（张先，990—1078）之秀，柳（柳永，987？—1053?）之艳，秦（秦观，1049—1100）之韵，周（周邦彦，1056—1121）之圆融"的北宋体系外，[⑤] 就只简单赞许过几位北宋词人，以及模仿北宋的词家，未有从北宋词技法之妙、寄情之深、境界之高，以至两宋词作的关联等进行深入研究。故未能做到后期周济"清真（周邦彦），集大成者也。稼轩（辛弃疾，1140—1207）敛雄

---

① 吴锡麒《张渌卿露华词序》提出"穷而后工"的概念后，即谓："盖其萧寥孤寄之旨，幽敻独造之音，必与尘事空交，冷趣相洽，而后托么弦而徐引，激寒吹以自鸣，天籁一通，奇弄乃发。"（《有正味斋骈体文》，卷8，页10）而在《陶凫香红豆树馆词序》，吴锡麒则谓："驻枫烟而听雁，葭水而寻渔；短彴遥通，高楼近接；琴横春荐，杂花乱飞；酒在秋山，缺月相候；此其境与词宜。"（卷8，页10）可见，吴氏所谓之"穷"乃偏指"萧寥孤奇之旨，幽敻独造之音"而言，而他认为与词体相宜的情境，亦以幽冷清静、远避尘俗为主。吴氏所举之"穷而后工"，大致以孤寒之士为对象，涉及面未够广泛。

② 高建中：《浙派主潮外的康乾词论》，《词学》，1993年第11辑，页28。

③ 《莲子居词话》谓："汉人之诗，浑浑穆穆；魏人之诗，浩浩落落。汉诗高在体，魏诗高在气。太白（李白，701—762）词气体俱高，词中之汉魏也。"（《莲子居词话》1995年上海古籍出版社《续修四库全书》影印嘉庆刻本，卷1，页2）；"暝色入高楼，有人楼上愁"，"西风残照，汉家陵阙"等语，神理高绝（《莲子居词话》卷1，页2）。吴衡照认为李白词兼汉诗浑浑穆穆之体，以及魏诗浩浩落落之气，故称之"气体俱高"。他以汉魏诗论美学角度审评李白词，捕捉词中古朴神厚的一面，以及词内浑然游走的劲力，为词开辟新的评鉴道路。

④ 神者，指词自然恬淡、灵秀含蓄的神韵。吴衡照欣赏词"姿致幽眇"、"神味绵远"（《莲子居词话》卷1，页10），不显露不造作，兴到神会，清丽而韵味无穷的风格。此外，他认为词还要具备直觉、精妙、幽秀、传神、妙理等条件。他再推上一层，研究词"妙"的境界，使神韵词的内涵更为丰满，这是他主张雅正词风以外的一个突破。

大者，乃词境广阔，抒情深远。吴衡照曾评"苏（苏轼，1037—1101）之大"（《莲子居词话》卷4，页1—2），从苏轼词留意到气象、境界、寓意等经营，可见他观词时视野的新颖与广阔。

⑤ 吴衡照：《莲子居词话》，卷4，页1—2。

心，抗高调，变温婉，成悲凉。碧山（王沂孙，1230？—1290?）餍心切理，言近指远，声容调度，一一可循。梦窗（吴文英？—1260?）奇思壮采，腾天潜渊，返南宋之清泚，为北宋之秾挚”①，“问涂碧山，历梦窗、稼轩，以还清真之浑化”② 等清晰明确地指出两宋词人的词风特点，以及为两宋重新定位，以独特的排列方式建立学词途径等鲜明而严正的理论架构。

当然，在部分创作理念上，吴衡照比吴锡麒等人进步。他在分析词人章法时则谓：

> 仲举（张翥，1287—1368）雨中舟次洹上，先写四时之雨，而云：“水阁云窗，总是惯曾经处。”二语总束。接云：“曾信有客里关河，又怎禁夜深风雨。”二语跌醒。接云：“一声声滴在疎篷，做成情味苦。”二语煞足。③

在讨论情意和技巧的配合时谓：

> 言情以雅为宗，语艳则意尚巧，意亵则语贵曲。④
> 言情之词，必借景色映托，乃具深宛流美之致。⑤

吴衡照讨论前人词作章法，由起首至煞尾逐句分析。论及言情写法时，如何用字，如何托情，达到怎样的效果才算为佳，亦有说明。这些说明，严格来说，仍然欠深入，未能成一家之说，但是观吴氏之言，以及其所表现的专注和热情，已初具清晰、具体、具指引性的词学理论的规模。嘉、道年间，词论家在欲破藩篱而不达之际，吴衡照的表现正是道光中叶以后词学开始走上复兴高潮的前奏。

（二）浙派到常派的过渡：由畛畦分明到彼此孕育

张宏生的《清代词学的建讲》曾谓：

> 清词流派在立派之初往往畛畦分明，持论甚严，而经过一段时间的发展，就往往带有自我反省的意识，因而体现出一定的包容性。⑥

的确，清代词坛立派之初，容易出现畛畦分明的现象。而“畛畦”又往往

---

① 周济：《宋四家词选目录序论》，《宋四家词选》［1995 年上海古籍出版社《续修四库全书》影印同治壬申（十二年，1872）潘祖荫刻《滂喜斋丛书》本］，页 1。
② 周济：《宋四家词选目录序论》，《宋四家词选》，页 1—2。
③ 吴衡照：《莲子居词话》，卷 2，页 16。
④ 吴衡照：《莲子居词话》，卷 2，页 2。
⑤ 吴衡照：《莲子居词话》，卷 2，页 2。
⑥ 张宏生：《清代词学的建构》，南京：江苏古籍出版社，1998 年版，页 162。

与地域相近的词人群对词论主张的互相呼召有关。[①] 不同词派未必认同对方的理论，但畛畦分明，而非相互倾轧。清代词坛由开始就没有词派倾轧的问题，而不同派别的互为欣赏，反而推进了词论的进步。到了清代中叶，词派之间的包容和吸收，更渐渐打消了派别的界限。

嘉、道之际，正值清中两大词派——浙西词派和常州词派交替的时期。浙西词派至嘉庆年间没落，常州词派于道光年间极盛，主导词坛近百年。诚如张宏生所说：

> 文学现象的显隐隆替不可能是一个突然的变化，这正如长江大河之中，尽管有波有谷，但波与谷并没有截然的分别。波峰发展了波谷，波谷孕育了波峰。[②]

由浙派到常派的过渡，亦非一刀切的兴替过程，当中也经历了彼此发展孕育的时期。这个彼此孕育、互为补取的现象，最能表现嘉、道词坛的时代特征。

这时期的浙派词人，进一步放下宗派之见，如凌廷堪（1755—1809）论“玉田（张炎）、碧山（王沂孙）风调有余，浑厚不足”[③]，在风雅之外，开始留意词作情感内容浑然一体的效果；论“稼轩（辛弃疾）为盛唐之太白（李白），后村（刘克庄，1187—1269）、龙洲（刘过，1154—1206）亦在微之（元稹，779—831）、乐天（白居易，772—846）之间”[④]，推高豪放词人地位，尤其是常州词派推崇的辛弃疾。王昶（1724—1806）谓“张氏炎、王氏沂孙，故国遗民，哀时感事，缘情赋物，以写闵周哀郢之思，而词之能事毕矣”[⑤]，留意感伤国事的内容，掩抑曲折的情怀，以及缘情赋物的艺术特征，这些都有与常州比兴寄

---

① 例如出生于华亭（今上海市松江县）人的陈子龙（1608—1647），宋征舆（1618—1667）、宋征璧（约1643年前后在世）兄弟和李雯（1608—1647）等结成云间词派，师法南唐、北宋而轻南宋，推尊南唐二主（李璟，916—961；李煜，937—978）、周邦彦和李清照（约1084—1155）秾丽或淡逸的词风；以阳羡（今江苏省宜兴市）陈维崧（1625—1682）为首的阳羡词派重才气、步苏辛，反对“极意《花间》，学步《兰畹》，矜香弱为当家，以清真（周邦彦）为本色”[《词选序》（1936年上海商务印书馆《四部丛刊初编》缩印患立堂本），卷2，页31。]的香艳委靡之作；而在浙西一带互相唱酬，以朱彝尊为领袖的浙西词派，则尊姜（姜夔，1115—1221?）、张（张炎，1248—1320?），崇南宋，既不重视北宋词人，也不视苏辛之作为浙派主流。派别的形成，一方面来自于地域相同的词人互相追和推许，一方面来自于志同道合之士对词体创作理念的坚持，造成一定的凝聚力，亦形成清初至中叶词派之间泾渭分明的局面。

② 张宏生：《清代词学的建构》，页163。

③ 转述自张其锦（约1826年前后在世）：《梅边吹笛谱序》，载凌廷堪：《梅边吹笛谱》，见陈乃干（1896—1971）辑：《清名家词》，第6册，上海：上海书店，1982年版，页2。

④ 转述自张其锦（约1826年前后在世）：《梅边吹笛谱序》，载凌廷堪：《梅边吹笛谱》，见陈乃干（1896—1971）辑：《清名家词》，第6册，页2。

⑤ 王昶：《江宾谷梅鹤词序》，《春融堂集》［1995年上海古籍出版社《续修四库全书》影印嘉庆丁卯（十二年，1807）塾南书舍刻本］，卷41，页10。

托、词史等说法相融的迹象。与此同时，常州词派张惠言（1761—1802）不接受“荡而不反，傲而不理，枝而不物”[①] 之词；金应珪（约1797年前后在世）反对“揣摩床笫，污秽中冓”[②] 的淫词、“巴人振喉以和阳春，黾蜮怒嗌以调疏越”的鄙词，[③] 均与浙派斥庸俗、僻淫哇的观念一致。而董士锡（1782—1831）的“姜白石（姜夔）、张玉田（张炎）出，力矫其槳，为清雅之制，而词品以尊”[④]，推重姜、张，崇尚清雅之论，亦遥遥与浙派呼应。

吴衡照论词基本采用包纳百川的态度，其所表现的词论思想，不止来自浙西和常州两家。知人论世的观点承自杨慎（1488—1559）《词品》；尚词之气体，则与陈维崧思、气、才等说相近；重词神大之处，又与王士祯（1634—1711）的神韵说相配合；留意十国、北宋词之流丽动人，亦与师法南唐、北宋的云间词派、柳州词派相通。整部《莲子居词话》都不以创立一派之说自居，而以晚出之作，汲取先贤精髓，经过归纳和钻研，写出具多层分析力，评论范围广阔之作。嘉、道年间是词坛青黄不接的时期，却出现了丰富而大道的研究特色。《莲子居词话》的论词取向，正是该时期的最佳反映。

当然，《莲子居词话》较具词史意义之处，仍在显示从浙西词派到常州词派的一段过渡期内，词坛论词方向转变的情况。吴衡照虽未以浙派自居，但对浙西词派甚为重视。吴氏对朱彝尊推崇备至，朱彝尊的词作，以至词史地位，《莲子居词话》均予以高度赞扬，其他浙派代表人物如厉鹗（1692—1752）、吴锡麒、王昶、郭麐、凌廷堪等均为吴衡照的研究对象。吴氏追求词之淳雅，尤重咏物之清空疏淡，他注重音律之畅和、格律之严正，又校订《词综》、续辑《明词综》，可算是浙西词派殿军。相反，对于常州词派，吴衡照所交往的只有汤贻汾（1778—1853）一人，[⑤] 但《莲子居词话》对汤氏，以至常州词派代表人物如张惠言、周济等均未提及。其实，除了张惠言的《词选》（嘉庆二年，1797）外，周济的《宋四家词选》（道光十年，1830）、《周氏词辨》（道光二十七年，

① 张惠言：《词选目录叙》，《词选》［1995年上海古籍出版社《续修四库全书》影印道光庚寅（十年，1830）宛邻书屋刻本］，页1。

② 金应珪：《词选后序》，载张惠言：《词选》［上海：扫叶山房，宣统辛亥（三年，1911）］，页2。

③ 金应珪：《词选后序》，载张惠言：《词选》，页2。

④ 董士锡：《餐华吟馆词叙》，《齐物论斋文集》［1995年上海古籍出版社《续修四库全书》影印道光庚子（二十年，1840）江阴暨阳书院刊本］，卷2，页7。

⑤ 汤贻汾为江苏武进人，为周济好友。同时又参与吴衡照、胡敬（1769—1853）等人主办的东轩吟社。据《清尊集》所载，汤贻汾曾参与东轩吟社两次聚会，两次均与吴衡照等唱和诗句。［见汪远孙（1789—1835）辑：《清尊集》，道光己亥（十九年，1839），钱塘振绮堂本］，卷1，《题小米松声池馆勘声图》，页6，及卷6，《题剑秋除夕祭砚图》，页10。吴衡照亦曾有《汤雨生参戎（贻汾）属题琴隐图》，其中小注“雨生令祖纬堂先生大奎，乾隆癸未（二十八年，1763）进士，官凤山县知县，死林之难，著有《炙砚琐谈》”［《辛卯生诗》，道光己丑（九年，1829）刻本，卷4，页13］，吴衡照在短短小诗里能把汤贻汾的家世娓娓道来，他与汤氏之交情应非泛泛。

1847），都成书于《莲子居词话》（嘉庆二十三，1818）之后。大部分常州词派的理论，吴衡照都未有深入接触的机会，故《莲子居词话》不可能出现攻伐或追慕常州词派的情况。但从吴氏论词重性情，又注意亡国之音、愁苦之调，认同比兴寄托之法，以至正视豪放词等，均显示吴氏词论与常州词派心有灵犀之处。吴衡照在常派理论未成熟之际已有相类似的说法，而同期部分浙派词人也有类近的观点，可见，在弥漫着琐屑饾饤的风气下，当时词坛普遍存在重性情、求寄托、存风雅的诉求。吴衡照把这些诉求延续下去，直至周济等人将之燃点亮光。纵使《莲子居词话》与常州词论契合之处不多，但它在浙西词派过渡至常州词派的过程中，所充当之传薪者的角色，却具有一定的词史意义。

二、《莲子居词话》对清中叶以后词学发展的影响

《莲子居词话》在清代虽未引起巨大反响，但吴衡照敏锐的观察、宽广的眼光、严谨的辩证、独特的主张，可说已踏上词论兴盛之路。《莲子居词话》在品鉴、创作、论律、辑佚等方面对后来的词话颇有启发。后学者或明引，或暗引，他们的论词方向都有着《莲子居词话》的痕迹。

（一）品鉴方面：推进词品、人品的评鉴

把文学作品结合作家品德进行评价，清代诗论早已有之。在词的评鉴方面，到了吴衡照一代，亦非首创。杨慎的《词品》进义士退奸淫，王昶的“论词必论其人”之说，[①] 已开启词品、人品并重之端。吴衡照与别人不同之处，乃在通过思想与内容一致、品格与词格一致，追求词品、人品的同时突出理论特色，以及以生平、性情、志向、作品、评论等具体完备的组合方式，为词品、人品联系的论调指出明确的道路。

在论人原则方面，吴衡照以忠朴者为上，贪邪者为下，尤对史达祖（约1205年前后在世）的贬抑，改变了词坛的评论方向。清代前期论词多欣赏梅溪词富丽精工，少从其人论其词，《莲子居词话》是清代词学专著中第一部透过考察生平而对史达祖词加以贬抑者。吴衡照谓：

> 史邦卿（史达祖）奇秀清逸，为词中俊品，张功甫（张镃，1153—?）序其集而行之。乃甘作权相堂吏，身败名裂，卒与耿柽（1207—?）、董如璧（1207—?）辈并送大理，何其谬也。……而为苏师旦（约1202年前后在世）之续，至使雕华妙手，姓氏不见录于《文

① 王昶：《江宾谷梅鹤词序》，《春融堂集》，卷41［1995年上海古籍出版社《续修四库全书》影印嘉庆丁卯（十二年，1807）塾南书舍刻本］，页10。

苑》中。其才虽佳，其人无足称已。[1]

此说影响所及，后期的词论开始对史达祖有所贬抑。刘熙载（1813—1881）的《词概》谓：

> 史邦卿（史达祖）句最警炼，然未得为君子之词者，……史意贪也。[2]

刘熙载欣赏史达祖的填词技法，但其词气格贪婪，显示出品格之低劣，没有资格称作君子之词。刘氏先褒后贬的论法，跟吴衡照十分接近，不过，在评论方面，一句“意贪”始终未能道明史达祖品格之问题，则与吴衡照的仔细考察、狠加批判仍有一段距离。到陈廷焯（1853—1892）的时候，认同以及仿效吴衡照之处就更多了，《白雨斋词话》谓：

> 史梅溪（史达祖）之沉郁顿挫，温厚缠绵，似其人气节文章，可以并传不朽。而乃甘作权相堂吏，致与耿柽、董如璧辈并送大理，身败名裂。其才虽佳，其人无足称矣。（原注：梅溪姓氏，不见录于《文苑》中，职是之故）[3]

陈廷焯评史达祖的生平，与《莲子居词话》所说的基本没有分别，以《宋史·文苑传》旁证史氏为人不足称道，亦跟吴衡照一样。对其词品、人品的结论“其才虽佳，其人无足称矣”，更直抄吴衡照之语。如此生平、旁证、结论照录者，陈廷焯对史达祖词品品评，可谓直接继承自吴衡照。

吴衡照词品观的另一特色，在于透过“情”品评词人。《莲子居词话》注意词人在艳词中感情的真实程度，也会留意词论家较少涉及的友情词，例如，他评顾贞观实行《金缕曲》中对吴兆骞的承诺为“不负斯言”[4] 等，均为词品、人品论拓展新领域。刘熙载认为“论词莫先于品”[5]，这个“品”也包括词人间的友谊，《艺概》谓：

> 陈同甫（陈亮，1143—1194）与稼轩（辛弃疾）为友，其人才相若，词亦相似。……观此则两公之气谊怀抱，俱可知矣。[6]

---

① 吴衡照：《莲子居词话》，卷1，页23。

② 刘熙载：《艺概》，卷4（1995年上海古籍出版社《续修四库全书》影印同治刻《古桐书屋六种》本），页4。

③ 陈廷焯：《白雨斋词话》，卷7（1984年上海古籍出版社影印原手稿本），页7。

④ 吴衡照：《莲子居词话》，卷2，页19。

⑤ 刘熙载：《艺概》，卷4，页4。

⑥ 刘熙载：《艺概》，卷4，页5。

刘熙载欣赏陈亮和辛弃疾的为人与才学，并摘录他们交往的词作三首，称赞二人的气节、情谊、襟怀和志向。这种从友情的角度以观词人词作，与吴衡照的词品观十分相似。

吴衡照开拓词品论范围，其认真考察、爱憎分明之品评特色，超越前人简单笼统的评鉴。诚然，吴衡照某部分的评价比较偏激，他评王清蕙（约 1282 年前后在世）的《满江红》就是其中一例。① 影响所及，陈廷焯也有类似的情况出现，《白雨斋词话》谓：

> 蒋竹山（蒋捷，约 1279 年前后在世），至元大德（1297—1307）间，臧（臧梦解，？—1335）、陆（陆垕，约 1337 年前后在世）辈交荐其才，卒不肯起。词不必足法，人品却高绝。②
>
> 冯正中（冯延巳，903—960）《蝶恋花》四章，忠爱缠绵，已臻绝顶。然其人亦殊无足取，尚何疑于史梅溪（史达祖）耶？③

陈廷焯认为蒋捷词作水平不高，但他不事二朝，为人刚正忠义，应受赞赏。其内容和批评思路直接承袭《莲子居词话》。④ 至于陈廷焯对冯延巳的看法，则刚与蒋捷相反，冯氏词情忠爱，但人无足取，故其作亦不能列作上品。陈廷焯的词品观明显受吴衡照影响，其缺点也跟吴衡照相当。把人品的重要性绝对化后，容易令人品与词品之间失去平衡，而不能达到理智分析。吴衡照的词品论为词坛带来新的评审方向，可其带出的问题亦不容忽视。

（二）创作方面：提供不同的研究课题

嘉、道年间，词人或求雅正，或讲寄托，词坛上无论创作还是评论，都几乎尽以两派的理论为主，吴衡照词论游离于两派之间，亦有不少独立的看法。而在词体创作方面，更有不少具建设性的说法。他所提倡的气体、神大、意趣，词要清新，词中着色等，为后世词论提供了较有新意的研究课题。

---

① 王昭仪（王清蕙）题驿壁词，结语为文山（文天祥，1236—1283）所讽。后抵北，乞为女道士，号冲华，卒不得与陈（？—1276）、朱（？—1276）二夫人比烈。观文山之惜昭仪，即以见文山审择自处，盖已有素，安得重有黄冠之请，与昭仪同符耶？（《莲子居词话》，卷 1，页 13）王清蕙于南宋入宫为昭仪，宋亡被掳，曾于壁上题《满江红》曰："只嫦娥，相顾肯从容，随圆缺。"意谓愿跟同时掳至北方的全皇后（约 1267 年前后在世）一样，出家修行，了断凡尘。文天祥见此题壁，则认为她思虑不周，遂和之以词，最后一句"算妾身、不愿似天家，金瓯缺"，表明宁愿身死也不愿屈辱求存的民族气节。

② 陈廷焯：《白雨斋词话》，卷 7，页 7。

③ 陈廷焯：《白雨斋词话》，卷 7，页 7。

④ 吴衡照《莲子居词话》谓："蒋竹山（蒋捷），元大德间宪使臧梦解、陆垕交章荐其才，卒不起。生平著述，多以义理为主，有《小学详断》。……足见品谊之高，不止填词家也。"（卷 1，页 19）陈廷焯"蒋竹山人品高绝"之内容和批评角度，都是直接承《莲子居词话》而来。

1. 气体、神大、意趣

吴衡照标举气体，重视发挥词中浑穆的格调以及作家才气骨气正气等内涵，带出气、力两方面审视词体创作之路。及后陈廷焯的“迦陵（陈维崧）词，气魄绝大，骨力绝遒”①，郑文焯（1856—1918）的“所贵清空者，曰气骨而已”②，都开始留意词之气体的运用，可见，吴衡照之气体说具有一定的延伸力。

在气体以后，吴衡照又提出词之神大。尽管他对神大说所论不多，却开拓了由恬淡神秀进入深思隽理而得妙，以清远旨趣结合广博气量而成大的审美新途径。吴衡照的神大说与晚清况周颐（1859—1926）的“神、韵、味、妙”之说有较多的关联。张利群的《词学渊粹——况周颐〈蕙风词话〉研究》曾谓：

> 在况氏审美观的作用下，创作就要追求“神韵”、“神味”、“丰神独绝”、“神来之笔”、“神似”、“韵致”、“神不外散”等，强调神、韵、味、妙的审美境界。③

张利群此说，本于况周颐所受道家思想影响而发。但从况周颐所要求意境深远、余味深长、气韵生动，极合吴衡照神思绵邈、超逸出凡神大说之旨。至于况周颐对“神味”、“神韵”的说法，《蕙风词话》谓：

> 填词先求凝重。凝重中有神韵，去成就不远矣。所谓神韵，即事外远致也。④
>
> 不求深而自深，信手拈来，令人神味俱厚。⑤

况周颐所论之“事外远致”，“不求深而自深”，与吴衡照的“姿致幽眇，神味绵远”极相似。⑥ 所不同的是，况周颐的审美层次为先凝重、后神韵，吴衡照则为先神韵、后致妙。而况周颐“不求深而自深”，讲求词人天性已存的深挚凝重之思，则超越吴衡照只求幽眇的层次。不过，吴衡照并没有忽略词之重量与力度。他的气体说，正是要求词骨与力的表现，结合神大说中气魄博大、气象天然的要求，已具况周颐“重、拙、大”部分词论的雏形。《蕙风词话》谓：

---

① 陈廷焯：《白雨斋词话》，卷4，页1。

② 郑文焯：《郑大鹤山人论词手简》，《大鹤山人词话》，载唐圭璋编：《词话丛编》，第5册，页4331。

③ 张利群：《词学渊粹——况周颐〈蕙风词话〉研究》，桂林：广西师范大学出版社，1997年版，页45。

④ 况周颐：《蕙风词话》，卷1（1995年上海古籍出版社《续修四库全书》影印民国《惜阴堂丛书》本），页3。

⑤ 况周颐：《蕙风词话》，卷1，页4。

⑥ 吴衡照：《莲子居词话》，卷1，页10。

重者，沉着之谓。在气格，不在字句。①

愈朴愈厚，愈厚愈雅，至真之情，由性灵肺腑中流出，不妨说尽而愈无尽。②

遗山（元好问，1190—1257）之词，亦浑雅，亦博大。有骨干，有气象。③

况周颐重视以气格表现沉重深厚的情感，而不依赖字句的修饰。吴衡照强调坦荡的气格、深沉的思想力度，反对词之雕饰，认为“雕琢近涩，涩则伤气”④。吴衡照主张雕琢与质朴的对立，就如况周颐词论所体现之纤细与质拙对立。吴衡照认为雕琢之辞会伤气，况周颐认为朴才致厚，能厚，才能达重、大的境界。况周颐指元好问词博大，与吴衡照谓“东坡之大”⑤，皆追求气象、境界、寓意的广博浑成。二人在追求词之真、博、力方面，方向是一致的。

值得一提的是，况周颐认为词的最高境界乃在于“穆”，他说：

词有穆之一境，静而兼厚、重、大也。淡而穆不易，浓而穆更难。⑥

况周颐所说的穆，乃厚、重、大、静的结合，意指“厚重壮大的内蕴”⑦，这与吴衡照提出的“浑浑穆穆”⑧ 相吻合。唯其穆，才浑厚完整；唯其静，才庄严可观。不过，吴衡照没有在淡和浓之间再行斟酌，况周颐则进而留意到“欲其浓而不流于纤靡伤格”的独特之处，⑨ 把词中之穆发展得更具审美的价值。

另外，吴衡照又重视词之意趣，他留意词作幽默之语趣、咏物生动之逸趣，带出雅中有趣的信息。虽未能将意趣说全面提升，却成功地将之引进词论审美范畴。胡建次的《清代文论视野中的“趣”》评吴衡照的意趣说，谓：

它实际上提出了寓生趣于词作的要求。⑩

胡建次认为吴衡照之说在清代词论中具独到意义。事实上，吴氏的意趣说有

---

① 况周颐：《蕙风词话》，卷1，页2。
② 吴衡照：《莲子居词话》，卷2，页6。
③ 况周颐：《蕙风词话》，卷3，页10。
④ 吴衡照：《莲子居词话》，卷1，页5。
⑤ 吴衡照：《莲子居词话》，卷4，页2。
⑥ 况周颐：《蕙风词话》，卷2，页1。
⑦ 林浩光：《词法与词统——周济词论研究》，香港：玮业出版社，2005年版，页318。
⑧ 吴衡照：《莲子居词话》，卷1，页2。
⑨ 吴宏一：《〈蕙风词话〉述评》，《清代词学四论》，台北：联经出版事业公司，1990年版，页283。
⑩ 胡建次：《清代文论视野中的“趣”》，《贵州社会科学》，2004年第1期，页67。

一定的引领作用。就他所强调咏物之意趣来说，相近者就有钱裴仲（约1848年前后在世）的《雨华盦词话》，钱氏谓：

> 咏物之作，尤觉故实多而旨趣少。[1]

在指出堆砌典籍弊病之余，他亦开始注意咏物生动灵变之趣的重要性。钱裴仲所指之"旨趣"，与吴衡照的"生动之趣"[2] 实有异曲同工之妙。

2. 清新

清新，乃相对于摹袭而言的。吴衡照对仿效古人作品持两种态度。若袭用前人语而"善于调度，正不以有蓝本为嫌"[3] 的话，乃得"笔意清空不质实"[4] 之旨。若不袭前人语，而自有境界者，则达清新之途。艳情之作非《莲子居词话》之主流，但吴衡照十分欣赏史承谦（约1766年前后在世）的言情词，盖因其"生新独造，不拾陈郎牙后慧"[5]。能不摹古人，不落俗套，而独得新颖之境，这种清新俊美的笔法，很受吴衡照欣赏。他之所以称徐灿（约1653年前后在世）词"为闺阁弁冕"[6]，也是因为她的作品近北宋而"清新独绝"[7]，婉丽自然而无雕琢之痕。

在吴衡照之后，刘熙载也有类似的说法，其《词概》谓：

> 词要清新，切忌拾古人牙慧。盖在古人为清新者，袭之即腐烂也。[8]
> 秦少游（秦观）词得《花间》、《尊前》遗韵，却能自出清新。[9]

刘熙载强调词不可拾古人牙慧，应自机杼以达清新之美。其评秦观词虽承《花间》、《尊前》艳秾的风格，却不陷于摹情袭景，而独具神韵。这种反对摹袭、讲求创新，或善取古人精华而自创天地的审美视角，皆可谓与吴衡照有一脉相承之处。

谢桃坊的《中国词学史》曾谓：

---

① 钱裴仲：《雨华盦词话》，载唐圭璋：《词话丛编》（第4册），页3013。
② 吴衡照：《莲子居词话》，卷4，页10。
③ 吴衡照：《莲子居词话》，卷1，页17。
④ 吴衡照：《莲子居词话》，卷4，页6—7。
⑤ 吴衡照：《莲子居词话》，卷3，页9。
⑥ 吴衡照：《莲子居词话》，卷4，页1。
⑦ 吴衡照：《莲子居词话》，卷4，页1。
⑧ 刘熙载：《艺概》，卷4，页14。
⑨ 刘熙载：《艺概》，卷4，页3。

能去雕饰，出新意，就易作到自然清新的。这点正是浙西词派词与常州词派所忽略。①

此评论是为称赞刘熙载别具慧眼，留意到词作自然清新之需而言。殊不知在刘熙载之前，浙西词与常州词交接之际，吴衡照早就提出清新说。吴衡照有关的论述虽不多，但在浙派临摹清空、常派侧重寄托的期间，清楚指出清新的重要性，确能打破词作批评的局限，铺下天然生新艺术评鉴之路。

3. 着色

吴衡照反对词之雕琢，却又留意到词作欠缺修饰之寡味，尤其小令不宜铺叙，辞藻的运用尤不可轻视，因而提出“着色”之论。《莲子居词话》评温庭筠时谓：

作小令不似此着色取致，便觉寡味。②

这就是要讲究词中跳脱精致、点染神采之处。他这种讲求雅，却又不执著剔除艳风的角度，是较切合填词实际的。盖词为艳科，过于讲求雅正而失去文字之美，同样大大降低了其艺术价值。吴衡照的着色说正能在雅正和艳色间取得平衡。其后谢章铤（1820—1888）讲深情，求高格，却不摒除艳词，更指出“设色，词家所不废”③ 之说。“不废”二字，意义重大，它代表了无论是婉约还是豪放，性灵派还是哲理派，都不可以忽略“设色”的技巧。谢章铤在吴衡照之后，为着色说建立了坚实的地位。

（三）勘律辑佚：由创作评论走上朴学实证的阶段

乾嘉之际，清帝提倡儒学，同时开四库馆，鼓励考订古典，又不断提擢著名经学家，于是考释古经、辨析弊端等朴学研究成为一时风尚。陈居渊的《清代朴学与中国文学》曾归纳乾嘉朴学的研究范围和成就为：

乾嘉朴学家将毕生精力，倾注于整理国故，在经学、史学、文学、音韵、天算、地理等学科的校勘、目录、辑佚、辨伪等方面，取得了举世瞩目的成就。④

---

① 谢桃坊：《中国词学史》，成都：巴蜀书社，1993年版，页240。

② 吴衡照：《莲子居词话》，卷1，页3。

③ 谢章铤：《赌棋山庄词话》，卷8，页2。

④ 陈居渊：《清代朴学与中国文学》，南昌：百花洲文艺出版社，2000年版，页123。

乾嘉之风盛行，对文学研究亦有影响，沙先一的《清代吴中词派研究》说：

> 乾嘉之际，朴学考据之风盛行，……这一风气也影响到文学创作的领域，散文创作上桐城派古文标举“义理、考据、辞章”的结合，诗歌创作上翁方纲（1733—1818）倡举“肌理说”，反对将考订训诂与诗歌创作判为二事，提出“为学必以考证为准，为诗必以肌理为准”的主张。词学上则出现了一批学者研究唐宋词乐、重视声律。①

其实除了声律外，在朴学影响下，词坛也进入考证校记的实学阶段，词学研究范围逐渐扩阔。不过，当时的词学专著，分门别类的情况仍然明显，属考订勘误的研究，多见于专书专文而不落于词话，如研究乐律音韵者，有万树（1630？—1689）的《词律》、凌廷堪的《燕乐考原》、戈载（1786—1856）的《词林正韵》等；考证词人词籍者，如刘毓崧（1818—1867）的《梦窗词稿叙》、戈载的《梦窗词后记》等。至于词话，则始终以词体创作的论述为主，朱崇才的《词话学》曾评清代前期词话的特色为：

> 许多词话专著把着眼点放在创作法的传授上，其最终目的，不是研究词艺，而是为了传授填词诀窍。②

其实，无论是研究词艺，还是传授词法，清初的词话，或论述起源、风格、流派，或评论作家、作品、技巧，都以词体创作的分析或指导为主。至于考证释义等范畴，则只属旁及，甚至叙说某书或摘录词作，其理论性以及审订的认真程度都不及考证专著。这种情况至嘉、道年间仍没有太大的改变，当时词坛著作已形成乐律词籍考证类和词体创作论述类两大泾渭分明之门路。

《莲子居词话》是清中叶少见的包含词体创作以及词学考证两方面研究的词话。吴衡照论述词乐、勘订词籍、审定生平、语汇释义等，尽管未臻成熟圆通，但已表现出一定的思辨性以及建立了独特的辩证系统，也平衡了当时词话考证薄弱的缺失，踏上词话评论由侧重创作走上朴学实证的道路。

在众多考证中，《莲子居词话》较具影响力的是吴衡照对万树的《词律》的勘误。在《莲子居词话》以前，词坛多称道万树的《词律》，偶有批评之作，都为量少而不具体。《莲子居词话》可谓最早的全面订正万树的《词律》的词话之一，但凡《词律》词乐、词调、押韵、辑词失误之处，吴衡照都详加订正。影

---

① 沙先一：《清代吴中词派研究》，北京：人民文学出版社，2004年版，页1。

② 朱崇才：《词话学》，台北：文津出版社，1994年版，页153。

响所及，丁绍仪（约1884年前后在世）的《听秋声馆词话》、蒋敦复（1808—1867）的《芬陀利室词话》，亦开始大量修订《词律》疏漏不检之处。[①] 至于后期的词律专著，如杜文澜（1815—1881）重校增补《词律》时指周邦彦《月下笛》为《琐窗寒》别体，[②] 柳永《女冠子》“宇”字添韵之说，[③] 均直接承袭吴衡照修订的《词律》之说而来。而当代学者施蛰存（1905—2003）的《词学名词释义》在解释“双调”的词义时，更力证吴衡照词乐观点之正确，[④] 可见，吴衡照在批评《词律》时所表现的过人的识力和独到的批判眼光，是得到乐律专家尊重和认同的。

---

① 丁绍仪《听秋声馆词话》曾评《词律》谓：“宜兴万红友（万树）断断辨证，定为《词律》，廓清之功不小。惜所收各调，错漏尚多。”［1995年上海古籍出版社《续修四库全书》影印同治己巳（八年，1869）刻本，卷1，页1］其论秦观和李演（约1241年前后在世）的《八六子》时云：“《词律》谓秦词恐有讹处，未必然也。至秦词‘奈回首’作‘怎奈向’，李词‘玉瓢’作‘玉飘’，均系传钞之误。又《词律》因李词脱‘旧时芳陌’四字，遂列八十四字为又一体，似尚未见《绝妙好词》本，且误李演为李滨。”（卷2，页6）；评苏易简（958—996）《越江吟》谓：“《词律》脱‘谁见’二字，致分句参差，失注二韵。并误‘春云’为‘青云’，遂谓无可查考。”（卷4，页7）论苏轼《念奴娇》时则谓：“东坡赤壁怀古《念奴娇》词盛传千古，而平仄句调都不合格。……万氏《词律》仍从坊本，以此词为别格，殊谬。”（卷13，页10）蒋敦复《芬陀利室词话》谓：“万氏《词律》，自矜创获，于宫调，全未梦见。又一体三字，最为无理取闹。”（1995年上海古籍出版社《续修四库全书》影印光绪刻本，卷1，页5）又云：“万氏《词律》谬误甚多，有最无理可作笑柄者，《雨中花》一调，共列十八首，令慢不辨，皆谓之又一体，哓哓于《夜行船》、《明月棹孤舟》之即《雨中花》。不知诸首字句平仄小有异同者，不劳分体。”（卷1，页6）并说：“词调万氏《律》中失收者甚多，《爱月夜眠迟》一调，见《高丽史·乐志》。”（卷3，页1）均在词调、词韵、词选、版本、词人、平仄句调，对《词律》作出大量修正。

② 吴衡照先从词调格律出发，指出《月下笛》和《琐窗寒》两调本来极为相似，不过就周邦彦《月下笛》一词而言，则属《琐窗寒》一格，而非《月下笛》，进而直斥万树错归词调之误。万树著、杜文澜重校《词律》谓：“此词（《月下笛》）与卷十六美成（周邦彦）另作《锁窗寒》一词字句相同，因有别体。”［光绪丙子（二年，1876）刻本，卷15，页17］，杜文澜认为周邦彦的《月下笛》与《琐窗寒》字句相同，应为《琐窗寒》之别体，此说正与吴衡照的看法一致。

③ 万树著、杜文澜重校《词律》谓：“窃疑院宇深沈句，或当作深沈院宇，则宇字添一韵矣。”（同上，卷3，页23）

④《莲子居词话》谓：“红友《词律》，如《南歌子》、《荷叶杯》等体，多注双调。西林先生（吴颖芳，1702—1781）云：双调乃唐来燕乐二十八调、商声七之一，曲之大段名也。词中《雨淋铃》、《何满子》、《翠楼吟》皆入双调。万氏失考，误以再迭当之，有此卮言。”（《莲子居词话》，卷2，页2—3）吴衡照指出《词律》在《南歌子》、《荷叶杯》等调以下所注之双调为误。施蛰存《词学名词释义》则说：“元明以来，一般人常把两迭的词称为‘双调’。汲古阁刻《六十名家词》的校注，万树《词律》，清《钦定词谱》，都用这个名词。这其实极不适当。‘双调’是宫调名，词虽有上下两迭，或曰两片，但只是一调，不能称为双调。吴子律（吴衡照）的《莲子居词话》中已指出万树的错误，但杜文澜在《词律校勘记》中还在引述了吴子律的批评后加一句道：‘此论存参。’这是因为杜文澜不敢冒犯《钦定词谱》的权威性，因而不敢对吴子律的批评表示同意。”（北京：中华书局，1997年版，页45）施蛰存认同吴衡照批评万树“双调”之误，而他指出“双调”为宫调名，不能用作两迭词的别称，均与吴衡照之说一致。

至于吴衡照其他考据辑佚的内容，亦甚具清代朴学的色彩。后世词话或称它引或借以辅证之处不少。

在词韵评价方面，吴衡照认为吴应和（约1821年前后在世）的《榕园韵》最确切，江顺诒（约1881年前后在世）的《词学集成》引之，亦有“《榕园韵》近有刻本”，“填词家亦尚”之说以和吴衡照。①

在词籍词作整理方面，《莲子居词话》为后世词籍研究提供了不少资料。谢章铤整理辛弃疾的词集时，就引用吴衡照辑录而补出之《知不足斋》写本。②

至于记叙词人事迹方面。《莲子居词话》记录不少清代词人逸事，为研究清代前期词坛提供了不少有益的史料。如载陈维崧相传为善权山诵经猿再世之事，后谢章铤的《赌棋山庄词话》引《莲子居词话》以证。③

吴衡照一生致力于学术研究，而晚年撰写《莲子居词钞》至主持东轩吟社诗词唱酬，是他词坛活动最积极的阶段。《莲子居词话》是他这段时期的词学研究总结，其折中各派之见、辩证思维的展现，是清代词话走上成熟阶段的标志。吴衡照论词时所表现的广阔的文化视野和宽容的气度，表现了他过人的识力和胸襟。事实上，吴衡照的词学观极具启发性，他论词的准则和观点，与后世词论多有不谋而合之处，经得起时代的考验。综观整部词话，虽未能称为立论精奇、体系严密之作，可当中不乏创见，而吴衡照积极投入、用心钻研，有意识地把词学研究发展成专门学问的态度，更属难能可贵。研究《莲子居词话》，除了让我们对嘉、道词坛遗珠有更深入的了解外，吴衡照在词坛上的贡献应得以肯定。

---

① 江顺诒：《词学集成》（1995年上海古籍出版社《续修四库全书》影印光绪刻本），卷4，页2。

② 有关辛弃疾词集的整理，谢章铤《赌棋山庄词话》直接引用《莲子居词话》之语：“吴子律（吴衡照）曰：‘《稼轩长短句》十二卷，元大德己亥（1299）孙粹然（约1299年前后在世）、张公俊（约1299年前后在世）刊于广信书院，曾于《知不足斋》见写本。’”（卷1，页10）

③ 谢章铤《赌棋山庄词话》谓：“相传迦陵为善权山诵经猿再世，见《鹤征录》、《莲子居词话》等书。”（卷1，页10）

现代汉语关联副词研究史小识*

杨康婷

一、引　言

关联副词，又称关系副词，即带有连接功能的副词。“关系副词”一名，最早见于王力的《中国现代语法》。[①] 王力以现代汉语作为研究范围，[②] 提出二十个常见的关系副词，包括“又”、“也”、“反”、“倒”、“却”、“愈”、“越”、“若”、“要”、“倘”、“或”、“虽”、“纵”、“饶”、“便”、“就”、“哪怕”、“既”、“因”、“好”。王力认为这些副词“并不居于两个句子形式的中间，它们的位置往往是末品所常在的位置（即主语之后，谓语之前），然而它们能表示句和句的关系，或上文和下文的关系。这种词，当其独立时，称为关系副词；当其入句时，可称为关系末品”[③]。现代汉语副词一直是争议甚多的词类，然而，历来的研究大部分只集中在它的虚、实词性争论方面。王力提出关系副词一项，似乎并没有引来太多的学者注意，几十年来都少有专书研究。

二、现代汉语关联副词的研究概况

现代汉语有十三种基本词类，包括名词、动词、形容词、代词、量词、数词、副词、介词、连词、助词、语气词、拟声词、叹词。关联副词是一种副词子类，它不仅具有修饰、限制功能，而且可以连接不同语法成分，表示逻辑关系。它与连词、关联短语都是汉语的连接词语。

现代汉语关联副词的研究概况可以从历时和共时两方面讨论。关联副词的历时研究按年期划分，可以分为三期——萌芽期、发展期和高峰期；共时研究可以

---

* 本文根据2010年笔者香港大学博士论文《现代汉语关联副词研究》部分章节改写而成。

① 此书于1943年由上海商务印书馆出版。

② 王力《汉语史稿》把汉语分为四期：上古期、中古期、近代、现代。上古期，即公元三世纪以前（五胡乱华以前）。中古期，即公元4世纪至12世纪（南宋前半）。近代，即公元13世纪到19世纪（鸦片战争）。现代，即20世纪（五四运动以后）。王力：《汉语史稿》，北京：中华书局，2003年版，页35。

③ 王力：《中国现代语法》，北京：商务印书馆，2000年版，页191。

从理论语法和教学语法两个主要范畴着手。[①] 理论语法通常由不同的学者倡导，以剖析语言的真实面貌、了解语言的规律为目的，体系自成一格。教学语法方面，现代汉语有两个重要的教学语法系统，分别是1954年至1956年制定的《暂拟汉语教学语法系统》（下称《暂拟系统》），[②] 以及1981年拟定、1984年公布的《中学教学语法系统提要（试用）》（下称《提要》）。[③]《暂拟系统》是由吕叔湘、张志公总结20世纪30年代至50年代汉语研究成果制定的，它一直是汉语常规教材的参考系统。不过，随着语法研究的不断进步，《暂拟系统》在80年代已经不合时宜，学术界于是呼吁建立一个新的教学语法系统。1981年，张志公、吕冀平、田小琳、黄成稳、庄文中等人在黑龙江召开会议，拟定一个学界认可的新教学语法系统，《提要》就是在这样的背景下诞生的。《提要》前后经过多次审订，吕叔湘、张志公是其中两位较为重要的审订者。《提要》总共经过七次提稿才正式定案，然后分发到各中学实行。[④] 现时，国内大部分现代汉语教材都是参考《暂拟系统》、《提要》两个教学语法系统编写而成的。三大汉语教学语法教材，包括胡裕树主编的《现代汉语》[⑤]，黄伯荣、廖序东主编的《现代汉语》[⑥]，北京大学中文系现代汉语教研室编著的《现代汉语》[⑦] 等，无论是初版还是修订版，都是依从两个教学语法系统，分成语素、词、短语、句子、句群五级语法单位编著，可见两个系统对汉语教学影响之大。

理论语法的研究目的是分析语法，为教学语法服务；教学语法的系统性训练也为理论语法提供了研究的基础，两者唇齿相依。一些建立教学语法系统的学者

---

① 庄文中解释“理论语法（又叫专家语法），分析语法结构和阐述语法理论、方法，建立语法体系、学派，可以说是对语法的宏观研究”；“教学语法（又称规范语法），教学本族人学习本族语言的语法”。庄文中：《中学教学语法和语法教学》，北京：语文出版社，1999年版，页12—13。

② 此系统于1956年载入《语法和语法教学——介绍暂拟汉语教学语法系统》，由北京人民教育出版社出版。

③ 此系统于1984年由北京人民教育出版社中学语文室编写，经教育部通过审批后发行。庄文中：《中学教学语法和语法教学》，页378—401。

④ 庄文中：《中学教学语法和语法教学》，页286—287。

⑤ 此书于1962年由教育部编写而成，后来成为国家高等院校文科指定教材。其后，此书经过多次修订，包括1978、1979、1981、1986、1995年等版本。现行流通版本多以1995年重订本为主，以上各版本皆由上海教育出版社出版。胡裕树主编：《现代汉语》（重订本），上海：上海教育出版社，1995年版，页561。

⑥ 此书于1979年由兰州甘肃人民出版社出版试用本，1981年出版正式本。1990年，此书出版增订本，由北京高等教育出版社出版。“增订本”的内容作了大幅度修订，补充了词义、语义场、短语、句群、语境、语体风格的章节。此后，此书深受学界欢迎，1997、2002、2007年不断再版，各版内容基本上维持不变。黄伯荣、廖序东：“前言”，《现代汉语》（增订三版）（上册），北京：高等教育出版社，2002年版，页1。

⑦ 此书于1958年分为上、中、下三册出版。1961年，再由朱德熙、林焘改编，合成一册。1985年，王理嘉、马真、陆俭明、符淮青、苏培城又编写成新版本。三个版本皆由北京商务印书馆出版。

本身也是理论语法的专家，黎锦熙是一个典型例子。黎锦熙学贯中西，写成汉语语法教科书《新著国语文法》①、理论语法专书《比较文法》② 等著作，两本著作对汉语白话文、句法为本的语法学体系等研究发挥了很大的影响力，可见，理论语法和教学语法两者并不是互相排斥的。王力曾经语重深长地说："专家语法和学校语法要互相促进，共同发展。"③ 下文糅合理论语法和教学语法的研究范畴，以共时为经，历时为纬，考察现代汉语关联副词在不同时期的研究概况。

（一）萌芽期——1950 年以前

王力虽然是首位替关联副词正名的汉语学者，可是，汉语学界发现副词的连接功能却可以追溯到章士钊的《中等国文典》④。章士钊的《中等国文典》在"接续词"一章里已经注意到副词的连接作用。章士钊所谓的"接续词"，大概包括连词以及一些具有连接功能的副词。章士钊列出以下古代汉语的例子加以说明：

例 1　<u>虽</u>有愚幼不肖之嗣，<u>犹</u>得蒙业而安。（贾谊《陈政事疏》）
例 2　仆<u>虽</u>罢驽，<u>亦</u>尝侧闻长者遗风矣。（司马迁《报任安少卿书》）
例 3　<u>虽</u>愚<u>必</u>明，<u>虽</u>柔<u>必</u>强。（《礼记・中庸》）
例 4　蔓草<u>犹</u>不可除，<u>况</u>君之宠弟乎。（《左传・郑伯克段于鄢》）

章士钊认为上文"副词'犹'、'亦'、'必'关联之用如接续词者，必欲去之，亦觉可通，惟用之而意更圆满也"。可见，章士钊很早就留意到古代汉语连词、副词的搭配，以及它们连接句子的情况，具先见之明。这为学者日后研究连词、关联副词、复句三者之间的关系提供了可以依循的研究路向。此外，章氏又注意到副词连用的情况，指出"副词者，所以状动词之态者，而形容词及他副词，亦得状之"⑤，同样是值得重视的意见。

值得一提的，还有英国人约翰・柯林森・纳斯菲特（John Collinson Nesfield）著的 *Modern English Grammar*⑥，此书传入中国后受到很多学者欢迎，1930 年更有

---

① 此书于 1924 年由上海商务印书馆出版，再版最少达 24 次，后世学者多以 21 版以后版本为准。中国语言学家编写组：《中国现代语言学家》（第 1 册），石家庄：河北教育出版社，1981 年版，页 71。

② 此书于 1933 年由北京著者书店出版。

③ 王力于 20 世纪 80 年代初曾指出"从《马氏文通》到现在，我们的语法学不到一百年，还是很幼稚的。学校语法不搞好啊，怎样深入浅出讲语法，这是艰难的工作。深入不易，浅出更难"。庄文中：《中学教学语法和语法教学》，"序言"，页 1。

④ 此书于 1907 年由上海商务印书馆出版。

⑤ 章士钊：《中等国文典》，上海：商务印书馆，1928 年版，页 201，267—268。

⑥ John Collinson Nesfield, *Modern English Grammar*, London: Macmillan, 1895.

汉译本出版，名为《纳氏英文法讲义》[1]。《纳氏英文法讲义》也可以找到英语关联副词的痕迹。王力在《中国语言学史》中提到《纳氏英文法讲义》是民国初年中学采用的语法课本，[2] 很多学者曾阅读过该书。陈满华对《纳氏英文法讲义》的历史、体系作过详细的研究，在《纳氏英文法讲义在中国的传播及其对汉语语法研究的影响》中指出国内受到《纳氏英文法讲义》影响的现当代学者包括周作人、黎锦熙、季羡林、金克木、陈原等。陈满华指出五四运动以前，只要是修习英语的学生，每人手上几乎都拥有一部《纳氏英文法讲义》。现代汉语发展初期的八种词类，基本上就是参考《纳氏英文法讲义》的系统划分的。[3] 黎锦熙《新著国语文法》的语法体系也是参考《纳氏英文法讲义》编写而成。[4] 因此，《纳氏英文法讲义》对创立汉语体系具有启蒙作用，同时，对确立汉语副词的定义、性质和种类等也有一定程度的影响力。

纳斯菲特否定英语副词只能修饰形容词、动词、副词的说法，认为这是一般英语语法书籍的误解。纳斯菲特认为英语的副词跟名词、代词一样，可以修饰其他词类。[5] 汉语有少数副词修饰名词的例子，如"很中国"、"最香港"的"很"、"最"等。不过，因为这类例子较少，学者通常只会视为特殊例子，一般较少热衷研究。纳斯菲特在《纳氏英文法讲义》中提及"relative adverb"、"conjunctive adverb"，赵灼翻译为"关系副词"。[6] 王力在《中国现代语法》中提出"关系副词"的概念，与赵灼的术语相同，有可能是受到《纳氏英文法讲义》的启发，从而留意汉语副词的连接功能而取名的。《纳氏英文法讲义》对汉语学界的影响直至吕叔湘的《中国文法要略》[7]，王力的《中国现代文法》出版以后，才渐渐减退。[8] 吕叔湘以崭新的方法研究现代汉语，主张由内容到形式研究；王力则反对汉语盲目模仿西方语法体系。[9] 两本著作面世后，汉语学界切实地思考如何建立自己的语法体系，汉语副词的个性特点因而开始得到应有的重视。

---

① 此汉译本于 1930 年由上海群益书社出版，此后几乎每年重印，一年内的复印次数甚至高达两至三次，可见需求量之大。陈满华：《纳氏文法在中国的传播及其对汉语语法研究的影响》，《汉语学习》，2008 年第 3 期，页 67。

② 此书于 1963 年由北京中国语法杂志社出版。1981 年出版增订本，加入第四章《西学东渐时期》，由山西人民出版社出版。王力：《中国语言学史》，上海：复旦大学出版社，2006 年版，页 173。

③ 陈满华：《纳氏文法在中国的传播及其对汉语语法研究的影响》，页 67—69。

④ 沈开木：《现代汉语语法框架存在的问题》，《语法 · 理论 · 话语》，广州：广东人民出版社，1999 年版，页 254。

⑤ ［英］约翰 · 柯林森 · 纳斯菲特著，赵灼译：《纳氏英文法讲义》，上海：群益书社，1930 年版，页 241—243。

⑥ ［英］约翰 · 柯林森 · 纳斯菲特著，赵灼译：《纳氏英文法讲义》，页 12—13。

⑦ 此书于 1942 年至 1944 年由上海商务印书馆分上、下两卷出版。

⑧ 陈满华：《纳氏文法在中国的传播及其对汉语语法研究的影响》，页 71—74。

⑨ 王力：《中国语言学史》，页 149—150。

（二）发展期——1950 年至 1980 年

20 世纪 50 年代至 80 年代可算是现代汉语研究的全盛时期。50 年代，汉语在教学语法、理论语法研究方面都有重大的发展，对关联副词研究都有所帮助。

教学语法方面，《暂拟系统》于 1954 年草拟，经过两年来的修订及试行，终于在 1956 年分发到全国中学，成为汉语语法教学必备的参考材料。此后，全国中学的汉语课本基本上都是以《暂拟系统》为蓝本。[①]《暂拟系统》初步勾勒了汉语各种词类的特点，可谓影响深远。在副词方面，《暂拟系统》承认副词能够充当状语，个别能作补语，但把副词归为虚词。《暂拟系统》同时指出副词具有"关联作用"：

> 副词有关联作用：成对的副词呼应（越说越高兴/再难也不怕/一学就会）；跟介词呼应（连水都没喝）；跟连词呼应（如果下雨就不去）。副词的关联作用跟句法有密切的关系。由于副词的关联作用产生了某些特定的句子格式，这些格式具有特殊的表达效果。[②]

所谓"特定的句子格式"其实就是"紧缩句"。紧缩句的结构仿如单句，内容恰似复句。大部分紧缩句是由复句紧缩而成，部分更有固定的组合形式。《暂拟系统》列出了几种常见的紧缩句格式：[③]

1. 就（你想去就去。）
2. 越……越（他越说越生气/这个问题越钻越钻不通/天气越来越热了。）
3. 一……就……（他一走路就喘气/他一请就来。）
4. 不……不……（老李这个人不问不开口，真气人。）
5. 非……不……（这种技术非下工夫不会。）
6. 不……也……（你不想去也得去。）
7. 再……也……（你再聪明也骗不了群众。）

《暂拟系统》没有细致地划分副词的子类，但特别强调"就"、"也"、"再"等副词的连接能力。作为规范性的教学语法系统，《暂拟系统》间接地肯定副词具有连接功能，当时来说可算是非常突破的做法。张志公主编的语法教材《汉

---

① 龚千炎：《中国语法学史》，北京：语文出版社，1997 年版，页 226—229。

② 人民教育出版社中学汉语编辑室：《语法和语法教学——介绍暂拟汉语教学语法系统》，北京：人民教育出版社，1956 年版，页 22。

③ 人民教育出版社中学汉语编辑室：《语法和语法教学——介绍暂拟汉语教学语法系统》，页 40。

语》[①]，就是根据《暂拟系统》编写而成的。[②] 该书指出副词除具有修饰作用外，也具有关联作用，[③] 此后，副词具有关联作用的意见开始在教学界得到广泛的传播。

理论语法方面，20 世纪 50 年代汉语学者的兴趣主要集中在“词类问题”、“主宾语问题”、“单句复句划分问题”三个语法专题[④]。三个语法专题争论热潮过后，汉语有很多系统性的问题都得到正视和修正。关联副词可算是“词类问题”专题研究里一个得益的部分，唯当时的研究仍然处于起步阶段，学者仅以论文形式发表意见，并没有专门的著作出版。关联副词研究在这个时期有两篇非常重要的文章，分别是周祖谟于 1956 年发表的《副词与连词》[⑤]，载入《语法和语法教学——暂拟汉语教学语法系统》，以及黄盛璋于 1957 年发表的《论连词跟副词的划分》，载入 1957 年第 8 期《语文教学》期刊。

继王力后，周祖谟是少数撰文支持汉语学界需要注意关联副词研究的学者。周祖谟的《副词与连词》说明了副词、连词的分别，并指出副词不同的搭配形式和作用。副词与副词搭配，如“又说又笑”、“越想越糊涂”、“刚来就走”、“非去不可”等，重点是表示联合关系；副词与连词搭配，如“他不但去了北京，也去了新疆”等，表示各种逻辑关系，包括并列、连贯、递进、选择、因果、条件、转折、让步关系。[⑥] 周文篇幅虽短，但简明扼要，肯定了关联副词、连词在表示句子关系方面具有同等的地位，是研究关联副词不可缺少的参考文章。

黄盛璋的《论连词跟副词的划分》以句法结构作为研究基础，提出划分连词、关联副词的标准，是周祖谟以外另一篇影响力较为深远的文章。黄盛璋认为连词可以出现在主语前后；关联副词则只能出现在主语之后。[⑦] 此后，汉语学界

---

① 此书于 1956 年由北京人民教育出版社出版。

② 龚千炎：《中国语法学史》，页 229。

③ 张志公：《汉语》，北京：人民教育出版社，1956 年版，页 111—113。

④ “词类问题”、“主宾语问题”、“单句复句划分问题”三场论争在 20 世纪 50 年代开始顺次展开，《中国语文》、《语文学习》两部期刊是刊登有关论文的集中地。1953 年，“词类问题”论争开始。高名凯在《中国语文》发表《关于汉语的词类分别》，指出汉语实词不能分类，引起学术界很大的回响，触发了一场汉语词类划分标准的论争。1955 年，“主宾语问题”论争开始。吕冀平在《语文学习》发表《主语和宾语的问题》后，学界转向积极研究划分主语、宾语的标准，分析主、宾语的施受关系。不过，邵敬敏认为这些论文的素质不高，全不及吕叔湘在 1946 年发表的《从主语宾语的分别谈国语句子的分析》。1957 年，“单句复句划分问题”论争开始，孙毓萍在《中国语文》上发表《复合句和停顿》，掀开论争的序幕。孙氏归纳了结构、意义、语音停顿、连词、连词以外的关联词语等划分标准，引起了学界广泛的讨论。邵敬敏：《汉语语法学史稿》（修订本），北京：商务印书馆，2006 年版，页 173—182。

⑤ 人民教育出版社中学汉语编辑室：《语法和语法教学——介绍暂拟汉语教学语法系统》，页 171—181。

⑥ 人民教育出版社中学汉语编辑室：《语法和语法教学——介绍暂拟汉语教学语法系统》，页 171—181。

⑦ 黄盛璋：《论连词跟副词的划分》，《语文教学》，1957 年第 8 期，页 24—25。

每当讨论连词、关联副词的划分标准时，大都离不开黄文的意见，吕叔湘、房玉清就是其中两位受影响的学者。吕叔湘的《汉语语法分析问题》[①] 认为："可以出现在主语前边，也可以出现在主语后边的是连词，如'虽然'、'如果'等；不能出现在主语前边（指没有停顿的），只能出现在主语后边的是副词，如'又'、'越'、'就'、'才'等。"[②] 房玉清在《实用汉语语法》（修订本）中认为，"连词与关联副词的区别在于：连词可以放在名词之前，而副词只能放在动词和形容词之前。连词没有修饰作用，关联副词除有关联作用外，仍有修饰动词和形容词作用"。[③] 吕叔湘的《汉语语法分析问题》[④] 被誉为"历史和现状"、"普及和提高"、"事实与理论"并重的著作；房玉清的《实用汉语语法》（修订本）[⑤] 也被评为重视新观点的对外汉语教材，两者都不约而同地参考了黄盛璋划分连词、关联副词的意见，可见黄文影响力之大。综合周祖谟、黄盛璋的论文，周、黄两位学者都认为连词和关联副词是需要区别开来的。两篇文章都对日后的关联副词研究产生了深远的影响，周文指导了关联副词与复句关系的研究方向；黄文则提供了划分关联副词与连词的基本方法。关联副词研究发展至 20 世纪 50 年代中期，学术界对于关联副词的定义、句法位置、例子等都有了初步的讨论，算是一个小突破。可是，到了 60 年代初，关联副词的立类又遇到一股阻力，使研究停滞不前。

1961 年，张静的《论汉语副词的范围》质疑关联副词立类的需要，认为此举只会引起连词、副词的分类混乱，殊不可取。张静认为：

> 所谓副词起关联作用，就是某词在句子中既保留了原意，起了副词的修饰作用，又有了连词的关联作用。这种说法，我始终是怀疑的，因为如果把它们当作副词，就会划不清连词和副词的界限。本来汉语词类中，连词和副词是比较容易划界的，因为它们在语法功能上区别比较明显：连词专门起关联作用，连接两个词或比词大的单位，而没有修饰作用。副词专门起修饰作用（作附加语），没有关联作用。这应该是连词和副词的最本质的区别。[⑥]

张静坚信只有连词才有关联作用。副词只有修饰作用，绝对不能取代连词的角色和地位，否则就会造成词类混乱。张静认为，"越说越凶"、"一边走一边

---

① 此书于 1979 年由北京商务印书馆出版。

② 吕叔湘：《汉语语法分析问题》，北京：商务印书馆，2005 年版，页 38。

③ 房玉清：《实用汉语语法》（修订本），北京：北京大学出版社，2001 年版，页 45。

④ 邵敬敏：《汉语语法学史稿》（修订本），页 265。

⑤ 房玉清：《实用汉语语法》（修订本），页 1—2。

⑥ 张静：《论汉语副词的范围》，《中国语文》，1961 年第 8 期，页 8。

想”、“既便宜又好看”、“又说又笑”、“也抽烟也喝酒”中的副词“越”、“一边”、“既”、“又”、“也”，因为具有连词“两两连用”的格式，即“或者……，或者……”、“不但……，而且……”、“虽然……，但是……”等结构，应该一并归入连词类。[①] 张静长期从事语法研究工作，主要比较古今汉语异同，论文的研究基础扎实，又敢于提出新见，在汉语学界有一定的地位。[②] 张文短短八页，有条不紊地解释副词与其他词类的分别，说服力相当强，学术界少有质疑。因此，自张静一文后，关联副词研究直至20世纪80年代初再没有显著的发展，学者对关联副词仿佛视而不见，相关的讨论便沉寂下来。1965年，赵元任以英语撰写 *A Grammar of Spoken Chinese*[③]，虽然提及汉语连词、副词的连接功能，指出“‘你假如不来，我就不去’，‘假如’和‘就’类似连词，可是占据副词的位置”，[④] 可是，该书传入中国之时正值“文革”时期，有关的意见在当时并没有引起多大的回响。及至1979年，吕叔湘把该书译成汉语，名为《汉语口语语法》[⑤]，赵元任的语法思想在中国才得以真正地传播开来。

“文革”结束后，中国进入新时期。1978年，汉语学术园地《中国语文》复刊，陈望道的《文法简论》、郭绍虞的《汉语语法修辞新探》等著作出版，[⑥] 标志着汉语语法研究重新上路。[⑦] 不过，副词研究上承20世纪50年代“词类问题”的余论，大体上只是回到传统研究的老路子上去，如陈望道的《文法简论》的讨论重点仍然是词类划分的原则，研究副词的内容依然离不开定义、种类、虚实属性等的探索范围。[⑧] 郭绍虞的《汉语语法修辞新探》虽名为“新探”，但词类的虚、实归属问题仍然占很长的篇幅内容。[⑨] 诚然，虚词作为表达语法意义的

---

① 张静：《论汉语副词的范围》，《中国语文》，页8—9。

② 中国语言学家编写组：《中国现代语言学家》（第3册），页298—303。

③ Yuen Ren，Chao，*A Grammar of Spoken Chinese*，Berkeley：University of California Press，1965.

④ 赵元任著，吕叔湘译：《汉语口语语法》，北京：商务印书馆，2001年版，页350。

⑤ 此汉译本于1979年由北京商务印书馆出版。此书另一译名为《中国话的文法》。

⑥ 陈望道的《文法简论》于1978年由上海市上海教育出版社出版；郭绍虞的《汉语语法修辞新探》分为上、下两册，于1979年由北京商务印书馆出版。

⑦ 新时期的汉语语法学研究队伍出现所谓老、中、青协进的局面。潘悟云、邵敬敏指出，新时期的老学者包括吕叔湘、朱德熙、胡裕树、张斌、胡明扬、王维贤，学术经验丰富。中年语法学家包括陆俭明、邢福义、李临定、范继淹、范晓、史有为、沈开木、刘月华、龚千炎、刘叔新、吴为章、傅雨贤、宋玉柱等，见解独特，颇有成就。青年语法学者则有马庆株、邵敬敏、沈家煊、李宇明、萧国政、袁毓林、沈阳、周小兵、刘丹青、张伯江、方梅、齐沪扬、张国宪、戴耀晶、张谊生、郭锐、储泽祥、陈昌来等，这些学者一直积极研究汉语，不断成长。潘悟云、邵敬敏：《二十世纪中国社会科学：语言学卷》，上海：上海人民出版社，2005年版，页61。

⑧ 陈望道《文法简论》指出，“副词是标示陈述的气势、神态和体式量的实词”，“副词的主要功能是：经常同用词配合用，作状语”。所谓“用词”，即“用以陈述情况或事理的实词”，包括动词、形容词等。陈望道：《文法简论》，上海：上海教育出版社，1978年版，页68—78。

⑨ 郭绍虞：《汉语语法修辞新探》（下册），北京：商务印书馆，1979年版，页433—579。

手段之一，无论在古代汉语还是现代汉语中都非常重要，汉语学界历来孜孜不倦地研究词的虚、实属性也是无可厚非的做法，然而，这却使副词的研究重点又再次回到词类虚、实归属问题之上，无法摆脱传统研究的牢笼。

1979 年，吕叔湘在《汉语语法分析问题》中对副词的虚、实词类归属问题作了一个很好的总结："虚词和实词难以截然划分"，"看来光在'虚'、'实'二字上琢磨，不会有明确的结论；虚、实二类的分别，实用意义也不很大"。再者，"词类的界限，各种句子成分的界限，划分起来都难于处处'一刀切'。这是客观事实，无法排除，也不必掩盖"。吕叔湘的意见可谓一针见血。的确，汉语词类难以截然划分，副词的情况就更加复杂，不论是副词的虚、实问题，还是内部的分类，很难将它分得干净利落，"因为副词本来就是个大杂烩"[①]。20 世纪 80 年代中期以后，学者已经逐渐减少副词虚、实归类的争辩。随着三个平面语法理论的引入，学者更尝试从多角度思考汉语各种词类的特点，这促使学界再次考虑确立关联副词的需要。

（三）兴盛期——1980 年以后

三个平面语法理论是新时期以后的重要语法理论，它改变了汉语多年来只重句法形式研究的局面，影响远至 21 世纪。三个平面语法理论，又称"三维语法理论"，是一个结合句法平面、语义平面和语用平面的语法理论。胡裕树在 1981 年大幅度修订其主编的《现代汉语》，首次提出三个平面理论的基本思想框架。[②]此后，句法平面、语义平面、语用平面的语法研究渐渐成为汉语学界的研究主流。三个平面语法理论的倡导者胡裕树、张斌或用真实姓名，或分别用笔名胡附、文炼，发表多篇三个平面语法理论的论文，《句子分析漫谈》、《试论语法研究的三个平面》是其中两篇较为重要的文章，详细地说明了理论的内容。胡、张二人认为该理论能描写和解释各种现代汉语的现象，值得深入探讨。此后，学界便纷纷尝试实践有关理论，把语法研究由句法平面扩展到语义、语用平面，副词研究自然也不例外。

20 世纪 80 年代，副词研究转向多角度的思考，开拓了很多新的讨论方向，马真是其中一个代表学者。马真在《修饰数量值的副词》中突破过往认为副词只具修饰动词、形容词的意见，提出部分副词可以修饰数量短语的情况。[③] 在《说"也"》中，马真又注意到副词的关联作用，说明了副词"也"隐含句子之间的类同关系。[④] 她在《说"反而"》一篇中又反对"反而"列为连词，确定其

---

① 吕叔湘：《汉语语法分析问题》，页 10、30、36。

② 胡裕树：《汉语语法研究的回顾与展望》，《复旦学报》（社会科学版），1994 年第 5 期，页 59。

③ 马真：《修饰数量的副词》，《语言教学与研究》，1981 年第 1 期，页 53—60。

④ 马真：《说"也"》，《中国语文》，1982 年第 4 期，页 283—287。

副词的属性，肯定其连接功能。[①] 除马真外，傅雨贤在《副词在句中的位置分布》中也纠正过去认为副词只能位于句中的观点，并同意副词具有关联作用的说法。[②] 陆俭明在《现代汉语副词独用刍议》中更认为部分副词可以独立使用。[③] 以上种种意见都为副词研究添上新的气息，马真《说“也”》等篇的研究，尤其具有“起纲带目，以简驭繁”的作用，打破了“传统副词研究的框框”，意义重大。[④]

随着20世纪80年代三个平面语法理论的提出，副词研究随即打破了传统研究框架，不断开拓语义、语用平面的探索空间。学者把不同的副词词条逐一撰文讨论，掌握副词个性比过往更加清楚，沈开木的《表示“异中有同”的“也”字独用的探索》、陆丙甫的《副词“就”的义项分合问题》、王还的《“All”与“都”》及《再谈谈“都”》等，就个别副词的句法、语义或语用特点作了专门的讨论，都是非常出色的论文。副词能针对个性方面的研究，为了解关联副词独有的特点提供了间接的帮助。廖秋忠对汉语语篇连接成分的研究颇有心得，为关联副词的语篇研究提出了先声，可惜廖氏早逝，否则关联副词的语用平面研究相信会发展得更早更快。[⑤]

20世纪80年代末，终于再有汉语学者以“关联词语”、“关联副词”为名撰文研究，如朱光华的《副词与关联词语》、刘忠民的《为单句中的关联副词正名》等。朱光华在《副词与关联词语》中认为副词具有“相向性”，与连词不同。连词连接句子的不同部分，这些部分不能随意省去，否则句子的意义无法成立。关联副词则不同，如“也”、“又”等可以隐含其中一个连接项而无损句子意义。因此，朱光华认为副词、连词是两类不同的关联词语。[⑥] 刘忠民的《为单句中的关联副词正名》是80年代首篇开宗明义要求为关联副词正名的文章，刘忠民认为“名不正则言不顺，要确立含关联副词的单句，就很有必要为单句中的关联副词正名”。[⑦] 以上两篇文章反映了汉语学界重新注意关联副词的语法地位。此后，关联副词的研究可谓有增无减，马真、陆俭明、邵敬敏、史锡尧、宋玉柱等都是这方面的多产学者，不过，他们的研究都是以考析单一词条如“也”、“又”、“就”、“才”、“都”等关联副词的用法为主，较少对关联副词作系统性的宏观分析。

在词典出版方面，80年代末有两本词典肯定了副词的连接功能，分别是戴

---

① 马真：《说“反而”》，《中国语文》，1983年第3期，页172—176。

② 傅雨贤：《副词在句中的位置分布》，《汉语学习》，1983年第3期，页5—14。

③ 陆俭明：《现代汉语副词独用刍议》，《中国语文》，1982年第2期，页21—47，49。

④ 邵敬敏、饶春红：《说“又”——兼论副词的研究方法》，《语言教学与研究》，1985年第2期，页15。

⑤ 廖秋忠的论文大部分收入其论文集。廖秋忠：《廖秋忠文集》，北京：北京语言学院出版社，1992年版，页3—4。

⑥ 朱光华：《副词与关联词语》，《语文学刊》，1987年第3期，页24。

⑦ 刘忠民：《为单句中的关联副词正名》，《汉中师范学报》（哲学社会科学版），1989年第2期，页88。

金木、黄江海编的《关联词语词典》[①]，以及姜汇川等编的《现代汉语副词分类实用词典》[②]。《关联词语词典》是一部详细解述汉语关联词语使用方法的词典。"关联词语"又称为"连接词语"。戴金木、黄江海解释：

> 各级语言单位的组合中起关联作用的虚词，称为关联词语。它包括词和短语，其中主要是连词（如：因为、所以、不但、而且、只有、或者）和副词（如：又、都、才、却、就），还有一小部分起关联作用的短语（如：之所以、不然的话）。我们不能根据词的语法分类的标准来确定关联词语的类属，把它看作跟名词、动词、形容词或连词、副词、介词等并列的另一类词；也不能认为所有的连词和副词都可以充当关联词语。衡量一个词语能否充当关联词语，主要的标准有两条：一是在结构上能否连接两个或两个以上的较小的语言单位，组成较大的语言单位；一是在语义上能否显示被关联的语言单位内部的逻辑关系。[③]

《关联词语词典》认为汉语的连接词语主要分为三大类：连词、副词、关联短语。《关联词语词典》说明了这些连接词语"配对使用"、"连用"、"迭用"的情况，比周祖谟的《副词与连词》解释得更加详细、更具系统。[④] 姜汇川等编的《现代汉语副词分类实用词典》作为首部汉语副词词典，也承认"一部分副词能起关联作用"，"副词在起关联作用时词性和句法功能不变"。[⑤] 关联副词的语法地位得到辞书的肯定，可谓别具象征意义。

踏入20世纪90年代，"词类问题"研究再次兴起，[⑥] 进一步催化了关联副词走向系统性的研究。李泉的《副词与副词再分类》、张宝林的《关联副词的范围及其与连词的区分》等论文，都为建立关联副词系统奠定了基础。吴中伟对关联副词的句法、语义、语用都有所研究，如《关联副词的位置》、《主述结构和关联副词的句法位置》、《关联副词在周遍性主语之前》三篇论文，对关联副词的三个平面研究包括句法位置、语义指向、主述结构等作了较系统性的分析。

关联副词研究发展至今，已经累积了很多相关的论文。可惜，研究范围依然零散，汉语学术界至今始终还没有一部专门研究关联副词的著作，仅有一些以三

---

① 此书于1988年由四川辞书出版社出版。

② 此书于1989年由北京对外贸易教育出版社出版。

③ 戴金木、黄江海：《前言》，《关联词语词典》，成都：四川辞书出版社，1988年版，页1—2。

④ 戴金木、黄江海：《前言》，《关联词语词典》，页1—2。

⑤ 姜汇川等：《现代汉语副词分类实用词典》，北京：对外贸易教育出版社，1989年版，页7。

⑥ 汉语词类问题研究主要分为两个时期，第一期为20世纪50年代至60年代，第二期为20世纪90年代至21世纪初。1996年，胡明扬把第二期词类问题研究的论文结集成书，编撰《词类问题考察》，由北京市北京语言学院出版社出版。2004年，胡明扬再编撰《词类问题考察续集》，由北京市北京语言大学出版社出版。

个平面语法理论为研究纲领的书籍，会以个别章节讨论关联副词。如屈承熹著 *Discourse Grammar of Mandarin Chinese*[①]，部分章节对关联副词的语用平面有较深入的分析。该书后来出版汉译本，名为《汉语篇章语法》[②]。此外，张谊生的《现代汉语副词研究》[③]、杨荣祥的《近代汉语副词研究》[④]、杨德峰的《汉语的结构和句子研究》[⑤] 等，都有以若干章节讨论关联副词的不同平面。2005 年，《中国知识网库》收入汉语学界第一篇以关联副词作为研究专题的硕士论文，名为“现代汉语关联副词研究”。[⑥] 该文对关联副词的范围、句法特点、语义指向、话题功能等都有所讨论，唯篇幅所限，部分内容尚有开拓的余地。

教学语法方面，关联副词的研究相对保守。《提要》作为国家第二代教学语法系统，重于实用，不重体系。《提要》对副词的虚、实归属的老问题并没有多大的注意，对副词的性质和特点也只作了概括性的说明：

> 副词用在动词、形容词前头，表示程度、范围、时间、频率、语气、情貌等（很、更、非常、都、统统、常常、往往、就、又、再、究竟、难道、欣然、恍然、忽然、渐渐、顺便）。[⑦]

《提要》对副词的虚、实问题采用避重就轻的说法，一方面认为副词没有实在的意义，将之列为虚词；一方面又承认副词可作状语，具有实词的性质。这种处理方法模棱两可，对副词归类问题的研究没有多大的帮助。《提要》对关联副词更只字不提，只是在复句部分表示“连接复句中的虚词大都是连词和副词，还有一小部分起关联作用的短语，统称为关联词语”[⑧]。《提要》并没有如《暂拟系统》般突显关联副词的语法地位，也没有具体地说明哪些是关联副词。《提要》作为教学语法系统，目的是为了增加学生对汉语的认识和了解，重点不是研究各种纠缠不清的语法现象。因此，《提要》仅涉猎副词的基本特质是重于教学实际的做法。

尽管《提要》不重视关联副词，仍然有部分现代汉语教材介绍副词的连接功能，如黄伯荣、廖序东主编的《现代汉语》（增订三版）、刘月华等著的《实用现代汉语语法》（增订本）[⑨]、房玉清的《实用汉语语法》（修订本）、钱乃荣

---

① Cheng Hsi, Chu, Chauncey, *Discourse Grammar of Mandarin Chinese*, New York: P. Lang Publisher, 1998.

② 此汉译本于 2006 年由北京语言大学出版社出版。

③ 此书于 2000 年由上海学林出版社出版。

④ 此书于 2005 年由北京商务印书馆出版。

⑤ 此书于 2004 年由北京教育科学出版社出版。

⑥ 段轶娜：《现代汉语关联副词研究》，南京师范大学硕士学位论文，2005 年。

⑦ 庄文中：《中学教学语法和语法教学》，页 381。

⑧ 庄文中：《中学教学语法和语法教学》，页 393。

⑨ 此书于 1983 年由北京外语教学与研究出版社出版。2001 年出版增订本，由北京商务印书馆出版。

主编的《现代汉语》[①] 等，都说明了副词可以连接动词、形容词、短语或分句的情况。[②] 部分语法教材对关联副词的研究更与时俱进，胡裕树主编的《现代汉语》正好体现了这一点。1979 年胡本的《现代汉语》仍然没有提及关联副词，但该书在 1985 年以后的版本，副词一节的最末部分就加入一段："有些副词有关联作用，能够把动词、形容词或者词组、句子组合在一起。如'越做越好'、'又酸又苦'、'既有现代化工业'、'又有现代化农业'。"[③] 可见，关联副词研究在教学语法方面并非一直停滞不前。

三、结　语

总括而言，关联副词无论在理论语法，还是教学语法的发展方面愈来愈受到学界的重视。随着 21 世纪语用学在中国的逐渐普及，再加上中文信息处理计算机化的需要，关联副词研究将发展得愈来愈热，将会由兴盛期进入高峰期、成熟期。因此，为未来研究提供良好、巩固的基础，归纳前人的研究成果，勾勒完整的关联副词系统，这些任务是必要的。

许嘉璐、傅永和的《中文信息处理：现代汉语词汇研究》认为关联副词在计算机科学发展中非常重要，但它是汉语学界一个长期被忽略的词类。为配合中文信息处理和应用的发展，现代汉语的词类系统需要分辨得更为仔细精密，计算机才能更准确地掌握人类组织信息的能力。"关联副词既在本句中用作状语，又在本句或跨句的篇章中起连接作用"[④]，是应该分化出来的。语法研究的成果需要不断"传承"与"创新"，关联副词研究拥有不短的发展历史，并在 20 世纪 80 年代进入一个较为兴盛的研究时期，盼望这些成果都能够为日后的研究提供参考基础。随着人工智能、中文信息处理的研究对关联副词的加强重视，相信关联副词研究可望在不久的将来踏入一个更成熟的时期。

四、致　谢

在此，要感谢我的论文指导老师李家树教授。在学习过程中，老师一直给我很大的帮助和支持，提出许多宝贵的意见。我深深地感受到老师笃实谨严的治学态度以及求真务实的研究精神。老师用心的指导，让我的论文能够顺利地完成，我谨再一次向老师表示衷心的感谢和敬意。

---

① 此书于 1990 年由北京高等教育出版社出版。

② 段铁娜：《现代汉语关联副词研究》，页 3。

③ 胡裕树：《现代汉语（重订本）》，页 290。

④ 许嘉璐、傅永和：《中文信息处理：现代汉语词汇研究》，广州：广东教育出版社，2006 年版，页 196，201—202。

参考文献

人民教育出版社中学汉语编辑室：《语法和语法教学——介绍暂拟汉语教学语法系统》，北京：人民教育出版社，1956年版。

中国语言学家编写组：《中国现代语言学家》（1—4册），石家庄：河北教育出版社，1981年版。

王力：《中国现代语法》，北京：商务印书馆，2000年版。

王力：《中国语言学史》，上海：复旦大学出版社，2006年版。

王力：《汉语史稿》，北京：中华书局，2003年版。

朱光华：《副词与关联词语》，《语文学刊》，1987年第3期。

庄文中：《中学教学语法和语法教学》，北京：语文出版社，1999年版。

沈开木：《语法·理论·话语》，广州：广东人民出版社，1999年版。

房玉清：《实用汉语语法》（修订本），北京：北京大学出版社，2001年版。

邵敬敏、饶春红：《说“又”——兼论副词的研究方法》，《语言教学与研究》，1985年第2期。

邵敬敏：《汉语语法学史稿》（修订本），北京：商务印书馆，2006年版。

段铁娜：《现代汉语关联副词研究》，南京师范大学硕士学位论文，2005年。

胡裕树：《汉语语法研究的回顾与展望》，《复旦学报》（社会科学版），1994年第5期。

郭绍虞：《汉语语法修辞新探》（上册），北京：商务印书馆，1979年版。

郭绍虞：《汉语语法修辞新探》（下册），北京：商务印书馆，1979年版。

章士钊：《中等国文典》，上海：商务印书馆，1928年版。

傅雨贤：《副词在句中的位置分布》，《汉语学习》，1983年第3期。

廖秋忠：《廖秋忠文集》，北京：北京语言学院出版社，1992年版。

潘悟云、邵敬敏：《二十世纪中国社会科学：语言学卷》，上海：上海人民出版社，2005年版。

刘忠民：《为单句中的关联副词正名》，《汉中师范学报》（哲学社会科学版），1989年第2期。

吕叔湘：《汉语语法分析问题》，北京：商务印书馆，2005年版。

张志公：《汉语》，北京：人民教育出版社，1956年版。

张静：《论汉语副词的范围》，《中国语文》，1961年第8期。

［英］约翰·柯林森·纳斯菲特著，赵灼译：《纳氏英文法讲义》，上海：群益书社，1930年版。

许嘉璐、傅永和：《中文信息处理：现代汉语词汇研究》，广州：广东教育出版社，2006年版。

赵元任著，吕叔湘译：《汉语口语语法》，北京：商务印书馆，2001年版。

陆俭明：《现代汉语副词独用刍议》，《中国语文》，1982年第2期。

陈望道：《文法简论》，上海：上海教育出版社，1978年版。

陈满华：《纳氏文法在中国的传播及其对汉语语法研究的影响》，《汉语学习》，2008年第3期。

马真：《修饰数量的副词》，《语言教学与研究》，1981 年第 1 期。
马真：《说“也”》，《中国语文》，1982 年第 4 期。
马真：《说“反而”》，《中国语文》，1983 年第 3 期。
黄伯荣、廖序东主编：《现代汉语》（增订三版），北京：高等教育出版社，2002 年版。
黄盛璋：《论连词跟副词的划分》，《语文教学》，1957 年第 8 期。
龚千炎：《中国语法学史》，北京：语文出版社，1997 年版。

张爱玲的书信演出

——自夸与自鄙*

苏伟贞

书信，可说是张爱玲的另一个舞台，另一种形式的演出。

关键图示得从她青少年时期被父亲囚禁的那场风暴开始建构，那场囚禁之后，张爱玲的人生舞台姿态区隔出上台与下台，而角色的演出则划分为前台与后台，张爱玲总在后台与下台的状态，亦即，无论舞台上有没有角儿，她是不上台不对戏的，于是，她唯一的专属戏码贴出来了：张爱玲的自夸与自鄙。

这也成为张爱玲的原初戏码与性格，这出戏的背景与底蕴众所周知，出自她的散文《私语》，一场父女冲突的描述、真人实事，毫不保留地把自己晾在众人眼前，唯一一次，她站在前台，角色本身有多残忍，对别人就有多少距离与保留，以下一段文字更明证了她尔后采取的姿态：

> 在父亲家里孤独惯了，骤然想做人，而且是在窘境中做淑女，非常感到困难。同时看得出我母亲是为我牺牲了许多，而且一直怀疑着我是否值得这些牺牲。我也怀疑着。常常我一个人在公寓屋顶阳台上转来转去，西班牙式的白墙在蓝天上割出断然的条与块。仰脸向着当头的烈日，我觉得我是赤裸裸的站在天底下了，被裁判着像一切的惶惑的未成年的人，困于过度的自夸与自鄙。①

终其一生，张爱玲都在自夸与自鄙的人生剧场摆荡，换个角度，那也是一种拒绝与放弃，在她建立的后场演出模式里，她的信件是最微观的脚本。尤其是她过世后，生前来往信件陆续面世，数量之多，不仅透露出她对“后场观察”的兴趣，也看出信件作为她主要“发声”与“创作性”的事实，更颠覆了一般人以为她惜信如金的印象。我们不妨就从信件开始一步步进到她的后场。

---

* 本文原载林幸谦编：《张爱玲：文学·电影·舞台》，香港：牛津大学出版社，2007年版，页27—39；部分内容、文字曾作改动。

① 张爱玲：《私语》，《流言》，台北：皇冠出版社，1991年版，页167—168。

张爱玲书信往返戏码，首席对戏者当然是宋淇夫妇，对戏首要条件，一般而言，必须有旗鼓相当的效果，于张爱玲、宋淇夫妇显然正是。宋淇在1976年写的《私语张爱玲》，提及1955年送别张爱玲搭船赴美，船才到日本，张爱玲六页长信已经寄到香港，信上言记："别后我一路哭回房中，……现在写到这里也还是眼泪汪汪起来。"①

这段情节看着何其眼熟，能让张爱玲掉泪的，应该没几个吧？先说张爱玲的前夫胡兰成。1947年6月张爱玲去温州探望逃亡中的胡兰成，回上海后给胡兰成的信上说："那天船将开时，你回岸上去了，我一人雨中撑伞在船舷边，对着滔滔黄浪，伫立涕泣久之。"② 还有就是青春期母亲出国母女道别，"在寒风中大声抽噎着，哭给自己看"，这幕戏，可谓此两场演出的源头。

张爱玲面对世俗评价不过一般的情谊耽溺不已，意味着这是她的罩门与弱点，暴露了她之前拙于应对浅淡的情感，至于更进一步的情欲，她端的是异常生疏，缺乏演练，因此，上了台，声音、表情哪能不失控？加上生活中正常角色成分的男性长年缺席，所以一旦有了情况，只好"拟态"，意思是顶多"像真的"，她的演出于是有些夸张。离别，占着人生重要情感的开始与结束位置，但对张爱玲就不止于此，之前的胡兰成，现下的出走异国，相乘相加的结果，代表了她的童女期在此段航程后，将宣告正式结束。她一定意识到了，那种"一个人在公寓屋顶阳台上转来转去"的感觉踅回头找上她，她从此又演一出独角戏了。苍凉的是，其时，张爱玲已三十五岁。

一出独角戏，这才能解释何以张爱玲对宋淇夫妇的信任与情感投射接近任性的程度，那是强加于家人父兄式的任性，人子最初的情感。譬如说，1966年1月张爱玲给宋淇的两封信都丢了，到了8月，夏志清有机会亚洲行，提到抵港与宋淇联系《怨女》连载与出书之事，张爱玲对夏志清抱怨："如果你怕再闹双包案的话，就等到香港看见他的时候，确实知道没人出书，再替我进行也好。我过两天再给他们写封信去，但是当然又是白写，实在莫名其妙。"③

但又因宋淇是"自己人"，张爱玲紧接着追加一信在接洽出书上不能让宋淇为难。因宋淇在香港电懋公司担任制片经理时期，曾找张爱玲写剧本落得公司和张爱玲两面"夹在中间受委曲"在前，后又为电懋其他人与张爱玲接触剧本之事而"生了气"在后，张爱玲不愿宋淇再受委曲，此番叮嘱夏志清："这事不能找宋淇。"④

---

① 林式同：《有缘得识张爱玲》，蔡凤仪：《华丽与苍凉：张爱玲纪念文集》，台北：皇冠出版社，1996年版，页52。

② 胡兰成：《民国女子》，《今生今世》，台北：三三书坊，1990年版，页437。

③ 夏志清：《张爱玲给我的信件（二）》，《联合文学》，1997年5月号，页57。

④ 夏志清：《张爱玲给我的信件（三）》，《联合文学》，1997年6月号，页53。

抓住最后的家人，她老写信絮絮诉说不休，也希望宋淇夫妇“一有空就写信”。可以这么说，张爱玲这“一有空就写信”就是个小女孩的“自鄙”表现，没信心。宋淇尝说：“她认为世事千变万化，什么都靠不住，唯一可信任的是极少数的几个人。”张爱玲的另一面，这样地信任一个人，还不像个既任性又自鄙的小孩吗？

我们再看第二位与张爱玲通信的重要人物——夏志清教授。根据张爱玲写给他已披露的一百多封信里，婚姻、创作、居所、工作……状况接踵而至，她表现得焦虑与不安。幸而有这位文学知己，张爱玲才能掏心掏肺，等于是家人了。信中，他们交换夏志清兄长夏济安生死事、妻女、母亲、彼此健康近况等，两人生活有很大部分是并轨的，她是夏志清隐形的家人。张爱玲给夏志清的信件里最让人感喟等同家人印记的一封信里，有如是的流露：

> 目前生活无问题，我最不会撑场面，朋友面前更可以不必。……我这些年来只对看得起我的人负疚，觉得太对不起人，这种痛苦在我是友谊的代价，也还是觉得值得。①

不是亲人，姿态无法如此低。无怪她信中最常用的句子，不脱“请不要特为抽空给我写信”、“你这向忙，不要写信来”、“这些啰唆的事不提了”、“请千万不要特为回信”、“在你百忙中又给添出事来，实在抱歉”、“非常惭愧累你费心”、“真说不出口”、“使你为难，我已经抱歉与窘”、“绍铭他们对我热心，是我受济安之赐，如果不努力，迟早对我失望”。而最具代表性的话语是关于小说改编电影无进展，夏志清表示会进言，于是张爱玲拒绝夏志清去说项，她挣扎着，一切指向自夸又自鄙：“我不是不愿意求人，但是总要有点儿可能性。”

张爱玲当然不愿求人，除了内心认定的至亲，所以才在离婚十二年后，张爱玲去了封明信片，向最有可能成为真正亲人的胡兰成商借所著《战难和亦不易》、《文明的传统》两部书，这在张爱玲恐怕是极限的极限了，我以为理由无他，只因他曾是亲人。偏偏胡兰成弄拧了，回信撩拨一番不算，还另附近照：

> “战难和亦不易”与“文明的传统”二书手边没有，惟“今生今世”大约于下月底可以付印，出版后寄你。今生今世是来日后所写，收到你的信已旬日，我把“山河岁月”与“赤地之恋”来比着又看了一遍，所以回信迟了。②（注：原信书名用引号，此处援用信中标点符号，余信同。）

---

① 夏志清：《张爱玲给我的信件》，《联合文学》，1997 年 4 月号，页 57。

② 胡兰成：《民国女子》，《今生今世》，页 643。

张爱玲角色“自夸又自鄙”的惯性演出又上身，她再度给胡兰成回了信：

> 你的信和书都收到了，非常感谢。我不想写信，请你原谅。我因为实在无法找到你的旧著作参考，所以冒失地向你借，如果使你误会，我是真的觉得抱歉。“今生今世”下卷出版的时候，你若是不感到不快，请寄一本给我。我在这里预先道谢，不另写信了。①

说高手过招也好，说戏瘾犯了也好，我们很难猜测张爱玲会以借书之名落得“冒失”的口实，但不真为借书难道还是感情？我们不妨参考对等事件，1967 年张爱玲在纽约暂住两个月，写信给也住纽约的夏志清：“你已经给了我这么多，我对不知己的朋友总是千恩万谢，对你就不提了，因为你知道我多么感激。”②

一切都值得了，非常清楚的是，张爱玲拿夏志清当亲人，否则，以她的行事风格，如何写得出这样的句子？就因为是亲人，在张爱玲几乎不存在的语词，史无前例地被从生命中挖掘了出来。

亦即，要张爱玲直挺挺站在那里说台词，对她必然极度尴尬，于是，她以信件建构她的“小舞台”，这样的舞台形式，除了可与角色（受信者）们保持距离，演员的表演方法我以为俄国史坦尼斯拉夫斯基表演体系正可作为说明。此体系强调演员本人和观众没有直接的沟通，且由角色控制表演，那是一种严格的训练，没有直觉，没有即兴，一切都在控制中。张爱玲或许不知道这种表演方法，但多年来与角色互动，终于有机会翻转畏缩的“自鄙”为主动出击，就在这一封信里，张爱玲摆脱了“惶惑”及自恃且“自夸”起来。岂知 1974 年胡兰成赴台任教，小说家朱西宁夜访后倾慕胡兰成的“纯真”，意图出面当调人，为此写了一篇《迟覆已够无理——致张爱玲先生》发表在报刊，说服张爱玲“不着痕迹，也不一定是不着在决绝的舍与离，也是要不着在取与合……与兰成先生可聚不可聚，所有这些都不必刻意”③，文章见报，张爱玲结束了之前与朱西宁长年的通信，且诉说原委与夏志清：“三十年不见，大家都老了——胡兰成会把我说成他的妾之一，大概是报复，因为写过许多信来我没回信。”④

如此演出，设若控制力强，必然不成问题，但如果控制力不好呢？我们不妨仍观察夏志清与张爱玲的信件“舞台”，两人长达二十年以上的对话，来到 80 年代，1988 年 4 月张爱玲写信给夏志清，是在两三年没音讯之后的长信，提到忙搬

---

① 胡兰成：《民国女子》，《今生今世》，页 645。

② 夏志清：《张爱玲给我的信件（三）》，页 59。

③ 朱西宁：《迟覆已够无理——致张爱玲先生》，苏伟贞主编：《鱼往雁返——张爱玲的书信因缘》，台北：允晨文化出版公司，2007 年版，页 65。此文写于民国六十三年十月三〇日，收在三三集刊版《日月长新花长生》（1978）。

④ 夏志清：《张爱玲给我的信件（八）》，《联合文学》，1998 年 4 月号，页 150。

家、看牙，“剩下的时间只够吃睡，才有收信不拆看的荒唐行径。直到昨天才看了你八五年以来的信”①。1988 年才看 1985 年的信，张爱玲怎么了？我认为，她其实重返那个“常常我一个人在公寓屋顶阳台上转来转去”的舞台，等待帮助，但她偏偏不擅长求助。

如同 1991 年 5 月张爱玲把美国公民证丢了，流离不定如她，申请表上永远地址做主填了林式同家，遗嘱书填的也是林式同当执行人。张爱玲表现一如前仍：“前两天因为托我在上海的姑丈代理版权，授权书要公证，在书店买表格就顺便买了张遗嘱书，免得有余剩下来就会充公，……就填了你的名字，……也没先问一声，真对不起，……有难处不便担任，再立一份，这一张就失效了。”②很显然，张爱玲分明不知如何是好行径。

也就是说，80 年代末、90 年代初，张爱玲的身体急遽衰退，1995 年 5 月，给夏志清的最后一封信里，自言为各种疾病所苦，说这些病“都是不致命而要费时间精力在上面的”，仅仅四个月后，她脱离了尘世。回头看，她拒绝求助，然后，放弃了自己。

据此，我想谈谈我个人与张爱玲通信的机缘。我于 1985 年底进入联合报副刊工作，由名诗人痖弦担任主编。在那个还坚持重视“重量级作家”的年代，我有一个很大的“志愿”，就是约到张爱玲的稿子。我开始不断写些“无中生有”的信，企图打动她，如果你问今天的我对这事比较了解，还会有这样无止境的行为吗？事后先见吧！其实当年我比较痛苦，觉得自己根本在为难人。现在的我反而释然多了，检视她给我的信，我宁愿想象我们在以信件为文本合演一出戏。一开始我能做的是重复地写信，寄书，寄稿纸，寄《红楼梦》新出土的考据，她的同学、友人转信等，如是写了一年多，我空洞地做着，对自己说：“不要光当这是工作。”但事实是，面对这个始无前例的“虚拟”对象，除了“工作”理由驱策，我无法想象自己有那么强烈的使命感。总之，我像个写信机器，写给虚拟的亲人，规律且持续。

直到有一天我走进办公室，痖弦先生手里拿着一封信踱到我桌边：“张爱玲来信了。”我没反应过来，只淡淡地“哦”了一声。他诧笑道：“是张爱玲啊！”他们通过信，加上信封上有张爱玲的英文落款，所以认出来了，但在我是头一遭，我被点醒般脑门“轰”的一声，那个使命之秘密通道被打开。我接过信急于拆封，痖弦提醒道：“仔细点儿，连信封都得保持完整，这值得收藏的。”里头装了两封信，一封给痖弦，一封给我。痖弦在老编位置上积了多年给张爱玲写信的经历，我进了副刊也让我写，我俩简直就像写信机器，打算轰得张爱玲招架

① 夏志清：《超人才华，绝世凄凉》，《人间副刊》，《中国时报》，1995 年 9 月 13—14 日，版 39。

② 林式同：《有缘得识张爱玲》，蔡凤仪：《华丽与苍凉：张爱玲纪念文集》，页 52。

不住给稿子为止。痖弦因是我大学老师，所以我们这是师徒二人组了。此信写于1987年5月8日：

> 多谢来信，又屡次给我书。您第一封信上自我介绍，我看了不禁笑了，任何看国内报刊的人还有不知道苏伟贞的？以前没读过的全都拜读了，最近收到四本有一本没看过，也看了，都觉得非常充沛有实质，是真是言之有物，现在报禁开放，您在最吃紧的时期编联副，一定更忙累，希望还有时间写作。（见张爱玲信一）

十年通信，我总共收到她十二封信，最大的收获当然是能与她对话，也在对话的历程里，不仅亲身参与某些她“出土旧作”的正名工作，还有向她生日求证之类的经历，但我们仍处在是并时又不并时的状态。例如，1990年9月30日联副要刊《哀乐中年》剧作，祝贺她的七十大寿。根据坊间资料，她的生日有一说为1920年旧历九月三十日。痖弦先生拿到出土稿子是1989年底。他交代我先写信征求张爱玲同意刊登，更进一步邀请她为《哀乐中年》刊登写篇文章，除此之外，我还附带为她上海圣玛利亚女校同学张怀素带话。张怀素的出现缘于张爱玲早期1937年刊于圣玛利亚女校校刊《国光》上的书评《〈若馨〉评》出土后，重刊在联副1988年12月28日，《若馨》的作者便是张怀素。张怀素人在台湾，读到书评非常激动，火速一通电话打到副刊，希望联副帮忙传信息给张爱玲，还寄了几张她们学生时期的团体合照以资证明身份。然而年代久远，照片没保存好，模模糊糊只见一些女孩身影，也约略看得出哪个是张爱玲，但脸容五官花掉了，痖弦说：“真可惜，但完全无法拿来制版用。”我们一下子掉进张爱玲的老日子，一下子得出来以我们自己的时间节奏过日子，这是并时又不并时了。

1990年1月2日，张爱玲回信了：

> “哀乐中年”（篇名、剧名张爱玲皆习惯用引号。）影片是桑弧一直想拍的题材，虽然由我编写，究竟隔了一层。四十年后只记得片中石挥演一个丧偶的中年人有两个孩子，上坟（?）遇见一个少女，发生感情。导演担心石挥刚演过“太太万岁”，观众一看见他就笑，以及好的儿童演员实难找。此外完全忘得干干净净，不能臆造，无法应命，抱歉万分。多谢话给我的老同班生。是真很难受。原来痖弦先生和你还有师生之谊，合作一定更有意义，也更愉快。这封信正赶上春节给二位拜年。
>
> 张爱玲　一月二日，一九九〇

这封信，张爱玲少见地写上年月日，是慎重吗？除了这理由，我无法“臆造”其他原因。说来与她通信，在我是打着细水长流的盘算，冀望有来有往，见此信当然再复一信，这次，我借机追问她的生日日期，之前早有意从她那里求证。1990 年 3 月 13 日她的回信是这样的：

> 您一定知道记忆是有选择性的，印象不深就往往记不得。我其实从小出名的记性坏，一问什么都“忘了！”阳历（信上用字）生日只供填表用，阴历（同前）也早已不去查是哪一天了。当然仍旧感谢联副等九月再发表“哀乐中年”剧本的这份生日礼物，不过看了也不会勾起任何回忆来。写这封信耽搁了这么些时。贺年片没来得及寄，只好春节拜年了，结果也没赶上。就在这里乘便祝痖弦先生师徒档九〇年间更成功，也更合作愉快。（见张爱玲信三）

日后张爱玲在港大的学生记录曝光，记录上她亲填的生日是 1920 年 9 月 19 日，即便如此，真能确定吗？

回过头来再说《哀乐中年》要压到 9 月才登，得冒其他报刊中途拦截的险，就因为她是张爱玲，联副愿意试试。终于熬到 9 月 30 日，《哀乐中年》开始连载至 10 月 23 日刊毕，并由郑树森导读。11 月 6 日张爱玲的信来了：

> 今年春天您来信说要刊载我的电影剧本“哀乐中年”。这张四十年前的影片我记不清楚了，见信以为您手中的剧本封面上标明作者是我。我对它特别印象模糊，就也归之于故事题材来自导演桑弧，而且始终是我的成份最少的一部片子。
>
> 联副刊出后您寄给我看，又值贼忙，搁到今天刚拆阅，看到篇首郑树森教授的评介，这才想起来这片子是桑弧编导，我虽然参预写作过程，不过是顾问，拿了些剧本费，不具名。事隔多年完全忘了，以致有这误会。稿费谨辞，如已发下也当璧还。希望这封信能在贵刊发表，好让我向读者道歉。（见张爱玲信四）

《哀乐中年》是不是张爱玲的作品，多年来一直扑朔迷离，只是令人好奇的是，如果张爱玲仅“参预写作过程”，为什么在 1990 年 1 月 2 日的信中，对片子的各项细节如此清楚？

但谈到信中“稿费谨辞”一词，不妨讲一件与稿费有关的趣事。1993 年 8 月张爱玲的来信提到：

> 一个多月前收到联副转载“被窝”、“关于‘倾城之恋’的几句老

实话”等三篇旧作散文稿费二百多美元，来不及存入银行即患感冒数星期方愈。支票遍寻无着。卧病期间没出去过，也没人来，不会遗失，就是找不到，可否请另开一张支票。原件如须挂失，请扣除挂失费。收到后当立即寄收据来。又给贵社同仁添出许多麻烦，实在抱歉。(见张爱玲信五)

是的，她的读者肯定非常好奇，三篇散文二百多美元稿费，张爱玲的稿费到底什么行情？张爱玲当时拿的是报社最高稿费，小说、新作一字五元台币，出土重刊的散文、剧本则较低，一字三元。三篇旧作《被窝》、《关于〈倾城之恋〉的几句老实话》、《罗兰观感》，登在 1993 年 5 月 1 日联副，三篇加起来约三千字，核算起来，正好二百多美元。

虽然接到她十二封信，但多年的通信给我的想法是，张爱玲在情感上是拒绝编辑的，例如 1974 年张爱玲写给夏志清的信上便提到“先写一个很长的中篇或是短的长篇。请不要让痖弦他们知道，我投稿都是实际的打算，不注重拉稿信，写信来反而得罪人”。读来令人五味杂陈，但张爱玲有她的“演员”性格，这种性格，我们必须说，绝对是复杂的。

拒绝编辑的情形并没有改变，我们通信的过程里，前面提到她对我的善意已让我“受宠若惊”，其他，张爱玲一路都在顽强清醒地行使拒绝权，以致我们除了她的文章，对她的私生活简直边都沾不上。当然我试过以情感打动她，1990 年王祯和逝世，我们知道张爱玲在 1961 年唯一一次台湾行，曾赴花莲住在王祯和老家，建立了难得的缘分。王祯和逝世，我当报信，且力邀她写追念文章，张爱玲很快回信：

我知道王祯和久病，听见噩耗也还是震动感伤。但是要想写篇东西悼念，一时决写不出来，反正绝对赶不上与别的纪念他的文字同时刊出。就连这封短信也耽搁了这些时才写成，耽误您的事，抱歉到极点。便中请把他令堂的姓名住址写给我，至少可以吊唁，谈不上安慰——那该是多么大的打击，她不病也病了。(见张爱玲信六)

如果我的编辑事功建立在约到张爱玲新作，那么，结论已经很清楚了——我被她拒绝了。但也还有别的。1993 年 12 月，我休年假写长篇小说《沉默之岛》，期间读到《皇冠》12 月张爱玲的《对照记》，我虽在休假仍写信希望也交联副同时刊登，但没有回信。直到第二年的 11 月 9 日，她的一封 Fax 传到联副办公室：

前两天刚发现旧通讯处仅有的一封信是您去年十二月五日的，不禁

> 诧笑，因为一再请您来信改寄邮局信箱。也许动身在即，忙乱中忘了。在九七前最富历史性戏剧性的最后两年去香港，真好。我是连港报都看不下去，难受。很高兴您看“对照记”上我周围的人与您周围的有许多相像的，不为时代隔阂。……（见张爱玲信七）

信中所写“也许动身在即，忙乱中忘了。在九七前最富历史性戏剧性的最后两年去香港，真好”，指的是我计划去香港深造，有意以“张爱玲的香港时期”为研究题目，征询她的意见。不过那是另一个主题了。总之，不久张爱玲以《对照记》得到1994年第十七届时报文学奖特别成就奖，而我的《沉默之岛》得到同年时报百万小说评审团推荐奖，年底12月3日赠奖典礼当天，我们的照片在台上并列。上台致辞时，我想，我和张爱玲终于同台了，这真是最最吊诡的一次演出。当天，她发表了书面得奖感言，仍在后场没有露面。但这次，她没有办法拒绝我们同台了，人生也有翻转的一次。我在编辑台上的失落，得到了其他的回报，这也成为我距离她最近的一次。

而我并没有写信恭贺她，然后趁机老调重调一番——约稿。但我确定她知道我们同台！与她通信的过程使我明白，我们这些编者、读者从没放弃把她从后台拖到前台，我们各显神通灌给她大量的现实世界信息，她不知道也难。另外我明白的是，这些年她不吝于回信，绝非我信写得动人，有没有一点儿可能，她视我为值得尊敬的同业？因此，我才能意外入列“拥有张爱玲信件”队伍一员。

至此，我想说的是，较之宋淇、夏志清、刘绍铭、庄信正、林式同诸位，我拥有的信件少得多，但相对于绝大多数“张迷”，我有的不算少。之前，夏志清先生、林式同先生的信件陆续面世，而庄信正先生的“张爱玲八十四封信笺”已在2006年9月《印刻文学生活志》开始连载，我们多么期待这些珍贵的信笺，能引来张爱玲与宋淇先生的往返信件面世。[1]

张爱玲以信件藏身后台，但她不同时期写给不同对象的信件大量出炉后，感觉真像一场弦外之音齐鸣般地演出，没有前后台之分。这就应了她在《谈看书》里所形容的——“隐隐听见许多弦外之音齐鸣，觉得里面有深度阔度，觉得实在，我想这就是西谚所谓的 the ring of truth，事实的金石声。”[2] 这是一场张爱玲生命中，通过信件上演的“自夸与自鄙”戏码中的台词与背景弦音。

---

① 此文发表后，2009年2月，宋淇后人宋以朗先将封存多年的张爱玲自传体小说《小团圆》交皇冠出版，并披露张爱玲与宋淇、邝文美自50年代始四十年间来往信件超过六百封，计四十万言，宋以朗计划整理后出版。

② 张爱玲：《谈看书》，《张看》，台北：皇冠出版社，1991年版，页189。

张爱玲信一

偉貞小姐，

多謝來信，又屢次給我書。您第一封信上自我介紹，我看了不禁笑了。任何看國內報刊的人还有不知道蘇偉貞的？以前沒讀过的全都拜讀了，最近收到四本有一本沒看过，也看了，都覺得非常充沛有實質，是真是言之有物。現在報禁開放，您在這最吃緊的時期編聯副，一定更忙累。希望还有时间寫作。請告訴贈報部门，我的zip code是90057，不是舊址的90028。匆匆祝

筆健

張愛玲 五月八日

张爱玲信二

偉貞小姐，

「哀樂中年」影片是桑弧一直想拍的題材，雖然由我編寫，究竟隔了一層。四十年後只記得片中石揮演一个喪偶的中年人有兩个孩子，上墳（？）遇見一个少女，發生感情。導演担心石揮剛演过「太太萬歲」，观众一看見他就笑，以及好的兒童演員实在難找。此外完全忘得乾乾淨淨，不能臆造，無法應命，抱歉万分。多謝帶話給我的老同班生。是真很難受。原來瘂弦先生和你還有師生之誼，合作一定更有意義，也更愉快。這封信正趕上春節給二位拜年。

張愛玲 一月二日，一九九〇

张爱玲信三

偉貞小姐，

您一定知道記憶是有選擇性的，印象不深就往往不記得。我其實從小出名的記性壞，一向什么都「忘了！」陽歷生日只供填表用，陰歷也早已不去查是哪一天了。當然仍舊感謝聯副等九月再發表「哀樂中年」劇本的这份生日礼物，不过看了也不會勾起任何回憶來。寫这封信就擱了这么些时。賀年片没来得及寄，只好春節拜年了，结果也没趕上。就在这裏乘便祝瘂弦先生師徒擋九〇年闖更成功，也更合作愉快。

張愛玲 三月十三

张爱玲信四

偉貞小姐，

今年春天您来信說要刊載我的電影劇本「哀樂中年」。这張四十年前的影片我記不清楚了，見信以为您手中的劇本封面上標明作者是我。我对它特別印象模糊，就也歸之於故事題材来自導演桑弧，而且始終是我的成份最少的一部片子。聯副刊出後您寄給我看，又值賤忙，擱到今天剛拆閱，看到篇首鄭樹森教授的評介，这才想起来这片子是桑弧編導，我雖然參預寫作过程，不过是顧问，拿了些劇本費，不具名。事隔多年完全忘了，以致有这誤會。稿費謹辭，如已發下也當璧还。希望这封信能在貴刊發表，好讓我向讀者道歉。

張愛玲 十一月六日

（開首稱呼請改為「致編者」）

张爱玲信五

一个多月前收到聯副轉載「被窩」、「關於
『傾城之戀』的几句老實話」等三篇舊
作散文稿費二百多美元，未及存入銀
行即患感冒數星期方愈。支票遍尋
無着。臥病期間沒出去过，也沒人來，
不會遺失，就是找不到。可否請另開一
張支票，原件如須掛失，請扣除掛失
費。收到後當立即寄收據來。又給
貴社同仁添出許多麻煩，實在抱歉。此
致
聯合報社台鑒

張愛玲 八月六日

张爱玲信六

偉貞小姐，

我知道王禎和久病，听見噩耗也还
是震動傷感。但是要想寫篇東西
悼念，一时決寫不出來，反正絕对趕
不上与別的紀念他的文字同时刊出。
就連這封短信也耽擱了這些时才
寫成，耽誤您的事，抱歉到極点。
便中請把他令堂的姓名住址寫給
我，至少可以弔唁，談不上安慰——那
該是多么大的打擊，她不病也病了。
匆匆祝
好，問候瘂弦先生。

張愛玲 十月廿三

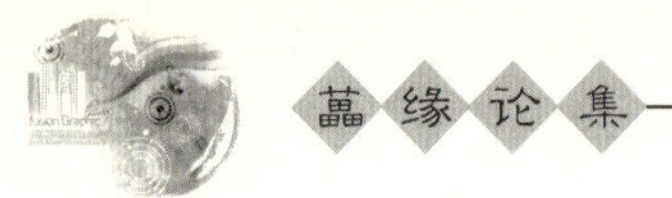

张爱玲信七

参看。日前意外地發現蘇偉貞小姐去年十二月有封信寄到我舊通訊處，擱置將近一年，急忙回信來，如已去港，請代轉，連同給您的信，備參看。她信上提及聯副皇冠合刊《小团圆》事，請轉告瘂弦先生，以後《小团圆》當然仍照宋淇教授原來的安排，在聯副皇冠同时刊出。《对照記》因照片太多，有些極小，零零碎碎，宋淇恐易遺失，逕寄皇冠，（詳見《[illegible]》II）所以是例外。不过《小团圆》与《对照》是同類性質的散文，內容也一樣，只較深入，希望不使瘂弦先生失望。

張愛玲

偉貞小姐：

前兩天剛發現舊通訊處僅有的一封信是您去年十二月五日的，不禁諒笑，因為曾經一再請您來信改寄郵局信箱。也許動身在即，忙亂中忘了。在九七前最富歷史性戲劇性的最後兩年去香港，真好。我是連港報都看不下去，難受。很高興您看《对照記》上我週圍的人与您週圍的有許多相像的，不为时代隔閡。怕您已經離開台北，另函請義芝先生轉告瘂弦先生聯副皇冠合刊《小团圆》事，請參看給他的信。

張愛玲

谈汉字中一些与“手”有关的部件

吴长和

汉字字体经过三次大的演变。第一次是在春秋战国时期，由商周古文字演变为秦小篆。第二次是在战国末年和秦汉之交，由秦篆书演变为隶书。第三次是在魏晋梁陈隋唐时期，由隶书演变为楷书。三次之中，以第二次的演变最大，汉字字体出现大量讹变、省变及形变等现象，一般称为隶变。从此，汉字由线条变为笔画，由象形变得不象形，由古文字阶段进入现代汉字阶段。

汉字经过隶变以后，形成一个严密的结构系统。每个汉字有三个结构层次：笔画、部件和整字。

部件即传统所说的“文”或“偏旁”，现代汉字学因为汉字经过隶变楷化后，很多偏旁变成了记号，看不出意义，同时也为了适应电子计算机中文信息处理以及汉字教学的需要，主张把汉字据形切分，进行一次或多次分析，得出构成整字的最小笔画结构单位，改叫部件，也叫字根、组件或构件。

部件的下限必须大于基本笔画，上限小于复合偏旁。从功能上看，部件不一定具有音义；从存在形式看，它是一个独立的书写单位，凡是笔画串联在一起的，都作为一个部件看待，如“柬、串、重、出”等。

现行楷书的部件可以分为成字部件和非成字部件两种。前者如“岑、岫、岳”中的“山”，后者如“玄、六、卒”中的“亠”。

成字部件因有音义可循，不存在学习困难的问题，非成字部件则因为隶变后变得形不象，意不显，而大大降低了表意性，或因部位变得隐蔽而看不出部件所在，切断了形义间的联系线索，因而构成学习汉字的困难。解决学习困难的有效办法是利用对应关系，找出该非成字部件在隶变前的原有字形，知道其本初表示的意义，从而恢复整个汉字部件间的形义联系，延续汉字原有见形知义的特性。

“手”在汉字里是一个庞大的字族。本文将试以一些与“手”有关的部件为例，依照上述方法，归类梳理，找出规律，希望有助学习、识记一大批“手”字族的成员。

手，单独成字时写作手。甲骨文作，以正面全体取象，像连同手腕、手掌而五指舒张的手形。许慎的《说文解字》说：“手，拳也。”强调这是人的上肢

可以握成拳头的部分。现代汉语中，从手的字一般与人体的部位、人的活动及行为表现等有关。

手用作部件，一般照写不变。

在下，如：

掌，《说文》：“手中也。”意思是手心，因为抑手而后见掌，所以从尚（通上）从手。

拳，顾野王《玉篇》：“屈手也。”意思是屈指卷握起来的手。

在左，如：

扐，《类篇》：“攻坚也。”

在右，如：

爿手，今作将。《说文》：“扶也。”

在左右，如：

手手，同廾。

在左右两旁，中间嵌入其他部件，如：

掰，指用手把东西分开或折断。

手并手，指两手合抱。

三手叠合为品字形，如：

掱，今作“扒”，与手连用，指偷窃别人身上财物的小贼。

在上或在左，变形为𠂒，如：

看，《说文》：“睎（望的意思）也。”小篆作[illegible]，上面是手，下面是目，表示把手放在眼睛上方遮挡阳光，用眼看清楚。

拜，《说文》：“首至地也。”金文作[illegible]，表示举手至头为拜。

在左，或变形为𠂉，如：

失，《说文》：“纵也。”小篆作[illegible]，从手乙声，表示在手的东西逸去，是松手、脱手的意思。

或变形为扌，如：

扶，《说文》：“左（佐）也。”甲骨文作[illegible]，像两人相扶将的形状，本义是用手从旁支持协助。

拉，《说文》：“摧也。”本义是握住对象，向后用力使其折断，进一步由向后用力引申而有牵引义。

在下，变形为丰，如：

奉，《说文》：“承也。”小篆作[illegible]，从手丰声，像用双手捧呈，多用作进献义，后写作捧。

举，繁体作“舉”或“擧”，《说文》：“对举也。”小篆作[illegible]，从手与声，像用双手自下提起。

手有左右手之分，甲骨文左手作，像手的侧视形，小篆作，隶定为𠂇，《说文》：“左手也。”后分化为左、佐两字，左表示左手，佐表示从旁协助（左手以助右手操作，所以具有助义）。

用作部件，在上，如：

有，《玉篇》：“得也，取也。”金文作，从又持肉，本义是持有。

在下，变形为十，如：

卑，《说文》：“贱也。执事者。”甲骨文作，从又持甲，甲像卑者所持的器具，本义是手持卑物，引申为卑贱。

人的右手，甲骨文作，像手的侧视形，小篆作，隶定为又，《说文》：“手也。”后分化为右、佑两字，右表示左手，佑表示佑助。

用作部件，在下或右照写，如：

及，《说文》：“逮也。”甲骨文作，像追逐者以手抓住前面的被追者，本义是赶上抓住，引申为至、到。

反，《说文》：“覆也。”甲骨文作，从厂从又，厂是崖岩，表示用手攀崖而上，后写成扳，义同攀。

取，《说文》：“捕取也。”甲骨文作，从又（手）持耳，古人于打猎或作战时，往往用刀或其他工具割下猎物或敌人的左耳，按数量来记功，所以取的本义是捕获，引申为拿取。

在上中下，变形为⺕，如：

聿，《说文》：“所以书也。”甲骨文作，从又持笔，像手持的书写工具，后来写成“笔”（繁体作“筆”）。

秉，《说文》：“禾束也。”甲骨文作，从又持禾，本义是束扎起来的一把禾，引申为持，为掌握。

彗，《说文》：“埽竹也。”甲骨文作，像两把扫帚，中间三点指灰尘，表示以帚扫除尘埃；小篆作，下面加上一只手，强调用手持帚扫地。

在下，变形为乂，如：

史，《说文》：“记事者也。”甲骨文作，从又持中，中是官府簿书，本义是手持簿籍的人（掌文书的人）。

或变形为人，如：

夬，《说文》：“分决也。”甲骨文作，从又持空心圆圈（扳指），本义是射箭时套在指上的扳指。今写作玦。

在右上，变形为㇇，如：

祭，《说文》：“祭祀也。”甲骨文作，从示从又从肉，示是神灵，本义是以手持肉祭祀神灵。

在右或下，变形为寸，如：

寸，《说文》："十分也，人手却一寸动𧗎谓之寸口。"甲骨文作[古文字]，小篆作[古文字]，像侧视的手，左下一横是饰笔，可视为又的繁化。也有人认为寸是在人手下加一点作指示符号，表示这里是离手掌一寸的动脉，即中医常说的寸口，引申为度量衡单位（十分为寸）。从寸的字，一般与手的动作有关。如：

射，亦作䠶，《说文》："弓弩发于身而中于远也。"甲骨文作[古文字]，从又从弓从矢，表示用手引弓放箭。

得，《说文》："行有所得也。"甲骨文作[古文字]，从彳（道路）从又持贝，表示在道路上捡到贝，有所获得，本义是获得。

手还可以写成爪，强调手的向下伸张。

爪，《说文》："丮也，覆手曰爪。"甲骨文作[古文字]，像手爪形，突出其向下伸开的手指部分。从爪的字，一般与用手抓物的活动有关。

在左或右，一般照写不变，如：

爬，《广韵》："搔也。"意思是用指甲轻抓。

在左，或变形为[古文字]，如：

印，《说文》："执政所持信也。"小篆作[古文字]，上像手爪，下像跪着的人，表示以手按人使之跪拜的意思，本义应是抑按，引申为手印、印信。

在上，变形为爫，如：

采，《说文》："捋取也。"甲骨文作[古文字]，上面是手，下面是树木及其果实，表示用手采摘植物的叶穗或花实。

为，《说文》："母猴也。"许说有误。甲骨文作[古文字]，上面是手，下面是象，表示用手牵象有所作为（古代曾经役象助耕）。

手还可以写成丑，强调手指的屈伸。

丑，《说文》："纽也。……像手之形。"金文作[古文字]，像用力屈指形。从丑的字，一般与用手持物的活动有关。如：

羞，今作馐，《说文》："进献也。"甲骨文作[古文字]，像手持羊形，本义是进献，引申而指进献的食品（美好的食品）。

表示双手动作的，另有不同的部件。

由左右手组成的，有臼、収、寻。

表示双手由上向下的，如：

臼，《说文》："叉手也。"战国文字作[古文字]，从左右手由上向下，像叉手相盛的形状，以表示合手取物的意思。

用作部件，在上，居左右两旁，中间嵌入其他部件，如：

盥，《说文》："澡手也。"甲骨文作[古文字]，像用匜盛水浇在手上冲洗，本义是洗手。

在左右两旁，变形为从，如：

巫，《说文》：“祝也，女能事无形，以舞降神者也。”小篆作，像双手捧着玉（工是玉的异名）事奉神灵，表示这是事奉神灵的人。

或变形为⺣，如：

丞，一作拯，《说文》：“拯，上举也，出水为拯。”甲骨文作，像从上面伸出双手，拯救深陷于坎中的人。后引申为辅翼、丞相。

在上，讹变为臼，如：

舁，《说文》：“共举也。”小篆作，从臼从廾，表示两人四手相对举。

或讹变为曰，如：

晨，《说文》：“早昧爽也。”甲骨文作，从臼持辰（一种短柄锄的农具），表示这是农人手持农具下田耕作的时刻，也就是日出以后的一段时间。

表示双手由下向上的，如：

収，《说文》：“竦手也。”（《一切经音义》引作拱手也）甲骨文作，像左右两手向上相拱形，当是古拱字。

用作部件，在下，变形作廾，如：

弄，《说文》：“玩也。”小篆作，上面的王是玉字，下面是两只手，表示双手把玩玉石，以所弄之事为乐。

戒，《说文》：“警也。”甲骨文作，上像戈形，下像双手形，表示双手持戈警卫戒备的意思。

或变形作六，如：

具，《说文》：“共（供）置也。”甲骨文作，像双手捧着盛有食物的鼎器。本义是馔具，引申为准备食物，供给宾客的意思。

兵，《说文》：“械也。”甲骨文作，像双手持斤，斤是斧子类的武器。

或变形作八，如：

弃（繁体作“棄”），《说文》：“也。”甲骨文作，上像死去的孩子，中像簸箕，下像双手，表示双手拿着簸箕把死去的孩子扔掉。

粪（繁体作“糞”），《说文》：“弃除也。”甲骨文作，像一手拿扫帚，一手拿簸箕扫除秽土，本义是扫除，引申为（应该扫除的）粪便。

在下或中，变形为大，如：

奂（繁体作“奐”），《说文》：“取奂也。”小篆作，胡吉宣认为奂即唤的古文，从人在穴上，从収，合起来表示人站在岩穴上面用手口召唤。

爨，《说文》：“齐谓之炊爨。臼像持甑、冖为灶口、廾推林内火。”小篆作，上面从持甑置灶上，下面从林从火，表示烧火做饭的意思。

表示双手向左右伸开的，如：

寻（繁体作“尋”），《说文》：“度人之两臂为寻，八尺也。”甲骨文作，像人伸两臂度量簟席。人伸两臂约略与身高等长（簟席的长度与身长相等），所以成为周制八尺。

其他表示双手的，可以是爪与又的组合，如：

𠬪，《说文》："物落，上下相付也。"本义是左右两手，自上付下，引申为物落，也是从上付于下。

受，《说文》："相付也。"甲骨文作𠬪，上下都是手的象形，中间是舟（盛物的盘），表示一个人手里拿东西交给另一个人，本义是交付。

或是爪与⺕的组合，如：

争（繁体作"爭"），《说文》："引也。"小篆作爭，表示两只手竞曳东西使归于己。

或是𠂇与又的组合，如：

友，《说文》："同志为友。"甲骨文作㕛，像两只右手靠在一起，相互佐助的形状。做事情有人帮助，所以有朋友的意思。

表示两人四手活动的部件有舁、斗。

舁，《说文》："共举也。"小篆作舁，从臼从廾，表示两人四手相对举。

用作部件，上面的臼居左右，下面的廾变形作六，如：

与（繁体作"與"），《说文》："党与也。"甲骨文作與，从舁牙声，表示共举。

兴（繁体作"興"），《说文》："起也。"甲骨文作興，从舁从同，表示四只手抬起架子的意思。

斗（繁体作"鬥"），《说文》："两士相对，兵杖（仗）在后，像斗之形。"甲骨文作鬥，像两人徒手相对搏击，互持对方头发的形状。

用作部件，照写不变，如：哄、阋。

表示手中持物的部件有丮、攴（攵）、支、殳。

丮，《说文》："持也，像手有所丮据也。"甲骨文作丮，像人操两手执物形，执的本字，本义是执持。从丮的字多有以双手操持劳作的意思。

用作部件，在右变形为丸（不是部首丸），如：

埶，或作蓺、艺，《说文》："埶，穜（种）也。"甲骨文作埶，从丮持木（或作持中、持丰），本义是种植草木，引申为种植上的技能。

攴，《说文》："小击也。"甲骨文作攴，从又持丂（枝柯的象形），指手拿枝条扑打人，后来声化为从又卜声。从攴的字，一般与人的积极活动有关，除少数表示打击、动用武力意义之外，其余多表示人的动作与行为表现。

用作部件，照写不变，如：

寇，《说文》："暴也。"金文作寇，像手执棍棒入室施暴。

在右，或变形作攵，如：

牧，《说文》：“养牛人也。”甲骨文作𤘘，像手执鞭子放牧牛羊等牲畜。

收，《说文》：“捕也。”小篆作䎽，从攴丩声，丩有缠绕束缚的意思，本义是逮捕拘系罪犯，当收的对象由人扩大及物的时候，有收藏的意思。

殳，《说文》：“以杸殊人也。”（张舜徽认为原文当作杖也。所以殊人也。）金文作𠬛，从又持殳（一种车战兵器，也作仪仗）。从攴的字，一般表示打击、动用武力。

用作部件，照写不变，如：

段，《说文》：“椎物也。”金文作𣪊，表示手持物捶石，后来写成碫、锻、煅。

殳、攴两个部件多数通用，如殴一作驱。

支，《说文》：“去竹之枝也。”小篆作𢺍，从又持半竹，半竹后来讹成十。从支的字，一般与打击的动作有关。

用作部件，照写不变，如：

鼓，《释名·释乐器》：“郭（廓）也，张皮以冒之，其中空也。”甲骨文作𡔷，像手持鼓槌以击鼓，本义是击鼓。名词的鼓本作壴，是一种以木或其他材料为外廓，两面蒙皮的、中空的打击乐器。

综观上述与手有关的部件，就其意义分类，可以纳入以下多个范畴：

一类是表示手的名称，如：手、又、爪；

一类是表示手的部位，如：掌、寸；

一类是表示手持的工具，如：聿、夬；

一类是特指靠手工作的行业，如：史、巫；

一类是表示手的动作，如：采、射、弃；

一类是表示以手持物进行的动作，如：鼓、段、牧；

一类是表示以手持物进行活动的时间，如：晨；

一类是表示与手有关的行为表现，如：寇、戒。

在识字教学当中，用本文提供的资料作为教材，可以收到以下多种效益：

它结合了传统部件识字法和集中识字法的精髓。以字义归类，可以建立良好的知识结构，帮助学生透过综合、联想提高识记的效果。以部件带字，可以突出整字中的基本部分，先行析形释义，巩固基础，然后从已知到未知，以熟练的部件结合其他部件来学习整字，有助于降低学习的难度，并且培养学生观察、分析、综合和自学等能力。

它提供了各有关汉字的古文字字形，可以因形象演示而提高学生的学习兴趣。它有助于学生通过古今字形的比较，掌握汉字字体演变所存有的规律，重建原已切断的形义间的联系线索，认知汉字构形的理据，从而化解学习汉字的困难。

参考文献

王玉新：《汉字部首认知研究》，济南：山东大学出版社，2009 年版。

古文字诂林编纂委员会：《古文字诂林》（1—12 册），上海：上海教育出版社，1999—2005 年版。

谷衍奎：《汉字源流字典》，北京：华夏出版社，2003 年版。

季旭升：《说文新证》（上、下册），台北：艺文印书馆，2002 年版。

胡吉宣：《玉篇校释》（1—6 册），上海：上海古籍出版社，1989 年版。

徐复、宋文民：《说文五百四十部首正解》，南京：江苏古籍出版社，2003 年版。

陈涛、董治国：《学生常用汉字浅释》，天津：天津人民出版社，1981 年版。

张若田、陈良璜、李卫民：《中国当代汉字认读与书写》，成都：四川教育出版社，1998 年版。

张舜徽：《说文解字约注》（上、中、下册），洛阳：中州书画社，1983 年版。

刘志基、王平等：《新汉字读本》，南宁：广西教育出版社，2004 年版。

沦陷中的家国情怀

——上海女作家小说分析*

余婉儿

一、前言：女作家与时代的机遇

20世纪40年代是一个苦难深重的年代，抗战与内战交煎，民众生活于水深火热中，革命与救亡话语取代了“五四”年代的启蒙话语，垄断文坛的是抗战文学和革命文学。太平洋战争后，日本为巩固政权，实施检查制度，严密监控抗日分子，封锁抄捕，上海文化界在日军和汪精卫政权的直接控制下，绝大部分知识分子被迫撤离上海，上海文坛沉寂。但文学是人类思想感情的出路，正如柯灵（高季琳，1909—2000）所指出的，只要人的思想感情没有真空，即使在外国侵凌和统治下依然会有文学。① 一群仍留在日据上海的文人，出于不同的政治和文化原因，在沦陷的局势安顿后，主办发行了多份杂志刊物，使文坛映现点点生气。

主流男性作家撤离上海的虚位，让一群非主流作家获得了一个文学创作的自由空间，不少女作家能有机会在当时上海出版的刊物发表作品。苏青（1914—1982）对于自己能有机会发表作品有以下表白：②

> 上海成为沦陷区后，所谓正义文人早已跟着他们所属机关团体纷纷

---

* 本文据作者香港大学博士论文《夹缝中的生存状态：上海女作家小说研究（1942—1949）》（2005年）修订而成。

① 柯灵：《〈上海“孤岛”文学回忆录〉小引》，载上海社会科学院文学研究所：《上海“孤岛”文学回忆录》（上册），北京：中国社会科学出版社，1985年版，页1。

② 苏青，原名冯和仪，苏青是笔名，另有笔名冯允庄，浙江宁波人。婚后仍继续在南京中央大学外文系上课，直至怀孕停学。由于产女受歧视，因此她在《论语》（1935年6月16日）上发表了一篇《生男与育女》，以后不断写作，题材集中在男女、婚姻、家庭、性等话题。小说《结婚十年》极受欢迎，再版至18版。1943年创办《天地》月刊和天地出版社，1944年又创办《小天地》。抗战胜利后，《天地》停刊。1947年申请开办“四海出版社”，出版《续结婚十年》、《歧途佳人》、《鱼水欢》等小说。1949年后在越剧团编剧本，曾获奖。因胡风事件受牵连入狱，“文革”期间多次遭批斗，1982年病逝。有关苏青出生年份有1917年、1913年和1914年三个不同说法。

> 避往内地去了，上海虽有不少报章杂志，而写作的人数却大为减少起来，我试着去投稿，自然容易被采用了。[①]

这个时期的上海女作家，最广为读者熟悉的有张爱玲（1920—1995）和苏青。除了她们二人外，还有施济美（1920—1968）[②]、潘柳黛（1922—2001）[③] 等在当时上海写作界俱负盛名，然而长久以来，她们不但在现代文学史上没有地位，甚或文学史根本没有她们的名字。这种情况一方面与她们的作品素质参差、良莠不齐有关，另一原因是中国文坛向以研究"大问题"的启蒙和家国大叙事（Grand Narrative）为主。新文学从"五四"开始，以反传统的姿态传承了中国传统文学中感时忧国的血脉，重视文学的社会作用，文学的启蒙、救赎和反思意义是文学的典范。这群日据时期成长和成名的女作家，为绕开敏感的政治话题，主要在"饮食男女"这个不受约束的领地提笔，[④] 以书写日常生活为题材，围绕个人的喜怒哀乐、情欲、婚姻创作，正是夏志清（1921—　）所谓的远离中国"感时忧国"的正统，[⑤] 使之不能受到正统文坛的青睐，于是历来中文学术界对这段时期的女作家研究不全面。

---

① 苏青：《关于我——〈续结婚十年〉代序》，《苏青文集》（下册），上海：上海书店出版社，1997 年版，页 442。

② 施济美，小名梅子，曾用笔名方洋、梅寄诗等，浙江绍兴人。生于北平，十五岁入沪就读培明女子中学，1939 年考入东吴大学经济系。1942 年毕业，在上海沦陷的艰苦、清贫生活中执著于文学创作，她横溢的才华在小说中毕现无遗，是"东吴女作家"的首要人物。小说多以恋爱为题材，文笔清丽、情思凄艳，蜚声当时文坛。她个人曲折、忠贞的爱情故事和恋人惨遭日军轰炸杀害的遭际，充分反映在她的作品中。散文小说发表在《万象》、《春秋》、《紫罗兰》、《小说月报》、《幸福》、《生活》、《宇宙》等刊物上，极受读者欢迎。小说集有《凤仪园》、《鬼月》、《莫愁巷》等。

③ 潘柳黛，生于北京旗人家庭，毕业于女子师范学校。十八岁只身南下在南京报馆工作，由缮稿员晋升为采访记者，后往日本大阪"每日新闻社"工作十九个月，继回上海，成为著名记者。当时与张爱玲、苏青、关露并称为上海四大女作家。散文及小说发表于《杂志》、《语林》、《大众》、《文友》、《大光》等刊物。1950 年往香港，从事电影编剧及电影宣传工作，最著名的是编《不了情》剧本和插曲。七八十年代在报章专栏写作，以"南宫夫人信箱"、"你我她"和"妇人之言"最受读者喜爱。1992 年移居澳洲，2001 年 10 月 30 日病逝。著作有《退职夫人自传》、《明星小传》、《妇人之言》等。

④ "饮食男女"一词与张爱玲和苏青的创作极有关系。张爱玲在《烬余录》中提及"去掉了一切的浮文，剩下的仿佛只有饮食男女两项"，见《张爱玲文集》（卷 4），合肥：安徽文艺出版社，1995 年版，页 62。张爱玲的小说往往就从这两项，特别是"男女"开始想象，她的小说题材全是有关婚恋和家庭的；苏青的创作也是从"饮食男女"展开探讨，曾于 1945 年 7 月出版散文集《饮食男女》；又周作人在沦陷上海时，曾就文化检查制度下的创作问题发表意见，指出"饮食以求个体之生存，男女以求种族之生存，这本是一切生物的本能"，提出书写"饮食男女"的创作方向，参考周作人：《中国的思想问题》，《药堂杂文》（周作人自编文集），石家庄：河北教育出版社，2002 年版，页 14—15。

⑤ 夏志清著，刘绍铭译：《现代中国文学感时忧国的精神》，《中国现代小说史》，香港：香港友联出版社有限公司，1979 年版，页 459—477。

这群女作家[①]的小说，不像30年代和40年代以抗战为题材的文学，没有直接表达炮火、血迹交织的民族苦难和对侵略者的仇恨，专以“饮食男女”为根基出发创作，围绕婚姻、爱情、家庭等私领域的话题展开想象，没有强烈的意识形态和政治立场。然而，除表述沦陷区生活的小市民的真实生活形态和价值观念，反映一时代一地域的生存状态外，还能透露在严峻的日本殖民统治和军事政治势力监视下，作家表达家国沧桑和忧国情怀的一种转折方式。

本文从与时代保持距离的写作、上海沦陷的表述、乱世的生存体验、曲笔下的时代等方面，讨论沦陷时期上海女作家小说所表达的有关家国情怀的书写策略。

二、与时代保持距离的写作

现代文学有一个参与历史政治的传统，民族危难之秋，亡国灭种的悲哀驱使作家参与政治，救亡图存的使命策动作家创作，为政治服务的意识强烈，在作品中每多反映明显的国家民族色彩。40年代女作家在上海沦陷区发表的小说，书写的题材主要是爱情和婚姻等日常生活，与整个文学传统相违，然而在严密的文化监控下，这种选择可视为一种写作策略。

（一）爱情的叙事与时代的关系

女作家对婚恋题材的书写表现了一种特殊情结。一般对张爱玲小说题材的评论是与“‘感时忧国’的文学主流完全脱节，题材尽属男女言情、家庭琐事，不带丝毫革命抗战的大时代气息”[②]。张爱玲谈论创作时并不讳言她追求的并非人生飞扬的一面，而是那能达永恒的安稳面，她的作品没有战争没有革命，不写“时代纪念碑”式的作品，专写“男女间的小事情”，[③] 她笔下的战争往往只是故事或人物的点缀。苏青也承认“常写这类男男女女的事情”，[④] 施济美坚持以爱情为叙事框架创作。[⑤] 女作家的婚恋书写方向，表面上不能和应40年代抗战救亡的文学主题，似与时代脱节，然而，细察这群女作家笔下的爱情和婚姻，并不是

---

① 女作家包括张爱玲、苏青、施济美、潘柳黛、程育真、汤雪华、俞昭明、郑家瑗、汪丽玲、杨琇珍、陈以淡、邢禾丽、张憬、吴克勤、周炼霞、曾文强、燕雪雯、严文娟、李宗善和练元秀等二十位女作家。

② 卢正珩：《张爱玲小说的时代感》，台北：麦田出版有限公司，1995年版，页13—14。

③ 张爱玲：《自己的文章》，《张爱玲文集》（卷4），上海：上海书店出版社，1995年版，页174。张爱玲在《写什么》中也提到她要写的恋爱结婚一类的题材写也写不完，见《张爱玲文集》（卷4），页134。

④ 苏青：《自己的文章——〈浣锦集〉代序》，《苏青文集》（下册），页430。

⑤ 胡山源是40年代上海沦陷区“愚社”的导师，曾凝聚了一群文学爱好者，常举办写作交流活动，鼓励青年创作，为文学播种和耕耘，汤雪华、程育真等就是其中活跃的成员。胡山源曾批评施济美小说题材狭窄，“一味以青年男女的情趣为主体”，作品过于偏重情爱的书写，她却不以为然，且此后极少参与“愚社”活动，似是对胡山源的抗议。参考胡山源：《文坛管窥——和我有过往来的文人》，上海：上海古籍出版社，2000年版，页108。

两情缱绻、爱意缠绵的浪漫爱情，而是没有爱情的爱情和婚姻。小说主角的爱情或婚姻关系总是“百孔千疮”，在她们的“女像陈列馆”中展示的全是形形色色的情爱、婚姻的苦涩和悲凉。[①] 苏青，潘柳黛写的是婚姻生活中男女间的龃龉、折磨与角力。[②] 而施济美、汤雪华、俞昭明、郑家瑷、杨琇珍等写的全是没有圆满结局的爱情悲剧。小说中爱情的毁灭和悬空常是战争乱离造成的。

烽烟制造了无数的生离死别，死亡的阴影遍布小说每个角落，人物常在幸福中突遭变故，无可挽回。许多以爱情为叙事重心的小说，以相同的框架讲述着美丽的爱情的毁灭，幸福的消失和灭亡主要是战争引致。“她诅咒那频年的战乱，她诅咒那遍地的烽烟。”[③] “她何曾料到，她的舅父母以及两个从未见面的表妹就在这一次战乱里牺牲了呢？还有她最关心的英传表哥也因为刺激过深而到南方投入军籍。”[④] 这种情调凄美，相爱的人永远不可以在一起，因而形成永远的思念与回忆的叙述旋律，不断在女作家的小说中回荡。

施济美《痴人的喜悦》[⑤] 中“理哥和华嫂双双遭了难”，[⑥] 本来幸福的家庭在战火中毁于一旦。汪丽玲的《糜烂》[⑦]、《变》[⑧]，潘柳黛的《昨日之恋》等的人物[⑨]，因为战争家破人亡，生活陷入困境。战事使人的经济环境转变，人物美好的生活不再。战事也令女性失去丈夫或情人，张爱玲的《等》中太太们的丈夫在内地作战，政府鼓励他们另娶姨太太为夫人，令身处上海的发妻从此失去丈夫，失去家庭和经济的依附。更甚的是战火毁灭人的生命，使许多爱情消失。程育真《第一次憧憬》中的竺维钧在战事中死亡，毁灭了瑾尼的初恋。《黑眼镜》[⑩] 中余津死于敌军空袭，导致瑞伤心欲绝。俞昭明的《望》[⑪] 中，琼华的爱情就是因为战争而失去，与儿子望回空等丈夫的归来，小说利用爱情的毁灭、亲子的离散诉说战乱给人带来的痛苦。郑家瑷的《号角声里》[⑫]，施济美的《紫色的罂粟

---

① 苏青曾在她主编的《天地》杂志开辟了一个《女像陈列馆》栏目，计划写不同类型和阶层的女性故事，张爱玲还为苏青这个栏目的小说绘过插图。

② 苏青的《结婚十年》、《续结婚十年》、《歧途佳人》，潘柳黛的《退职夫人自传》、《魅恋》等皆具体描述了婚姻生活的细节，包括了夫妻、婆媳、妯娌的相处、家务琐事、生活费的冲突、生儿育女的经验等。

③ 施济美：《寻梦人》，《凤仪园》，上海：上海古籍出版社，1997 年版，页 32。

④ 施济美：《寻梦人》，《凤仪园》，页 32。

⑤ 施济美：《痴人的喜悦》，《凤仪园》，页 69—77。

⑥ 施济美：《痴人的喜悦》，《凤仪园》，页 70。

⑦ 汪丽玲：《糜烂》，《大众》，1944 年 2 月号，页 100—106。

⑧ 汪丽玲：《变》，载谭正璧编：《当代女作家小说选》，上海：太平书局，1944 年版，页 159—168。

⑨ 潘柳黛：《昨日之恋》，《大众》，1943 年 4 月号，页 49—58。

⑩ 程育真：《黑眼镜》，《乐观》，1941 年第 5 期，页 110—118。

⑪ 俞昭明：《望》，《紫罗兰》，1943 年第 5 期，页 41—51。

⑫ 郑家瑷：《号角声里》，上海：大明书局，1949 年版，页 27—42。

花》[1]、《暖室里的蔷薇》、《寻梦人》、《嘉陵江上的秋天》[2] 等小说，男性人物皆因为参军而牺牲，留下女性人物承受失去爱情的悲痛。战争造成一个又一个爱情和婚姻的悲剧，女作家以个人小世界的悲剧表达了战争的残酷。

小说虽不正面写烽火和硝烟，但爱情幻灭与家庭毁隳的书写实有侧面批判战争、批判时代的意义。战争在人们的肉体和心灵上造成了累累伤痕，她们以女性和庸常人的角度表述了抗战文学的另一面，使在烽烟中的英雄身影以外，有一个承担着时代重荷的普通人的世界，补充了救亡文学书写的内容，让庸常生活、世俗价值进入文学视野，表述了对人的本体关怀。

（二）私领域写作与种族生存的欲求

傅雷（1908—1966）指出沦陷时期的上海是“一个低气压的年代，水土特别不相宜的地方”[3]。当时出版界和文化界在日本及汪政府的严密监控下，女作家既要发表创作，又要避免麻烦，于是她们的小说创作专注于生活上的小事情，男女的爱情、婚姻、家庭，个人的悲欢、期望、欲望等成为她们书写的重心。

女作家的小说避谈政事，固如苏青所说“在目前殊多顾忌，因此也不能畅所欲言”[4]，其实，专写婚姻爱情实在也另有含义。周作人（1885—1967）在沦陷的上海曾指出“饮食以求个体之生存，男女以求种族之生存”[5]，他以文坛先辈的身份提出了文学创作的另一可能。他强调了“饮食男女”在乱世写作的意义，指出男女恋爱婚姻的写作，其实与种族的存亡相勾连。由于没有言论空间，婚恋题材的书写是另一种家国民族的论述，不能写政治，不能写抗战，就透过“饮食男女”去发出种族生存欲求的呼声。

小说中写的是个人的情爱故事，还有关于女性身体、情欲、个人潜意识等内容，这全属于个人隐私范围。这种隐私内容在禁闭的空间中出现，女作家的书写还游走于公领域与私领域间。她们常把私情放置在公众领域中演绎，这种书写形式透露着隐私难以保留的意味，与当时的政治生态暗合。由于作家不能直接表达个人生活受压迫和监视的处境，因此把私人的感情放在公共空间展现，这是隐私

---

① 施济美：《紫色的罂粟花》，《凤仪园》，页44—55。

② 施济美：《嘉陵江上的秋天》，《紫罗兰》，1943年第7期，页3—16。

③ 傅雷（迅雨）：《论张爱玲的小说》，载静思：《张爱玲与苏青》，合肥：安徽文艺出版社，1994年版，页162。

④ 苏青：《〈浣锦集〉与〈结婚十年〉》，《苏青文集》（下册），页438。

⑤ 周作人在《中国的思想问题》中曾郑重地引出焦理堂《易余籥论》卷12所说“人生不过饮食男女，非饮食无以生，非男女无以生生。唯我欲生，人亦欲生，我欲生生，人亦欲生生”的内容，与《礼记·礼运》所指“饮食男女，人之大欲存焉，死亡贫苦，人之大恶存焉”比较，认为说的本是同一道理，“但经焦君发挥，意更明显。饮食以求个体之生存，男女以求种族之生存，这本是一切生物的本能”。参考周作人：《中国的思想问题》，《药堂杂文》（周作人自编文集），页14—15。

给暴露的披露。这种表述，可说是泄露历史真相的一种方式。[①] 日据的上海是一个压抑的时空，市民生活在被窥伺和监控中，隐私权遭受侵犯，小说叙述的内容固是暴露和揭示一个隐私的世界，而整个叙事可看成是窥视的隐喻。在小说中，叙述者是一个窥视者，而这些窥视者也是被窥视者，这个循环的悖论，让当时各人丧失隐私的真相得以彰显。陈思和认为张爱玲在《倾城之恋》中，“用平凡夫妇的‘私人空间’来取代个人主义的精神高扬，也是都市民间文化形态中的一个特征：现代市民隐私权意识正是对专制权力侵犯的一种抗衡”[②]。上海女作家小说中有关隐私的书写可看作是对隐私权丧失的一种抵御。

私领域题材的表述，固与时代背景密切相关，成了时代的隐喻，而借男女情爱的书写发出种族求存的声音，正表达了整个民族的生存复归意欲，故小说的爱情、隐私的叙事可说是一个抗拒政治压抑的书写策略。

三、繁华与凋敝：上海沦陷的表述

为了逃避日本的文化审查制度，在沦陷时期的上海发表作品必须避开左翼意识形态及抗战反日的文字，能发表出版的作品往往是远离政治的。政治与民生等敏感话题，只能以一种含蓄方式反映，仔细推敲小说文本，每能寻索到政治的隐晦表述，所以小说表面上是远离政治，论述的是日常生活的空间，展开了一个世俗和庸常的世界，但暗地里仍存在着呼应时代的声音，表达了她们对国难、乡土的关注。

女作家小说中除了有关上海浮华一面的描写外，也展示了许多人因为战争而苦痛的场面，上海的真相就在光亮和阴影间依稀展示。《退职夫人自传》的柳思琼踏进上海，她的印象是：

> 上海真伟大，我走在路上看到的，都是服饰入时、体面而漂亮的男女。他们高傲而营养丰富，我看着他们，觉得我自己就像乡下人一样。[③]

人物形象和服饰体现了一种繁华与文明，上海就是这么的富裕和体面。沿着马路漫步，可以看到：

> 一列列绿叶丛丛的法国梧桐，遮走了日光，使得行人只觉秋意的凉

---

① 有关40年代上海女作家隐私的书写的讨论，可参考本论文作者另一篇论文，见余婉儿：《隐私书写：上海女作家小说的一种阅读（1942—1949）》，《性别与疆界》（南洋人文丛书国家疆界与文化图像，新加坡：南洋理工大学中华语言文化中心，2006年版，页131—149）。

② 陈思和：《民间和现代都市文化——兼论张爱玲现象》，载周介人：《几度风雨海上花》，上海：上海三联书店，1996年版，页63。

③ 潘柳黛：《退职夫人自传》，上海：新奇出版社，1949年版，页39。

快与舒爽，这是上海一条颇静的道路，亦是所谓高尚住宅区的一角。[①]

上海这些优雅的景色，不难在小说中看到。俊男美女，豪华高尚的活动背景，也在女作家笔下展现，家居、楼房耀目的摆设象征了一个富丽的世界，部分小说对于家居环境的描述细致，能窥见中产阶级优裕的生活形态：

> 屋内是一间华丽的客厅：绣帘，油画，古瓶，玻璃柜，蜡烛台，……一切的陈设，很有西洋味。[②]
>
> 壁炉上放着一本厚厚的圣经，左边是西式的装饰品。中间布置最美观的花绸套的沙发，墙角是一只新式的钢琴，琴边上有一支金黄色的烛架。墙壁上挂满了基督教的画片与风景水彩画，地上铺着厚厚的毯子。伊请我坐下，又叫佣人送上一杯热咖啡。[③]

家居的细致描绘，炫耀着高雅的格调，透视着浮华、丰足、体面的生活处境。然而，在浮华的描写中，每每又透露着优裕物质条件背后的辛酸和破落。

施济美《凤仪园》[④] 中的谢康平批评上海“整天的车烦人吵，活像个开足马达的机器”时，黛华却告诉康平她住在上海时的景象：

> 住在贝当路，每当黄昏，我靠着楼窗口，看太阳落山，远处龙华的塔和工厂的烟，还有马路上那些欢天喜地的行人，这就够动人的了。[⑤]

谢康平立刻回应“贝当路只有一条，诗意的地方也不太多，自然您不曾到过那穷苦肮脏的所在——上海只是有钱人的天堂”[⑥]，经过二人对上海景物的分析和对比，可以看到上海截然相反的形象。《痴人的喜悦》中也有相类情调的描述：

> 一家新型的咖啡馆，富丽，精巧，而又陆离光怪，黑亮的磁砖墙上，嵌着玲珑的银质的艺术字“绿叶咖啡馆”，门前，“车如流水马如龙”，门内：有动人的歌，迷人的舞，诱人的灯光，醉人的酒杯，媚人的眼波与红唇……[⑦]

这所“富丽，精巧”的咖啡馆本来属于一个在闹市中撕钞票的疯人的。他

---

① 练元秀：《奇遇》，《紫罗兰》，1943 年第 7 期，页 89。

② 杨琇珍：《庐山之雾》，载谭正璧：《当代女作家小说选》，页 102。

③ 程育真：《野眺的收获》，《乐观》，1942 年第 10 期，页 107。

④ 施济美：《凤仪园》，《凤仪园》，页 136—179。

⑤ 施济美：《凤仪园》，《凤仪园》，页 154。

⑥ 施济美：《凤仪园》，《凤仪园》，页 154。

⑦ 施济美：《痴人的喜悦》，《凤仪园》，页 76。

曾喝醉酒，把一整卷钞票撕成一片片，对着慌张走过的行人怪笑，而他死后，再没有人想起他，他的居所成了美轮美奂的咖啡馆。这个画面，可说是30年代穆时英（1912—1940）所说的“上海，造在地狱上面的天堂”的模拟版本，[1] 个人的富贵贫贱可以一夜间逆转，在浮华掩盖下的上海另有面貌。小说更以天堂作为地狱的反衬：

> 他渐渐的有些神智迷糊了，同时，那一绿叶咖啡馆里的风光却更为旖旎了。[2]

在“他”为苦难所逼而自杀死亡时，都市的风光更旖旎，这景观正是浮华安逸生活的一个反讽。在天堂与地狱、享乐与困苦、富裕与贫穷的对比中看出生活程度的差距，不同阶级的物质分配悬殊。“所能看到的只是乞丐留下来一堆堆的粪便。还有东一个西一个的叫卖的小摊贩，还有……我的身体移动在街妓的行列之前。”[3] 这是潘柳黛《魅恋》的上海街头，这里除了有衣香鬓影的女性外，也有在生活边缘上挣扎的女性和肮脏的街道。可见，女作家在刻画都市的浮华外，也素描了它的贫穷和苦难，小市民在生活夹缝中挣扎。在城市的魅影中，施济美《痴人的喜悦》的仲琦只能靠典当为生，两餐不继，难以生活。

邢禾丽的《瞑目》尽写穷人的悲哀，杨先穷途潦倒，借贷无门，旧债主催还欠款，妻子待产而毫无办法，最后他只有自杀。[4] 汤雪华《黄道吉日》中的父亲想尽办法去维持一个低微的职位，把女儿的医药费用来给上司送礼，最后赔上了女儿的性命。[5]《生与灭》写出了贫穷对人的折磨，不断生育与贫穷的关系。[6]《饥》集中写了饥饿的问题，以一个饿得不能称为人的身体去诉说极度的贫困，小说由一个绝对饥饿的人去承担表述战争中饿殍遍野的真相的责任。[7] 苏青的《两条鱼》表达了小市民生活的悲哀和困顿，从菜市场的买卖展开探讨，充满市井味，母亲为了两条黄鱼与小贩计较，费尽心力，人与人之间没有同情，只有相互的折磨。[8] 汤雪华的《小弄故事》[9]、《罪的工价》[10]，陈以淡的《鞠躬尽瘁》[11]

---

① 穆时英：《上海的狐步舞》，《穆时英小说全编》，上海：学林出版社，1997年版，页234。
② 施济美：《痴人的喜悦》，《凤仪园》，页77。
③ 潘柳黛：《魅恋》，《力报》，1944年11月15日，页3。
④ 邢禾丽：《瞑目》，《万象》，2年11期（1943年5月），页102—108。
⑤ 汤雪华：《黄道吉日》，《春秋》，1年1期（创刊号）（1943年8月），页129—139。
⑥ 汤雪华：《生与灭》，《万象》，2年7期（1943年1月），页44—53。
⑦ 汤雪华：《饥》，《万象》，2年5期（1943年1月）（再版），页138—147。
⑧ 苏青：《两条鱼》，《苏青文集》（上册），页8—16。
⑨ 汤雪华：《小弄故事》，《劫难》，上海：日新出版社，1947年版，页8—12。
⑩ 汤雪华：《罪的工价》，《紫罗兰》，1943年第5期，页21—37。
⑪ 陈以淡：《鞠躬尽瘁》，载谭正璧编：《当代女作家小说选》，页213—240。

皆重笔点染了小市民生活的困苦。《荒山上的一夜》[①]、《劫难》[②]、《山乡》[③]、《结婚十年》和《续结婚十年》皆写了战争带来的苦难，[④] 人物在战争中东逃西窜，惶惶不可终日，汤雪华、苏青有关逃难的描写，已直接触及人民遭受强国侵凌的悲惨和惶惶不可终日的情况。

种种对社会的贫穷和动乱不安的描写，揭示了当时市民生活环境的不堪。当日本政府和亲日人士欲在沦陷区力图倡议“和平文学”以点缀升平时，书写民生疾苦的文本，便是一种对政治表达不满的策略，不直接写抗战，侧写战争的苦难，这种负面的书写正是一种抗拒异族侵凌和占据的温和颠覆行为。

四、乱世的生存体验

上海女作家的小说，除了透过爱情故事和社会环境两方面的负面书写转折渗透着家国民族的忧思外，也常常流露着一种不安与幻灭的情绪。小说中的人物往往感到在冥冥中、宇宙间存在着一种敌对的、不可知的力量，汤雪华《三脚香炉》[⑤] 的叙述者玲曾说：“我自己也说不出是什么，我只觉得它是巨大的，可怕的，残酷的，支配着我的一切，毁灭了我的美梦。”[⑥] 这种预感常围绕着人物的周遭，让他们有一种惶恐不安的感觉。小说中处处展露这种被一个不可知的强横力量包围和控制的恐怖感：

> 个人即使等得及，时代是仓促的，已经在破坏中，还有更大的破坏要来。有一天我们的文明，不论是升华还是浮华，都要成为过去。如果我最常用的字是“荒凉”，那是因为思想背景里有这惘惘的威胁。[⑦]

张爱玲这段话不但透露了她对眼前事物那种拿捏不稳的焦虑，更把这种宿命感推向历史和时代的层次，眼前的一切，“不论是升华还是浮华”的文明，都会在某天成为过去，这是她的思想底色，其实也是当时身处沦陷区上海女作家的思想底色，这种惶惶不安的情绪弥漫在她们的小说中，汹涌着澎湃的忧患意识。

世事变幻，特别是生逢乱世，战争乱离，“在这样的年代，个人的事是无足轻重的”[⑧]，面对国家的危难，许多人就此遇难和牺牲，战火中死神无处不在，

---

① 汤雪华：《荒山上的一夜》，《小说月报》，41 期，5 月号（1944 年 5 月），页 169—172。

② 汤雪华：《劫难》，《劫难》，页 1—8。

③ 汤雪华：《山乡》，载谭正璧编：《当代女作家小说选》，页 183—212。

④ 苏青：《结婚十年》、《续结婚十年》，《苏青文集》（上册），页 146—189 及页 210—383。

⑤ 汤雪华：《三脚香炉》，《朦胧》，上海：日新出版社，1947 年版，页 11—18。

⑥ 汤雪华：《三脚香炉》，《朦胧》，上海：日新出版社，1947 年版，页 17。

⑦ 张爱玲：《〈传奇〉再版序》，《张爱玲文集》（卷 4），页 135。

⑧ 俞昭明：《望》，《紫罗兰》，1943 年第 5 期，页 46。

悲剧不断重演，段段美好的爱情皆被硝烟扼杀和毁坏。程育真《云天的变幻》[①]中的林渊和小佩的爱情总笼罩在难以确定、无常不可预知的气压中，在他们幸福地相处时，小佩每每感到："云彩的变幻是莫测的，谁能预卜不可知的将来？"[②]他们对于个人的未来，总感到无法把握。小说中人物绝大部分的悲剧命运是由战争造成的，论者讨论张爱玲的作品时每每能体察到"在战争的背景下，她无法摆脱对文明的迷惘和幻灭之感"[③]。其实不但张爱玲如此，其他女作家，如施济美、程育真、汤雪华等的小说无不展露着类似的情绪。汤雪华在《谶语》中指出，"我们的环境，决定了我们的命运"[④]，在客观环境的支配下，人物无法把握个人的命运。小说中个个活泼年轻的生命、段段本应开花结果的爱情，都因为战争的折磨而消逝。凄美的情思、悲观的调子在小说文本中徘徊不去。面对动荡不安的时世，她们的小说充满悲剧性的生存体验，泛滥着危机感和不可测的宿命感。

宿命的感觉弥漫着小说的世界，女作家小说塑造了一个乱世，充满精神的惶恐，[⑤] 在茫茫不可终日的生活中，生存的威胁困扰着每一个个体。人不能掌握命运，人的生命、爱情可以一夕间烟消云散。一切不可理喻，小说中徘徊着强烈的悲观和幻灭的意识，张爱玲将之描述为"荒凉"、"惘惘的威胁"的末世感觉。在小说中，女作家用不同方式显现死亡的阴影，既有战争造成的乱离苦难和灭亡，人物也常受疾病困扰，[⑥] 她们的青春、生命、爱情、理想，一切的幸福，都在疾病中消失和毁灭，这种书写使疾病成为整个时代的象征，这是一个罹患绝症的年代，它已病入膏肓，难以救药。

小说中宿命思想缭绕不去，叙事结构大部分以倒叙形式出现，事件结果已经形成，人物结局已定，生命没有出路，没有转机，人物只能在过去有生命，这种表述方式增加了小说悲剧气氛的经营。小说中也用了许多暗示、预告方式交代人物未来的遭遇，展示了冥冥中似乎自有主宰，由不得人，人根本无力改变命运。小说所书写的现实生活，往往出现占卜、预言者、鬼魅等现实中异常的元素，使人感到像走在一条通往阴间的路上。小说人物就在一个没有光明面和出口的禁闭

---

① 程育真：《云天的变幻》，《乐观》，创刊号（1947 年 4 月），页 16—24。

② 程育真：《云天的变幻》，《乐观》，页 18。

③ 杨敏：《时空幻化尽苍凉——张爱玲小说叙事策略之一种》，《海南师范学院学报》（人文社会科学版），总 61 期，15 卷 5 期，页 140。

④ 汤雪华：《谶语》，《朦胧》，页 29。

⑤ 陈思和：《民间和现代都市文化——兼论张爱玲现象》，载周介人主编：《几度风雨海上花》，页 59。

⑥ 小说中不断出现年轻女性生命消亡的伤感。汤雪华《在医院中》的叙述者"我"因为患病进出医院。程育真《祝福》中聪明好学的女学生患上肺结核。汤雪华《寂寞的时候》写孤女寂寞的成长路，她小小年纪就要承受与唯一的姐姐生离死别的痛苦，个人的健康备受折磨，缠绵病榻而不能想见将来，清醒但荏弱的心灵忍受着肉体的磨难，不啻是精神的凌迟。施济美《古屋梦寻》的荷珠聪颖美丽，正值青春少艾，只有十多岁，却患了心脏病。《暖室里的蔷薇》、《童年》、《小不点儿》也是同类故事的演绎。

空间中遭受种种磨难。

小说展开的人生处境绝大部分是残缺和悲凉的，文学中曾建立的人生高尚理想和社会改革的光明璀璨等乌托邦式的圣殿被这群女作家拆毁。她们把人生理想置换为日常世俗生活，在小说中表达了一种对此在世界的沉溺和留恋。

> 战争给人们带来的生存压力和生命威胁，使下层民众陷入对世俗生活的流连和迷恋之中，人们试图在世俗生活的体验中，消解对未来的恐惧。[①]

面对民族大灾难，不是所有人用同一种方式参与的，救国英雄的生命形态只是其中一种，世间上更多的是平凡人生，他们过的是平常日子。这些普通人在战乱中茫然若失，不知所措，充满悲情，惶惶不可终日，“悲观态度的另一面，是对于此岸的、现世的乃至世俗生活的深刻体察和热爱”[②]。人物的人生观和价值观就在乱世中重新调整。他们仍需要与具体生活周旋，争取每一个细碎的生存机会。苏青、潘柳黛、张爱玲写的是实实在在的油盐酱醋的日常生活，是世俗的生老病死和悲欢离合，小说“那种关注于女性命运的亲切和执着于日常小事的贴己，让人平生出一份生命的情趣”[③]。这种生活的情趣，是对具体日常生活的依恋，是在看不见明天的日子中用以消弭生存恐惧的方式。

小说中人物欠缺理想的光照，只关心日常世俗的生存，把生命的焦点放在生活的各个细节上，只留恋当下生活，这种世俗生活的视阈，与向来文学追求意态飞扬和高远理想的神圣使命背道而驰，发展了文学通俗化和日常性的一面。表面上跟启蒙和抗战的传统大主题不相关，但本质上却与“五四”这个重视“人”的发现和“人”的自觉，讲求个人解放，重视个人本体存在的思想取向接轨，个体生命的思考和关怀就在女作家的世俗化书写中呈现，远离了男性主流的家国民族的大叙事传统。孟悦、戴锦华指出“沦陷区倒出现了描述女性经验与心理的佳作”[④]，女作家书写的并非与时代无关，与外部大世界无涉，她们表述的反而是永恒的话题，是长期的文化和历史积淀的真相，这积淀是有深度和厚度的，并非脱离民族、国家、政治的集体话语，反而是这个民族集体构成的一个隐秘部分，是值得反思的焦点。故不宜由此论断女作家有关生活琐事的书写是没有时代感的表现，

---

① 张全之、程亚丽：《苏青与40年代市民文化》，《德州学院学报》，2001年第17卷第3期，页39。

② 范智红：《在“古老的记忆”与现代体验之间——沦陷时期的张爱玲及其小说艺术》，《文学评论》，1993年第6期，页62。

③ 于青：《上海屋檐下——从三位女作家看“海派”女性文学的魅力》，《苦难的升华》，合肥：安徽文艺出版社，1992年版，页133。

④ 孟悦、戴锦华：《浮出历史地表　中国现代女性文学研究》，台北：时报文化出版企业股份有限公司，1993年版，页33。

她们不写时代纪念碑式的作品，反而可以与人类和人性永恒的主题相接。

五、曲笔下的时代：转折暗示的书写策略

孤岛时期日军已对租界华人所办的报刊实施新闻检查，汪精卫政府在南京成立后，曾颁布通缉令，以“实身共匪”的罪名拘捕上海许多知名的新闻界、文化界人士。① 及至日本进占上海，日方更明确了解在中国推行思想控制的重要性：

> 欲确立东亚共荣圈，为完成日本于世界史的使命的重大任务，对于东亚共荣圈内思想战之问题，不能加以忽视：尤其在中国大陆的思想，是为确立东亚共荣圈的中心。②

为钳制上海的思想文化，日军实施政治审查，全面控制上海的新闻、文化和出版事业。出版的材料皆不能直接批判日本政府或反映历史事件。女作家的小说除了绕过抗战反日的表述，专写私领域的题材外，也运用了各种迂回的叙事策略以逃避政治文化的审查。对于许多历史背景的描写较为含糊，只记时间，而没有指称史事：

> 他们的杂志要停版了，当然，像那样流行国内外而有悠久历史的杂志停办，是一定有着隐情的。十二月八号的大转变，缩短了它的命运。③

“十二月八号的大转变”是指上海的沦陷。当时，日方政府查封出版社和书局，查禁抗日书刊及文字，实行新闻审查制度，扶植“和平文学”。又设立“调查统计部驻沪办事处”，严密监察抗日分子，大量传讯及拘捕抗日作家，大部分作家为躲避迫害，或潜离上海，或匿名隐居。中华、商务、世界、开明、大东五大书店和文化生活出版社、西风社等均被查抄，《大美晚报》、《正言报》等十余种报刊和《文苑月刊》等十余种文艺期刊被迫停刊。《申报》、《新闻报》被日军接管。只有通俗文学作家主持的《小说月报》、《乐观》、《万象》因为抗日色彩薄弱，得以幸存。小说在叙述过程中，对于历史事件大多以一个时间显示，没有明确交代是怎样的事件：

> 终于到了三十年十二月八日，一切都改变了。④
>
> 那是一九三七年的残春。然而，烽烟起了；五年来：多少事沧海桑

---

① 柯灵：《上海抗战时期的文化堡垒》，载《浮尘小记》，上海：上海远东出版社，1996 年版，页 203。

② 张泉：《沦陷时期北京文学八年》，北京：中国和平出版社，1994 年版，页 27—28。

③ 练元秀：《决斗》，《紫罗兰》，1943 年第 5 期，页 104。

④ 苏青：《结婚十年》，《苏青文集》（上册），页 189。

田，多少人东飘西散。[①]

无论是“三十年十二月八日”还是“一九三七年的残春”的五年来，指的都是上海沦于日本政府魔掌一事。这种只记录时间没有明言历史事实的表述，正体现了作家如何委曲地逃避文化审查制度，又坚持要记录国家沦丧的事实。苏青在上海光复后曾说：“只是目前殊多顾忌，因此也不能畅所欲言”，“仿佛这里有一部分不是我自己在说话”，[②] 这正是当时上海作家的困境。女作家有时又会以另一种方式呈现“不能畅所欲言”的处境：

> 每天黎明，数千个青年，排列在烈士墓前的草场上；在号角声里，用最诚意的心情，目送祖国的旗帜高扬在碧空上，——每个人都崇敬它，默默地为它祝福。[③]

郑家瑷在《号角声里》中仔细描述了在烈士墓前升旗的细节和人物的心境，“我的心情是怎样热切地敬恋国旗”[④]，小说中并没有明言山河变色、敌寇临城的情景，但对于“烈士”、“旗帜”的虔诚和尊重态度，已明显透露作家对侵略者的抗争意图。“祖国的旗帜”是国家的代表，对“祖国的旗帜”的祝福和颂扬，清晰地展现了爱国心，“烈士”是为家国牺牲的志士仁人，代表了不屈与抗争，对于家国乡土的忧思跃然纸上。小说反复说着同一个调子：“我要用嘹亮的号角声，在最黑暗的时候，惊破每一个人的迷梦”[⑤]，“冥冥中，仿佛一个声音在说：‘正在顶黑暗的时候，我已经用最后一阵号角声唤起了酣睡者的昧梦’”[⑥]。万千青年排列在烈士墓园前，欲以嘹亮的号角声唤醒在迷梦中的人，家国关怀的寓意可说极为明显。

小说描述了许多受到政治迫害或影响而流浪上海的外国人，其中尤以犹太人和俄罗斯人出现的频率最高。程育真《野眺的收获》中的哈佛兰，因为遭逢沪战，弹片带走了她的大拇指和食指，令她的右手失去功能，她因此而自卑，离开心爱的情人乔治。[⑦] 旅居上海的哈佛兰因为战争而失去幸福，那居住在上海的中国人的命运就不言而喻了。施济美《蓝天使》[⑧] 中的阮引芬去买蓝大衣，途中出

---

① 施济美：《暖室里的蔷薇》，《万象》，1年10期（1942年4月），页58。
② 苏青：《〈浣锦集〉与〈结婚十年〉》，《苏青文集》（下册），页438。
③ 郑家瑷：《号角声里》，《号角声里》，页34。
④ 郑家瑷：《号角声里》，《号角声里》，页39。
⑤ 郑家瑷：《号角声里》，《号角声里》，页40。
⑥ 郑家瑷：《号角声里》，《号角声里》，页42。
⑦ 程育真：《野眺的收获》，《乐观》，1942年第10期，页105—116。
⑧ 施济美：《蓝天使》，《凤仪园》，页78—83。

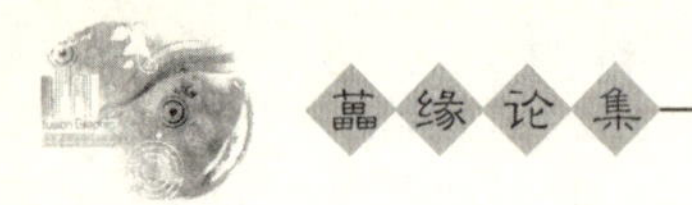

现的景物是“车子经过礼拜堂门前，那儿正立着一个年老的俄罗斯流浪者”[①]，《三年》[②] 中的柳翔与司徒蓝蝶二人在街灯初明的路上散步时，看到一群俄罗斯的男男女女带着醉意在唱、在笑、在跳舞狂欢，透露着一股流浪者的乡愁。[③] 在小说背景上添加了这些流浪的异乡人，弥漫着压抑、低沉的思绪，强烈显现一种对前路茫茫、无所归依的悲哀。本来，小说人物都是高高兴兴地去购物或赴约的，叙述中却加上这些惶惶不可终日的人物的描绘，确实值得深思。

施济美的《流浪者》、汤雪华的《南丁格兰的像前》也是以这种流离失所的亡国异乡人为叙述对象。《流浪者》写了旅居中国的外国人流徙他乡的悲哀，本来幸福的家庭，因战争导致家人被迫分散各地，他孤身在中国，除夕夜获邀在一个中国家庭中分沾部分的欢乐。[④]《南丁格兰的像前》写了流落中国的犹太人受到日军胁迫的苦难。[⑤] 小说对犹太人和俄罗斯人所受压迫的反复书写，不能只视为点缀，或增加国际色彩的作料，也不能只视为反映上海租界外籍移民的实况，这该是一种“借他人杯酒浇自己块垒”的举动，小说中对这种失去家园的异族人民的描绘，反映了法西斯主义对弱小民族的侵迫，也可说是对中国遭受日本侵略的一种转折映照，折射着上海在日本政治势力下所受的逼迫。借助其他民族的流离失所、灭国亡家的颠沛处境，反照当时日治之下中国的悲情。这种辗转的反映，沉淀着作家亡国的忧思。

小说并没有直接指出和描述日本在上海的侵略行为和严峻的政治打压，但小说中人物的言行已迂回曲折地显示了时局的不靖。都市弥漫着一种抑郁，青年人活泼的朝气往往在这种大气压中丧失。一群本该充满生气的青年人，在严峻的氛围中哀叹着种种生存的无奈，常提出离开上海的呼声。练元秀的《决斗》指出：“这儿的环境太恶劣，太无生趣，以后更无吐气的希望，所以我决然又步上了征途。”[⑥] 张爱玲的《殷宝滟送花楼会》中也有类似的投诉：“在这样低气压的空气里，什么都得拣省事的做。”[⑦] 虽然这种情感宣泄大多以口号形式提出，显得软弱，没有实质的力度，但仍可看到人物充满忧郁和烦闷，对压抑的政治环境进行投诉，力求突破闷局的心境。

六、结　语

在20世纪40年代上海女作家的小说中“没有听到民族解放战争的炮火，没

---

① 施济美：《蓝天使》，《凤仪园》，页79。
② 施济美：《三年》，《凤仪园》，页103—135。
③ 施济美：《三年》，《凤仪园》，页118。
④ 施济美：《流浪者》，《中艺》，1943年第2期，页1—4。
⑤ 汤雪华：《南丁格兰的像前》，《春秋》，4年1期（1947年4月），页40—45。
⑥ 练元秀：《决斗》，《紫罗兰》，1943年第5期，页104—105。
⑦ 张爱玲：《殷宝滟送花楼会》，《张爱玲文集》（卷1），页156。

有听到民众的怒吼声”[①]，表面上小说远离政治和战争，其实小说潜藏了许多家国情怀的表述，以不同方式显示与时代的关系。女作家以大量婚恋题材和爱情的叙事模式展开人生的主题，看似与国家民族无关，但她们并非真的远离时代脉搏和政治更迭的纷扰，她们虽没有正面参与民族命运的书写，却从另一些侧面书写时代的特征，展示了她们在政治缝隙中的写作策略。张爱玲有关“人生飞扬”、“人生安稳”的创作原则[②]和苏青有关沙场的话语就是很好的说明。[③]

小说中战争、民族压抑的影子以隐晦和不同的形态闪烁出现，没有直接写战争，但战争的阴影无处不在。多篇小说触及“生活在贫困线的都市小市民”[④]，表达了市民在不安定的环境中的生活和心理状态，写了他们的痛苦挣扎，这种恶劣生存处境的揭露，迂回地表达了对政治环境的不满。作家不能写沦陷时期日治政权的劣迹，小说中便亟写逃难的苦涩、饥饿的惨况、民生的凋敝，她们不但避开日治政权要求的粉饰太平，以涂脂抹粉的方法去掩饰时艰的“和平文学”，更以不同方式婉转地传达了日本铁蹄践踏下大地的惨况。小说大量书写了战争对人物生存权利的剥削，人物的爱情、婚姻、生命、财富全在战争中消失，他们的幸福全毁于战争，这些在痛苦边缘生活的人的苦难大部分由战乱造成。小说布满死亡的信息，人物青春的生命、幸福的理想、美丽的爱情，全在战争中消亡，这种生灵涂炭，生命毁灭的叙事，正是对战争的狙击。

不直接表述亡国哀痛，却反复写对国旗的尊重和爱恋，其实是运用了借代的方式宣示对国家主权的争夺。小说世界塑造的悲凉和宿命意识，就是战争中人心惶惶，对生命难以把握的写照。乱离、凄惶的苦难生活，爱情失落和生命的毁灭，全是战争带来的悲剧。专注生活细节的书写除了逃避检查制度外，更能表达人物对此岸生活的留恋，不但为平衡倾斜的心理，取得安抚和慰藉，更是一种争取国族生存的呼声，延续个体生命的喊叫，女作家以饮食男女为人生的基本要求，表达出国人对生存的指望。

20世纪40年代的女作家以群体形态出现，在沦陷区的上海发表创作，开辟了一个女性言说的天地，大量书写爱情婚姻的故事，以远离国家民族的论述的书写方式参与了大时代的表述工作。张爱玲的才华、苏青的胆色使当时文坛惊异。旋起旋灭，1945年8月上海光复后，这群女作家日渐销声匿迹，她们只能在一个夹缝的天地中亮相。她们彗星式的文学生命直接与那“大而破的时代”相关，[⑤]

---

① 盛英：《二十世纪女性文学史》（上卷），天津：天津人民出版社，1995年版，页503。

② 张爱玲：《自己的文章》，《张爱玲文集》（卷4），页172。

③ 苏青：《我国的女子教育》，《苏青文集》（下册），页7。

④ 汤哲声：《现代报刊与现代文学　论40年代上海“方型刊物”》，《中国现代文学研究丛刊》，2001年第2期，页118。

⑤ 范智红：《在“古老的记忆”与现代体验之间——沦陷时期的张爱玲及其小说艺术》，《文学评论》，1993年第6期，页62。

"沦陷区"的特殊生存环境造就了她们这样一批特殊的写作者，这个时代过去了，她们的艺术生命也随之而消失。

参考文献

一、小说

程育真：《黑眼镜》，《乐观》，1941 年第 5 期。

程育真：《野眺的收获》，《乐观》，1942 年第 10 期。

程育真：《云天的变幻》，《乐观》，1947 创刊号。

练元秀：《决斗》，《紫罗兰》，1943 年第 5 期。

练元秀：《奇遇》，《紫罗兰》，1943 年第 7 期。

潘柳黛：《魅恋》（1—46，连载未完），《力报》，1944 年 10 月 20 日至 11 月 8 日，11 月 14 日至 12 月 10 日，版 3。

潘柳黛：《昨日之恋》，《大众》，1943 年 4 月号。

潘柳黛：《退职夫人自传》，上海：新奇出版社，1949 年版。

施济美：《嘉陵江上的秋天》，《紫罗兰》，1943 年第 7 期。

施济美：《流浪者》，《中艺》，1943 年第 2 期。

施济美：《暖室里的蔷薇》，《万象》，1 年 10 期（1942 年 4 月）。

施济美：《凤仪园》，上海：上海古籍出版社，1997 年版。

苏青：《苏青文集》（上、下册），上海：上海书店出版社，1997 年版。

谭正璧：《当代女作家小说选》，上海：太平书局，1944 年版。

汤雪华：《荒山上的一夜》，《小说月报》，1944 年第 41 期。

汤雪华：《黄道吉日》，《春秋》，1 年 1 期（创刊号）（1943 年 8 月）。

汤雪华：《饥》，《万象》，2 年 5 期（1943 年 1 月）（再版）。

汤雪华：《南丁格兰的像前》，《春秋》，4 年 1 期（1947 年 4 月），页 40—45。

汤雪华：《生与灭》，《万象》，2 年 7 期（1943 年 1 月）。

汤雪华：《罪的工价》，《紫罗兰》，1943 年第 5 期。

汤雪华：《劫难》，上海：日新出版社，1947 年版。

汤雪华：《朦胧》，上海：日新出版社，1947 年版。

汪丽玲：《糜烂》，《大众》，1944 年 2 月号。

邢禾丽：《瞑目》，《万象》，2 年 11 期（1943 年 5 月）。

俞昭明：《望》，《紫罗兰》，1943 年第 5 期。

张爱玲：《张爱玲文集》（卷 1—4），合肥：安徽文艺出版社，1995 年版。

郑家瑷：《号角声里》，上海：大明书局，1949 年版。

二、专著及文集

陈思和：《民间和现代都市文化——兼论张爱玲现象》，载周介人主编：《几度风雨海上花》，上海：上海三联书店，1996 年版。

傅雷（迅雨）：《论张爱玲的小说》，载静思：《张爱玲与苏青》，合肥：安徽文艺出版社，

1994 年版。

胡山源:《文坛管窥——和我有过往来的文人》,上海:上海古籍出版社,2000 年版。

柯灵:《上海抗战时期的文化堡垒》,载《浮尘小记》,上海:上海远东出版社,1996 年版。

柯灵:《〈上海“孤岛”文学回忆录〉小引》,载上海社会科学院文学研究所编:《上海“孤岛”文学回忆录》(上册),北京:中国社会科学出版社,1985 年版。

卢正珩:《张爱玲小说的时代感》,台北:麦田出版有限公司,1995 年版。

孟悦、戴锦华:《浮出历史地表　中国现代女性文学研究》,台北:时报文化出版企业股份有限公司,1993 年版。

穆时英:《穆时英小说全编》,上海:学林出版社,1997 年版。

盛英:《二十世纪女性文学史》(上卷),天津:天津人民出版社,1995 年版。

夏志清著,刘绍铭译:《中国现代小说史》,香港:香港友联出版社有限公司,1979 年版。

于青:《上海屋檐下——从三位女作家看“海派”女性文学的魅力》,《苦难的升华》,合肥:安徽文艺出版社,1992 年版。

余婉儿:《隐私书写:上海女作家小说的一种阅读(1942—1949)》,《性别与疆界》(南洋人文丛书国家疆界与文化图像),新加坡:南洋理工大学中华语言文化中心,2006 年版。

张泉:《沦陷时期北京文学八年》,北京:中国和平出版社,1994 年版。

周作人:《药堂杂文》(周作人自编文集),石家庄:河北教育出版社,2002 年版。

三、期刊

范智红:《在“古老的记忆”与现代体验之间——沦陷时期的张爱玲及其小说艺术》,《文学评论》,1993 年第 6 期。

汤哲声:《现代报刊与现代文学　论 40 年代上海“方型刊物”》,《中国现代文学研究丛刊》,2001 年第 2 期。

杨敏:《时空幻化尽苍凉——张爱玲小说叙事策略之一种》,《海南师范学院学报》(人文社会科学版),总 61 期,2002 年第 15 卷第 5 期。

张全之、程亚丽:《苏青与 40 年代市民文化》,《德州学院学报》,2001 年第 17 卷第 3 期。

故园之念

——康有为之新马诗歌研究*

张克宏

一、前　言

在中国近代史上，康有为不仅是一位杰出的政治改革家和伟大的思想家，还是一位卓有成就的文学家。康有为在文学上所取得的成就，首先集中反映在他的诗歌创作上。作为中国近代“诗界革命”的代表人物之一，康有为不仅在诗歌数量上成绩斐然，而且在诗歌题材上作了远较其他近代诗人更为广泛的环球飞越，[①] 而这种飞越又正是与他长期流亡海外息息相关的。康有为一生共创作诗歌千余首，其中在海外流亡时期创作的就多达八百多首。就康有为的诗歌创作生涯来说，他在海外流亡的十六年无疑是他一生中创作力最旺盛的时期，而他在南洋，特别是在新加坡和马来西亚所创作的三百多首诗歌又是他整个海外流亡生涯中极富色彩的一页。

康有为在新、马创作的诗歌并没有像丘逢甲、王晓沧等人那样先在当地报纸，如《天南新报》上发表，而是收藏在自己或亲戚、朋友手中，大多数后来都被收入崔斯哲先生所编的《康南海先生诗集》里，共分成三集编排：一是《大庇阁诗集》，计 147 首，时间从 1900 年 2 月至 1901 年 12 月，实际上就是他第一、二、三次流亡新、马时的作品，该集之名因康有为将他居住在槟城总督署之馆命名为大庇阁而得；二是《南兰堂诗集》，计 163 首，时间从 1908 年至 1909 年，实际上是他第四、五、六次避难马来西亚的作品，该集之名因康有为的母亲劳太夫人在得长孙康同钱后，将其所居寓所命名为南兰堂而得；三是《憩园诗集》，计 51 首（其中有几首是康有为 1911 年到日本后所作），时间从 1910 年至 1911 年，实际上大多数是他最后三次避居新加坡时的作品，该集之名因康

---

* 本文原载于《中教学报》（新加坡：新加坡中学华文教师会，1999 年版），第 25 期，页 61—76，部分内容、文字曾作改动。

① 马亚中：《中国近代诗歌史》，台北：台湾学生书局，1992 年版，页 469。

有为曾住在邱菽园在丹容加东海滨的房子——“憩园”而得。

康有为是位写实派诗人，虽然其诗歌不乏华美的辞藻，但他基本上是“感于哀乐”，缘事而发。关于康有为的诗歌艺术特点，研究近代诗歌的学者对其早有所评，本文拟避此不谈，而从诗歌题材与内容的角度出发对康有为在新、马流亡时期所创作的诗歌作一初步探讨，我们借此可以对康有为在新、马流亡时期的思想状况以及生活情况等有更详细、更清晰的了解和认识。

二、感念皇恩

就康有为在新、马流亡时期创作的诗歌题材来看，对光绪皇帝的感念乃是其诗歌内容的一个重要部分。康有为在新、马时期创作的怀念光绪皇帝的诗歌共有五题七首，诗歌数量所占的比重虽然不大，但它们遥寄了一位逋臣对皇帝的感激、思念与拥戴之情，同时也深刻地反映了流亡新、马时期的康有为在政治上所坚持的仍然是君主立宪思想。

康有为原本是一介书生，后来却在中国近代史上留下了深刻的影响，诚如梁启超所说：

> 若夫他日有着二十世纪新中国史者，吾知其开卷第一叶，必称述先生之精神事业，以为社会原动力之所自始。①

我们姑且不论中国近代史者，其开卷第一页是否就谈康有为，但梁启超这番话至少道出了一个事实，即康有为在中国近代史上的影响是巨大的，而康有为在中国近代史上的这种地位和影响，又无疑与光绪皇帝紧密联系在一起。如果当初不是光绪皇帝思想开明，识领时务，立志变法，给康有为提供了施展才华的机会，那么康有为的一生也许就没有他后来那么耀眼。当然，历史并不能假设，历史的事实是光绪皇帝给康有为提供了政治活动的舞台，康有为因而得以大展宏图，轰轰烈烈地开展了他的变法维新运动。对此，康有为自然感激不尽，难怪康有为流亡海外后，仍无日不以光绪皇帝为念。光绪诞辰，辄吟诗为寿；每遇节庆，则望阙行礼；闻光绪之崩，乃痛哭遥祭，由此可见，作为逋臣的康有为对青睐过他的先帝的一片忠诚。康有为在新、马创作的念皇诗可分为以下三类：

（一）祝寿诗

康有为流亡新、马期间，在光绪皇帝尚未驾崩之前，每遇到光绪帝诞辰，都会赋诗恭祝万寿。如 1900 年 7 月，就在他动身前往丹将敦岛避难的前一天，恰逢光绪皇帝 30 岁生日，于是康有为不顾数月来东躲西藏的窘迫，也不顾刺客到

---

① 梁启超：《南海康先生传》，见夏晓虹：《追忆康有为》，北京：中国广播电视出版社，1997 年版，页 3。

来行刺，竟抛开一切顾虑，公开与邱菽园等设香案龙牌，望阙叩祝，他曾以诗记之。诗题为《皇帝三十万寿时大乱，京津消息多绝，幸圣躬无恙，小臣在星坡与梁尔煦、汤睿设香案龙牌，望阙叩祝。时邱炜瑗鼓舞星坡人全市祝寿，极闹，前此未有也，恭记》，诗曰：

圣躬历险犹无恙，天意存华庶可知。
两载房州书帝在，八荒寿域动民思。
漫愁蛇豕斗宫阙，梦想龙鳞落海湄。
小臣虽乏朝衣拜，喜见黄龙遍地旗。①

1901 年 8 月 12 日，时康有为正避居于槟城总督署内，又逢光绪皇帝 31 岁生日，于是康有为乃在大庇阁望阙恭祝万寿，并赋诗记之，诗题为《光绪二十六年六月二十八日，在槟榔屿英督署大庇阁望阙恭祝万寿》，诗曰：

六龙西狩庆将旋，沸海波平止铠延。
中国不虞分玉斧，吾君无恙祝金仙。
最痛蒙尘求豆粥，有时吹梦入钧天。
尚想冕旒仁寿殿，流离海外已三年。②

（二）祈望诗

在康有为看来，光绪皇帝有朝一日定能脱离瀛台囚禁之苦，重新掌政，而他也能得以重新回到京城，继续他未竟的变法维新事业，这未免是康有为的一相情愿，不过，这也是他对光绪皇帝的祈望。1901 年（辛丑）元宵日，康有为在槟榔屿所作的望阙行礼诗正表露了他的这种心境。诗题为《辛丑元日槟榔屿督署大庇阁望阙行礼，见云气成龙，口占》，诗曰：

高楼西北旭熹光，绵蕞为仪拜上方。
云气成龙抉瑞日，中原走马望兴王。
三年海岛伤捕客，万里长安对御床。
闻道回銮消息近，庙堂重扫待当阳。③

---

① 康有为：《康南海先生诗集》，见蒋贵麟：《康南海先生遗著汇刊》（第二十一集），台北：宏业书局有限公司，1976 年版，页 354。

② 康有为：《康南海先生诗集》，见蒋贵麟：《康南海先生遗著汇刊》（第二十一集），页 394。

③ 康有为：《康南海先生诗集》，见蒋贵麟：《康南海先生遗著汇刊》（第二十一集），页 382。

（三）哭祭诗

对光绪皇帝的眷恋愈深，祈望愈大，康有为最后所受到的意外打击也就愈重。1898 年 9 月（戊戌八月），康有为在逃亡的英舰上听说光绪被杀时，痛不欲生，欲为滔海了结此生，他曾口占一绝：

忽洒龙云翳太阴，紫微光掩帝星沉。
孤臣辜负传衣带，碧海青天夜夜心。①

而时至 1908 年 11 月，光绪皇帝真的突然崩逝之后，康有为真的痛不欲生。是年除夕，康有为作了两首极为伤感的哭祭诗，诗题为《戊申除夕祭先帝后望海，独立思旧感怀》，诗曰：

鼎湖龙去只号天，南海波臣泣坠渊。
大业未成殂中道，驰驱莫效感终年。
孤臣永忆桥山剑，末命哀傅玉凡篇。
惨淡明良何代事，萧条宇宙一潸然。

十载周游大九洲，戊申戊戌一春秋。
孤臣死罪惭衣带，国步艰难累冕旒。
斧以尚思天北极，玉棺竟降殿东头。
岁阑绝海看滔雪，追念维新涕泗流。②

康有为的这份孤臣的悲伤直到光绪皇帝百日丧毕，仍然“哀痛无时”。虽然流亡于远隔万里的南洋，康有为仍然一丝不苟地遵礼成服。他在《德宗景皇帝百日丧毕，剃发长痛无时感赋》中说：

白发毵毵百日垂，黑发尽白亦兹时。
明良遇合终天痛，丧服淡除乃礼期。
剃发六根终不净，感恩千古只含悲。
孤臣首疾何能解，永放江潭与海湄。③

自 1900 年 2 月来新加坡避难之日起至 1911 年 5 月离开新加坡之日终，康有为在新、马流亡期间时刻没有忘记德宗。由祝福到企盼，由企盼到心伤，康有为

① 康有为：《康南海自订年谱》，台北：文海出版社，1969 年版，页 69。
② 康有为：《康南海先生诗集》，见蒋贵麟：《康南海先生遗著汇刊》（第二十一集），页 802。
③ 康有为：《康南海先生诗集》，见蒋贵麟：《康南海先生遗著汇刊》（第二十一集），页 913。

对光绪皇帝的感恩与怀念始终如一，一往无悔。这些诗歌的创作既是康有为对光绪皇帝寄托怀念与哀思的一种表达方式，也是康有为在中国近代诗歌题材上作了不同于其他近代诗人的一个飞跃。

三、忧时伤乱

康有为在政治上虽然始终坚持君主立宪制，反对民主共和，但他终生是位坚定的爱国者。尚在青年时代，康有为即以《爱国短歌行》来抒发自己的爱国情操。在经过那场轰轰烈烈的“公车上书”和“戊戌变法”运动之后，他的爱国之情更浓，救国之志益坚。纵使他所深爱的国度最后不但没有让他尽展自己的才华，遂其救国之愿，反而将他迫出国门，但这一切并没有淡化一位以救国为己任的逋臣的爱国情怀。相反，康有为却因身在异国而更加心怀魏阙，时刻以国事为念。他在新、马流亡期间以忧时伤乱为题材所作的诗歌正是他爱国之情的最好流露。

（一）哭大乱诗

1900 年 7 月，当义和团运动在京津风起云涌之后，英美等八国以保护使馆为名，发动联军入侵北京，慈禧太后与光绪皇帝随即被迫西逃，京城一片混乱。当蛰居槟城的康有为听到这一消息后，极为伤感，遂赋诗十二首以哭故国京城之乱，诗题为《自星坡移居槟榔屿，京师大乱，乘舆出狩，起师勤王北望感怀十二首》，兹择录一首如下：

战鼓津沽急，烟尘京辇频。
传闻围客馆，无故戮行人。
召怒西邻责，兴兵万国屯。
惊闻烧炮垒，烽火上星辰。①

（二）痛失地诗

1900 年 8 月，八国联军攻占北京，清政府无力抵抗，俄国乘机派兵占领东三省。时任奉天将军的增琪被迫与俄国签订奉天交地条约，俄拟在东三省驻兵征赋，官吏也俱归俄管辖。康有为在槟榔屿闻悉后，义愤填膺，乃赋诗直抒心中之愤。诗题为《闻和议成，而东三省别有密约割与俄，各直省人士纷纷力争》，诗曰：

魏绛和戎岂有功，只愁云雾蔽辽东。

---

① 康有为：《康南海先生诗集》，见蒋贵麟：《康南海先生遗著汇刊》（第二十一集），页 913。

凭将士气扶中原，泪洒山河对北风。①

康有为胸怀祖国，对国土的沦丧深感悲愤，然而孤臣无力可以回天，所以只能洒泪面对北风，那种无力感和沧桑感，顷刻表露殆尽。康有为还曾借棋局来形容失地之痛。1901 年 9 月至 10 月间，康有为在槟榔屿与梁铁君对弈，康遂借棋局赋诗，诗题为《八月再题棋局》，诗曰：

方卦画成三十六，纷纷国土现蛮触。
沉吟临睨是中原，诸边已割成残局。②

（三）忧时局诗

流亡的岁月难免使康有为倍感孤寂，而远离故土的思乡之情更增添了他对祖国时局的关注与担忧。在新、马流亡期间，康有为曾创作了不少忧时之诗。如 1900 年 3 月康有为初寓邱菽园的南华楼时，在与梁铁君、汤觉顿一道饮酒话旧时曾作诗志感：

四十三年现化身，五千里外托逋臣。
南华楼上环花气，上野场中置酒痕。
天惜残躯经万死，生为大事岂前因。
红渠绿叶凭栏话，北望神台总怆神。③

再如，1900 年 8 月 29 日，康有为在阅报时见报纸上录有京变事，遂赋诗感怀：

五凤城前总拜辞，前年此日出京师。
忽惊烽火生褒姒，空有波涛泣子胥。
中国陆沉谁致此，逋臣漂泊更安之。
西山一角青青在，北望凭栏有所思。④

康有为的忧时伤乱之诗与其他近代诗人，如黄遵宪、丘逢甲等人相比同样具有震撼力，只是因各人所经历的时事稍有不同，故康有为的这类诗作在内容上也更多地表现出他自己的取向。

① 转引自李立信《戊戌后康有为之海外诗歌研究》，见广东康梁研究会编：《戊戌后康梁维新派研究论集》，广州：广东人民出版社，1994 年版，页 79。

② 康有为：《康南海先生诗集》，见蒋贵麟：《康南海先生遗著汇刊》（第二十一集），页 384—385。

③ 康有为：《康南海先生诗集》，见蒋贵麟：《康南海先生遗著汇刊》（第二十一集），页 338。

④ 康有为：《康南海先生诗集》，见蒋贵麟：《康南海先生遗著汇刊》（第二十一集），页 373—374。

四、心系故人

对于康有为的性情，早已有学者作过评价，认为康有为待人较为傲慢，不易接近。对于与自己政见不一致的人来说，康有为可能如此，不过，对于那些与自己政治理念一致，与自己志同道合的朋友，康有为则表现出他的热情、诚挚。康有为在新、马创作的诗歌中，思念故人题材的作品占有较大的篇幅。康有为思念的故人（包括去世的与尚在的），主要有以下两类：

（一）变法诸子

戊戌变法是康有为一生永怀的大事，其结局则是康有为永远无法抚平的伤痛。变法失败以后，康有为被迫流亡海外，虽然逃亡途中历经许多艰险，避难中国香港、新加坡时更是终日惶恐不安。但是，与其他参与变法或支持变法的诸子相比，康有为毕竟还算是变法诸子中较幸运的一位，其余诸人或就地正法，或系狱，或抄家，妻离子散，家破人亡，惨不忍睹。康有为蛰居新、马期间，每闻以往变法同道诸人消息，则必为诗，以哀，以喜或以怀。1900 年 4 月 10 日夜，康有为突然怀念起昔日曾向皇帝举荐过他的徐子靖（即徐致靖）侍郎，遂赋诗志怀，诗题为《三月十一日夜怀徐子靖侍郎，时在北狱，念之痛心（庚子）》，诗曰：

> 沉沉忧怨我何之，风动唧当月堕时。
> 燕云惨雾何时解，正气歌成壮更悲。①

最能代表康有为对于变法诸子的怀念之诗的乃是他的《六哀诗》。1901 年 9 月 25 日（辛丑八月十三日），康有为在槟榔屿绝顶作成哀五烈士诗（康有为当时因太悲伤而没有作成哀康广仁诗，后来才补全），他对戊戌六君子的哀痛，在《六哀诗》序中表现得真挚难求：

> 戊戌之秋，维新启难，尧台幽日，钩党起狱，四新参杨锐叔峤，刘光弟裴村、谭嗣同复生、林旭日敦谷、御史杨深秀漪川及季弟广仁幼博，不狱遂戮，天下冤之。海外志士，至岁为设祭，停工持服，盖中国新旧存亡所关也。六烈士者，非亡人之友生弟子，则亡人之肺腑骨肉，流离绝域，呕血痛心，两年执笔，哀不成文。辛丑八月十三日，奠洒于槟屿绝顶，成五烈士诗。海波沸起，愁风飙来，哀纪亡弟，卒不成声，盖三年矣。②

---

① 康有为：《康南海先生诗集》，见蒋贵麟：《康南海先生遗著汇刊》（第二十一集），页 348。
② 康有为：《康南海先生诗集》，见蒋贵麟：《康南海先生遗著汇刊》（第二十一集）页 418—419。

是序虽然只有短短两百多字，但读来令人有呕血割心之痛。哀政变同道之作，不知凡几，固有足悲者。如康有为在《哭祭军机陈次亮郎中》一诗里即毫不掩饰地流露出这种伤悲与对志同道合者的深深思念之情：

悲风碾海波，骤雨掩平地。
陈公天人姿，秋色忽凋弃。
呼嗟维新业，于何呼同志，
君才实鼎铉，天生清庙器。①

逝者闻之当悲，然而康有为也有闻之而喜者，如《京破后，狱囚皆放，闻徐子靖侍郎即奉赦免，喜倒泪下》：

冤狱两年悲党锢，维新元老记春秋。
惊闻西狩摩燕阙，忽喜南冠出楚囚。
天下咸知城北美，人间解尽海南忧。
苦忆哀歌宋玉宅，何时把酒仲宣楼。②

又如《喜闻李必园尚书赦归》：

荷戈久痛三年戍，投老谁招万里魂。
竟缘铃雨淋銮道，得唱万缳返国门。
定远生还宁自料，中原重见泣何言。
应闻圣主犹无恙，只是先生霜雪繁。③

（二）勤王烈士

戊戌政变后，光绪皇帝被囚于瀛台，康、梁被迫亡命海外，遂组织保皇会，以“忠君爱国”相号召，拟起兵勤王，保救光绪皇帝，期以复政中国。1900 年 8 月 22 日，被康有为视为勤王的“徐敬业”——唐才常等因起义事泄而被湖广总督张之洞杀害于武昌，三十多位烈士死难，康有为希图仿效日本“挟藩勤王”的自立军起义旋告失败，他着力经营的两广勤王运动也随之未起即散。长江自立军起义虽然不是康有为所倚重的主力，但它给康有为的打击是巨大的，他除了致信张之洞，指责张之洞镇压自立军起义是“背主事仇”，借以泄愤外，并没有别的实质性举动，而且从此心灰意懒，不复再言起兵勤王。但他对为勤王而死难的

① 康有为：《康南海先生诗集》，见蒋贵麟：《康南海先生遗著汇刊》（第二十一集）页 416—417。
② 康有为：《康南海先生诗集》，见蒋贵麟：《康南海先生遗著汇刊》（第二十一集），页 376。
③ 康有为：《康南海先生诗集》，见蒋贵麟：《康南海先生遗著汇刊》（第二十一集），页 437—438。

烈士却常常哀恸不已，每以诗哭祭，犹如肝肠裂断。如他在闻自立军起义失败，唐才常等殉难后作诗记之：

烈士悲国种，奇才起楚湘。
苦心结豪杰，誓死救君王。
兵气连江海，元戎压式昌。
惊闻将星陨，忧痫恻肝肠。①

邱菽园在获悉自立军起义失败，唐才常等被杀后，伤心不已。遂赋《哭唐佛尘烈士才常诗六首》，并将其诗寄给康有为。康读诗伤怀，遂亦赋诗哀之。诗曰：

骷髅化碧满江潭，有司死者三十三。
楚厉招魂诵新作，血痕盈纸泪盈衫。②

无论是为变法而捐躯或身陷囹圄的诸子，还是为起兵勤王而牺牲的烈士，康有为都时常将他们深深怀念。去国经年，离家万里，万般故人情又怎能不魂牵梦萦于康有为的心头呢？

五、触景伤怀

康有为在新、马流亡期间创作的诗歌，题材种类甚多，除前述三种对皇帝、故人的感念，对时事的忧愤之外，在这种大的忧伤题材之下，康有为还有一类感叹自己事业未成，有家不能归，有国不能回的伤感之作，这类诗作大多数是因景、因情而发，触景伤怀，读来颇觉凄凉。

（一）思乡诗

康有为生于南海，长于南海，他对这片故土自然情有独钟。然而，无情的现实让他只能日思夜梦，缥缈的岁月时常让他触异国之景而生思乡之情。

1900年2月，康有为初寓邱菽园的客云庐三楼，从楼上极目远眺，康有为所见到的景观极似他在故乡澹如楼所看到的风景，一股浓烈的思乡之情不禁油然而生，遂赋诗一首，诗题为《寓星坡邱菽园的客云庐三楼楼上，凭窗览眺，环水千家，有如吾故乡澹如楼风景，感甚》，诗曰：

小桥通海枕波流，两岸千家数百舟。
廿载银塘旧山梦，忘情忽倚澹如楼。③

---

① 康有为：《康南海先生诗集》，见蒋贵麟：《康南海先生遗著汇刊》（第二十一集）页368—369。
② 康有为：《康南海先生诗集》，见蒋贵麟：《康南海先生遗著汇刊》（第二十一集），页372。
③ 康有为：《康南海先生诗集》，见蒋贵麟：《康南海先生遗著汇刊》（第二十一集），页337—338。

1900 年 8 月康有为移居槟城总督署后，梁铁君在槟榔屿公园内找到一处瀑布，康有为因久未见之，遂与梁铁君日与同游，这不禁勾起康有为对故乡罗浮山的怀念之情，诗曰：

涧曲林深山顶池，九天珠瀑下飞垂。
飘风吹我铁桥立，疑在罗浮白鹤时。①

他还有一首怀念故乡罗浮山之作，诗题为《槟榔节楼床前对山，每朝日敦既上，小俾开门，苍绿谧目，得意如在罗浮匡庐间也》，诗曰：

中原忧患满人间，海外逋亡转放闲。
高树当楼朝日上，卧床摊被看青山。②

（二）念国诗

康有为对故土的思念不只反映在他对出生地——南海怀有的特有情结，实际上，他对整个神州大地都充满着深深的热爱与眷恋之情，这充分反映在他怀念故国的诗篇里。

1900 年 2 月 14 日（元宵节），康有为在新加坡见华人张灯结彩，热闹非凡，顿生念国之情，他记叙此事的诗题为《星坡元夕，乡人张灯燃爆，繁闹过于，触绪伤怀，与铁君、觉顿、同富侄追思乡国》，诗曰：

海月团团又上元，波桥影静市声喧。
刺天珠爆争星丽，照水银灯夹岸繁。
旧国烟花重此见，新亭风景泣何言。
忽忆前年燕市夜，酒酣击筑梦中原。③

1901 年 1 月 1 日康有为寓居槟城，他在见到当地西方人过元旦的情景后，又不禁感叹起来，遂赋一首念国诗，诗题为《槟屿漫行遇西人园日感叹》，诗曰：

累年绝域长为客，北望中原愁杀人。
海外风尘吾渐老，蛮中云物日相亲。
苍藤缠树花生顶，红布围身金坠唇。

---

① 康有为：《康南海先生诗集》，见蒋贵麟：《康南海先生遗著汇刊》（第二十一集），页 380。
② 康有为：《康南海先生诗集》，见蒋贵麟：《康南海先生遗著汇刊》（第二十一集），页 389。
③ 康有为：《康南海先生诗集》，见蒋贵麟：《康南海先生遗著汇刊》（第二十一集），页 337。

酒醒梦回肠断处，长天万里是燕秦。[①]

康有为对故国的思念有时还会因睹异乡之物而生，如1911年立春日，康有为在新加坡见到椰、蕉、棕、桐等植物，唯独不见中国的梅花、牡丹，心甚奇之，遂赋诗将此事告知梁启超等。该诗诗题为《辛亥人日立春，星架坡海滨晓起，视万绿匝地，嫩晴浓熙，皆椰、蕉、棕、桐、凤尾草，不得见故国梅花、牡丹也，寄任公孺博曼宣与薇女》。由此可见，异乡的一草一木都有可能触动康有为的思乡之情。

（三）伤己诗

触异国之景除了会触动康有为的思乡之情外，也会激发康有为对自己勤王事业不成的感慨，从而促成他吟诵出被迫流寓他乡的那种无可奈何的伤己之作。这类题材的诗作在康有为流亡新、马时期创作的诗歌中占有相当大的比重，如1900年7月26日，他躲避丹将敦岛时，曾作了三首伤怀诗，诗题为《七月偕铁君及家人从者居丹将敦岛灯塔》，诗曰：

燃灯夜夜放光明，打浪朝朝起大声。
碧海苍天无尽也，教人怎不了此生。

大海苍苍一塔高，秋深绝岛树周遭。
我来隐几无言语，但听天风与海涛。

北京蛇豸乱纵横，南海风涛日夜惊。
衣带小臣投万里，秋来绝岛听潮声。[②]

勤王是康有为流亡海外后所要从事的一项重大政治活动，勤王事业不成无疑给他以巨大的打击，所以他的伤己诗总免不了以此为主旋律，而夹叙着对自己无所作为的慨叹，这在康有为的《槟岛避地衣物典尽》一诗中表达得较为淋漓尽致：

万里投荒去国悲，经年绝岛无人识。
议环质尽佐军资，春衣典库空相忆。
久经籍没本无有，弄是区区更何惜。
东坡黄州日百钱，吾今甚愧费千亿。

---

① 康有为：《康南海先生诗集》，见蒋贵麟：《康南海先生遗著汇刊》（第二十一集），页381。
② 康有为：《康南海先生诗集》，见蒋贵麟：《康南海先生遗著汇刊》（第二十一集），页355。

乱世郎官倚墙饿，公卿采吕乃得食。
丈夫一死本预办，独叹穷途在绝域。
自笑一身不善谋，空腹高谈营八极。
素衣将敝豆粥难，圣主蒙尘犹戚戚。
孤臣奉诏不能救，负罪万死泪沾臆。
津辽流血满江水，中原陆沉民胥溺。
吾亡海外已天幸，逝欲奋飞救无力。
日啖三升太负腹，大庇阁中空叹息。[①]

如果不细加区分，那么我们可以发现，在康有为流亡新、马时期所创作的诗歌中，大多数作品都或多或少地暗含了他对故乡的怀念，对自己勤王事业不成的喟叹，对流亡异域所过的漂泊生活的伤感。与近代其他诗人相比，这类题材的诗歌也许只有康有为因经历较多、感慨较深，故而创作得也较为丰富感人。

六、悠闲修身

康有为在新、马流亡期间创作的诗歌，大部分都如上述，乃感念、忧伤之作，但也有小部分描写他心情愉悦之诗。这类诗歌有些是他一个人独处时因暂时忘却了一切烦恼而作，有些则是在与亲人、友人一道漫游时所作，整体上都属悠闲修身之作。

（一）独处诗

康有为一人独处时，或著书立说，或尽情休闲，一事不做，这时暂时将伤感之事抛之脑后，于是便会吟出一些轻松愉快的诗作来。如他在《槟榔屿大庇阁阅报》一诗中曾写道：

楼前碧绿好烟鬟，松石深深翠黛斑。
忽被黑云蔽天过，小童惊告失青山。[②]

又如他在《槟榔督署秋风独坐杂作》中曾吟道：

山色深蓝将作雨，日光变黑忽生雷。
独倚栏杆数鸡鸭，黑奴骑德白牛来。[③]

上述两首诗歌犹如描绘了两幅山雨欲来风满楼的惊心场面，而作者本人在置

① 康有为：《康南海先生诗集》，见蒋贵麟：《康南海先生遗著汇刊》（第二十一集），页385—386。
② 康有为：《康南海先生诗集》，见蒋贵麟：《康南海先生遗著汇刊》（第二十一集），页388—389。
③ 康有为：《康南海先生诗集》，见蒋贵麟：《康南海先生遗著汇刊》（第二十一集），页399。

身其中时并无紧张、惊慌不定之感。相反，他在前一首诗里还暗笑小童的虚惊，而在后一首诗里则显得了无事做，于是独倚栏杆数起鸡鸭来。这类诗作在康有为的作品中并不多见。

（二）漫游诗

最能表现康有为轻松自得的悠闲诗作的莫过于他与亲人，或友人一道漫游时所作的诗歌，这类诗歌数量较多，在新、马流亡期间，陪同康有为漫游的亲人前后期略有不同，前期主要是其二女儿康同璧及妾婉络，后期则是其第三夫人何旃理，兹分举数列如下。

较能反映康有为与他的二女儿康同璧及妾婉络同游之乐的诗作，如《中秋夜槟榔屿绝顶英督别墅步月四首（婉姬与同璧女侍游）》，兹摘引前两首：

> 万松夹径几徘徊，露溢垂阑香扑来。
> 小坐松阴云缭绕，月明万朵白花开。
>
> 山路高低万树阴，楼台无数抗山岭。
> 夜来步履三巡数，俯看下界月华生。①

他与何旃理一起同游时所赋的诗歌也显得较为悠闲，如他的《携旃理南兰堂后望海》：

> 冥冥海浪草青青，柳叶松丝垂草亭。
> 茗罢打球当晚步，相携望海酒微醒。②

除了与亲人漫游时，康有为有时会吟出一些愉悦之诗外，与友人一道时，他也会作出一些消遣诗来。如 1900 年 7 月 9 日，他与梁铁君等人避居丹将敦岛时，因无事可做，遂日与同游，不无悠闲之乐，他在《丹岛多奇石，拾得百余枚以压归装，铁老亦相与拾石自遣》中即曾写道：

> 神中沧海带归来，割取云霞锦一堆。
> 丹岛压舟无异物，行装怪石百余枚。
> 皑皑白塔压丹霄，大海涛头起怒潮。
> 日日崖滨来拾石，秋风吹浪听萧萧。③

---

① 康有为：《康南海先生诗集》，见蒋贵麟：《康南海先生遗著汇刊》（第二十一集），页 407—408。
② 康有为：《康南海先生诗集》，见蒋贵麟：《康南海先生遗著汇刊》（第二十一集），页 906—907。
③ 康有为：《康南海先生诗集》，见蒋贵麟：《康南海先生遗著汇刊》（第二十一集），页 357—358。

（三）联句诗

还有一类诗作其实也可以表现康有为与亲人在一起时的悠闲快乐，这就是他的联句诗。所谓“联句”诗就是两人、三人或多人就某一题材（有时也可以没有主题）吟诗作对，其中一人说上句，另一人则对出下句。康有为在同女儿康同璧、妾婉络以及第三夫人何旃理在一起时，有时就会作联句诗。如 1901 年 5 月，康有为在槟城总督署内得病时，康同璧远涉重洋来此服侍，康有为兴奋不已，乃与康同璧作联句诗，诗题为《四月同璧女来槟侍膳，因与联句》，诗曰：

绿阴万树绕楼台（璧），红蕊黄花次第开（生）。
醉眼漫看新世界（璧），余生历尽劫轮回（生）。
雾霾兵垒听悲角（璧），云坠前山滞酒杯（生）。
多难今朝复相见（璧），黄鸡朱蟹不须哀（生）。①

1901 年 9 月，他与妾婉络及女同璧在槟榔屿绝顶的臬司别墅内曾作联句诗两首，兹择一如下：

叠壑深深万木稠（同璧），茫然大地一高楼（婉络）。
此身便欲长终隐（更生），何用求仙到十洲（同璧）。
白云深处有高楼（同璧），天海苍茫见十洲（更生）。
香泉一饮能长寿（婉络），便尔幽栖解百忧（更生）。②

就康有为在新、马创作的诗歌总量来看，这类悠闲修身之作虽然不是很多，但多少反映了他在孤独、忧伤、苦闷之余也有过愉快的时光，特别是在亲人、友人相伴的时候。

七、绘景状物

从 1900 年 2 月至 1911 年 5 月，在这前后十二年的流亡岁月中，康有为曾先后七次进出新、马，那里的风土人情、山川草木无不给他留下深刻的印象。因而，在他的笔下也就留下了不少描写当地风景的诗作，或咏花，或赏月，或看云，或观海，绘景状物，不一而足。

（一）咏花诗

新、马地处热带，常年绿草茸茸，树木青青，花香浓郁。康有为特别喜欢这

---

① 康有为：《康南海先生诗集》，见蒋贵麟：《康南海先生遗著汇刊》（第二十一集），页 401。
② 康有为：《康南海先生诗集》，见蒋贵麟：《康南海先生遗著汇刊》（第二十一集），页 411。

里的花，如他在槟城总督署内避居时，该署内花树种类繁多，终年繁花似锦，艳丽迷人。康有为在描写该署内的“一日黄”花的诗题中曾写下《槟榔屿英节署前道遍植大树，似榕，经年开花，时时换叶，花在树顶，黄细如撒，花时望如黄云，惟一日即落。吾席地其下，花满襟袖，遍地黄，可惜光景太短，名为“一日黄”》，诗曰：

修柯密叶蔽云霞，黄撒金蕤满顶花。
昨日开来今日落，可怜顷刻短繁华。
天雨散花如布金，盈床遍地更弥襟。
呼童扫蕊缝为枕，拥凡摊书卧绿阴。①

在总督署内还有一种花，康有为称之为“旌节花”，他描写此花的诗题为《槟屿有花马拉语名为布牙侧，甚绿，叶如剑，一枝直上，千花团合，九层分布，如夜合，而大朵皆垂，色白如团雪，望之如自塔玉楼，亦如旌节，英督署前有二株，开时雪光玉色，吾每日其下，名曰旌节花》，诗曰：

千花团结九层垂，雪聚冰凝五尺枝。
海外节楼花第一，便名旌节可相宜。②

（二）看云诗

天上的云在大多数人看来并没有什么特别值得观赏之处，也不会给人留下什么特别的印象，除非是在暴风雨即将来临之际，那种风云变幻的景观或许能够引起人特殊的兴趣，但在康有为看来却不然。无论是晴天还是阴天，也无论是白天还是夜晚，天空中的云都美妙绝顶，无与伦比，我们且看他描写夜晚在槟榔屿山顶看云的一首诗《槟榔屿顶夜看云》：

槟屿绝顶倚楼阁，高高上通逼天阙。
俯视万丈乃至云，蓊蓊厚铺如海雪。
蔽亏合市数万家，截成半岛若环决。
势若巨浪扑岩崖，侵袭罔陵顶欲灭。
分师略地雨道出，白袍白马白旗揭。
渐渐上侵迫峰顶，有若洪水涨汗橘。
怀山襄陵无不到，似泛巨舰听飘撇。

① 康有为：《康南海先生诗集》，见蒋贵麟：《康南海先生遗著汇刊》（第二十一集），页387。
② 康有为：《康南海先生诗集》，见蒋贵麟：《康南海先生遗著汇刊》（第二十一集），页387—388。

林木忽已被周遮，大浸稽天天柱折。
罡风压之不得上，分作长围气不竭。
遂退回荡塞海面，岛屿万千光怪别。
云海水海成两层，光影怪变不可诘。
竟夜扶筇行巡视，天风浩浩飊残月。
侵晓忽已见海日，光彩缤纷天宇出。
残云零落栖丘至，海上云海真奇绝。[①]

（三）绘景诗

康有为对新、马风景的描绘，除了上述赏花、看云诗分辨得较为清晰之外，大多数情况下，他的绘景之作都会把山水草木等自然风景融为一体，在一首诗中，既有咏花，又有赏月，既有观海，又有诵水，同时夹杂着自己的一丝感情，情景交融，浑然成为一体。如他的《槟榔屿偕铁君四更踏月，步游公园，长林清薄，杂于月影中，光景佳绝》：

绿椰驰道白沙堤，白阁青林十里迷。
夹路树阴花影满，沿溪踏月水澌澌。[②]

又如他的《槟屿山顶纵游》：

山路幽深处处径，山花山果不知名。
垂藤碍路无人过，时见吉宁绕水行。
山花山草满篮归，几担山香下翠微。
喜得玉红花两树，溅溅石濑过苔矶。[③]

康有为这类绘景状物的诗还有不少，不过，在康有为描写新、马风景诗歌中有一较为特殊的现象，那就是基本上没有一首诗是用来描写这两地的建筑以及风俗、人文景观等的作品。而他在印度以及欧美等地作逍遥游时却留下了大量描写此类风景的诗歌。两相比较，我们可以发现，康有为对新、马两地风景的描写要稍逊于他对印度以及欧美等地景观的描绘。

总之，我们从题材的角度，对康有为在新、马流亡时期创作的诗歌作了一个粗略的分类研究，有了一个大致的轮廓，同时，大致了解了康有为在新、马流亡时期的一些活动内容以及他的思想状况。需要指出的是，在对康有为的诗歌从题

---

① 康有为：《康南海先生诗集》，见蒋贵麟：《康南海先生遗著汇刊》（第二十一集），页413—415。
② 康有为：《康南海先生诗集》，见蒋贵麟：《康南海先生遗著汇刊》（第二十一集），页375。
③ 康有为：《康南海先生诗集》，见蒋贵麟：《康南海先生遗著汇刊》（第二十一集），页412—413。

材角度作分类时，笔者只是从该诗的主旋律出发，或者说是就该诗主要反映的内容来考虑，而撇开了该诗的次要因素。实际上，一首诗有时也会兼顾反映其他方面的内容，但笔者认为，这并不影响该诗所表达的作者的主要思想倾向。

知性散文的修辞美学

——论龙应台知性散文的文字技巧*

张美足

一个作家的写作，一如其他艺术家的创作，所面对的挑战，不外乎如何有效地呈现眼中所见、心中所感的两大挑战。如何用白纸黑字醒目具体地描绘出大千世界的种种面向与人心中呼应但流动的想法，则是作家个人眼光是否犀利、手法是否独到的关键所在。时代、社会的现象或是个人的遭遇，是作家撷取或反映的素材来源；个人的际遇或有不同，但放诸周遭族群的整个图谱中，却是大同小异。能否抓住时代精神，道出大众的心声，唤起他人所不察则系乎作者本身感受力的强弱，视野的纵、横、深度，尤其是他的笔力可否完全通透而传神地将他所见、所感、所思表现出来。善感知者，大有思想家、哲学家、宗教家、社会学家或革命家；善写者唯作家而已。因此，擅知的能力可能只是作家的充分条件，而擅笔才是作家真正的必要条件。

然而文字在中国历史被赋予过重的神圣性，但对文字的锻炼又视为鄙屑不为的雕虫小技。文字身负国家、社会、人心教化的完全功能一直是中国知识分子的迷思，也是造成龙应台早期文章总以批判事件、导正观念为主要诉求的原因之所在。中国知识分子的毛病，都以为自己是“任重道远”、“匡民济世”、“天将降大任”、“为民请命”天生钦定的直言者。这种作家兼牧师的角色带给中国作家角色的错乱与过重的负担。因此“文以载道”变成士子为文的准绳，也造成“道已害文”的矫枉过正，文学的活泼性与文类的多样性也自然受到了不必要的僵化与窄化。当代作家已比较能察觉此迷思并跳脱此窠臼，他们相信文字应摆脱完全实用的功能，还给文字本然自如的空间。作家的职责必须定位于文字功夫的修炼，不单只是思想之传绎或阅世之反映；作家传世的法宝应该是文字本身先于文字负载的内容。

龙应台二十年来的写作生涯就是印证了这个转折：从注重写什么（What）到经营怎么写（How）。前半段时间她靠的是一腔侠骨豪情，一心想要掀开社会

* 本文原载于《华冈学报》2005年第27期，页103—146，部分内容、文字曾作改动。

的假面具，直指暗藏滋长的病垢，面质大众何以坐而无视，文字的铺陈极其简白，只求狠准命中，虽有力但嫌单薄。在《野火集》里她收到许多读者的来信后，作了如是的响应："少年人激动愤慨，老人家伤心落泪，绝对不是因为我的文章写得好。"这一沓子情绪汹涌的信件对有心人应该透露出两个问题："第一是事态本身的严重性……第二是个人的无力感。"[①] 可见，野火时期的龙应台强调的是"事态本身的严重性"让她不得不写，并非她的"文章写得好"；言下之意她的文章之所以叫座，是因为社会的严重弊病，而不是她妙笔生花的功夫。后来龙应台谈及《野火》的成功时则改口归功于自己的笔下功夫。在她的第十本书——《干杯吧，托玛斯曼》——龙应台说："《野火》之所以鼓动风潮，不再于它的观点之新，而在于它文字的魅力。"[②] 这时的龙应台已看出文章要传之久远，不在于观点之新，而在于文字的底蕴。后半时期的龙应台固然视野拓广，加上年龄的效应，敏锐的思想加入了历史的深沉，然而最明显的是她的笔调已成多向的变化，厚重与圆融是前所未见的，《百年思索》是最好的例子。在《百年思索》的历史追述中，她沉痛地发现："我自以为最锋利的笔刀，自以为最真诚的反抗，哪一样不是前人的重复?"[③] 在《在迷宫中仰望星斗》一文中提到她曾"洋洋得意觉得自己很有见解"地写了一篇文章《金钱，使人腐败?》，反驳一位大陆作家的说法，没想到有一天重读原典的时候，原来自以为"'了不起'的见解"早在两千多年前，韩非子已经在《五蠹篇》里讲过了，而且讲得更好。[④] 的确，一个有自觉的人知道得越多，发现原来自己知道得有限，一己的巧思很可能只不过是前人牙慧的重复，很难突破前人智慧的重围，不如作文字的深耕才是作家当下且根本的功夫。也许有了这样深切的体认，龙应台很明显地更加注重起文字的琢磨。比较可知，早期的龙应台一心攻坚式地揭示中国社会的各种病态，后期的她则转而专注文字的操演。

以下就举其荦荦大要的书写技巧作简要分析，以证明龙应台文章的成功不是光受惠于时代的机缘，她文章的精彩并非只因个人阅历足迹比常人的广，以及她言之凿凿的论点并非天生摄世洞情的能力超乎古人的深。其实文章不离宗法，作家之所以为作家必然是以语言取胜，正如画家不离彩笔，军人仰仗武器一样。龙应台在以下所列的文字技巧上表现了她精心的努力：一是统摄有方的排比；二是采奇取俊的比喻。

---

① 龙应台：《美国不是我们的家》，《野火集》，台北：圆神出版社，1985 年版，页 39。

② 龙应台：《纸上电台二十问》，《干杯吧，托玛斯曼》，台北：时报文化出版企业股份有限公司，1996 年版，页 321。

③ 龙应台：《百年思索》，《百年思索》，台北：时报文化出版企业股份有限公司，1999 年版，页 34。

④ 龙应台：《在迷宫中仰望星斗》，《百年思索》，页 16—17。

一、统摄有方的排比

龙应台的文风气势磅礴，语气逼人，造成作者与读者之间无间的联系力，宛如劲风下的海浪一波又一波，浪有强弱，但浪头拥簇的方向只有一个，拍岸的涛音间有大小，但涛鸣合奏的谐音只有一种。造成此强势文气主要归功于她擅用修辞学上反复与排比的句式。

所谓的反复，陈望道的《修辞学发凡》中有很简要的说明与比喻：

> 用同一的语句，一再表现强烈的情思的，名叫反复辞。人们对于事务有热烈深切的感触时，往往不免一而再、再而三地反复申说；而所有一而再、再而三显现的形式，如街上的列树，节庆的提灯，也往往能够给予观者以一种简纯的快感，修辞上的反复就是基于人类这种心理作用而成。[①]

而反复又可分为连续或间隔两种。此修辞在沈谦的《语言修辞艺术》中的解说更为清楚，他将这两种称之为："迭句"和"类句"。也就是说，"迭句：语句的连续出现，或称'连接反复'"；而"类句：语句间隔的出现，或称'间隔反复'"。[②] 对于妥帖的类迭，可依循的原则，沈谦作了近一步的补充。"类迭的原则：①描摹绘状，曲尽情态。②反复强调，语重心长。③喷薄而出，因情立文。"同时，他指出成功的类迭除了可"使得词面整齐"，还具有"突出思想感情"与"增添文辞美感"的作用。[③]

所谓的排比，根据陈望道的定义，即"同范围同性质的事象用了组织相似的句法逐一表出的，名叫排比"[④]。沈谦也作了一个类似的定义："用结构相似的句法，接二连三地表达同范围同性质的意象的修辞方法，是为'排比'。"[⑤] 此外，沈谦还补充了排比的两个原则：

> 第一个原则，充分发挥排比的功能：①叙事写人，清晰鲜明。②抒情写景，淋漓尽致。③说理透彻，具体深刻。
>
> 第二个原则，确实掌握排比的特性：①鲜明地表现多样的统一。②具体地表达共象的分化。[⑥]

---

① 陈望道："第八篇　积极修辞四　三积极修辞四——反复"，《修辞学发凡》，上海：上海教育出版社，1976 年版，页 199。

② 沈谦："第十六章　类迭"，《语言修辞艺术》，北京：中国友谊出版社，1998 年版，页 329。

③ 沈谦："第十六章　类迭"，《语言修辞艺术》，页 375。

④ 陈望道："第八篇积极修辞　四　三排比"，《修辞学发凡》，页 203。

⑤ 沈谦："第十八章　排比"，《语言修辞艺术》，页 375。

⑥ 沈谦："第十八章　排比"，《语言修辞艺术》，页 376。

此处就先以龙应台刚出道发表的几篇文章，作类迭与排比的分析，证明龙应台为文的一炮而红，得益于排比的有效应用。

（一）排比应用的成功出击

龙应台第一篇先声夺人的社会批评——《中国人，你为什么不生气》，乍看是作者盛怒之下的即席之作，仔细端详可发现，由于作者充分利用反复与排比的修辞功能，因此造成雷霆万钧的气势。宛如武林高手手执的折扇，收放开阖“啪”一瞬间，但是招招均能击中要害，让接招者俯首称是。将折扇展开，端详机关何在？其实只是一把得心应手的普通折扇而已，扇骨一式均长均宽均薄，唯头尾二支较厚而已，而各支必收拢定于一端，此外并无特殊之处，然而操弄得当就可虎虎生风。反复与排比之于《中国人，你为什么不生气》的运用就如同扇骨之于扇子的操作一样：作者在提出楔子开场之后，首先单刀直入地展开措手不及的提问：“中国人，你为什么不生气?”紧接着罗列六种当时在台湾让人无法忍受的环境、法纪问题，而每一问题的提出总接着类似的提问“中国人，你为什么不生气?”当头棒喝的责问后尾随作者动之以情、晓之以理、责之以实如排山倒海般的攻势，最后文章临尾还补上一剂“激将法”——一系列“如果你有种、有良心”的排比句——的推波助澜，呼吁读者马上去环保署、警察局大声地投诉：“你受够了，你很生气!”此句一出，呼应文前、文中一再回荡的类迭的核心句——“中国人，你为什么不生气?”——造成扇收一拢、一气呵成又力道十足的笃定，让读者读来毫无喘息地就已接受作者的建议，甚至起而行，于是“野火”因此就燎原地烧将开来。

《中国人，你为什么不生气》一文的最后一段，在作者祭出“激将法”前，亦是充满着复句排比：

> 不要以为你是大学教授，所以作研究必较重要；不要以为你是杀猪的，所以没有人会听你的话；也不要以为你是学生，不够资格管社会的事。你今天不生气，不站出来说话，明天你——还有我、还有你我的下一代，就要成为沉默的牺牲者、受害人![①]

连续三句“不要以为……，所以……”的复句排比给人无可退避的震撼与羞愧感，而且一网打尽地将社会各个阶层，包括将来社会的中坚分子——学生——都囊括进来，用几近指责的语气直逼每个读者，告诉每个“你”都责无旁贷，要负起积极的社会责任。

可见《中国人，你为什么不生气》是龙应台成功应用反复、排比于文章骨

---

① 龙应台:《中国人，你为什么不生气》,《野火集》，页5。

干的绝佳例子，充分发挥了沈谦所说的排比功能：“叙事写人，清晰鲜明”，以及“说理透彻，具体深刻”。

凭什么龙应台的文字功夫就可掳获大批读者的心，甚至再策动他们的思考与行为？文章开始总以亲身体验的故事作为楔子，没有人不喜欢听故事，先抓住听众的好奇心，再辅以更多的佐例，从故事的归纳中读者虽也可猜出作者想要陈述的论点，只是没想到作者却是非常“不一样”的呈现，她灵活地大量应用排比，造成排山倒海的气势。《中国人，你为什么不生气》（1984 年 11 月 20 日）发表后的十六日（1984 年 12 月 5 日），第二篇文章《生气，没有用吗?》又出炉了，一样举了八个让自己气馁的台湾乱象，并分析，找出主要原因是“生气”的人太少了。为了策动读者起而行，紧跟着的段落一口气用了四个复句排比“如果……他还能……”，用来强调只要老百姓勇于表达自己的不满，不怕那些纵容乱象的人不会改变。呼吁别人，也需反求诸己，作者适时地表明自己的身份与爱乡之心。她说：“我爱台湾，无可救药地爱着这片我痛恨的土地”；然而身为一个现代的人，她有她的挣扎，也有她的坚持，她说：

> 可是，我是一个渴望尊严的“人”。我拒绝忍辱吞声地活在机车、工厂的废气里，摊贩、市场的污秽中；我拒绝活在一个警察不执法、官吏不做事的社会里；我拒绝活在一个野蛮的国家里。
>
> 我可以从皮夹里拿出护照来一走了之，但是我不甘心，我不相信“中国国情”就是污秽混乱，我不相信人的努力不能改变环境。①

作者一样使用排比句来营造这感人的人格与决心，不觉中读者接受而且认同了作者，在心理信服智者的前导下，对作者的诉求，读者的反应自然就如风下草般的披靡同向，更何况作者提出的诉求是如此的合理与谦卑。她用了三句较长的单句排比：“我并不要求你去做烈士……我只是希望你不要迷信‘逆来顺受’……我只是谦卑地希望你每天去做一点‘微不足道’的事”；接着就用一长串的简短祈使句来要求读者每天从身边的小事着手：

> 拍拍司机的肩膀，请他别钻前堵后，打个电话到环保局去，告诉她淡水的山上友人在砍树造坟，写信到警察局去，要他来取缔你家楼下莫名其妙冒出黑烟的地下工厂，捡一片红砖道上的垃圾，扶一个瞎子过街，请邻座不要吸烟，叫阿旺排队买票……②

以上简洁的排比给予人直接的感觉，好比一个口令一个动作，读者读来难免

① 龙应台:《生气，没用吗?》,《野火集》，页 18。

② 龙应台:《生气，没用吗?》,《野火集》，页 19。

不心受驱动。心动而后行动，社会的改造就于焉开始。

龙应台的第三篇惊人之作《生了梅毒的母亲》基本上仍延续《中国人，你为什么不生气》的章法：楔子引头，反复的架构紧接展开，情理的说服殿后。只不过此处的反复较有变化，由两句感情丰富的类句先合论再分述，一是惊叹句："居然有人说：台湾没有你说的那么糟！"二是提问句："要糟到什么程度才能使你震动?"结构简化如下：AB — A — B。合论的部分只是并呈两句感情丰富的感叹句与问句，单独各据一段，没有说明，抢眼扼要像广告词一样，马上攫取住读者的眼睛；然后分述部分再诉诸读者大脑，相信 A 是真的 B 也不假。作者利用大量的例子说明欧洲干净宜人的自然环境，以此来反衬台湾因惨遭破坏而变色变形的山水，结尾分别再用 A、B 两个类句作为强而有力的结尾，演讲的大功于此告成。以此篇而言，姑且不论其他部分，就简单的两组类句，合时造成提醒的作用，分开再作个别叙述与说服，造成前后呼应、叙事清晰、说理透彻的功能。

利用反复或排比作提纲挈领，统摄文章脉络的警醒句是龙应台常用的做法。它们出现的位置，可能在各段落的头或尾，作者刻意安排的形式也是内涵特别要强调的地方。在《难局》里，举了不同人物在面对不同困境的不同抉择后，为了增加耸动观念的稳定力，在文章的结尾，她利用排比并将之安放在段落的开始：

> 所以我很怕谈"爱国"，因为我知道当群众对"爱国"认起真来而至狂热的时候，这个"国"就成为一顶大帽子，要压死许多不那么狂热的个人。要谈爱国，我宁可一个人上山捡垃圾。
>
> 我也怕听人说"学校荣誉"，因为我知道，为了这么一个抽象的框框，有多少"不听话"、"不受教"的学生要受到残酷的压抑，多少特立独行的个人要被塞进框框里，呼吸不得，动弹不得。
>
> 我更不忍心听人宣扬五代同堂的美德。在那个和谐的表面之下，有多少半夜的叹息、破碎的梦想解体的个人意志，一切都为了一个抽象的理想，一个原本造福个人而往往牺牲个人的制度。①

在民风欲开未开的 80 年代，龙应台对传统社会的基本观念，以跌宕往返的方式提出了她颇具颠覆的另类思考。她在《写给台湾的信》里的《在一条泥土路上》② 三次反复利用"我的幸福……忧伤"的句子，作为三个叙事的结尾。同样的做法，在《都是过客》③ 中用"紧紧地握着我的手，好像从来不曾感受过人间温暖似的"作为第一个和最后的故事结尾，让文中上下庞杂的故事有了统一的

---

① 龙应台：《难局》，《野火集》，页 36。

② 龙应台：《在一条泥土路上》，《写给台湾的信》，台北：圆神出版社，1992 年版，页 81—88。

③ 龙应台：《都是过客》，《写给台湾的信》，页 89—102。

呼应。《女子与小人·龙应台自选集》里的《面对——序》[①] 更是典型地利用类句与排比句，来突显文章的核心部分，此处龙应台将排比句“毫无选择的，我是××人（女儿）”与类句“我生来不是一张白纸”分别交错两次，并带领四个独立的段落，接着并联两句展开另一段落。在分明有致的排比句与类句的提领下，文章错落、渐进、交会的层递脉络于焉展开，给人以扎实、清晰、多样又统一的厚实感，是一篇章法得宜、情理显现的好文章。文章越短越容易展示龙应台擅用或惯用类似结构或相同结构的手法。《野火集》里最短的一篇《不一样的自由》，简短有趣的四个故事加上作者最后的总结一共五小部分。排比在该文的出现依次如下：

……欣赏她有勇气穿跟别人不太一样的衣服。

……欣赏他有勇气说别人不敢说的话。

……欣赏他有勇气做一般人不敢做的事，上了车，还有下车的勇气。

……欣赏他有勇气主张与大众不同的意见。

……我想，他们有与我不一样的自由，也有与你不一样的自由。[②]

前四个叙述的结尾分别用类似的句子“欣赏他有勇气……”作结束。最后一部分，句势稍加变化，不但收拢前面四项排比句于一束，即每个人都有与别人“不一样的自由”，更突显作者主观“我想”的观察结果，画龙点睛地活化了“自由”的真正意涵。规律地展现多样性，临尾转身一变，重点的核心思想脱落而出。铿锵有力、轻快爽朗的流畅感归功于排比的灵活运用。

根据语言结构，龙应台的排比有“单句排比”和“复句排比”两类。

（二）单句排比

所谓单句排比，即“用结构相似的单句，接二连三地表达同范畴同性质的意象”。[③] 以下是龙应台使用“单句排比”的一些例子：

把青山毁掉，把绿水弄浑，在泥土里掺毒？以后的人怎么办？[④]

思“乡”，如果没有一条熟悉的路，没有一盏认得的灯，没有一条用脚板测过深浅的小溪，如果没有一个叫得出的名字、一个记得起的青

① 龙应台：《面对》，《女子与小人》，上海：文艺出版社，1996年版，页1—4。

② 龙应台：《不一样的自由》，《野火集》，页79—81。

③ 沈谦：“第十八章　排比”，《语言修辞艺术》，页377。

④ 龙应台：《生了梅毒的母亲》，《野火集》，页27。

梅竹马，没有一个依稀认得出你面孔的老者——还能称“乡”吗？[①]

如果说，邓小平使多数的中国孩子得到衣食保暖，邓后的领导人能给孩子什么？他们是否会有公平的机会接受教育？他们是否能在不受空气污染、核子试爆的危险中健康而安全地长大成人？他们是否因为有成人为榜样而成为正直而诚实的人？他们是否知道贪污就叫贪污、腐败就叫腐败，不管什么叫做权宜之计？他们是否有机会和西方国家的孩子一样吸收各种讯息以至于他们将来有能力与西方人竞技？他们是否能免于政治的愚弄与操纵，是否能充分发展独立思考和判断的能力，是否能人尽其才地追求不经扭曲的知识，以至于他们将来能够主导自己的命运？[②]

《生了梅毒的母亲》中三句简洁的“把（在）……”单句排比，指陈不顾生态环境，一味破坏的举动；《软枝黄蝉》中两句“如果……”单句排比里分别再包含三句与两句“没有……”的排比，幽幽地道出无家可想的悲哀，因为现实中的不存在或不曾拥有才需用“如果”假设语气的必要；《邓家的孩子》里连续用了八个“（他们）是否……”的排比来怀疑邓小平后的领导人能否更上一层楼或是大幅度地给予下一代公平、健康、正直、独立思考的生活环境。以上所举仅是极少部分的单句排比例子，其实，龙应台的排比例子很多，尤其以单句排比为多，因为短句的排比，读来铿锵有力，看来整齐集中，在文字的描摹上具有立体突出的醒目效果。

（三）复句排比

相同地，龙应台亦擅长利用结构相似的“复句排比”，“接二连三地表达同范畴同性质的意象”。[③] 举例如下：

你说台湾没那么糟，我觉得你在做梦；你说，治文学的人不应该为这种凡间琐事费神，我觉得你麻木：我坐在书房里，受噪音的折磨；吃一餐饭，有中毒的危险；出门上街，可能被车子撞死；走进大自然，看不见一片净土。[④]

此段由两组复句组成。第一组“你说……，我觉得你……”严厉训斥那些粉饰太平的鸵鸟心态。第二组四个动作虽无相同的字眼，但结构一致，强调即使

---

① 龙应台：《软枝黄蝉》，《看世纪末向你走来》，台北：时报文化出版企业股份有限公司，1994 年版，页 90。

② 龙应台：《邓家的孩子》，《我的不安》，页 102—103。

③ 沈谦：“第十八章　排比”，《语言修辞艺术》，页 384。

④ 龙应台：《生了梅毒的母亲》，《野火集》，页 27。

做日常生活衣食住行的一般动作，都有可能遭受意外或不愉快的经验。力道十足、动感逼现，足见排比的巧妙。

> 二十岁的我，相信所有印在纸上的圣贤教诲。三十岁的我，在怀疑政治神话的同时，发现纸上所印的和我眼见的现实有着巨大的差距，整个圣贤教诲像一场骗局。四十岁的——有一天开车，后视镜一辆车紧逼近来，车头涂着鲜明的大字："救护车"。我赶忙靠边，车子经过身边时，我看见车头上的字："救护车"。
>
> 四十岁的我，明白了原来孔孟的道德架构不过是那倒写的字……①

作者为了阐述她与岁俱增的心志变化，以每十年作为对先贤教诲反思的一个阶段。"……岁的我，我相信（怀疑/明白）……"的复句排比分别反复三次；颇有从"看山是山"的肯定时期，到"看山不是山"的否定时期，再回到"看山是山也不是山"的融合阶段。

（四）突梯的联想

附带一提的是龙应台运用高度的联想力、并置怪异的意象，让排比的繁复性与张力达到至高的自由度，可谓作者的神来之笔或匠笔独具。一般而言，复句排比的主句与复句所言都是同性质、顺向的事物，然而龙应台竟然将很杀风景的两件事并列在一起，引起突梯的陌生化效果，让人惊讶排比竟也可达到荒谬、逆反的效果。《焦急》的最后一长段就是由四组突梯意象组合而成的排比句，它们简略如下：

> 我望着波光潋滟，想的是水中多少鱼已经含汞。望着河上如水上人家的采砂屋，想的是这些采沙商人如何把沙抽走，使得蚌壳没有附着的砂土……望着美得令人心疼的夕阳，我想的是，为什么这样的美景，我却必须站在垃圾的腐臭中欣赏？坐在杜鹃花围绕的阳台上，我想的是，那三条路正一条一条地干枯，好像有人在我的血管末端打了结……②

"波光潋滟"、"水上人家"、"美得令人心疼的夕阳"、"杜鹃花围绕的阳台上"四个美绝的意象，总是离不开浪漫、抒情、滥情的人生感怀，然而作者的联想竟然残酷地开读者一个玩笑，活生生地将破坏殆尽的山水一一端至读者眼前：含汞的鱼、无砂土可附着的蚌、腐臭的垃圾、横遭滥建滥葬滥倒的山路，让习惯滑入美丽联想的直觉错愕地逼视现实的丑陋。借由类似的结构，突显不同性质、

① 龙应台：《看世纪末向你走来》（代序），《看世纪末向你走来》，页 18。

② 龙应台：《焦急》，《野火集》，页 104。

不同范畴且前后对立的意象组合，造成荒谬的效果，这是龙应台的创意安排。

另外再举两例，以作说明：

> 如果你是个生在幽暗祖宅中的人，你可能根本不会出国留学；即使出国留学也不致长期浪荡；即使长期也不会结异国婚姻；即使结异国婚姻也不致永远成为异乡人。①

> 我不赞成死刑。我不赞成将死刑犯五花大绑拍照。我不喜欢看到丢纸屑的人被警察当众羞辱作为合法的惩罚。我不喜欢人家来规定我能不能吃口香糖。我不愿意买不到想读的外国杂志。我不愿意任何人告诉我我能看什么书不能看什么书。我不能忍受一小撮人指定我怎么想，怎么说，怎么活，怎么做爱生几个小孩。我不能忍受一小撮自以为比我聪明的人告诉我我的文化价值是什么。给我再高的经济成长，再好的治安，再效率十足的政府，对不起，我也不愿意放弃我那一点点的个人自由与尊严。②

上例一口气并列一组不合日常生活的意象："幽暗祖宅"、"出国留学"、"长期浪荡"、"异国婚姻"、"异乡人"。经由三个假设语气的排比连串，再加读者的反复推敲，乍看不合理的兜凑竟有意想不到的关联与惊奇效果。原来作者若不是身为台湾"外省"的第二代，而是有根的"本省人"，她可能脚踩自己的田地，住在自己的老宅，也就不会一直"浮生若寄"地漂泊。因此，紧接着"出国留学"、"长期浪荡"、"异国婚姻"、"异乡人"的奇异组合得到了豁然开朗的合理解释与高度赞许。下例有异曲同工之妙，若读者不熟悉新加坡社会或不谙作者深不以为然的"新加坡民主"，殊难拼凑一幅奇怪的画面："死刑"、"垃圾"、"口香糖"、"外国杂志"、"生小孩"、"文化价值"等。然而不管读者知不知作者的价值观，熟不熟悉新加坡社会，经由作者精心的突梯安排带来的脑力激荡必会激发他想进一步弄清楚"所言为何"的追寻，因为视觉带来"延宕"的驻留，带来的必是思想的反思与改变。这何尝不就是作者邀约宴飨读者的精心设计——以突兀暗藏玄机的方式。

二、采奇取俊的比喻

比喻在语言应用的世界绝对有它不可磨灭的地位，甚至有独占鳌头的修辞功能。善于用喻的钱钟书曾言："比喻正是文学语言的特点。"③ 比喻的妙用有人比

① 龙应台：《软枝黄蝉》，《看世纪末向你走来》，页 90。

② 龙应台：《还好我不是新加坡人》，《干杯吧，托玛斯曼》，页 252。

③ 钱钟书：《读〈拉奥孔〉》，《七缀集》，北京：生活·读书·新知三联书店，2001 年版，页 49。

为“语言艺术王冠上的钻石”；[1] 也有人比成“一片葱郁茂密的山林”中“那棵直干云霄的参天大树”或是“一碧万顷的大海”里“那柔曼飘渺的海市蜃楼”。[2] 比喻的用法自古有之，《诗经》当中的“比”即是，不是新创的用法，只是各代的因袭创新各有变化，各家的融合新铸亦有巧妙不同。它的基本定义是：“思想的对象同另外的事物有了类似点，说话和写文章时就用那另外的事物来比拟这思想的对象的，名叫譬喻。现在一般称为比喻。”[3] 更口语地讲就是“打比方”。通常需要打比方、比喻，或譬喻的情况是用简单、具体、熟悉的人和事物来表达困难、抽象、陌生的观念或现象，但是逆反操作的例子亦不是不可能，也可能造成惊艳的特别效果，端看作者个人联想力与文字驾驭能力的高下。然而比喻之所以成立一定包含本体、喻体、喻词三要素，只不过不一定三者全现；三者全具者称明喻，隐喻词者称暗喻，本体与喻词皆隐者称借喻，总是喻体一定出现的才叫比喻。由于定义与分类各家说法不一，明喻是最无争议的比喻，暗喻次之，因此，以下龙应台的用喻举例主要以这两种为主。

龙应台在意象的经营，已臻上乘的阶段。她不但机巧自然地糅合了各种富于动感的譬喻，而且常是譬喻之后还余韵不绝。倚仗高度的联想力，作者铸造了一个性质不同但相类似的对应物，她不但将这对应物像灌满氢气弹空飞起，气球的尾端还系上各式各色的丝带，让这饱和又缤纷的彩球满眼飞跃。气球上的彩带宛如修饰喻体的各种词类，造成喻体不只是一平板的漫画，而是立体、活泼、新鲜的动画。喻体——被比拟成另一相似物——通常是名词，不带动作的人或事物。为了突显这名词达到动起来的效果，作者常在喻体的修饰上缀加了许多亮眼的动词，于是让人意想不到的喻体加上精心设计的动词催化，耀眼的比喻就蠢蠢欲动地兀自一旁发酵。比喻可分为简喻与详喻，所谓详喻，即“以比喻的名词为衔接点，底下或配合动词，发展出更深更细的思维；或利用名词属性，作相关的申论、说明”[4]，可见龙应台所用多属于详喻。

龙应台在修辞着力方面为最深者，比喻可谓其大宗，除了擅长利用视觉、嗅觉、味觉、听觉、触觉的比喻外，还擅长利用大自然界的生物，尤其是动物，是她用喻的特出处。以下就只探讨她利用各种动物作为比喻体的精彩栓合，分别为自况野生动物的比喻、逐波生灭的昆虫比喻和幽默动物的比喻。

（一）自况野生动物的比喻

就近取譬是作家常用的手法，放眼望去凡是周遭两眼所及、伸手可摸、耳熟

---

① 转引自金慧萍：《杨绛比喻特点分析》，《宁波大学学报》（人文科学版），1997 年第 10 卷第 4 期，页 25。

② 蓝恭梓：《漫话比喻》，《湖南教育学院学报》，2000 年第 2 期，页 9。

③ 陈望道：“第五篇　积极修辞学——譬喻”，《修辞学发凡》，页 72。

④ 张春荣：《世味年来薄似纱——谈比喻类型》，《修辞行旅》，台北：东大图书公司，1996 年版，页 52—53。

能详的事物或现象皆可入喻。对人而言，动物是大自然中最具体、最实在、最活脱不过的喻体，所以修辞上常引用动物作为比况也是自然不过的方法。然而千古以来文人笔下的女人千篇一律地被弱质化，不是被比成阴柔的风月水影，就是纤弱的花草树木或温顺的小动物。

身为女作家，龙应台的用喻本身即就是翻新传统的另辟蹊径。首先就她形容自己的比喻而言，可看出消极方面她极力抗拒那些无病呻吟、柔弱不堪如风、花、雪、月之类的比喻。积极方面，她则喜欢动物的比喻，特别是那些稀有的野生动物。当年《野火集》的取名，依作者的批注，“野”取其不受拘束，“火”取其热力，依此类推，龙应台喜欢用动物尤其是野生动物来自喻，也有异曲同工之妙，取其外在的自由与内在的爆发力：它们来去于穹苍莽原间不受拘束，它们体内的原始力量澎湃奔窜、蓄势待发。狼是龙应台自喻最多的动物，每在最深沉的时刻，她总会习惯地将自己作这样的比拟：

> 我也是个需要极大的内在空间的个人，像一匹野狼，不能没有它空旷的野地和清冷的月光。①

> 我自己？我是荒野中的一头狼，喜欢单独在夜间行走，尤其在月光笼罩的晚上，有口哨声的时候。②

> 我终于倒抽了一口凉气，往后颓倒。想窜走的心情，像童话里那只尾巴起火的大野狼。③

前两例是龙应台初为人母，忙于哺育幼儿，虽心甘情愿享受母职的付出，但身为现代女性，尤其是习惯拥有自我天地并悠游其中的她并不以单纯的幸福就可安抚，她清楚地知道她自己像是需要旷野和月光的一匹野狼。最后一例是她回台湾参加赏鸟之旅，本来是隐秘孤独的单纯赏鸟活动，却在车内的自我介绍中被领队曝光了，当时她觉得想逃的心情就像尾巴着火的狼。狼是行踪飘忽独来独往的原野动物，神秘、敏捷、机智、独立是它的本质。最贴近自己生命本质的情境时，她用狼来自况，最敏感、最本能的状况，她也用狼来比喻。

然而当生活不如己愿，有违自己个性的时候，她也用动物形容自己，但都是身不由己或行动力不足的动物。例如：

---

① 转引自蔡惠萍：《现代杜子春》，《龙应台当官》，台北：联经出版事业公司，2001 年版，页 145。

② 龙应台：《胡美丽这个女人》，《美丽的权利》，台北：圆神出版社，1994 年版，页 11。

③ 龙应台：《孤独之旅》，《干杯吧，托玛斯曼》，页 125。

> 避免和别人四眼相对。我像一只缩头缩尾的病鸵鸟蹲在那儿。①
> 在官僚体系里工作，就好像松鼠爬笼子。②

一次在黄土高原开会，如厕时发现厕所没门，前后为难，只好脸朝内赶快了事，当时的窘境龙应台用简单的“鸵鸟”姿势作为自我调侃的比喻，倒无深层的意涵。后者身为台北市文化局局长的心情写照，文人入仕，在体制内的运作，怎么做都是牵一发而动全局，难怪她疲惫地用“松鼠”来比拟自己转个不停地奔波，但又逃不出一个大范围作挥洒的施展，她陷入了胶着与挣扎。

好不容易辞掉了文化局长之职，该作者在当时的新闻是这么引述龙应台自己如释重担的感觉的：

> 昨天（2003—10—02）上午台北市政府举办第二波首长交接典礼，龙应台最受瞩目，她形容自己就像白蛇传里的白素贞，幻化人形时努力对抗法海、保护幼子，严肃且认真，但这两天就像喝了雄黄酒的白素贞，“晕眩之间逐渐变成野生动物，体内野性蠢蠢欲动”。③

三年的为官，让书生本色的龙应台有着深深的体验，清谈与实务，门里与门外相去甚远。她还是卸下“白素贞”的凡间责任，做回自己那“野性蠢蠢欲动”的“野生动物”——大白蛇。对自己她检讨，对外界她包容，很不容易走完她文化建设的开创奠基期，带着满腹的心得与祝福，她做回文人本色的龙应台。回首来时路，有她自己的回顾检讨，也有文化界给她的肯定，巧的是他们也选用动物的喻体来表现。例如：

> 理想的政治人物应该是狮子与狐狸的结合。我以前作为文人时，只会要求政治人物做小白兔，或者只是狮子，但这跟政治是高明的骗术的逻辑是违背的。④

> 文化界朋友这段时间给我的评论，我觉得最高赞美来自诗人向阳的用语，他说我兼具三种特质：骆驼、狮子和婴儿。骆驼是坚忍；狮子是指将文化闯出一片天，要打下文化天下，就要像狮子一样霸道；婴儿大

---

① 龙应台：《对公共厕所的研究》，《百年思索》，页 224。

② 江慧真：《龙应台辞官：我像松鼠爬笼子，疲惫不堪》，《商业周刊》，2002 年第 788 期，页 34。

③ 蔡惠萍：《龙应台卸职——惊叹号画上句点》，《联合报》（2003 年 2 月 11 日），《文化》，版 14。

④ 童清峰：《文化因她闯出一片天》，《亚洲周刊》，2003 年第 17 卷第 8 期（2003 年 2 月 17 日至 2003 年 2 月 23 日），页 32。

概是纯洁吧。①

如果马生而为马，应该就让它在草原驰骋；如果狼生而为狼，就让它在月光下出没。放虎归山对虎本身才是适得其所，何必一定要把虎当猫养，把狼当狗养？龙应台当回自己最自然的角色——体制外的知识分子——对她本人才不会有所缺憾。

龙应台常被比拟成当年的鲁迅，并非偶发的拼凑，从她的《野火集》与鲁迅的《野草集》两书命名的雷同，已隐见龙应台写作之初想效法鲁迅并超越鲁迅的意图；“火”与“草”二字之别已暗含较劲的隐喻，虽然白居易说“野火烧不尽，春风吹又生”。长远看来，被动的小草烧死了，明春可再复活，它可以败部复活；但对龙应台而言，当时社会改革之切需剑及履及，不要一代一代重复无效地呐喊，她的眼光只放在一代的小草，被动的小草势必敌不过主动出击的火，时间短暂而热力炽烈的火当然是赢家。以下是她自己与鲁迅的比较，曾引起鲁迅迷很大的骚动：

> 鲁迅的小说是世界一流的，我完全对他拜倒。就小说来说，如果他是一条狗的话，那我就是它的尾巴。但我又说，我觉得我的杂文比鲁迅的好……我对鲁迅杂文不推崇，主要是因为鲁迅杂文里有很多不面对事情本身，而对人的人格的攻击。在我的杂文里，我是不会做的。这是一点。另一方面，在表现方式上，他有很多尖酸刻薄的、情绪的、“刺”你一下的表现方式，我觉得不够大气。②

太岁头上动土，龙应台此说一出，冒犯了鲁迅在大陆一般读者心中神圣不可侵犯的地位，然而读者最不能忍受的是她把鲁迅比喻成一条狗，虽然说她自己是狗尾巴。其实大陆的读者倒也不必太反应过度，重点不在龙应台用什么喻体，而是她的理由何在。若只给个比方，不给解释，那么绝对就犯了论述的客观性，沦为人身攻击。前面的引言大后半都是她的说明，已经清楚地完成论述前半提议题与后半论证的过程。读者或许主观上无法接受的是意识的冲击，将鲁迅比成一条狗。其实这么说龙应台也没有占便宜，她自己还是狗最小最后的部分——尾巴。就近取譬已是公认的手法，鲁迅早已被恭维如神，老舍就曾将鲁迅比成一条牛，自己则是那牛尾巴。就家庭最亲近的家畜，无非就是牛、狗、猪、驴。既然牛已

① 童清峰：《文化因她闯出一片天》，《亚洲周刊》，2003 年第 17 卷第 8 期（2003 年 2 月 17 日至 2003 年 2 月 23 日），页 31。

② a. 朱先泽：《与龙女士商榷》，《鲁迅研究月刊》，1999 年第 12 期，页 68。
b. 徐小雨：《龙应台挑战大陆文坛》，《亚洲周刊》，1999 年第 13 卷第 11 期（1999 年 3 月 15 日至 1999 年 3 月 21 日），页 62。

被用过，用狗当然比用猪或驴好，因为狗还有人性及忠诚的正面个性，而猪与驴一般只是当畜生般地使唤，在文学用法上也只取其懒与固执的象征，所以用喻上龙应台并非有故意亵渎的用意，她只是延用前例罢了。

（二）逐波生灭的昆虫比喻

除了喜欢用野生动物自况之外，昆虫类也是龙应台使用频繁的喻体。一般情况，没具名哪种昆虫，只用“小虫”或“虫子”的泛名时，通常指涉渺小身不由己的个人。

> 人在法网里挣扎，像一只被缠住的小虫。①

> 在东方的历史洪流里，人，像虫子一样被冲进遗忘的黑暗中，转瞬不见踪影，连叫喊的声音都发不出。②

> 祖宅、田宅、世代相传的人脉网络，可以有千百种出乎意料的线索牵绊住一个游子旅人，犹如晶莹细韧的蛛网托住一支蜘蛛。即使从大网掉下来，还有一条思牵着它。③

> 温习中国近代史，翻过一篇又一篇的文章，不免生气：他妈的，为什么每一代人都得自己吃一次蜘蛛，吃得满嘴黑毛绿血，才明白蜘蛛不好吃？④

第一例是极普通的喻体，从耳熟能详的比喻“法网恢恢疏而不漏”衍生而出，原来的比喻强调的是“网”的密，现在作者的侧重点却转移到人的渺小与可怜，怎么伸展，人都是被牢牢地粘住，无法动弹。第二例一样用不知名的“虫子”比喻东方人在数个世纪以来的悲哀，常常在动荡饥迫的时代里，大批大批的人瞬间惨遭横死，不要说行踪不明，连呻吟或呐喊也发不出来就消失了。不应该的年代，人命不如狗，像虫，旋生旋灭。第三例乃作者回顾自己的来时路何以漂泊浪荡地走过，若像台湾的本省人，她很可能就不会浪迹天涯，因为有根的世代就像蜘蛛结出的网丝一样，柔柔、细细，但强韧地把游子兜住，不再流浪。最后一例，作者气愤的是为什么中国人特别会重蹈历史的错误，每一次教训每一代都要以身试血，才知不好受。正经地呼吁“人类要记取历史的教训”的八股文，虽然言朴意深，但常说的方式容易让读者视觉疲劳，马上滑过眼帘不留痕迹。然

---

① 龙应台：《纸上电台二十问》，《干杯吧，托玛斯曼》，页 336。

② 龙应台：《你是否看见历史里的“人”?》，《百年思索》，页 128—129。

③ 龙应台：《软枝黄蝉》，《看世纪末向你走来》，页 90。

④ 龙应台：《百年思索》，《百年思索》，页 35。

而换个方式用吃“黑毛绿血”的“蜘蛛”来比喻不但动感十足，还色味俱全，陌生新鲜的比喻反让读者印象深刻。成功巧妙的比喻不但达到醒目、醒心、醒世的作用，至少可省却作者、言者谆谆，但听者渺渺的笔墨浪费。

（三）幽默动物的比喻

打从一出道，就名满台湾的龙应台，“野火”炽热的光环一直持续地让她身负重任地发言，原因来自“台湾知识界对她的高度期待”，加上机缘使然，她不但面对台湾读者，而且对国际发声，俨然扮演的是“台湾的良心”。[①] 这种现象对一个作者固然是荣耀，也是束缚，荣耀的光环很容易掩盖其他可能绽放的光芒，严肃的书写可能吞噬她抒情、唯美、幽默的写作方式。很可惜的是，“幽默”在龙应台的文章中还不成一贯风格，只见零星点缀的词句。以下是龙应台难得一见的幽默词句：

> 穿着比基尼的女郎像只肥企鹅似的把前胸奋力推出，一脸媚笑。[②]

> 在厨房砧板上切鸭子的时候，她手里一把菜刀，一起一落之间，鸭子的头、颈、翅膀就段落分明，一点儿不含糊；人生的决定就像剁鸭子一样。[③]

> 上海的男人不需要像黑猩猩一样砰砰捶打自己的胸膛、展露自己的毛发还证明自己男性的价值。啊，这才是真正海阔天空的男人！[④]

> 台湾男女不平等的问题，就好像观光饭店中有蟑螂一样，分明在汤里都煮熟了还死不承认。[⑤]

第一例乃纯描的幽默比喻，戏称身穿比基尼泳装的女子，故作卖弄胸脯的夸大姿态，这里的幽默有助于夸大的喜感效果。第二例中的幽默比喻读来固然令人莞尔一笑，颇有四两拨千斤的高妙手法，但是背面透露的议题却相当冗长、沉重，甚至一辈子也回答不完。人生是一条没有指标的路，徘徊在十字路口的情况不在少数，很少事可以利落得像剁鸭子一样干脆。明知人生的决定难以明快定夺，讲也讲不完，说也不见得比前人更会说，于是作者故意用一轻松的比喻“剁鸭子”一语带过。再者两性平等的话题已是 20 世纪以来喋喋不休的显学，女权

---

① 蔡惠萍：《失声的金丝雀》，《龙应台当官》，页 121。

② 龙应台：《一瞑大一吋》，《美丽的权利》，页 123。

③ 龙应台：《不像个女人》，《美丽的权利》，页 162。

④ 龙应台：《啊，上海男人！》，《我的不安》，页 126。

⑤ 龙应台：《男主外，女主内》，《美丽的权利》，页 91。

主义者更是为达真正的两性平等论战不已，若要论及台湾或上海等地域的性别，牵涉的问题更复杂与琐碎，继续探讨下去不见得更讨好、更出色，只要抓住重点，幽默地突出结论，读者也很容易就此满足，不再细究。上海男士被比成“黑猩猩”，为证明男性价值，男性虚张声势的做法宛如黑猩猩“捶打自己的胸膛”、“展露自己的毛发”。类似的做法，乍看“台湾男女不平等”与“观光饭店中有蟑螂”根本风马牛不相及，不可能牵拉在一块儿，只见作者用寥寥数字“分明在汤里煮熟了”过桥说明，结语也是两者的相似性，“还死不承认”马上浮现，读者读来如敲仙棒，茅塞顿开，于是阅读的快感就遮掩了文字叙述下的厚重意义。

> “我相信不管是德国人、日本人，还是中国人，都和这只虾子一样，”他把虾子抛进汤里，“丢进滚烫的汤里一律会变色！”[①]

> 新得到的自由在台湾人的手里，像一条抓不住的泥鳅。[②]

> 德国人性格里的认真，在我看来，简直就像豹皮上金黄的斑点，走到哪儿亮到哪儿，是个摆脱不掉的胎记。[③]

《人在欧洲》的《火锅》篇里，一群学者、专家的好友在龙应台家聚餐吃火锅，聊起惩罚第二次世界大战后的德国战犯，犹太人要血债血还的积极做法；相对地，日本对中国所做的残害，却一味地逃避，不愿面对。为此，大家争辩起种族优越感和道德虚伪的问题，席间利用一位教授的发言作了文章的总结：各个民族都会有自己的种族优越感和道德虚伪，只是机会与表现的方式不同罢了。如此牵涉种族、历史、境遇等复杂的世界性问题，未必可以在茶余饭后谈得出来，作者就用一简单的比喻——丢进滚汤里的虾子——作一种普世的通则，每个民族都可能是侵略者，也可能是受害者。读者读此，未必同意作者这样简化的看法，也未必反驳得出更有力的论点或更巧妙的比喻，但就该篇文章的布局，从题目、对话、人物安排已算完整呼应出最后画龙点睛的用喻，举重若轻，结尾轻描淡写的交代也是幽默方式之一。最后两例，中国台湾新得到的自由与德国人的性格也是很难描绘的两种样态，一个是很难掌握，一个是很难改变。严肃的话题，龙应台就分别各用一种动物比喻：一条抓不住的泥鳅和豹皮上金黄的斑点，使得本来抽象的特质整个鲜活地形象化、活泼化，还会带来会心的一笑，竟然还可如此地比拟。

观察以上例子可知，龙应台的知性散文并非只是敏时察世的直言，她乍似偶

---

① 龙应台：《火锅》，《人在欧洲》，台北：时报文化出版企业股份有限公司，1988 年版，页 279。

② 龙应台：《百年思索》，《百年思索》，页 47。

③ 龙应台：《一本书的背后》，《百年思索》，页 78—79。

发的即兴时评都已自然天成地暗藏“排比”、“比喻”等修辞策略，更何况她潜心耕耘的力作。因此，我们大可同意她后期的自许，她文章的成功并非时代的助因或个人的敢言，而是来自于她“文字的魅力”。

参考文献

一、著作

沈谦：《语言修辞艺术》，北京：中国友谊出版社，1998 年版。

宗廷虎、陈光磊：《中国修辞学通史》，吉林：吉林教育出版社，1998 年版。

张春荣：《修辞行旅》，台北：东大图书公司，1996 年版。

张贤亮：《张贤亮集》，福州：海峡文艺出版社，1986 年版。

陈望道：《修辞学发凡》，上海：上海教育出版社，1976 年版。

黄伯荣、廖序东主编：《现代汉语》（增订三版）（下册），北京：高等教育出版社，2002 年版。

杨子婴、孙芳铭、王宜早：《文学和语文里的修辞》，香港：Macmillan，1987 年版。

杨春霖、刘帆主编《汉语艺术修辞大辞典》，西安：陕西人民出版社，1995 年版。

蔡惠萍：《龙应台当官》，台北：联经出版事业公司，2001 年版。

蔡源煌：《解严前后的人文观察》，台北：远流出版事业股份有限公司，1989 年版。

郑明娳：《现代散文构成论》，台北：大安出版社，1989 年版。

郑明娳：《现代散文构成论》，台北：大安出版社，1989 年版。

钱钟书：《七缀集》，北京：生活 · 读书 · 新知三联书店，2001 年版。

龙应台：《野火集》，台北：圆神出版社，1985 年版。

龙应台：《野火集外集》，台北：圆神出版社，1987 年版。

龙应台：《美丽的权力》，台北：圆神出版社，1994 年版。

龙应台：《写给台湾的信》，台北：圆神出版社，1992 年版。

龙应台：《人在欧洲》，台北：时报文化出版企业股份有限公司，1988 年版。

龙应台：《干杯吧，托玛斯曼》，台北：时报文化出版企业股份有限公司，1996 年版。

龙应台：《看世纪末向你走来》，台北：时报文化出版企业股份有限公司，1994 年版。

龙应台：《我的不安》，台北：时报文化出版企业股份有限公司，1997 年版。

龙应台：《百年思索》，台北：时报文化出版企业股份有限公司，1999 年版。

龙应台：《面对》，《女子与小人》，上海：文艺出版社，1996 年版。

二、期刊报纸

朱先泽：《与龙女士商榷》，《鲁迅研究月刊》，1999 年第 12 期。

江慧真：《龙应台辞官：我像松鼠爬笼子，疲惫不堪》，《商业周刊》，2002 年第 788 期。

金慧萍：《杨绛比喻特点分析》，《宁波大学学报（人文科学版）》，1997 年第 10 卷第 4 期。

徐小雨：《龙应台挑战大陆文坛》，《亚洲周刊》，1999 年第 13 卷第 11 期（1999 年 3 月 15 日至 1999 年 3 月 21 日）。

陈风：《龙应台将种出什么文字植物?》，《亚洲周刊》，2003 年第 17 卷第 8 期（2003 年 2 月 17 日至 2003 年 2 月 23 日）。

童清峰:《文化因她闯出一片天》,《亚洲周刊》,2003 年第 17 卷第 8 期(2003 年 2 月 17 日至 2003 年 2 月 23 日)。

蔡惠萍:《龙应台卸职——惊叹号画上句点》,《联合报》(2003 年 2 月 11 日),《文化》,版 14。

蓝恭梓:《漫话比喻》,《湖南教育学院学报》,2000 年第 2 期。

中译法律文件须注意的地方*

陆文慧

屈指一算，笔者从事翻译工作（近十年主要是法律翻译）已有二十一年了，从经验和技术来说，应该正值盛年，但体力已不如前，通宵达旦的工作安排只能偶一为之，况且翻译工作者并非工厂生产线，不能因应客户的要求而“大量生产”。无暇承接的工作，能转介的都转介了，但单凭一小部分人的力量，实在无法应付迫切的市场需求，因此，法律翻译工作者的培训是当务之急，笔者也希望为此尽一份绵薄之力。可惜公开演讲不是笔者的强项，当年选择做事务律师，而不做讼务律师（一般称为大律师），也是为了这个缘故。不过，也许是“使命感”作祟，结果也勉为其难地在执业律师与大专院校翻译系的同学面前“献丑”，现在综合教材，重新整理成这篇文章，希望与有兴趣研究法律翻译的读者一起探讨中译法律文件的种种问题。

虽然在校园度过了一段颇长的日子，但始终觉得自己最受用的不是高深的学术理论，而是老师（不但指校内老师，还包括三人行必有的“我师”）以深入浅出的方式传授的基本知识、经老师悉心批改的功课，以及自己从实际工作中吸取的经验和教训。因此，这篇文章也不会有多么高深的理论，而只是从笔者多年来的法律翻译经验中归纳出的一些简单的基本原则，并以实例加以说明。

一、不能直译、硬译，必须顾及中文的行文习惯

（一）重组句子

许多人以为法律文件每字每词都有法律效力，见字译字最保险。但中英文语法和表达方式各有不同，[①] 逐字逐句对译只会得来一堆叫人摸不着头脑的文字。例如：

---

* 本文原载《法律翻译：从实践出发》（香港：中华书局，2002 年版），页 31—64，以及该书的简体字版（北京：法律出版社，2004 年版），页 31—64。部分内容、文字曾作改动。

① 翻译大师蔡思果先生对这个问题就有深入浅出的论述，见思果：《翻译新究》，台北：大地出版社，1994 年版。

英文本

The borrower shall not do or cause or suffer anything to be done whereby the lender's interest may be prejudiced.

原译文

借款人不得作出或促使或容许任何事情发生借以使贷款人的利益可能受损。

修改建议

凡可导致贷款人的利益受损的事情，借款人均不得作出，或促使或容许其发生。

面对着英文法律文件中无间断、无分节的长句，首先要了解、消化原文的意思，然后根据中文的行文习惯表达出来。见一字译一字，将原句的结构照搬到译文的机械译法不一定行得通。许多时候要施展“乾坤大挪移”，像以上例子一样，依照原文的意思将句子重组，才算是个尽责称职的法律翻译工作者。如上述例子所见，“凡”这个“统括之词”是“乾坤大挪移”的重要武器，[①] 英文法律条文常常出现“all”及“any”表达统括的意思，“凡”字在中国语文根基深厚的译者手上，许多时候可以大派用场。在其他情况下，“凡”字也是将长句分拆成短句的重要工具。例如：

英文本

The preliminary deposit in respect of Units sold only to private purchasers referred to in condition (v) below shall be paid by cashier order and shall be dealt with as in condition (n) above as for public purchasers.

原译文

有关下述条件（v）所指的只售予内部购买人单位的初步订金须以银行本票支付，并按照上述条件（n）中处理公众购买人的方式处理。

修改建议

凡属下述条件（v）所指仅供内部认购的单位，其初步订金须以银行本票支付，并按照上述条件（n）以适用于公开发售的方式处理。

英文法律文件的句子惯用很长的修饰语，译文依照原文的表达方式，主语“初步订金”在同一句中“修饰”完一次（“有关下述条件（v）所指的”）又一次（“只售予内部购买人单位的”），读起来十分累赘，意思也含糊——条件（v）所指的可以是单位，也可以是订金。修改建议将该句分拆成短句后，既符合中文

① 见《辞海》，上海：上海辞书出版社，1979年版，页775。

语法，译文意思也更明确。

（二）处理修饰语

修饰语连绵不绝的情况，在英文合约的释义条文（definition clause）中尤其严重。

英文本

Construction Cost means any amount incurred or paid to any contractors or suppliers for work done, or materials or goods supplied, in connection with the construction of the Development and in rendering the Development fit to qualify for the issue of the Occupation Permit.

原译文

建筑成本指为建筑本发展项目并使本发展项目符合发出占用许可证（又称“入伙纸”）的条件而就完成的工作、供应材料或货品所招致或向任何承建商或供货商支付的任何款额。

修改建议

建筑成本指建筑本发展项目及使本发展项目得以获发占用许可证（又称“入伙纸”）所涉及的开支，即为完成工程或取得材料或货品而需支出或向任何承建商或供货商支付的金额。

译文又是一堆“读”不断理还乱的文字，在修改建议中，译文经拆解后，意思较易明白，但也不尽如人意。原文“Construction Cost”的定义是一连串修饰语所形容的“any amount”，此类连绵不绝的修饰语包括：

1. incurred or paid to any contractors or suppliers for work done, or materials or goods supplied（简称“A”）；

2. in connection with the construction of the Development（简称“B”）；

3. in rendering the Development fit to qualify for the issue of the Occupation Permit（简称“C”）。

A 用来修饰“any amount”，B 及 C 用来修饰 A。但修改建议的表达方式则是定义中的定义，建筑成本指“B 与 C 所涉及的开支”（简称“该等开支”），而“该等开支”则指 A 的金额。“所涉及的开支”是译者另加的，严格来说并不完全忠实于原文，但总比原译文清楚。

（三）拆解长句

以下是由 175 个词组成的长句，这个长度在英文法律文件（尤其是历史悠久

的律师事务所一代传一代的法律文书样本）中并不罕见：

If the Vendor fails to apply for and obtain any necessary extension of time for completing the Development under sub-clause（2）and fails to complete the Development by the expiry date of the Building Covenant Period, the Purchaser shall be entitled unless the completion of the sale and purchase herein has taken place, in addition to any other remedy that he may have, to give the Vendor notice in writing in that behalf to rescind this Agreement and upon service of such notice, this Agreement shall be rescinded within 7 days thereafter and the Vendor shall repay to the Purchaser all amounts paid by the Purchaser hereunder together with interest thereon at the rate of 2% per annum above the prime rate specified by the Hong Kong and Shanghai Banking Corporation Limited from time to time from the date or dates on which such amounts were paid to the date of repayment, the repayment of such amounts and interest to be in full and final settlement of all claims by the Purchaser against the Vendor hereunder.

译者在遇到这类冗长的句子时，切勿方寸大乱，忍耐与专注是必备条件，先细读数遍，理出主句来：

If the Vendor fails to apply for and obtain any necessary extension of time for completing the Development under sub-clause（2）and fails to complete the Development by the expiry date of the Building Covenant Period, the Purchaser shall be entitled unless the completion of the sale and purchase herein has taken place, in addition to any other remedy that he may have, to give the Vendor notice in writing in that behalf to rescind this Agreement // and upon service of such notice, this Agreement shall be rescinded within 7 days thereafter //and the Vendor shall repay to the Purchaser all amounts paid by the Purchaser hereunder together with interest thereon at the rate of 2% per annum above the prime rate specified by the Hong Kong and Shanghai Banking Corporation Limited from time to time from the date or dates on which such amounts were paid to the date of repayment, the repayment of such amounts and interest to be in full and final settlement of all claims by thc Purchaser against the Vendor hereunder.

可以理出以下三句完整的句子：

（1）如卖方未能……，买方则有权通知卖方取消合约。

（2）该合约在通知送达后 7 天内取消。

（3）卖方须向买方退还款项。

这三句主句就是译文的骨干，译者接下来的工作就是耐心谨慎地在骨干上填加所有枝叶。

如卖方未能根据第（2）款的申请以及取得完成本发展项目所需的任何延期，又未能于建筑契诺期届满前完成本发展项目，则除非本协议的买卖交易已完成，否则买方除任何其他可用的补救方法外，有权就此以书面通知卖方撤销本协议，而本协议于通知书送达后7天内即告撤销，并且卖方须将买方根据本协议缴付的所有款项连同利息向买方退还。利息由个别缴款日期起计，至还款日期止，按香港上海汇丰银行有限公司不时指定的优惠利率加年利率的2%来计算。上述款项连利息一经偿付，即圆满了结买方根据本协议向卖方提出的所有申索。

（四）“pay/deliver to”的译文句构

如果英文本是：

> Party A shall pay the balance of the purchase price to Party B.

不假思索地译出来就是：

> 甲方须支付买价余额给乙方。

其实，译文句构至少有三种译法，除上述一种之外，还有第二种译法：

> 甲方须将买价余额支付予乙方。

以及第三种译法：

> 甲方须向乙方支付买价余额。

笔者认为，在法律文书中最管用的是第三种译法。首先，这个句构能第一时间清楚地交代授受双方；第二，将授受的物品放在全句末尾有一大好处，那就是当授受的物品不止一件时，整张清单放在句末最干净利落。

> 英文本
>
> Party A shall pay the balance of the purchase price, management fee, rates, miscellaneous charges (including but not limited to water charges and electricity charges) and agent' fee to Party B.
>
> 第一种译法：
>
> 甲方须支付买价余额、管理费、差饷、杂费（包括但不限于水费与电费）及经纪费给乙方。

第二种译法：

甲方须将买价余额、管理费、差饷、杂费（包括但不限于水费与电费）及经纪费支付予乙方。

第三种译法：

甲方须向乙方支付买价余额、管理费、差饷、杂费（包括但不限于水费与电费）及经纪费。

第三种译法的骨干最能承托枝叶，值得向法律翻译工作者推介。

二、掌握法律概念

笔者是在从事翻译工作十年后才正式修读法律的。那十年间笔者处理过不少法律文件，碰到艰深的法律词汇及难明的法律条文，都会翻查工具书及/或请教律师朋友，但译起来始终步步为营，有时流于公式化。翻查法律词汇如果找到多种译法，就更觉一时难以取舍。修读法律后，对从前许多疑团都恍然大悟，由于更明确地认识和深切领会了各种法律理念，在选择译文用词时，决断能力也相应提高，执起译笔来也更挥加洒自如。

例如“beneficial interest”一词，未修读法律之前，总觉得“benefit（利益）”与“interest（权益）”意思相近，大概都是利益或权益之意，不明白为什么要把两者结合起来。作为翻译工作者，虽然都完全明白这个词的字面意义，但起码要翻一下法律词典以求证，当时律政司的《英汉法律词汇》[①] 还未面世，较具规模的只有中国内地法律出版社出版的《英汉法律词典》[②]，该词典的译法是“可享用的利益；受益人的权益”。当时对着这两个译词实在不知如何选择，因为根本不明白“beneficial interest”背后的法律理念。后来在上“土地法”课时，才知道原来财产拥有权有“legal ownership”与“beneficial ownership”两个层次之分，用中国人较易明白的观念来解释，就是“名”与“实”之分，如果该物主只是“legal owner”，而不是“beneficial owner”，那么，他就是个有名无实的物主（即根据法律文件，他是物主，其实可能他只是代真正的物主在名义上持有该项财产）；反过来说，如果他只是“beneficial owner”，而不是“legal owner”，他就是个有实无名的物主（即虽然实际上拥有该财产，但根据有关的法律文件，物主却另有其人）。因此，在律政司出版的《英汉法律词汇》中，“beneficial interest”译成“受益权益”似乎更为贴切，更能反映这个法律概念。

由此可见，法律翻译工作者即使没有念过法律也不会束手无策，只要态度严谨，在遇上不常见的词汇或难懂的句子时肯翻查法律词典、法律教科书，以及请

① 《英汉法律词汇》，香港：律政司，1998 年版。

② 《英汉法律词典》，上海：法律出版社，1985 年版。

教法律界人士，总能解决问题。但以下所举例子却连一个身为律师的译者，一不留神都会“阴沟里翻船”：

英文本

The Lender may pay over to the Receiver any moneys arising out of the Property or any income or rent or profits thereof.

译文：

贷款人可向接管人交付任何来自物业的款项或物业的任何收入、租金或利润。

这个句子摘自香港某大律师行的物业抵押契据，意思是当业主没有能力继续供款而银行取得物业的管有权（俗称“银行收楼”）时，银行便会委任接管人，并可将任何来自该物业的收益交给接管人。问题出在对“profits”一词的翻译上。“profits”一般译作“利润”，但在物业租赁的情况中，却有一种收费叫做“mesne profits”，就是业主可向擅自占用物业的人收取的补偿费用，通常是租客在租期过后仍占用物业，业主便可向该租客收取相等于市值租金的“mesne profits”，一般译作“中间收益”或“代租金”。但相信一般译者在处理这类句子时都不会怀疑有“诈”，见“profits”便直译为“利润”，心思细密的译者或许会因为注意到“profits”用了众数而提高警觉，如果译者没有租务法律概念或根本不知道有“mesne profits”这回事，就无法译得出“中间收益”或“代租金”。因此，法律文件由具备法律知识的译者来翻译，当然是最理想不过的。如果因资源不足或其他理由而无法做到，最好由律师（指具备处理中英文法律文件的经验者）来最后把关。

一个用英文词语所表达的法律概念，中文如果没有既定译法，译者可能就要自创新词了，这就更考验译者的功夫了。本书《法律英语解构》及《略谈“翻译”香港法例所遇到的一些问题》两篇文章，在这方面都有精辟的讨论，本文对此不再赘述。

三、务求清楚明确

（一）歧义（ambiguity）

法律文字切忌模棱两可，否则可能引起争端及诉讼。中文的语言特性容易使句子产生歧义。[①] 当代研究汉语的学者指出：“汉语依赖词序来表达意义，又注重简洁，从严格的逻辑观念来说，字里行间往往有许多破绽，给读者以辞害意的

① 李家树、谢耀基：《汉语的特性和运用》，香港：香港大学出版社，1994 年版，页 31。

机会。”① 例如：

甲方须向乙方付还原料成本、机器买价及厂房租金的尚欠余额。

读者单看这个中文句子，很难确定“尚欠余额”是否单指厂房租金的尚欠余额，还是兼指原料成本与机器买价两者的尚欠余额，如属前者，可改为：

甲方须向乙方付还厂房租金的尚欠余额、原料成本及机器买价。

如属后者，可改为：

甲方须向乙方付还以下各笔款项的尚欠余额：原料成本、机器买价及厂房租金。

有时为了将意思交代清楚，就不能将英文原文直译，译文要用更多文字来补充：

英文本

The Vendor shall complete the Development in all respects in accordance with the building plans by the expiry date of the Building Covenant Period. If at any time it appears likely in the opinion of the Authorised Person that the Development will not be completed by the expiry date of the Building Covenant Period, the Vendor shall promptly apply for and obtain such extension of time for completing the Development as shall be required and shall pay any premium to the Government for such extension. The Vendor shall notify the Purchaser of such application and the terms of extension granted within 30 days of each event.

画线部分的原译文：

卖方须将申请与批准延期的条款，分别于申请与申请获批准的30天内通知买方。

修改建议：

卖方须将申请一事及批准延期的条款，分别于提出申请与申请获批准的30天内通知买方。

① 李家树、谢耀基：《汉语的特性和运用》，页81。

根据原译文，“申请与批准延期的条款”可解作“the terms of the application for and the granting of extension”，与原文意思有出入，修改后意思更明确。

（二）专有名词

英文原文中的专有名词，译者更需尽责地寻究正确的中文名称：

> 英文本
>
> The sales brochures shall comply with Land Office Circular Memorandum No. 101 as amended by Legal Advisory and Conveyancing Office Circular Memorandum No. 4 and contain a prominent statement that:
>
> 译文
>
> 说明书须符合经法律咨询及田土转易处第4号通函修订的田土注册处第101号通函，并须在显眼处声明以下各项：

要查核机构或公司名称，可采用电话查询服务，以原文的名称查出电话号码后，再致电该机构或公司查问正确的译文名称。利用互联网找出专有名词的中文本，自然是更先进的做法，可惜从上述例子来看，句中的专有名词却不能通过这些途径查到。首先，“Land Office”现在已不存在，唯有从“Legal Advisory and Conveyancing Office（简称‘LACO’）”着手，除可以致电该机构查询它的正确的中文名称之外，还要知道“Circular Memorandum”在该机构的既定译法，再查问该机构是否知道“Land Office”的中文名称（通常这种确定程序都不能靠一个电话来“一网打尽”，所以必须有锲而不舍的精神）。LACO指出，“Land Office”即“Land Registry（土地注册处）”的前身，但无法确定其中文正式译名。于是，译者便要致电土地注册处再来询问（通常可直接向该政府机构的中文主任查询）。当时接电话的中文主任对早年的政府机构“Land Office”并不知情，译者只得请她代向曾在“Land Office”服务过的元老级同事求证，几经转折后终于查出正确的中文名称——田土注册处。其实，这种对专有名词的查究精神适用于任何文件的翻译工作，但作为法律翻译工作者，如果为了省时、省力而将原文的字面意思直译了事（例如，将“Land Office”译成“土地办公室”），就更难辞其咎了。

四、注意法律文件的修辞

（一）用词统一

一般来说，文章讲究文采，所以在同一篇文章中，尽量以不同词汇表达相同的意思。例如：

在天朗气清的日子，最好到郊外游玩。今天正是晴空万里，我们决定提早下班，享受户外的阳光。

同是“天晴”的意思，为避免重复，就用了“天朗气清”与“晴空万里”来表达。

但法律文件却讲求用词统一。经常接触法律文件的人士都会注意到，在合约中的第一条条文，通常是“释义条文”，用来界定合约中一些关键词汇的具体意义。词汇一经界定，每次在该合约出现时，就是指释义条文所赋予的特定意义。因此，同一文件内用词必须统一，以免与释义条文相抵触。例如，在保险单中多次出现的“insured”一词，可译作“被保险人”、“受保人”或“投保人”，但在同一份法律文件中，译者只能任择其一，连贯使用，不能三者交替使用。如法律文件与个别条例有关，则必须与条例的用词一致，例如“certificate of competency”一词，在律政司出版的《英汉法律词汇》中有三个中文译本：合格证书、技能证明书和资格证书。如果要翻译的法律文件是有关《电讯条例》（香港法例第106章）的，则应采用出自《电讯条例》的译本，即“资格证书”，而不能随便在三者中任选一个。

（二）法律文件常用连接词的译法

在法律文件中经常出现的“subject to”，“provided”及“notwithstanding”等连接词，则要根据上下文灵活翻译，不能像以上所举的名词（在同一文件中有特定意义者）那样“从一而终”。

“subject to”

例1：

the place will, subject to its law, comply with a future request by Hong Kong to the place ...

该地方在不抵触其法律的情况下会顺应将来由香港向该地方提出的请求……①

例2：

Subject to subsection (2), there shall be payable and recoverable by way of rent of premises to which this Part applies such amount as may be agreed between the landlord and tenant ...

在符合第（2）款的规定下，本部适用的处所的应缴付与可追收的

① 见《刑事事宜相互法律协助条例》（第525章）第5（4）（b）条。

租金，须为业主与租客双方所可能议定的款额……①

例3：

Subject to the provisions of section 25 (2), any counsel or solicitor may at any time request the Director to remove his name from the panel . . .

除第25（2）条另有规定外，任何大律师或律师均可随时要求署长在名册内将其姓名注销……②

例4：

Where any Ordinance provides that subsidiary legislation shall be subject to the approval of the Legislative Council . . .

凡条例订定的附属法例须经立法会或其他主管当局批准……③

例5：

This condition applies if the property is sold subject to any tenancy . . .

如该财产是连同任何租约出售，则本条件适用……④

"provided"

例1：

You will be allowed to make telephone calls provided that no reasonable delay or hindrance is caused to the processes of investigation or the administration of justice.

在不会对调查的进行或执法构成阻碍的前提下，你可打电话给他人。⑤

例2：

Party A shall commence legal proceedings forthwith provided that Party B shall deliver the relevant documents to Party A within one month from the date of this agreement.

甲方须立即展开法律程序，但乙方须在本协议日期起一个月内将有关文件送达甲方。

例3：

Provided always and it is hereby agreed and declared that . . .

上文规定须受以下原则限制，特此同意及声明以下原则：……

"notwithstanding"

---

① 见《业主与租客（综合）条例》（第7章）第9B（1）条。

② 见《法律援助条例》（第91章）第4（5）条。

③ 见《释义及通则条例》（第1章）第35条。

④ 见《物业转易及财产条例》（第219章）附表2，A部第5（1）条。

⑤ 见《总督特派廉政专员公署》（第204A章）第17条。

例1：

The company may continue, notwithstanding any agreement to the contrary, to use or enjoy the relevant property.

即使有任何相反协议，该公司仍可继续使用或享用有关财产。

例2：

Notwithstanding anything contained in this Agreement, Party A shall pay the deposit on 1 January 2003.

即使本协议另有规定，甲方仍须在2003年1月1日支付订金。

（三）力求精练

法律文字本来已给人累赘烦琐的感觉，翻译时采用的文句应尽量精练。译者完成译文后至少要再看一遍，除了校对勘误外，还应删去任何可有可无的字或词。

例1：

原译文

控方第一证人向被告人提供了一小包的毒品给予被告人吸食。

修改建议

控方第一证人提供了一小包毒品给被告人吸食。

例2：

原译文

正如前面所述，地产经纪（即本案的第二证人）在买方要求之下陪同买方视察该有关的物业。

修改建议

如前所述，地产经纪（即本案第二证人）在买方要求下陪同买方视察该物业。

五、注意当事人的利害关系与争议

要翻译的法律文件以合约居多，通常合约各方都有千丝万缕的利害关系，所以才要以一纸合约来界定彼此的权利和义务，以免日后发生争议时无以为据。一般文件的翻译工作者都会了解清楚译文的用途以及读者对象（例如，读者是以中国香港、中国台湾还是中国大陆人士为主；是公开发行还是内部传阅），以确保措辞行文能针对读者的需要，让译文更有效地发挥沟通的作用。法律翻译工作者在下笔前，除了要掌握上述背景资料外，更要确定委托自己翻译的是合约的哪一方，只有这样，在碰到原文意义含糊的条文时，译者才可以认清立场，为自己的委托人争取最大的权益或保留最多的余地。举例来说，甲方卖东西给乙方，买卖合约规定，乙方如认为甲方已符合所有销售条件，就会向买方签发合格证明书，而在甲方未符合所有销售条件之前，甲方不得向乙方索取任何付款：

> 英文本
>
> Party B shall issue a certificate of compliance to Party A upon being satisfied that all the conditions of sale have been complied with. For the avoidance of doubt, Party A shall not demand any payment from Party B prior to compliance.
>
> 画线部分的第一个译法：
>
> 甲方在未符合所有销售条件前，不得向乙方索取任何付款。
>
> 画线部分的第二个译法：
>
> 未有合格证明书前，甲方不得向乙方索取任何付款。

英文本草拟得不够严谨，一是没有清楚地说明谁要符合了所有销售条件；二是“compliance”是指甲方获发“certificate of compliance”，还是指即使甲方未取得“certificate of compliance”，但当时甲方实际上已符合所有销售条件（actual compliance），意义含混。由于条文没有明言“comply with”的主语是谁，因此很难处理“prior to compliance”的中文译文。作为甲方的译者，如果擅自将甲方作为“comply with”的主语（即第一种译法），便等于将“comply with”的责任加诸甲方，而英文本却留有余地——这责任可以属于任何人。“Prior to compliance”更不能译成“未有合格证明书前”（即第二种译法），因为即使未有合格证明书，实际的情况也可能已符合所有的销售条件（即“actual compliance”），这也算“compliance”。如果采用第二种译法，甲方就不能在“actual compliance”后而尚未获发“certificate of compliance”前，开始向乙方索取付款。因此，第一种译法和第二种译法都不能保留原文对甲方留有的余地，甲方的译者都不宜采纳，如果想不到一个中文版本可以保留原文的余地，就只好将原来的两种译法都给甲方，以供参考，向甲方说明两者的利害关系，并指出原文不明确的地方，让甲方考虑是否需要修改原文，以免日后引起争议。其实，从事服务行业的人士（由律师、翻译工作者以至酒店服务员等）不论专业与否，许多时候都取决于他/她是否能够及愿意设身处地地为客户着想。

六、善用法例中文本内的表格以及其他现成的参考资料

（一）

以下法例已有多种中文法律文件样本（通常是附于条例最末部分的表格）供法律翻译工作者参考，包括传讯令状（俗称“告票”）、法庭命令、判决、离婚呈请书、誓章、楼宇买卖合约条款、按揭条款等。例如：

《高等法院规则》（第4A章）
《区域法院条例》（第336章）
《土地审裁处条例》（第17章）
《婚姻诉讼规则》（第179A章）
《物业转易及财产条例》（第219章）

任何人士都可免费登录律政司双语法例资料系统的网站，将这些样本打印以备用。网址：http：//www. legislation. gov. hk/chi/index. htm。

（二）

此外，香港律师会早前将一套有关发展商物业（俗称“楼花”）买卖的法律文件译成中文，载于香港律师会的网页：http：//www. hklawsoc. org. hk（在“Law Society Resource Centre”内的“Bilingual Legal Reference Materials”）。文件包括：

地政总署致发展商代表律师的同意书（Consent letter from the Lands Department to solicitors acting for the developer）

发展商代表律师的法定声明（Statutory declaration by solicitors acting for the developer）

买卖协议（Agreement for sale and purchase）

衡平法按揭连法律押记（Equitable mortgage with legal charge）

未完成发展项目的买卖协议（Agreement for sale and purchase for uncompleted development）

已完成发展项目的买卖协议（Agreement for sale and purchase for completed development）

未完成发展项目的转售转购协议（Agreement for sub-sale and sub-purchase for uncompleted development）

已完成发展项目的转售转购协议（Agreement for sub-sale and sub-purchase for completed development）

临时买卖协议（Provisional sale and purchase agreement）

草拟公契的指引（Guidelines for drafting of deed of mutual covenants）

（三）

律师事务所其中一项重要的财产，就是自家编制或搜罗的样本（precedents）。翻译工作者也不例外，日常生活中接触到的法律文件中英文本，例如，银行各项服务（如信用卡）条款单张、招股书、公司年报等都可供日后作参考用途，所以收到这些印刷品时不妨评估一下中英文本的语文水平，如果属优质，可以保存备用，那样才不会有“样本”到用时方恨少的遗憾。

七、养成收集及翻查工具书的习惯

如有志加入法律翻译工作者的行列，就要有心理准备，终身与工具书（主要是词典）为伴。当遇到不认识的原文词汇时，当然要翻查词典，遇上似曾相识而又不敢确定的词句时就更要查个明白，通常误译的笑话都是在一知半解的情况下闹出来的。许多人都给自己找借口，认为时间紧迫，来不及到图书馆或书店找或买工具书等。因此，译者平日应该多收集有用的工具书，所谓“养兵千日，用在一时”，当碰到专门词汇，急需翻查词典的时候，如果这些工具书可以随手拿到，那种感觉实在是人生一大快事。

以书籍来说，词典是最值得投资的，尤其是内地出版的，有许多专科词汇手册只需十多元便可以买到，以备不时之需。例如，笔者买过一本由北京外语教学与研究出版社在 1985 年出版的《英汉对照奥林匹克体育项目词汇手册》，仅售人民币 0.68 元，在书架上尘封了十多年，但在翻译有关 2008 年北京奥运的法律文件时，终于可以大派用场了。有些工具书甚至可以说是让译者毕生受用的，例如，商务印书馆与上海辞书出版社在 1984 年出版的《同义词词林》，在翻译讲究文采的文章时，这是本必备的工具书，笔者用了近二十年，仍然爱不释手，据闻书店再没有存货，所以手上的“孤本”更要小心保存，也许就是无可替代的了。

笔者在中译法律文件时最常用的几本工具书，现推介如下：

（一）陆谷孙的《英汉大词典》[①]

这是一本名副其实的大词典，收词非常丰富，连有关的专科词典（如医学、科技词典等）都找不到的一些词汇，本词典却都收纳了。其他优胜之处就是例句众多，而且对同一个词的各种不同的意思区分细致，又会根据例句的不同语境提供最贴切的中译本，以“subtle”一词为例，条目可谓详细周到：

① 陆谷孙：《英汉大词典》，香港：三联书店有限公司，1992 年版。

1. 隐约的；稀薄的；清淡的；纤细的：~lights and shadows 隐隐约约的灯光和人影/~signs 依稀的迹象/the ~air/稀薄的空气/a ~hint of garlic in the sauce 调味汁里微微的蒜味/a very ~perfume 十分淡雅的香水

2. 微妙的，难于捉摸的；奥妙的，深奥难测的；隐晦的：His whole attitude has undergone a ~change. 他的整个态度已经有了微妙的变化。/~humour 微妙的幽默/a ~smile 神秘的一笑/a ~joke（hint, explanation）巧妙的笑话（暗示，解释）/~charm 无法言传的魅力/~philosophy 奥博的哲学

3. 细微的；细致的：a ~distinction between the two words 两个词词义的细微差别/~reasoning 丝丝入扣的推理

4. 细心的；精细的；敏锐的：a ~observer 细心的观察者/a ~mind 思想缜密的人/~senses 敏锐的感觉/the artist's ~awareness of colour values 画家对色彩明暗程度的敏感/~insight 深刻的洞察力

5. 精妙的，精到的；灵巧的，技艺精湛的：a ~design 精妙的设计/~economic management 精良的经济管理/~fingers 灵巧的手指/~workmanship 精湛的工艺/a ~painter 画家中的高手

6. 诡秘的，狡诈的：a ~liar 狡猾的骗子/a ~scheme to make money 弄钱的诡计/He's the subtlest of our politicians. 他是我们的政治家中最老奸巨猾的一个。

7. 在不知不觉中起作用的，暗中为害的：a ~poison 慢性毒物

（二）律政司：《英汉法律词汇》[①]

网上版：http：//www. legislation. gov. hk/eng/glossary/homeglos. htm

律政司：《英汉民商事法律词汇》第三版，2010

律政司将香港双语法例中的法律词汇编成一套三册的《英汉法律词汇》，普通法中的大部分常用词汇都可以在这本工具书中找到，对法律翻译工作者来说，实在是大有用处。一个英文词汇可能有多个对应的中文词汇，这本书的编者在每个中文词汇后都列明其出处，即出自哪条法例的第几条。因此，译者在使用这本法律词汇时必须翻查到底，例如，译者在翻译一份有关建筑的法律文件时遇到“authorised person”一词，这本书提供了两种译法：“获授权人”［出处：571 章 179（17）条］；“认可人士”［出处：123 章 2（1）条］。译者不能随便在两者之中任选其一，而必须翻查这套词汇的第三册附录：《香港法例的英汉对照简称

① 香港律政司：《英汉法律词汇》，2004 年第 4 版。

及引称（按章次编号排列）》，查出两种译法各出自什么条例，然后浏览律政司的双语法例资料系统（http：//www.legislation.gov.hk/eng/home.htm），找出这两种译法源自的具体条文，以确定哪一种译法的语境与原文“authorised person”的语境相同或最接近。“获授权人”的语境与证券期货有关；“认可人士”的语境则与建筑有关，因此，译者便可安心地选择第二种译法。如果时间不容许，唯有单凭看第三册所录的条例名称来判别语境（即假定词汇源自的具体条文不会超越该条例名称的范畴），虽然这种“想当然”的做法也有出错的时候，但已比胡乱任选其一要保险得多，而且不枉费这本词汇的编者提供词汇出处的苦心。《英汉民商事法律词汇》收纳的民商事法律词汇则不只局限于香港法例的法律词汇，因此，两套词汇能互补长短。

《英汉法律词汇》虽然辑录了香港法例的法律词汇中英文本，但其本身并非法律，对用者并没有约束力。例如，“costs”一词的中译本是“讼费”与“事务费”，前者指律师办理诉讼案件所收取的费用，后者则指律师办理非诉讼事务（如买卖合约、租约等）所收取的费用。假如待翻译的买卖合约出现“costs”一词，有关的条文内容是：草拟该合约的“costs”需由双方摊分，则按照这本词汇，“costs”应译作“事务费”，但这种译法似乎只会让中译本的读者感到莫名其妙。如果译者将“costs”译成“律师费”或“法律费用”，反而更合适。根据这本词汇，“identity document”的中文本是“身分证明文件”。“身分”与“身份”的取舍问题曾在社会上引起一场颇为激烈的争议，其实法律草拟专员严元浩先生早在1998年就已撰文澄清了当局的立场：“即使条例中文文本现已颁布，不喜欢用‘身分’的人士，完全有自由继续沿用‘身份’。”① 由此可见，这些法律词汇的中译本并非金科玉律，译者宜根据应译文的语境以及读者的实际需要适当使用。

（三）李宗锷、潘慧仪的《英汉法律大词典》②

这本词典对没有修读过法律的法律翻译工作者来说，是一本必备的法律参考书。这本词典除了提供对照的中文词汇外，还深入浅出地说明了每个英文法律词汇，以便让读者尽可能地掌握各词汇背后的法律概念。这本词典不但收纳法律词汇，还有法谚部分，为拉丁文法律谚语提供中英文本，另附了一段简单的中文说明文字，而且中译本采纳的是谚语言简意赅的文字风格。例如，用于《侵权法》的谚语“resipsa loquitur（the thing speaks for itself）”，中译本是“事物自道缘由。/事实自证。/事情不言自明。/事实本身就是证明。”由于律政司的《英汉法律词汇》没有收录香港法例以外的其他普通法词汇（例如，“Anton Piller order”及

① 严元浩：《采用“身分”、“身份”的取舍》，《中国语文通讯》，1998年第48期，页30。

② 李宗锷、潘慧仪：《英汉法律大词典》，香港：商务印书馆，1998年版。

"Mareva injunction" 等），因此，这本《英汉法律大词典》正好补充了这方面的不足。

（四）张日昇、魏元良的《英汉金融财务用语汇编（中国大陆、香港、台湾译名对照）》①

这本词典的收词量十分可观（共 18 565 条），清楚地列出了中国大陆、香港和台湾的不同译法，以便译者针对译文的读者对象作出取舍。

（五）吕汝汉的《金融财经英汉词典》②

即使修读过法律的译者，在翻译有关金融财经的法律文件（例如，银团贷款协议或公司收购协议）时，碰到金融财经的专业用语，可能也只会机械地字字对译。这本词典不仅收录了有关银行财务、市场投资和个人理财等方面的专业用语，而且对各用语都有清楚的说明，让未修读过金融财经的法律翻译工作者，也能充分了解金融财经系统的运作方法，这样翻译起来就更得心应手了。这本词典还附录了金融财经缩略语表以及汉英词汇对照索引。

（六）香港金融管理局的《香港货币银行用语汇编》③

这本汇编收录了一般有关金融货币的技术名词的中英文本，以及在香港的货币与银行体系内具有独特含义的特别名词的中英文本，并以中英文扼要阐述了这些名词的意思。互动版汇编不断更新原来出版的汇编，增加新条目，并为主要的名词设有特别联系，以便读者迅速连接汇编内的相关部分，以及金管局网页中的相关内容。例如，在查阅"支付系统（payment system）"时，就会看到精简说明以及相关资料（金融基础设施），如在"金融基础设施"项目上点击一下，就立即连接到"金融基础设施"（包括债务工具中央结算系统、实时支付结算系统和美元结算系统）的网页，资料详尽，中英文本都具备，实在是香港金管局的一大德政，应予以表扬。

（七）证券及期货事务监察委员会：《英汉证券、期货及财务用语篇》

各英文词汇的中文译文分四栏列出：内地香港共通译法、内地常用译法、香港常用译法以及台湾常用译法。此外，又附录了相关机构及组织的中英文名称，

---

① 张日昇、魏元良：《英汉金融财务用语汇编（中国大陆、香港、台湾译名对照）》，香港：商务印书馆，1994 年版。

② 吕汝汉：《金融财经英汉词典》，香港：商务印书馆，1995 年修订版。

③ 香港金融管理局：互动版《香港货币银行用语汇编》（http://www.info.gov.hk/hkma/gdbook/eng/index_frame.htm），2000 年 11 月第 2 版。香港金融管理局：《香港货币银行用语汇编》，香港：香港商业出版社，2000 年版。

以及证监会总监级以上的中英文职衔。

（八）香港保险业联会：《保险业常用词汇》

这本薄薄的词汇共收1 095条保险业常用词语，经中国大陆、香港和台湾的保险业人士协商定出标准用语，但由于三地惯用不同的保险词汇，因此有小部分不强求一致，只分别列出不同的用语，并注明出处，所有中译本都分繁体字和简体字两栏列出，方便读者查阅。

（九）香港特别行政区政府法定语文事务署：《政府部门常用英汉词汇》

网上版：http：//www. csb. gov. hk/tc_ chi/publication/2008. html

如果想翻查以下二十二个范围的专业用语在香港的中文译法，可使用这套政府词汇：教育、房屋与地政、财经、公务员事务、交通、劳工、入境事务、社会福利、医疗卫生、公安、环境保护、工业贸易、宪制与选举事务、文康体育、公众卫生、气象、渔农、信息科技、城市规划、机电工程、消防和水务。

八、重视专业精神

以上各点其实大部分都适用于一般文件的翻译，说到底最重要的，就是翻译工作者的专业精神。笔者每次向香港律师会会员（即执业律师）或大专院校的同学讲授法律中译的课程时，都会首先声明，法律翻译工作者要“一不怕闷，二不怕烦”，终日面对纠缠不清的句构、刻板重复的内容，还要字字推敲，片言只字也不敢怠慢。所谓专业精神，就是即使面对极闷、极烦的工作程序，译者每念及译文意义重大，关乎当事人的利害得失，甚至社会秩序与法治原则，也自当抖擞精神，甘之如饴，这正与律师的工作性质不谋而合。律师要经过专业考试才能取得执业资格，执业律师须受专业团体监管，以保证律师的专业质素。违反专业操守者须受纪律处分，严重者可丧失执业资格。笔者认为这种专业制度也应该适用于法律翻译工作者。

香港政府在这两年间多次提出，香港应把握中国加入世界贸易组织的时机，并利用本身的优势，发展成为内地国际贸易纠纷的调解中心与法律服务中心。[①]其实香港凭着普通法法制与英汉双语传统，以及国际金融贸易中心的地位，更可

---

① 2001年10月5日，律政司司长在新西兰基督城举行的第17届亚太区法律协会会议上发表演说时表示，借中国加入世界贸易组织的时机，政府会致力提供一个有利的环境，促使香港发展成为一个法律服务中心；2001年10月10日，在立法会会见新闻界时表示，希望法律界能够把握中国加入世贸的时机使香港成为法律服务中心；2002年1月14日，在法律年度开启典礼上致辞时，重申中国加入世贸为香港法律界带来机遇的重要性，并表示政府现正积极提倡把香港发展成为内地国际贸易纠纷的调解中心。

以发展成为国际英汉法律翻译中心。[①] 笔者认为这方面的发展，应该从专业考试和人才培训入手。专业考试的目的不单在于保证法律翻译工作者的质素，更在于要公平客观地评估应考人士的语文和法律知识水平，让暂时没有取得专业资格而有志于从事法律翻译工作的人士，可根据评估结果接受关于语文和法律知识方面的培训。因此，专业考试实际上同时是个编班试（placement test），考试题目的设计应由浅入深，并能分别评估应考人士在语文及法律知识两方面的水平。此外，这个专业考试欢迎世界各地有志从事英汉法律翻译工作的人士报考，培训可通过互联网进行，以便海外人士参加。

如文首所述，根据笔者学习翻译的经验，令自己进益最大的，是经老师悉心批改的功课——细心研究经修改之处，从而领悟个中道理，不明所以时再请教老师，然后在下一份功课中避免一错再错，懂得将上次领悟到的道理应用出来，就是最有效的培训。法律翻译专业培训的另一特色就是因材施教，即按照考试的评估结果，为个别学员设计最能针对其弱点的课程和功课。课程分语文科与法律科，以单元为单位，例如，语文科有语法、修辞等单元；法律科有土地法、合约法、侵权法、刑事法等单元。语文科的教学模式以批改功课为主；法律科则以深入浅出的讲授为主。学员按照考试评估结果报读合适的单元。长远来说，还要为取得专业资格的法律翻译工作者设立监管机制，以确保他们在执业时维持专业水平。这个构思如果能够实现的话，不但香港的国际英汉法律翻译中心的地位得以确立，更能培养专业的法律翻译人才，这些人才在中国经济贸易发展及普通法双语化的过程中是必不可少的。

法律翻译专业化是一条当走的路，笔者深信《法律翻译：从实践出发》的出版已是第一步。

---

① 2002 年 2 月 21 日，律政司司长在悉尼出席香港驻悉尼经济贸易办事处所举办的晚宴上，谈到香港作为调解纠纷中心的优势时表示，香港的普通法制度举世闻名，备受推崇。香港以英文和中文为法定语言，语言上出现问题的机会极微。

从改革到规范

——试论汉字简化的失误*

陈炽洪

一、引　言

20 世纪 50 年代中期，中华人民共和国推行简体汉字（简化字），至今已超过半个世纪，无论中国大陆以外的其他地区（香港、澳门、台湾）使用繁体汉字的华人是否支持认同，今天简化字已在大陆普及应用。随着《国家通用语言文字法》于 2001 年 1 月 1 日起施行，简化字业已奠立了其法定地位。在国际上，简体汉字也有不少拥护者，它是联合国使用的六种官方工作语文之一，也是东南亚大部分国家（新加坡、马来西亚、泰国）认可使用的“华文”，20 世纪 90 年代兴起的“汉语热”，外国人学习和使用的“汉字”，也是这套规范版本。

作为现代社会交流和沟通的“工具”，简体汉字仍保存有传统汉字的笔画和字理，现实证明并非不可使用，然而，中国政府当日为了急于改革文字，急于推出方案，以行政指令颁布使用，没有广泛和认真征询意见（尤其是文字学专家的意见），没有进行充分论证，没有深思熟虑方案的疏漏以及推出后的影响，致使这套文字存在许多缺点，缺点遍及政治、社会、文化等范畴，虽然暂未完全显露，但一直以来都引起海内外的不少争议，尤其是在中国香港、澳门和台湾，不少人仍觉得传统汉字的生命力很强，因此不大愿意接受和全盘使用简体汉字。其实，种种失误源于汉字简化过程中主事者强硬的态度和粗疏的工作，可惜至今仍没有纠正过来，这很不利于汉字将来的发展。本文回顾历史，综合主事者的态度以及工作上的失误，供有意者反思，并探索汉字的前景。

二、盲目的继承

清末民初，有人就中国文化的落后提出反思，五四运动以后，反传统风气盛

---

* 本文曾于 The International Journal of Arts & Sciences Conference（Bad Hofgastein，Austria，June 1 - 4，2009）上宣读，部分内容、文字曾作改动。

行，除“打倒孔家店”以外，更有人认为汉字是中国落后的首恶元凶，[①] 非去不可。这种狂热思潮一直持续至20世纪50年代，没有丝毫退减，并变本加厉，成为中华人民共和国成立后急于推行文字改革的主要理据。[②]

“汉字落后论”衍生出许多似是而非的理由：有些学者认为以字形为主的汉字是不科学的，不能适应文书工作和配合现代化，尤其是当时的打字、电报、机器翻译等科技不能配合使用汉字；更多人认为传统汉字（繁体字）字量太多，笔画太繁，而且琐碎、杂乱，“难认、难记、难写、难用”，改革的目的，是使之简明而有条理，这样便可扫除文盲，提升整体国民的文化、教育、文艺、学术、政治的素质，令中华民族强大起来。这些说法，可以张世禄《汉字的改革和简化》为代表，综合起来共有八点：

（1）汉字是一种表意文字，只是要求书写方面意义的互相通达，不讲究读音方面彼此是否统一。因此，它具有脱离语言的性质，不能靠它来遏阻方言的分歧和推进音读的统一。

（2）汉字是采用单音节的制度，不能适应语言上语词复合化的趋向。

（3）汉字构造的原则是很复杂的，会使学习遇到许多困难，因此，适合作为普及教育文化的工具。

（4）汉字字数繁多，而且一个字有时还存在几种写法、几种读法的情况；这样，更增加了学习和记忆的困难。

（5）汉字字体繁多，结构复杂，在编排和体例的次序方面得不到妥善的处理。

（6）由于编排和检查字典没有妥善的办法，因而影响到科学和文化的进步。

（7）由于字体繁多，结构复杂，编排又没有妥善的办法，在实际使用中产生许多困难，如书写、记录、打字、印刷、收发电报、传达信号等。

（8）汉字这种表意文字不宜用来代表“外来语”和“借贷”的形式，这样对于先进科学、文化、技术的吸收也会受到相当的阻碍。[③]

因此，改革汉字便成为急务。

说到汉字不能配合书写、记录、打字、印刷、收发电报、传达信号（甚至计算机）等，都是科技发展问题，当时可能是事实，证诸今天，已不攻自破。至于

① 钱玄同（1887—1939）：“欲使中国民族为二十世纪文明之民族，必以废孔学，减道教为根本之解决，而废记载孔门学说及道教妖言之汉字，尤为根本解决之根本解决。”见《中国今后之文字问题》，《钱玄同文集》（第一卷），北京：中国人民大学出版社，1999年版，页166—167。

② 马叙伦（1885—1970）：“中国文字有很长历史。它属于象形体系……因为象形文的本身有限制性，所以它的发展也受到限制。到现在，各方而已咸到汉字只能适应新文化的需要和发展，因而提出了文字改革的要求。”见《中国文字改革研究委员会成立开会辞》，收入《中国语文》杂志社：《中国文字拼音化问题》，北京：中华书局，1954年版，页3。

③ 见北京《光明日报》，1955年7月6日及20日。

“汉字落后论”，在20世纪50年代看似是共视，但那不过是激进时期的狂热思维，经不起考验，不可作准。1990年5月，曾参与文字改革工作的许嘉璐在北京举行的“汉字汉语学研讨会”上说：

> 其实，汉字落后论的时代早已结束，只不过在知识界，特别是语文学界还有残留，这种残留现象实际上是脱离了时代，也脱离了广大人民。这里我想特别提出的是“汉字落后”论和自然科学界的实践是很不一致的。这种提法也不是无根的自诩，而是相当多的海内外学者的共视。①

至于汉字“难认、难记、难写、难用”的问题本身就比较复杂，从20世纪50年代直到现在仍然争论不休，彼此都无法说服对方。利用简化汉字扫盲，中国固然称善，但效果是否全无争议，实在无法肯定。从现实来看，扫盲是教育问题，教育不是单靠认字、识字就可达到目的，还牵涉时间问题、经费问题、教科书问题、民众是否自愿问题以及教师问题等，不是一下子就可以解决的。这一点，就连20世纪50年代支持文字改革的郑林曦也不得不承认，② 不过，他硬是把责任推到汉字上，这其实并没有足够的理据支持。几十年来，中国的文盲数字一直在减少，但不能证明这全归功于汉字的简化，根据官方数字，从2000年至2005年，中国的文盲数目不减反增，③ 那跟汉字难易又有什么关系？

三、错误的假设

文字作为记录语言的工具，是带有个人性和交际性的。个人可依赖文字去抒发感情、表达思想哲理；也可用之陈述经历，跟别人交往沟通。个人的记述可以发表，但不一定要公开，如日记、尺牍和文学创作（诗词戏曲）等。近代由于科技发达，语言交流频繁，大大加强了交际性和社会性的作用，口语沟通固然发达了，而书面语也有报纸杂志、网站作交流平台，文字在交际性中的作用也非常明显。汉字从古至今都在上层活动，偏向个人性和文学性，更是离开口语而独立发展，唐诗、宋词、元曲等无不是古代汉字汉语发展的文学艺术结晶。清末提倡的“我手写我口”；20世纪50年代初出现的语言（口语）优先于文字，文字附

---

① 见《对汉字现代化的研究的希望》，《汉字汉语学术研讨会论文集》（上册），长春：吉林出版社，1991年版，页28。

② 郑林曦：《文字改革在国家向社会主义过渡时期有什么作用和意义?》，《中国语文》，1954年1月号，页5—9。

③ 资料来自《美国之音中文网》2007年6月12日引《华盛顿邮报》：“今年4月……中国日报援引中国教育官员高学贵的话说，中国的文盲人数在2000年到2005年期间，增加了3 000万。”见 http://www.voafanti.com/gate/big5/www.voanews.com/chinese/archive/2007—06/w2007—06—12—voa1.cfm

庸于语言（口语）理论，强化了文字的交际性和社会性，却减弱了文字的个人性和文学性。

此外，当时的意见认为，汉字是表达语言的工具，必须接近民众、服务人民。由于汉字的构造（指笔画线条，非指部件）未能把读音表示出来，字形和语音相脱节，增加了人民大众读书识字的困难。为了使汉字的构造（笔画）能表示读音，民众能掌握文字，文字必须走上拼音的路。① 这种论调贯穿整个50年代，成为文字改革的重要理据。

在这个理论基础上，学术界更总结出“文字发展规律”的说法，这个说法的具体表现是：

（1）从表形、表意到表音；②

（2）从繁到简；③

（3）人为的促进。④

上述的第一项，反映了当局漠视传统汉字在历史上的自然递变以及字形、字体因音义变化而自我调整的事实，强行要汉字向拼音化发展。第二项是为汉字过去的形体变化总结一个方向，目的在于制造笔画减少是文字演变的历史事实。最后，催促汉字立即改革，不能也不必有太多顾虑。事实上，这些论点都缺乏理据。在众多说法中，以黎锦熙的汉字“停滞、偏差、衰朽、繁重”说以及汉字“正反合辩证式”的“七阶段论”最为详细，堪作代表。⑤ 文字表达语言（语义），这是不争的事实，黎锦熙是语言学家，他以“人类社会因合作劳动的需要而初有简单语言（按指口语）”，从而产生图像、文字，推论到文字发展为主形、主音，最后“它（文字）从主‘音’的立场规定了许多‘合理化’的面孔，所以才能把以前各主‘形’阶段的贡献也都综合起来”，订立种种假设，强行为汉字改革走向拼音化开路，这在道理上是说不通的。

---

① 韦悫（1896—1967）：《为什么我们需要拼音文字》，《中国语文》，1952年7月创刊号，页6—7。

② 关于文字发展的理论，有人提出文字从表形到表意再到表音的单线进化论，“世界各种文字的演进都是由表形到表意，由表意到表音。汉字的发展也是如此。”见刘新友：《对〈高举马克思主义语言学的红旗前进〉一书中几个问题的意见》，《中国语文》，1959年7月号，页341。也有人提出：“象形文字、表意文字和拼音文字是文字发展的主要阶段，但这三个阶段不是截然分开的。”见施效人（1914—　）：《文字产生及其发展的一般规律》，《文字改革》，1965年2月号，页14。

③ 周有光（1906—　）：“文字符号是不断发展的，符号发展的一般规律主要是简化——从繁难到简易。”见《汉字改革概论》，北京：文字改革出版社，1964年版，页3。

④ 郑林曦：“文字既是一种由人规定的记号体系，单单由于形体的渐变，不经人力改革而形成特变的事情，是永远不会发生的。”见《中国文字有没有阶级性，可不可以改革?》，收入《中国语文》杂志社：《中国文字改革问题》，上海：中华书局，1954年版，页12。

⑤ 这两个说法分别见于黎锦熙的两篇文章（《论斯大林所论〈马克思主义在语言学中的问题〉在中国文字改革运动中的问题》以及《中国文字之“正反合辩证式”的历史进展》），俱收入黎锦熙：《文字改革论丛》（北京：中国文字改革出版社，1957年版），页122—123及页128—146。

汉字的发展和语言（口语），的发展各有规律，两者相辅相成，而且可以互为补充，不存在后者凌驾于前者，或前者为后者服务的什么规律。几千年来，中国文字和语言的发展已经足以说明这一点。勉强地要文字屈从于语言（口语）只会损害文字的特性和打击语言文学艺术的活泼发展。中国文学艺术的发展离不开有丰富内涵的汉字，诗词歌赋、戏曲小说、书画、陶瓷等都是汉字生命力活泼发展的征象。

汉字形体自从初定于楷书（东汉时期 25—220），直到近代推行简化字前的千多年间，并没有发生翻天覆地的变化，在社会使用方面，一直应付自如。回顾过去，汉字发展有两个基本趋势：第一，字的结构，由繁而简；第二，字的含义，由简而繁。历朝由于社会生活趋向复杂，字义由简变繁，为了便于理解，要求音义明确，汉字可能出现分化，而分化出来的新字添上义符后笔画必然较繁；相反，为了追求书写便利，较稳定的汉字又有形体省略的简化趋势。这是经得起考验的历史事实，本来不必争论。

从古至今，汉字在字形和字体上都独具个性特征，带有表意、表音的性质，尽管发展数千年，但仍经得起历史的考验，成为世界上独特的表意文字。汉字形、音、义的结合，一方面发挥着社会应用的传意功能，是日常生活的沟通工具；另一方面衍生了文学艺术的成就，造就出诗歌、韵文、对联以及书法等作品。汉字字形细拆开来是点和线，看来是符号，不带具体意思，但经过组合（简单的或复杂的），成为组件，就有了意义，甚至带了声音。每一个汉字本身或可能是一个组件，或可能是由多个组件合成，而组件所带的意思经过聚合，就是那个汉字所代表的具体意思。字体方面，由甲骨文发展至金文、籀文、篆、隶、草、楷的变化，不只是组件的点线聚合变化，还有意思上的变迁，它可能会随着时代和书写工具的不同而有所变化，但字理基本上是有迹可寻的。

四、仓促的改革

在今天看来，汉字简化几乎已和汉字改革画上等号，但在早期，汉字简化却不是为简化而简化，而是寄托于汉字改革，并作为汉字改革的组成部分。汉字改革的目标是要把汉字变为拼音文字，即取消方块字，让中国文字像外文一样可以拼写。直至 1954 年第一次文字改革会议召开后，汉字简化才算是在汉字拼音化的框架中走了出来。

中华人民共和国成立后，文字改革出现了两个方向：一方面是汉字简化；另一方面是废弃汉字而使用拼音文字。1949 年 10 月，黎锦熙在北京“国文字改革协会的讲话中，已把汉字存废的问题提了出来。他由讨论“中国文字改革，我们应该决定采用国际化的拉丁罗马字母为国语新文字的字母”，进而说到“汉字是暂时必用而不可遽废的，也是终于必废而不能久行的”观点，最后归结到四种改

良方法，也就是一套简化的改良方案。[①] 魏建功也提出“简体字是文字改革的一个环节”。[②] 由此而言，汉字简化从开始就不是文字改革的整个目标，而是一个环节、一种过渡。

1952 年 7 月，中国文字改革研究委员会成立，郭沫若以中央人民政务院文化教育委员会主任的身份代表中央表明：

> 中国文字改革是一个长远的问题，从我国文字本身发展过程看来，由象形进到形声，是合乎世界各国文字发展的一般趋势，即走向拼音化的道路的。[③]

郭沫若又转达毛泽东主席的意见：

> 毛主席指示我们准备走拼音的道路，字母必须采取民族形式。[④]

领导人对拉丁化拼音有所保留，此次大会后拼音文字的发展方向有了调整，其转变是：

> 1. 研究并提出中国文字拼音化的方案（即汉字笔画式）
> 2. 整理汉字并提出简化方案

大会主席马叙伦除传达了同样的信息外，又清楚地补充道：

> 鉴于汉字书写困难，（毛）主席指示必须加以整理简化。[⑤]

---

① 《国语新文字论》，见《文字改革论丛》，收入《语文汇编》第 51 辑。四种方案是①固有而通行的“简体字”之提倡；②现代常用的“形音系统”之整理；③常用的“基本字”之选定；④同音而可通假的“代用字”之试行。①②③差不多就是后来简化字产生的原则。

② 魏建功（1901—1980）：《汉字发展史上的简体字的地位》，见丁西林（1893—1974）等编：《汉字的整理和简化》（北京：中华书局，1954 年版），收入《语文汇编》，第 30 辑，页 24。

③ 见郭沫若：《在中国文字改革研究委员会成立会上的讲话》，收入《中国语文》杂志社编：《中国文字拼音化问题》，页 1。

④ 见郭沫若：《在中国文字改革研究委员会成立会上的讲话》，收入《中国语文》杂志社编：《中国文字拼音化问题》，页 1。这条指示具体可参见郭沫若、吴玉章（1878—1966）等人的文章，但未曾在毛泽东具名的文件中出现，很可能是口头的指示。据郭沫若的引述，毛泽东是在 1951 年年底发出这项指示的，参考《为中国文字的根本改革铺平道路》，见《全国文字改革会议文件汇编》，页 3，收入中国语文学社编：《语文汇编》（香港：龙门书店），第 36 辑。

⑤ 马叙伦的引述比郭沫若具体，他说：“三四个月以前（案：讲话在 1952 年 2 月 5 日，照推算即 1951 年 11 月、12 月之间），主席又指示我们：文字必须改革，要走世界共同的拼音方向，形式应该是民族的，字母和方案要根据现有汉字来制定。”见《中国文字改革研究委员会成立开会辞》，收入《中国语文》杂志社编：《中国文字拼音化问题》，页 3。

原来，当时的最高指示为文字改革要走拼音化的路，汉字简化不过是为了方便书写。中国文字改革研究委员会虽然根据指示，收集民间普遍通行的常用简体字，制定和修改字表草稿，但是工作也不太受到重视。事情的转折点在1953年，中央为要加快文字改革的工作，成立了中央文字问题委员会。委员会开始察觉到汉字笔画式的拼音方法搞不下去，转而研究再次使用拉丁化拼音字母。这样，反而令拼音文字不会很快出现，委员会于是决定先推行简化字，而汉字简化便成了文字改革的优先工作。1954年年末，中央部署把“文字改革研究委员会”改组为“文字改革委员会（以下简称‘文改会’）”，订明三大任务：

1. 制订《汉字简化方案》；
2. 制订《汉语拼音方案》；
3. 研究和推行标准音（普通话）的教学。

1956年1月，中共中央批示文改会的报告是这样写的：

> 汉字必须改革，汉字改革要走向世界文字共同的拼音方向，而在实现拼音化以前，必须简化汉字，以利目前的应用，同时积极进行拼音化的各项工作。①

这一改变无疑把汉字简化的地位提高，但文字改革者争取的改革目标始终是拼音文字，汉字简化最多是短期目标，是一种在条件限制下的妥协性的短期目标，或者说，只是副产品而已。即使能够把汉字简化，他们也不会视之为改革得到了成果。1955年，文改会正式成立，常务委员叶恭绰谈到过渡时期的问题时便清楚地说明：

> 就我们的整个文字改革的方针来说，毛主席既已明白指示走世界各国共同的拼音方向，我们的工作也正是朝着这个方向进行的，那么我们所要经过长期大力推行的新的文字，应当不是别的，而是拼音文字。正是因为拼音文字在目前不能马上实行，所以我们才进行汉字简化来适应当前的迫切要求。如果简化汉字的方案弄得也要经过长期的大力推行才能收效，那就显然是不切实际的了。②

这种想法显然就是对以汉字简化过渡到拼音文字的手段所产生的轻忽。简化

---

① 这是中央于1955年1月27日对中国文字改革委员会党组和教育部党组《关于全国文字改革会议的情况和目前文字改革工作的请示报告》的一个批示。转引自王钧主编：《当代中国的文字改革》，1995年版，页73。

② 叶恭绰在中国文字改革委员会全体会议上的报告，题为《关于汉字简化工作的报告》，见《全国文字改革会议文件汇编》，页27，收入《中国语文汇编》，第36辑。

汉字作为过渡文字出现，可以想象，不会得到完整、全面的规划。因此，简化汉字的工作流程也就不可避免地因陋就简了。在改革者的心目中，以拼音文字代替汉字才是最终的目标，他们会认真地研究，长期地、大力地推行，不允许拼音文字蒙上瑕疵。相对而言，汉字简化是手段，要“适应当前的迫切要求”，所以简化汉字的方案要快点订立出来。

此外，吴玉章在响应《汉字简化方案（草案）》缺乏系统化时，主张把汉字全盘系统地简化的问题时说：

> 汉字最后要改成拼音文字，是肯定的，要是在汉字拼音化之前，再造一套新字，不是更麻烦吗？反之，在目前采取一般已习用的简化字，代替笔画繁复的字，以减轻文字学习和使用的困难，却不失为过渡时期的一种权宜办法。这种权宜办法，即使不很理想，却是切实可行的，对于已识汉字和初学汉字的人都是有利的。[①]

易熙吾（1887—1969）也说过这样的话：

> 既要使用汉字，把它改得比较好写一些，从学习汉字方面来讲，自有其相当的价值，真没有可反对的理由；从文字改革方面来讲，简体字利并不大，害也不多，不能解决根本问题，只能使汉字稍稍容易写一些。简体字的贡献，也只有这小小的一点了。[②]

这种看法在当时是具有代表性的，表达出的是对简化汉字的不重视。

概括而言，汉字简化不过是暂缓拼音化的权宜之计，得不到应有的重视，也没有足够的时间仔细推敲，因此失误甚多。对简化字的选取（哪个要简、哪个不简）、方案的推行、条例的设定，显然没有深思熟虑，也没作深入探讨；至于如何处理群众认识简化字后是否要再学习新的拼音文字、旧字如何处理、旧文化如何传承等问题，都只是次要的。改革者视汉字简化为过渡期的文字，对简化工作未免产生轻视的想法，又急于求成，因此不可避免地给汉字简化带来了许多负面的影响。

五、强势的行政主导

1954年12月，胡乔木在文字改革委员会第一次常务会议闭幕时发言：

---

① 吴玉章：《关于汉字简化问题——在政协全国委员会报告会上的报告》，《简化汉字问题》，页5，《语文汇编》，第30辑。

② 易熙吾：《简体字的几个问题》，收入《中国文字改革问题》，页38。

> 文字改革是一个重大政治任务……汉字简化是一个广大群众需要的迫切任务，在今后仍须继续进行。①

汉字简化从开始就是一个政治任务，而最大的失误就是在这个工作上没有经过广泛的讨论和高屋建瓴的考虑，缺乏专业意见。观乎工作，一切都是领导人定调，下属机构视作任务依从，制定的方案稍作调整，便以行政命令下达执行，所谓收集民众意见，也只是在非常小的规模和范围内进行。此外，为了尽快完成任务，负责执行工作的文字改革委员会（文改会）只片面追求笔画减少、字数减少和笔形简化。

从1949年开始，对文字改革的意见都是一边倒地大力支持，而且全倾向于用拼音文字，反面的声音和意见一直都没有出现。对于简化汉字，更加无人提出异议，直到1957年5月举行的文字改革问题座谈会上，反对意见才首次见到。②这是一次规模很大、前所未见的咨询大会，可能受着"百花齐放，百家争鸣"的影响，③ 参与者都勇于表达，其中不乏真知灼见，可惜一切都来得太迟了。更不幸的是，由于座谈会议后政治风气改变，政府推翻承诺，进行清算，因此，有益于简化汉字的正反意见都受到了打压。

关于文字要不要改革，这本是一个最基本的问题，但由于领导人一早定调，不容否定，可以说从来就没有拿出来公开讨论，也没有充分地让大家提意见。难怪在会上陈定民说：

> "百家争鸣"以前，不大见到对文字改革反面的意见，所以有人就说：文字改革是少数人决定的……文字改革是一件大事，它关系到知识分子和广大的工农群众……文改会在征求知识分子的意见方面是不够的，在征求群众的意见方面就更为欠缺。④

汉字简化是一件大事。今天中国香港、澳门和台湾仍沿用有一千八百年历史

---

① 转引自王均（1922—2006）：《当代中国的文字改革》，北京：当代中国出版社，1995年版，页69—70。

② 座谈会举行的日期为1957年5月16日、20日以及27日，出席者共24人。综合三天的座谈会，围绕着四个主题：①汉字要不要改革；②对汉字拼音化的意见；③对汉字简化的意见；④对文改会的意见。参见《拼音》，1957年7月号（总11期），页1—35。

③ "百花齐放"本是毛泽东于1951年4月为中国戏曲研究院成立的题词，"百家争鸣"是1953年8月毛泽东对历史研究的工作批示。两者成为基本方针则在1956年4月毛泽东在中共中央政治局扩大会议上作《论十大关系》的报告（见毛泽东：《在艺术方面的百花齐放，学术方面的百家争鸣的方针，是必要的》，《党的文献》1990年第3期）。许多知识分子热烈欢迎，纷纷表达意见，"大鸣大放"。可惜到了1957年5月，毛泽东改变政策，并借此打击知识分子（右派），"鸣放运动"变成了"反右运动"，事情变为政治事件。

④ 《拼音》，1957年7月号（总11期），页21。

的繁体汉字，在学习和应用上也不曾出现什么大困难，而中国从1955年1月文改会订立了《汉字简化方案草案》，只用了一年时间咨询和修订，就在1956年1月通过了《汉字简化方案》，并于2月开始分批推行。短短十年内完成了千多年都没有做的工作，这不能不使人产生怀疑，工作是否太急进，理据是否充足。对此，陶坤首先表达了对文字改革的理由不了解，对汉字“落后”、“难写难认”、“不合科技发展要求”、“象形走向拼音”等，和领导人唱反调。[①] 此外，陈梦家指出国家和文改会的工作专横，不听取文字学专家的意见，并质疑“大学中把文字学都取消了”的奇怪手段。[②] 至于文改会通过方案的手法，陈定民更是以亲身经历证明了其不妥当之处：

> 在前年（1955）的全国文字改革议上，主要是讨论《汉字简化方案》，但是简笔字应否由政府命令公布使其合法化，到会的代表很有意见，没有很好展开原则问题的讨论，就把已经准备好的《汉字简化方案》逐字在小组会上投票表决。这样的简单做法，我参加的小组会上，有很多人提出意见。据小组长说：这是上面的决定，各小组都得一致执行，我们小组不能例外。就这样费了几天工夫，举手投票之后通过了这个方案。[③]

这些揭露怎能不令改革者愤怒？无怪乎表达意见者随后都受到了打压，尤其是陈梦家更被点名批判。[④]

真知灼见还包括对汉字简化中一味追求减少笔画的质疑，[⑤] 并预示了这样草率行事的恶果，[⑥] 就是胡乱地简化，任意造字，形成极端混乱的局面：

---

① 《拼音》，1957年7月号（总11期），页3—4。

② 陈梦家是文字学家，因此批评比较专业。他除了指出大学取消文字学课以清除障碍外，还指出了文改会“他们有些人都是搞语言学的，搞文字学的并不多”。见《拼音》，“1957”年7月号（总11期），页7。

③ 见《拼音》，1957年7月号（总11期），页22。

④ 座谈会后，“反右”运动展开，陈梦家被指为右派分子，批评他的文章铺天盖地而来（见《文字改革》，1957年9月号，10月号），周恩来（1898—1976）更于1958年1月10日政协全国委员会作报告时，指摘“一些右派分子利用共产党整风的机会，对文字改革进行了恶毒的攻击，说汉字简化搞糟了，要国务院撤回汉字简化方案”。见吉林省推广普通话工作委员会编：《当前文字改革的主要任务》，长春：吉林人民出版社，1958年版，页16。

⑤ 杨晦（1899—1983）指出：“至于简化汉字的效果，也不必一定按笔画计算，账也不一定算得那样仔细。少写几笔对工作效果到底提高了多少？文字劳动上的效果不能这样简单计算。”见《拼音》，1957年7月号（总11期），页17。

⑥ 王伯祥（1890—1975）认为：“像这样仅仅乞灵于命（令），使人意味着‘强人以必从’……那么，推究责任就不能不怪当初的草率从事，甚至于可以说是粗暴的行动。在公布简化字的时候，把括号内的字说成是‘作废的字’，就是最粗暴、最错误的表现。”见《拼音》，1957年7月号（总11期），页19。

> 从用国家的命令公布简字以后，首先是大家意见不同不敢再提。同时大家误会了命令的意图，以为一批一批地公布下去，势必至于愈趋愈简，为了抢先一步，就不分青红皂白地任意造字、任意减笔，无形中造成了全国的“错别字狂”或者“造字狂”。①

1964 年，“简化字总表”颁布，成为简化字规范的依据，而简化汉字的工作基本完成。可是，私造新字、胡乱简化的风气泛滥成灾，1966 年开始的文化大革命将这种失误推到最高峰。从 1966 年到 1971 年，文改会汉字简化工作处于停顿阶段。1972 年 4 月，郭沫若发表了《怎样看待群众中新流行的简化字?》②，重新掀起推出新一批简化字工作的序幕。1977 年 5 月，《第二次汉字简化方案（草案）》（以下简称《二简》）拟订，经过半年的讨论、试行，以失败告终。

1985 年 12 月，国务院先将中国文字改革委员会更名为“国家语言文字工作委员会”，标志着“改革”（汉字简化）的使命或任务已告一段落。1986 年 2 月，国家语言文字工作委员会给国务院呈交了《关于废止〈第二次汉字简化方案（草案）〉和纠正社会用字混乱现象的请示》，明确地表示：

> 今后，对汉字的简化应持谨慎态度，使汉字的形体在一个时期内保持相对稳定，以利社会应用。当前社会上滥用繁体字，乱造简化字，随便写错别字，这种用字混乱现象，应引起高度重视。③

六、规范要立法

规范，是使物事符合一定的标准，可约定俗成，可明文规定。近代的提法和用法，最早是针对语言（汉语）而非文字（汉字）。④ 20 世纪 50 年代中后期，简化字分批推行期间，社会用字混乱，有人继续使用被淘汰的异体字、繁体字，也有人任意自造新字，周恩来遂于 1958 年 1 月召开的政协全国委员会报告上针对这个问题，建议群众“应该遵守统一的规范”，又说：“《汉字简化方案》的制

---

① 见吉林省推广普通话工作委员会编：《当前文字改革的主要任务》，页 16。

② 见《红旗杂志》1972 年第 4 期，页 84—85。

③ 《新时期的语言文字工作》，收入全国语言文字工作会议秘书处编：《新时期的语言文字工作——全国语言文字工作会议文件汇编》，北京：语文出版社，1987 年版，页 330。

④ 《中国语文》1955 年 7 月号刊登中国科学院语言研究所即将召开“现代汉语规范问题学行会议”的消息（页 35）；8 月号发表了林焘的《关于汉语规范化问题》（页 4—9），9 月号有黎锦熙《从汉语的发展说到汉语规范化》（页 6—17）；10 月号有罗常培的《略论汉语规范化》（页 5—6），浩浩的《我对语音规范化的意见》，这都是“规范”一词早期的使用处。

订，目的正在于把这个混乱引导到一个统一的规范。"[①] 虽然周恩来发出劝告，但情况并没有得到改善，到了文化大革命期间更变本加厉。1972 年 10 月在同美籍华人李政道谈话时，周恩来再一次提到"要把简化字规范化"[②]。

其实，周恩来也明白，民间自造新字的现象是很难遏止的：

> 我们也应该承认，这种新造简字的现象，是历来就存在的，现在大家公认了的简字，最初也是少数人新造的，今后这个过程也无法完全停止。[③]

尽管用字情况混乱，但它并没有像 20 世纪 90 年代一样朝立法的方向去规范。《二简》的出现，准备再推出新一批简化字，无疑是向现实妥协，试图去平息滥造、滥用文字的失误。就文字而言，《二简》完全缺乏通盘考虑，更加漠视汉字规律，更不合理，先遭弃用、再被废除否决也是理所当然的事，这是人民群众或使用者对胡乱改革的最激烈的反应。

20 世纪 70 年代末随着国家的改革开放，激进的政治思潮日渐退减，汉字简化的步伐也缓慢下来。1982 年 1 月，胡乔木在中国文字改革委员会主任会议上作了讲话，此次讲话相当重要：一方面摆脱了过去简化工作的政治干扰；另一方面比较实事求是地引导简化工作返回到汉字特质的基础上进行。[④] 1985 年 12 月，国务院将中国文字改革委员会更名为"国家语言文字工作委员会"（以下简称"语委"），标志着"改革"（汉字简化）的使命或任务已告一段落。1986 年 9 月 28 日，语委重新刊登"简化字总表"，对原表中的七个字作了调整，[⑤]《人民日报》、《光明日报》发表了有关促进汉字规范化，消除社会用字混乱的社论。之后，"语委"又颁布了一系列有关汉字使用的规范要求，语调还算是温和的。可是，随着中国 70 年代末的改革开放，中国香港、澳门、台湾和中国大陆的接触愈频繁，关系愈密切，两岸三地使用的繁体字对简化字带来了冲击。1987 年 3 月至 4 月先后发出《关于地名用字的若干规定》、《关于广播、电影、电视正确使用语言文字的规定》以及《关于企业、商店的牌匾、商品包装、广告等正确使用汉字和汉语拼音的若干规定》，强调必须在上述范围内使用国家确定的规范字

① 吉林省推广普通话工作委员会编：《当前文字改革的主要任务》，长春：吉林人民出版社，1958 年版，页 4。

② 引自王均主编：《当代中国的文字改革》，页 98；又页 545。

③ 见吉林省推广普通话工作委员会编：《当前文字改革的主要任务》，页 4。

④ 见《关于当前文字改革工作的讲话》，收入《胡乔木谈语言文字》，北京：人民出版社，1999 年版，页 286—297。

⑤ 关于这时期的文改工作，很多书本、论文都有陈述，现引自高更生（1929— ）：《现行汉字规范问题》，北京：商务印书馆，2002 年版，页 191—192。

（简化字）书写，“不应使用已经简化的繁体字、被淘汰的异体字和不规范的简化字”[①]。语调上开始强硬，明显地和1986年及之前有所不同。到了20世纪90年代，提倡汉字的优点、反对拼音文字的呼声非常响亮，“繁体字回潮”的说法甚嚣尘上，由海峡两地三岸“书同文”的研究，演变为“繁简字的论争”，本来是学术上的讨论，进展为对“非规范字”的批判，更有因诽谤而出现的法律诉讼，情况非常激烈。[②] 在这段期间，语委的态度也日趋严厉。“繁体字回潮”以及推广普通话尚未形成社会风气，终于引发为语言文字立法的举措。根据资料，从1990年至1996年，人大、政协会议上要求语言文字立法的议案有28项，立法起草工作在1997年1月启动，2000年10月经人民代表大会通过，《国家通用语言及文字法》最终在2001年1月1日起实施。[③] 从建议、讨论至正式立法，整项工作前后也不过四年光景。[④]

“语委”副主任王均后来在答问时说明立法的原因：

> 因为有人诋毁和反对语言文字的规范化和标准化，并在社会上大肆活动，大造舆论，引起了相当的思想混乱。[⑤]

少数人胡乱使用不规范字，却要全部人负责，社会上有人提反对意见，却招来法律规管。在基础上进行立法，显然很牵强，也是非常粗暴的行为。一般而言，法律是要保障公民，不单要保障大多数人，还要保障少数人；此外，立法是为了防止罪恶发生，文字本身没有善恶，社会用字是自然发展的，即便使之混杂也不会涉及犯罪。现在用的手法不是通知劝导，不是宣传鼓励，而是用最强（也是最终极）的手段去规范，可以说这是20世纪50年代中推行简化字以来最粗暴的方式。用这种方式来规管语言文字，是我们所不愿见到的。

胡乔木自20世纪50年代至80年代长期直接参与文改工作，经验丰富，他在80年代的意见，算是汉字简化以来比较踏实、比较中肯的。在他的建议和指导下，简化汉字过去的失误似乎缓和了下来。20世纪80年代中，胡乔木对用字规范表达了个人的意见，而且早见先机。他认为文字规范工作要按文字的发展规律来办，多作宣传，多加讨论。对此，他具体指出：

---

① 见《新时期的语言文字工作》，收入全国语言文字工作会议秘书处编：《新时期的语言文字工作——全国语言文字字工作会议文件汇编》，北京：语文出版社，1987年版，页526—527。

② 争论肇始于1989年创办的期刊《汉字文化》。这本期刊极力赞扬传统汉字的优点，反对汉字简化和发展拼音文字，并倡议恢复使用繁体汉字，遂被指摘攻击国家政策和制造社会混乱。详见《语言文字学辨伪集》（北京：中国工人出版社，2004年版）。

③ 《国家通用语言及文字法》内容，见2002年1月21日新华网。http：//big5. xinhuanet. com/gate/big5/news. xinhuanet. com/edu/2002—01/21/content_ 2784553. htm

④ 参魏丹：《语言立法与语言政策》，《语言文字应用》，2005年第4期，页8—13。

⑤ 见《有关〈国家通用语言及文字法〉答记者问》，收入《语言文字学辨伪集》，页381。

> 废除《二简》，把《一简》遗留的主要问题解决了，然后再发表，发表后稳定一二十年……修改《一简》的字时，要本着以下原则——可改可不改的，不要去改；非改不可的，可以调整，但一定要非常慎重。①

这无疑是对20世纪50年代进行汉字简化失误的反思。尤为重要的是他对语言文字的规范化意见：不能靠立法来规范语言和文字的使用。他强调宣传教育、管理和提高文化水平：

> 要提倡、宣传，但不要提得太强硬，要求不要太急，不要提得太强硬，要求太急，一是行不通，二是要得罪很多的人……现在，有人写文章，动不动就说要建立语言文字应用的法规。语言文字的应用主要不是立法的问题，主要是宣传、教育的问题。他写不了规范的字，触了什么法规？社会用字混乱的问题不是今天才有，历史上常有出现，主要是加强宣传教育、管理和提高人们的文化水平问题。②

怕得罪人之说不可当真，但整个说法不啻是对20世纪50年代急于进行简化的响应：简化走得太快、没作广泛咨询、以行政指令推出等，都是行不通的。最值得重视的是对使用繁体字时，胡乔木表示要谅解，不要提得太强硬，更不要动辄用法律去吓人。

七、余　论

从20世纪50年代"鉴于汉字书写困难，主席指示必须加以整理简化"，到90年代"汉字简化的方向不能改变"，③ 领导人定调作为最高指示、权威组织（文改会至语委）按指示执行的模式一直没有改变。对汉字简化抱有异议者，就

① 《对重新发表〈简化字总表〉的意见》，谈话的日期是1986年1月13日，见《胡乔木谈语言文字》，页350—351。

② 《对重新发表〈简化字总表〉的意见》，谈话的日期是1986年1月13日，见《胡乔木谈语言文字》，页351。

③ 1992年12月16日，在全国语言文字工作先进集体、先进个人工作表彰会开幕式上，国家语委主任柳斌传达了中共中央总书记江泽民关于语言文字工作的三点意见："一、继续贯彻国家现行的语言文字工作方针政策，汉字简化的方向不能改变。各种印刷品、宣传品尤应坚持使用简化字。二、海峡两岸的汉字，当前可各自维持现状，一些不同的看法可以留待将来去讨论。三、书法是一种艺术创作，写繁体字，还是写简化字，应尊重作者的风格和习惯，可以悉听尊便。"数据转引自苏培成（1935—　）《坚持汉字简化的方向》，《语言文字学辨伪集》，页54。

被指为“对文字改革进行了恶毒的攻击”[①]，“破坏我国文字制度的规范化”[②]，“主张开历史倒车，在社会上制造混乱”[③]，最严重的指控是“不是单纯反对文字改革，而是反党，反社会主义，要推翻人民民主集中制的国家”[④]。种种指摘远远超过了学术讨论范畴，可以说是完全封杀了异议者的意见。

回顾历史，20 世纪 50 年代至 70 年代的文字改革不断出现妄动，上文所提到的四大失误：盲目的承传、错误的假设、仓促的改革和强势的行政主导，只有在 80 年代才稍微得以矫正。那个时期，主政者勇于正视妄动造成的失误，扬弃拼音文字、废除《二简》、修订“简化字总表”，这些务实的工作让汉字和简化汉字的使用稳定下来。实践已经说明，汉字的生命力没有衰竭，汉字一定要依照汉字本身的特点来发展，任何不适当的人为干扰，都会打击汉字，更会损害汉字安身立命所在的中国文化。我确切地认为，任何改革者都不愿意看到中国文化受到损害。

① 见吉林省推广普通话工作委员会编：《当前文字改革的主要任务》，页 16。

② 伍铁平：《〈汉字文化〉“在大方向上符合语言文字法的要求”吗?》，《语言文字学辨伪集》，页 467。

③ 王均：《有关〈国家通用语言文字法〉答记者问》，《语言文字学辨伪集》，页 381。

④ 郭沫若：《汉字必须加以改革》，《文字改革》，1957 年 9 月，页 1。

新加坡社会语言土壤下的华语文学习

——以新加坡国立大学学生为例*

陈桂月

一、引　言

新加坡教育部于2004年11月向政府国会提呈了一份《华文教学改革白皮书》，在国会中对中小学生华文教学的改革问题展开辩论，最后国会通过了白皮书的改革建议，同意对华语文今后的教学政策与方法进行重大改革。这个改革一直持续至今，其中包括：第一，从2005年开始，小学生将以“先认后写”的方式学习华文，通过灵活的单元教学制度，确保不同家庭用语背景的华人学生都能尽量掌握华文，激发华族学生根据自己的能力学习华文并保持对华文的学习兴趣；第二，从2006年开始，所有参加小学六年级和中四会考的学生，将可以携带华文字典或电子词典到考场；第三，从2004年开始，三所指定的特选中学将开办“双文化课程”，让中英文成绩优异的两百名学生选修，教育部也将为其中一半的学生提供奖学金，使他们能在修读这个课程期间，到欧美、澳大利亚或新西兰等讲英语的国家以及到中国学府学习数星期或数月，为将来在中国工作或经商打好基础、做好准备；同时，政府也将和新加坡中华总商会和宗乡会馆联合总会设立一个600万美元的基金，在民间协助推广华文教学。

在《华文教学改革白皮书》中，为了对新加坡学生学习华文的情况有更深入的了解，教育部还进行了一个“万人大调查”，对象是4 500名学生、4 600名家长、320名校长以及1 000名华文教师，共一万人左右。这个详尽的调查资料对于新加坡政府制定接下来至少十年的华文教育和教学方法可谓影响重大，同时，也让越来越多来自讲英语家庭的学生能够根据自己的能力学习华文。事实上，在华文教学改革报告书出炉之前，多年来，学生对华文学习的问题也已逐渐凸显。新加坡政府大刀阔斧地对华文教学进行改革，一方面是正视问题的存在；另一方面也表示了政府的决心，要让学生最终不要因为华文难学而放弃学习华文。

---

* 本文原载于《语言教学与研究》2006年第1期，页27—34，部分内容、文字曾作改动。

过去，新加坡学生进入大学时，华族学生的母语（即华语）必须及格，但从2004年开始，这一入学标准进行了改革，华文不再作为大学入学标准中的一个科目，如果学生的华文在AO水准（即初级学院）会考不及格，可以用其他的科目取代。在这种情况下，华文不及格和华文成绩不好（指成绩只达到60%或及格标准）的学生都无法选修中文系的科目，就没有机会修读华文了，因为目前国大中文系要求学生的华文水平必须达到70%的标准（即中四修读以华文作为第一语文的会考成绩要在B4以上，初级学院学生的华文会考成绩达到B4以上）。

然而，华文会考成绩优异的学生在进入大学之后所表现出来的华语文水平究竟如何呢？本文以168位修读工商华文科（国大中文系与语言中心联合开办）的学生作为调查对象，了解他们学习华文的情况，也以他们学习华文的背景、家庭用语和同学用语等资料，了解学生学习华语文的大环境与小环境之间的关系。郭振羽（1983）、Xu，et al.（1996）、陈松岑等（1999）、吴英成（2000）、詹伯慧（2001）、周聿峨（2001a，2001b）、刘丽宁（2002）、吴元华（2004）、郭熙（2008）等都曾对新加坡的华文教育以及学习华文的社会环境作过研究，本文试图调查一批华文会考成绩优异的学生在进入大学以后的华文口语与书写能力，了解哪些社会因素对他们的华文成绩产生了影响，以及学生在华文书写表达上存在的问题。

二、国大学生调查结果

（一）调查背景

1. 大学生背景

接受调查的国大学生人数共168人，年龄介于20～24岁，包括108名新加坡学生，31名马来西亚学生，29名中国大陆学生。在新加坡学生当中，只有6名在中学时修读高级华文（以华文为第一语文），102名在初级学院时修读华文，还有12名外地学生在新加坡修读初级学院，参加高级水准华文会考，其他学生则在新加坡以外以同等成绩报读工商华文这一科目。

2. 成绩测试内容和标准

工商华文课程分为两部分：第一部分教导中国的经济和政治情况；第二部分包括公文写作。选读这个课程的学生，华文成绩必须至少在B4以上，A1的学生有101名，A2的学生有47名，B3和B4的学生有20名。非新加坡籍的学生则以他们在国外修读中文的同等资格为准。

学生的测试内容是课程的第二部分，即公文写作中的礼仪类公文。测试包括两个方面：一是口语；二是书写能力。学生必须写一篇500～800字的演讲稿，由教师评分，同时学生必须在班上演讲，由同学及教师共同评分。书写与演讲部

分的分数各为100%。书写部分的评分包括内容40%，语文表达30%，词语运用30%；演讲的评分包括内容40%，语音30%，表达30%。

（二）调查结果

1. 演讲成绩与国籍、家庭用语的关系

表1 国籍与演讲成绩的关系

国籍 \ 演讲成绩	90%以上（A级）	85%～89%（B级）	84%以下（C级）	人数
新加坡	29（26%）	51（47%）	28（25%）	108
马来西亚	9（29%）	16（51%）	6（19%）	31
中国大陆	10（34%）	14（48%）	5（17%）	29

表1显示，总体上中国大陆学生的表现要比新加坡学生的好；得到C级（即84分以下）分数的新加坡学生比马来西亚和中国大陆的学生多。

表2 家庭用语与演讲成绩的关系

家庭用语 \ 演讲成绩	90%以上（A级）	86%～89%（B级）	85%以下（C级）	人数
英语	9（23%）	21（55%）	8（21%）	38
华语、英语	15（30%）	24（48%）	11（22%）	50
华语	24（30%）	36（45%）	20（25%）	80

表2显示，在家里讲华语和双语的学生演讲成绩较好，讲英语的学生表现较为逊色。

2. 中文书写成绩与家庭用语的关系

表3 演讲与书写成绩分组类别

	第一组（A级）	第二组（B级）	第三组（C级）
演讲成绩	90%以上	86%～89%	85%以下
演讲稿书写成绩	85%以上	76%～84%	75%以下

表3显示，从演讲成绩和演讲稿书写成绩的总平均分数来看，学生的书写成绩要比演讲成绩差大约10%，因此，调查书写成绩的分组类别要比演讲成绩低。

表 4　家庭用语与书写成绩的关系

书写成绩 / 家庭用语	85% 以上（A 级）	76% ~84%（B 级）	75% 以下（C 级）	人数
英语	1（2%）	21（55%）	16（42%）	38
华语、英语	6（12%）	24（48%）	20（40%）	50
华语	32（40%）	36（45%）	12（15%）	80

表 4 显示，家里说华语的学生成绩比说双语的学生优异，而说双语的学生成绩又比说英语的学生优异。

表 5　家庭用语与演讲及书写成绩的比较

成绩 / 家庭用语	演讲 A 级	书写 A 级	演讲 B 级	书写 B 级	演讲 C 级	书写 C 级
	90% 以上	85% 以上	86% ~89%	76% ~84%	85% 以下	75% 以下
英语	9（23%）	1　（2%）	21（55%）	21（55%）	8（21%）	16（42%）
华语、英语	15（30%）	6（12%）	24（48%）	24（48%）	11（22%）	20（40%）
华语	24（30%）	32（40%）	36（45%）	36（45%）	20（25%）	12（15%）

表 5 比较了学生演讲和书写的成绩，尽管分数降低了 10%，然而讲华语家庭学生的华文书写能力要比讲英语家庭的高出许多，达到了 38%。

3. 中文书写成绩与会考成绩的关系

表 6　AO 会考成绩与书写成绩的关系

书写成绩 / AO 会考成绩	85% 以上（A 级）	76% ~84%（B 级）	75% 以下（C 级）	人数
A1	18（24%）	41（54%）	16（21%）	75
A2	18（29%）	27（43%）	17（27%）	62
B3/B4	3（12%）	9（36%）	13（52%）	25

表 6 显示，162 名学生当中，初级学院 AO 水准华文会考成绩基本上与书写成绩的表现成正比，书写成绩较好的学生的 AO 水准会考成绩也较好。

（三）学生词语错误的实际例子

测试是从两个方面进行的，一个是演讲，另一个是写演讲稿。从学生的总体表现来看，尽管是两个性质不同的测试，但有许多错误是单从听口语而无法分辨的，必须通过书写才能看出来，较为明显的是大量错别字的出现，如扩从（充）

业务、蓬蔽（荜）生辉、地主之宜（谊）、共镶（襄）盛举、立（莅）临现场、远到（道）光临等，不胜枚举。这些错别字的一个共同点是读音相近。当然，这只能说明演讲与书写能力差别的一个方面，至于语法、词语搭配和遣词用字等的错误也俯拾即是。例如：

（1）近年来，世界许多国家划了自由贸易协定……这给了大家一个很大的鼓气，经济萧条，亚洲因务实的政府毫无政治动荡，造成了一个非常良好的市场给予我们突破并进一步发展。

（2）乘着环球化迅速发展所带来的利益，公司业务日益增长，员工人数也提升到现在的 2 000 人，我们顶尖的员工也包括了不少外来的专业人士……由此可见，良好的磋商关系……我们拥有各类高端的服装人才，着可见……

（3）中国的经济特别是在购买力方面……和其他东南亚地区的经济来说……东南亚在北京内的投资很多，在中国的投资率也很高，因此中国绝对是发展生意营业的最佳地方……除了成功突破中国这片广大的市场外……

例（1）到例（3）是从 165 名学生（168 名学生中有三名学生没有出现错误）总数 312 个错误中选出来的，而且出自不同学生的笔下，平均错误是每名学生 1.89 个，最多的达 25 个，168 名学生中只有三名学生完全没有错误。Commins（1981）曾就语文能力和语文使用情境的相互关系提出两个概念：一个是基本的人际沟通技能（basic interpersonal communication skills）；另一个是认知学术语言能力（cognitive academic language proficiency）。在经过 10～12 年的第二语文学习后，新加坡学生的基本人际沟通技巧问题不大，但认知学术语言能力的掌握恐怕就差强人意了。以上错误句子如果用写作过程中的转换（transformation）理论来解释，就可以更清楚地了解到，新加坡学生其实深受作为第一语文的英文的影响。Perera（1984）认为写作是认知活动，在大脑里进行。Bereiter 和 Scardamalia（1987）也指出，写作时有两种代码（representation）：一种是思维代码（mental representation）；另一种是书写的语言代码（executed representation）。谢锡金（1984）指出，在写作这个复杂的思维过程中，转换是其中一个重要的环节，而且深受“母语”（即新加坡学生的第一语文）影响，写作者往往未能准确地将他们脑中的思维完整而清晰地表达出来。

表 7　错误次数及国籍比较（有三名学生没有出现错误）

学生背景 \ 错误次数	3 个以下	4～7 个	8 个以上	人数
新加坡	39（36%）	41（37%）	28（25%）	108
马来西亚/中国大陆	44（77%）	8（14%）	5（8%）	57

表7比较了以第二语文华文写作的新加坡学生和以第一语文华文写作的马来西亚和中国大陆学生出现错误的次数：

表8　错误次数及家庭用语比较（有三名学生没有出现错误）

家庭用语＼错误次数	3个以下	4~7个	8个以上	人数
英语/双语	30（34%）	34（38%）	24（27%）	88
华语	53（68%）	15（19%）	9（11%）	77

从表8可以看出，学生家庭用语和书写能力也有关系，家里说华语的学生错误率比说英语和双语的学生低。

从相关系数来看，新加坡学生在文章中的错误率较马来西亚和中国大陆学生高，这一点在表9中也表现得十分明显。

表9　错误次数三个以下和国籍的相关系数

国籍	新加坡	马来西亚	中国大陆
相关系数	0.312	0.56	0.952

此外，在初级学院学生的华文会考成绩与所展现的相关系数也成正比，成绩好的学生，文章中出现错误的次数较少，成绩较差的学生相对来说出现错误的次数较多（见表10）。

表10　错误次数三个以下和AO水准会考成绩的相关系数

AO水准会考成绩	A1	A2	B3/B4
相关系数	0.613	0.45	0.293

（四）华文教学改革调查与大学生华语文学习的关系

1. 华文学习与中小学生家庭语言的关系

《华文教学改革白皮书》中的“万人大调查”目的是从多方面了解目前新加坡中小学生学习华文的情况。中小学生在家里说华语的情况，已经从1980年的80%说方言，10%说华语，10%说英语，变化为1990年的50%说方言，30%说华语，20%说英语（Xu，etal. 1996：134）。2004年的调查显示，小学二年级学生在家里说华语的有37.3%，但说英语和双语的则有58.7%。

表 11　学生家庭用语调查①

家长在家里用什么语言与孩子交谈	小二	小四	小六	中二	中四
英语	25.7%	23.5%	21.5%	24.4%	17.6%
英语、华语	33.0%	27.4%	29.6%	21.8%	19.6%
华语	37.3%	44.8%	44.1%	50.2%	59.1%

那些在调查中觉得华文难学的学生在家里说什么语言呢？从调查来看，那些只用英语作为家庭用语的学生，要比用英语及华语的双语家庭的学生觉得华文难学。年长的学生要比年纪小的学生觉得华文难学。2009 年 12 月 6 日，新加坡《联合早报》也作了一个调查，访问了 56 个家庭，了解目前家长在家里用什么语言与孩子沟通，结果显示，有 12.5% 的家庭只用英语和孩子沟通；50% 的家长多数讲英语，偶尔讲一些华语；中英各一半的有 19.6%；而多数讲华语，偶尔讲一些英语的家庭只有 17.9%。在这样的语言环境下，华语只不过是课堂上的一个科目，学生觉得学习华文很难也是可以理解的。

表 12　觉得华文难学的学生家庭用语调查②

家庭用语	小四	小六	中二	中四
英语	60.5%	76.9%	69.3%	75.8%
英语、华语	45.8%	50.3%	48%	53.3%

有关学生家庭用语调查的另一个值得关注的问题是，家庭用语是华语的学生平均有 92.1% 觉得学华文重要，讲双语的家庭 90.3% 的学生也有同感，反观讲英语的家庭则只有 79.7% 的学生觉得学华文是重要的（以上三个数据为表 14 相应横排数据的平均值）。尽管学生觉得学华文重要，但喜欢学华文的学生却相对较少。占百分比最小的是在家里讲英语的中四学生，只有 40% 喜欢华文；占最高百分比的是讲华语家庭的小学六年级学生，占 88%（见表 13 和表 14）。

表 13　喜欢学华文学生的家庭用语③

家庭用语	小四	小六	中二	中四
英语	65.9%	60.2%	49.6%	40%
英语、华语	78.9%	73.9%	72.4%	67%
华语	85.1%	88%	74.9%	83.4%

① 新加坡教育部：《华文教学改革白皮书》。2004 年版，页 52。
② 新加坡教育部：《华文教学改革白皮书》，2004 年版，页 56。
③ 新加坡教育部：《华文教学改革白皮书》，2004 年版，页 58。

表 14　觉得华文重要学生的家庭用语①

家庭用语	小四	小六	中二	中四
英语	85.6%	85.6%	71.9%	75.8%
英语、华语	86.1%	94.5%	92.1%	88.6%
华语	92.8%	95.2%	87.7%	92.7%

从白皮书的调查来看，学生的家庭用语对学生学习华文的影响是多方面的，而目前所看到的趋势是，有越来越多学生的家庭用语是英语。尽管在家里说英语和说双语的学生都认为学华文重要，但是喜欢学华文的学生却不多，特别是那些讲英语家庭的高年级学生，有大约75.8%认为华文重要，但只有40%的学生喜欢学习华文。同样，讲双语家庭的中四学生有大约88.6%觉得华文重要，但也只有67%的学生喜欢华文。由于年纪大的学生对学习华文的喜爱程度逐渐减弱，这就造成了这些学生在学校学习了10~12年华文之后，就会放弃继续学习华文。

2. 大学生华文书写能力与家庭语言的关系

从国大学生华文口语与书写能力调查的结果可以看出，家庭语言对华文学习的影响与白皮书中所显示的情况是一致的。从家庭这个小环境到社会这个大环境，许多学生只是把华文当作课堂上的一个科目，离开课堂以后，华文除了口语需要之外，并无用武之地。从表5中对学生的演讲和演讲稿书写成绩的调查比较中就可以看出，家里讲英语的学生无论是口语或书写，成绩都较为逊色。从表8也可以看出，在书写作业中出现错误率较高的学生也都来自那些讲英语的家庭。

三、余　论

（一）大学与中学及初级学院语文程度的差距

从中学、初级学院（男学生还包括两年的国民服役）到大学的华文学习，新加坡的教育机制里出现了相当大的断层，刘丽宁（2002）提到过“没有一套完善的连续学习华文的机制”的问题。对于那些在大学还继续选修中文的学生来说，他们对华文的热忱是显而易见的，然而，学生从中四或初级学院毕业后所掌握的华文书写能力却远远无法达到应有的水平。新加坡资深教育工作者刘蕙霞博士认为：“教育部公布的华文会考成绩虽然看起来都很好，但那是因为课本与考题比较容易，因此及格率也比较高，并不等于说学生的华文水准很高。”（吴元华，2004）

从以上调查的实例来看，学生的华文书写能力显然没有达到以第一语文要求

---

① 新加坡教育部：《华文教学改革白皮书》，2004年版，页57。

的大学华文水平。学生的会考成绩尽管很理想，大学里也规定要选修华文的大学生会考成绩必须达到一定水平，然而学生的华文书写能力还是相对偏弱。在新加坡的教育体系里，中学生如果在中四会考的高级华文成绩优异，就可以在初级学院的两年里免修华文（除非他们继续修读 A 水准的华文），这就意味着华文学习的中断，女学生一断两年，而男学生则在初级学院会考过后参加两年的国民服役，一断就是四年，再加上大环境也没有提供什么机会让学生进行华文书写练习，华文只作为学校里的一个科目，其实用性也就面临考验了。

（二）从政策上解决“强语弱文”的问题

用“有语尢文”来彤容新加坡年青一代学习华文的最终结果也许消极了一些，更贴切地应该说是“强语弱文”。在口语上运用华文对华族学生来说并没有太大的困难，加上中国改革开放，门户大开，新加坡人已感受到华文从“弱势”转为“强势”的事实。但是要学生提笔书写，则往往是提笔忘字。新加坡政府领导人也看到了这一问题，因此，提出了一个每年训练两百个双文化精英的构想，有总比没有好，因为人数少，学生和家长的竞争心理也促使许多人要争取成为双文化精英，进而积极学好华文，跻身精英的行列。

新加坡政府要员包括内阁资政李光耀、总理李显龙，以及教育部部长尚达曼在 2004 年宣传推行华文教学改革时，不断向人民解释华文教学改革的重要性与必要性。新加坡政府是务实的，他们也了解到新加坡的大环境无法很好地使学生掌握华文，因此提出了一个“金字塔”式的华文教学改革计划，那些在塔下占最多人数的学生将来只需具备听、说和简单阅读的能力就行了，再上一层的学生除了听、说、读的能力，还要学会简单的书写；而那些对华文有兴趣，华文成绩又理想的学生则可以读高级华文和特选华文；塔顶上的两百人则培养为双文化精英，承接传播中华文化的重任。

当我们对新加坡的语言环境有了更符合实际情况的了解后，也就不难理解大学生中出现的“强语弱文”的现象了。根据新加坡报业控股集团 2004 年的一项调查显示，新加坡有近八成的年轻华人自认华语能力“良好”，但实际情况是，许多人在日常沟通或到餐厅点菜时，使用中文一点儿困难也没有，但面对电视访问或写作时，不少人的中文表达能力就显出有待加强的必要。因此，“调查结果虽然令人鼓舞，但这些自认中文流利的人，是否具备实在的用语能力还是个问题”①。

接受调查的这群年轻人（年龄介于 17 岁到 39 岁）也包括了这个年龄层的大学生，他们说华语的能力绝对没有问题，甚至还可以说掌握得非常好。然而，当

---

① 《联合晚报》（新加坡）（2004 年 12 月 10 日）。

他们要用华语来表达复杂的思维，发表较为深入的看法和意见时，就无法找到更准确的词语、更恰当的句式，更遑论通过书面语言来表达自己的思想了。

《华文教学改革白皮书》自2004年发表至今已经过了六年，那些在新的教学改革体制下成长的儿童，在2010年将参加小六会考，新加坡教育部也在密切关注着这些改革对学生所产生的影响。新加坡总理李显龙于2009年前接受媒体记者访问时表示："我们必须根据世界的改变，以及对我们在教导学生两种语文方面所学到的经验进行更新。世界出现了什么变化呢？在过去的五年中，随着中国对世界，包括新加坡的影响越来越重要，这样的变化已是显而易见的了。新加坡人也都越来越想把华文学好，已不再有人问：为什么要浪费时间学华文？人人都明白华文很重要，也都想学好它，包括学生和他们的家长，而我们也必须帮助他们。"① 新加坡政府将在2010年3月再次宣布有关华文教育改革的调整方案，可以预见的是，政府推行双语教育的大方向肯定会持续下去，然而，面对讲英语的家庭数目持续上升的局面，尽管华文教育政策作出了相应调整，但对语文教学者来说，期望提升年青一代的华文水平，其任务恐怕还是十分艰巨的。

参考文献

陈松岑：《新加坡华人的语言态度及其对语言能力和语言使用的影响》，《语言教育与研究》，1999年第1期。

陈松岑、徐大明、谭慧敏：《新加坡华人的语言态度和语言使用情况的研究报告》，载李如龙：《东南亚华人语言研究论文集》，北京：北京语言文化大学出版社，1999年版。

郭熙：《关于华文教学当地化的若干问题》，《世界汉语教学》，2008年第2期。

郭振羽：《新加坡的语言与社会》，台湾：正中书局，1983年版。

刘丽宁：《80年代初至今新加坡华语使用状况分析及展望》，《东南亚研究》，2002年第5期。

吴英成：《现在是鼓励提升华文的时候了》，新加坡《联合早报》，2000年10月1日。

吴元华：《华语文在新加坡的现状与前景》，新加坡：创意圈出版社，2004年版。

谢锡金：《高中学生写作思维过程》，香港中文大学硕士学位论文，1984年。

詹伯慧：《新加坡的语言政策与华文教育》，《暨南大学华文学院学报》，2001年第3期。

周聿峨：《试析新加坡华族母语教育问题》，《比较教育研究》，2001a年第9期。

周聿峨：《新加坡华语教育面临的难题》，《东南亚研究》2001b年第3期。

Bereiter, C. & Scardamalia, M., *The Psychology of Written Composition*, Hillsdale, New Jersey: Lawrence Erlbaun Associates, 1987.

Cummins, J., The Role of Primary Language Development in Promoting Educational Success for Language Minority Students, In California State Department of Education (ed.), *Schooling and*

① 《联合早报》（新加坡），2009年12月5日。

Language Minority Students: A Theoretical Framework, Los Angeles, CA: Evaluation, Dissemination and Assessment Center, California State University, 1981.

Perera, K., *Children' Writing and Reading*, Oxford: Blackwell, 1984.

Singapore Ministry of Education, Report of the Chinese Language Curriculum and Pedagogy Review Committee (《华文教学改革白皮书》), 2004.

Xu, D. M., Chew, C. H. & Chen, S. C., Language use and Language Attitudes in the Singapore Chinese Community, In S. Gopinathan, A. Pakir, W. K. Kam and V. Saravanan (ed.), *Language, Society and Education in Singapore—Issues and Trends*, Eastern Universities Press, 1996.

诗的美学

——从视觉到自觉的美感观照*

陈惠英

一、引言：诗的观照

诗歌的“情境”，着重对“景”的呈示。透过“景”，呈现诗人的所视与所思；而“风景”除了是所见山川风物之外，更是自然与人文的具象符号。

日本汉学家小川环树（1910— ）在《论中国诗》中清楚地说明了“风景”一词意义的变化。[①] 风景中的“景”带有光的含义。[②] “景”的意义，由风和光到专指人所观览物的全体，以至表现一种景致，随发展而变化。[③] 由此可见，“景”的本义为日光，引申为“大”；日光有影，所以又引申为“影子”，后来写作“影”。[④] “景”亦可作“境”解，相若“今谓人之处境丰啬曰‘光景’”。[⑤]

---

* 本文建基于本人有关诗景研究的博士论文《“景”与“物”——中国现代诗“景”的符号与境界研究》（2001 年）的论点。主要围绕诗的“景”与“物”、抒情和境界等重点，综合成文。

① 小川环树著，谭汝谦等译：《风景的意义》，《论中国诗》，香港：香港中文大学，1986 年版，页 1—32。

② 小川环树著，谭汝谦等译：《风景的意义》，《论中国诗》，页 3—4。小川环树指出“风景”一词作为一个独立词语在文献中出现，以晋代（四世纪〔265—420〕）为早。小川环树并引《晋书·王导传》加以说明。所引内容与中华书局（北京，1974）出版的房玄龄等撰的《晋书》中的相应内容有五处不相符的地方，下文一概以括号显示。括号内为中华书局出版所据：“过江人士，每至暇日相要出新亭饮宴，（。）周顗中坐而叹曰：‘风景不殊，举目有江山（河）之异。’皆相视流涕。惟导愀然变色曰：‘当共戳（戮）力王室，剋（克）复神州，何至作楚囚相对泣邪。（！）’众收泪而谢之。”（《晋书》，卷六五）小川环树指出，风景中的风字并没有问题，景字的意义则需要确定。小川环树根据《说文解字》（七篇上，日部），指出景字的本义原是光的意思（按：景，日光也）。据段玉裁（1735—1815）《说文解字注》言：“日字各本无，依《文选》张孟阳（按：张载〔1020—1077〕，字孟阳）《七哀诗》注订，火部曰：光者，明也。《左传》曰：光者远而自他有耀者也。日月皆外光，而光所在处，物皆有阴，光如镜，谓之境。《车舝笺》云：景，明也。后人名阳曰光。名光中之阴曰影。别制一字，异义异音，斯为过矣。《尔雅》、《毛诗》皆曰：景，大也。其引申之义也。”参见清段玉裁：《说文解字注》，台北：汉京文化事业有限公司，1983 年版，页 305。

③ 小川环树著，谭汝谦等译：《风景的意义》，《论中国诗》，页 23—32。

④ 参见段玉裁：《说文解字注》，页 305。又参见黎千驹：《古今词义异同辨析手册》，长沙：湖南师范大学出版社，1993 年版，页 168。

⑤ 据方毅等：《辞源——正续编》（合订本一册），长沙：商务印书馆，1939 年版，辰部，页 19—20。

至于“境”，则有数种解释，即疆也、品地也、处所也、遭际也，亦可作“竟”。[①] 由此可见，“景”与“境”有相通的地方，在诗作的讨论上，关系更为密切。

有关“景”的论说，与“境象”常连在一起讨论。其中又多以“虚”和“实”为重点。论者以为“虚”与“实”是相互依存的，饶宗颐（1916— ）的《澄心论萃》引唐僧皎然（720—800）《诗式》的“境象”义：

> 夫境象非一，虚实难明：
> 有可睹而不可取，景也；
> 可闻而不可见，风也；
> 虽系乎我形，而妙用无体，心也；
> 义贯众象而无定质，色也。
> 凡此等可以偶虚，亦可以偶实。[②]

饶氏特别提出的“判境有虚实，而区为景、风、心、色四者”，[③] 值得注意。他又引《诗评》有关“取境”的说法：

> 取境之时，须至难至险，始见奇句。成篇之后，观其风貌，有似等闲，不思而得，此高手也。[④]

可以说，饶氏对于“取境”，极为注意；早在1953年的《人间词话平议》中，就对于“境界”的问题作出多方解说。他首先指出王国维（1877—1927）“境界”的说法并非创见，且早用于画论、诗论，不一而足。饶氏更指出高人雅士如司空图（837—908）、石涛（十七至十八世纪）、鹿善继（1575—1636）、王士祯（1634—1711）、袁枚（1716—1798）等人已用“境界”谈艺。例如：

> 境界本佛家语（翻译名义集“尔焰，又云境界。由此能知之智，

---

① 据《中华大字典》，北京：中华书局，1978年版，寅集土部，页544。“境”同“竟”。

② 饶宗颐：《澄心论萃》，上海：上海文艺出版社，1996年版，页195。又《原诗》云，“皎然，名昼，谢灵运十世孙，天宝大历间的诗僧，有《昼上人集》及《诗式》、《诗议》行世。他在《诗式》中说：‘反古曰复，不滞曰变。若惟复不变，则陷于相似之格。其如驽骥同厩，非造父不能辨。……复忌太过……变若造微。不忌太过……若乏天机，强效复古，反令思扰神沮。’认为‘通变’比‘复古’重要，很有见地。”参见叶燮著，霍松林注，郭绍虞主编：《原诗》，北京：人民文学出版社，1998年版，页58，注释18。

③ 饶宗颐：《澄心论萃》，页195。

④ 参见饶宗颐：《澄心论萃》，页195。

照开所知之境，是则名为过尔焰海”），[①] 高人雅士，借以谈艺，司空图诗品已有“实境”一目，[②] 余若苦瓜和尚用之论画（画语录有境界章），鹿干岳王渔洋袁随园持以说诗（鹿氏俭持堂诗序云“神智才情，诗所探之内境也；山川草木，诗所借之外境也”。分别诗境有内外。王渔洋香祖笔记举诗品“采采流水，蓬蓬远春”二语，谓其形容诗境亦妙。“诗境”二字由其拈出。随园诗话八“严沧浪借禅喻诗，所谓羚羊挂角，香象渡河，诗不必首首如是，亦不可不知此境界。”）皆其著例。[③]

皎然《诗式》以“境”论诗，有意写出诗的法则。[④] 王润华（1941— ）在《司空图新论》中以皎然此书与司空图的《二十四诗品》比较，指出二者在“风格”的论述上有相近的地方。其中皎然对“情”一体的解释为“缘境不尽曰情”，便是把情境二者相提并论。王润华以司空图的“实境”作对应，并称“境就是为了表现情，司空图《实境》也说‘情性所至，妙不自寻’”。[⑤] 在此特别拈出“情”与“境”的相应关系。皎然《诗式》的出现在盛唐诗歌的繁荣期以后，总结了“两汉以降，至于我唐，名篇丽句，凡若干人”的创作经验，初步揭橥

① 根据江苏广陵古籍刻印社出版《翻译名义集》的解释，“尔焰”一词与知及智有关。书中对“尔焰”的解释如下：“或名尔炎。此云所知，又云应知，又云境界。问：如大论云，是时过意地，住智业中。华严安云，普济诸舍识，会过尔焰海。答：由此能知之智，照开所知之境，是则名为过尔焰海。故楞伽经第一曰智尔焰得向，此乃全由其境，以成其智，名智业中。”参见法云：《翻译名义集》（下册），扬州：江苏广陵古籍刻印社，1990 年版，页 103。

② 司空图的《二十四诗品》论“实境”，言：“取语甚直，计思匪深。忽逢幽人，如见道心。清涧之曲，碧松之阴，一客荷樵，一客听琴。情性所至，妙不自寻。遇之自天，泠然希音”。郭绍虞的《诗品集解》释“实境”，指出非呆实之境，就“清涧之曲，碧松之阴”二句“就境写境，言实有其境”，“一客荷樵，一客听琴”，则“就人写境，言实有其事”，“然均含有一片天机”。“情性所至，妙不自寻”，见得无非是实，然又“妙境独造，非出自寻”，“见得境虽实而出于虚，非呆实之谓矣”。参见郭绍虞主编：《诗品集解续诗品注》，北京：人民文学出版社，1963 年版，页 33—34。又乔力在《二十四诗品探微》中言其中首四句虽云“甚直”与“匪深”，却不能以浅陋视之。如陶渊明诗句有如口语，却传诵千古，皎然亦言“直于性情，尚于作用，不顾词采，而风流自然”。（《诗式·文章宗旨》）王安石言：“看似寻常最奇崛，成如容易却艰难。”（《题张司业诗》语）因此，所言的“实境”属浅露而非浅陋。乔力按言：“只实实在在写来，不假涂饰，不事夸张，是谓‘实境’。”“这个‘实’不是呆执不化，简陋无文，拘于琐屑俗事的实；这个‘境’，不仅是诗人身经目见的景境，更兼指他触发联想的情境”。“所谓‘实境’者，不应单纯理解为客观自然中存在的真实；更应解释为经过典型化的过程，为之提炼、充实、提高了的艺术上的真实。”参见乔力：《二十四诗品探微》，济南：齐鲁书社，1983 年版，页 100—104。又王润华以为“境”的存在，是为了表现“情”，境与情二者实不可分。参见王润华：《司空图新论》，台北：东大图书公司，1989 年版，页 193—194。

③ 饶宗颐：《人间词话平议》，香港：义理公司印，1953 年版，页 1—2。

④ 《诗式》序言：“命曰《诗式》，使无机者坐致天机。”所谓“天机”，就是《诗式》反复提出的取“境”以及以“境”为核心的各种相关的诗法问题。皎然“境”的说法是以“境”论中国诗歌的创始人。参见蓝华增：《皎然〈诗式〉论“取境”》，《说意境》，昆明：云南人民出版社，1984 年版，页 27—28。

⑤ 参见王润华：《司空图新论》，台北：东大图书公司，1989 年版，页 193—194。

了“境”这一诗的“天机”的奥秘。[①] 上述所言“境象非一”，变化万千，因之“虚实难明”，正是指出他对诗本身特性的见解——以“境象”为重。综合而言，诗作的“无定质”特性，有如颜色，可感而不可触摸，但因为具有形象的缘故，所以同时又是真实的、实在的。至于从“景”、“风”到“心”与“色”，是可以连成一起看的。如何从“可睹而不可取”的“景”与“不可见”的“风”到以“心”达到“妙用”的目的，而且似“色”般“义贯众象而无定质”，这是由“虚”到“实”，复由“实”到“虚”的过程，这也是“境象”的“非一”特点。

至于从“可睹而不可取”的“景”谈及“取境之时，须至难至险，始见奇句”，主要是指出了“心”的妙用，“成篇之后，观其风貌，有似等闲，不思而得”，可谓虚实妙用的极致。要体现虚与实的转化，“情景交融”的“境界”是其中的关键，化虚为实或化实为虚，变化万千，这可以说是属于中国古典艺术的鲜明特点。

南宋范晞文在《对床夜语》中说：“不以虚为虚，而以实为虚，化景物为情思，从首至尾，自然如行云流水，此其难也。”[②] 又清方士庶（1692—1751）在《天慵庵随笔》中说：“山川草木，造化自然，此实景也。画家因心造境，以手运心，此虚境也。”这样，艺术家才可以把对现实生活的体验与感受表现出来；而映入眼帘的自然景象亦可与艺术家的情思和理想融汇起来，于此达到情景交融的境界，创作出美的、有生命力的艺术。[③] 这种“情”、“景”的交融，在王国维的“境界”说中已总结式地勾勒出一定的轮廓。

二、“景”的呈现

自清末以来，王国维提出“情”与“景”以及“境界”的相互关联，[④] 在文学批评的范畴内别树一帜，影响深远。[⑤] 王氏生于时代的交会点上，在中外古今相互影响的历史时刻，他所提出的学说具有特殊的时代意义。周策纵（1916—

---

① 蓝华增：《皎然〈诗式〉论“取境”》，《说意境》，页28。

② 范晞文：《对床夜语》，卷2，载《景印文渊阁四库全书》（第一四八一册），台北：台湾商务印书馆，1998年版，页865。

③ 参见韩林德：《境生象外——华夏审美与艺术特征考察》，北京：三联书店，1995年版，页39。

④ 王国维在《人间词话》尝谓：“一切景语，皆情语也。”又谓：“境非独谓景物也，喜怒哀乐亦人心中之一境界，故能写真景物真感情者，谓之有境界，否则谓之无境界。”王国维《人间词话》，第六则。参见王国维著，徐调孚校注：《人间词话》，台北：天龙出版社，1981年版，页4。

⑤ 饶宗颐在《纪念王国维先生诞辰120周年学术论文集》的“序一”中指出：“余惟王先生乃近世学术史上影响最大之人物，不仅以其学问境界之恢宏与方法之缜密为众推重，而人格之感召力于来者尤多激发，陈寅恪所撰碑文论之详矣。”张岂之在同书“序二”中则指出王国维不但“影响了20世纪中国人文科学学术论坛”，既属于过去，也属于未来。其成就主要归纳为：①新发现与新学问；②中西文化的深层次融合；③学术会通与哲学探索等方面。参见孙敦恒、钱竞编：《纪念王国维先生诞辰120周年学术论文集》，广州：广东教育出版社，1999年版，页1—7。

2007）亦指出“王国维以‘境界’论词，固非其创见”，[①] 但以为能融近代感情与想象入词的唯王国维一人，[②] 尤其是在新思潮运动的若干方面，王国维更是胡适（1891—1962）、陈独秀（1879—1942）诸人的先驱。[③] 蒋英豪（1947— ）以《王国维——西学义谛与文无中外》为题，[④] 撰文指出王国维在中国近代文学“世界化”的进程中兼善中西学的特色，可见王氏的学说影响之广。

有关王国维的“境界”说，引起后来众多评家多方的阐释，[⑤] 他所说的

---

① 周策纵：《论王国维人间词》，页 15。

② 参见周策纵：《论王国维人间词》，页 15。周氏称：“自清末西学东渐以后至‘五四’以前，能融近代感情与想象入旧体诗词而足以惊心动魄，移情沁人者，寥寥无几。在诗，当推康有为（1858—1927）、梁启超（1873—1929）、谭嗣同（1865—1898）、苏曼殊（1884—1918）；在词，则王国维一人而已。”

③ 参见周策纵：《论王国维人间词》，页 32。周氏更以为，“其（按：指王国维）哲学论文略已开辟《中国哲学史大纲》以西洋哲学观念与方法释中国经典之路程。其辛亥革命以前所作《文学小言》、《人间词话》（1910 年版）等已强调文体随时代而演变。其《宋元戏曲史》（1912 年版）自序更谓：‘凡一代有一代之文学。’颇类胡适《文学改良刍议》中所倡言‘一时代有一时代之文学’之文学历史进化观。其主张‘不为美刺投赠之篇，不使隶事之句，不用粉饰之字。’反对‘模仿之文学’。反对用代替字及‘矫揉妆束之态’。坚持作者须‘感自己之感，言自己之言’。而不可‘感他人之所感，言他人之所言’。认‘文学中有二原质焉：曰景，曰情。’及‘文学者，不外知识与感情交代之结果而已。’与其后胡适‘八不主义’中‘须言之有物’之以物为情感与思想，及‘不模仿古人’，‘不作无病之呻吟’，‘务去烂调套语’及‘不用典’等，亦颇相似。至其主张‘文绣的文学之不足为真文学也与餔缀的文学同。’认‘模仿之文学是文绣的文学与餔缀的文学之记号。’则更为陈独秀《文学革命论》中欲‘推倒雕琢的，阿谀的贵族文学’及‘陈腐的，铺张的古典文学’之先声。”参见周策纵：《论王国维人间词》，页 32—33。

④ 参见蒋英豪：《近代文学的世界化——从龚自珍到王国维》，台北：台湾书店，1998 年版，页 237—283。书中提到的人物除龚自珍（1792—1841）与王国维外，尚包括：魏源（1794—1857）、黄遵宪（1848—1905）、康有为、梁启超、林纾（1852—1924）等人，其中以龚自珍开风气之先，而以王国维总其成。

⑤ 有关王国维的研究，饶宗颐早在 1953 年出版的《人间词话平议》中有所论及。周策纵的《论王国维的人间词》各则短论则于 60 年代的《海外论坛》（World Forum），3 卷 2 期（1962 年 2 月 1 日）至 3 卷 7 期（同年 7 月 1 日）连续刊载；先后于香港以及台湾出版；香港版早于 70 年代出版，台湾版则于 1981 年出版。蒋英豪的《王国维文学及文学批评》于 1974 年出版。叶嘉莹的《王国维及其文学批评》于 1980 年出版。此外，曾先后发表相关多篇论文的佛雏在 1987 年出版《王国维诗学研究》，对王国维的“境界”说，有不少阐发。另有聂振斌在 1986 年出版《王国维美学思想述评》、卢善庆在 1988 年出版《王国维文艺美学观》、陈元晖在 1989 年出版《论王国维》、叶程义在 1991 年出版《王国维词论研究》、赵庆麟在 1992 年出版《融通中西哲学的王国维》、张本楠在 1992 年出版《王国维美学思想研究》（为 1987 年北京大学博士论文）、夏中义在 1995 年出版《世纪初的苦魂》等。姚柯夫在 1983 年编辑的《〈人间词话〉及评论汇编》更集合了各家学说。前注提到饶宗颐在 1999 年出版的《纪念王国维先生诞辰 120 周年学术论文集》的“序一”中指出，王国维为近世学术史上影响最大之人物，可以说是综合的论述。参见孙敦恒、钱竞编：《纪念王国维先生诞辰 120 周年学术论文集》，页 1—2。由此可见，各家论者以今日的观点或阐释王氏的学说，或以王氏的学说评论今日的文学，观点纷陈，讨论不绝。综合而言，王国维的学说，实可作多元的解说，且能就不同时代的文学而有不同的移用和启发。

“境”，内涵丰富，以为“境非独谓景物也，喜怒哀乐，亦人心中之一境界”[①]。由上述“境界”指界别的外在义到“亦人心中之一境界”的内在义，可见其中内涵丰富。就“境界”的外在义而言，饶宗颐指出“境界”实“源出于释典，有待于抉发者尚多”；[②] 就禅家所言，有“界限意味，不可逾越”，[③] 饶氏并引例说明禅家喜用境界一词：

> 金陵天宝和尚：僧问：白云抱幽石时如何？师曰：非公境界。（《五灯会元》十五）
>
> 韶州东平山洪教禅师：僧问：如何是向上关？师竖起拂子。僧曰：学人未晓，乞师再指。师曰：非公境界。曰：和尚岂无方便？师曰：再犯不容。（《五灯会元》十五）
>
> 净因禅师答善华严问向上一路曰：汝且向下会取。善曰：如何是宝所？师曰：非汝境界。善曰：望禅师慈悲。师曰：任从沧海变，终不为君通。（《五灯会元》十二）[④]

饶氏进一步解释，“似禅家对境界用法，有界限意味，不可逾越。白云抱幽石原为大谢诗句，此境非僧所宜，向上一关非俗子可到，故师不指引”，由此而知，“境界与境象义略有别”[⑤]，“境界”的界限意味，为区分的关键。

王国维所说的“境”，又有所谓“写境”与“造境”，前者指现实，后者指理想；二者同写“自然中之物”[⑥]，但二者颇难区分，“因大诗人所造之境必合乎自然，所写之境亦必邻于理想故也”[⑦]，即无论所写的是真实的境还是理想的境，在采纳“自然之物”作为写作素材之际，亦能顾及“自然之法律”，因此难以区分。由此可知，王氏所言的境是以自然为尚的。

---

① 王国维：《人间词话》，第六则。参见王国维著，徐调孚校注：《人间词话》，页4。

② 饶宗颐：《澄心论萃》，页198。

③ 参见饶宗颐：《澄心论萃》，页196。

④ 此三段引文分别见于《披云寂禅师法嗣·金陵天宝和尚》，《五灯会元》，卷15，页982。《洞山初禅师法嗣·东平洪教禅师》，《五灯会元》，卷15，页979。《智海平禅师法嗣·净因继成禅师》，《五灯会元》，卷12，页769—770。参见宋普济著，苏渊雷点校：《五灯会元》全三册（北京：中华书局，1984年版）。

⑤ 参见饶宗颐：《澄心论萃》，页196。就此一点看，不同论者就“境”、“景”曾提出多种说法。萧遥天就曾指出“境界”为疆界所环绕的处所而区别，即“终极景象”，亦可省略而称“境”。因此，他主张采“意境”、“意象”，而不主张用“境界”一词。参见萧遥天：《语文小论》，槟城：钟灵中学，1955，页4。由此观之，“境”在不同的脉络间，有不同的意义。

⑥ 王国维《人间词话》第五则言：“自然中之物互相关系，互相限制。然其写之于文学及美术中也，必遗其关系限制之处，故写实家亦理想家也。又虽如何虚构之境，其材料必求之于自然，而其构造亦必从自然之法律，故虽理想家，亦写实家也。”参见王国维著，徐调孚校注：《人间词话》，页4。

⑦ 王国维：《人间词话》，第二则。参见王国维著，徐调孚校注：《人间词话》，页1。

由此观之，“境界”之说虽非王国维的创见，但王国维提出此说法，影响了后世对中国文学的美学体会。王国维的“境界”之说，可阐释为“只有当主观方面诗人的思想感情与客观方面诗人所接触的事物融合为一的时候，作品才有可能达到美的艺术境界。‘境界’这个论说的最大特点，是就审美过程中‘物’、‘我’关系的变化，进行具体深入的分析”，尤其是“强调诗人主观上的感情与客观自然之间的变化”[①]。因此，“景”于诗中表现出特殊面目，甚而有戏剧化面目，非寻常目视的景。

三、“境”与“物象”

现代诗中的“景”有如一种“符号”（sign），透过这种符号，可以探寻不同层次的“意义”，作出不同的解释。

叶维廉（1937—　）在这方面曾提出不少值得注意的论点。叶氏特别推崇新月派着重自我对物象的感受的表达方法。他以卞之琳（1910—2000）为例，以为“卞之琳被认为是新月派的延续，因为卞之琳他们的语言方面能做到精炼，不是一种散文的叙述，而是希望能够呈露当下的感受”[②]。这“当下的感受”正是由于“情”和“景”的不可分割所致。诗中的“景”能把诗人内在的感，直接呈现出来。

诗人在时空转变的景况中，尤其容易感触。以身处蛮夷楚地的屈原（约公元前343—277年）所写的《离骚》为例，[③] 即为传颂千古的典范。《离骚》之所以成为“中国三千年文学史上数一数二的作品”[④]，是与诗人的流放际遇分不开的。

有论者以为屈原的作品“所涉五官，至为复杂，大多推移、类化、设想、综合，使之在作品中发挥其五光十色之最高、最美之性能，成其为千古最美最宏大

---

① 李家树：《〈国风〉里的“境界”》，载孙敦恒、钱竞编：《纪念王国维先生诞辰120周年学术论文》，页327—328。

② 参见叶维廉：《三十年诗》，台北：东大图书公司，1987年版），页560。叶维廉指出当中国的新学人猛烈攻击中国传统的文学时，在差不多时期的西方，诗人庞德（Pound Ezra 1885—1972）却在文章里称赞传统中文的优美，称之为最适合诗的表达的文字。庞德觉得传统文字丰富，是因为可以去掉很多抽象的意念，将意象具体地呈现出来。在五四初期，人们完全没有从这个观点来看待语言，只是觉得当时的中国从语言到整个社会结构都是陈腐的，所以要接受西方，一点也没有考虑到传统语言表达的好处。在中国的旧诗里，诗人往往不会把自己硬加在自然界上面。在旧诗中，我们经常可以看到很多事件在我们的面前演出，例如，“千山鸟飞绝，万径人踪灭”就是一个景在演出。事实上，由于我们语言的特色，中国传统的表达，可以做到不是以个人追寻非自我的意义，换言之，我们不是以现有的组织和规格去了解自然界和一切现象，就如阿里士多德（阿里士多德，Aristotle，公元前384—322）是在用一种逻辑性的骨格来划分这个世界那样。

③ 据陆侃如、冯沅君在《中国诗史》中所说，《楚辞》继《诗经》而独盛于楚，因为楚是“蛮夷”之地，不属周天子管辖的诸侯国。“中原常称为蛮夷”，《国语》有称：“若不克，君以蛮夷伐之，而又求人焉，必不获矣。”（《鲁语》下）又：“当成周者，南有荆蛮。”（《郑语》）等。参见陆侃如、冯沅君：《中国诗史》（上册），北京：人民文学出版社，1983年版，页87。

④ 参见陆侃如、冯沅君：《中国诗史》（上册），页125。

之作品”[①]，其中使用的视觉语词最多，[②] 分析视觉极为精审，如《离骚》云：“览相观于四极兮”。“览相观”三字，“其层次有先后，斯视物有深浅，览者遍视之，识其大略而已。相者，再三视之（相字从目从木，木者乃频频而目之意，非言木也，如噩之有王，非王非玉乃形其众口嚣嚣之象，木非树木字，乃形目视之频频也）。即今人所谓审视也。审视者，在遍视初粗之后，作进一步之审实，最后乃曰‘观’，观者，赏现之，详查之，久视之，以求得四极之重大变化之谓”[③]。除目视的事物外，屈原对“声嗅味触”的事物亦有实在的描写，这样的描写，涉及的范围极为广泛，反映了诗人在流放状况中的创作心理活动，亦可作后世推敲的依据。

在现代文学的范畴内，“流放”现象并不罕见，常见于不同的文类中。作家在面对陌生的环境、感怀漂泊的生活之际时，往往以诗文寄意。这种抒发原是传统文学由来已久的写作动因，但在现代诗中所表现的“流放”经验，其含义显得更为复杂和丰富。在现代环境中，诗人在作品中如何书写时空的转变所带来的新体验，诗人如何在作品中呈现有别于其他时代的特色，都是饶有意义的探讨。

有关诗的演进，以及诗的新内容与形式的尝试等讨论，林庚（1910—2006）于 1948 年在《文学杂志》（北平）上发表了《诗的活力与新原质》，说明上述问题应受关注。[④] 所谓“诗原质”的说法，主要是指出诗的发展须与时代并进，无论是在形式还是内容方面，由于不同时代的诗人感受不同而有差异。海外学者奚密对“诗原质”含义的引申是，它是一个意象，经过时间的累积，诗人的运成，而达到最丰富、最饱满的意义密度和感情深度。[⑤] 以此检视“景”的含义，正有“诗原质”特色，从“白日依山尽”（王之涣）到“长河落日圆”（王维），见特殊的“我”与“物”交相映照的“景”——指明“白日”，有感时不舍之叹；说是“落日”，则见顺应自然升沉起伏——显示了诗人的所思所想。诗景，亦诗人心之境界，属从视觉诗到自觉诗生成的过程。

四、结　语

以境界论诗词，似有所限。观乎诗中的“景”，联系于“境”，可虚可实；取境难易，系乎诗人心志；阐发尚多。王国维言“境界”，论“我”之有无，参以现代学说，如心理学、哲学等，上承古说，下开新学，集中西所长，影响深远。以此论现代诗，亦多启发。叶维廉之说，即为一例。本文内容为笔者修读博士学位时的研究重点，得李家树教授悉心教导和认真指正。在此，特表示衷心的感谢。

---

① 姜亮夫：《屈子思想简述》，载《楚辞学论文集》，上海：上海古籍出版社，1984 年版，页 242。

② 参见姜亮夫：《屈子思想简述》，载《楚辞学论文集》，页 242。

③ 参见姜亮夫：《屈子思想简述》，载《楚辞学论文集》，页 244。

④ 参见林庚：《诗的活力与新原质》，《文学杂志》（北平），1948 年第 2 卷第 9 期，页 14—20。

⑤ 参见奚密：《现当代诗文录》，台北：联合文学，1998 年版，页 44—77。

南下的五四水手

——许杰与新马华文文学*

周维介

1827 年，德国诗人歌德（Goethe Johann W. 1749—1832）以文学家的敏锐触觉，从阅读中国与法国作品中断言“诗是人类共同的财产”，并由此初步引申出“世界文学”的概念。以后的数十年，各民族文学打破了时空界限，开始了世界性的交流，过去以单一国度为对象的文学研究已无法涵盖日益复杂的文学现象，东西方文学相互影响从此为文学的研究开拓出一个全新的广阔世界。

就华文文学而言，中国大陆不再是唯一的生长领域。政治、经济及其他种种因素使中国台湾、中国香港、新马、泰国、菲律宾、印尼、北美洲等国家和地区出现了当地的华文文学。中国大陆的文学传统、思潮、作家或作品是否对海外华文文学有所影响，抑或有交错现象，已逐渐引起文学研究者的兴趣。

新马华文文学的历史，几乎同中国新文学等长。二十多年来，文学史家的研究已经证明了它与现代中国文学的血缘关系。尽管前人的研究已有可观的成果，但某些史料的较迟发掘使文史上的某些论点需作修正或补充。许杰作为五四时期文学研究会的小说家，曾在 20 世纪 20 年代南下马来亚，在当地鼓吹“革命文学”思潮，对新马华文文学尽过心力。

我在研习新马华文文学的过程中，逐渐掌握了许杰在马来亚的文艺资料，发觉当年他在马来半岛所做的文艺工作是具体且具影响力的，他在这方面的耕耘值得全面整理研究。撰写本文是希望通过许杰在新马的文学活动，说明当年的这位五四“水手”，如何在第一时间把中国现代文学思潮播种在这片潮湿闷热的热带雨林，由此揭示中国文学与新马华文文学之间的关系，并确定许杰对海外华文文学的贡献。

一、许杰南下始末

许杰，1901 年出生于中国浙江天台，1993 年辞世。他是五四新文学运动时期文学研究会的作家，长期从事小说与散文创作，兼具文学评论。主要作品有小

---

* 本文乃根据 1986 年笔者在香港大学的硕士论文《许杰文学历程探索》之部分章节改写而成。

说集《惨雾》、《火山口》、《马戏班》、《子卿先生》；散文集《椰子与榴梿》；文论《明日的文学》、《新兴文艺短论》等。1928 年，他曾南下马来亚，在吉隆坡《益群日报》担任总编辑，为时一年有余。

许杰南下马来亚，与当时中国国内的政治环境有关。1927 年，许杰在故乡天台担任文明小学校长时参与地下组织活动，遭人密告而被当地政府逮捕，后来由于地方人士出面保释，他才就此离开家乡前往上海。这时，已经两年未曾谋面的挚友张任天（1887—1995）得知许杰人在上海，便从南京到上海拜访他。张任天此时在南京国民党中央党部工作，因马来亚吉隆坡《益群日报》致电国民党中央宣传部，希望党部派一名总主笔到《益群日报》。这件事恰巧由张任天处理，他决定推荐许杰前往接任，他先向上填报妥当后，才到上海催促他赴任。由于这个决定来得匆促，许杰未来得及向地下党组织汇报。

许杰在同意这项任务之前，曾主动向张任天提出自己在天台被捕的事件。他们讨论后决定先往南京拜会当时的国民党宣传部长，倘若部长没有提出特别的指示或问题，便表示中央没有反对他担任这项任务。[①]

许杰决定成行后，吉隆坡《益群日报》寄来路费两百元，出国手续则由商务印书馆交际处负责处理。

1928 年 7 月，许杰从香港乘船到新加坡，再改乘火车前往吉隆坡。抵达吉隆坡时，《益群日报》的总经理熊升初亲临火车站迎接他。

许杰正式到《益群日报》上班的日期是 1928 年 7 月 25 日，当时该报编辑部共有三人，许杰为总编辑，每天除撰写千字以内的社论外，还得编辑从上海、香港特约来的专电。虽名为总编辑，但他所写的社论必须经总经理同意才能发表，因此，他常因某些观点问题而与馆方争论。由于当时新马一带的报章全受殖民地当局的华民政务司管辖，凡是对殖民地宗主国不利的观点或字眼，都不允许在报章中出现。华民政务司把每天各报的社论剪下，在有问题的地方用红笔画线，并译成英文。许杰主持《益群日报》期间，曾经多次因社论观点问题而被华民政务司传召问话。

许杰主持《益群日报》后，该报销量大为提高，据许杰自述，当时的总经理非常高兴，并向他道贺。可是两人后来因社论中的观点问题而生芥蒂。在吉隆坡居留一年三个月之后，许杰终因不满殖民地政府对报章的控制以及对《益群日报》总经理限制言论自由的做法，决定辞职返回中国。1929 年 10 月 6 日，他正式离开《益群日报》，结束了这一段海外生活。

主持《益群日报》笔政期间，许杰曾办过一个文艺副刊《枯岛》，提倡新兴

---

① 据张任天说，当时他们所见的宣传部长是顾孟余，而许杰的印象则是叶楚伧。笔者查 1928 年 7 月 25 日的《益群日报》代邮，则写明宣传部长是叶楚伧。

文艺。他曾在《枯岛》中发表了一系列关于革命文学的短论，这成为后来《新兴文艺短论》一书的蓝本。但更重要的是，《枯岛》的诞生使许杰结识了不少南洋知识分子和青年学生。这群当地或从中国南来的知识分子，在多次交往后逐渐了解了许杰的文学观，也摸清了他的生活规律，便常在下午三四点钟到他的住所相聚，谈文说艺，这不仅丰富了他个人的生活，也间接加强了当地文人的凝聚力。

许杰南下办报的这段经历中有一个值得讨论的疑点，便是南来之前，许杰已参与了地下党活动。1927 年，他申请加入中国共产党，正待批准之际，便在家乡被国民党地方当局逮捕。一年后，他又得到南京国民党中宣部同意赴南洋任亲国民党报章的编辑。这一特异现象并非只发生在许杰一人身上。在当时的新马，国民党或亲国民党报章出现鼓吹革命文学的副刊为数不少，这涉及 20 世纪 20 年代末期国共内部的复杂派系关系，当时许多机关都有国民党与共产党人员并存的现象。许杰可能由于个人确实没有共产党员的身份，在复杂关系及人事推荐的背景下而被同意出任亲国民党报章的编辑。

1929 年 10 月，许杰回到故乡天台，不久即转赴上海，住在明日书店里。当年 12 月，明日书店出版了他主要在南洋时期所写的文论《新兴文艺短论》。1930 年 10 月，许杰把他的南洋见闻散文作品收集成《椰子与榴梿》，由现代书局出版。

二、许杰南下时新马华文文坛概况

新马文学史家普遍认同，1919 年是新马华文文学的起点，它的生命与中国五四新文学有着密不可分的关系。最初的三十年，为数不少的中国作家如老舍（1899—1966）、郁达夫（1896—1945）、洪灵菲（1901—1933）、艾芜（1904—1992）、胡愈之（1896—1986）、许杰等人，因各种不同的原因南下新马，或教书，或编辑文艺副刊，或创作，各自留下了深浅不一的文学脚印。

1919 年至 1928 年，被视为新马华文文学的萌芽阶段。这时期的文坛，不但作品粗糙、理论单薄、报章副刊及社会文艺活动力量薄弱，在文字上也还无法摆脱文言的纠缠。由于这时期的新马文坛刚具雏形，基础薄弱，五四之初“为人生、为艺术”的不同文学观点虽已吹拂到新马，但在文坛所产生的影响毕竟有限。

20 世纪 20 年代末期，中国新文学的发展进入另一阶段，革命文学思想成为文坛主导。这种思潮快速冲击新马文学，几年内，革命文学思想便置身当地文坛，成为鲜明、活跃的文学潮流，许杰正值此时南下，实际参与了推广革命文学的工作。

由于当时新马仍属英国殖民地，在客观条件限制下，文艺界多以“新兴文

学”的称谓取代“革命文学”之名。[1] 不过，被当前的文史家公认为新马革命文学的第一篇理论文字，用的却是“革命文学”之名，永刚的《关于革命文艺》一文，[2] 发表于1927年1月17日，虽没有获得文艺界特别的回响，但它说明了1927年初，新马华文文学已尝试从中国文学母源汲取革命文学营养的用心。

新马革命文学思潮出现的社会背景，与中国内部的政治演变有关，其中最直接的冲击是1927年国民党发动的四·一二清党事件。在这次行动中，国民党政府的具体行动包括严厉管制刊物、封闭左翼工会、逮捕提倡革命文学的文化人。它所造成的巨大影响便是大批知识分子逃亡海外，特别是日本和东南亚。南下的知识分子并没有放弃他们原来的信仰，反而选择华人聚居的南洋社会做思想传播工作。南来作家张天白说：

> 马华新文艺的生长自有她的渐进性，但无碍地，她较为神速地向前发展，是在1927年北伐革命之后。那时，马华新兴的知识分子，忽然增加惊人的数量，把过去从来沉寂的空气激动了，马华文艺的发展基础，是建筑在这一情形之上的。[3]

陈育崧（1903—1984）更是直接指出：

> 国共分裂和国民党的清党给星马带来惨痛的结果……许多抱着幻想的苦闷青年从中国避地南洋，这时中国革命开始进入一个新阶段。马列思想的种子，共产主义的火焰，无产阶级的番号，反英反帝的运动，散布全国，影响南洋各地。[4]

当时的中国作家如洪灵菲、艾芜、马宁等都是受清党影响而流亡南洋的。这批文人利用当地媒体宣传思想，在相当大程度上改变了华人社会的意识形态。

许杰于1928年8月在吉隆坡《益群日报》创刊《枯岛》以前，新马两地计有华文报章文艺副刊二十个左右，[5] 其中一些副刊已刊载具有革命意识的创作，

---

① 在20世纪二三十年代，中国与新马文坛出现了“革命文学”、“普罗文学”、“新兴文学”等名目，都有它一定的背景，这主要受时空概念和政治因素的影响，但其主要定义与内涵是一样的。

② 据国立新加坡大学所藏的显微影片显示，1927年1月17日新国民日报副刊《新国民杂志》所发表的永刚的文章，题目是《关于革命文艺》；新马文史学家方修先生所编《马华新文学大系》收录该文时，题目为《关于新兴文艺》。

③ 见《马华文艺界焕发性的补救》一文，收于《张天白作品选》，页126。

④ 宋哲美编：《星马教育研究集》，香港：东南亚研究所，1974年版，页62。

⑤ 据笔者统计，这些在《枯岛》创刊前便存在且继续出版的副刊计有新加坡《新国民日报》的《绿漪》；槟城《南洋时报》的《荔》、《海丝》、《杭育》、《微光》、《诗》、《怒涛》、《绿洲》、《八月》、《玫瑰》、《喇叭》、《洪荒》、《野马》、《涛声》；槟城《光华日报》的《恨声》、《孔明》、《一苇》、《励群》等。

但还未有一个副刊在办刊宗旨上明确地公开宣扬倡导革命文学。

当时具有反殖民地、反帝国主义以及反封建倾向的文艺副刊多集中于槟城的《南洋时报》。因为它们在文学理论上并无建树，所以只能借助创作寻找这个阶段的革命文学痕迹。当时的某些作品，直接或间接宣泄浓烈的民族情绪，酝酿着要求整个中国进行改革以免沦亡的氛围；或者要求推翻中国的旧事物、批判腐败的军阀、谩骂日本侵略者，但这些主题并没有诉诸特定的文学主义。当时的作品，偶尔引用“革命”的字眼，但其所谓“革命”的内涵，并不完全等同于无产阶级革命意识，而是笼统地对旧事物发出挑战。

总而言之，1928 年 8 月以前，新马华文文坛的思想意识已渐渐地脱离风花雪月，走向现实的社会，并在这个基础上开始向革命文学的门槛迈步。许杰在这个转型阶段来到南洋，一踏入报界，便尝试把他信奉的革命文学思想实践在这块贫瘠的文学土壤上。

三、许杰主编的文艺副刊《枯岛》

许杰于 1928 年 7 月任吉隆坡《益群日报》总编辑后，便开始构思设立文艺副刊。《枯岛》创刊于是年 8 月 23 日，许杰与新马华文文学的关系正式开始。许杰主编《枯岛》长达 59 期之久，他于 1929 年 10 月 6 日离职后，该刊仍继续出版，但风格与立场已迥然相异。

《枯岛》以周刊的形式出版，是一份属于报馆负责编辑的刊物。[①] 它多数时候逢星期四出刊，刊期稳定，从始至终不曾有脱期现象。《枯岛》虽为馆方设立的文艺副刊，但是该刊在每期版头中都列明“枯岛社编”字样。其实“枯岛社”并非实存组织，因为当时新马文坛仍未有纯文艺团体的设立，针对这点，许杰有所解释：

> 主编《枯岛》是我一个人的主张，枯岛社这名字是空的。因为在当时，觉得有一个集体的组织来主编一个刊物比较好些，所以就挂上一个空名目的牌子。[②]

（一）许杰对南洋文艺的批评

从《枯岛》中整理出许杰对南洋文艺的看法，能更具体地了解他对南洋文

① 在 20 世纪二三十年代的新马，“文艺副刊”也称为“文艺附刊”，主要是因为当时的报章并没有主动推出文艺副刊，于是许多文艺爱好者便结合起来向报馆商借版位出版副刊，所以这些副刊都是附设于报馆的私人产物，主权非属报馆，这是早期新马文艺艰辛而独特的一面。

② 针对这个问题，笔者曾于 1983 年于新加坡去函向上海的许杰先生请教，他于那年 10 月 16 日给笔者的复函中回答了这个问题。

艺的工作步骤与理想。许杰对20世纪20年代新马华文文艺的看法，零星散落地反映在他主编的《枯岛》编后话中。这些观点，可以归纳为三部分予以说明。

1. 新马文艺充塞个人主义色彩

许杰认为20世纪20年代新马文坛浓厚的个人主义色彩是与整个时代潮流不相配合的。他批评道：

> 编者近日觉到，个人主义的浪漫主义色彩的文字，是充满南洋，至少是投到枯岛里来的稿子，社会的、革命的，总不及自我表现的牢骚式的文章来得多。①

在个人主义范畴内，许杰发现恋爱题材至为普遍，已经成为一种时髦。他多次强调，这种狭隘的爱情故事是落伍的，并提醒作者在热火朝天的时代中应该抛弃这种欲望。以下是其中一则典型的例子：

> 在这里，编者得不客气地说起，这便是南洋的文化落后的现象。因为文艺是代表时代的，文艺的作者更可以代表时代，在国内，恋爱文学已成为明日黄花了，革命文学是因着革命潮流在澎湃激进着……但是在南洋，我们的文艺青年，却还留滞在恋爱文学的境域里面没有进步，这不是很可惜的吗?②

2. 文艺界思想闭塞

在许杰眼中，一般南洋文化人的思想闭塞，落后的观念弥漫社会。对文艺界抱残守缺、食古不化、藐视新文艺、新语文的现象，对此，许杰也有过激烈的批评。他说：

> 在现在，旧思想把整个的南岛的社会与人心笼罩着。她并不是一层容易划得破的薄膜，她是一层比老水牛皮还坚韧的厚皮，我们应该何等用力去攻破呵！便是退一百步说，文学的思想，还是迟一步。而文学的形式，是国语文的势力与应用是如何情形呢？说到这里，那是更灰心了。在社会上，在文化机关的学校中，到处能听见注重古文、提倡文言的风声，社会上应用的文字，似通非通的四六文、八股文体满坑满谷地充斥着。至于在报馆，还有看不懂语体文、看不懂标点符号的意义的编辑，你看是不是糟透了的社会呢?③

---

① 《枯岛》第18期编后话《尾巴的尾巴》，《益群日报》，1928年12月31日。
② 《枯岛》第5期编后话《尾巴的尾巴》，《益群日报》，1928年9月20日。
③ 《枯岛》第9期编后话《尾巴的尾巴》，《益群日报》，1928年10月18日。

许杰在文艺副刊中所作的抨击，说明在闭塞的南洋社会要推动文艺的发展，必须付出加倍的代价。同时，他也批评南洋文艺界无法清楚地认识、掌握文学的积极社会功能，仅把文学视为消遣品。

3. 南洋文坛缺乏凝聚力

20世纪20年代的南洋文坛，除报刊的文艺副刊外，没有独立发行的文艺杂志，也缺乏完善的文学组织负起推动文艺的重任。许杰明白南洋文坛这种力量单薄、散漫的现象无法使文艺在当地社会发挥功能，所以对当时以报章副刊为主体的南洋文学表示悲观，并提醒文艺界尽早解决这一问题。他曾以统计数目说明报章文艺副刊虽多，可是南洋社会因交通落后、文化程度等关系而无法赢取庞大的读者群。他认为只有把各大小城镇的文艺青年组织起来，出版独立刊物，形成一个交流中心，编织共同的文学理想，南洋文艺才有希望。许杰在多次编后话中表达了这种看法。许杰认为，南洋文艺副刊的基础薄弱，所以应该把其中的好作者集合于统一阵线下，这样更能使作品传播久远，也更能突出其代表性。他说：

> 据编者所晓得……马来半岛各报的附刊，有几个文艺附刊，还是不错的。譬如椰林、椰风、文艺周刊、文艺三日刊、光华杂志、星火等都是。我们不敢说这许多刊物的作品都好，都能代表……的文艺，但如果能把这许多刊物的作者、作品都汇集起来……不是更能代表南洋的文艺吗?①

散漫、闭塞、落后、喜爱抒发个人悲怨，是许杰对南洋文坛直接的观感。他的看法大致勾画出当时文坛的疲弱面，也符合他一直以来以文艺服务社会的主张。《枯岛》的编辑方针可以说是许杰在总结南洋文艺的缺点的基础上建立起来的。

(二)《枯岛》的文艺理想与特色

许杰到马来亚一个多月后，立刻投入当地文学的推广与建设工作。他所主编的纯文艺副刊《枯岛》，在那时期的新马华文文学史中占有重要地位。从该刊的发刊词、编后话及若干编者、作者所撰写的文字中，可以把《枯岛》的创刊宗旨归纳为三：

1. 在南洋提倡革命文学

据现存史料分析，许杰主编的《枯岛》是南洋第一个鲜明地在创刊宗旨上

---

① 这段引文见《枯岛》第50期编后话《尾巴的尾巴》，《益群日报》(1929年8月2日)。在这段引文，“……的文艺”部分中的虚线是编者许杰所加的，这种以虚线来代替某些敏感字眼的做法，在当时南洋副刊中极为普遍，主要是避免引起英国殖民地华民政务司的责问。避开敏感字眼，有时还能相安无事，有时却仍逃不过当局的尺度，使作者面对警告、逮捕或驱逐的命运。

宣扬倡导革命文学，并且在创作上也贯彻这种主张的纯文艺副刊。除创刊词外，该刊不断在各期编后话中直接阐明建设革命文学的决心。这种积极推动文艺思潮的动机，是同时期的文艺副刊所欠缺的。《枯岛》创刊词明确表示，该刊的立场是站在下层社会的阵线上反抗上层社会。“反抗”与“同情”，是它的出发点。它说：

> 朋友们，现在不是无聊的时候，现在的任务是在干。敷衍、出风头，不是青年的事；懦弱，屈伏也是奴隶行为；卖友，借他人的威风，长自己的声势，也是奴性的表现。我们要求的是对于下层社会的同情，和对于上层建筑的反抗。①

编者在创刊号的编后话中也清楚地表明“同情”与“反抗”是该刊选稿的标准，这也是革命文学的基本要求。第七期编后话指出，文学是改造社会的另一种武器，他呼吁青年利用文学，走向改革社会的革命道路。许杰提倡革命文学的理想，在第十五期后更为强烈。编者在编后话中直接认定革命文学是世界文学的总趋势，而《枯岛》要竖立的正是革命文学的大旗。它说：

> 编者相信《枯岛》所抱的使命，现在是没有错的……在《枯岛》上发表文章的朋友，都是联合在一条战线上的朋友。编者在《枯岛》第一期上曾提出简单的标语，即同情与反抗。同情的自然是被压迫阶级，被压迫民众。而反抗的当然是同情阶级的敌人了。从同情与反抗两层精神出发，于是我们在南洋的文艺界中树起了一支革命文学的大旗，在这大旗底下，站着许多努力战斗的青年……若是有人问南洋的文艺大道是什么，我说，无他，同世界现时所趋向所应走的大道是革命文学。②

2. 提倡具南洋色彩的文学

《枯岛》不仅具体提出了倡导革命文学的纲领，还呼吁作者结合新马社会现实，创作具南洋色彩的作品，使革命文学不至于成为中国革命文学的翻版。至少，该刊的这种发言，初步提出了革命文学马来亚化的概念。

许杰认为，《枯岛》不仅负有革命文学的使命，也必须承担起提倡南洋文化色彩的任务。这反映了许杰推广文艺的灵活性，他认识到每一时空的条件不同，没有把当时流行于中国的革命文学理论全盘搬套于南洋，而是强调这些理论需要结合当地的现实，以创造具地方个性的革命文学作品。这种想法，在当下的新马

---

① 《枯岛》创刊号《枯岛题辞》，署名“士仁”，即许杰笔名，《益群日报》，1928 年 8 月 23 日。

② 《枯岛》创刊号《枯岛题辞》，署名“士仁”，即许杰笔名，《益群日报》，1928 年 8 月 23 日。

文坛是前卫的。他说：

> （革命文学）的内容，也与世界的一切文艺一样，有他的特有的“时代精神”与“地方色彩”。时代精神所负的使命怎样？地方色彩所负的使命怎样？请聪明的读者自己想。在南洋，是负有两层的文艺运动呀！①

为了使南洋的革命文学具有独特性，许杰初步的做法是尽量不发表以中国时空为题材的作品。他曾提过《枯岛》不剪外稿，便是力求《枯岛》地方化的手段之一。提出革命文学南洋化的理想为当时新马多数革命文学副刊所忽略，《枯岛》把它纳为任务之一，便具特殊意义。《枯岛》第十期的编后话说：

> 南洋有南洋底历史、风物、人情、风景，作者不要何如穷搜远处，是俯首即拾底东西，譬如土人的情形，土人底恋爱、情欲、生活等等。中国人在这里的情形、生活等等，各色人在这里的措施、影响等等，都是绝好的题材。
>
> 文学是要有地方色彩的。譬如我们一说到南洋，便觉有椰林、高树、旷野、草屋、牛车等等出现在我们的脑际。如果作者能够把这种地方色彩把捉住，表现在文艺里，那便是绝好的文艺了。因为《枯岛》的产地，是在南洋，所以《枯岛》应该负创作、栽培有南洋色彩的文艺的使命。对于这一层，编者也是极端地希望，在《枯岛》上有很好的收成。②

3. 建立南洋文艺中心

许杰创办《枯岛》的另一大动机，便是希望它成为南洋的文艺中心，这显然具有推广与团结南洋文艺的作用。《枯岛》的这种目标，在第八期编后话中已表露无遗：

> 枯岛的篇幅虽然很小，但他却有很大的野心，想极的造成南岛的文艺青年发表的中心，虽然一时做不到，但总想努力做到；还望南岛的文艺青年努力。③

使《枯岛》成为南洋文艺中心的理想，迅速得到马来半岛各城镇文艺作者

---

① 《枯岛》第15期编后话《尾巴的尾巴》，《益群日报》，1928年11月30日。

② 《枯岛》第10期编后话《尾巴的尾巴》，《益群日报》，1928年10月25日。

③ 《枯岛》第8期编后话《尾巴的尾巴》，《益群日报》，1928年10月11日。

的响应，让他们陆续到《枯岛》上耕耘。这种现象在文风尚闭塞的20年代的新马文坛是极少见的。随着各地区作者的投稿增多，初步实现了《枯岛》成为南洋文艺中心的构想。

但《枯岛》出版至四十期后，许杰对成立南洋文艺中心的看法略有调整。他主张要建立真正的南洋文艺中心，应摆脱对报章文艺副刊的依赖，积极发展独立的文学杂志，认为这更能集中作者和作品，扩大读者群。这时的《枯岛》在设立“南洋文艺中心”课题上所扮演的角色便有了改变，它不再坚持使自己成为一个南洋文艺中心，而改当倡导者的角色，它希望文艺界都到《枯岛》上去讨论，为这个文艺理想提出具体的方案。编者在第四十期的编后话中说：

> 近年来南洋各报纸底文艺附刊，真是蓬勃极了，这当然是一个可喜的现象。不过，每每因为是报纸的附刊，所以阅到的人，仅仅是及到定阅某乙种报纸的范围的小部分，此其一；其二，也因为是报纸的附刊，所以便不太有人注意。因为这两层原因，所以“南洋的文坛”或者“南洋的文学”等名词已经叫得很好听了，但还是没有一个可以代表南洋的，以及可以供多数的南洋的青年阅读的，为他们底阅读及发表的中心的东西。对于这么大的重任，本刊只能提倡，或说呐喊就是了。[①]

编者在《枯岛》发出呼吁后，便有不少作者陆续在该刊撰文，提出各种建设南洋文艺中心的意见，相关的文章共有七篇，[②]《枯岛》倡导建设文艺中心的宗旨，终于初见成效。

不论《枯岛》办刊的宗旨是团结、组织文艺界还是倡导南洋色彩，它的主线仍是维系在推广革命文艺思想上的。在同时期的新马文艺副刊中，具备这种文学理想的，《枯岛》是一个异数。

四、许杰在新马华文文学史上的地位

许杰于1928年7月抵达马来亚的吉隆坡，1929年10月，辞职返回中国，前后逗留一年三个月。这段期间，他担任吉隆坡《益群日报》总编辑，除撰写社评、编辑新闻之外，还在该报主编文艺副刊《枯岛》。报馆以外，他极少参与其他活动。

许杰虽然于动身前并没有预设具体的美好计划，以便南来一展其文学抱负，

---

① 《枯岛》第40期编后话《尾巴的尾巴》，《益群日报》，1929年5月23日。

② 这些文章包括：①陶醉致给编者的信，刊于《枯岛》第45期，1929年6月27日；②③陈一萍的《致枯岛编者》、壮一的《文坛上的呐喊》刊于《枯岛》第46期，1929年7月4日；④⑤一萍的《一个建议》、陈任天的《致枯岛同仁》刊于《枯岛》第49期，1929年7月25日；⑥光滔的《关于“一个建议”》，刊于第54期，1929年8月29日；⑦万箭的《枯岛的回声》，刊于第55期，1929年9月5日。

但他在居留南洋期间，却切切实实地为当地文化撒下了新兴文学的苗种，在当地文艺耕夫的配合下，虽没有即时结出繁花盛果，但这种文艺思潮的引介，对当时尚处于萌芽阶段的华文文艺产生了兴波起浪的作用。

到目前为止，有关新马华文文学的研究文字，论及许杰对新马文化贡献的为数不多，苗秀的《马华文艺史话》甚至完全未提及许杰与新马新兴文艺的关系；Wong Seng Tong 的《1919 至 1941 年中国文学运动对马华文学的影响》一书，有两个章节涉及普罗文学的讨论，也未曾提到许杰主编的《枯岛》及他对新马新兴文学的贡献；此外，郑文通写于 1935 年的《十二年来的马来亚文坛》一文，亦没有谈到这点。①

欲评价许杰对新马文艺的贡献，应扣紧新马文艺思潮的发展以及这些南来作家实际参与推动文艺活动这两点，再比较当时其他文艺副刊的表现，才能作出较合理的判断。

综观许杰在新马文学活动中的表现，下列三点是必须肯定的。

（一）在逆境中推广革命文学

20 世纪 20 年代在中国倡导革命文学，需要面对国民党政府的压力与取缔。国民党政府虽无法支配南洋的政治与文艺，但英殖民地政府在这方面的严厉管制却不遑多让。许杰在《益群日报》工作期间，多次因文字、观点问题不为英殖民当局所接受而被传讯警告。梁上苑曾经在述及许杰当时的困难时说：

> 他来到这文化沙漠，看不惯殖民主义的横蛮统治，常常撰写社论加以抨击，同时又在报纸上增辟《枯岛》等副刊，给进步青年提供了学习写作和发表言论的园地。为此，他曾多次被英帝当局的华民政务司传讯警告，这反证了他的工作，已刺痛敌人，也好像在一潭死水中投进石块，发生震荡，起了一定的推动作用……他曾经提过他当时的困难处境，也曾表示可能被驱逐出境。②

20 世纪 20 年代末期，新马文艺界发生过不少文字案，导致不少报刊、编者被驱逐出境。据 N. J. Ryan 的分析，1930 年，海峡殖民地新总督 Sir Cecil Clementi 自香港到新加坡上任，当下便禁止中国政党在新马活动，并管制华校以

---

① Wong Seng Tong 的《1919 至 1941 年中国文学运动对马华文学的影响》为作者在 1978 年写于威斯康星大学（The University of Wisconsin）的博士论文，原文以英文书写，题为“The impact of China Literature Movements on Malayan's Vernacular Chinese Literature from 1919 to 1941”，1981 年由 University Microfilms International 影印出版。郑文通的文章则发表于新加坡的《南洋商报》（1935 年 9 月 6 日）。

② 梁上苑，即《枯岛》作者梁育莲，后返回中国居于北京。本段出自梁氏所撰《重拾五十年前的交情——回忆我和许杰在南洋的一段交往》一文，刊登于香港《大公报》副刊《大公园》（1983 年 4 月 22 日）。

及一切印刷品。又据 Rupert Emerson 统计，第一次世界大战前，新马每年被驱逐出境者平均是 817 人；而 1928 年至 1931 年，增加到每年平均 1 528 人。[①]

文字案的发生，是革命文艺思潮发展的阻力。许杰在各种客观条件的限制以及困扰下，仍尽量通过多种渠道实现革命文学的理想，在这个行动上他付出了十分的勇气，使《枯岛》在新马革命文学思潮的发展史上居于主导地位。

虽然，在《枯岛》创刊之前新马华文文坛已零星地出现带有反殖民地情绪的革命性作品，但没有一个纯文艺副刊直接以鼓吹革命文学为宗旨，所以《枯岛》率先打着推广革命文学的鲜明大旗出刊，便肯定了它在文学史上的意义，这点可能是许杰当初没有估计到的。

就文学的发展而言，《枯岛》创刊于其时，是新马革命文学进入转型期的一个分水岭。自《枯岛》发出倡导革命文学的宣言后，当地各大报章相继推出文艺副刊，打出同样的旗号，革命文艺思潮才在文坛上形成一股气势。根据笔者统计，新马革命文艺副刊的作者群，也以《枯岛》最大，它是同类副刊中最能广泛罗致各地主要作者的刊物。自始至终，它都在理论上正面推广新兴意识，在创作上又结合新马的社会现实，产生了不少具有南洋色彩的新兴文学作品。

（二）开发荒芜的中马文艺

20 世纪二三十年代的新马，以海峡殖民地的新加坡和槟城为文化重镇。当时在政治上，吉隆坡属于马来属邦，政治和经经上的重要性不及新、槟，文化上自然较不活跃。1927—1933 年，新马出版的华文报章约计 11 家，其中只有《益群日报》、《中华晨报》是在吉隆坡出版。《中华晨报》不设文艺副刊，许杰担任《益群日报》总编辑前，该报也无文艺副刊，足见中马文艺（中马即指马来半岛中部，包括雪兰莪、叱叻和森美兰等州）之荒芜。所以当许杰于 1928 年在该报设立《枯岛》，且倡导新兴文艺思潮时，不但立即成为马来亚中部地区文艺副刊的中心，还成为新马文艺副刊的新焦点。据统计，《枯岛》的二十余篇理论，占

---

① 就笔者根据旧报章资料整理所得，当时因报道不利于英帝国主义言论而被英殖民地勒令停刊的报刊有：①1929 年 11 月，《南洋时报》因发表纪念“济南惨案”文字而被停刊，这次停刊事件直接导致该报于 1930 年 8 月收盘；②1930 年 5 月 2 日，《民国日报》也因纪念“济南惨案”而被停刊两个月；③《光华日报》于 1930 年 5 月 24 日推出“革命的五月”特刊而被停刊三个月；④1930 年 10 月 4 日及 5 日，《星洲日报》副刊《繁星》发表话剧《十字街头》导致该刊主编林仙峤被解出境；⑤1931 年 11 月至 12 月，《民国日报》副刊《公共园地》被指鼓吹抗日，该刊主编马蝶影被迫离新赴港；⑥1932年 5 月，陈慧聆主编的《南洋文艺》杂志创刊后，被殖民地政府认为在“文字上有煽惑人心之嫌”而被列为禁书没收，主编陈慧聆被勒令出境；⑦1930 年，《叻报》亦发生一宗文字案，导致若干编辑人员更换。N. J. Ryan 的资料见“The Making of Modern Malaya”，页 170；R. Emerson 资料见“Malaysia”，页 508。

当时新马革命文学副刊理论文字总和的1/4强，① 而且在这种理论的介绍上远较其他文艺副刊更具系统，这就更强化了《枯岛》在新马“革命文学”上的领导地位。

纵使撇开革命文艺思潮不谈，许杰在开拓吉隆坡的华文文艺上，仍具有相当的贡献。特别是他作为报刊的总编辑，有一定的权力直接鼓吹创办文艺副刊，风气一开，自此中马文艺便日渐繁华。许杰离开《益群日报》至该报于30年代停刊这数年当中，总共推出了《蕉叶》、《海雁》、《绿星》、《热风》、《雁声》五个文艺副刊，这可以说是许杰在该报首创文艺副刊所产生的反响。

（三）提出凝聚南洋文艺界的构想

许杰在主编报章文艺副刊时，了解到以当时南洋落后的交通及文化，要通过销售量有限的报章以达到团结与推广文艺之目的，成效有限。他同时也注意到各报章文艺副刊各自为政的散漫现象——当时多数的副刊只是几个好友用以发表自己作品的园地，作者及读者群都极其有限。他以为要发展南洋的文艺，非凝聚南北各城镇的作者不可。所以他在主编《枯岛》期间，曾多次提出这种见解，并获得了当时文艺界的支持，并在该刊积极讨论以寻求解决方案。许杰的这种构想与行动，就20世纪20年代尚未成气候的新马华文文坛而言，是别致且具意义的，因为这种构想的最终目的是沟通不相往来的文艺界，集中更大的力量，达到更大的发挥。

《枯岛》是新马新兴文艺副刊中，拥有最多的知名革命文学作者辛勤耕耘的副刊。当时，其他重要的革命文学副刊如《椰风》、《椰林》、《野葩》等，都无法把当时的重要作者集于旗下，这也形成了《枯岛》的特点。除吉隆坡外，新加坡、槟城、印度尼西亚的积极新兴作者，如杨实夫、依夫、姗姗、旧燕、狂涛、慧聆、陶醉等都群聚于《枯岛》，使《枯岛》阵容更为壮大。

从目前已知的史料来看，新马华文文学史上的首个纯文艺杂志《南洋文艺》，创刊于1932年，距离许杰于《枯岛》提出创办独立性文艺杂志的构想，仅三年左右的时间，且该刊编者陈慧聆亦是《枯岛》的作者之一。在一定程度上，《南洋文艺》的创刊，应该或多或少得到《枯岛》讨论的这个课题的启示。

第二次世界大战前，郁达夫、胡愈之、杨骚（1901—1956）、吴天

---

① 据笔者整理出的资料，《枯岛》于1928年8月3日创刊后，新马各地在办刊宗旨及创作上标榜倡导革命文学的刊物主要有《南洋时报》的《混沌》（创刊于1928年9月6日）；《槟城新报》的《椰风》、《狂涛》、《现实》、《碧野》（先后创刊于1929—1930年）；《光华日报》的《摩洛》（创刊于1930年12月4日）、《蜕变》（创刊于1931年1月17日）；《叻报》的《椰林》（创刊于1928年12月30日）、《奠基》（创刊于1930年1月17日）；《星洲日报》的《野葩》（创刊于1930年1月22日）、《文艺工场》（创刊于1930年8月30日）。根据笔者的统计，20世纪20年代末至30年代初的新马革命文艺的理论文字，共计有80余篇。

（1913—?）、艾芜、巴金、老舍、洪灵菲、王任叔（1901—1972）、马宁、陈残云（1914—2002）、高云览（1910—1956）等一批成名中国作家，先后南下新马，与当地文坛发生了不同程度的关系，在这些人当中，以胡愈之、王任叔、吴天和郁达夫等人在文艺界所累积的成绩比较可观，余者的贡献，焦点在创作，而非文艺的编辑与推广工作。

把时间再往前推移，在20世纪30年代以前的新马文坛，南下的知名中国作家相对较少，他们在当地文坛所做的工作，更为文史家所忽略。在这个阶段南下的中国作家对南洋文艺的贡献较多，提供过养料的应数许杰与吴天二人。

许多研究新马华文文艺的论文，虽提及许杰的名字，但很少从推广一个时代的文艺思潮及参与实际的文艺活动这两方面作对比研究，给许杰一个适当的评价。这或许是由于许杰个人知名度的关系，也可能是《益群日报》这份史料被发现较晚的缘故，因此，许多事实没有被呈现与肯定，这对一位曾经默默努力耕耘的南来作家而言，毕竟是一件不公平的事。

五、结　语

目前，有关评价许杰在新马文坛贡献的论说，主要有下列数家：

方修在《马华新文学史稿》中，从地区文艺角度出发，肯定了许杰对中马文艺的贡献，但并没有从整个革命文艺在新马的发展，给《枯岛》一个更具体的说明。他说：

> 他（许杰）出任《益群日报》主编，发刊《枯岛》副刊，一时成为中马一带新兴文学运动的发难者，厥功至伟。[①]

温梓川（1911—1986）曾为文断定许杰对新马文坛所起的作用不如郁达夫，但没有提出论断的根据。他说：

> 郁达夫对于马华文坛，起过相当大的鼓舞作用，较之前前来主持吉隆坡《益群日报》笔政的中国作家许杰，实有过之无不及。许氏旅马数年，并无多大的影响，返沪后，出版了一册《椰子与榴梿》散文集。可以说是他在马来亚的收获。[②]

郁达夫于1938年南来新加坡，主编《星洲日报》的文艺副刊《晨星》，挟持着个人的高知名度，且南来工作表现出积极的爱国精神，一时造成很大气势。

① 方修：《马华新文学史稿》（修订本上卷），新加坡：世界书局，1975年版，页129。

② 见温梓川《马华文坛二十五年》一文，收于赵戎编《新马华文文学大系》史料集，页29。按：温梓川在文中说：许杰“旅马数年”。根据史料，许杰居留吉隆坡的具体时间是一年三个月。

不过，郁达夫并没有在文艺理论的推动上留下动人的颜彩，主要成绩是在鼓吹抗日文艺上。在不同时空下去衡量两位作家的影响是一种冒险的行为，为能作出持平的论断，应让个别作家回到他所处的时空去评价他所做过的实际工作，当更平实具体。

此外，林万菁在《中国作家在新加坡及其影响》以一百左右的文字引述方修对许氏的评价，简介了许杰在新马的活动，[①] 没有点评《枯岛》在整个新马新兴文艺发展上的意义。

杨松年的《益群日报的〈枯岛〉》一文，是目前对许杰在南洋文坛活动分析得最为具体的文字，他这样评价《枯岛》：

> 新马华文文学的早期重镇是新加坡和槟城，直至20年代末期，吉隆坡才慢慢崭露头角，《益群日报》的文艺副刊《枯岛》的出现，给中马文艺活动带来一个新纪元。
>
> 毫无疑问的，《枯岛》的办刊态度是认真的，编者有他本身的理想，并且能通过他在副刊的呼吁，他的选稿来实践他的主张，……对于投来的稿件，也能以他的文艺观就稿论稿，难怪《枯岛》能成为当时中马的中坚副刊，成为战前新马华文文学的一个突出的文艺副刊。[②]

黄傲云在《中国作家与南洋》一书中并未提及许杰与南洋的关系，该书中的《中国文学的南洋色彩》一文认为，中国作家的南洋作品在地方色彩上缺乏广度或深度，显然忽略了许杰以南洋文化、社会、人物为背景写成的散文集《椰子与榴梿》、中篇小说《马戏班》以及短篇小说《锡矿场》这一事实。[③]

许杰南来的时间虽然短暂，但在新马华文文学的发展史上留下许多值得记录的脚印，特别是在新马新兴文艺思潮史上的地位，更是不容忽视。他把旅居马来亚期间所观察收集的题材，创作成不少以南洋为背景的作品，全收入散文集《椰子与榴梿》及小说集《马戏班》和《锡矿场》中，在个人的创作路程上留下了另一型别致的色彩。

许杰在20世纪20年代南下马来半岛，他所主编的《枯岛》成为新马第一个在办刊宗旨上宣扬倡导“革命文学”的纯文艺副刊。该刊不仅发表了不少理论，而且力求在创作上实践“革命文学”的主张。许杰还提出了“革命文学”马来亚化的看法，这种见解更巩固了他在当地倡导“革命文学”的地位。《枯岛》凝

---

① 参见林万菁：《中国作家在新加坡及其影响（1927—1948）》，新加坡：万里书局，1978年版，页25。

② 杨松年：《马来亚战前文艺副刊研究：益群日报的〈枯岛〉》，收于《人文与社会科学论文集》第2期，页35及53。

③ 参见黄傲云：《中国作家与南洋》，页75—76。

聚了新马各地的积极文艺分子，加强了该刊的实力，使它成为新马“革命文学”的重镇。

作为一个中国作家，许杰与新马华文文学的关系这一事实也应作为考虑评价许杰文学历程的重要因素。这种涉及两地文学关系的研究，已成为一个特别的领域。五四以来，许多中国作家在不同的条件与背景下和新马华文文学发生关系，在参与程度上亦有所不同。看来评价一个现代作家的表现，已不能局限于中国的范围，他们在其他空间对同一语系文学所起的推广与交流作用，留下了许多值得探讨的内容，现代中国文学的研究应该针对这点投入更多的关注。许杰在南下新马的作家群中，属于前行者之一，他对海外华文文艺思潮的推动有着不可漠视的成绩，在沟通中国与南洋的文学交流方面的分量，也应计算到对他的文学评估上。

参考文献

一、著作

方修：《马华文艺思潮的演变》，新加坡：万里文化企业，1970 年版。

方修：《马华新文学大系》（十册），新加坡：世界书局，1971—1972 年版。

方修：《马华新文学史稿》（三册），新加坡：世界书局，1962—1965 年版。

方修：《马华新文学简史》，新加坡：万里文化企业，1974 年版。

方修：《张天白作品选》，新加坡：上海书局，1980 年版。

宋哲美：《星马教育论文集》，东南亚研究所，1974 年版。

林万菁：《中国作家在新加坡及其影响 1927—1948》，新加坡：万里书局，1978 年版。

黄傲云：《中国作家与南洋》，香港：科华图书出版公司，1986 年版。

杨松年、周维介合著：《新加坡早期华文报章文艺副刊研究 1927—1930》，新加坡：教育出版社，1980 年版。

苗秀：《马华文艺史话》，新加坡：青年书局，1970 年版。

Emerson，Rupert. *Malaysia*，New York：Macmillan Co.，1977.

Ryan，N. Joseph，*The Making of Modern Malaya*，Kuala Lumpur：Oxford University Press，1963.

二、论文

许杰：《坎坷道路上的足迹》，《新文学史料》，1983 年第 1 期（3 月）至 1986 年第 1 期（3 月）。

梁上苑：《重拾五十年前的交情——回忆我和许杰先生在南洋的一段交往》，香港《大公报》副刊《大公园》，1983 年 4 月 22 日。

杨松年：《马来亚早期文艺副刊研究——〈益群日报〉的〈枯岛〉》，《人文与社会科学论文集》，1982 年第 2 期。

杨松年：《益群日报文艺副刊〈枯岛〉编者》，新加坡《南洋商报》副刊《人文》，1982

年 11 月 15 日。

1928—1929 年的吉隆坡《益群日报》。

Wong Seng Tong, *The impact of China Literature Movements on Malayan' Vernacular Chinese Literature from* 1919 *to* 1941, University Microfilms International, 1981 年影印版。

三、书信/访谈

1983 年 4 月至 1986 年 4 月许杰致笔者函 13 通。

1984 年 7 月至 1986 年 4 月马宁致笔者函 3 通。

1984 年 11 月至 12 月梁上苑致笔者函 2 通。

1984 年 12 月 4 日至 11 日笔者在上海华东师大二村的许杰寓所访谈录音带。

“只要”和“只有”的句法语义探析*

徐秀芬

一、问题的提出

关于连词“只要”和“只有”，一般的工具书或是语言专著对它们的解释往往只局限在逻辑语义范围：“只要”表示充足条件，“只有”表示唯一条件。[①]“只要”表示有这样的条件就行了，后面常用“就”、“便”跟它相配；“只有”表示所讲的条件是最根本的、最有决定性的条件，后面常要求用“才”和它相呼应。[②] 邢福义在《汉语复句研究》中也谈到，这两个词在逻辑基础和表达作用上的实际区别是大有文章的。[③] 我们认为这两个词的差别不仅仅体现在逻辑语义上，毕竟我们在说话和写文章的时候，很少先从严密的逻辑角度将客观事物间的条件联系先细分为充分（充足）条件、必要条件和充分必要条件，然后才决定是用“只要”还是“只有”。本文主要从句法语义的角度分析“只要”和“只有”，力图能对二者的描写和解释作一深入补充。

二、句法表现

“只要”和“只有”都可以连接两个或两个以上的分句，根据连接分句的数量，分为基本形式和扩展形式。基本形式是指由两个分句构成，前一个分句表示条件，后一个分句表示相应的结果，也即“只要”和“就”、“只有”和“才”配搭成为联结两个分句的关联词语。扩展形式主要是指引起结果的条件分句不止一个，可以有两个或两个以上的条件分句；或者由同一条件引起的结果不止一个，可以是两个或两个以上的结果，扩展形式的条件复句通常是由三个或三个以上的分句构成的。

---

* 本文原为笔者博士论文《现代汉语因果复句研究》（2006 年）中的第四章《条件性因果关系复句》，部分内容、文字曾作改动。

① 北京大学中文系 1955、1957 级语言班：《现代汉语虚词例释》，北京：商务印书馆，1996 年版，页 552。

② 马真：《现代汉语虚词研究方法论》，北京：商务印书馆，2004 年版，页 183。

③ 邢福义：《汉语复句研究》，北京：商务印书馆，2001 年版，页 94。

(一)“只要”的句法表现

1. 基本形式

基本形式相对来说比较简单，数量也最多，例如：

(1) 只要我们团结一致，就没有战胜不了的困难……(莫言《丰乳肥臀》)

(2) 只要你自己不甘寂寞，你就不会有寂寞那一天的。(梁晓声《表弟》)

2. 扩展形式

扩展形式具体包括以下五种情况：

(1) 条件加合：是指两个或两个以上的条件合而为真，才会出现结果的产生。例如：

(3) 只要城市里还有“荒”可拾，而这些“荒”的价值远大于地少人多的农村所付出同样劳动的所得，就肯定有柳老大们涌进城里拾荒。(阎欣宁《毁灭的庄园》)

(4) 只要大家都无聊地呆家里无所事事，只要是刚喝了两杯，又只要是没有什么小帅哥老帅哥的让她们品头品足，她们就爱拿我的文字来开涮。(旻旻《酒杯里跳舞的女人》)

(5) 翟医生想着只要和心爱的红霞有套属于自己的房子，生个可爱的孩子，真的一生都感到知足。(心海《没有任何痕迹》)

上述例(3)和例(4)中有表示并列义的连接词“而”和“又”，我们在理解例(5)的过程中，可以在表示条件的两个分句之间加上“然后”，以凸显加合义：“翟医生想着只要和心爱的红霞有套属于自己的房子，然后生个可爱的孩子，真的一生都感到知足。”

(2) 条件并行：条件并行是指两个或两个以上条件分别引起同一个结果的产生。例如：

(6a) 你只要常看报，或常走过中山公园，就会一次两次地看见这种展览会的记载或广告的。(朱自清《集外》)

(7a) 穷苦的人群挣扎在边缘上，只要有一场旷日持久的大旱，只要冬天不下大雪无法填满那种不可思议的水窖，只要夏天在遍野稀疏的庄稼地上落一场冰雹，就会跌下边缘，由苟活坠下死亡的边缘。(张承

志《心灵史》)

(8a) 只要你写作，或者你曾经在杂志社呆过，你就会知道那是一场骗人的把戏。(周洁茹《西边》)

该种格式可以变换成“只要 p1，就 q；只要 p2，就 q；（只要 p3，就q）……”：

(6b) 你只要常看报，就会一次两次地看见这种展览会的记载或广告的；你只要走过中山公园，就会一次两次地看见这种展览会的记载或广告的。

(7b) 穷苦的人群挣扎在边缘上，只要有一场旷日持久的大旱，就会跌下边缘，由苟活坠下死亡的边缘；只要冬天不下大雪无法填满那种不可思议的水窖，就会跌下边缘，由苟活坠下死亡的边缘；只要夏天在遍野稀疏的庄稼地上落一场冰雹，就会跌下边缘，由苟活坠下死亡的边缘。

(8b) 只要你写作，你就会知道那是一场骗人的把戏；只要你曾经在杂志社呆过，你就会知道那是一场骗人的把戏。

(3) 结果加合：是指结果分句由两个并列分句构成，这两个并列分句共同成为前提条件的结果。例如：

(9) 他只要一脱险，马上就想着占有这个妇女，并把这种举动当成一种报答。(张贤亮《绿化树》)

(10) 只要证据确凿，不管什么人犯法都要严办，不要受其他人的干扰。(杨文彬《省委书记》)

(4) 结果并行：是指同一个条件引起了不同的、并行的结果。例如：

(11a) 只要百灵鸟叫起来，工地上就看不见小石匠的影子，菊子姑娘就坐立不安，眼睛四下打量，很快就会扔下锤子溜走。(莫言《透明的红萝卜》)

(12a) 只要他晚来一些，礼堂里这一群狂怒的人即刻就要涌向石门，一群群众相互残杀的悲剧马上就要发生。(路遥《惊心动魄的一幕》)

这种格式可以变换成“只要 p，就 q1；只要 p，就 q2”，意思保持不变：

(11b) 只要百灵鸟叫起来，工地上就看不见小石匠的影子；只要百灵鸟叫起来，菊子姑娘就坐立不安，眼睛四下打量，很快就会扔下锤子溜走。

(12b) 只要他晚来一些，礼堂里这一群狂怒的人即刻就要涌向石门；只要他晚来一些，一群群众相互残杀的悲剧马上就要发生。

(5) 结果连锁：是指出现的两个结果，结果 1 和结果 2 之间存在着条件关系，即结果 1 既是前提条件的结果，又是引起另一结果的条件。例如：

(13a) 只要听到窗纸响，吹灭油灯，黄鼠狼便会走开。（冯骥才《一百个人的十年》）

(14a) 只要他们挨近我，我就朝他们叫一声，他们立刻像老鼠一样飞快地跑掉。(冯骥才《末日夏娃》)

(15a) 只要我在大街上见到电话亭，就会想起大熊，心里就充满了温暖而亲切的感觉。(旻旻《我们都活得太认真》)

这种类型的条件复句可以变换成“只要 p，就 q1；只要 q1，就 q2”。例如：

(13b) 只要听到窗纸响，就吹灭油灯；只要吹灭油灯，黄鼠狼便会走开。

(14b) 只要他们挨近我，我就朝他们叫一声；只要我朝他们叫一声，他们就立刻像老鼠一样飞快地跑掉。

(15b) 只要我在大街上见到电话亭，就会想起大熊；只要想起大熊，心里就充满了温暖而亲切的感觉。

(二)“只有”的句法表现

1. 基本形式

“只有”“才”连接两个分句的例句如下：

(16) 只有他在身边，我心里才稳当。（冯骥才《一百个人的十年》)

(17) 老祖宗的遗训只有成为全民族的德行，才会人人都不失“君子风范”! (梁晓声《京华见闻录》)

(18) 我现在只有看见你，心里才畅快一点。(路遥《人生》)

2. 扩展形式

扩展形式是由两个或两个以上的分句构成，具体包括以下三种情况：

(1) 条件加合：

(19) 只有发挥了大家的积极性，加强了团结，各方面的工作都配合得很好，才能获得这样的成绩。(胡裕树《现代汉语》)

(20) 皮肤算什么？四肢算什么？大肠又算什么？它们都并不太美，只有让它们在一块，轻轻地黏合，在别人的记忆中被想起，才是可贵的啊。(陈家桥《母与子》)

所有的条件加起来共同导致结果的出现，由于"只有"强调条件的唯一性，因此，条件并行分别导致同一结果的可能性就比较小，在我们进行语料收集的过程中，也未发现条件并行的例子。

(2) 结果并行：

(21a) 只有彻底弃拒了羞耻心，人类才能更现代，更进步，更文明。(梁晓声《狡猾是一种冒险》)

(22a) 只有爱惜每一根无名小草，每一颗碧绿的生命，才能紧紧拥抱住整个草原，才能深深感受到它的精神气质，它惊人的忍受力，它求生的渴望，它对美好的不懈追求，它深沉的忧虑，以及它对大地永无猜疑、近似于愚者的赤诚。(冯骥才《一百个人的十年》)

(23a) 经济工作者只有充分利用我国资源和人力，才能尽快缩短我国生产技术水平与世界先进水平的距离，才能迅速地提高整个社会的劳动生产率，加速建设现代化国家的进程。(胡裕树《现代汉语》)

同一个前提条件可以引发不同的结果，此种格式可以变换成"只有 p，才 q1；只有 p，才 q2"，意思保持不变：

(21b) 只有彻底弃拒了羞耻心，人类才能更现代；只有彻底弃拒了羞耻心，人类才能更进步；只有彻底弃拒了羞耻心，人类才能更文明。

(22b) 只有爱惜每一根无名小草，每一颗碧绿的生命，才能紧紧拥抱住整个草原；只有爱惜每一根无名小草，每一颗碧绿的生命，才能深深感受到它的精神气质，它惊人的忍受力，它求生的渴望，它对美好的不懈追求，它深沉的忧虑，以及它对大地永无猜疑、近似于愚者的赤诚。

(23b) 经济工作者只有充分利用我国资源和人力，才能尽快缩短我国生产技术水平与世界先进水平的距离；经济工作者只有充分利用我国资源和人力，才能迅速地提高整个社会的劳动生产率，加速建设现代化国家的进程。

(3) 结果连锁：

(24a) 树长高了，树冠浓密了，它为了争夺那有限的阳光，就必须和树林竞赛。……只有到了上层，它才能获得那充足的宝贵的阳光，才能生存、发展、壮大！(刘先平《夜探红树林》)

(25a) 只有对这些弊端进行有计划、有步骤而又坚决彻底的改革，人民才会信任我们的领导，才会信任党和社会主义，我们的事业才有无限的希望。(邢福义《汉语复句研究》)

同一个前提条件导致两个结果的出现，这两个结果之间又存在条件关系，即结果1是前提条件的结果，同时又是引起另一结果的条件。此种格式可以变换成"只有p，才q1；只有q1，才q2"。例如：

(24b) 只有到了上层，它才能获得那充足的宝贵的阳光；只有获得了充足的宝贵的阳光，才能生存、发展、壮大！

(25b) 只有对这些弊端进行有计划、有步骤而又坚决彻底的改革，人民才会信任我们的领导，才会信任党和社会主义；人民只有信任我们的领导，信任党和社会主义，我们的事业才有无限的希望。

三、语义特征

(一)"只要"连接的分句之间的语义关系

1. 依从顺承关系

依从顺承关系是指当前情况一出现，就会立即出现后一情况，两个事件接续发生，时间上紧接。例如：

(26a) 我坐在书房里，只要客厅有风吹草动，我就会马上出去看看。(池莉《城市包装》)

(27a) 门上有个巴掌大的小门，是看守的监视孔。只要小门一动，犯人们立刻正襟危坐。(冯骥才《一百个人的十年》)

(28a) 只要他听见那"粮食工厂"隆隆的机器声，心中总感到温暖和安慰，而且也和那马达的运转一样，全身洋溢着一种欢快的活力。(张贤亮《河的子孙》)

上述的例句可以变换成"一……就"的格式，意思保持不变：

(26b) 我坐在书房里，客厅一有风吹草动，我就会马上出去看看。

(27b) 门上有个巴掌大的小门，是看守的监视孔。小门一动，犯人们就立刻正襟危坐。

(28b) 他一听见那"粮食工厂"隆隆的机器声，心中就感到温暖和安慰，而且也和那马达的运转一样，全身洋溢着一种欢快的活力。

依从顺承关系从本质上来说，前后两个分句是单纯的先后关系，表示前后活动的一种非确指性，加上"只要……就"这种格式，就将前后分句所表示的活动同化成"条件反射"性。所谓的"条件反射"是心理学上的一个经典试验，是由巴甫洛夫最早提出来的。指一个原是中性的刺激与一个原来就能引起某种反应的刺激相结合，而使动物学会对那个中性刺激做出反应，这就是经典性条件反射的基本内容。[①] 在动物和人的日常生活中，有很多条件反射的例子。假设某人因撞车致伤而担惊受怕过，恐惧和疼痛等无条件反应是在有汽车这一刺激物的情况下引起的，因而汽车也就可能成为一种条件。该人在复原后一见到汽车就可能引起隐约的恐惧感。虽然没有肉体上的疼痛感，却可能产生心理上的痛苦或条件性恐惧。这种心理反应过程显化为语言表达，就是依从顺承条件句。

2. 信号解释关系

信号解释关系是指前一分句表示征兆，后一分句是对前一分句的解释说明。

(29) 只要有号声，就说明自己的儿子还活着。(莫言《儿子的敌人》)

(30) 只要不流血，就不会有问题了。(莫言《牛》)

(31) (一天二十四小时，他们想什么时候用刑，就拉出一个人来，整得鬼哭狼嚎。他们怕外边的人听见声音，就放唱片。有架老式手摇留声机，总是那块唱片，样板戏《红灯记》铁梅唱的那段。) 只要铁梅一唱，不知谁又受刑了。现在又兴唱样板戏了，我一听耳朵就想起那些惨叫。(冯骥才《一百个人的十年》)

信号解释关系，好比符号的能指与所指之间的关系，是人为约定的。例如，作为交通信号的红绿灯，红灯代表禁止通行，绿灯代表允许通行，但红灯、绿灯与它们所代表的事物"禁止通行"、"允许通行"之间并没有必然的因果联系，它们之间的关系是人为约定的。该类复句前后分句之间往往有"说明"、"表明"之类的提示语，表示后一分句是对前一分句的解释。

---

① [美] 布恩·埃克斯特兰德（Ekstrand Bruce R.）编，韩进之、吴福元、张湛等译：《心理学原理和应用》，上海：知识出版社，1985 年版，页 127—128。

3. 因果倚变关系

因果倚变关系是指条件分句是导致结果分句的原因，出现前一分句的情况，相应地就有后面分句所表示的结果。例如：

(32a) 只要他们犯上法，就拿法罩上他们。(冯骥才《一百个人的十年》)

(33a) 只要他在事业上发达兴旺，女人和爱情是不用愁的。(池莉《云破处》)

(34a) 只要广告做得妙，销售前景看好无疑。(梁晓声《激杀》)

因果倚变关系复句，前后两个分句之间的关系有一种潜在的因果关系，该类复句可以变换成“因为……所以”的格式：

(32b) 因为他们犯上法，所以要拿法罩上他们。

(33b) 因为他在事业上发达兴旺，所以女人和爱情是不用愁的。

(34b) 因为广告做得妙，所以销售前景看好无疑。

4. 前提允许关系

前提允许关系是指条件分句是结果分句发生的适宜条件，结果分句是在这个前提许可的情况下给出的相应措施及结论。

(35) 只要这个老家伙一命归天，全部财产都落在你的身上。(奚华《触潮》)

(36) 只要你愿意，明天我就送你去母亲处，那里环境安静，空气新鲜，加上快乐，美丽的春天就要来到，你要不了多少日子身体就会复元。(奚华《触潮》)

(37) 只要他是能够与我谈点什么的，我就可以认可他可以成为我的情人了。(周洁茹《花》)

这种条件——结果关系的实际是，在适宜条件允许下，就达成这种适宜条件的结果。生活中的条件式推理往往具有“条件允许”的意义,[①] 因此，这种条件复句的使用频率也是最高的。

---

① 郑惟尹主编：《心理学经典实验》，台湾：佛光人文社会学院，2004年版，页96。

（二）“只有”连接的分句之间的语义关系

1. 认知顺承关系

认知顺承关系是指前一分句是后一分句的认知基础，没有前一分句，就不会出现后面的结果，前后分句的语义都属于同一语义场，不同的只是事理层次。

(38a) 只有知道了，才能懂得如何去批判，如何去反对。（杨文《省委书记》）

(39a) 无产阶级只有解放了全人类，最后才能解放自己。（冯骥才《铺花歧路》）

此类复句我们可以在条件和结果的分句之间加上关联词语“首先……然后……”：

(38b) 首先要知道，然后才能懂得如何去批判，如何去反对。

(39b) 无产阶级首先要解放了全人类，然后才能解放自己。

2. 条件结果关系

条件结果关系是指前一分句是引发结果的前提，后一分句是在这一前提下产生的结果。例如：

(40) 你只有亲自调查，才会真正搞清楚事故的原因。（王维贤《现代汉语复句新解》）

(41) 只有等新头发长出来，或者一年以后，漂的颜色才会消退。（周洁茹《红》）

(42) 事情只有到达终点，才能判断是非。（冯骥才《末日夏娃》）

3. 因果倚变关系

因果倚变关系是指前后分句之间暗含着事理上的因果关系。例如：

(43a) 只有用力把住门框，才能克服这巨大的浮力。（莫言《儿子的敌人》）

(44a) 只有迎合人们的需要、满足人们的需要，才能把钱赚到手。（张贤亮《青春期》）

此类复句可以变换成“因为……所以……”的格式：

(43b) 因为用力把住门框，所以能克服这巨大的浮力。

(44b) 因为迎合了人们的需要、满足了人们的需要，所以能把钱赚到手。

4. 前提认可关系

前提认可关系是指把前一分句的发生算作、当作是某种结论的必要条件，结果分句是对前提的认可。例如：

(45) 哲合忍耶只有走完了这样一步，才算完成了对自己信仰的抽象。(张承志《心灵史》)

(46) 只有把文革真正送进博物馆，变成一块文化化石，才能说我们永远告别了那个时代。(冯骥才《一百个人的十年》)

此类复句在结果分句里往往有“算作”、“证明”等义的词语，表示前提和结果具有相称性。

四、两者比较

关于“只要……就……”和“只有……才……”的具体用法和差异，前人已经有很多研究，其中邢福义的论述较为全面详尽。“只有……才……”所表示的条件是强制性的。它把某种条件限定为必不可少的、不满足不行的条件，偏重于和必要条件相联系；而“只要……就……”则偏重于和充足条件相联系，表达的是宽容性的条件，着重强调“足够”的一面。①“只有 p，才 q”句式主要用来表达 p 是 q 的必要条件，只有 p 成立，才会出现结果 q；没有条件 p，就没有结果 q。例如：

(47) 只有你去劝她，她才肯来。

(48) 只有坦白交代，才可以从宽处理。

“只要 p，就 q”句式主要用来表达 p 是 q 的充分条件，如果有条件 p，就一定有结果 q；在没有条件 p 的情况下，是否有结果 q 具有不确定性，可能有，也可能没有。例如：

(49) 只要踏实地工作，就会有所成就。

(50) 只要看到他，我就生气。

没有踏实地工作，不代表就一定没有成就，也可能有某种成就，结果具有不确定性；没有看到他，不代表就一定不生气。这种区分主要是从逻辑的角度观察的。

---

① 邢福义：《汉语复句研究》，页 94—101。

"只要"和"只有"除了逻辑上的差异外，我们认为二者在主观性上存在较大的不同。

从"只要"和"只有"所连接分句的语义关系中，我们可以看出两者在主观上的差异性：

"只要"连接的分句语义关系	"只有"连接的分句语义关系
依从顺承关系	认知顺承关系
信号解释关系	条件结果关系
因果倚变关系	因果倚变关系
前提允许关系	前提认可关系

"依从顺承"与"认知顺承"的不同就在于，前者的"条件"和"结果"之间并不存在逻辑事理上的原因和结果关系，完全是说话者认定的条件，带有较强的主观性。例如：

(51) 只要我拿起小说，不要十分钟就准得打瞌睡。(葛广勇《解瑛瑶》)

(52) 人们只要一提起鼠疫，那可真是谈鼠色变，将鼠视为死亡的幽灵。(曾纪鑫《人鼠之战》)

(53) 只有自己对于原则问题具有明确性，才能改正人家的明确。(邢福义《汉语复句研究》)

(54) 只有深入研究，才能有所发现。(邢福义《汉语复句研究》)

例(51)、(52)可以加上主观标记"一定"，说明"只要"更适于标志主观的条件关系，例(53)和(54)添加主观标记难度较大，说明"只有"句更适于标志客观的条件关系。

信号解释关系是"只要"句主观性的另一个重要表现形式。赋予一个信号以特定的意义，完全建立在说话人和听话人的约定俗成的基础之上。例如：

(55) 只要你肯在窗口晃一晃，我就上来找你玩儿。(袁颜《美少年》)

而"只有"句没有这种语义关系，"只有"句的条件和结果关系往往建立在现实的条件关系之上。例如：

(56) 只有铁路修通了，这些木材才运得出去。(吕叔湘《现代汉语八百词》)

另外，一般情况下，"只要"句都可以在结果分句里添加主观标记"一定"，表明言者的说话态度。例如：

(57a) 只要有这种会，他就会出现。(周洁茹《熄灯作伴》)
(58a) 只要我不看见它们，我就会认为它们不存在。(周洁茹《鱼》)

上面的例句加上"一定"，表达语气强烈。例如：

(57b) 只要有这种会，他就一定会出现。
(58b) 只要我不看见它们，我就（会）一定认为它们不存在。

"只有"句体现的是最高条件，[①] 受"才"的语义影响，很难在后续句里添加主观标记。

主观性在"只有"句中也有表现，"前提认可"体现的就是"只有"句的主观性，如我们前面提到的例子："只有把文革真正送进博物馆，变成一块文化化石，才能说我们永远告别了那个时代。"但是这种主观性仍然局限于推理论断，条件分句的信息是得出认可结果的必要条件，不像"只要"句，表示结果的分句可以以反问句的形式表达说话人的强烈情感。例如：

(59) 你只要再提我过去的事，你看我敢不敢？(张贤亮《男人的一半是女人》)
(60) 只要石根先生答应了一声，那么他在"昭和"的地位岂不就更加特殊了么？(梁晓声《激杀》)

这种句式明确指明了言者提出疑问的言语行为，[②] 具有"条件成熟的话，那我们就拭目以待吧"的言语行为义。

五、结　语

"只要"和"只有"的主观性差异不仅影响了句法表现，也能很好地解释为什么"只要"表示"最低条件"、"只有"表示"最高条件"。"只要"是言者对所述条件的主观态度和认识；"只有"表示的条件往往反映客观实际，或是作为结果的唯一推论前提，其信任程度自然要比"只要"所表示的主观认识高。

---

① 徐阳春：《现代汉语复句句式研究》，北京：中国社会科学出版社，2002 年版，页 76。
② 李晋霞、刘云：《"由于"与"既然"的主观性差异》，《中国语文》，2004 年第 2 期（总 299 期），页 125。

参考文献

北京大学中文系1955、1957级语言班：《现代汉语虚词例释》，北京：商务印书馆，1996年版。

陈中干：《现代汉语复句研究》，北京：语文出版社，1995年版。

陈宗明：《现代汉语逻辑初探》，北京：生活·读书·新知三联书店，1979年版。

迟永长：《“只要”表哪种逻辑语义》，《辽宁师范大学学报》（社会科学版），2002年第25卷第1期。

崔希亮：《认知语言学：研究范围和研究方法》，《语言教学与研究》，2002年第5期。

房玉清：《实用汉语语法》，北京：北京语言文化大学出版社，1998年版。

郭春贵：《“只要”与“如果”用法的异同》，《语言教学与研究》，1989年第4期。

郭钟庆、杨宇庆：《条件成分的概念框架及其语法体现》，《江南大学学报》（人文社会科学版），2005年第4卷第5期。

贺阳：《“只要”与“只有”》，《语文建设》，1997年第4期。

胡裕树主编：《现代汉语》，上海：上海教育出版社，1997年版。

江本智：《“只要p，就q”句式和复句逻辑——语义歧义》，《韶关学院学报》（社会科学），2005年第26卷第10期。

金立鑫：《对外汉语教学虚词辨析》，北京：北京大学出版社，2005年版。

刘雪春：《实用汉语逻辑》，合肥：安徽教育出版社，2003年版。

李晋霞、刘云：《“由于”与“既然”的主观性差异》，《中国语文》，2004年第2期（总299期）。

李晋霞：《论话题标记“如果说”》，《汉语学习》，2005年第1期。

陆俭明：《面临新世纪挑战的现代汉语语法研究》，济南：山东教育出版社，2002年版。

陆俭明、马真：《现代汉语虚词散论》，北京：语文出版社，1999年版。

吕叔湘等著，马庆株编：《语法研究入门》，北京：商务印书馆，2000年版。

马庆株：《汉语语义语法范畴问题》，北京：北京语言文化大学出版社，1998年版。

马真：《现代汉语虚词研究方法论》，北京：商务印书馆，2004年版。

沈家煊：《语言的“主观性”和“主观化”》，《外语教学与研究》，外国语文双月刊，2001年第33卷第4期。

沈家煊：《复句三域“行、知、言”》，《中国语文》，2003年第3期（总294期）。

沈家煊：《现代汉语语法的功能、语用、认知研究》，北京：商务印书馆，2005年版。

王还：《“只有……才……”和“只要……就……”》，《语言教学与研究》，1989年第3期。

王力：《中国现代语法》，北京：中华书局，1971年版。

王力：《王力文集》（第十一卷），济南：山东教育出版社，1990年版。

王力：《语法讲话》，北京：商务印书馆，2002年版。

邢福义：《语法问题探讨集》，武汉：湖北教育出版社，1986年版。

邢福义：《邢福义自选集》，郑州：河南教育出版社，1993 年版。

邢福义：《汉语法特点面面观》，北京：北京语言文化大学出版社，1999 年版。

邢福义：《汉语复句研究》，北京：商务印书馆，2000 年版。

邢福义：《邢福义学术论著选》，武汉：华中师范大学出版社，2003 年版。

邢福义、汪国胜：《现代汉语》，武汉：华中师范大学出版社，2003 年版。

邢福义、刘培玉、曾常年、朱斌：《汉语句法机制验察》，北京：生活·读书·新知三联书店，2004 年版。

杨树森：《“只要”和“只有”表示什么条件——〈现代汉语八百词〉两处释义析疑》，《语文建设》，1994 年第 12 期。

中国语文杂志社：《语法研究和探索》（十四），北京：商务印书馆，2008 年版。

老舍短篇小说不同版本的比较与研究*

符传丰

一、老舍短篇小说不同版本比较研究的意义

不同版本对作品的研究有着至关重要的作用，它直接影响到研究的准确性和权威性。正因为如此，许多现代文学研究者对文学作品的版本问题才愈来愈重视。

王瑶早在1980年就指出：

> 在古典文学的研究中，我们有一套大家所熟知的整理和鉴别文献材料的学问，版本、目录、辨伪、辑佚，都是研究者必须掌握或进行的工作，其实这些工作在现代文学的研究中同样存在，不过还没有引起人们应有的重视罢了。①

严家炎也曾就版本问题发表过意见：

> 长期以来人们有一个错觉，以为只有古代小说研究才需要考订版本、校勘文字，现代小说研究则似乎不存在这类史料学上的问题。今天看来，事实并不尽然。②

他在《关于中国现代文学史研究的若干问题》中，更进一步表示：

> 我曾经较早强调了中国现代文学研究中版本问题的重要性。……与古典文学领域相比，现代文学中版本变异的情况似乎更为突出，也更为复杂……现代文学的不同版本，大多由于作者直接的频繁的修改。……本世纪以来激烈的政治斗争，三四十年代时起时伏的白色恐怖，五十年

---

* 本文原载于《华文学刊》，2003年第1期，2003年6月，页43—67，部分内容、文字曾作改动。

① 王瑶：《关于中国现代文学研究工作的随想》，《中国现代文学研究丛刊》，1980年第4期，页16。

② 严家炎：《现代小说研究在中国》，《二十一世纪》，1992年第9期，页106。

> 代以来中国的“左”倾思潮，则使有些作家的作品不免遭审查砍削，有些作家又只能在夹缝中求生存，被迫对已经出版的作品一再修改。……这种种情况，都表明中国现代文学领域迫切地需要建立自己的版本学、史料学……①

中国现代文学作品，尤其是1949年以前出版的作品，几乎都逃不过政治审查的厄运，作家或被迫删改作品的内容，或加入大量注释以限制读者思考。这些改变原貌的作品，多是作者违心默认出版的，使研究者更难分辨是非、认清真伪，使其对中国现代文学的研究造成许多困扰。因此，作品的版本问题在现代文学研究中越来越重要。

新加坡学者王润华先生曾经呼吁：

> 为了防止政治删改本的作品谬误流传，为了向历史负责，台湾，大陆，特别是台湾出版界与学术界应该趁早亮起红灯，密切注意这个现代文学作品版本之真伪问题。……拨乱反正，抢救1949年前的现代文学研究之危机。②

中国在20世纪50年代，曾出现过一次修改作品的风气。当时文学界认为文艺作品应成为整个革命机器的组成部分，作为“团结人民、鼓舞人民、打击敌人、消灭敌人的有利的武器”，因此，当一些作家发现过去的作品不符合这样的要求与标准时，便忍痛割舍或删改，以避免不必要的政治麻烦。

另有一些著名作家，如老舍、沈从文、叶圣陶、何其芳以及钱钟书等都是学风严谨的作家，但是囿于当时的政治形势，都对自己的作品进行过删改。

中国现代文学作品再版时对内容进行修润，对读者而言不无裨益，但对研究者来说，却带来了不少困扰。因为在研究现代作家的作品时，是依据修改版本分析，还是依据最初版本予以评价，往往仁者见仁，智者见智，特别是因政治因素而改变原作的风貌，更为研究者增添了困惑。

研究界一般认为，文学史必须尊重历史事实，对于过去的作品应该按其原貌来判定它在文学史上的地位和作用。但是，这些作品被修改的事实，又是研究文学史的人不得不注意的一个现象，也是值得大家深入探讨和研究的一个重要课题。

研究者和批评者往往不愿意看到已经在他们心中产生了生命力的艺术形象被

---

① 严家炎：《关于中国现代文学史研究的若干问题》，载于《世纪的足音——二十世纪中国小说论集》，香港：天地图书有限公司，1995年版，页254。

② 王润华：《中国现代小说版本的危机：呼吁台湾出版界与学术界抢救被政治阉割过的五四文学作品》，《书目季刊》，1992年第26卷第1期，页11—20。

轻易修改，但作者又往往认同修改已出版的作品，这种矛盾究竟应如何解决？学术界常常产生不同的看法。对此著名作家巴金回答得最妙，他说：

> 作家写东西又不是学生的考试卷子，写出来后不能改。作家经过生活，有些事情过去不了解的，现在了解得比较充分了，就有责任说出来。为什么不能改？为什么不让我进步？①

作家在何时写了何作品，反映了该作家对当时社会生活的认识深度、创作思想和写作才能；作家在何时删改了旧作，又是该作家删改时对旧作所反映的社会生活的再认识、再评价以及创作思想和写作才能的改变和提高。因此，对作家不同时期的版本进行甄别和研究，是十分重要且有意义的。

20 世纪 50 年代，老舍先后几次对初版的作品进行修改，并出版了不同的版本。虽然老舍在 1945 年曾郑重表示："我对已发表过的作品是不愿再加修改的。"（15：208）② 但是，在 50 年代重印《骆驼祥子》时，对这本最使"自己满意的作品"（15：207）却先后两次做了重大的删改。《骆驼祥子》自 1936 年在《宇宙风》杂志连载，1939 年出版单行本以来，正式出版过六种不同版本。③

另外，老舍的长篇小说《离婚》和多篇优秀短篇小说，也在再版时作了删改。从中我们可以看出，当时作家在强大的政治压力下，根本无法坚持个人的意志和独立的想法，加上老舍又是著名作家，他的许多作品先后数次被盗版和翻印，各版本之间互有异同，又造成一定的混乱和困扰。④

在收集和整理老舍短篇小说篇名的过程中，我发现老舍曾经在 50 年代对十三篇短篇小说进行了修改。这十三篇短篇小说是《黑白李》、《断魂枪》、《牺牲》、《上任》、《柳屯的》、《善人》、《马裤先生》、《微神》、《柳家大院》、《老字号》、《月牙儿》、《且说屋里》及《不成问题的问题》等。这些修改过的作品都收在 1956 年北京人民文学出版社的《老舍短篇小说选》中。

1951 年 8 月，老舍在《老舍选集》《自序》中说：

---

① 叶中敏专访：《巴金在香港谈写作与生活》，《大公报》，1984 年 10 月 18 日。

② 本论文所引老舍著作文字，均出自《老舍文集》一共 16 卷，为了省略说明，引用《老舍文集》资料，只注明《文集》卷数及页码，如（15：208）即指第 15 卷，页 208。

③ 有关《骆驼祥子》版本问题的研究，可参考：
宋永毅：《老舍与中国文化观念》，上海：学林出版社，1988 年版，页 201—252。
史承钧：《试论解放后老舍对〈骆驼祥子〉的修改》，载曾广灿、吴怀斌编：《老舍研究资料》（下册），北京：十月文艺出版社，1985 年版，页 719—727。
潘群：《从政治诠释到文学评析〈骆驼祥子〉新探》，新加坡国立大学中文系硕士学位论文，1994 年。

④ 有关老舍作品的不同版本、盗版和翻印版的情况可以参考：曾广灿、吴怀斌编：《老舍研究资料》（下册），页 1255—1266；及曾广灿：《老舍研究纵览》，天津：天津教育出版社，1987 年版，页 340—343。

人是很难完全看清楚自己的，我说得对不对，还成问题。不过，我的确知道，假若没有人民革命的胜利，没有毛主席对文艺工作的明确的指示，这篇序便无从产生，因为我根本就不会懂得什么叫自我检讨，与检讨什么。我希望以后我还不偷懒，还继续学习创作，按毛主席所指示的那么去创作。①

1956年初夏，老舍在新版《老舍短篇小说选》《后记》中也指出：

这里选用的十三篇小说都是我在解放前写成的，有几篇已经是二十五六岁了。……在文字上，像“北平”之类的名词都原封不动，以免颠倒历史。除了太不干净的地方略事删改，字句大致上未加增减，以保持原来的风格。有些北京土话很难改动，就加了简单的注解。在思想上，十三篇中往往有不大正确的地方，很难修改，也就没有修改。人是要活到老学到老的，今天能看出昨天的缺欠或错误，正好鞭策自己学习，要求进步。②

1956年4月，老舍在为俄文版《老舍选集》所作的序中，再次说明：

那时，虽然我追求光明，但我还不明白革命的目标和任务，所以，我不能给读者指出应该正确的路来。只是在解放后，经过思想改造，我才明白新社会的真正区别，并开始在自己的作品里揭露黑暗势力和歌颂光明。③

从上述序言和后记中，我们可以看出在当时的政治环境与文艺氛围中，老舍似乎有不得不修改的苦衷。

除了老舍自己删改的作品再版之外，根据向东《老舍被冒名、盗版图书辨析》所载：老舍“目前收录的冒名、盗版的书目，共有38种图书，66种版本。短篇小说集有《樱海集》、《微神集》、《歪毛儿》、《月牙儿》、《黑白李》、《老舍短篇小说集》、《老舍选集》、《老舍杰作选》、《老舍创作选》、《老舍代表作选》、《老舍杰作选集》、《老舍杰作集》、《老字号》、《牺牲》、《新时代的旧悲剧》等19种图书，37种版本”④。

这些冒名、盗版作品的排印一般都粗制滥造，错误百出，有的任意改动作品

① 老舍：《老舍选集》，北京：人民文学出版社，1951年版，页14。

② 老舍：《老舍短篇小说选》，北京：人民文学出版社，1956年版，页206。

③ 此篇俄文序言由舒乙译成中文，见《老舍序跋集》，广州：花城出版社，1984年版，页110—111。

④ 向东：《老舍被冒名、盗版图书辨析》，《中国现代文学研究丛刊》，1984年第3期，页311—312。

题目，有的甚至张冠李戴，将别人的作品塞入其间，使版本研究非常困难。[①] 目前，中国现代文学研究界用以下四种方法甄别老舍的冒名及盗版书目：第一，从老舍有关创作自述中辨析；第二，从书名和版权辨析；第三，从出版地辨析；第四，从作品书名辨别。[②]

90 年代由舒济编纂、北京人民文学出版社出版的《老舍文集》第 8 卷与第 9 卷，就是根据 50 年代的删改版本《老舍短篇小说选》编排的。换言之，《老舍文集》第 8 卷与第 9 卷中，有 13 篇短篇小说并非老舍短篇作品的原貌。

在 1980—1991 年出版的《老舍文集》可算是比较全面的收集老舍作品的专著，也是研究老舍比较全面的资料，但是对研究者来说，“它处处还有陷阱，不能完整深入地去了解老舍”[③]。因为它并不是根据老舍的最初版本编纂的，而且不是一套全集，还有不少老舍的作品被遗漏。要全面、深入、准确地认识及评价老舍及其作品，一部完整无缺的《老舍全集》是目前最迫切需要的。[④]

作为中国现代文学研究的一个课题，对于不同的版本，研究者持有不同的意见。例如，白峰认为应该尊重作家删改其重要旧作的文学现象，以便全面地评价重要作家及其重要作品。他认为：

> 评价作家删改前后的重要作品，应该以评价原作为主，兼顾删改后的作品，既不要只评价原作而不顾删改后的作品，又不要只评价删改后的作品而不顾原作。唯有这样，对全面研究作家思想，创作的变化和发展，探索文艺创作的规律，总结文艺创作的经验，都是很重要的。[⑤]

严家炎对老舍小说版本的看法很明确：

> 除了像新发现的《四世同堂》结尾部分应该增补进去以外，研究者都应该采用最早的版本，以便了解作品发表时思想、艺术的真实面貌。[⑥]

现代文学作品出现不同的版本，具有复杂、深刻的历史因素。虽然不同版本会带来许多琐碎的问题，给研究者带来不少困扰与不便，但是，只要我们认真梳

---

① 向东：《老舍被冒名、盗版图书辨析》，《中国现代文学研究丛刊》，页 311—312。

② 向东：《老舍被冒名、盗版图书辨析》，《中国现代文学研究丛刊》，页 311—312。

③ 《老舍小说新论的出发点（序）》，载王润华：《老舍小说新论》，台北：东大图书公司，1995 年版，页 3。

④ 舒济在 1992 年 8 月 21—25 日北京语言学院主办的《首届老舍学术讨论会》的发言摘要，见舒乙《国际老舍学术讨论会漫记》，《香港文学》，第 98 期，1993 年 2 月，页 4—16。

⑤ 白峰：《百炼工纯始自然——评老舍删改〈骆驼祥子〉及其他》，《辽宁大学学报》，1990 年第 3 期，页 67。

⑥ 严家炎：《论中国现代文学及其他》，台北：新学识文教出版中心，1989 年版，页 316。

理这些材料，并加以分析和归纳，肯定能更准确深入地发现并把握这段文学历史的内涵。

黄修己在《中国现代文学研究方法论集》中说过：

> 版本的不同也就包含着社会的、政治的、美学的、语言学的等多方面的不同意义，因此，通过不同版本的对比，可以发掘出许多很有价值的素材和例子，不仅有助于具体细致地认识作家在思想、艺术方面的变化，还对编写现代中国文学史、文学语言进化史，以至于出版史有更大的意义。①

今天，我们在讨论现代文学作品的版本问题时，应该以纯文学批评的角度去分析和评论作品，客观地评价修改版本是否比原来的版本更具文学艺术技巧，或是修改版本已经歪曲了原来版本的意旨。如果只是出于纯文字的修改，或把土语改成普通话，或对不通顺的句子加以修饰，影响或许不大。但是，若出于政治原因而修改文字或大段删削句子的作品，则肯定损害了其结构的统一性和思想性，那么就有必要恢复作品的原来面貌。这样对于版本问题的讨论才有价值。若修改版本并没有改变作品的内容，只是对部分文字作出修润，使之更准确、流畅，那么作者的修改意愿应该被尊重。因为这种修改是有正面意义的，应该给予肯定。

当然，为了研究的需要和全面评价作品的价值，重新恢复原版是重要的，更是必需的。但另一方面，为了表示对作者修改作品的肯定，有必要在被修改的文句和段落加以注明，使研究者更能“从侧面考察不同时代的风貌及其体现在文字出版中的烙印，又能看清作者思想趣味的前后变异和语言技巧的成熟轨迹，甚至还能发现有些作者机智巧妙地应付环境的策略艺术，从而有助于大大丰富、充实现代文学的研究内容。”②

对于老舍短篇小说的不同版本，我曾详细地进行了对比和分析。为了方便讨论与列出文句的出处，我对老舍初版的五个短篇小说集和《老舍文集》第8卷与第9卷进行了比较与分析，③ 并制成了“不同版本的比较图表”。

---

① 黄修己：《中国现代文学研究与结论集》，北京：首都师范大学出版社，1994年版，页84—85。

② 宋永毅：《老舍与中国文化观念》，上海：学林出版社，1988年版，页255。

③ 原版集子是下列五本：

老舍：《赶集》，上海良友图书印刷公司，1934年版。

老舍：《樱海集》，上海人间书屋，1935年版。

老舍：《蛤藻集》，上海开明书店，1936年版。

老舍：《火车集》，上海杂志公司，1939年版。

老舍：《贫血集》，上海文津出版社，1944年版。

论文中所引的原版文字皆出自上述五本书，（《赶集》：92）指的是，《赶集》，页92。

在对比、分析过程中，我发现老舍对短篇作品的修改，大致可以分为三类：第一类，因对两性关系的忌讳而作的修改；第二类，在政治运动夹缝中的被迫修改；第三类，对语言文字的修改与润饰。

二、因对两性关系的忌讳而作的修改

在20世纪50年代的政治气候影响下和文艺界思想的改造运动中，老舍修改短篇小说具有“避讳”的特点。在中国古代文人的传统写作观念中，“避讳”一直潜意识地存在着，这不仅是因历代统治者制造“文字狱”，使他们如履薄冰，也是因为作家长期背负着“文以载道”的使命的结果。老舍身为中国作家当然也不例外。尤其是对于两性关系，在五六十年代更是到了谈“性”色变的地步。[1]

老舍的短篇小说真实地反映了北京市民的生活面貌，这就必然涉及底层市民生活的粗鄙性和“两性关系”的描写。老舍在五六十年代再版旧作时，因为对两性关系的忌讳，不得不删去那些不大洁净的内容与文字。下面让我们比较、分析原来版本和修改版本的不同之处。

（一）《柳家大院》作了下列三处修改

1. 小说描写“我”对“穷人家姑娘”的看法

【原　版】她们给人家作丫环去呀！作二房去呀！当窑姐去呀！是常有的事（不是应该的事）。……（《赶集》：146）

〖修改版〗她们给人家作丫环去呀！作二房去呀！是常有的事（不是应该的事）……（8：86）

2. 小说中描写二妞与张二嫂吵架那段

【原　版】“这这个丫头要不下窑子，我不姓张！”一句话就把二妞骂闷过去了，……（《赶集》：151）

〖修改版〗“这这个丫头要不……，我不姓张！”一句话就把二妞骂闷过去了，……（8：89）

3. 小说中描写小媳妇吊死后的情形

【原　版】院子的人全吓惊了，没人想起把她摘下来，好鞋不踩臭

① 宋永毅：《老舍与中国文化观念》，页212。

狗屎，谁肯往人命事儿里搀合呢！（《赶集》：152）

〖修改版〗一院子的人全吓惊了，没人想起把她摘下来，谁肯往人命事儿里搀合呢？（8：90）

（二）《黑白李》中对一些“不太干净的语言”也作了修改

1. 白李在小说中向“我”表白他对女人的看法

【原　版】“你以为我真要那个女玩艺？”他笑了，笑得和他哥哥一样，……（《赶集》：182）

〖修改版〗“你以为我真要那个女人吗？”他笑了，笑得和他哥哥一样，……（8：107）

2. 写白李对“我”说出他的爱情观

【原　版】“……从根儿上说，还不是兽欲的关系？为这个，我何必非她不行？老二以为这个兽欲的关系应当叫作神圣的，所以……”（《赶集》：183）

〖修改版〗“……从根儿上说，还不是……？为这个，我何必非她不行？老二以为这个关系应当叫作神圣的，所以……”（8：107）

（三）《上任》有两处因“避讳”而删改

1. 描写尤老二等人讨论“拿反动派”的一段

【原　版】“谁怕谁是丫头养的！”老褚马上研究出来。（《樱海集》：9）

〖修改版〗“谁怕谁不是人养的！”老褚马上研究出来。（8：160）

【原　版】“丫头养的！”老赵接了过来：“不是怕，也不是不帮李司令的忙……（《樱海集》：9）

〖修改版〗老赵接了过来：“不是怕，也不是不帮李司令的忙……（8：160）

2. 描写尤老二抓“反动派”以前的心态的那段话

【原　版】他们要是来一群呢，那只好闭眼，走到哪儿说哪儿！肉！（《樱海集》：15）

〖修改版〗他们要是来一群呢，那只好闭眼，走到哪儿说哪儿！(8：164)

(四)《牺牲》有三处删改

1．开头的第一段

【原　版】“你一辈子也未必明白得了几个人，对于言语乘早不用抱多大的希望；一个语言学家不见得能都明白他的太太的话，要不然语言学家怎会有时候被太太罚跪在床前呢！”(《樱海集》：31)

〖修改版〗少了这一段。(8：173)

2．在描写毛博士的“性爱理论”时，作了以下的修改

【原　版】况且，性欲的生活，有时候能使人一天也受不住的。……(《樱海集》：72)

〖修改版〗况且，夫妇的生活，有时候能使人一天也受不住的。……(8：196)

【原　版】他很“爱”她。有时候一夜“爱”四次。他还有个理论：“受过教育的人性欲大，真哪。下等人的操作使他们疲倦，身体上疲倦。我们用脑子的，体力是有余的，正好借这个机会运动运动。况且，因为我们用脑子，所以我们懂得怎样“爱”，下等人不懂！”(《樱海集》：73)

〖修改版〗他很“爱”她。他还有个理论：“因为我们用脑子，所以我们懂得怎样“爱”，下等人不懂！”(8：196)

3．修改版删去了描写毛博士发神经病后的一段话

【原　版】“人生在某种文化下，不是被它——文化——管辖死，便是因反抗它而死。在人类的任何文化下，也没有多少自由。毛博士的事是没法解决的。他肩着两种文化的责任，而想把责任变成享受。破洋服也得规矩的穿着，只是把脖子箍得怪难受。脖子是他自己的，但洋服是文化呢！”(《樱海集》：75)

〖修改版〗少了这一段。(8：197)

(五)《柳屯的》一共删改了四处

1. 在叙述夏家父子信教时

【原　版】他们父子可并非没遇过困难，也并非不怕遇上困难，但是当患难临头，他们不惜力：父亲拐拉着腿，儿子板死了脸，干！过蝗虫，他们和蝗虫开仗，下腻虫，和腻虫宣战。方法好不好的，先干点什么再说。唱野台戏谢龙王或虫神，他们连一个小钱也不拿："我们信教，不开发这个。"(《樱海集》：80)

〖修改版〗少了这一段。(8：199)

2. 描写泼妇"柳屯的"骂她的公公"夏老王八"那段

【原　版】我脑中记得的那些字绝对不够用的。况且在事实上，夏老头儿并不那样老与生殖器有密切的关系，像她所形容的，她足足骂了三刻钟，……(《樱海集》：92)

〖修改版〗我脑中记得的那些字绝对不够用的。她足足骂了三刻钟，……(8：206)

3. 对泼妇"柳屯的"祷告内容作了删改

【原　版】她的祷告大略是："愿上帝赶紧叫夏老头子一个跟头摔死，叫夏娘们一口气不来，堵死，叫夏娘们的大丫头让野汉子操死，叫那个二丫头下窑子，三丫头半掩门……阿门！"(《樱海集》：102)

〖修改版〗她的祷告大略是："愿夏老头子一个跟头摔死，叫夏娘们一口气不来，堵死……"(8：212)

【原　版】……就扑到门前："我操你夏家十三辈的祖宗！你要吃大兵的肉棍，就在太太眼前大模大样的，我不把你臊豆子撕烂了！"(《樱海集》：105)

〖修改版〗……就扑到门前："我骂你们夏家十三辈的祖宗！"(8：213)

4. 描写泼妇"柳屯的"与二妞打架后骂街那段

【原　版】东院那个娘们骂开了："……连你自己臊出来的丫头都

管不了。……”（《樱海集》：107）

〖修改版〗东院那个娘们骂开了：“……连你自己的丫头都管不了。……”（8：215）

（六）《月牙儿》一共修改了四处

1．小说第21节，写“我”失身给胖校长的侄儿那段

【原　版】小蒲公英在潮暖的地上似乎正往叶尖花瓣上灌着白浆。什么都在溶化着春的力量，把春收在那微妙的地方，然后放出一些香味，像花蕾顶破了花瓣。我忘了自己，像四外的花草似的，承受着春的透入；我没了自己，像化在了那点春风与月的微光中。月儿忽然被云掩住，我想起来自己，我觉得他的热力压迫我。我失去那个月牙儿，也失去了自己，我和妈妈一样了！（《樱海集》：219）

〖修改版〗小蒲公英在潮暖的地上生长。什么都在溶化着春的力量，然后放出一些香味来。我忘了自己，我没了自己，像化在了那点春风与月的微光中。月儿忽然被云掩住，我想起来自己。我失去那个月牙儿，也失去了自己，我和妈妈一样了！（8：277）

2．小说第28节，描写“我”当“女跑堂”的那段

【原　版】女人把自己放松一些，男人闻着味儿就来了。他所要的是肉，他所给的也是肉。他咬了你，压着你，他发散了兽力，你便暂时有吃有穿；然后他也许打你骂你，或者停止了你的供给。……（《樱海集》：226）

〖修改版〗女人把自己放松一些，男人闻着味儿就来了。他所要的是肉，他发散了兽力，你便暂时有吃有穿，然后他也许打你骂你，或者停止了你的供给。……（8：281）

3．小说第32节开头，叙述“我”决心“勾引文明一些的人”那段

【原　版】哈哈，大家不上那个当，人家要初次见面便摸我的乳。还有呢，人家只请我看电影，……（《樱海集》：229）

〖修改版〗哈哈，大家不上那个当，人家要初次见面便得到便宜。还有呢，人家只请我看电影，……（8：283）

【原　版】要卖，得痛痛快快的，拿钱来，我陪你睡，我明白了这个。……（《樱海集》：230）

〖修改版〗要卖，得痛痛快快地。我明白了这个。……（8：283）

4. 小说第33节，对我“卖淫”的那段进行了删改

【原　版】初干的时候，我很害怕，因为我还不到廿岁。及至作过了几天，我也就不怕了，身体上哪部分多运动都可以发达的。况且我不留情呢，我身上的各处都不闲着，手，嘴……都帮忙。他们爱这个。……（《樱海集》：230）

〖修改版〗初干的时候，我很害怕，因为我还不到二十岁。及至作过了几天，我也就不怕了。……（8：284）

【原　版】对这种人，我跟他细讲条件，干什么多少钱，干什么多少钱，他就乖乖地回家去拿钱，很有意思。（《樱海集》：231）

〖修改版〗对这种人，我跟他细讲条件，他就乖乖地回家去拿钱，很有意思。（8：284）

（七）《且说屋里》也有一处修改

小说描写包善卿在回忆洋太太的一段时作了修改

【原　版】再不想要洋毛子，看着那么白，原来皮肤更粗，处处带着小黄毛。最难堪的是来月信的时候，只用纸卷个小筒一塞！啵！（《蛤藻集》：138）

〖修改版〗再不想要洋的，看着那么白，原来皮肤很粗。啵！（8：409）

因为老舍的短篇小说主要是描写北京底层市民的生活遭遇与内心世界，因此在塑造人物形象时，有关特定人物的言行举止都有其独特之处，正如他所说：“一个车夫也应和别人一样的有那些吃喝而外的问题。他也必定有志愿、有性欲、有家庭和儿女。对这些问题，他怎样解决呢？他是否能解决呢？”（15：206）由此可见，为了“使人物能立得起来”（15：245），老舍在描写人物时涉及“两性问题”、“性欲问题”，甚至是粗俗、肮脏的语言都是不可避免的事实。

短篇小说《柳屯的》中的女主角“柳屯的”，本来就是一个凶狠的泼妇，她有“一双努出的眼睛”（8：204），是一个大胆到敢公然欺负家翁与丈夫的“女霸王”，她所用的语言当然是粗俗、不堪入耳的脏话。如“我操你夏家十三辈的

祖宗！你要吃大兵的肉棍，就在太太眼前大模大样的，我不把你臊豆子撕烂了！"（《樱海集》，页105）"连你自己臊出来的丫头都管不了。"（《樱海集》，页107），这些独具特色的个性化语言一旦经过删改，虽然文字显得干净多了，但是对于这样一个性格丑恶、气质粗鄙的人物形象却造成了一定的损害。

《牺牲》中那个留学美国的毛博士，思想开放、爱做美国梦，经常宣扬他的性爱理论："受过教育的人性欲大，真哪。下等人的操作使他们疲倦，身体上疲倦。我们用脑子的，体力是有余的，正好借这个机会运动运动。况且，因为我们用脑子，所以我们懂得怎样'爱'，下等人不懂！"（《樱海集》页73）小说描写他的性爱理论是有一定根据的，若把这些文句删去，必定失去了原来的意义。

《月牙儿》描写母女卖淫的故事，情节中出现有关两性关系的露骨描写也是正常的，如"觉得他的热力压迫我。我失去那个月牙儿，也失去了自己，我和妈妈一样了！"（《樱海集》：页219）"他所要的是肉，他所给的也是肉。他咬了你，压着你。"（《樱海集》：页226）"要卖，得痛痛快快的，拿钱来，我陪你睡！"（《樱海集》：页230）"身体上哪部分多运动都可以发达的。况且我不留情呢，我身上的各处都不闲着，手，嘴……都帮忙。他们爱这个……"（《樱海集》：页230）"干什么多少钱，干什么多少钱……"（《樱海集》：页231），等等。这些有关两性关系的文字一旦被删改，虽然文字干净多了，却因此失去了原味与本来特定的意义。

有些研究者认为，将"短篇小说中那些不堪入耳的脏话，适当地删改使全篇小说的审美趣味更'纯'了一点。而对于人物的性格心态、粗鄙的气质也并没有形成什么损害"[①]。我个人认为既然老舍最初的创作目的是描写北京底层社会的"真人真事"，必定免不了会用上一些粗俗、肮脏的语言，而且描写也必然比较入骨，这种现象在文学创作中是正常的，也是无可厚非的。

为了避讳两性关系而将这些内容与文字删掉，虽然作品"干净"了，但是在文学艺术上肯定会造成一定的损害。此外，我们也失去了全面了解老舍当初的创作意图和他当时的文学修养与其作品艺术技巧的机会。因此，为了使读者与研究者全面了解老舍最初的创作心态与意图，将删改过的短篇小说恢复原貌，既是迫切的，也是必要的。唯有这样，我们对老舍的创作才能有正确的了解，对老舍短篇小说的内容与技巧，才能有比较准确的认识，进而对老舍短篇小说的创作成就作出客观的评价。

① 宋永毅：《老舍与中国文化观念》，页238。

三、在政治运动夹缝中被迫修改

在新中国成立后政治运动的频频冲击下，老舍也对其短篇作品中比较敏感的内容作了一定程度的修改。虽然，这类删改不比老舍五六十年代对再版长篇小说《离婚》和《骆驼祥子》所做的修改明显，但也体现了一定的时代特征。下面是老舍出于政治因素对短篇小说进行的删改。

1935年9月22日发表在天津《大公报》第13期的《断魂枪》是老舍短篇小说的代表作，也是老舍最喜爱的作品。小说在第一段之前，本来有一段幽默而隽永的“题词”：

> 生命是闹着玩，事事显出如此；从前我这么想过，现在我懂得了。（《蛤藻集》：11）

但它在收入1956年版的《老舍短篇小说选》时，却被老舍删去了，可能当时他觉得“题词”多少有一点儿文学界批判的味儿吧！以后在绝大多数中国出版的老舍小说作品集和《老舍文集》中，都没有了这段“题词”。

此外，老舍的《且说屋里》也有两处修改。在原版中提到党派的名称时，姑隐其名，只用××代替，但在修改版中却换上了“共产”二字，这明显是受了政治气候的影响。

（一）小说描写包善卿对方文玉说学生运动是有人发动的那段话

> 【原　版】“……一群年幼无知的学生懂得什么，背后必有人鼓动。你大概要说××党?”他看见……（《蛤藻集》：145）
>
> 〖修改版〗“……一群年幼无知的学生懂得什么，背后必有人鼓动。你大概要说共产党?”他看见……（8：414）

（二）包善卿关于应该如何对付学生运动的那段文字

> 【原　版】“中国就没有××党，我活了六十岁，还没有看见一个××党。学生背后必有主动人，弄点糖儿豆儿的买动了他们，主动人好上台，代替你我，你——我——”（《蛤藻集》：145）
>
> 〖修改版〗中国就没有共产党，我活了六十岁，还没有看见一个共产党。学生背后必有主动人，弄点糖儿豆儿的买动了他们，主动人好上台，代替你我，你——我——”（8：414）

老舍短篇小说受到政治气候的影响，对那些比较敏感的文字和段落进行删改及更动，对一般读者而言意义不大，但对研究者来说则有重大的影响。原版《断魂枪》中那一段幽默隽永的“题词”：“生命是闹着玩，事事显出如此；从前我这么想过，现在我懂得了。”（《蛤藻集》：11）后来再版时被删掉，就是明显的例子。小说写一个叫沙子龙的老拳师的故事，他有一支“五虎断魂枪”，但在快枪和火车时代里却失去了意义。他从此不再传授枪法，自己辉煌的生命也没有了意义。小说的“题词”：“生命是闹着玩，事事显出如此；从前我这么想过，现在我懂得了。”在这里就具有解释的作用，但是将这一段“题词”删去后，对小说要传达的意义就少了一层阐释作用。

另外，在原版的《且说屋里》中，本来只是用××代替，但在修改版中却用了“共产”二字，明显是受了政治环境的影响而作出的修改。为了更准确地理解短篇小说的内容与深层意蕴，有关这类受政治气候影响所作的删改，都应该恢复到原来的面貌。唯有这样，我们才能够比较准确地解读与分析作品的思想内容与艺术技巧，进而对老舍最初的创作意图有一个正确的了解。

四、对语言文字的修改与润饰

老舍短篇小说的版本问题，除了表现在因“两性关系”和“政治问题”的忌讳而修改外，也对语言文字进行了修改与润饰。老舍对自己的创作向来十分严谨认真，他说过：“一千字的文章，我往往写三天，第一天可能就写成，第二天、第三天加工修改，把那些陈词滥调和废话都删掉。”（16：57）又说：“我写作有一个窍门，一个东西写完了，一定要再念再念再念，念给别人听，看念得顺不顺？准确不？别扭不？逻辑性强不？……看看句子是否有不够妥当之处。”（16：57）老舍认为作品写完后，“朗读给自己听，不如朗读给别人听。文章是自己的好，自念自听容易给打五分。念给别人听，即使听者是最客气的人，也会在不易懂、不悦耳的地方皱皱眉。这大概也就是该加工的地方。（16：83）

老舍认真地对待小说创作，可以从他说过的一句话中看出来：“我的写作的态度是：在下笔的时候，永远很用心，不肯敷衍了事；除非万不得已（如在索稿太急，或身体不好等情形下）我不肯将太坏的东西拿出去。”（16：219）由此可见，老舍的创作态度十分认真，他总是不厌其烦地字斟句酌，寻求最恰当的词语和句子来表情达意，这种认真的写作态度和中国文人讲究炼字炼句的传统是有着密切关系的。

老舍往往不愿意修改他已经出版的作品，他曾表明：“作品一经发表，即似‘嫁出的女儿，泼出的水’，我不再注意它们。”（16：216）然而，在50年代再版旧作时，他却对语言文字进行了大量的修改和润饰，看来他是受了“文章乃经国之大业，不朽之盛事”传统观念的影响。

老舍在语言文字方面的修改，大致上可以分为两类：一类是把难懂的北京土话及方言改成标准、纯净的普通话；另一类是调整和修饰不够贴切的字和词，使句子在表情达意等方面更为通顺和准确。

（一）把难懂的北京土话及方言改成标准、纯净的普通话

1.《微神》

【原　版】我决不是入了济慈的复杂而光灿的诗境；……也决不是辜勒律芝的幻景，……（《赶集》：92）

〖修改版〗我决不是入了复杂而光灿的诗境；……也不是幻景，……（8：55）

2.《柳家大院》

【原　版】没真章儿，骂骂算得了什么呢。（《赶集》：143）

〖修改版〗没有真力量，骂骂算得了什么呢。（8：84）

【原　版】我倒不是说拉洋车就低得，我是说人就不应当拉车；人吗。当牲口？…….（《赶集》：143）

〖修改版〗我倒不是说拉洋车就低贱，我是说人就不应当拉车；人嘛。当牛马？……（8：85）

3.《黑白李》

【原　版】赶明儿咱俩要来这么一出的话，……（《赶集》：179）

〖修改版〗将来咱俩要来这么一出的话，……（8：105）

4.《上任》

【原　版】走南闯北的多年了，他拿得住劲，走的更慢了。（《樱海集》：1）

〖修改版〗走南闯北的多年了，他沉得住气，走的更慢了。（8：156）

【原　版】稽查长和稽查是作暗活的，活不惹耳目越好。（《樱海集》：2）

〖修改版〗稽查长和稽查是作暗活的，越不惹人注意越好。（8：156）

5.《牺牲》

【原　版】除了女人和电影，大概他心里没“吗儿”了。……（《樱海集》：36）

〖修改版〗除了女人和电影，大概他心里没什么了。……（8：176）

【原　版】我插进去一句：“你花钱还费吗？”（《樱海集》：60）

〖修改版〗我插进去一句：“你一向花钱还算多吗？”（8：189）

6.《柳屯的》

【原　版】他们不跳出圈去欺侮人，人们也就不敢无故的找寻他们，……（《樱海集》：78）

〖修改版〗他们若不跳出圈去欺侮人，人们也就不敢无故地招惹他们，……（8：198）

7.《月牙儿》

【原　版】那些臭袜子，硬牛皮似的，都是买卖地的伙计们送来的。（《樱海集》：201）

〖修改版〗那些臭袜子，硬牛皮似的，都是铺子里的伙计们送来的。（8：266）

【原　版】我知道她是好意，我也知道设若我不肯笑，她也得吃挂落，少分酒钱；小账是大家平分的。（《樱海集》：224）

〖修改版〗我知道她是好意，我也知道设若我不肯笑，她也得吃亏，少分酒钱；小账是大家平分的。（8：280）

8.《老字号》

【原　版】三合祥除了在灯节才挂上四只宫灯，垂着大红穗子；此外，没有半点不像买卖地儿的胡闹八光。（《蛤藻集》：2）

〖修改版〗三合祥除了在灯节才挂上四只宫灯，垂着大红穗子没有任何不合规矩的胡闹八光。（8：324）

【原　版】可是因此他更爱三合祥，更替它骄傲。它是人造丝中唯一的一匹地道大缎子，仿佛是。假如三合祥也下了桥，世界就没了！（《蛤藻集》：4）

〖修改版〗可是因此他更爱三合祥，更替它骄傲。假如三合祥也下了桥，世界就没了！(8：326)

9.《断魂枪》

【原　版】大家谁也不再为沙子龙吹腾；反之……（《蛤藻集》：23）

〖修改版〗大家谁也不再为沙子龙吹胜；……（8：338）

【原　版】沙子龙也不是“个儿。”不过……（《蛤藻集》：23）

〖修改版〗沙子龙也不是他的对手。不过……（8：338）

10.《且说屋里》

【原　版】包善卿也似乎无可罣虑的了，躺在沙发上闭了眼。(《蛤藻集》：149)

〖修改版〗包善卿也似乎无可顾虑了，躺在沙发上闭了眼。(8：416)

11.《不成问题的问题》

【原　版】对着鸭池是平平的一个坝子，没有隙地的种着花草与菜蔬。(《月牙集》：207)

〖修改版〗对着鸭池是平平的一个坝子，满种着花草与菜蔬。（9：196）

【原　版】“就在这里！今天我就不走啦！”妙斋的嘴犄角直往外嘣水星儿，……（《月牙集》：225）

〖修改版〗“就在这里！今天我就不走啦！”妙斋的嘴犄角直往外溅水星儿，……（9：210）

【原　版】……，穿着一身不体面的西服，没有大衣，他的肩有些向前笼着，背微微有点弯。(《月牙集》：233)

〖修改版〗……，穿着一身不体面的西服，没有大衣，他的肩有些向前探着，背微微有点弯。(9：217)

老舍在修改版本中，把读者难以明白、理解的北京方言和土语，改成标准、易懂的普通话，一来方便读者阅读和了解作品内容，二来对学生学习汉语词语及作文帮助很大。另外，由于对语言文字的修改与润饰并不会影响作品的内容，因此，他在这方面的修改工作，具有正面的意义，我们应该给予肯定。

（二）调整和修饰不贴切的字和词语

1.《马裤先生》

【原　版】用尽全身——假如不是全生——的力气喊了声，“茶房!”(《赶集》：75)

〖修改版〗用尽全身——假如不是全身——的力气喊了声，“茶房!”(8：46)①

【原　版】呼声只比“茶房”小一点。可是匀调而且是继续的努力，有时呼声稍低一点，……(《赶集》：81)

〖修改版〗呼声只比“茶房”小一点。可是匀调，继续不断，有时呼声稍低一点。……(8：49)

2.《微神》

【原　版】他们越这样，我越坚固。(《赶集》：99)

〖修改版〗他们越这样，我越顽固。(8：59)

【原　版】这时候，她父亲的财产全去了。(《赶集》：102)

〖修改版〗这时候，她父亲的财产全丢了。(8：61)

3.《柳家大院》

【原　版】自己的孩子有个不心疼的?(《赶集》：144)

〖修改版〗自己的孩子哪有不心疼的?(8：85)

【原　版】她也穿双整鞋，头发上也戴着把梳子，……(《赶集》：146)

〖修改版〗她也穿一双整鞋，头发上也戴着一把梳子，……(8：86)

【原　版】老王又有了高招儿，儿媳妇变成吊死鬼，他更看不起女人了。(《赶集》：157)

〖修改版〗老王又有了高招儿，儿媳妇一死，他更看不起女人了。(8：92)

---

① 《“全身”、“全喉”与“全生”——老舍〈马裤先生〉的一处异文探讨》，史承钧：《中国现代文学研究丛刊》，1993年第2期，页288，305—307。

4.《黑白李》

【原　版】“没看见过？这么讲恋爱的。”（《赶集》：179）
〖修改版〗“没看见过这么讲恋爱的。”（8：105）
【原　版】他的脸上忽然的很严重了。（《赶集》：185）
〖修改版〗他的脸上忽然的很严肃了。（8：108）

5.《上任》

【原　版】……看见办公的地方，他放慢了步。（《樱海集》：1）
〖修改版〗……看见办公的地方，他放慢了脚步。（8：156）

6.《牺牲》

【原　版】拿种类说，几乎每一个人有一种言语。（《樱海集》：31）
〖修改版〗拿差别说，几乎每一个人都有些特殊的词汇。（8：173）
【原　版】……也不是美国华侨的子孙：不像中国人，也不像外国人。（《樱海集》：39）
〖修改版〗……也不是在美国长大的：不完全像中国人，也不完全像外国人。（8：177）
【原　版】按普通的道理说，新夫妇是最使人注意的……（《樱海集》：66）
〖修改版〗按一般的道理说，新夫妇是最使人注意的……（8：192）
【原　版】……或至少是请几天假。因为他自己说她要把“博士”与“教授”的尊严一齐给他毁掉了。为什么他不躲几天，而照常的上课，……（《樱海集》：74）
〖修改版〗或至少是请几天假。为什么他不躲几天，而照常的上课，……（8：196）

7.《柳屯的》

【原　版】夏老者在庚子年前就信教。要说他借着信教去横行霸道，真是屈心的话；拿这个去得些小便宜，那倒有之。他的儿子夏廉也信教。（《樱海集》：77）

〖修改版〗夏老者在庚子年前就信教。他的儿子夏廉也信教。（8：198）

【原　版】我说过了，他们不横行霸道；可是他们的心里颇有个数儿。……（《樱海集》：78）

〖修改版〗他们的心里颇有个数儿。……（8：198）

【原　版】而本村的牧师还不就是那么一回事，上帝本是洋人带过来的。反正没晴天大日头的用敞车往家里拉人，……（《樱海集》：84）

〖修改版〗而本村的牧师还不就是那么一回事。反正没晴天大日头地用敞车往家里拉人，……（8：201）

【原　版】没有一个人觉着这个可笑，或是可恶；大家一齐随着说"阿门"。莫非她真有妖术邪法？……（《樱海集》：102）

〖修改版〗没有一个人觉着这个可笑，或是可恶。莫非她真有妖术邪法？……（8：212）

8.《月牙儿》

【原　版】"……爸死的那天，它就是这么斜斜着。为什么她老这么斜着呢？"（《樱海集》：200）

〖修改版〗"……爸死的那天，它就是这么歪歪着。为什么她老这么斜着呢？（8：266）

【原　版】她对我很好，而且有时候极庄重的说我："念书！念书！"妈是不识字的，……（《樱海集》：205）

〖修改版〗她对我很好，而且有时候极郑重地说我："念书！念书！"妈是不识字的，……（8：269）

9.《老字号》

【原　版】"……还有一层，扎牌楼，凭煤气灯……那个不是钱呢？所以呀！"……（《蛤藻集》：6）

〖修改版〗"……还有一层，扎牌楼，凭煤气灯……哪个不花钱呢？所以呀！"（8：327）

【原　版】检查的学生已经出来了，他把东洋货全摆在大面上，……（《蛤藻集》：7）

〖修改版〗检查队已经出动，周掌柜把东洋货全摆在大面上，……(8：328)

10.《断魂枪》

【原　版】沙子龙坐起来，“怎了，三胜？”(《蛤藻集》：19)

〖修改版〗沙子龙坐起来，“怎么了，三胜？”(8：336)

11.《且说屋里》

【原　版】……，而后能生产再高的头衔。因将来的光荣与势力，他微微感到满意于现在。有一二年……(《蛤藻集》：133)

〖修改版〗……，而后能生产再高的头衔。想到将来的光荣与势力，他微微感到满意于现在。有一二年……(8：406)

【原　版】“……包大人，成千成万的学生哪儿去找呢？……(《蛤藻集》：152)

〖修改版〗“……包大人，成千成万的学生，叫我上哪儿去找她呢？……(8：418)

【原　版】越来越近的一片。一种可怕的，像卷着什么血肉的一团火，或一股怒潮，向前滚进。(《蛤藻集》：154)

〖修改版〗越来越近的一片，一种可怕的怒潮，向前涌进。(8：419)

12.《不成问题的问题》

【原　版】它的设备是相当完美的：有鸭鹅池、有兔笼、……(《月牙集》：207)

〖修改版〗它的设备是相当可观的：有鸭鹅池、有兔笼、……(9：196)

【原　版】丁主任原是不屑于玩花生米的，可是妙斋的热诚感动了他，他不好意思冷淡的谢绝。(《月牙集》：227)

〖修改版〗丁主任原是不屑于玩花生米的，可是妙斋的热情感动了他，他不好意思冷淡地谢绝。(9：212)

【原　版】工人们因为有点知识，到底容易感化。他们一方面恨尤主任，一方面又敬佩他。(《月牙集》：243)

〖修改版〗工人们到底容易感化。他们一方面恨尤主任，一方面又

敬佩他。(9：224)

老舍将原版中难懂的北京土话与方言改成标准、纯净的普通话，又将那些不够贴切的文字、词语和不通顺的句子进行调整和修饰，使词语和句子在搭配和表情达意等方面更为准确与通顺，对读者，尤其是年轻学生来说具有积极的教育意义，我们应该给予正面的肯定和评价。

五、小　结

经过上述比较与分析，我们不难看出老舍在20世纪50年代对其旧作进行删改与修饰，其原因是错综复杂的，也是他个人所无法扭转的。

总之，老舍与其他的现代文学作家一样，受五六十年代的政治环境的影响，对自己作品进行了重大删改是不争的事实，也具有一定的历史意义。王瑶曾对此有过阐述："我们考察作家思想艺术的变迁和作品的社会影响，不能根据作家后来改动了的本子，必须尊重历史的真实。"①

为了对老舍短篇小说能够有比较全面、客观的评价，面对不同版本、翻版以及盗版书籍充斥研究界的今天，恢复作家作品的原来版本已是一件刻不容缓的事情。

身为中国现代文学馆馆长的老舍之子舒乙先生对恢复出版老舍原版作品专集表示欣慰和支持。他在1996年接受我访问时说：

> 出版商在出版，或者学者在研究的时候，我认为两者（初版和再版）都可取，就是说你还按着解放后的修改再版，但你打一个注，底下注释原版有这么一句话，也就可以了，这一点倒区别不太大。……你作为文学研究，把这个注释出来，原来是那样，现在是这样，没有什么不好。所以，我觉得什么都可以，最好是两个都一起上。但若是牵涉到内容，那个绝对要恢复原版。②

1994年，由舒济和舒乙编选、武汉长江文艺出版社出版的《老舍小说全集》，已意识到这个必要。该集在第10卷和第11卷的说明部分写道："收入本卷时都根据初版本校勘，并增加一些必要的简注。"③ 与《老舍文集》第8卷和第9卷相比较，这显然是进步和开明得多了。对于这本以原版为依据的作品专集，研

① 王瑶：《关于中国现代文学研究工作的随想》，《中国现代文学研究丛刊》，页17。

② 我曾在1996年4月22日及29日于中国现代文学馆访问舒乙先生，谈老舍短篇小说的版本问题。

③ 舒济、舒乙：《老舍小说全集》，武汉：长江文艺出版社，1994年版，第10、11卷说明部分。

究界应该给予高度的重视和肯定。

我在1997年写《老舍短篇小说研究》论文时就呼吁：将来若出版《老舍全集》时，[①] 一定要全面恢复老舍作品内容的原貌，并且在被修改过的文字与句子旁加上注解，说明原版和修改版的不同。这样的作品专集，一来可以为研究者提供方便，使其能够全面了解不同版本之差异，进而了解老舍当初创作的意图与修改的痕迹；二来对读者，尤其是对年青一代学习汉语词汇和作文写作，有一定的帮助和指导意义。

1999年，《老舍全集》终于面世，[②] 编校者在说明部分提到这是根据初版本校勘，并增加了一些简注。我对《老舍全集》又进行了一次比较，发现仍有少部分并未恢复至初版时的文字，然而经过校勘后的全集，对中国现代文学研究具有重大的意义。我个人希望将来若再版《老舍全集》或出版《老舍短篇小说集》时，编者能对已删改的部分加以简单的标示和说明，或许更能体现老舍这位创作态度一丝不苟的作家另一方面的思想内涵。

---

① 舒乙：《国际老舍学术讨论会漫记》，《香港文学》，页4—16。

② 舒济：《老舍全集》（共19集），北京：人民文学出版社，1999年版。

《诗经》字词运用二题*

谢耀基

作为中国最早的一部诗歌总集，《诗经》字词的表达和运用，是有其特色的，就古代汉语和古代文学来说，都有很大的代表性。本文从颜色字、量词的使用和发展，析述《诗经》语言精练生动、含义丰富、用法多样的表达力，另外，也带出了古代字词概念模糊、不易准确理解和划界等种种问题。

一、颜色字的运用

（一）多样的作用

颜色字的基本作用是描述物体颜色。物体颜色可以直接使用有相关概念的颜色字来表示。例如，《诗经》用“赤”形容狐狸，用“黑”形容乌鸦，用“黄”形容落桑，用“白”形容云。这样来形容物体颜色，就好像“花红叶绿”一般，是人们客观地、共同地直接观察和辨认的结果，具有普遍性和稳定性。

《诗经》中有些名称包含了颜色字，虽然结构和语义都不可简单地作偏正式的分析，但总和物体颜色有点儿关联。例如，“黄鸟”（有说是黄雀、黄莺）、“玄鸟”（鳦，即燕子）、“白鸟”（有说是白鹭、白鹤、白天鹅）各以其体色命名。“白茅”俗称茅草，夏天开穗状白花，根白软如筋；“白华”即野菅，秋天开花，根下有白粉。“苍蝇”是昆虫，苍身；“青蝇”属其中一种，绿头。至于其他名称，使用颜色字来附加物色，作出修饰、区别，更为明显，如红的有“赤芾、赤舄、赤豹、彤管、彤弓、朱幩、朱鞹、朱英、朱绶”；黑的有“缁衣、玄衮”；白的有“白石、白颠、白露、白驹、白蹢、白圭、白牡、素丝、素衣、缟衣”。颜色字除了替物体添上色彩，还有引申的用法和意义。例如，人年老发白复黄，“黄耇”的黄指黄发，“黄发”在表示黄色头发的表面意思外，跟“台背、

* 本文原载于《〈诗经〉颜色字的运用》，《诗经研究丛刊》，2002 年第 3 期，页 106—114；《〈诗经〉量词的运用》，《第六届诗经国际学术研讨会论文集》，北京：学苑出版社，2005 年版，页 843—856；部分内容、文字曾作改动。

儿齿”般，同样象征高寿。黄另有表示生病或枯萎的意思，“我马玄黄”的玄黄，无论是“玄马病则黄”还是“马病则玄黄”，都作病解；“何草不玄、何草不黄”犹言草病，表示无草不枯，无木不萎，枯萎义同“桑之落矣，其黄而陨”。素，除可解作白色外，也有引申作空、白的意思，“素餐、素食、素飧”都指白吃、无功而食。

《诗经》中颜色字的运用有多样的表现。颜色字除了赋色外，在诗篇中还发挥了修辞的作用。例如，“鲂鱼赪尾，王室如毁”，诗人以鱼尾之红起兴，比王室之毁。[①]“静女其娈，贻我彤管”，诗人以彤饰管，后人认为“彤是色之美者，盖男女相悦，用此美色之管相遗，以通情结好尔”，[②]管色和人情通过彤连接起来。“彼其之子，三百赤芾”，红色蔽膝是大夫以上官员服饰，赤芾便用以借代此等官员。“何草不黄？何日不行？何人不将？经营四方”，以草的枯黄兴起人的劳瘁。“苕之华，芸其黄矣。心之忧矣，维其伤矣”，以花的黄盛，反兴人的衰老。[③]“白华菅兮，白茅束兮”，有说是二者以洁白相束而成用，[④]“皆以比己之洁”。[⑤]“白圭之玷，尚可磨也；斯言之玷，不可为也”，白圭之玷固然和言语之玷有所对比，白圭的白亦突出了磨掉玷的需要，加强“不可为也”的感染力。“来方禋祀，以其骍黑，与其黍稷”，有说运用了借代手法，骍、黑分属南北两方颜色，“四方各用其方色之牲，此言骍黑，举南北以见其余也”。[⑥]

（二）兼表物、色的精练性

颜色的表达，从古至今，走向细致。要细致表示颜色的浓淡、色调，现代汉语里，便普遍在颜色字的前面加上“很、非常、深、浅、淡、暗、纯、大、鲜、嫩、惨”等（如“浅蓝、大红、惨绿”等），或用重叠形式强调（如“青青、蓝蓝”等），或在后面加上重叠成分（如“白皑皑、绿油油、红艳艳、黄灿灿、蓝晶晶、灰蒙蒙”等），或直接跟物组合（如“火红、血红、杏黄、橙黄、草绿、鹦鹉绿、铁青、蟹青、海蓝、天蓝、玫瑰紫、茄花紫、墨黑、炭黑、雪白、鱼肚白”等）。颜色字也有从物名转用过来的，例如，“金粉、金卡”的金，“银河、

---

① 王室之毁，众说不一，如有说指纣政酷烈如火，有说指骊山乱亡之事。

② 欧阳修：《诗本义》，卷3［清康熙19年（1680）通志堂刊本］，页3。

③ 王引之《经义述闻》：“芸其黄矣，言其盛，非言其衰，故次章云‘其叶青青’也。……诗人之起兴，往往感物之盛而叹人之衰……物自盛而人自衰，诗人所以叹也。”（济南：山东友谊书社，1989年版），页634—635。

④ 毛亨（传）、郑玄（笺）、孔颖达（疏）《毛诗正义》：“（疏）王肃云：‘白茅束白华，以兴夫妇之道，宜以端成絜白相申束，然后成室家也。’传意或然。”（北京：北京大学出版社，2000年版），页1085。

⑤ 姚际恒：《诗经通论》，香港：中华书局，1963年版，页253。

⑥ 朱熹：《诗集传》，上海：上海古籍出版社，1980年版，页158。

银屏”的银。快捷制造颜色词的方法，是干脆在物名后加个“色”字，如“肉色、米色、橙色、古铜色、咖啡色”等。古代汉语不像现代汉语有这样丰富、灵活的表达方法，较常见的是用重叠方法，如“青青子衿、青青子佩”等。但是，《诗经》中一些字的意义和用法，就表现了古代语言的精练性。颜色字本身已能表示颜色的深浅程度（如朱深于赤、玄为六染、缁为七染等）或较复杂的颜色（如玄是黑而有赤），而一字兼表物、色，更见简练。例如，五色备谓之“绣”，绣又指绣有彩色花纹的衣物；黑与青谓之“黻”，指古代礼服上黑色与青色相间的花纹；黑与白谓之“黼”，指古代礼服上绣有黑白相间的斧形花纹，在“常服黼冔”中借代指这种礼服；“璊”是红色的玉，“瑳”是白色的玉，“玖”是黑色的玉石；“羖”是公羊，“卢”是猎犬，都是黑色。至于马，因毛色及其所在位置的不同，就分别有二十多个名称：

马名	颜色	马名	颜色
驳	①赤白；②赤	骓	黑身白鬣
骠	赤身黑鬣白腹	鸨	黑白杂毛
騢	彤白杂毛	骃	浅黑带白色杂毛
骍	赤身黑鬣	駽	青黑
骍	①赤；②赤黄	驒	青黑色有鳞状斑纹
骆	白马黑鬣	骐	青黑色有纹理
鱼	二目白色	骓	苍白杂毛
异	后左足白色	黄	①黄；②黄色带赤
骊	黑	皇	①黄白；②黄
驔	脚胫有白色长毫	駓	黄白杂毛
驖	黑如铁而毛尖略带红色	騧	黑嘴黄马
驈	黑色而两股间为白色		

这些字虽然物、色兼备，但一般表示事物名称，和用作修饰、限定而具形容性质的颜色字始终有别。不过，这已带出颜色字的划界问题来。

（三）用法灵活、概念模糊

《诗经》中有一些具有物、色两种意义和用法的字，即既可表示某种颜色，又可表示该种颜色的东西。例如，“黄里、黄裳”的黄表示颜色，“充耳以黄乎而”的黄是指黄色的东西（有说是黄玉、黄纨或黄纩）；“缁衣”的缁是黑色，“缁撮”的缁是指黑色的布或绸；“赤芾金舄”的金指黄朱色（赤舄以金为饰），

“如金如锡、金玉其相、大赂南金”的金是一种金属；“骍牡既备、从以骍牡”的骍是赤色，“以其骍黑”的骍是赤牛，“有骍有骐”的骍是赤色或赤黄色的马。同一个字形，可物可色。这固然是语言形式不足应用而产生多义或推指的结果，也和颜色字的产生不无关系。颜色字的来源不一，但无论是否来自玉石矿物、丝绸染色、草木染料、借托事物等，物、色之间的关系都相当密切，例如，丹是赤石（“颜如渥丹”），赭是赤土（“赫如渥赭”），后来便用作颜色字来表示红色。“缟衣綦巾”的缟是不染的细缯，色白；“素衣朱襮”的素，是白致缯；“黄流在中”的流，以黄金为之，色黄；“缟衣、素衣、黄流”的命名，亦质亦色。这种亦物亦色的关系，往往引出物色互通的用法。例如，“乘乘黄、路车乘黄、驷彼乘黄、四黄既驾”的黄指黄马，“以其骍黑”的黑是黑色的羊豕，便以物体颜色借代物体本身，以色为物。至于“其弁伊骐”中的骐本指青黑纹色的马，在诗句中就借指青黑纹色。[①]“锦衣狐裘，颜如渥丹”，以渥丹比喻君子面色的红润；“毳衣如菼、毳衣如璊”的菼是初生的荻，璊是红色的玉，在诗句中就拿来比喻毳衣的青白色和红色；类似的用法还有“麻衣如雪”，以雪比喻麻衣的洁白。“巧笑之瑳”的瑳是白玉，在诗句中借指牙齿的洁白；[②]“缟衣茹藘”的茹藘是茜草，可以染红，在诗句中借指染成红色的佩巾。[③] 黄、缁、金、骍、丹、赭、缟、素、黑等字，既可表色又可表物；骐、菼、璊、雪、瑳、茹藘等不是颜色字，但在特定的语言环境下，表示了一定的颜色概念，有颜色字的作用。

《诗经》中和颜色有关的字还有不少。例如，“桃之夭夭，灼灼其华”的灼灼状桃花之鲜，和“皇皇者华”的皇皇、“檀车煌煌”的煌煌、“白旆央央”的央央，都表示色彩鲜明的样子，带点儿颜色概念。但是，由于没有具体表示什么颜色，严格来说，算不上是颜色字。不过，“赫如渥赭”的赫、“路车有奭”的奭、“彤管有炜”的炜都是“赤貌”；“月出皎然、皎皎白驹”的皎和皎皎，“月出皓兮、白石皓皓”的皓和皓皓，“白鸟翯翯”的翯翯，都表示洁白或“白貌”。这些字都有一定的“色貌”，和一般颜色字一样起着相同的修饰作用，从广义来说，是否可以算作颜色字？

颜色字的划界还有其他问题。颜色字所表示的颜色概念，本身就存有模糊性，即颜色概念涵盖的范围不明确。例如，红和不红的划界在哪里？红与紫的划界又在哪里？颜色字和它所表示的颜色往往不容易作出准确划分。“赤、丹、朱、

---

① 一说通“璂”，弁之玉饰。毛亨（传）、郑玄（笺）、孔颖达（疏）《毛诗正义》：“（笺）骐当作‘璂’，以玉为之。”毛亨（传）、郑玄（笺）、孔颖达（疏）：《毛诗正义》，页559。

② 朱熹《诗集传》：“瑳，鲜白色。笑而见齿，其色瑳然，犹所谓粲然皆笑也。”朱熹：《诗集传》，页39。

③ 朱熹《诗集传》：“茹藘，可以染绛，故以名衣服之色。”朱熹：《诗集传》，页55。王先谦《诗三家义集疏》，上册：“诗言‘茹藘’，不言‘巾’者，省文以成句。”北京：中华书局，1987年版，页369。

彤、赪、赪、赫、赭”同样泛指红色，“黑、缁、玄、幽”同样泛指黑色，这些颜色字所表示的颜色虽说有些是深浅不同，有些有细微差异，但是，在运用时就出现互通，如“明对文则朱赤深浅有异，散之则皆谓之朱”[①]，赤芾可通朱芾；缁、玄深浅不同，缁衣亦称玄端。颜色字所表示的颜色也常常出现多解的情况。例如，绿可指青黄色或乌黑发亮的颜色；青，可指绿色、蓝色、黑色甚至白色；苍，可以是蓝、绿、灰、灰黄、灰白。[②]《诗经》里，这些颜色字所表示的颜色，便有不易辨清的例子。例如，“青青子衿、青青子佩”的青普遍解作青色，但它到底是指绿色还是指其他颜色？“以念穹苍”的穹苍即指天，穹指其形，苍指其色，这和“苍天、彼苍者天”的苍都普遍作青色解释，但这青色又是怎样的一种颜色？“有玱葱珩”的葱，有说即苍，有说是浅青色，有说是绿色，有说是青绿色；“缟衣綦巾”的綦，有说是暗绿色，有说是苍艾色，指青而微白艾草之色，即青灰色。这些解释是基本一致的，还是各有所指？

《诗经》中表示颜色，确有其精练之处，如“皙”指人色之白，“皎”指月色之白，“鬒”形容头发的稠而黑。不过，有些字解说不一，不一定表示颜色，甚至只是和颜色字同形，而和颜色无关。例如，“狐裘黄黄”的黄黄，有说指黄色，也有说通“煌煌”，表示色彩鲜明的样子。“种之黄茂”的黄是嘉谷，有认为专指黍稷，[③] 有认为泛指五谷。[④] “白旆央央”的白，有说是白色，有说通“帛”。[⑤] “绿竹猗猗”的绿竹有多个说法：①绿（菉）和竹（萹蓄）两种草；②菉竹（菉）一种草；③绿色的竹。“终朝采绿、终朝采蓝”的绿、蓝，都是染草，前者可以染黄，后者可以染青。“绿竹青青、其叶青青”的青青，普遍解作“菁菁”，茂盛貌。“兼葭苍苍”的苍苍，犹如“兼葭凄凄、兼葭采采”的凄凄、采采，指茂盛的样子。“无衣无褐”的褐指毛布。“骍骍角弓”的骍骍，有引作“觲觲”，指调利用弓之法，非指赤色。“出自幽谷、率彼幽草、幽幽南山”中的幽、幽幽，作深远解，不在表示黑色。

（四）颜色倾向与社会文化

颜色字的运用，如使用数量和频率，可以反映人们对使用某种颜色的倾向。

---

① 毛亨（传）、郑玄（笺）、孔颖达（疏）：《毛诗正义》，孔疏，页808。

② 参见罗竹风主编：《汉语大词典》，上海：汉语大词典出版社，1990年版。

③ 毛亨（传）、郑玄（笺）、孔颖达（疏）《毛诗正义》：“（传）黄，嘉谷也。茂，美也。……（疏）谷之黄色者唯黍稷耳，黍稷谷之善者，故云‘黄，嘉谷也’。”毛亨（传）、郑玄（笺）、孔颖达（疏）：《毛诗正义》，页1255—1256。

④ 马瑞辰《毛诗传笺通释》：“《墨子·明鬼篇》：‘择五谷之芳黄，以为酒醴粢盛。’是五谷通可谓之黄。”（北京：中华书局，1989年版），页881。

⑤ 严粲《诗缉》：“白、帛也。白旆，以绛帛为旆也。以帛续旐末为燕尾，战则旆之。”见《北京图书馆古籍珍本丛刊2》，北京：书目文献出版社，1988年版，页241。

以现行最具规模的《汉语大词典》为例，利用以下字词组成的词条数目依次为：白（1 590 条），黄（1 242 条），青（1 191 条），红（648 条），黑（600 条），绿（367 条），紫（292 条），灰（255 条），蓝（123 条），褐（85 条），橙（22 条）。[①] 由于一字多义，计算数量时，当然要从中剔除和颜色意义无关的词条。例如“橙”，除了是红和黄合成的颜色以及果木名外，还与“凳”相通；查阅橙的词条，只有“橙红、橙黄”跟颜色有关。又如“褐”，黄黑色只是其中一个义项，在85个条目中和这种颜色有实际关联的只有“褐香、褐盖”。一方面，印行的词典总无法穷尽所有词语，词语的使用、消亡也随着社会的发展而不断改变；另一方面，颜色字在词语中的作用和意义亦有直接（表示物色）和间接（由联想而产生借指、象征）之别。这在分析颜色字词的运用时，都造成了困难。汉语颜色字词的统计、分类，以及分析哪种颜色的构词能力最强，含义最丰富，应用最多，当然需要大量的语料和全面的调查支持。不过，从词典收集的词语条目来看，总算可以揣摩一二。就应用的情况来说，白、红、黑似乎一直是主流颜色，黄、青、绿、紫、灰、蓝次之，褐、橙则很少用到。

《诗经》中颜色字的运用，大抵印证了这种情况。白、红、黑等颜色概念出现较多，和它们相关的颜色字也使用较多，这和当时的社会生活、文化应该有一定的关系。例如，契追尊为“玄王”，有人认为和“天命玄鸟，降而生商”的传说有关，谓天使玄鸟遗卵，有娀氏女简狄吞而生契。君臣服饰和祭祀用品等的颜色，不同朝代各有崇尚、规定，这从“白牡、缟衣、素衣、素冠、素、赤芾、赤舄、彤弓、朱芾、朱幩、朱鞹、朱襮、朱绣、朱英、朱绶、玄衮、缁衣、骍刚”等可以反映出来。《礼记》记载：“夏后氏尚黑，大事敛用昏，戎事乘骊，牲用玄。殷人尚白，大事敛用日中，戎事乘翰，牲用白。周人尚赤，大事敛用日出，戎事乘騵，牲用骍。”[②]《诗经》“有客有客，亦白其马”，便有说和殷尚白有关；“从以骍牡”和周尚赤有关；“白牡骍刚”有殷牲、周牲之别。[③] 颜色密切联系着阶级、身份和制度。例如，彤弓为诸侯所用，赤舄是人君盛屦，朱芾是天子之服，赤芾是诸侯大夫之服，[④] 玄衮为天子、诸侯所服，素衣朱襮是诸侯中衣，缁

---

① 参见罗竹风主编：《汉语大词典》。

② 《礼记·檀弓上》，见郑玄（注）、孔颖达（疏）：《礼记正义》，北京：北京大学出版社，2000 年版，孔疏，页 208。

③ 毛亨（传）、郑玄（笺）、孔颖达（疏）《毛诗正义》：“（传）白牡，周公牲也。骍刚，鲁公牲也。”毛亨（传）、郑玄（笺）、孔颖达（疏）：《毛诗正义》，页 1662。朱熹《诗集传》：“白牡，殷牲也。周公有王礼，故不敢与文武同。鲁公则无所嫌，故用骍刚。”朱熹：《诗集传》，页 241。姚际恒《诗经通论》认为这只是凿说、饰说。姚际恒：《诗经通论》，页 360—361。

④ 毛亨（传）、郑玄（笺）、孔颖达（疏）《毛诗正义》：“（疏）芾从裳色，祭时服纁裳，故芾用朱赤。但芾所以明尊卑，虽同色而有差降。……故天子纯朱，明其深也；诸侯黄朱，明其浅也。”毛亨（传）、郑玄（笺）、孔颖达（疏）：《毛诗正义》，页 808。

衣是卿士听朝正服，缟衣綦巾是未嫁或贫陋女服（有说缟衣是男服，綦巾是女服），青衿是古代学子衣服，素衣素冠素韡是丧服（也有指为去国大夫或士所服）。此外，社会文化心理还影响颜色的地位。古人把颜色分为正色和间色。正色是青、赤、黄、白、黑；间色为杂色，有绿、红、碧、紫、骍黄。正色、间色的观念，使代表正色和间色的颜色字词产生贵贱、尊卑、正统与非正统等象征意义。例如，“绿兮衣兮，绿衣黄里。心之忧矣，曷维其已。绿兮衣兮，绿衣黄裳。心之忧矣，曷维其亡”。孔颖达认为：“言间、正者，见衣正色，不当用间……王肃云‘夫人正嫡而幽微，妾不正而尊显’是也……前以表里兴幽显，则此以上下喻尊卑。”① 朱熹说：“间色贱而以为衣，正色贵而以为里，言皆失其所也。”② “绿衣黄里”、“绿衣黄裳”，便比喻为尊卑倒置、贵贱失所。语言是文化的一部分，也是文化的载体，反映着文化。《诗经》中颜、色字的运用，可以说是当时社会文化的一个写照。

二、量词的运用

（一）名量的专用和借用

量词丰富多样是汉语的一个特点。量词在古代汉语里的运用，虽然比不上在现代汉语里的运用普遍、细致，但在先秦时期已略具雏形和变化。《诗经》作为这个时期的文学代表作品，使用的量词已有一定数量，正好用作语例，分析上古汉语里量词的使用情况，即可带出量词的一些发展。

量词是表示计量单位的词。根据不同的标准或分析角度，量词有不同的分类。现时比较普遍的，是从语法功能和计量对象的性质，把量词分为动量词和名量词。动量词修饰动词，表示动作、行为单位，《诗经》中不见使用。名量词亦称物量词，修饰名词，表示人、事物的单位，是量词的主要类型，《诗经》所用量词，全属此类。如再从计量用法是否固定、专门来看，量词也可分为专用量词和借用量词。专用量词指专门或主要作为计量单位使用的词，是汉语量词系统中固定的、主要的成分。其中典型的一类是标准化、制度化的有进制换算关系的度量衡单位，一般由国家颁布或社会集团约定俗成，如《诗经》里表示地积单位的“亩”，表示长度单位的“里”、“寻”、“尺”：

> 十亩之间兮，桑者闲闲兮，行与子还兮。十亩之外兮，桑者泄泄兮，行与子逝兮。（《十亩之间》）
>
> 我服既成，于三十里。（《六月》）

---

① 毛亨（传）、郑玄（笺）、孔颖达（疏）：《毛诗正义》，孔疏，页139—140。

② 朱熹：《诗集传》，页16。

徂来之松，新甫之柏，是断是度，是寻是尺。(《閟宫》)

有说“亩”和“里”很早便用来计量田地面积，“里”后来多用作表示长度、距离的单位。《诗经》的用法可作例证，如“日辟国百里，今也日蹙国百里”(《召旻》)、“邦畿千里”(《玄鸟》)、“骏发尔私，终三十里”(《噫嘻》)中的“里”，都表示面积；“瞻言百里”(《桑柔》)中的“瓦里”，就用来表示(眼光)远大之意。专用的度量衡单位，因时因地不同，标准也有所不同。例如“亩”，周制以六尺为步，百步为亩；秦汉以五尺为步，二百四十步为亩；唐以广一步，长二百四十步为亩；清以五方尺为步，二百四十步为亩。“里”，古以三百步为一里，后亦有以三百六十步为一里。“寻”，有说指八尺，也说是七尺、六尺。

第二类专用的名量词用于计量个体的、集体的人或事物，如“乘”计量车，表示了个体量；“群”计量羊，“两”计量葛屦，“双”计量冠緌，都表示了集体量：

公车千乘，朱英绿縢，二矛重弓。(《閟宫》)
谁谓尔无羊？三百维群。(《无羊》)
葛屦五两，冠緌双止。(《南山》)

“群”表示了不定量，“三百”一般都理解为并非实指，而是泛言数目之多。“两”、“双”表示定量，用于修饰成双配对的鞋子和帽带。

至于借用量词，是指在一定的语言组合中，由其他词类转用过来作计量单位使用的临时量词。例如，名词“卣”、“壶”、“爵”是酒器(如《行苇》中的“洗爵奠斝”)；“簋”是食器(如《大东》中的“有饛簋飧”)，《诗经》中的这些器具便有用作计量：

厘尔圭瓒，秬鬯一卣。(《江汉》)
显父饯之，清酒百壶。(《韩奕》)
三爵不识，矧敢多又。(《宾之初筵》)
于粲洒扫，陈馈八簋。(《伐木》)

动词“束”、“匊”、“握”，也用作计量单位：

生刍一束，其人如玉。(《白驹》)
终朝采绿，不盈一匊。(《采绿》)
视尔如荍，贻我握椒。(《东门之枌》)

名词借用为量词，原来的名词与所计量的中心语，一般有某种相关的关系，如酒器盛酒，食器装载食物；“三爵”的“爵”为酒器，所修饰的中心语“酒”更可省掉不说。动词借用为量词，与所修饰的中心语则没有必然关系，应用对象范围较大。借用量词，一般属临时性，有的因长期转用，便有相对的稳定性。它们在词义上仍然保留着原词的若干基本词义，只是在语法上和使用上发生了变化。如名词“卣”、“壶”、“爵”、“篚”，便是由盛物的器具借代而引申用作计量该物的单位，作为盛器的词义并没有完全消失；动词“束”、“匊”、“握”用作修饰物量，有关动作、行为已经虚化，但跟表量的多少与形象性等仍有一定的关联。

（二）辨析和使用上的问题

量词的借用，扩增了量词使用的范围、数量和频率。这表现了量词与其他词类的密切关系，也带出量词在辨析上和使用上的一些问题。

《诗经》的用例正好说明了这些问题。现时人们普遍认同，名量词主要源自最具实义的名词，大多从名词借来和演变而成，产生和使用比动量词要早得多。有人说古代汉语中的量词基本上就是名词。早期的语法研究，也大多把量词看成是名词小类、附类或特殊类型，并没有单独立类，由此可见，量词与名词关系非常密切。在古代汉语里，字词数目有限，但要表达的意思就日趋精细，一词多用的情况自然普遍。早期量词不多，词语中带有计量意思和功能的便往往因着语义的联系，直接借用或转用为量词，用法也逐渐稳定了下来。例如“亩”，《诗经》普遍用作表示田垄、耕地，名词，如“衡从其亩”（《南山》），“于此菑亩”（《采芑》），“杨园之道，猗于亩丘”（《巷伯》），“南东其亩”（《信南山》），“今适南亩，馌彼南亩，禾易长亩”（《甫田》），“俶载南亩”（《大田》，《载芟》，《良耜》）；在“十亩之间兮，十亩之外兮”（《十亩之间》）则用作量词，表示地积大小。又如“乘”，词义众多，其中一义指车，名词，如“搜乘，补卒，抹马，利兵……”（《左传·成公十六年》）；《诗经》“元戎十乘”（《六月》），“公车千乘”（《閟宫》）的“乘”，犹具车义，但既有“元戎”、“公车”在前，也与数词搭配在后作为修饰，计量的意义和功能比较显著，现时一般都析作量词。不过，一个词可以表名，也可以表量，在一些语言组合里，容易出现区辨问题。例如，“千乘之国”（如《论语·先进》）的“千乘”，便以千计兵车借指军力和国力，但“乘”是名词还是量词（省略中心语“车”），就有不同的看法。同样，“两”有借代指车（车有两轮，故称“两”），也有用作车的计量单位（如《书·牧誓序》中的“武王戎车三百两”）。“之子于归，百两御之……之子于归，百两将之……之子于归，百两成之”（《鹊巢》），“百两彭彭，八鸾锵锵”（《韩奕》）中的“两”，到底是名词还是量词？类似的辨析问题在《诗经》中不难找到。例如，“之子于垣，百堵皆作”（《鸿雁》），“似续妣祖，筑室百堵”（《斯干》)，“百堵皆兴，鼛鼓弗胜”（《绵》）中的“堵”，有的认为指一丈见方的墙，借代为房屋；也有的认为古人以板筑墙，板长一丈，宽两尺，五板为一堵，故“堵”为量词，后省略中心语“墙”，亦借代为房屋。“既见君子，锡我百朋”（《菁菁者莪》）中的“朋”，有说是贝币单位（或说五贝为一串、两串为一朋，或说两贝为朋），也有说指一定数目的贝（或说十贝，或说两贝）。表示时间的，如“一日不见，如三月兮”（《采葛》、《子衿》），“自我不见，于今三年”（《东山》）中的“日”、“月”、“年”，既是时间单位，也表示一定的时间。这样的问题，即使用兼类词来作解释，也未算能够完全解决。理论上，作计量单位解释和使用的，应该是量词；作名物解释和使用的，当然是名词。但是，问题的出现，就在于在同一个语言组合形式中，名、量两种解释和用法似乎都可以成立。古代语言简约，一词兼具物、量的概念，没有固定用法，并非罕见；古人用词，唯在文辞句意，对于孰名孰量，相信没有特别在意和进行规范。量词和名词出现这样的辨析问题，正反映了上古汉语名、量同词，以及没有严格区分使用的情况。

谈到区分，个别词的词性判定应该和全体词的词类划分一样，以语法标准为主，意义为辅。就语法特征来说，量词一般不能单独使用，不能单独回答问题，要与数词或部分代词组合，才能充当句子成分，名词则可以单独充当句子成分；量词一般充当句子的修饰成分（定语、状语、补语），名词一般充当主语、宾语。这都可以用来帮助判别词性。不过，语法特征只是就一般性而言的，并非必然规律。例如，数词是“一”的话，往往可以省略掉，让量词单独充当句子成分；部分单音节量词重叠后（双音节的一般不能重叠）可以充当主语、谓语，名词也可以充当谓语和修饰成分。意合的汉语，简洁、灵活，这在上古汉语里能更充分地表现出来。关于数词与量词的组合方式，上古汉语也有别于现代汉语，例如，数词不必跟量词合用，而最常在名词、动词前面作直接组合；量词可用可不用；量词短语以位于中心语后面为常见。掌握这些规律，对分辨量词和名词会有帮助。

“名词+（数词+量词）”和“数词+名词”是上古汉语惯常使用的组合方式，分辨量词时，可作参考。有修饰对象（中心语）出现时，如金文“孚车十两”（小盂鼎）、“筑室百堵”（《斯干》）、甲骨文“易贝二朋”，“两”、“堵”、“朋”等皆可析作量词，与数词组合充当修饰成分，这是“名词+（数词+量词）”的组合。没有明显而肯定的修饰对象时，如上文提到的“百两御之、百两将之、百两成之、百两彭彭”中的“两”，“百堵皆作、百堵皆兴”中的“堵”，“锡我百朋”中的“朋”，便有两种分析：一是析作量词，即以“两”为“辆”，后省略中心语“车”；“堵”后省略中心语“墙”，并借代为房屋；“朋”省“贝”，借指财物。虽然这种分析现时相当普遍，但省略中心语的说法其实不及“每食四簋”（《权舆》）中的“四簋”（省“食物”）和“三爵不识”（《宾之初

筵》）中的“三爵”（省“酒”）般肯定，况且，数量短语直接充当中心语的看法还要作进一步的探讨。第二种分析把“两”、“堵”、“朋”析作名词，充当中心语。这是“数词+名词”的组合方式，在使用上，远比“数词+量词（省略中心语）”的方式来得普遍（《诗经》中只有“四篋”、“三爵”极少数较为肯定的用例）；在分析上，也可以说较为直接和切合上古汉语的组合规律。至于“日”、“月”、“年”等一类表示时间的，在“一日不见，如三月兮”，“自我不见，于今三年”中，便普遍看作准量词或自主量词，即既表示事物的计量单位，又表示事物本身，前面可以直接用数词组合而后面不需要名词（中心语）出现。现时更有人特别标分此类，称为时间量词，表示时段；当与序数搭配，用于表示某年、某月、某日时，则属时间名词，如“七月流火，九月授衣”（《七月》）。按照这个原则，“三岁食贫、三岁为妇”（《氓》），“三岁贯女”（《硕鼠》），“百岁之后”（《葛生》）中的“岁”，可作年解，亦属于时间量词。“人”的辨析也有不同说法，如甲骨文“孚人万三千八十一人”（小盂鼎），前一个“人”是名词，没有异议；对于后一个“人”，有的认为是量词，有的认为是一般名词，有的认为是名词的量词化，有的认为词性介乎名词与量词之间。总之，后一个“人”，如看成只是对前一个“人”的复说，是名词；看重修饰、计量作用，是量词。《诗经》中的“歼我良人、人百其身”（《黄鸟》）、“淑人君子”（《鸤鸠》）中的“人”是名词，“有子七人”（《凯风》）、“有美一人”（《野有蔓草》）等便可看作准量词，对名词“子”、“美（人）”进行修饰，并指出其类属。

（三）理解不同、解说不同

《诗经》年代久远，语言简约，部分字词不易准确理解，难免有不同的解说。这些词语是不是量词，和词义解释往往有直接的关系。例如，“羔羊之皮，素丝五纶……羔羊之革，素丝五緎……羔羊之缝，素丝五总”（《羔羊》）中的“纶”、“緎”、“总”，《毛传》把“纶”、“总”看作数目，“緎”解作缝，但有人把三字一并解作缝；也有人一并解作丝数（有说五紽即二十五丝，五緎为一百丝，五总为四百丝），甚至是量丝单位（有说五丝为纶，四纶为緎，四緎为总）。《伐檀》中“胡取禾三百廛兮……胡取禾三百亿兮……胡取禾三百困兮”的“廛”、“亿”、“困”，也有不同解释。如有指一夫之居为“廛”（也有说一夫之居的“廛”指代二亩半），万万之数为“亿”，圆形仓廪为“困”，“廛”、“困”在此活用为量词；也有说“廛”通“缠”、“亿”通“繶”、“困”通“稇”，皆为量词，可作束解。又例如，《驺虞》中关于“壹发五豝”、“壹发五豵”的解释，更涉及对诗义的理解。有说此诗是赞美国君春田之作，虞人翼五兽以待国君发矢，君有仁心，唯一发矢而不尽杀；有说“壹”为发语词，意指发矢射中五兽，赞美猎人本领高强；也有以“射毕十二箭，方为一发”（朱翌《猗觉寮杂记》),“射礼三而止,每射四矢,故以十二为一发也”(《汉书·匈奴传》韦昭注)为佐证,提出“壹发”应解释为十二箭,动词“射”没有直接出现,“发”不是动词或动量词,而是物量词。再如“首”,在《诗经》里使用不少,都作头(名词)解,如“螓首娥眉”(《硕人》),“鱼在在藻,有颁其首”(《鱼藻》),“牂羊坟首”(《苕之华》)。对于“有兔斯首”(《瓠叶》),有人释“斯”为白,意指白头的兔子;但也有人把“斯”看成无义,把“首”看作计量单位而不作头(名词)解,认为“兔以首言,犹鱼以尾言”。

辨析量词的使用,还要注意词的多义和同形问题。例如,“既见君子,锡我百朋”(《菁菁者莪》)中的“朋”,是名词还是量词,各有说法;“朋酒斯飨,曰杀羔羊”(《七月》)中的“朋”一般解作两樽,说是量词,但其实数、量概念兼具;“三寿作朋,如冈如陵”(《閟宫》)中的“朋”则解作比较,是动词;“每有良朋”(《常棣》)中的“朋”指朋友,是名词。“里”在“我服既成,于三十里”(《六月》)中是专用的度量衡单位,在“瞻卬昊天,云如何里”(《云汉》)中则解作忧,在“韩侯迎止,于蹶之里”(《韩奕》)中解作邑。“乘”的用法和释义也有所不同。其中使用最多的是与马搭配,如“乘马在厩”(《鸳鸯》),“路车乘马”(《采菽》,《崧高》),“乘马路车”(《韩奕》),“乘其四骐”(《采芑》),“驾我乘马,乘我乘驹”(《株林》),“乘乘马、乘乘黄、乘乘鸨”(《大叔于田》),“驳彼乘黄、驳彼乘牡、驳彼乘骃”(《有驳》);其次是与车搭配,作量词,计算车数,如“元戎十乘”(《六月》)、“公车千乘”(《閟宫》)。“乘我乘驹”、“乘乘马、乘乘黄、乘乘鸨”中,前置的“乘”是动词,作驾解;后置的“乘”修饰马,有看作量词,以四马为一乘(如《论语·公冶长》中的“陈文子有马十乘”),也有看成数词,物数为四(如《仪礼·聘礼》中的“劳者从之,乘皮设”)。不过,就量词分析来说,除非数词是“一”而可省略(如《东门之粉“视尔如荍,贻我握椒”中的“握”),量词没有数词搭配而置于名词前的结构和用法,实属罕见。就数词分析来说,表示四马,《诗经》就有很多使用“四”的例子,如“四骊”、“四牡”、“四骆”、“四黄”、“四骐”;“乘马”在诗句中,可否指拉乘之马(也含一乘四马之意)而非限指四马?“乘马”、“乘驹”、“乘黄”、“乘牡”一类的“乘”,是不是量词、数词,还可作进一步的讨论。

(四)量词的发展和作用

《诗经》表现了量词在先秦时期的一些使用情况。从数量说,有人统计过,甲骨文中量词不到十个,金文中有四十多个。《诗经》的量词,若计及仍需商榷的,从宽估计,便约有三十个。应用范围方面,即量词所计量和修饰的对象,离不开当时君臣百姓在日常生活中经常接触的事物,如车马、酒食、衣物、田土、植物,带有社会文化色彩。种类上,所用的类别有限,全属名量词,没有动量

词，也没有现时不少人提出的形量词，即修饰并计量形容词的量词。借用量词中，未见有借用形容词为量词的例子。从量词的结构说，《诗经》使用的全是单纯量词，当然没有近数十年来才兴起使用的、把两种计量合并为一的复合量词。表达上，没有重叠的用法（包括AA式、一AA式、一A一A式），如“斤斤其明”（《执竞》）的“斤斤”，通“昕昕”，指明察的样子，并非量词叠用。数词、量词与中心语（名词、动词）的组合，语序上，绝大多数是把数词直接放在中心语前面，不用量词，其次是在中心语后面加上数量短语，至于把数词放在中心语后面的很少，把量词单独放在中心语前后的更为罕见。

上古汉语里量词的运用，以《诗经》为例，只能算是处于起步阶段，在使用范围、数量、类型和技巧等方面，自然不及现代汉语量词的丰富多彩、细致明确。《诗经》中出现的名量同词、字词多义同形和不同训释等问题，对了解量词的使用也往往造成了干扰。但是，这都是语言发展中正常和普遍的现象，并不表示《诗经》有什么不足之处。事实上，相对于商周甲骨卜辞和金文使用量词偏重于记录、计量来说，《诗经》作为先秦最具代表性的文学作品之一，对量词的修辞运用，已担当了一个先导的角色。

量词最基本的作用是计量。专用的度量衡单位，给人以较为具体明确的计量概念。表示这些单位的名量词，先秦算已基本完成。例如，表长度的有丈、尺、寸、舍、常、索、步、跬、武、咫；表容量的有钟、担、石、斛、斗、升；表重量的有钧、镒、斤。《诗经》所用的度量衡单位其实不多，只有表示地积的“亩”、“里”；表示长度单位的“里”、“寻”、“尺”和表示货币单位的“朋”等。不过，在使用上，有两点值得我们注意：一是《诗经》常借数词作出虚指，以示多少，对以计量为基本功能、讲求确切的度量衡的单位亦不例外，如“日辟国百里，今也日蹙国百里”、“瞻言百里”，“百里”意在突出其范围、距离的远大；二是量词虚用，如“徂来之松，新甫之柏，是断是度，是寻是尺”，表示把松柏砍断、劈开，切成长短不同的木材，“寻”、“尺”并非实指。

先秦时期，个体量词和集体量词极少。《诗经》也不例外，但主要类别都有用例，表现出量词的初步分工。用于个别事物的，《诗经》有以“乘”来计量车；“乘”解作车，属名词，但作量词使用亦相当稳定。“两”，先秦时普遍用作量词，但《诗经》的“两”在诗句中作车解释似乎较为直接。至于借用事物部分名称的个体量词，《诗经》“有兔斯首”的“首”是不是量词，有不同意见。此外，《诗经》也使用了一些比较特别的“量词”。如认为是表示时段而和时间名词有别的“日、月、年”等，有人称为准量词、时间量词；兼含数、量概念的“倍”（如《瞻仰》中的“如贾三倍，君子是识”），有的说是表倍量的量词，有的说是表倍数的数词。集体量词，《诗经》有表示不定量的“群”，表示定量的“两”、“双”。在《南山》“葛屦五两，冠緌双止”中，“两”、“双”的运用，

可谓贴切巧妙。诗篇旨在讽刺齐襄公及其妹文姜的丑行，诗句便以成双成对的葛鞋、帽带起兴，以物作比，喻人皆有正常匹偶，不可败坏伦常。“两”、“双”的计量作用，已融入修辞的表达效果。

借用量词的运用，往往能增加语言的形象性，修辞作用较为明显。例如，名词“卣”、“壶”、“爵”、“簋”用作计量，表示了容量、分量，原来的基本词义没有完全消亡而保留了原物的形象性，给人以具体、鲜明的形象效果。量词和数词的搭配，以虚指为多，意出言外，且有不同效果，如“显父饯之，清酒百壶”中的“百壶”极言酒多，点出饯别浓情和宴会盛况；“三爵不识”中的“三爵”，有人说以此借指饮酒量少，也有人说特有所指，由臣侍君宴以三爵为限之礼，力言醉酒之失；“陈馈八簋”中的“八簋”，有说是借指食物丰富，宴席隆重，有说是指天子八簋，而由此可推知，诗篇乃周公追述之作。动词“束”、“匊”、“握”，用作计量单位，语义上，可说笼统，却又具形象性。例如，“生刍一束”中的“一束”，“贻我握椒”中的“握”，“终朝采绿，不盈一匊”中的“一匊”，表示的量具体有多少？这比不上度量衡单位表量的明确。不过，这类借用量词往往能给人以具体、生动的形象效果。如“（一）握”犹言“（一）把”，表示一只手握、拿得住的数量；“握”的词义虽有一定程度的虚化，但计量之余，亦给人以动感。“匊”本表示双手合捧，动词；“襜”本指衣服前襟，名词，在“终朝采绿，不盈一匊……终朝采蓝，不盈一襜”（《采绿》）中，皆借用为量词，除形象地表示采量之少外，用词亦见生动自然，有顺手拈来之妙。此外，选用不同量词表示相若的意思，可以避免词语重复、呆板。《诗经》多用重言叠句，如《伐檀》“不稼不穑，胡取禾三百廛兮……不稼不穑，胡取禾三百亿兮……不稼不穑，胡取禾三百囷兮”中的“廛、亿、囷”，《羔羊》“羔羊之皮，素丝五纶……羔羊之革，素丝五緎……羔羊之缝，素丝五总”中的“纶、緎、总”，如果都作量词解释，便可看成运用了量词互用的方法，用不同的量词修饰同一事物，在重言叠句中，带出词语运用上的一点儿变化，也增强了语意的表达力。

参考文献

罗竹风：《汉语大词典》，上海：汉语大词典出版社，1990—1993 年版。

刘子平：《汉语量词词典》，呼和浩特：内蒙古教育出版社，1996 年版。

李若晖：《殷代量词初探》，《古汉语研究》，2000 年第 2 期。

香港中文大学中国文化研究所：《汉达文库》CHANT（Chinese Ancient Texts），香港：香港中文大学中国文化研究所，1998 年版，http：//www. chant. org。

黄载君：《从甲骨文、金文量词的应用，考察汉语量词的起源与发展》，《中国语文》，1964 年第 6 期。

黄高宪：《〈诗经〉数词量词的用法及特点》，《福建论坛》，1982 年第 1 期。

现代汉语复句及句群的比较*

黎少铭

一、引　言

句群和复句各自的判别标准可以说是清晰的，但问题来自于与它们下一级单位的比较，单句与复句历来有纠结的现象，而复句和句群，尤其是多重复句就存在混淆的地方。本文将从判别标准、结构层次以及关联词语三个方面比较两者的异同。

（一）复句及句群的判别标准比较

复句和句群的形式基本上相同。复句以它的分句间的组合关系分类，句群则以句子间的关系分类；复句常用关联词语关联，句群也用不少的关联词语关联；复句要用相关语义的分句来表达复杂的意思，句群则用句子来表达。基于种种的相似性，如果要表达相同的思想内容，既可以用复句也可以用句群。试比较下面的例句：

（1a）有一次，坐火车，坐飞机，坐汽车，来到密西西比河下游的耐彻斯城，这座城市曾经是美国南方的骄傲，当年有一位庄园主人在这里，靠经营种植棉花而成为全美国最富有的人。（李锐《无奈的旅游者》）

（1b）有一次，坐火车，坐飞机，坐汽车，来到密西西比河下游的耐彻斯城。这座城市曾经是美国南方的骄傲，当年有一位庄园主人在这里，靠经营种植棉花而成为全美国最富有的人。

（2a）于是，河床里有了水。于是，我们听到遍地枯石的歌哭。于是，我们在这刹那间拥有了一条自己的河。因为只有刹那的存在，所以这条河不应该叫做历史，只能叫做诗。（李锐《无奈的旅游者》）

* 本文修订自香港大学博士论文《现代汉语复句及句群研究》（2004年）。

(2b) 于是，河床里有了水，于是，我们听到遍地枯石的歌哭，于是，我们在这刹那间拥有了一条自己的河；因为只有刹那的存在，所以这条河不应该叫做历史，只能叫做诗。

例（1a）是一个二重复句，而（1b）是一个句群，句法只是更动了一个标点，即将第二个分句后的逗号变为句号。例（2a）是一个句群，（2b）是一个多重复句，分别是将几个表示句末的句号变成几个表分句的标点。从这两组例句可见，句群和复句在句法上是有相通的地方的。当然，从语用上看，其焦点以及强调的地方是有所不同的，但负载的内容基本上是没有分别的。

复句与句群间这种结构上的转换，并不是随意的，都受着各自结构上的不同限制。吴启主指出，如果句群和复句是以单个关联词语组合的，比较容易转换，① 例（1a）中除了“这座城市”这个表照应的短语外，并无其他关联词语，所以可以毫不困难地把它转换为一个句群。例（2a）这个句群有一对组合起来用的关联词语“因为……所以……”，不过这对关联词语只用在第四个句子里，作为表因果关系的复句，并不是分别在不同的句子中使用，所以把它转换成复句，也是很容易的；况且，转换后，复句与原先的句群的第一个结构层次仍然是因果关系。当然，这种转换，尤其是复句转换成句群，还要满足两个重要的条件：一是自身独立性较强；一是词义联系不那么紧密。②例（1a）中的复句间的解说关系各自都可独立成句，改为句群的“切割点”非常清晰。

复句和句群在某种程度上可以转换，并不表示可以把两者等同起来。事实上，更多的复句和句群是不可以转换的，就因为这样，说明了句群和复句是处于不同等级的单位，不可以把两者的关系看成句末点号与句中点号的互用。在结构上，两者间不能转换主要有两种情况：一是句子结构本身的制约。③ 复句是由两个或两个以上的分句组成的，结构关系是依存于句子内部的，独立性相对较低，分句间的联系较为紧密。句群是由两个或两个以上的句子构成的，句子间的关系是外部的，各个句子在句法上是独立的，句子间的联系较为松散。④ 试比较下面的例句：

(3) 他这样哭了几年，一口气上不来，死在街上了。（汪曾祺《徙》）

---

① 吴启主：《汉语构件语法语篇学》，长沙：岳麓书社，2002 年版，页 257。

② 王宁、邹晓丽：《篇章》，香港：海峰出版社，2000 年版，页 113。

③ 李子云：《汉语句法规则》，合肥：安徽教育出版社，1991 年版，页 449—450。

④ 史锡尧：《组句成群的语言手段及其使用》，载史锡尧著：《语法—语义—语用》，北京：人民教育出版社，1999 年版，页 318—322。

(4) ①至于为什么不把吃喝玩乐放在国历新年，他是只知其一，不知其二。②为表示爱国，为表示科学化，我们都应当遵守国历；国历国科国学国民等本来自成一系统。(老舍《大发议论》)

例（3）是一个顺承复句，三个分句联结得非常紧密，前后分句间彼此相联结，一旦独立开来，转换成句群，便会把句中的关系模糊化了，有可能将其误解成一个并列句群。例（4）是一个解说句群，句②是解释句①的情况，除了每个句子有句末标点外，两个句子在结构上都是独立的，结构关系较为松散。可见，作为解说部分的句②结构复杂，句内又构成一个因果关系，转化为复句便难以凸显第一层次的解说关系和第二层次的因果关系。郝长留同意复句较句群紧密，也就是表意紧凑、严密、更加突出；而句群则较为松散，句与句之间不那么紧凑，不太着重凸显一个完整的意思，句与句之间的关系与复句相比就比较弱。[①]

两者不能转换的另一种情况是，句子或分句受到本身的结构和上下文的制约。[②] 例如：

(5) ①我们家住在这条弄堂里。②这条弄堂有前后两排房子，总共是十幢。③只是在多年以后，会看房票了，才明白这种房子叫新式里弄房子，规格是钢窗、蜡地。④每幢房子还有一个不大不小的花园。⑤房子并不旧，却已经不太坚固了。(王安忆《搬家》)

例（5）这个句群由两个单句和三个复句组合而成。如果把句号改为逗号或分号，使之成为一个多重复句，这样就会将第一层次（句①与句②③④⑤）的总分关系和第二层次的总分关系（句②③和句④⑤）以及第三层次的解说关系（句②和句③）打乱了，这几层关系互有联系，由大至小的认知观察顺序会变得不条理、不清楚。另外，如果把句②③④这两个复句分别变成小句群，便会严重损害其中的认知联系，造成一个个不大相连的语流。

复句与句群在结构上既有相同点也有不同点，句与句之间的相连究竟是复句

---

① 郝长留以两个例子比较复句与句群的结构形态：

例 1　掌柜是一副凶脸孔，教人活泼不得。

例 2　掌柜是一副凶脸孔。掌柜教人活泼不得。

例 1 具有紧密性，分句间的因果关系较强，强调的是由于“凶脸孔”而使人“活泼不得”这么一个完整意思。例 2 不着重突出完整意思，而是各有各的叙述对象，句间较松散，因果关系不那么明显。“教人活泼不得”的该句的主语是“掌柜”，而“凶脸孔”这原因已经淡化。很明显，例 2 中的两个句子都有主语，结构独立，表达的是两个完整的意思。郝长留：《语段知识》，北京：北京出版社，1983 年版，页 5—6。

② 范开泰、张亚军：《现代汉语语法分析》，上海：华东师范大学出版社，2000 年版，页 267—268。

还是句群，邢福义为此确立了两个分辨的原则：双因素和单因素。[①] 双因素指的是“主观认定（标句点号）+格式规约”。语言单位也好，书写单位也好，以复句或句群表达，都有其主观性，即通过句号来认定；并且在语言单位中通过特定格式作为规约，这是客观标准。例如：

（6a）　难道他并不知道吗？还是他不肯付诸行动？
（6b）　难道他并不知道，还是他不肯付诸行动？

例（6a）和例（6b）都是选择问句，分别选用了句群和复句表达。例（6a）的主观认定是以两个问号标示，格式规约则是运用了选择问句群的格式：“难道A吗？还是B吗？”[②] 例（6b）的主观认定表现为只以一个问号显示其为复句关系，而复句的特定格式为：“难道A，还是B吗？”单因素只有“主观认定（标句句号）”一个判别标准。表达者把语言单位处理为复句或句群，依据其标句点号来认定。例如：

例（7a）　你是陈老师的学生。我不是陈老师的学生吗？
例（7b）　你是陈老师的学生，我不是陈老师的学生吗？

这两例在语义上并没有太大的分别，都是并列关系。说话人以一个句号及一个问号作为主观上的认定，把例（7a）界定为句群；而以一个句号统领两个小句，主观上认定例（7b）为复句。句群结构发生在句子间的关系，每个句子都是独立的；复句的结构关系是发生在句子内部的，每个分句都不能独立。[③] 吴为章据此认为，句群不必有一个统一的语调，不必有一个统一的标点；复句则必须有一个统一的语调，一个统一的句末标点：语调和标点的运用是区别复句和句群的依据。[④] 赵恩芳、唐雪凝也认同句末标号是一个分辨复句和句群的原则，同时指出由于复句的句末标点只有一个，语气也应只有一个。她们举了这样一个例子：“你是王家的媳妇，我就不是王家的媳妇吗？”贯穿全句的还是一个表示质问的语调，这个句子以质问的方式来表达“我们都是王家的媳妇”，而并非陈述“你是王家的媳妇”，或表示疑问：“我不是王家的媳妇吗？”也不是两者的简单相加关系。[⑤] 邢福义指出遵从标点句号以认定复句和句群这个从众性原则有两个

① 邢福义：《汉语语法学》，长春：东北师范大学，1997年版，页419—422。
② 邢福义：《汉语语法学》，页406—407。
③ 吴启主：《试论多重复句和句群的区别》，《中学语文教学》，1981年第2期，页33—38。
④ 吴为章：《句群与表达》，北京：中国物资出版社，1988年版，页6。
⑤ 赵恩芳、唐雪凝：《现代汉语复句研究》，济南：山东教育出版社，1998年版，页343。

原因。[1] 第一，标点对句子的认定有重要的作用，多用或少用一个标点句号会影响句法格局的微妙变化；第二，句子在语流中的辖域起点以及终点的界定，书面上靠的是使用者的主观认定，要是某个认定没被否定，这就是可接受的，符合从众性原则。

二、多重复句及多重句群比较

复句与句群都可以根据结构和层次关系，分为一重和多重关系。句子或分句间构成一种结构关系（或逻辑关系），就是一个层次，而层次与句子或分句间的数目并不是必然对应的。一重复句，可以由两个分句组成，也可以由几个分句组成，无论分句间的数目有多少，都只有一个层次；对句群的理解也是这样。分析多重复句和句群的层次只应注意其结构关系，不在于句子或分句数目的多寡；理论上，一重复句或句群，其分句或句子的数目可以是很多的。例如：

（8）①他俩在1926年结婚之后，把实验室当成了“公园”，｜（并列）②把崎岖的登攀之路当成了“林荫道”，｜（并列）③把夜晚当成白昼，｜（并列）④把假日当作工作。（叶永烈《科学无世袭》）

（9）①机器锈坏了。｜（并列）②工厂夷成破瓦堆。｜（并列）③枪膛里没有子弹。｜（并列）④人肚里没面包。｜（并列）⑤枪与人都饥饿着。（无名氏《大宗师》）

例（8）是一个有四个分句的复句，其中只有一个结构关系，所以是一个一重复句。例（9）是一个有五个句子的句群，它们都处于同一个层次关系，所以也只是一个一重句群。这两例都是并列关系。由此可见，具有某些关系的复句或句群的层次并不受到分句数目的影响。这可以有两类情况。刘叔新把分句制约与结构层次关系分为两类。[2] 一般来说，开放类的复句，其分句的多少层次不构成正比例递增关系，往往要根据分句间的具体联系来确定层次；而封闭类的复句由两个分句构成一个层次，所以分句层次是正比例递增关系，往往增加一个分句就增加了一个层次。至于哪些复句属于哪些类型，我们根据刘叔新的分类将其整理

① 邢福义：《汉语语法学》，页420—421。

② 刘叔新：《现代汉语理论教程》，北京：高等教育出版社，2003年版，页282—283。

成下表（见表1）。

表1　开放类及封闭类复句

开放类	封闭类
1. 包括大部分联合复句 2. 一般并列关系、连贯关系和递进关系都是开放类 3. 选择关系里无定关系也是开放类①	1. 包括偏正复句里的全部关系 2. 选择关系里的有定关系

刘叔新的分析以复句的关系为例，句群在这方面的表现并无不同。吴为章、田小琳也有这样的证明："句群也可以扩展，由三个或三个以上的句子构成的句群，就可能不止一个层次，有两个或可能更多的层次；而有推断关系的句群只要包含三个或三个以上的句子，往往是多重句群。"②。根据以上说法，若把两个类型的关系混合在一起，无论是复句还是句群，划分的层次就会变得相当复杂。例如：

(10) ①激荡杂乱的感觉弄得她不知怎么才好，||（因果）②于是不停地哭，|||（递进）③并且不愿看见任何人，任何东西；|（并列）④她紧紧地闭着眼睛哭。(张贤亮《早安朋友》)

(11) ①文章最好是用最经济的方法，把你想说的东西说出来，所谓"要言不烦"。||（并列）②把可有可无的字去掉，当然，更不用说可有可无的句。|（解说）③这样的文章才会受欢迎。(郭沫若《关于文风问题》)

例（10）是一个三重复句，例（11）是一个二重句群，都各自包括了一个封闭型和开放型的分句或句子。这种种搭配关系的出现，使得复句及句群的结构层次复杂起来。虽然如此，在现实的语言运用中，受种种影响，复句的层次也不

① 从选择的确定性角度来分类，可分为无定选择和有定选择两类。无定选择是不确定的，即主观上指出要选至少一种情况，但未确定选其中哪一项；有定选择是指在选择时确定选其中一种，或选后舍前，或舍后选前。刘叔新主编：《现代汉语理论教程》，页284—285。

② 吴为章、田小琳：《句群》，上海：上海教育出版社，1984年版，页48

可能太复杂。赵恩芳、唐雪凝和吴为章、田小琳都指出在多重复句中，二重、三重复句使用的频率要比四重、五重的复句高，而六重复句的使用率更低。[①] 层次多的复句口头上较为少用，这是因为汉语在表达习惯上会把较复杂的表达分成几句话来说，书面上则可较多运用多重复句。句群中句子的组合很少会受到结构的限制，独立性较强，不比复句中的分句。因此，只要是围绕中心意义，句群里的句子数量可以有较大的组合，层次会比复句复杂，四五层的句群一般会比四五层的复句常见。[②]。如果从广义的角度来看，句群泛指话语中句子与句子的组合，小至两个句子，大到整个篇章，都是句群，[③] 可见，句群的层次是可以非常复杂的。

多重复句和多重句群除了有复杂的层次外，它们的分句或句子间的搭配关系也是多种多样的。赵恩芳、唐雪凝指出，相同层次的多重复句，结构框架也往往不尽相同，例如，同是二重复句，结构框架可以由三个分句组成，也可以多至四个、五个、六个或更多的分句。即使是同一框架、同一数量的分句，其结构格式也可以是百花齐放，以三个分句组成的二重复句为例，它可以有两种结构格式，其中一种又可以再细分为六种格式，情况之复杂可以想见。[④] 黄成稳也有类似的分析，不过，他只就分句间第一层与第二层的单句或复句的关系作分析，讨论复句的扩展方式。[⑤] 例如：

(12) 他的思想很慢，　|　可是想得很周到，||　而且想来马上就
　　　　　　　　　　　　转折　　　　　　　　递进
去执行。(老舍《骆驼祥子》)

据黄成稳分析，例（12）是一个“单句|复句”的结构格式。这个句子第一层的前一个分句是一个单句，后一分句由单句扩展成一个复句，而复句间的两个分句之间的结构关系处于全句的第二层次中。[⑥] 赵恩芳、唐雪凝则把这种复句列为“分句+二重复句”的格式。对于多重复句的分析，重在第一层的结构划分，至于如何定名，则尚可商榷。

---

① 赵恩芳、唐雪凝：《现代汉语复句研究》，页343；吴为章、田小琳：《句群》，页49。

② 吴为章、田小琳：《句群》，页49。

③ 王维贤等把句群分为广义和狭义两种理解：广义是指句子与句子的组合，范围可以大至整个篇章；狭义是指话语中几个在结构上和语义上联系都十分紧密的句子。王维贤等：《现代汉语复句新解》，上海：华东师范大学出版社，1994年版，页366—367。

④ 赵恩芳、唐雪凝：《现代汉语复句研究》，页198—227。详细分析并举证了多重复句中二重复句、三重复句、四重复句的结构架构以及格式，并且只分析分句较少的多重复句。限于篇幅，这里不尽列举。

⑤ 黄成稳指充当分句的复句实际上是一个复句结构，不是真正的复句，否则会把多重复句和句群的结构混淆了。黄成稳：《复句》，北京：人民日报出版社，1990年版，页64。

⑥ 黄成稳：《复句》，页65。

句群的结构层次划分与复句相若，也是以第一层次为主要的分析层次。至于句群间的句子结构格式如何，一般来说，较少有人留意。高更生以句群内个别句子的结构分为四类：[①]

（1）单句句群：构成句群的单位是句群。

（2）复句句群：构成句群的句子都是复句。

（3）超句句群：构成句群的句子都是超句的。[②]

（4）混合结构句群：构成句群的句子有单句、复句和超句，或者有其中两种。

以例（10）和例（11）为例，两个都是混合句群，都包含了单句和复句的组合。不过，这种分类其实并没有多大的意义，它只考虑个别句群中句子的形态而已，既没有分析句子之间的关系，也没有理清句群之间的层次关系。对此，邢福义有较为深入的解说，他认为句群是通过这样的公式得来的："小句（单句）直接间接联结＋句子集群化。"[③] 小句直接联结是指，小句和小句直接联结成复句，也就是说，句群内的句子都是单句。[④] 小句间接联结指的是，小句先和小句结成复句，再联结成句群，换句话说，集结成群的句子可以全是复句，更多情况是单复句的混合。更重要的是，邢福义认为句子集群化是促使句群得以形成的动态条件。当然，这样还是未能详尽地解释句群间句子的搭配关系。对例（11）"①||②|③"整个是多重句群并没有异议，但是①和②之间有什么样的关系呢？张云徽认为，相对于其所处的大句群，这种关系可以称为"小句群"，因此，句群的组合关系应该有以下三种情况：[⑤]

①句子＋句子；
②句子＋句群；
③句群＋句群。

而①和②两种组合应是多重句群的关系。这种组合，尤其是③的形式，各句先通过句与句构成一个小句群，再一层一层结合，才合成一个大句群。以张云徽

---

① 高更生：《汉语语法专题研究》，济南：山东教育出版社，1990年版，页490—491。高更生书中采用的是句组这个术语，为了统一名称，这里全称之为句群。

② 所谓超句，是指用句子、句群和段落充当单句或复句的构成成分的语言片段。高更生：《汉语语法专题研究》，页390—392。

③ 邢福义：《汉语语法学》，页39—42。

④ 邢福义：《小句中枢说》，载邢福义：《邢福义学说论著选》，武汉：华中师范大学出版社，2003年版，页1—22。

⑤ 张云徽：《汉语语法学研究》，北京：中央民族大学出版社，2000年版，页18—20，218—219。

的其中一例予以说明：

(13) A①人们常常有这么一种体验：碰到热闹和奇特的场面，心里面就像被一根鹅毛撩拨着似的，有一种痒痒麻麻的感觉。|| ②总想把自己所看到和感受到的一切形容出来。| B③对于广州的年宵花市，我就常常有这样的冲动。|| ④虽然过去我已经描述过它们了，但是今年，徜徉在这个特别巨大的花海中，我又涌起了这样的欲望了。[①]

按张云徽的解说，以上多重句群以两个步骤进行组合：

(1) 句子①和②组合成 A 句群，是递进关系；句子③和④组合成另一个句群 B，是转折关系；

(2) 句群 A 和句群 B 再组合成一个更大的句群，是解说关系。例如：

句子① + 句子②→句群 A

句子③ + 句子④→句群 B

句群 A + 句群 B→大句群

无论多重复句或多重句群，重视的都是第一层次的关系，语法学家都认为只要把第一层次划分得准确，其他的层次关系便可迎刃而解。对于一些语义关系清晰的多重复句或多重句群来说，划分第一层次并不困难，但由于分析语言单位的多重关系，个人理解会受到许多因素的影响而有所偏差。同一个多重复句或多重句群有不同的分析，这在语法学界是较常见的。这种情况，不是外部形式标志所引起的，而是由分句或句子间的内在联系所引起的。要解决这个层次分析的问题，需要建立能够把形式和内在联系的规律作为分析和检验的根据，沈开木提出以“内在理据”来回答这个问题。[②] “内在理据”是指以数学的分配律作为解决多重复句的分析问题。句子语法学研究的是符号的组合，借用数学的组合律：先乘除，后加减；先括号里，再括号外，分析语法的组合情况。在对组合进行运算的时候，又提出分配律：a (b + c) = ab + ac。[③] 虽然这只是一种理论性的根据，还不是一种很完备的具体操作程序，但仍是一个不错的分析方法。例如：

(14) ①掌柜是一副凶脸孔，②主顾也没有好声气，③教人活泼不

---

① 张云徽：《汉语语法学研究》，页 220。

② 沈开木：《怎样分析多重复句》，载沈开木著：《语法・理论・话语》，广州：广东人民出版社，1999 年版，页 286—288。

③ 沈开木指出，现代汉语句子语法学就曾用数学的分配律来分析说明有关的短语：(亲爱的)(父亲和母亲) = (亲爱的父亲) + (亲爱的母亲)。这种数学分配律正是揭示这一短语内在联系的方法，也是判断分句正确与否的根据。沈开木：《几个多重复句的分析》，《汉语学习》，1987 年第 6 期。

得；④只有孔乙已到店，⑤才可以笑几声，⑥所以，至今还记得。（鲁迅《孔乙己》）

这个多重复句有人分析为：①||||②|||③||④|||⑤|⑥；而胡裕树则分析为；①|||②||③|④|||⑤||⑥。[①] 沈开木以分配律分析后，认为胡裕树正确。他指出，胡裕树把第一层次划在③与④之间，形成的［①（并列）②］（因果）〔③〕：“①掌柜是一副凶脸孔，③教人活泼不得”和“②主顾也没有好声气，③教人活泼不得”是正确的。④⑤⑥不能用分配律，不过，若把第一层次划在⑤和⑥之间，会形成这样的分配律：［①（并列）②（因果）③］（因果）〔⑥〕，出现的句子关系如下：“①掌柜是一副凶脸孔，②主顾也没有好声气，③教人活泼不得；⑥所以，至今还记得”所构成的因果关系不能成立。因此，只有划在③和④之间才是正确的。以这种数学上的分配律分析多重复句，虽然不是尽善尽美，但也有一定的可行性，而且应该可以在多重句群中运用。试以下例分析：

（15）①对语言进行语法分析，就是分析各种语言片段的结构。②要分析一个语言片段的结构，必须先把它分解成多个较小的片段。③结构就是由较小的片段组合成较大的片段的方式。④所以，要做语法结构的分析，首先得确定一些大、中、小的单位，例如“句子”、“短语”、“词”。（吕叔湘《汉语语法分析问题》）

这个多重句群应该分析为①||②|||③|④。把第一层次划在③和④之间，分配律的程序是：［①（承接）］［②（并列）③］（因果）［④］，句子的分配情况是：“①对语言进行语法分析，就是分析各种语言片段的结构。②要分析一个语言片段的结构，必须先把它分解成多少个较小的片段。③结构就是由较小的片段组合成较大的片段的方式。④所以，要做语法结构的分析，首先得确定一些大、中、小的单位，例如，‘句子’‘短语’‘词’。”如果把这个多重句群的第一层次划在其他句子间都不会得到以上满意的分析。

多重复句与多重句群都是经过不同的语言单位复叠而来的，这种复叠，两者都有相同的地方——都是由同类和不同类的结构嵌叠而成。试以表2比较。

① 张云徽：《汉语语法学研究》，页287—288。

表 2　多重复句和多重句群的结构关系

	多重复句		多重句群
同类嵌叠	指各类型的单层复句，其分句由同类型的复句形式构成	具有相同结构关系	专指由结构关系相同、组合层次不同的多个句子组成的句群
异类嵌叠	指不同类型的单层复句相互嵌叠	有不同结构关系	不同结构关系组合成层次不同的句群

如果说多重复句是各种类型的单句形式和复句形式相互组合而成的句法结构嵌叠现象，那么从句式来说，它应该会有相同句式的组合和异类句式的组合。王维贤等在《现代汉语复句新解》中把这些情况分为同类嵌叠和异类嵌叠两种，并且指出后者远多于前者。[①]

同类嵌叠是指各种类型的单层复句，其分句由同类的复句式构成。例如：

（16）①她仍然头上扎着白头绳，②乌裙，③蓝夹袄，④月白背心，⑤脸色黄，⑥只是两颊上已经消失了血色，⑦顺着眼，⑧眼角上带些泪痕，⑨眼光也没有先前那样精神了。（鲁迅《祝福》）

例（16）是一个二重复句，且都是以同类并列句式自嵌而成“① || ②
并列
|| ③ || ④ || ⑤ || ⑥ || ⑦ || ⑧ || ⑨”。
并列　并列　并列　并列　并列　并列　并列

这种格式并不限于开放类的复句，封闭类型的多重复句也有以这种同类嵌叠而成的格式。例如：

（17）①如果不懂得找快捷方式，| ②要比人早一步抵达目的地，|| ③遥远的路途是无论如何也不会达到的。

例（17）是假设复句，而其中表示结果的分句又是由假设复句形式构成的。异类嵌叠不难解释，只要是由两个或两个以上不同类型的复句复叠而成的，就是异类嵌叠，多重复句多是由这种类型重叠而成的。例如：

① 王维贤等：《现代汉语复句新解》，页 310。

(18a) 虽然他有千千万万家财，|但是终有一天会枯竭。

(18b) 虽然他有千千万万家财，|但是如果不好好善加运用，||就终会有一天枯竭。

(18c) 虽然他有千千万万家财，|但是如果不好好善加运用，|||又不懂得增加收入，|| 就终会有一天枯竭。

例（18a）是一个转折句，（18b）是假设句嵌入转折句，（18c）先是假设句嵌入转折句，然后是并列复句转入假设句的表假设部分。

如果能够好好地认清这两种情况，尤其是异类嵌叠的现象，对划分多重复句的层次会有很大的帮助。句群的层次的情况也是一样，固然会因为着眼点的不同而引起分析的差异，虽然是同一层次，却会出现不同的关系，可是有些情况刚好相反，有着相同的关系，而并非处于同一层次。吴为章和田小琳就以结构关系的相同与否把多重句群分为两类：①具有相同结构关系的多重句群；②具有不同结构关系的多重句群（见表2）[①]。第二类结构关系较易理解，因为结构和结构层次是一对一的，只要多一种关系，按理也就多一个层次关系，也就是多产生一“重”关系，如例（15）就是一个三重的句群，每一层次都有一种不同的关系。这种情况下的多重复句和多重句群并无二致。要说的是第一类，结构关系虽然相同，却组合成不同层次的多重句群，吴为章、田小琳有一个很典型的例子：[②]

(19) ①按照水泊里一些重要角色去看：比如宋江，武松，朱仝，雷横，杨雄，李逵之流画押司，都头，小牢子，都是属于吃衙门饭的胥役一类。|||②林冲，杨志，鲁智深，关胜，呼延灼，花荣，徐宁，张清，董平，索超，孙立，不管他们带兵多少，官职如何，都是执掌过军权的武官儿。|||③卢俊义是商业世家，在外避难的时候，还吩咐管家李固，随带十辆太平车准备做生意的大商人。|||④李应是土财主而兼地主。|||⑤柴进因为他祖宗禅位有功（?），有御赐的铁券丹书的优待条例，因此是过去的皇室后裔，是没落贵族。|||⑥晁盖是保正，等于现在的乡长，要是在地方上没有势力，是不配充当这种差事的，大约多少有些土豪的气味。|| ⑦其余如公孙胜，是走江湖的道士；张清，王英是真正的强盗；李俊，张横，阮氏三雄，是水贼。|| ⑧另外，如做猎户的解珍解宝，打柴为业的石秀，这类是真正的老百姓，可是在人数上，在地位上，不但是少数，而且也并不算重要。||⑨而燕青则是地道的奴才。|⑩根据这些人的出身，就可知道他们当时虽然也反抗官

① 吴为章、田小琳：《汉语句群》，页72—74。

② 吴为章、田小琳：《汉语句群》，页72—73。

府，打劫商旅，其实，他们的政权的操持者，仍然在胥吏，官员，商人，地主，贵族，土豪的手里，因此，要他们民主也还只是空招牌而已，知识分子在这中间，还能显出什么力量。（孟超《梁山泊与知识分子》）

例（19）共有十个句子，只有三个层次、三重句群，构成了一个解证关系的句群。第一重关系在①至⑨句和⑩句之间，而第二及第三重结构层次在①至⑨句之间，特别的是这九个句子都是并列关系，但是并不处于同一个层次。这九个句子分别处于两个不同层次，第二及第三层次，它们分别介绍了梁山泊中的四类人，见表3：

表3　例（19）多重句群的层次分析

层次	句子	介绍人物类型
第三层次	①至⑥句	胥吏，官员，商人，地主，贵族，土豪——都是有权势的人，梁山泊政权操持者
第二层次	⑦、⑧、⑨句	三教九流中人，平民百姓，特别是地道的奴才

从表3可见，这四类人中，①至⑥句虽包括了六种不同身份的人，但它们包括在同一类性质中——梁山泊政权操持者，所以它们之间是并列关系，处于句群的第三层次，与⑦、⑧、⑨句一起构成句群的第二层次。而且，⑦、⑧、⑨句自有关联词语“其余、另外、而”，把句子的关系分别开来，是一个很清晰的形式标志。这就很清楚地表明，结构关系相同不等于结构层次一样，判断“重”的关系是需要结合结构形式和逻辑意义的。

三、复句及句群的关联词语比较

除了句法关系外，复句和句群也是靠语义组合起来的；而这种的组合关系，语序的组合固然是一种常见的手段，关联词语的组合也并不少见。使用关联词语组合，复句与句群不尽相同，综合比较，两者有四点分别：

（一）搭配上的分别

复句中多数成对的关联词语，即使只用了其中一个，也可以补上另一个，对句法毫无影响。句群则不同，一般不成对使用关联词语，通常是拆开来单用其中一个。

（20）王玉英（　）长得很黑，但是两只眼睛很亮，牙很白。（汪

曾祺《晚饭花》)

(21) 这是一条南北向的巷子，相当宽，可以并排走两辆黄包车。但是不长，巷子里只有几户人家。(汪曾祺《晚饭花》)

例 (20) 是一个转折复句，(　) 中可以补上一个“虽然”，与第二个分句的“但是”搭配成对的关联词语，补上后，句法也不会有什么影响。例 (21) 是一个转折句群，第一个句子与第二个句子合起来看有“虽然”的意思，可是很难为它补上一个类似的关联词语；即使勉强为它补上，也会造成句子意思不完整。是否所有成对使用的关联词都不可在句群中使用？答案是否定的。高更生、王红旗在《汉语教学语法研究》中把这些成对使用的关联词语的使用情况分为两类 (见表4)①：

表4　成对使用的关联词在复句及句群中的使用情况比较

界定	成对使用，只限用于复句的关联词语	成对使用，一般不关联句群，在一定条件下可以关联句群的关联词语
例子	并列关系：又……又、也……也……、不是……而是…… 递进关系：尚且……何况…… 限选关系：不是……就是…… 决选关系：与其……不如…… 宁可……也不…… 因果关系：之所以……是因为…… 既然……那么…… 假设关系：即使……也……	递进关系：不但……而且…… 转折关系：虽然……但是…… 因果关系：因为……所以…… 假设关系：如果……那么……

一定条件下，成对使用的关联词语可以关联句群的，有以下两例：②

(22) ①蘩漪在同侍萍的谈话中，虽然是很有礼貌，很客气的。②话也很婉转，很有分寸。③但谈话的内容，却决不是侍萍所愿意听的。(曹禺《雷雨》)

(23) ①曹操同刘备虽然对立，但是对关云长敬若上宾。②因为感到关云长是个将才，不但武艺超群，主要人格高尚。③所以，待他三日

① 表4乃根据高更生、王红旗的《汉语教学语法研究》(北京：语文出版社，1996年版) 中的数据整理而成，页454—455。

② 取自高更生、王红旗的《汉语教学语法研究》，页449、451。

一小宴，五日一大宴，上马相敬，下马相迎，目的要想买服云长之心。（张国良《千里走单骑》）

例（22）是一个转折句群，“虽然”与“但是”分别位于句①和句③，这虽然可以视为作者运用标点的一种习惯，但更大的作用是在强调这种转折的关系。例（23）中的“因为”表示原因，解释的范围是句①的内容，表述曹操为什么“对关云长敬若上宾”；同时，也是句③的原因。由于有这种双重解释的作用，句①的“虽然”便单独使用，可以独立成句。需要注意的是，“虽然……但是……”，“因为……所以……”等关联词语的联系并不是十分紧密；因此，在句群出现时可分别在不同的句子中作句间的联系，以句号隔开。[①]

（二）使用的方式不同

成对使用的关联词语，复句的使用有以下三种情况：①成对使用；②只用前一个或后一个；③单用时只可用后一个。例如：

（24）因为性质是太基本了，图示也太意外了，所以跑来一趟向他请益。（陈之藩《日记一则》）（关联词语成对使用）

（25）因为那时只看过《三国演义》，自况是落败时的刘备，好像重演刘玄德当年之弃新野，走樊城，败当阳，奔夏口。（陈之藩《日记一则》）（只用前一个关联词语）

（26）土老师大被洋老师轻视，所以常在洋老师的背后批评洋老师……（陈之藩《日记一则》）（只用后一个关联词语）

（27a）他又聪明，又活泼。

（27b）他聪明，又活泼。

（27c）他又聪明，活泼。（?）

要解释的是例（27c）这类并列的复句，“又”这个关联词语必须关联两项成分，成对使用固然没有问题，单个使用时用在后面是明显地紧扣后一项。如果“又”只用于前一项如例（27c），关联只限于前一项，而后一项便缺乏了应有的照应，读者对此关联的预期便落空。

① 傅由：《篇章关联词语分析》，载中国人民大学对外语言文化学院编：《汉语研究与应用》（第一辑），北京：中国社会科学出版社，2003 年版，页 258—259。

至于句群，往往在后句用后一个关联词语。[①] 原因是，这些关联词语表示的意义关系繁富，但都具有引进下文的语法功能，所以通常出现在后续句的句首，而较少出现在句群的第一个句子中。[②] 例如：

(28) 陈寅恪与吴宓两人的诗都很不错，而两人很要好。可是吴宓总觉得他自己所写的诗不如陈寅恪的好，而想向他请教，求他修改。(陈之藩《日记一则》)

(三) 使用的范畴不同

复句与句群各自有一些关联词语只适用于自己的范畴中，而不能够用于另一个语法单位。表5是一个比较：

表5　常用于复句或句群的关联词语

类型	常用于复句的关联词语[③]	常用于句群的关联词语[④]
例子	即使、即或、即便、即令、纵使、纵然、哪怕、就算、尽管、不仅、不但、不光、不只、不单、不独、只要、无论、不论、由于等	另外、此外、总之、比如、比如说、比方说、与此同时、除此之外、一般地说、归根究底、这就是说、举例说、拿……来说、首先……其次……最后等

有些关联词语多用于复句而少用于句群，这是因为成对的关联词语联系得较为紧密，彼此相互呼应，很难分拆成几个句子。相反，有些只用于句群，绝少在复句中出现，原因有两个：①这些起关联作用的词语要求它的前面的语言单位有较大的停顿，应当成为句子，这是对上文来说的；②这些关联词语本身带有插说成分，属独立成分；这是就下文来理解的。例如：

(29) 在九月开学时，不只是街上的容貌变了，就是学校的课程表

---

① 吴为章、田小琳：《句群》指这些在句群中单独使用的关联词语，多是在正常语序下出现在复句的后一分句中，这些词语有两类：①连词，包括“而、而且、并且、那么、但是、可是、但、所以、因此、因而、然而、不过、甚至、甚而、甚或、甚至于、况且、否则、于是、接着”等；②副词，包括“同时、其实、原来、当然、却、又、也、更、还”等。(上海：上海教育出版社，1984年版)，页17。

② 吴为章、田小琳：《句群》，页17。

③ 吴为章、田小琳：《句群》，页18。

④ 此部分归纳自邢福义：《汉语语法学》，页399；高更生、王红旗：《汉语教学语法研究》，页455；吴为章、田小琳：《句群》，页18。

也变了。比如英文由每周六小时改成两小时，加了日文；算术的钟点也少了；国文则以年代为序，开始要小孩子读经。比如《诗经》的“兼葭苍苍”等。（陈之藩《日记一则》）

邢福义指出，这些关联词语并非绝对不可以在复句中出现，只是出现的频率很低，音节越多，复句中出现的可能性就越小。[①] 况且，即使关联的内容相若，句群与复句之间的关联词语也可不相同。以让步关系为例，复句多以“即使、哪”，并与副词一起作关联；句群多用“退一步说、诚然”来表达，也缺少相呼应的副词。[②]

（四）使用的频率不同

姜光辉的《复句和句群中的关联词语》指出，复句中使用频率高的关联词语在句群中的使用频率不一定高，反之亦然。他把两者在书面语使用频率较高的关联词语作了一个排序（见表6）。[③]

表6　复句及句群关联词语出现频率的排序

复句	但（是）、为（了）、由于、而、如（果）、就、因此、因（为）、所以、虽（然）、并（且）、要、那么、因而
句群	但（是）、因此、所以、这样、此外、同时、因为、可是、而、然而、由于

复句和句群的关联词语使用有异有同，如果以关联词语的语义关系作为分类，两者应该会有所不同。可以说，复句和句群的分类大致相当，但不完全相同的句群里的组合关系，在复句里都可以找到；但有些组合关系如条件、取舍等，复句里有，句群中却很少出现。即使是两者都常见的组合关系，其表现形式也不尽相同。下面以三类组合关系来比较两者的不同。

1. 并列类

并列类的构成部分是平等并列的，无论复句或句群，都有平列和对照两种关系类型。不过，句群的并列由于每一句说明的意思独立性较强，彼此缺乏制约性，而复句的并列分句之间则表现得较为紧密。例如：

（30）仍留一天窗透气，同时于这窗洞里，继续操作筝网。（彭见明《不老湖》）

① 邢福义：《汉语语法学》，页400。

② 傅由：《篇章关联词语分析》，页258—259。

③ 姜光辉：《复句和句群中的关联词语》，《中学语文教学》，1982年第12期，页35。

（31）她恨这个木头木脑的乘人之难占有她的男人。但作为一个劳动妇女，她同时崇敬这个陌生渔夫对于劳动的专注庄重。（彭见明《不老湖》）

例（30）是复句，例（31）是句群，两者都用了“同时”作为并列形式的照应，表明前后两部分是同时发生的事，不能忽略任何一方面。例（30）中的“同时”表平列，句法及语义紧凑；例（31）中的“同时”表对照，句法及语义比较松散。

2. 承接类

承接类的几个部分表示连续的两个或两个以上的动作或事件。复句和句群都会使用诸如“于是”、“接着”、“然后”等关联词语。吴启主认为，承接类的句群，如果它的构件是复句，那么它的分句关系多半也是承接类的。① 例如：

（32a）①夕阳把水面映得通红，把天空也染成万道彩霞。②转眼工夫，又变成紫绛色，最后逐渐增加一层层灰暗。③于是，黄昏的纱幕就地落到水面上。（袁鹰《归帆》）

这个承接句群在句③中是用“于是”把三个有时间先后的句子连接起来的。句②也是一个承接复句，以“最后”关联分句。由于复句和句群都有相同的组合关系，因此，邢福义认为，这种句群是可以压缩成一个复句的。例如：

（32b）夕阳把水面映得通红，把天空也染成万道彩霞，转眼工夫，又变成紫绛色，最后逐渐增加一层层灰暗；于是，黄昏的纱幕就地落到水面上。

3. 假设类

假设类是指前一部分提出一种事实，后一部分则以这种事实作为假设的情况推出某种相应的结果。假设复句的偏句是一个单纯的假设，服务于正句；假设句群的前句是一个独立的意思，不为后句服务，后句把它作为假设的情况来看待，论证出某种相应的结果。例如：

（33）我们要按约定的时间到达，否则，他们空等我们，浪费了时间。（陈之藩《紫气东来》）

（34）李鸿章在奏折中认为：谋划之始，不可轻于言战；败挫之后，不可轻于言和。否则，不仅使法军窥我内怯而要挟多端，而且更使列强增加轻侮之心。（陈之藩《紫气东来》）

---

① 吴启主：《汉语构件语法语篇学》，页262。

例（33）是一个假设类复句，前一分句表示“一个必须做到的情况”，后一分句以“否则”关联，表示“如果达不到”会有什么情况出现。例（34）前句是说“备战与战败的应有态度”，后句用“否则”关联，是把同前句说的相反意思作为假设条件，从而引出后句所说的后果，两个意思较为独立。两个“否则”都相当于“如果不这样，那么……”的意思。

四、结 语

本文通过判别标准、结构层次和关联词语三个方面比较了现代汉语复句及句群的异同。在判别标准上，两者虽有相通之处，但并不是可随意转换的两个不同级的语法单位。结构层次方面，多重复句和多重句群各自由不同的句子或句型复叠而成，而多重句群的异类复叠出现的情况要比前者多。就关联词语而言，两者在搭配方式、使用方式、使用范畴和使用频率这四个方面均有所不同。毫无疑问，复句和句群在句法和语义层面上是两个虽相同但差异更大的语法单位，若多从语用的角度来考察两者之间的异同，相信会有另一层意义。

参考文献

范开泰、张亚军：《现代汉语语法分析》，上海：华东师范大学出版社，2000 年版。

傅由：《篇章关联词语分析》，载中国人民大学对外语言文化学院编：《汉语研究与应用》（第一辑），北京：中国社会科学出版社，2003 年版。

高更生：《汉语语法专题研究》，济南：山东教育出版社，1990 年版。

高更生、王红旗：《汉语教学语法研究》，北京：语文出版社，1996 年版。

郝长留：《语段知识》，北京：北京出版社，1983 年版。

黄成稳：《复句》，北京：人民日报出版社，1990 年版。

姜光辉：《复句和句群中的关联词语》，《中学语文教学》，1982 年第 12 期。

李子云：《汉语句法规则》，合肥：安徽教育出版社，1991 年版。

刘叔新主编：《现代汉语理论教程》，北京：高等教育出版社，2003 年版。

沈开木：《怎样分析多重复句》，载沈开木著：《语法·理论·话语》，广州：广东人民出版社，1999 年版。

沈开木：《几个多重复句的分析》，《汉语学习》，1987 年第 6 期。

史锡尧：《组句成群的语言手段及其使用》，载史锡尧著：《语法—语义—语用》，北京：人民教育出版社，1999 年版。

王宁、邹晓丽：《篇章》，香港：海峰出版社，2000 年版。

王维贤等：《现代汉语复句新解》，上海：华东师范大学出版社，1994 年版。

吴启主：《汉语构件语法语篇学》，长沙：岳麓书社，2002 年版。

吴启主：《试论多重复句和句群的区别》，《中学语文教学》，1981 年第 2 期。

吴为章：《句群与表达》，北京：中国物资出版社，1988 年版。

吴为章、田小琳：《句群》，上海：上海教育出版社，1984 年版。

邢福义：《汉语语法学》，长春：东北师范大学出版社，1997 年版。

邢福义：《小句中枢说》，载邢福义：《邢福义学说论著选》，武汉：华中师范大学出版社，2003 年版。

张云徽：《汉语语法学研究》，北京：中央民族大学出版社，2000 年版。

赵恩芳、唐雪凝：《现代汉语复句研究》，济南：山东教育出版社，1998 年版。

香港中文科的校本评核

黎国伟

一、导　言

2012年，香港中学的文凭考试是香港新高中学制的首届考试，极具历史意义，更是教育改革的重要里程。香港中学的文凭考试非常重视校本评核，全部24个科目，除了数学科外，其他已定下确实的实施年份和具体细节。2012年，首届考试共有12个科目会实施校本评核。①

香港中学的文凭考试，中国语文科和中国文学科均设有校本评核。新高中的中国语文科校本评核的设计，承继了2007年香港中学会考中国语文科的模式，列为校本评核的必修部分，另附加选修部分。新高中的中国文学科则沿用2005年香港高级程度会考开始施行的校本评核模式，也是把相同的评核项目列为必修部分，另外附加选修部分。然而，要谈香港中文科实施校本评核的起始，则需追溯至1994年中国语文科及文化科实施的校本评核，本文以下将有篇幅说明各个中文科考试课程中校本评核的内容。总括而言，香港中文科的校本评核的实施情况，见表1。

表1　香港中文科校本评核实施时间表

科　目	首届实施校本评核的年份
香港高级补充程度会考 中国语文及文化	1994
香港高级程度会考 中国文学	2005
香港中学会考 中国语文	2007
香港中学文凭 中国语文	2012
香港中学文凭 中国文学	2014

① 参考《2012年香港中学的文凭考试规则》第5页，3.6项，香港考试及评核局，2009年6月。

二、校本评核是什么

校本评核是指在日常学与教的过程中，由学校的任课教师来评核学生的表现，而所评的分数，将纳入学生个人的公开考试总成绩之中。如新高中的设计，评核的分数将计入学生在香港中学文凭考试的成绩。[①] 以上所述，概括了校本评核的主要运作和效用，但究竟施行校本评核有些什么意义，它是否值得推行，尤其是对中文科学习和考评的发展的影响是正面的还是负面的，这些问题都值得我们探讨。

（一）学与教以及评核的结合

任何科目的校本评核都不会独立存在，中文科也不例外，其中必须包含教、考两大领域，即“教学课程”和“考试课程（或称考试纲要）”的相互结合。

以首门中文科目设有校本评核的中国语文以及文化科为例，香港考试局出版的《中国语文及文化》小册子（1990 年）指出设计本科课程的原则为：

> 本科的取向应着重提高学生的语文沟通能力、加强学生的独立思考能力、加深学生对中国文化的了解、提高学生学习本科的兴趣和培养学生继续进修的自学能力；(1) …… (4) 为培养学生继续进修的自学能力，本科应鼓励学生养成课外阅读的兴趣习惯。

又强调本科教学目标之一为：

> 提高学生学习中国语文及文化的兴趣，并使学生有继续进修的自学能力。

小册子内更向本科教师提出教学上对学生的明确要求：

> 自学方面：
> (1) 能自行订立学习的目标、计划与方法；
> (2) 懂得搜集和整理数据，并能使用一般工具书、参考书、书籍附录的索引和图书馆的目录。

至于小册子中对校本评核精神说得最清楚明白的，正是课外阅读成绩考查的实施意义：[②]

---

① 参见香港考试及评核局：《香港中学文凭考试校本评核简介》单张，2009 年 10 月。

② 参见香港考试局：《中国语文及文化》小册子，1990 年 6 月，页 15。

本试卷的特色为任课教师负责评估考生课外阅读的成绩，其意义如下：

(1) 促使学生重视学习的过程，引导学生培养阅读的兴趣和习惯；

(2) 加强师生间的沟通，让学生可以直接从教师对作业的评改中检讨本身阅读的进度与效果；

(3) 根据学生平日作业的平均成绩评定他的阅读成果，再配合在其他试卷中所获得的积分评估他修读本科的成绩，这样更公允；

(4) 减轻学生因应付公开考试所承受的心理压力。

由以上资料所见，有关培养学生“自学能力”的用意，昭然可见，而培养学生自学能力的最好方法，莫过于以校本评核作为手段，拨出若干公开考试的占分比重，让学生在日常的学习中依照考试大纲的规定，完成教师安排的课业，由任课教师评核并计算分数，将其作为考生会考成绩的一部分。这样便可借考试的推动力，鼓励学生建立自我学习的系统，掌握自我管理学习的进度。考试对个人“附有激励作用”①，校本评核其实也是一种考试模式，故有助于达成培养学生自学能力之目的。

学与教及评核互相结合的宗旨，在备有校本评核的各个中文科考试课程中均有所强调，而在不同的校本评核、评分手册中，均有显著篇幅说明校本评核在这方面的实施意义，包括2005年的香港高级程度会考中国文学科，② 以及2007年的香港中学会考中国语文科等。③

（二）校本评核能提高公开考试的效度

香港的公开考试，最为人熟悉的是它在同一时间集体地公开举行，考试过程严谨、客观和公平。一次性的考试固然有很多优点，然而，不等于它可以解决评考中的所有问题，它的施行模式有一定的局限性，以致未能全面考核学生的不同能力。以语文科为例，需要考核学生的读、写、听、说等不同的语文能力，即使在现有的考试模式下，也不能完全依赖一次性的考试来解决。阅读、写作和聆听卷虽然可以用统一考试的方式进行，但是说话能力的考试，碍于考试所需要的口试主考员人数和考场数目众多，以及其独特性，根本无法把上万人数的考生安排在同一时段考试，结果只能分日、分节进行。这样的安排，基于资源紧缺，但又要成功考核学生的说话能力，加强语文科考试的效度，在目前来说，可谓别无

① 香港政府，《香港教育透视国际顾问团报告书》，第36页，3.2.2项，1982年12月。

② 香港考试及评核局，《二零零五年香港高级程度会考中国文学科》校内评核评分手册，2003年4月，页1。

③ 香港考试及评核局，《2007年香港中学会考中国语文科（校本评核）》评分手册，2006年4月，页1—2。

选择。

若要进一步加强考评的效度，必须另谋他法，校本评核的引入正可提供一条出路。善用校本评核的手段，可以弥补一次性公开考试的不足，例如，可以让学生于日常学习中表现他的语文能力，并且有效地予以考核。最明显的例子，莫过于有关评核课外阅读的表现了。学生平日是否认真、有计划地阅读，不可能单靠一节指定的纸笔考试得窥全豹，必须通过比较长期的观察、持续的评核，方能准确探知学生在这方面的成就，因此，不论是中国语文科及文化科，还是中国语文科和中国文学科，课外阅读都成为校本评核的必修和核心部分。

校本评核如何配合公开考试并补充一次性考试的不足，可见于《新高中中国语文——校本评核结合学习　提高评核效度》的解说：[①]

> 校本评核是指在日常教学中，由学校任课教师来评核学生的表现，并把分数计算入公开评核成绩内。引入校本评核的主要理念，是把评核的范围由试场扩展至教室内外，利用学生在学习过程中所进行的多次课业来合理地评估他们的学习成果。由任课教师评核学生在学习过程中的表现，除了可以提供更为可靠的评核结果，弥补公开考试的不足外，更可以减轻学生须以一次公开考试决定全部学业成绩的心理压力，令学习生活更轻松愉快。

（三）校本评核是公开考试的补充还是兼容

校本评核的评核内容和项目，和一次性公开考试应该是兼容的还是作为它的补充，这在设计中文科校本评核的时候是必须认真思考的难题。这个难题在某些科目中是可以轻而易举地解决的，而教育界的持分者对此一般是不会有什么争议的，例如，视觉艺术、体育等技艺性较强的科目。显而易见，校本评核要处理的是学生在该科目中日常的技艺表现，而这些表现与纸笔考试的范围可以完全不重叠，如视觉艺术科要求考生提交作品集，体育科的男子组体操实习，包括垫上运动、腾越、单杠、双杠。[②] 凡此种种，都是独立于一次性考试范围之外的，所以这些科目校本评核的内容和项目便属于补充性。

中文科校本评核的内容应有怎样的取向是较令人伤脑筋的。众所周知，语文能力是综合的，读、写、听、说能力都不是独立表现，而是互为影响的，所以难

---

① 林汉成，香港考试及评核局评核发展部经理，文章见于香港考试及评核局网页。2009 年 1 月 23 日于《明报》转载。

② 香港考试及评核局，《2010 年香港中学会考考试课程及规则》，2008 年。

以单单切割其中的某一项能力来予以展示。即使在一次性的公开考试中，所谓独立设卷考核某种语文能力的时候，也不能避免在考核的过程中牵涉其他语文能力。阅读能力的层次，据祝新华教授的意见，可有“复述、解释、重整、伸展、评鉴、创意”六个不同层次，[①] 即使在较低层次如“解释”时，已要求学习者用自己的话进行解释。因此，公开考试的阅读能力卷也会涉及写作和表达能力。虽然在理论上，考核阅读能力只应集中考验学生能否理解字、词、句、段的意思，不应该混杂其他语文能力，以免影响评核阅读能力的信度，但是，考核母语的语文能力，总不能停驻于文字的表层理解，它的背后隐义、引申的道理或喻指等，均应属于考核的范畴。要考验这些较高层次的阅读能力，若只靠偏于客观的选择题或简单填空题设问，未免过于局限，难以成事，便需要拟设一些可供考生有较大作答空间的短写题或问答题，让考生凭一己对阅读考试材料的深入理解，自由书写他的体会和感想，以显示考生理解作品的深度和反映考生阅读能力的层次。同样，考核聆听卷的时候，为考验较高层次的能力，也不能完全避免要求考生以书写的方式回答问题。有鉴于此，语文科的校本评核取向，在本质上似乎已不大可能单纯采用补充一次性公开考试的方向；然而，为保持校本评核的某些独立性和效度，以免与公开考试考核的能力过度重叠，成为公开试试卷的影子，令其失效，甚至是毫无意义，中文科校本评核的内容和项目与公开考试试卷应保持着互相兼容的关系。简单地说，校本评核考核的语文能力可能会和公开考试的试卷相同，但不会完全重复，而要求所表现的语文能力，必须是经较长时期的成长，经过教师不停观察、评断所得的结果，不是学生一时一地的表现。例如，2007 年，香港中学会考中国语文科的校本评核开设了日常课业或其他语文活动一项，便是评核学生在中四、中五两个学年内在日常课业或语文活动中的表现，其中反映的虽然仍是读、写、听、说或其综合的语文能力，但是，这是经历长达两年时间的整体表现，与一次性考试所反映的语文能力可谓同中有异。

三、中文科各科校本评核的设计以及对设计的评价

为方便讨论和读者理解，以下有关中文科各科校本评核的设计，按科目的性质可以归纳为两大类别，即语文科的类别和文学科的类别。每一个类别依该科目首届实施校本评核年份的先后排列，依类编次为语文科类：香港高级补充程度中国语文及文化科（1994）、香港中学会考中国语文科（2007）、香港中学文凭考试中国语文科（2012）；文学科类：香港高级程度会考中国文学科（2005）、香

---

① 见香港教育城网页，载于《卓越教师共建阅读素材库计划》之“阅读六层次”，http：//www.hkedcity. net，2010 年 4 月 4 日。

港中学文凭考试中国文学科（2014）。

（一）香港高级补充程度会考中国语文及文化科

如前所述，中国语文及文化科是中文科各科之中最早设立校本评核的科目，首届考试各卷比重见表2。

表2　2004年中国语文及文化科各卷占分比重

卷别	试卷名称	占全科比重
试卷一甲部	实用文类写作	30%
试卷一乙部	阅读理解	15%
试卷二	文化问题	25%
试卷三	聆听理解	10%
试卷四	说话能力测试	10%
试卷五（校内评核）	课外阅读成绩考查	10%

中国语文及文化科自1994年至2010年，试卷的比重和部分考卷的内容曾经有所改动，包括试卷四增加了说话测试的考生准备时间，试卷二更换了文化问题参考篇章，2000年将实用文类的写作卷和阅读理解卷改为分时间设考，2005年减少了实用文类写作10%的占分比重，并分别编配给聆听理解和说话能力测试卷，即三者各占全科的比重改为20%、15%、15%等。但试卷五中的课外阅读卷，占全科10%的比重由首届考试一直沿用至今，没有任何改变，只是期间曾增订阅读书目，以及放宽选书的限制。

根据香港考试局的要求，① 1994年，首届中国语文及文化科试卷五的课外阅读校本评核的设计为：考生必须在两年预科课程内按规定阅读五本书籍，并需完成任课教师指定的作业，由任课教师评分，于中七学年结束，并呈交五个分数给香港考试局，经调整后计算入学生的公开考试成绩中。这个设计，除前述有关书目和选书方式的改动外，由开始实施至今，基本没有改变。

♨ 评 论

中国语文及文化科对中文科引入校本评核有着牵头的作用。本科设计能抓住推行校本评核中课外阅读这个关键，它是语文学习的一个骨节位置，又是一次性考试怎么也照顾不来、考验不到的部分。正如随后出现的各个中文科的校本评核

---

① 参考香港考试局，《中国语文及文化——课外阅读成绩考查》评分手册，1992年9月。

也把课外阅读列为主要评核的元素，这是它的成功以及可取之处。

当然，由于它的整个设计理念是围绕课外阅读的，范围难免较为褊狭，局限了校本评核在科目中的发展空间。起初做的设计，整个课外阅读成绩考查对教师和学生都有颇大的限制，例如，1994 年的课程规定学生必须在两学年内选读五本课外书籍，但提供的选择只有十本书籍，分成五类，[①] 其中的语文知识类和文化常识类只各提供一本书籍，即没有为学生提供选择。虽然这样严格的选书限制在其后陆续放宽，并且在引入的五本阅读书籍中，允许有一本是自选书，这样就扩大了选书的空间，但是相对于让学生完全自由选择喜爱书籍的情况，仍有一段距离。

中国语文及文化科的校本评核自施行以来，受教师和学生关注程度没有预期的高，它的优点亦未见发挥尽致。这是由先天原因和后天客观环境造成的。先天条件方面，本课程校本评核占全科总分数的 10%，相对其他卷别较少。起初它与聆听理解和说话能力测试都同占 10%，情况还算可以，但从 2000 年的会考开始，听、说卷已分别增加了 5% 的比重，形势比课外阅读成绩考查占优，以致这部分受重视的程度更见低落。我们不时会听到有任课教师诉苦，本想劝勉学生用心于课外阅读的课业，但往往被学生的“豪气”所遏。学生响应说两学年读五本书，兼要完成相关课业，如撰写长篇大论的读书报告等，换回来的每本书籍只占全科 2% 的分数，实在是费时费神，宁愿放弃。如此，学生固然曲解了课外阅读的意义不在于那区区每本 2% 的小量分数，而是通过大量阅读潜移默化、含英咀华、汲取养分、增强识见，在不知不觉中开阔视野、丰富经验，慢慢提升一己之语文能力；不过，它也表明了由于课外阅读成绩考查占分不高而被轻视的情况。舍此以外，历年来本科合格率偏高也是学生不重视本卷的原因。近年来，本科的合格率曾攀升至 90% 的高位，而数字亦经常游走于 80% 以上的良好成绩，学生主观地认为校本评核对本科总成绩影响甚微，态度有欠积极，由此可见。总而言之，本科校本评核对自主学习所起的积极作用是相当有限的。

（二）香港中学会考中国语文科

香港中学会考中国语文科于 2007 年引入校本评核，虽然早于 1994 年中国语文及文化科已首先实施了校本评核，但因只局限于课外阅读一环，规模始终有限；真正大面积地在语文科推动校本评核的，当是由此而起。然而，2007 年，中国语文科的校本评核也非一无所本，因为在 2005 年的香港高级程度会考中国

① 五类书籍：语文知识：吕叔湘《语文常谈》；文化常识：马重奇、周丽英《中国古代文化知识趣谈》；散文：梁漱溟、牟宗三、唐君毅、徐复观《生命的奋进》、思果《香港之秋》、蒋梦麟《西潮》；报告文学：钱钢《唐山大地震》、徐刚《沉沦的国土》。

文学科中亦成功推出校本评核，评核的范围比中国语文及文化科拓宽了不少；2007 年，中国语文科的校本评核于此亦有所启发和吸收。本课程的组织见表 3。

表 3　2007 年中学会考中国语文科各卷占分比重

卷别	试卷名称	占全科比重
试卷一	阅读能力	21. 25%
试卷二	写作能力	21. 25%
试卷三	聆听能力	10. 2%
试卷四	说话能力	15. 3%
试卷五	综合能力考核	17%
校本评核	阅读活动	5%
	日常课业或其他语文活动	10%

香港中学会考的考生人数约为 10 万，中国语文科为必修科目，引入校本评核的影响较约 3 万名考生的中国语文及文化科为大，而且，校本评核在全科的占分比重也比中国语文及文化科增加了 5%，深受各方高度重视的情况由此可知。由于本科校本评核的牵涉面广，影响深远，故在推出的过程中会产生一些波折，须与各界人士以及中文科教师多番洽商，才能协调出表 3 所列的方案。

♨ 评 论

本考试课程的校本评核设计，在很多方面都取得了突破。先是在课外阅读方面，整个设计理念不再如中国语文及文化科或高考中国文学科那样囿于为学生提供指定书目或参考书目，而是全面放开，不管是书籍的选择还是要求学生阅读书目的数量，都交给学校和任课教师来决定，如此彻底的开放，并非意味着局方撒手不管，而是希望切切实实地体现真正的校本精神，把主权回归学校。

香港的中学数目在 500 ~ 600 之间，校龄长短不一，学校背景南辕北辙，招生情况大异，如果强硬地为不同类型的中学制定统一的阅读量和阅读书籍的种类，只会给学校带来不便，亦无法照顾到不同学校的个别需要，显然是自寻烦恼。因此，解开课外阅读的规限，反而让校本的独立自主精神获得更大的尊重。

这个课程的另一个创新措施，是于校本评核中纳入日常课业或其他语文活动的评分。这些评核项目对中国语文科的教学、学习和评核的改变都起了一定的作用。学生在日常课业的成绩将可计算入自己的会考成绩内，这对于学生的日常学习起了积极的推动作用，令学生更加重视平素的学习成果和课业表现，也可以减轻“一试定终身”的沉重压力，使学习生活更加轻松愉快。至于校本评核接受其他语文活动表现的成绩，会为语文科的课程带来活力，以往学生在朗诵、演讲和辩论等语文活动中无论怎样努力，回报他的可能只是课外活动的一纸奖状和心

灵的满足而已，但校本评核纳入语文活动的分数后，除了上述的课外活动的奖励和满足感外，更可以让学生在公开考试的成绩中加分，这样自然能调动起考生参加语文活动的积极性，使他们更加努力地学习和参加语文活动，教师和学生均可以从中得益。

2007 年中国语文科的校本评核能进一步落实让学生自主学习的精神，包括要求学生自行管理和保存已评分的课业，自行制订课外阅读的全盘计划，积极参与课堂内外的语文活动等，让学生动手为自己的学习付出，并且收获。可见，这个设计能提高学生学习的兴趣，增加学生的自信心，使之养成良好的语文学习态度，从而重视学习过程。

本设计有成功之处，但亦有地方须多加注意。评核的本质就是要分辨高下、评优定劣。谈到评核，必定讲究公平、公正。公开考试历久不衰，历来为人所接受，主要是它客观而统一地施行，规避了很多可影响考试公平的不利因素，它的强项便是统一、客观。反之，这样的一个校本评核的设计，一则为照顾校本的需要，二则要增加它的灵活性，从而让评核的效度更高，在设计方面，尽量提供足够的空间给施行者，故不可能事事迁就统一、客观等要求，以致可能出现校本评核有失公平的忧虑。考评局已为此制定对策，包括采用公开考试的成绩调整校本评核的分数，考评局出版的校本评核分数调整手册便提及进行分数调整的主要原因，现列举如下：①

> 统计调整成绩最主要的目的是保证校本评核的公平性。由于科任教师清楚了解其学生的能力，所以由他们进行校本评核是最适当的。通过教师的互相讨论，他们能对校内就读同一科目的所有学生作出可靠的评核。可是在评核学生的过程中，教师未必了解其他学校学生的表现水平。尽管考评局已为教师提供了不少有关校本评核的训练课程，亦相信教师会采用相同准则评核其所教的学生，但仍然难以避免部分学校教师的评核过于宽松或过于严格。

除了分数调整之外，为增强校本评核的公正性，要求日常课业及其他语文活动中一个分数的课业，必须在课堂上由任课教师监督进行，并且供局方查核，考评局亦设立分区统筹员，为所有学校提供校本评核的支持服务。总之，校本评核的设计越开放，就越能体现它的自主精神，但自由度越大，需要堵塞的漏洞就相对多了。如果说 2007 年的校本评核是天上的烟花，绽放着五光十色的火花，吸引了地面众多行人的目光，那么，花火燃放后飘垂到行人身上的余焰，总不能不灼人微痛，因此，为避免烟火伤人及吓怕烟花底下的行人，想方设法消除烟火的

① 香港考试及评核局，《校本评核分数调整机制》，2007 年 4 月。

余烬，实属必要。

（三）香港中学文凭中国语文科

香港中学文凭中国语文科无论是公开考试的考卷，还是校本评核的设计，都是承继2007年香港中学会考中国语文科的课程而来。如拙文所述：①

> 中国语文科公开评核的设计着实配合了新高中“连贯”的精神。整体规划方面，如前述，它分为公开考试和校本评核两部分。这个体系并非突如其来，而是2007年香港中学会考中国语文科课程的延续。因此，公开考试的考卷数目，维持五卷不变，而校本评核方面亦保留必修部分。如此，便可把2007年会考课程的宝贵经验总结下来，为新高中本科的评核提供养料。

新高中中国语文科的校本评核，完全吸纳2007年课程的校本评核作为必修部分，占全科的分数比重则浓缩为8%，另外的12%则留给三个选修单元，各占全科比重的4%，整个校本评核合占全科的20%，较2007年的课程增加5%。各卷的分配见表4：

表4　2012年香港中学文凭中国语文科各卷占分比重

部分	内容	比重	评核形式	考试时间
公开考试	卷一　阅读能力 卷二　写作能力 卷三　聆听能力 卷四　说话能力 卷五　综合能力考核	20% 20% 10% 14% 16%	笔试 笔试 笔试 朗读、口语沟通 笔试	1小时15分钟 1小时30分钟 约45分钟 约32分钟 1小时15分钟
校本评核	必修部分： 阅读活动 日常课业及其他语文活动 选修部分（三个单元）： 日常学习表现 单元终结表现	8% 12%	（共呈交5个分数） 阅读活动1个分数 日常课业及其他语文活动1个分数 每个单元1个分数 选修部分合共呈交3个分数	

♨ 评 论

鉴于香港中学文凭中国语文科考试及校本评核于2012年才正式实施，故此，

① 黎国伟《中国语文科改革的路只走了一半》，载于《香港教师中心传真》第69期，2008年11月至2009年2月，香港教师中心。

目前未有任何评论。

（四）香港高级程度会考中国文学科

中国文学科分别为香港中学会考和香港高级程度会考，前者不设校本评核；后者于2005年开始加设校本评核，占全科总分的25%，其卷别比重分数见表5。

表5　2005年香港高级程度会考中国文学科各卷占分比重

卷别试卷名称占全科比重	内容	比重
试卷一甲部 试卷一乙部	文章写作	17%
	片段写作	8%
试卷二	文学赏析	50%
试卷三（校本评核）	创作练习	15%
试卷四（校本评核）	课外阅读	10%

♨ 评 论

2005年，高级程度会考中国文学校本评核的设计是介乎2004年中国语文及文化科与2007年中国语文科的一个中间方案，它有前者给予规限的特色，例如，维持为课外阅读提供书目，要求学生依据指定阅读不同类型的作品并完成任课教师安排的课业。也许有人会怀疑对课外阅读给予限制是否如文化科一样，桎梏校本评核的自由发展？这其实是过虑的，同时也犯了硬套对文化科的负面评价于文学科头上的毛病。须知，两个科目有很大的分别，前者是必修科，任何背景和程度的学生都要修读，反之，中国文学科属于选修科，愿意选读的同学，估计都是对本学科有兴趣和具备一定文学知识的学生。再者，文学科的学习范围十分明确，因此，校本评核制定共同的阅读书目有充分理据，只要选择充足便没有问题，如课程一共提供48本不同类型的古今作品让学生选择，是十分充裕的。

至于校本评核的另一个部分是创作练习，它的设计具备2007年中学会考中国语文科校本评核中日常课业的设计精神和灵活性。内设四大文学创作类别让任课教师引导校内学生自由创作，文类虽规定最少为两类，但题材、形式、题目、字数等全无限制，交由任课教师按照校本情况与任教学生的能力和程度来制定。这样既尊重校本，又照顾了评核必须公正的要求，文类较为统一、易于评比，教师执行起来自然能应付自如，故颇受好评。

总而言之，本科的整体设计都能平衡各方面的需要，一方面能尽量发挥校本评核的长处，尊重校本，照顾个别差异，另一方面又不失监管，为评核的公平性作了若干保证。它的最大好处是要求清楚，简单易行，广受欢迎不无道理。这个科目的校本评核设计精神值得发扬，它的措施也值得我们参考取法。

（五）香港中学文凭中国文学科

新高中中国文学科课程和它的校本评核设计，基于 2005 年课程的成功，而把整个课程承袭过来，只是在卷别的占分比重或内容方面作出调节，以配合校本评核新加入的选修部分。校本评核在这个课程中的占分比重由 25% 增加至 35%。为配合新高中策略性推行各科校本评核的政策，本科校本评核将延至 2014 年正式实施，换言之，2012 年及 2013 年这两年内考评局不会收取学校校本评核的分数，香港中学文凭考试只计算公开考试中两份考卷的成绩。2014 年，香港中学文凭考试中国文学科的各卷比重见表 6。

表 6　2014 年香港中学文凭考试中国文学科各卷占分比重

卷别	试卷名称	占全科比重
试卷一甲部	文章写作	15%
试卷一乙部	片段写作	7%
试卷二	文学赏析	43%
校本评核（必修）	创作练习	6%
	课外阅读	9%
（选修）	三个选修单元	20%

♨ 评 论

如上所述，鉴于香港中学文凭中国文学科考试于 2021 年开始，而校本评核则于 2014 年才正式实施，故此，目前尚未有任何评论。

四、总　结

（一）香港推行校本评核的条件成熟

校本评核推行成功与否，与整个社会和教育环境息息相关，香港是否具备发展校本评核的客观条件，成为施行校本评核的关键。

香港是一个国际城市，中西荟萃，对于世界最新的教育改革或考评发展方向多有所接触。香港市民，包括教育界人士思想开放、胸襟广阔，故能紧贴最新的教育与考评趋势，而校本评核在世界各地不少国家和地区均已推行了一段时间，有不少成功经验，发现校本评核不仅能为教学提供有用的回馈，更可以提高学习者的积极性和学习效果。香港教育界乘机引入并大力推广校本评核，配合新学制的改革，让评核促进学习的功效更为显著，这是适时的正确选择。

如上所述，香港的大环境有利于校本评核的发展，但是，中文科又是否适合引入这种相对于传统纸笔考试较为新颖的评核模式？中文科教师和学生对校本评

核又有何忧虑呢？这些问题都需要解答，而有关的困难也是需要解决和处理的。

1994 年，中国语文及文化科把校本评核初次带到中文科里去的时候，态度是谨慎的，步伐是细小的。这个部署和行进的方式是明智而适当的，中国语文及文化科当年的设计，对于香港固有的中国语文科而言是非常创新的，课程已脱离了纯粹指定篇章的考核，笔者曾在 1954 年香港中学会考课程基础中文（Elementary Chinese，笔者译）考试中提及类似指定篇章的考核要求：

> The examination will consist of two parts：
> Written translation from Chinese to English and from English to Chinese. The former will include passage take from the set book（Youth Series，Book 3 and 4）＊as well as unseen passages . . . .
> ＊少年国语读本第三四册（开明）

中国语文科的公开考试测考指定篇章的做法，已有一段很长的历史，教师都已习惯。因此，当初中国语文及文化科进行改革以及推行校本评核时，中文科教师面对这种崭新的考试课程转变，难免产生不安和忧虑，要是校本评核设计的动作过大，又或是内容与传统评核的方向有太大出入，相信教师是难以适应和吃不消的。幸而这次校本评核得以“软着陆”，更成功取得中文科教师的支持和信任。在这次“运动”中，中文科教师对校本评核的理念有着更为准确的理解，并且通过身体力行的实施后，发现自己在执行校本评核方面表现称职，对相关的评核工作更具信心，有助于他们较愿意接受更多和更大变化的校本评核设计。1994 年以来，笔者曾分别以教师和考评局中文科考务人员的不同身份，参与中文科不同科目的校本评核工作，从不同视角看它的发展，并认识到中文科教师在校本评核工作上的努力和贡献。这见证了中文科教师处理校本评核工作的专业精神以及评分的大公无私。于笔者所见，其他地区教育界人士担心在校本评核中教师评分时徇私舞弊的情况，并未见诸香港的中文科教师。反之，教师还敢于允执厥中、客观评断，倘有任教的学生表现差劣，会依据局方指引评为低分；有违规犯纪的，甚至评为 0 分，绝不姑息。由于香港有这么一支专业的中文科教师队伍，因此在本科推动校本评核的发展自然水到渠成。

（二）中文科校本评核继续发展方向的思考

中文科校本评核之路业已铺开，在良好的基础上发展下去应该是比较顺利的。为了精益求精，校本评核仍有可以改进的地方。校本评核是有价值的评核模式，对教学与评考都有裨益，然而，一个不争的事实是，校本评核的确会给教师增加工作量。香港中文科教师的工作量之大是有目共睹的，故此，简化校本评核工作的方向是很值得思考的。另外，值得考虑的方向是，可否以校本评核取代某些中文科公开考试的试卷？例如，聆听和说话能力考试。现时的这些考试以公开考试的形式举行，需要大量行政工作予以配合，其中又有不少难以控制和可能影响考试公平公正的不利因素。这些不利因素包括：聆听考试接收困难，电台广播受到干扰，说话测试场地环境欠佳，口试主考员因事、因病缺勤致影响评分的稳定性等，这些都会对公开考试的评核造成不便。要是聆听和说话能力公开考试可以被校本评核所取代，不利因素就会相对减少，评核可能会变得更为简便易行。其实，学生的聆听和说话能力表现，若通过一段长时间的观察和评核，信度必然增强，可以信赖。乐观地看，要是有若干公开考试的考卷被工序简单而不失准绳的校本评核所取代，中文科教师的工作量将会因此减轻，校本评核肯定更受教师的欢迎，笔者相信这是各方共同的期待。

参考文献

香港政府，《香港教育透视国际顾问团报告书》，1982 年 12 月。

香港考试局，《中国语文及文化》小册，1990 年 6 月。

香港考试及评核局，《二零零五年香港高级程度会考中国文学科》校内评核评分手册，2003 年 4 月。

香港考试及评核局，《2007 年香港中学会考中国语文科（校本评核）》评分手册，2006 年 4 月。

香港考试及评核局，《校本评核分数调整机制》，2007 年 4 月。

香港考试及评核局，《2012 年香港中学文凭考试规则》，2009 年 6 月。

香港考试及评核局，《香港中学文凭考试校本评核简介》单张，2009 年 10 月。

一往有深情

——读黄仲则诗歌的方法

潘步钊

黄仲则（1749—1783），清代江苏武进人，故居在常州。名景仁，仲则是他的字，又字汉镛，自号鹿菲子。黄仲则是黄庭坚（1045—1105）的后人，十六岁应童子试，三千人中名列第一，诗作超过三千首，传世的亦逾千首，有《两当轩集》二十二卷传世。他在清代诗人，以至整个中国诗歌史上都占有重要的地位。《清史列传》说他："乾隆间论诗者推为第一"[①]；张维屏（1780—1859）《听松庐文钞》云："如芳兰独秀于湘水之上，如飞仙独立阆风之巅。夫是之谓天才，夫是之谓仙才，自古一代无几人。近求之百余年以来，其惟黄仲则乎？"[②] 包世臣《齐民四术》："声称噪一时，乾隆六十年间，论诗者推为第一。"[③] 黄仲则的作品，不独是乾隆时期的重要诗作，也感染了其后两百多年来，不少读诗、写诗的文人士子，例如，谭献（1832—1901）的《复堂日记》中写道："阅黄仲则《两当轩集》，天才既超，风格矜重，生气远出而泽于千古，当时果无第二手也。"[④] 五四新文学的一流古典诗诗人郁达夫（1896—1945），就深爱黄仲则诗，也深受其影响，气息相仿，曾有短篇小说《采石矶》，写的就是黄仲则怀才不遇、难与世合的故事。

清代诗人中，黄仲则是非常独特的一个。这除了因为他诗作中悲苦伤情的深刻表露，取得了极高的艺术成就之外，也因为他和其他清代诗人不同，只以诗鸣世，并没有留下诗话、诗论等文章著作，这与清代诗学理论大盛的文学环境很不相同。他是典型和纯粹的诗人，专心投入于诗歌创作，也正因为如此，关于他的诗学创作观念，就只有从他留下的作品中去寻找。本文简述了黄仲则在世数十年间，诗学流派与他的关系，即在这些诗学理论的氛围下，黄仲则的诗歌是如何上

① 黄葆树等：《黄仲则研究资料》，上海：上海古籍出版社，1986 年版，页 1。

② 黄葆树等：《黄仲则研究资料》，页 14。

③ 黄葆树等：《黄仲则研究资料》，页 202。

④ 谭献著，范旭仑，牟小朋整理：《复堂日记》（卷 2），石家庄：河北教育出版社，2001 年版，页 44。

接唐宋诗的余绪的，其次，是就不同体裁、内容和艺术特点，探讨黄仲则诗歌在诗学欣赏的范畴中，特别是在中国古典诗歌中，是如何占有独特的地位，且示范着某类感染力极强的诗歌特质的。

一

清代诗论大盛，诗派繁多，不少成名的诗人或学者，各有自己的一套诗观或理论，又各以之评骘他人的作品。弘历、乾隆一朝，历六十年，而黄仲则生于乾隆十四年（1749），殁于乾隆四十八年（1783），刚好是这个王朝的中段部分。这一段时期，又恰恰是清代诗学最蓬勃鼎盛的时期。陈良运编《中国诗学批评史》专设一章谈清代诗学的“四大流派”，即“神韵说”、“格调说”、“性灵说”和“肌理说”。①

乾隆一朝，虽因虚耗国力，而下开后来的晚清衰疲，唯这60年间，国力强盛，人民生活安定，文治武功，确属一时之盛。读书人在这种时代氛围下，对文学艺术的精神心理，容易讲究风神气象，而士人怀抱高远，因此产生了不同的理论。严明指出：

> 乾隆、嘉庆时期是清中叶的盛世，也是清代诗话的鼎盛期。据不完全统计，这一时期的诗话数在百种以上，几占全部清诗话的三分之一。就理论价值而言，这一时期的诗话主要从格调和性灵的角度，对传统诗歌理论作出了超越明人的全面总结。②

的确，在黄仲则短短数十年生命的前后，环绕在其身边的诗学理论很多，细予分析，都可以发现：这些诗论对黄仲则诗的影响，既不见集中而倾向于某一派别，更不见得可以用以完全解读黄仲则的诗歌风格与技巧。

在这数十年间，主要的诗学流派有沈德潜（1673—1769）的“格调说”，承明代复古诗派余绪，崇尚七子而排斥公安、竟陵等诗人，他曾说过：“宋诗近腐，元诗近纤，明诗其复古也。”诗歌体格方面，③ 则宗唐而黜宋，提出诗至唐而极盛，尤其欣赏李杜雄浑的风格。苏文擢尝说：“后人于其所论，虽见仁见智，而终清之世，论诗之博大平正，终无出其右，学诗者尤不能以其言近而忽之也。”④

---

① 陈良运：《中国诗学批评史》（第二十二章），南昌：江西人民出版社，2001年版。

② 严明：《中国诗学与明清诗话》（第十三章），台北：文津出版社，2003年版，页394。

③ 沈德潜：《明诗别裁集》（序），上海：商务印书馆，1937年版，页1。

④ 苏文擢：《说诗晬语诠评》（第一节），香港：志豪印刷公司，1978年版，页7。

沈氏论诗讲究“温柔敦厚”的“诗教”传统：“诗之为道，可以理性情，善伦物，感鬼神，设教邦国，应对诸侯，用如此其重也。”可见，其上承的是传统儒家的诗论。

沈德潜生于康熙十二年（1673），早黄仲则七十多年出生，不过沈德潜是古人中罕见的长寿者，达96岁之高龄才离世。他对黄仲则没有直接的影响，可是“重诗教，尚格调”的诗论却是康雍乾三代的盛世强音。黄仲则生于乾隆之世，自然会接触到并受其影响。可是在黄仲则的诗中，却以抒情真挚、直接动人而见称于当时以及后世，脍炙人口的诗句如“百无一用是书生”，“枉抛心力作诗人”，“全家都在风声里”，“茫茫来日愁如海”等，都与“儒家诗教”所强调的“中正和平”等宗旨不同。

乾隆时期的诗论家中，与黄仲则交谊甚深的应推翁方纲（1733—1818）。翁氏官居内阁学士，但只比黄仲则年长十余岁，在黄仲则死后，曾编《悔存诗钞》，录仲则诗五百首，是黄诗一个极早期的选本。他在《悔存诗钞序》中说：

> 仲则为文节后裔，每来吾斋，拜文节像，辄凝目沉思久之。[①]

翁方纲与蒋士铨（1725—1784）、程晋芳（1718—1784）等名士在京结“都门诗社”，曾邀黄仲则与洪稚存（1746—1809）参与。翁方纲论诗，推“肌理说”，可以说是以宋诗为诗学基础建立起来的诗学，总结和继承了宋诗的理论和传统。他一方面承浙派的诗学余绪，并和桐城派的义理、考据、辞章之学相统一，也意图打通作诗与学问之界；另一方面，也试图融合“诗”与“理”，与当时的“性灵派”可谓壁垒分明、对峙相持。

不过，乾隆时代影响最大、最受时人推重的是袁枚（1716—1797）的“性灵说”。袁氏论诗，与当时许多学人重学问考据大不相同，人称“野狐禅”，在这批传统的读书人眼中，可谓是离经叛道。袁枚论诗，重才具情性，认为诗以“情”为主，他曾说过“文以情生，未有无情而成文者”[②]，认为只有由情所生之诗，才可不朽，理论上也是直指沈德潜等人的诗论。所以陈良运指出：“袁枚的性灵说，正是以今人的性情为起点，因而批评的锋芒直指沈氏温柔敦厚的性情说和人伦日用的功利说。”[③]

生在这样一个诗学理论大盛的时代，黄仲则早负诗名，和当时许多的名士学者都常有交往，而且不少人对他都甚表欣赏，时相往来。翻开《两当轩集》，可

---

① 黄葆树等：《黄仲则研究资料》，页119。

② 《随园诗话补遗》（卷6），见《古今诗话丛编》（第10册），台北：广文书局，1970年版。

③ 陈良运：《中国诗学批评史》，南昌：江西人民出版社，2001年版，页550。

以见到他和这些人物唱酬赠答的作品。洪稚存、邵齐焘（1717—1768）这些知交师友固然不用说，其他如汪中（1744—1794），交往甚密，《两当轩集》中，和他酬答的作品就有16首；程晋芳、孙星衍（1753—1818）和为他写墓志铭的王昶（1725—1809），甚至如上面提到的翁方纲和袁枚等名重一时的文人学者，黄仲则都与他们颇有交往。

与这些同时代的大诗人，特别如袁枚、翁方纲等人不同，黄仲则没有留下任何诗歌评论或理论文字，所以关于他对写诗的看法，或者他究竟应该算是清代什么诗派，我们都只能从他的作品来印证和论断。从这一点来看，也可以说明黄仲则本人并没有一套很清晰明确的诗学理论，至少没有一套诗学理论，值得他系统地阐述和发扬。他是真正的诗人，以诗抒发，也以诗留名于后世，要勉强将之归入某一诗派，无疑有些冒险，也未必符合他本身的意愿。

有些学者将黄仲则归入"常州诗派"，[①] 并以洪稚存的诗论为主。所谓"常州诗派"，并不是文学史中常见的概念，例如，张健的《清代诗学研究》，洋洋洒洒数十万言、七百多页论述清代诗学的大部头著作，未提及"常州诗派"。而洪稚存和黄仲则的诗论和风格，也并不很相同。洪稚存在黄仲则死后，为他筹募殓葬，写给毕沅（1730—1797）的一封信《出关与毕侍郎笺》，其中就引述黄仲则认为洪稚存未了解他作品的说法：

> 余不幸早死，集经君订定，必乖余之旨趣矣。[②]

较多学者指出黄仲则的作品是"性灵派"诗论的支持者，[③] 主要当然是因黄仲则诗歌情真、情深等重性情个性的表现特征。"性灵派"以袁枚为首，乾隆三十九年（1774），黄仲则到江宁小仓山随园拜访他，客居了一段日子，两人定下交谊，可是袁枚与黄仲则在文学理念上却未见意气相投，至少在两人的诗文往还中找不到这样的证据。他在乾隆四十年（1775）客寓随园，之后写过《呈袁简斋太史》四首，内容也尽是感谢礼待、赞赏随园景致，很少谈到诗心文理，以最多选者选用的第一首为例：

---

① 刘世南：《清诗流派史》（第十六章），台北：文津出版社，1995年版，页457。其中言："常州诗派中，最优秀的诗人，自然要数黄景仁。前面介绍此派诗论时，主要依据洪亮吉的看法（因为黄景仁没有系统的诗论），同一流派的诗人，主要是诗学主张和创作风格的基本一致，黄景仁在这些原则问题上，是和洪亮吉一致的。"

② 黄葆树等：《黄仲则研究资料》，页73。

③ 例如，止水（选注）：《黄仲则诗选》，广州：广东人民出版社，1985年版，页4；刘大杰《中国文学发展史》等亦持相近观点。关于这方面可参看魏仲佑撰：《黄景仁研究》，台北：文津出版社，1977年版，页90—96。

一代才豪仰大贤，天公位置却天然。文章草草皆千古，仕宦匆匆只十年。

暂借玉堂留姓氏，便依勾漏作神仙。由来名士如名将，谁似汾阳福命全。①

其余三首，也都是以客气识荆、赞赏随园景致为主，没有对诗歌艺术和创作心理的表达。这与他和洪亮吉、汪中等人的酬答很不相同。相反，袁枚虽然写过《哭黄仲则》，其中有句："叹息清才一代空，信来江夏丧黄童。多情真个损年少，好色有谁如国风?"但袁枚更曾对他表示过不满，看他的《答黄生》批评黄仲则：

来书自称生平安于古，悖于时，矜矜自喜，仆以此为妄语也。……于此可以见学古之不足为奇，而悖时之不可为调也。……近日海内考据之学，如云而起。足下弃平日之诗文，而从事于此，其果中心所好之耶？抑亦为习气所移，震于博雅之名，而急急焉欲冒居之也？足下之意以为已之诗文业已足矣，词章之学不过尔尔，无可用力，故舍而之他？不知天下无难事，只怕有心人。天下无易事，只怕粗心人。诗文非易事也，一字之未协，一句之未工，往往才子文人穷老尽气而不能释然于怀。亦惟深造者，方能知其症结。子之对文未造古人境界，而半途弃之，岂不可惜？且考据之功，非书不可，子贫士也，势不能购尽天下之书，倘有所得，必为辽东之豕，纵有一瓻之借，所谓贩鼠卖蛙，难以成家者也。②

黄仲则寄给袁枚的信，今已不存，但由袁枚这番话可以推测，黄仲则一定流露过想用力于考据的想法。事实上，黄仲则入朱筠（乾隆十九年进士）幕下，后来与翁方纲等人组织都门诗社，一时交往俱为朴学名流，如果没有受到熏染影响，似乎不合常理，否则也不会有上面袁枚的劝告。关于这种靠向经学，杨芳灿(1753—1815）也不赞同，表达了他对黄仲则的忧虑，他在《与黄仲则书》中说：

古人遗集，奚翅百数，谈六艺，说五经，陈言累累，盈缃溢缥，后人视之，惛然欲睡，以塞鼠穴，供蠹粮矣。向亦镂心刻骨，求其可传，乃今如是。悲夫！词赋小道，然非殚毕生之力，不能工也，而好高者，往往失之。子建既小辨破言，子云复老不晓事，强思画虎，故薄雕虫，

① 黄仲则著，李国章标点：《两当轩集》（第10卷），上海：上海古籍出版社，1983年版。

② 黄葆树等：《黄仲则研究资料》，页109。

愿足下勿为所误，幸甚!①

黄仲则认识袁枚在先，后来入京，再结交翁方纲等人，酬酢往来，习染其中之气，本不足为怪。事实上，黄仲则也从未明言对“考据之学”、“学人之诗”等不满，相反在《题梁可堂画兰竹谱》一文中，他一开始便说：

艺而神明之道也，况笔墨之事，通于心灵而传之不朽者哉！然古人以此成专家，得大名者，往往积学问通于诸家而后成；其为专家之传，则由道而进于艺，为尤贵也。②

黄仲则存世文章寥寥可数，要借以认识其文学艺术的理念更是不容易，这里的数十字对了解黄仲则是非常珍贵的。通读《两当轩集》诗歌，黄仲则也有不少咏史咏古人之作，用典用事的手法更绝不少见。难得的是他在其中取得适当的平衡，没有陷入任何诗学流派的窠臼之中，李圣华总结得最好：

“诗人之诗”与“学人之诗”存在着诗歌取向和风格艺术的显著差异，但又相倚相生，交叉并存。朴学兴盛，诗人大都重学问，以学入诗，促成独特的时代诗歌风气，与唐宋、元明诗相比，尤为突出。笔者无意说黄仲则诗就是“学人之诗”，也无意为其“诗人之诗”贴上一个不纯的标签。从学术研究角度区分“学人之诗”和“诗人之诗”，不失为一种手段和评价标准，但对二者进行严格的定义区分，争短较长，则是没有太多意义的。诗原本性情，才华、学识辅之。纯以才华为诗，不免空疏，纯以学问为诗，不免枯燥。黄仲则未脱离时代而成为一个纯粹表现才情的诗人，他很好地融性情与学问为一，力求创新，故能领一代风骚，远胜于时人纯以学为诗，以训诂为诗。③

清乾隆一代，考据之风大盛，造就了沈德潜、翁方纲等向传统理论文化较多靠拢的思想学说，袁枚崇尚抒写真情个性的性灵诗派也一时风靡。处身在这两种对峙又互有补足的诗学氛围之中，黄仲则的诗歌，“学力诗情”，两相兼顾，又始终保留自己的面目，没有清楚地归入某一派。可是，任何诗人的创作，背后总会或有意或无意地流露出他的创作观，所以要认识黄仲则诗歌的艺术特色，欣赏其中的动人之处，还应从他的作品来分析品味。

---

① 黄葆树等：《黄仲则研究资料》，页139。

② 黄仲则著，李国章标点：《两当轩集》，卷22。

③ 李圣华：《黄仲则与清中叶考据学风》，见《文艺研究》，2007年第8期。

二

黄仲则在清代诗人中一直有很高的评价，而且经常与唐代诗人李白（701—762?）拉上关系。同时代的清人以至后来的学者，都爱说黄仲则的诗风深受唐代诗人李白的影响。

黄仲则最好的朋友洪稚存在《国子监生武英殿书签官候选县丞黄君行状》中说："卒其所诣，与青莲最近。"[①]《清史列传》承其说法："诗宗法杜韩，复稍稍变其体，为王李高岑，卒其所诣，与李白最近。"[②] 袁枚《仿元遗山论诗》："常州星象聚文昌，洪顾孙杨各擅场。中有黄滔今李白，《观潮》七古冠钱塘"[③]，黄滔就是黄仲则，又说他"诗近太白"[④]。说黄仲则诗歌上承李白，似乎是研究清诗学者的常识。

首先，我们必须承认黄仲则对李白非常仰慕和推崇，这一点在黄仲则的诗中一再清楚地表达过，《太白墓》诗中说："束发读君诗，今来展君墓。清风江上洒然来，我欲因之寄微慕。……我所师者非公谁。"[⑤] 此外，他又写过《秋浦怀李白》、《七夕怀容甫游采石》、《月下登太白楼和忠复壁间见怀韵》等诗，都反映了其对李白的思慕之情。

不过，细致探讨这"诗近太白"的总结，又会感到失之于过分概括，影响了我们对黄仲则诗歌的真实认识。黄仲则传世诗歌一千多首，要说真是受李白影响的，主要是乐府诗，而且只是其中的一部分。这些诗歌集中于他较早期的作品。进京之后，也就是乙未年（1775）冬，二十七岁之后开始的作品，在生活逼人、穷困潦倒、身体日弱等交结而生的郁愤之下，更难有雄豪超逸的"近太白"之诗。整体来看，黄诗成就不少在律绝，而李白则最不擅长七律。赵翼（1727—1824）评李白诗，很清楚地指出这一点：

> 青莲集中古诗多，律诗少。五律尚有七十余首，七律只十首而已。盖才气豪迈，全以神运，自不屑束缚于格律对偶，与雕绘者争长。然有对偶处，仍自工丽；且工丽中别有一种英爽之气，溢出行墨之外。[⑥]

当然黄仲则诗歌重个人情性气质的抒发，一些不是抒写穷困愁苦的诗篇，仍

---

① 黄葆树等：《黄仲则研究资料》，页4。
② 黄葆树等：《黄仲则研究资料》，页10。
③ 黄葆树等：《黄仲则研究资料》，页109。
④ 黄葆树等：《黄仲则研究资料》，页109。
⑤ 黄仲则著，李国章标点：《两当轩集》，卷3。
⑥ 赵翼：《瓯北诗话》（卷1），见《古今诗话丛编》（第8册），台北：广文书局，1970年版。

然可以见其胸怀壮志、朝气昂扬。如收在《两当轩集》第一卷，写于乾隆三十一年（1766）冬天的《少年行》：

> 男儿作健向沙场，自爱登台不望乡。太白高高天尺五，宝刀明月共辉光。①

这时的黄仲则，是生平最踌躇满志的时候，应童子试三千人中取第一的美好经验，仍然令年轻诗人深信自己可以像古人一样，为家、为国建一番大事业。不过这种意气昂扬的作品始终不是黄仲则诗歌的主要风格。可悲亦可笑的是在《少年行》写成的第二年，他就写了另一首《对镜行》，此诗或已佚失，唯黄仲则极尊敬的业师邵齐焘（1718—1769）却在这一年写了《和汉镛对镜行》，诗中有这样的诗句：

> 旁人尽道太消瘦，对镜自惊非去年。少年意气争雄壮，腾骞欲出青云上。多愁多病乖宿心，长夜幽吟独惆怅。对镜行，怨且悲，劝君自宽莫伤怀，劝君自强莫摧颓。②

黄仲则亦擅长词作，《沁园春》有词句："男儿堕地堪伤，怪二十何来镜里霜?"③ 也可见仲则的少年英气，很早就已经磨灭。黄仲则自己也感到诗歌的体格不够气魄，所以在乾隆四十年（1775）主正阳书院不久，便毅然蓄意欲游京师，写下《将之京师离别六首》，其中第一首有名句：

> 五夜壮心悲伏枥，百年左计负穷耕。自嫌诗少幽燕气，故作冰天跃马行。④

这一年的黄仲则已经二十七岁，他短暂的人生，已逐渐步入后段在京师的生活。未到而立之年的黄仲则竟然连自己也感到："体羸疲役，年甫二十七耳，气喘喘然有若不能举其躯者。⑤"

《两当轩集》中的黄仲则诗由律绝到歌行，无体不备，而且他作诗，对诗的格律非常遵守，这与个性独特，尚自由、以歌行为主的李白作品并不相同。所谓"与李白最近"，大抵也只能说是乐府古诗。他慕李白，或者与李白的乐府歌行作品气息相仿的诗歌，多写于早岁，包括《观潮行》、《后观潮行》以及最受人

---

① 黄仲则著，李国章标点：《两当轩集》，卷1。
② 黄葆树等：《黄仲则研究资料》，页92。
③ 黄仲则著，李国章标点：《两当轩集》，卷18。
④ 黄仲则著，李国章标点：《两当轩集》，卷10。
⑤ 黄仲则著，李国章标点：《两当轩集》，序言。

推重的《笥河先生偕宴太白楼醉中作歌》。

此处略谈《笥河先生偕宴太白楼醉中作歌》一诗。这是黄仲则的名作：

> 红霞一片海上来，照我楼上华筵开。倾觞绿酒忽复尽，楼中谪仙安在哉？……青山对面客起舞，彼此青莲一抔土。若论七尺归蓬蒿，此楼作客山是主。若论醉月来江滨，此楼作主山是宾。长星动摇若无色，未必常作人间魂。身后苍凉尽如此，俯仰悲歌亦徒尔。杯底空余万古愁，眼前忽尽东南美。高会题诗最上头，姓名未死重山丘。试将诗卷掷江水，定不与江东向流。①

这首诗写于乾隆三十七年（1772），黄仲则二十四岁，居安徽学政朱筠幕下。此诗在黄诗中地位极重要、评价极高。由起句开宏阔大，中经哲思，与青莲相惜，到最后诗才自信的旷逸豪情，是黄仲则歌行体中最优秀的作品，“诗近太白”一语在此作品中可以称得上是切近的。

黄仲则仰慕李白，愿意俯首师之，这一点可以肯定。《太白墓》表达得也很清楚，他另有一首词作《减兰·夜泊采石》，也表达了同样的倾慕之情：

> 一肩行李，依旧租船来咏史。四顾无人，君忆玄晖我忆君。
> 江山如此，博得青莲心肯死。怀古悠然，雁叫芦花水拍天。②

虽然诗词之中，黄仲则多次流露出对李白的崇拜企慕，不过要说他的诗歌深受李白影响，即使是歌行体作品，在黄仲则现存的名篇中，其实也为数不多，算不上是黄诗最主要的艺术特色。他在词作《贺新郎·太白墓和稚存韵》中有句：“更问后来谁似我，我道：才如君少。又或是寒郊岛瘦。”③ 拟设梦中如与李白相遇，实告他无人相似，多少包含着自况之情。下面引两首作品，说明黄仲则到生命的后半，遭遇蹇困，豪情消磨，情感表达和风格都与李白的飘逸跌宕渐行渐远。

先看《献县汪丞坐中观技》，可以看其中骨格，与李白不同：

> 主人怜客因行李，开觞命奏婆猴技。……此时四座群错愕，主人劝醉客将作。忽然阶下趋奚奴，瞥见庭中飞彩索。……狂来径欲作拍张，我无一技争其长。十年挟瑟侯门下，竟日驱车官道旁。笑语主人更觞

---

① 黄仲则著，李国章标点：《两当轩集》，卷4。

② 黄仲则著，李国章标点：《两当轩集》，卷17。

③ 黄仲则著，李国章标点：《两当轩集》，卷18。

客，明朝此际孤灯驿。[①]

这首诗写于乾隆四十年（1775），时仲则二十七岁。他路过献县，县丞汪氏邀观杂技。[②] 此诗中，黄仲则用了很多笔墨写表演杂技者技艺的出神入化，令观者叹为观止、神为之夺。可是诗之结尾，黄仲则流露出寂寞寡合之情："笑语主人更觞客，明朝此际孤灯驿。"面对主人的盛情款待，演出的奇幻精彩，诗人想到的仍是明天自己孤身上路，这种热闹欢乐又变成在驿旅独对青灯的寂寞。李白的《宣州谢朓楼饯别校书叔云》，同样面对离别，他的结句是："人生在世不称意，明朝散发弄扁舟。"更不要说在《春夜宴桃李园序》中的那份逼近道家的怀抱思想，对美景良辰的眷恋欣赏："古人秉烛夜游，良有以也。况阳春召我以烟景，大块假我以文章。"李白的《戏赠杜甫》曾经写诗与杜甫开玩笑："借问别来太瘦生，总为从前作诗苦"。[③] 如果李白认识比他晚出千年的黄仲则，可能对他的"作诗苦"会生起更为深沉的叹息。

虽然同是表达强烈的个人色彩，可是黄仲则没有李白的旷逸潇洒、佯狂遁世，反而主要流露出伤怀不遇之情。他很少像李白，把自己置于自然和永恒等课题的深思之中，所以并没有写出像《蜀道难》、《宣州谢朓楼饯别校书叔云》等豪迈飘逸之作。再看黄仲则另一首广为称道的古诗作品《圈虎行》：

> 都门岁首陈百技，鱼龙怪兽罕不备；何物市上游手儿，役使山君作儿戏。……此间乐亦忘山居。依人虎任人颐使，伴虎人皆虎唾余。我观此状气消沮：嗟尔斑奴亦何苦！不能决蹯尔不智，不能破槛尔不武。此曹一生衣食汝，彼岂有力如中黄，复似梁鸯能喜怒。汝得残餐究奚补？伥鬼羞颜亦更主；旧山同伴倘相逢，笑尔行藏不如鼠。[④]

此诗写于乾隆四十五年（1780），三十二岁的黄仲则在京师羁滞多年，偶观驯虎的表现，感慨不已。诗中以落难遭欺负的老虎自喻，立意很好，结句更加令人扼腕叹息。可是从技法上说，只是以平实叙述为主，情感没有大起大落的跌宕起伏，也未见夸张想象的开恣纵横，这种写法与李白绝不相同，李白的同类作品也不多。结句"旧山同伴倘相逢，笑尔行藏不如鼠"，虽是佳句，却婉转自怜自嘲，与青莲《南陵别儿童入京》中的"仰天大笑出门去，我辈岂是蓬蒿人"的

---

① 黄仲则著，李国章标点：《两当轩集》，卷11。

② 根据许隽超考据，此位汪县丞生平不详，或是乾隆十一年之汪潮，待考。见许隽超著：《黄仲则年谱考略》，上海：上海古籍出版社，2008年版，页210。

③ 黄仲则《微病简诸故人》有句，反用其意："苦吟未必因吟瘦，留病真成养病方。"见《两当轩集》，卷3。

④ 黄仲则著，李国章标点：《两当轩集》，卷14。

顾盼自雄，不可相提并论，反而较近白乐天（772—846）《琵琶行》等诗的哀婉。[①] 所以，理解黄诗"近太白"的说法，我们要小心处理。

三

唐宋诗对黄仲则的影响，应该是多方面和广泛的。把他的诗学渊源轻易拨归哪一人或哪一派，都有点儿草率。如翁方纲的《悔存诗钞序》中所说："仲则天性高旷，而其读书心眼，穿穴古人，一归于正定不佻。"[②] 转益多师的黄仲则，以其穷愁悲苦的情怀，写出语言清丽、意境独造的诗歌，形成了个人的独特艺术风格和面目。他也欣赏杜甫，年轻时就有步趋仰慕的心志，在《耒阳杜子美墓》中称赞他："埋才当乱世，并力作诗人。"[③] 这些唐宋名家对仲则诗的影响，前人或学者已多次指出，例如，张维屏的《听松庐文钞》："仲则天份极高，无所不学，亦无所不能。至下笔时，要皆任其天之自然，称其心所欲出。"[④] 李元度（1821—1887）的《黄仲则事略》："自湖南归，诗益奇肆，后稍变其体，为王、李、高、岑，又出入北宋诸家。"[⑤] 陈祥耀分析："黄仲则诗，似唐代的三李，它有李白诗的豪放，李贺诗的瑰奇，也有李商隐诗的缠绵工丽。……黄诗古诗得力于三李和岑参，近体又得力于商隐和庭筠，故古近体兼工，尤工七言。"[⑥]

所以要讨论黄仲则所受到的前人影响或诗论渊源，不应只单单强调李白，而应放眼整个唐宋。上面谈到的黄仲则的乐府歌行体，不全学于李白。至于他最受人称道的七言律绝，特别是婉转情深、自伤悲苦的作品，在唐宋不少名家身上都能找到对他的影响。其中以述穷苦不遇、亲情和爱情的诗歌最能表现他在中国古典诗歌史上的艺术风格和面貌非常独特的成就。

从另一方面看，如果说黄仲则的诗只抒情而完全不重视技巧或学问，这种说法可能有点儿粗率。毕竟，黄诗传世千多首，体裁和风格是多样的，在黄仲则所交往的诗友中，不乏持各种诗派理论的人。要理解这个问题，就要看黄仲则以学问为诗的作品，为数多少，成就如何。涉世咏史的作品，在《两当轩集》中有一定数量，从现存作品中，这类作品随处可见，每到一处，或思古，或咏怀，如《桓温墓》、《虞忠肃祠》、《张桓侯故里》、《饱叔祠》等，只是这些作品虽多，却并未见有很高成就，也肯定并不是最受读者喜欢的一类。

---

① 关于此诗的技巧分析，可参看陈祥耀：《黄仲则的圈虎行》一文，见黄葆树等：《黄仲则研究资料》，页414。

② 黄葆树等编：《黄仲则研究资料》，页119。

③ 黄仲则著，李国章标点：《两当轩集》，卷2。

④ 黄葆树等：《黄仲则研究资料》，页14。

⑤ 黄葆树等：《黄仲则研究资料》，页22。

⑥ 陈祥耀：《黄仲则的圈虎行》，见黄葆树等：《黄仲则研究资料》，页414。

黄仲则诗有非常大的比例是自述穷困不遇，抒发感情以愁苦悲伤见著。《秋夕》诗的名句："心如莲子常含苦，愁似春蚕未断丝"，可以说是他一生的写照，也似乎要理解背后这份愁苦，才能更深刻地打动读者。洪稚存在《北江诗话》中说：

若无心作衰飒之诗，则亦非佳兆……余友黄君仲则，方盛年，忽作一诗云：茫茫来日愁如海，寄语羲和快着鞭。余窃忧之果及中岁而卒。①

仲则一生，最吸引读者，也最打动读者的是这种坦率直抒个人愁苦寂寞的诗篇，当中有爱情、怀才不遇、友情和贫穷困潦等悲伤情感。感情真挚直率，使仲则诗的情感直泻千里，用词遣句，自然浅白，让读者直接与他的悲苦接触，没有转圜余地。例如，"惨惨柴门风雪夜，此时有子不如无"，"全家都在风声里，九月寒衣未剪裁"，"十有九人堪白眼，百无一用是书生"等诗句。

黄仲则诗虽迷倒不少读诗、爱诗的人，但整体而言，没有很复杂的技巧、纷繁的意象，主要用的是"直抒胸臆"、"借景抒情"的传统方法。黄诗表达的感情，不是那种"一泻千里"式的澎湃，而是以"真挚直接"为主要特色，有时真情借景物与情境衬托和渲染，显得含蓄隐晦，但始终是诗人个人的直接感情。例如，他的《癸巳除夕偶成二首》其一：

千家笑语漏迟迟，忧患潜从物外知。悄立市桥人不识，一星如月看多时。②

虽然写这诗时，黄仲则只有二十五岁，可是多年不得志，诗人心中满是苦恼寂寞。诗中把深邃的孤寂写得内敛含蓄。具体的人物行动和环境设计把内心的愁闷表达得情味无穷。而"其二"的一首，用的却是另一种近乎呼号式的直接抒发：

年年花夕费吟呻，儿女灯前窃笑贫。汝辈何知吾自悔，枉抛心力作诗人。③

这些感情的色彩都倾向于伤感悲苦，这当然与黄仲则生平落拓不遇相关。手法上，直接"以己观物"，把自己的情感直接贯注于作品之中，是他诗歌表达的最主要方式。黄仲则平生赋诗数千，传世作品中写社会民生的并不多，亦不见表

① 洪稚存：《北江诗话》（卷1），见《古今诗话丛编》（第8册），台北：广文书局，1970年版，页185。
② 黄仲则著，李国章标点：《两当轩集》，卷9。
③ 黄仲则著，李国章标点：《两当轩集》，卷9。

达个人诗论、诗观的作品，议论朝政更是绝无仅有。他的作品，动人部分主要是抒写内心的直率之作，表现出在客观世界和环境相逼下的不顺遂、家人朋友的感情、追思的爱情、失意穷困、落落孤单等，从其诗句间，读者看到的是一个才华横溢的落魄诗人，在诗中的凄然嗟叹、自处和回应，视野虽稍狭窄，但情感真挚，相比他不少有意步趋前人的豪情之作，这些作品的艺术价值显然更高。

黄仲则把因自己遭遇而生的感情贯注于诗句之间，而且经常表现出一种虽九死其犹未悔的深情，例如《杂感》一诗：

仙佛茫茫两未成，只知独夜不平鸣。风蓬飘尽悲歌气，泥水沾来薄幸名。十有九人堪白眼，百无一用是书生。莫因诗卷愁成谶，春鸟秋虫自作声。①

末尾四句，先抑后扬，最终表现出人与诗的融合，这种个人悲喜的深情流露，本来就是诗的本质和诗人的性分。就因为这份深情的贯入，才使黄仲则的诗流露出情深意挚的特点，成为其诗产生强大艺术感染力的原因。

他非常重视家人，他在乾隆三十六年（1771），别家赴嘉兴，行前与家人别，写给众人的诗句，都收在《两当轩集》卷三。先是写给年迈母亲的《别老母》：

搴帏拜母河梁去，白发愁看泪眼枯。惨惨柴门风雪夜，此时有子不如无。

写给妻子的《别内》：

几回契阔喜生还，人老凄风苦雨间。今夜别君无一语，但看堂上有衰颜。

还有写给幼女和老仆的《幼女》和《老仆》：

汝父年来实鲜欢，牵衣故作别离难。此行不是长安客，莫向浮云直北看。

飘零应识主人心，仗尔锄园守故林。数载相随今舍去，江湖从此断乡音。

诗人重家庭亲情，虽然经年漂泊在外，却常思念家人，亦每以贫穷使家小吃苦为愧念。《两当轩集》中这样的诗句甚多，随便举些例子：

① 黄仲则著，李国章标点：《两当轩集》，卷1。

辞家今半年，感此涕如雪。(卷四《中元僧舍》)

只有平安字，因君一语传。(卷四《稚存归索家书》)

休悲饮罢无归处，身世犹如一叶舟。(卷三《十八夜复宴》)

出门渐有忆家意，前路正逢明月时。(卷二十一《辞家后一日漫兴》)

去家已旬，风尘上颜色。……回头望乡树，蒙蒙水云隔。(卷二十一《宿陆氏楼》)

仔细分析这些诗歌，发觉都没有复杂技巧或者陌生的意象，也没有细致工笔的写景，又或是浓重色彩的绘染，而是运用自然流畅的语言，配合直抒胸臆的表达手法，这也经常是黄仲则诗歌感人的方法。乾隆四十二年（1777）九月，他得到朱筠河的资助，后又得洪亮吉协助，卖去乡中微产，移家来京师。他对朋友的帮忙，感激中带着羞愧和伤心，写了《移家来京师》六首，其中有句：

全家如一叶，飘堕朔风前。(其二)

排遣中年易，支持八口难。(其四)

贫是吾家物，其如客里何？(其六)

同是写于此时的名作《都门秋思》，一样有句：

全家都在风声里，九月衣裳未剪裁。(其三)

一梳霜冷慈亲发，半甑尘凝病妇炊。(其四)

移家京师，给了诗人更加难以承受的生活负担，① 两年后，乾隆四十四年(1779)，又将母亲妻小移家南归，在《两当轩集》卷十五有《移家南旋是日报罢》，就是写这时的心情：

朝来送母上河梁，榜底惊传一字康。咫尺身家分去住，霎时心迹判行藏。岂宜不绝风云路，但悔不为田舍郎。最是难酬亲苦节，欲笺幽恨叩苍苍。

在集中卷二《途中遘病颇剧怆然作诗》其二中，这种每念及亲人而流泪的情怀一样清晰可见：

今日方知慈母忧，天涯涕泪自交流。忽然破涕还成笑，岂有生才似

① 洪亮吉《国子监生武英殿书签官候选县丞黄君行状》记："君向有田半顷，屋三椽，因并质之，得金三镒，俾君之戚护君母北行。后二年而亮吉游京师，君果以家室累大困，亮吉复为营归资，俾君妇及子奉君母先回，而君已积劳成疾矣。"黄葆树等编：《黄仲则研究资料》，页6。

此休。悟到往来惟一气，不妨胡越与同舟。抚膺何事堪长叹，曾否名山十载游。

除了写不遇的贫困愁苦以及对亲人的思念和愧疚之外，黄仲则也有一些传世的爱情诗，很受推许，而且颇有李商隐（812—858）《无题》等七律的情味，是他非常重要的一部分作品。卷一的《秋夕》是其中名作：

桂堂寂寂漏声迟，一种秋怀两地知。羡尔女牛逢隔岁，为谁风露立多时。心如莲子常含苦，愁似春蚕未断丝。判逐幽兰共颓化，此生无分了相思。

在集中的卷十一，又有《绮怀》一首，气息情味相仿：

几回花下坐吹箫，银汉红墙入望遥，似此星辰非昨夜，为谁风露立中宵。缠绵思尽抽残茧，宛转伤心剥后蕉，三五年时三五月，可怜杯酒不曾消。

这些七律都带着凄迷无奈，对仗工整，意象流丽而感情饶深，如《感旧》四首是他情诗中的代表作，是他追忆少年时恋情的作品，最值得重视。①

大道青楼望不遮，年时系马醉流霞。风前带是同心结，杯底人如解语花。下杜城边南北路，上阑门外去来车。匆匆觉得扬州梦，检点闲愁在鬓华。

唤起窗前尚宿酲，啼鹃催去又声声。丹青旧誓相如札，禅榻经时杜牧情。别后相思空一水，重来回首已三生。云阶月地依然在，细逐空香百遍行。

遮莫临行念我频，竹枝留涴泪痕新。多缘刺史无坚约，岂视萧郎作路人。望里彩云疑冉冉，愁边春水故粼粼。珊瑚百尺珠千斛，难换罗敷未嫁身。

从此音尘各悄然，春山如黛草如烟。泪添吴苑三更雨，恨惹邮亭一夜眠。讵有青鸟缄别句，聊将锦瑟记流年。他时脱便微之过，百转千回只自怜。

① 关于黄仲则这段情事，历来都认为是他少时在宜兴氿里读书时的恋情，女主人公待考。许隽超则认为是“姑母之婢女”：“但观诗中如‘妙语谐谑擅心灵，不用千呼出画屏’等语，似非闺秀身份，想不过婢子略有慧心者。”又云：“试歌团扇难终曲，但脱青衣便上升。曾作龙华宫内侍，人间驵侩恐难胜”，则为青衣小婢无疑矣。见许隽超著：《黄仲则年谱考略》，页26。可是，从诗句如“大道青楼望不遮”，“珊瑚百尺殊千斛，难换罗敷未嫁身”等句，说是青楼女子，亦未必不可。待考。

诗中化用李商隐无题诗的意境，遣词造句也有不少相承之处，例如，“青楼”、“相思”、“春水”、“青鸟”、“锦瑟”等意象的运用，诗中产生的情感和动人力量，与义山似也有暗通之处。

黄仲则的情诗，总是追忆一段似有还无的少年情事，因此带有几分朦胧的凄美之情，诗意含蓄婉转也就顺理成章。他对妻子，感激、愧疚之情多于怜爱，至少在他的诗歌中，我们得出这样的印象。在天涯漂泊的岁月里，我们较容易看到仲则思念母亲和儿女的诗句，写妻子的作品反而不多，这或者正是对这段少年情事的隐隐脚注。欣赏黄仲则的情诗，这份由含蓄朦胧生起、配合婉转深情的意象人事，产生了情味甚浓的诗句和意境，成为其重要的艺术特色。

四、结　语

整体而言，黄仲则诗歌最主要的特色是浓厚的个人主义色彩，如果说他受到李白诗风的启发，可能最重要的也是这一点。深情苦语，是黄仲则诗歌最主要的艺术特点，在这些信笔挥洒的文辞诗句之间，感受细味其中的“深”和“苦”，也是读黄诗的最重要、最有效的方法。他没有专属任何诗派，没有高标任何创作理论，早期古风步趋李白，但兼采唐宋诸家，抒写个人情怀遭遇，通过诗歌向读者完整展露个人思想和情感世界。

清代崇尚朴学，对诗坛间接造成了桎梏；乾隆盛世，诗话、诗学更发展至高峰。黄仲则生于这段时期，只以作品鸣世，不专言诗论，正给读者提供了一种典型的读诗方法。笔者以为，欣赏黄仲则诗歌，也正要从这种直观诗人心扉的方法，始能真正欣赏到其中佳处。黄仲则用诗自述了一生的遭遇和心志，除了氿里的一段少年情事，黄仲则的生平大小际遇几乎可以在他的诗歌中找到脉络；不独人和事，蕴涵沉淀于其中的喜怒情感，例如，他经年的漂泊不遇、对家小穷苦的伤心愧疚等，都在黄诗中深刻而直率地呈现出来。吴蔚光的《又书仲则诗后》云：“千秋多逸气，一往有深情”[①]，一个“情”字，是读黄仲则诗的最主要钥匙，情的背后是“真”，率性、个性的展现，使黄仲则在诗学理论蓬勃纷繁的乾嘉盛世，成为独一无二的优秀诗人。

---

① 黄葆树等：《黄仲则研究资料》，页146。